I0762325

Litzy Reynoso

CICATRICES

Tomo 2

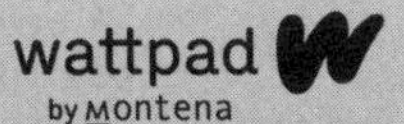

El papel utilizado para la impresión de este libro ha sido fabricado a partir de madera procedente de bosques y plantaciones gestionadas con los más altos estándares ambientales, garantizando una explotación de los recursos sostenible con el medio ambiente y beneficiosa para las person

Cicatrices

Tomo 2

Primera edición: noviembre, 2025

Penguin Random House Grupo Editorial, S. A. de C. V.
Blvd. Miguel de Cervantes Saavedra núm. 301, 1er piso,
colonia Granada, alcaldía Miguel Hidalgo, C. P. 11520,
Ciudad de México

penguinlibros.com

ISBN: 978-607-386-740-5

Impreso en México – *Printed in Mexico*

Para todas las almas inquebrantables que
se ponen de pie frente a la adversidad.

Para todos esos corazones guerreros que
siguen latiendo y que luchan por enfrentar
sus heridas, para poder seguir avanzando y sanar.

Para todos aquellos que han recibido golpes que
los han dejado temerosos ante el mundo, pero
que, aun así, siguen aferrándose a la vida.

Para todos aquellos que ya no están de pie,
pero que lo intentaron hasta el final.

Este libro es para ustedes.

Advertencia: este libro contiene menciones de violencia sexual, violencia física, autolesiones e intentos de suicidio.

1

Allison Hallen

Allison Hallen

—¿Estás bien?

—Sí.

—¿Quieres que te lleve a tu casa o podemos ir a la mía, y ver una pe...?

—Llévame a mi casa —la corté.

No respondió, pero estoy segura de que asintió con resignación.

Miré las gotas que se deslizaban por la ventanilla. No sé en qué momento Aaron llamó a Jess, pero cuando llegamos a las afueras del bosque, ella ya estaba ahí. Y aunque no preguntó o dijo algo al respecto, podía ver la consternación en su rostro debido a mi estado.

Apreté los ojos con fuerza e inhalé hondo. Me ardía la cara, la nariz, los ojos, incluso me descubrí varias veces pasando el dorso de mi mano por mis mejillas cuando las lágrimas salían sin que me diera cuenta. Sentía como si no pudiera reaccionar ante nada. Como si mi cuerpo entero —a excepción de los latidos ralentizados y del dolor en mi pecho—, estuviera en shock.

El resto del viaje fue silencioso. A veces Jess intentaba sacarme unas cuantas palabras, pero mis respuestas eran tan cortantes que al final simplemente se callaba.

Cuando se estacionó frente a mi casa, le di las gracias, tomé mi mochila y bajé a toda prisa. Mis pasos eran rápidos, quisiera decir que también eran firmes, pero mi cuerpo estaba tan aturdido que no estoy segura de cómo rayos no me caí.

Atravesé el césped, llegué hasta la entrada y abrí la puerta con rapidez. En ese instante, todo comenzó a venirse sobre mí. Sabía que así sería en cuanto entrara a mi habitación, cuando dejara caer mi cuerpo sobre mi cama y sólo fuera consciente de los latidos de mi corazón. Todo se vendría sobre mí, como una avalancha sin freno. Ése es el problema de que algo no duela como debe en su momento, que después es peor.

No hay nada que lo drene, simplemente tu cuerpo se obstruye.

Pero en ese momento era lo único que anhelaba. Sentir algo más que dolor. En realidad, sólo quería poder sentir. En mi cama. Sola. Quería entender lo que no había podido comprender antes. Repetir cada una de las palabras que me había dicho, para poder terminar de romper lo que quedaba. Sacar todo lo que sentía, todo lo que estaba estancado y no me dejaba liberarme.

Ni siquiera me di el tiempo de comprobar si había alguien en casa, entré casi corriendo y atravesé el pasillo principal hacia las escaleras que me llevarían a mi habitación.

—Allison.

Me detuve a mitad de las escaleras cuando la voz de mi padre me llamó. Nunca había nadie en casa, pero al parecer hoy era un buen día para que ocurriera lo contrario. Apreté los ojos e inhalé con fuerza, sin embargo, no volví la vista y esperé a que él volviera a hablar. No quería que me viera y tampoco me sentía capaz de articular una palabra siquiera; el nudo en mi garganta era fuerte y estaba segura de que acabaría en un sollozo.

—Tu tío ha venido a visitarnos, ven a saludarlo.

Fruncí el ceño, captando apenas las palabras.

¿Tío?

Yo... Mi cuerpo se heló por completo. Fue como si una sensación fría me abrazara por la espalda y, aunque mi corazón latía con fuerza como si quisiera huir, apreté los ojos e intenté detener la avalancha de pensamientos que llegaba a mi cabeza.

Me giré, y abrí lentamente los ojos, aferrándolos a esta tortura. Entonces lo vi.

"*No. Por favor, esto no*". Las palabras se repitieron en mi cabeza como una súplica. Mi garganta ardió de resequedad y por un momento pequeño, pero infernal, no pude moverme. Sin embargo, mi mundo sí lo hizo, como si algo se hubiera levantado desde el abismo haciendo temblar todo. Mi cuerpo se clavó en el piso impidiéndome despegar los pies de él. Todos mis músculos se habían tensado.

Sus ojos se clavaron en mí mientras la curva de sus labios se elevaba en una sonrisa burlesca, una sonrisa que me hizo querer arrancarme la piel.

Apreté los ojos y escapé de todo, luché contra mi propio cuerpo y contra el miedo, un miedo puro que me helaba, que casi me hacía querer gritar, sólo para sentir que era capaz de expresar algo. Corrí a pesar del dolor de mis pies, de mi cuerpo que ahora pesaba una tonelada, y me encerré en mi habitación. Cerré la puerta con seguro y moví el pomo una y otra vez sólo para asegurarme de que la puerta no se abriera, de que nadie más pudiera hacerlo.

Él está aquí.

Él está aquí.

Mis manos comenzaron a temblar. Sentía como si mis pulmones no fueran capaces de absorber aire. Llevé ambas manos a mi pecho y presioné con fuerza. No podía. No podía. Quería sentir y liberarme de lo que había pasado con Eiden para entender. Pero no así, no quería sentir esto.

Mi garganta se sofocó como si alguien la estuviera presionando, mientras gruesas lágrimas caían por mis mejillas. Estaba asustada. Realmente asustada, y esta vez sí temía que pudiera pasarme algo. Hipé un par de veces. Intenté respirar con fuerza, pero sólo sentí que entraba un poco de aire por mis fosas nasales y me quemaba.

Mi cabeza daba vueltas. La sensación era potente, como si todo, todo mi cuerpo estuviera siendo aplastado y eso me impidiera moverme, respirar con naturalidad, sentir mi piel viva. Como si me impidiera pensar con claridad.

Me dejé caer sobre una pared y me desesperé de la peor manera.

No quería sentir esto. Esto no. El miedo de que los recuerdos llegaran y que esta vez sí pudieran volverse reales. Estas sensaciones en mi cuerpo, que obstruían y paralizaban todo. La desesperación de una herida que es abierta una y otra vez hasta que sangra sin poder detenerse.

No lo había visto desde hacía más de un año. ¿Por qué hoy? ¿Por qué hoy, que ya dolía mucho?

La desesperación corrió como veneno por mi cuerpo. Abracé mis rodillas y hundí mi cabeza entre ellas; sin siquiera darme cuenta, comencé a pellizcar mi piel por encima del jersey. Estaba desesperada, asustada, aturdida y... necesitaba dormir. Así no dolería nada.

Pasé mis manos por mi cara de forma desesperada, limpiando mi visión.

Las había traído antes de mudarnos.

Me puse de pie como pude, como mi propio cuerpo me lo permitió, con el dolor espabilando cada músculo, haciendo que todo quemara y diera vueltas.

Llegué al clóset y saqué prenda por prenda, tirando todo con desesperación hasta que encontré la caja. La tomé, la abrí y vacié su contenido. Botes de pastillas y navajas salieron de ella. Escudriñé todos los envases y tomé con manos temblorosas el bote de pastillas para dormir.

Sólo quería dormir.

Abrí el botecito, y... únicamente tenía una pastilla. No, no. No me iba a servir, iba a tardar mucho tiempo en hacer efecto, si es que lo hacía. Estaba muy abrumada por todo, mil cosas cruzaban por mi cabeza, unas empujando sobre otras, queriendo atacarme y carcomerme. Mi cuerpo temblaba, sentía cómo el miedo, el miedo puro, corría por mi sistema. No iba a resistir. Tenía mucho miedo y mi cuerpo estaba comenzando a sofocarme.

No podía estar sola. No podía estar en tanto silencio. Iba a estallar y lo iba a hacer contra mí.

Levanté la vista y visualicé mi mochila junto a la puerta, había caído ahí cuando entré. Caminé hacia ella y la tomé. Mis manos no eran capaces de sostenerla. Me tiré en el suelo y comencé a buscar mi celular. Lancé todo fuera, y sentí cómo mi corazón aleteó con un dejo de alivio cuando vi el destello de una pantalla entre la tela de un jersey que yacía en el suelo. Lo tomé entre mis manos temblorosas. Pero mi corazón se detuvo por un segundo al ver que no era el mío.

Tragué hondo, daba igual, daba igual de quién fuera.

Lo encendí y al ver el fondo de pantalla supe de quién era. Eiden, la gatita y yo. Era la foto que nos habíamos tomado hacía un par de días en la cocina de la cabaña. Era el celular de Eiden. Escribí la contraseña y me dirigí al teclado, intentando marcar el número de Hellen, ella siempre me escuchaba. Las lágrimas no cesaban, mi cabeza daba mil vueltas y estaba tan nublada que mis intentos de marcar el número siempre llegaban a la misma contestación:

Lo sentimos, el número que usted marcó no existe.

1-8-2… 5, ¿o era 6? ¿Cuál era? ¿Qué seguía?

Golpeé mi cabeza con la palma de mi mano, desesperada. Apenas y podía respirar, apenas y me sentía viva.

No me importó nada en ese momento. Sólo sabía que tenía miedo. De ese que no es momentáneo, que no esperas a que pase porque está tan incrustado en ti que sólo aguardas a que te destroce.

Tenía miedo.

No quería estar sola. Quería algo que me mantuviera cuerda.

Deslicé mi dedo por la pantalla y marqué uno de los únicos números registrados. Obtuve respuesta después de dos largos pitidos:

—*¿Quién habla?*

* * *

Eiden Blaken

Se abrió la puerta de la habitación y ni siquiera pude procesarlo cuando sentí unas manos envolviéndose en el cuello de mi camisa para luego ser arrojado al suelo con una fuerza que casi me partió la espalda apenas caí.

—¡Aaron! —la voz de Samantha hizo eco como un zumbido distante.

Había regresado, y la ira que invadía su cuerpo se volvió como un torbellino directo contra mi cara cuando sus nudillos se impactaron en mi nariz.

Quedé desconcertado por el impacto, mi cabeza dio vueltas y el dolor se extendió como hierro caliente por mi nariz y parte de mi cara, pero sólo imploré una cosa.

No te detengas.

No forcejeé, no luché, no tenía fuerzas, no quería hacerlo. Entre mi visión borrosa, miré su brazo elevándose para volver a caer.

Y sólo apreté los ojos, listo para recibir otro golpe.

Este dolor era menor al que estaba intentando sofocar. El dolor físico mataba el dolor emocional, o al menos lo anestesiaba. Aceptaría lo que fuera, sólo quería dejar de regresar a lo que había hecho hacía un par de horas.

No me importaba. Necesitaba dejar de sentirlo, me estaba matando en vida.

—¡Aaron! ¡Por favor!

Quise decirle a Samantha que no se metiera en esto, que dejara que lo hiciera. Sé que él estaba tan molesto como yo, aunque yo no sentía la necesidad de liberar mi rabia. Más bien algo se fundía en mí, el dolor en mi pecho, la tristeza aplastándome el cuerpo, y necesitaba apagar eso.

Pero no llegó otro golpe. En cambio, sus manos se apretaron con fuerza sobre la tela de mi cuello, elevándome y poniéndonos cara a cara.

—¡Eres un maldito impulsivo de mierda! —me gritó antes de soltarme con fuerza, haciendo que mi cuerpo se espabilara en el suelo—. ¡¿Cuál es tu maldito problema?! ¡¿Cuál es tu maldito puto problema, Eiden?!

Estaba furioso. Samantha también lo estaba, ya me había mirado con reproche y de forma recriminatoria por lo que hice. No obstante, sus furias eran diferentes. Aaron la expresaba y la descargaba sin control, pero Samantha no. Aaron podía ser como Samantha porque podía razonar si el alcohol no corría por su sistema. Samantha no podía ser como Aaron porque ella no podía lastimar, no era capaz si no era por supervivencia. Y Aaron y yo éramos casi iguales en eso, sólo que, aunque no hubiera alcohol en mi sistema, muchas veces yo tampoco podía razonar.

Era impulsivo.

Era tan asquerosamente impulsivo..., pero no me había sentido tan asqueado de eso hasta hoy, que mi cabeza se cegó tan fuerte que sólo buscó la primera solución antes de razonar. La primera maldita solución. Sólo sentía que mi cabeza estaba nublada, y la estúpida rabia me calaba hasta los huesos al igual que la necesidad de solucionar la situación a la que me había orillado Jaden. Él sólo lanzó una cosa y yo la tomé desesperado para que él no hiciera nada.

No quería que Jaden la dañara, así que lo hice yo para alejarla de todo. Pensarlo de esa manera me estaba rompiendo a pedazos, la había lastimado, la había herido, y verla llorar y tratar de contenerse, verla mirarme tan dolida, me rompió. Algo en mi pecho se quebró y sangró, y hasta ahora, ahora que el recuerdo me asaltaba, volvía a sentir todo en carne viva.

Hice una mueca de dolor y llevé mi mano a mi cara; entonces tenté la sangre que se escurría por mi nariz y por mis labios. La sangre brotaba sin parar, y mi respiración entrecortada hacía que doliera como el infierno. Cada respiración era dolorosa.

Pasé el dorso de mi mano por mi nariz, tragándome el dolor, y como pude me senté y recargué mi cuerpo en una pared.

Me había acostumbrado a este dolor. No importaba; pasaría y se curaría con el tiempo. Cuando someten a tu cuerpo a mucho dolor, se acaba acostumbrando. Se incrusta bajo tu piel como una segunda capa. Te acostumbras, porque sabes qué pasa. No hay otra manera.

Pero el dolor que sentía en el pecho me oprimía y, por alguna razón, había comenzado a incrementarse desde hacía unos minutos. Era constante y agonizante. Mi cabeza se sentía pesada, pero era por dolor. Tenía que pasar. Necesitaba pasar. Ella tenía que dejar de doler.

Escupí sangre hacia un lado, y volví a pasar mi mano por mi boca, sintiendo cómo el sabor metálico volvía a invadirme. El golpe no sólo me había impactado la nariz, sino también parte de mi labio superior.

—Toma.

Ni siquiera levanté la cara, simplemente estiré el brazo para recibir la cerveza que me estaba ofreciendo Aaron. Ambos nos quedamos callados, mientras él se deslizaba por la pared y se sentaba a mi lado.

Hubo un breve momento de silencio en donde sólo se escuchó el chasquido de mi lata cuando la abrí. Me la llevé a la boca, y el sabor amargo pasó por mis labios y garganta. Quemaba e irritaba la herida de mi labio, pero di otro trago. No me gustaba beber, pero estaba desesperado por que mi cabeza borrara todo rastro de lo que había pasado las últimas horas, así que, si emborracharme era la solución, lo haría.

También quería estar solo. Asquerosamente solo. Sin embargo, parecía que Samantha y Aaron sólo querían quedarse aquí, como si esperaran el momento en que les dijera algo, tal vez esperaban que me quebrara. Nunca les decía nada y hacía casi un año que no me veían quebrarme, ¿qué les hacía creer que ahora lo haría?

Alcé la cara y miré a Samantha, estaba sentada sobre mi cama. Su mirada parecía buscar respuestas, ella sólo era consciente de lo que había pasado, no del porqué.

—Ella se tenía que ir —mascullé, dándole otro trago profundo a la bebida, intentando enterrar las palabras en el fondo de mi garganta.

Aaron lanzó su cerveza a la pared, cabreándose más por mis palabras.

Me estaba exasperando. Quería que se largaran.

—¡Te dije que lo solucionaríamos! —espetó—. ¡Aquí la podíamos proteger!

Apreté los dientes, sintiendo cómo mis dientes chirriaban, y me giré hacia él. Le lancé una sonrisa amarga, sarcástica, cargada de toda mi paciencia sobre esto.

—¿Proteger? ¿Hasta cuándo? —alterné la vista entre ambos—. Ésta no es una maldita película, aquí los buenos no van a ganar. Estamos escondidos, buscando la maldita oportunidad de librarnos de Jaden. ¿Y si no podemos? ¿Y si él llega a nosotros primero? Allison es un maldito eslabón suelto. ¿Qué les hace creer que no irá después por ella?

—Él no sabe de Alli...

—¡Claro que sabe de ella! —grité, cortando las palabras de Samantha. La furia centelleaba en cada palabra que salía de mi boca. Estaba molesto conmigo mismo y, si no se iban, me desquitaría con ellos—. Y me dio la oportunidad de sacarla o dejarla dentro. Y la saqué. Está fuera y a salvo, y eso es todo lo que me importa. Así que ahora, ¡lárguense de mi maldita habitación!

Samantha abrió los ojos como platos. La sorpresa invadió su rostro, no porque yo estuviera casi en un colapso de gritos, sino por lo que había dicho. Porque ella no lo sabía. El único que lo sabía era Aaron.

Jaden no me amenazó, él nunca lo hace, él juega. Tres putos mensajes de un número desconocido. Distintas horas, como si esperara que mi cerebro armara con lentitud y agonía su maldito rompecabezas.

Samantha estaba conmigo cuando recibí el último mensaje, pero ni siquiera le expliqué nada, la ira y la confusión me pegaron tan fuerte que me nublaron. Tomé una pistola. ¿Para qué? No lo sé. Tal vez tenía la esperanza de encontrarme a Jaden, y así poder descargársela en la cabeza.

—¡¿Y tenías que hacer esa mierda?! —soltó Aaron—. ¡Le dijiste todo y de la maldita peor manera!

Me giré hacia él, inhalando hondo, intentando calmarme un poco.

—Si tu maldito problema es que hable, no lo va a hacer...

—Ése no es mi problema —rebatió con voz cargada. Tenía la mandíbula tan tensa que pensé que se la rompería, estaba furioso—. Mi problema es toda la mierda que le dijiste. Si le hubieras dicho que se fuera, ella lo habría hecho. ¡Lo habría hecho si se lo hubieras pedido y lo sabes! ¡No tenías que lastimarla!

Sí, lo sabía, pero eso no era todo.

—Da lo mismo, ya lo hice —contesté, restándole importancia.

Apreté los dientes e inhalé hondo cuando Aaron me enganchó del cuello de la camisa, obligándome a verlo. No hice afán de moverme, dejé que la tela rozara mi cuello, mientras le sostenía la mirada. Sus ojos estaban casi oscuros por la ira.

—¿Lo hiciste? —soltó con una ironía amarga—. Le dijiste que la usaste, que la usamos, cuando bien sabes que no fue así. Y no te bastó con esa mierda, sino que también le contaste todo lo de Jaden y le pusiste una maldita pistola en la cabeza. ¿Para qué rayos hiciste todo eso?

—¡Necesitaba que se fuera! ¡Que me odiara!

—¿Cuál era la necesidad de eso? —espetó, apretando los dientes.

—Ése es mi maldito problema. No el suyo, así que largu...

—Si querías que se fuera, sólo debías pedírselo —me cortó Aaron, haciendo que mi cuerpo se tensara aún más—. Debiste decirle que se alejara en lo que nosotros resolvíamos esto, no debiste lastimarla ni hacer todo lo que hiciste. Sólo necesitábamos un par de semanas. Si lográbamos salir de esto, si todo salía bien después... —se quedó callado unos segundos como si la lucidez llegara a él. Me vio, observó mi mirada; era como si no hubiera nada en mí en ese momento—. No quieres seguir con ella después de esto, ¿verdad?

Me solté de su agarre, empujándolo, y me dejé caer sobre la pared. Me ardía la cara y me punzaba el pecho, pero ahora por la furia. Sólo quería estar solo.

—No —mascullé—. Ahora, lárguense.

En sus malditas cabezas creían que yo todavía les debía explicaciones. No se las debía a nadie, porque ni yo tenía la capacidad de entender lo que había hecho. Sólo... lo hice, porque creí que era lo mejor y... porque todo me estalló en la cara.

¿En qué maldito momento creí que podía tener a alguien a quien querer o que alguien sentiría algo por mí?

Se iba a alejar, tarde o temprano; Allison, se iba a ir. Cuando lo supiera todo, o cuando yo me hundiera en mi propia mierda, porque no iba a ser capaz de esconderlo. Mi pasado me seguía absorbiendo.

Todo estalló en mi cara. Por más que desde un principio quise alejarla y protegerla de Jaden, no pude. Y ahí entendí que, si me seguía aferrando a Allison y a creer que después de que nos libráramos de Jaden podríamos seguir, simplemente me estaría mintiendo.

Después mi miedo no sería Jaden, sino mi pasado. El ocultárselo, el fingir que no me afectaba, y el no ser capaz de conciliar el sueño a menos que ella estuviera conmigo porque seguía teniendo recuerdos vívidos de mi infancia.

Había perdido la cuenta de las veces que quise contarle todo, pero simplemente no podía. Se iría. Y no quería.

No hasta este momento. Decirle que jugué con ella, tratarla como si su sola presencia me irritara y deshacer mi propio corazón buscando romper el suyo fue mi manera de alejarla, de hacer que me odiara para que así nunca volviera, porque necesitaba esa seguridad. La seguridad de que no volvería, aun cuando yo quisiera. Yo no era sano para ella; ni yo, ni mi pasado. Lo mejor para Allison era no estar junto a mí.

Pero contarle lo de Jaden, eso había nacido como un puto impulso, no pude controlar mi boca. Fue como si necesitara decírselo, aferrarme a que eso sí era verdad.

Levanté un muro entre ambos al mentirle, pero derribé otro al contarle mi pasado.

Aaron tenía razón, era un maldito impulsivo de mierda.

En ese momento, creía que no me dolería tanto que me mirara con desprecio por mi pasado si lo hacía por haberle dicho que la usé. Pensaba que me odiaría más por una mentira que por una verdad. Pero no, el dolor fue peor porque no había desprecio en su cara, había dolor y tristeza. Ni siquiera fui capaz de mirarla cuando hablaba porque sentía que algo se rompía en mi pecho al verla así.

"Daría mi vida para no borrar esa sonrisa de tu rostro".

No mentí. Con ella se fue un pedazo de mi vida al lastimarla de esa manera y apartarla de mí. Con ella se fue todo lo que quería en un futuro.

Me puse de pie, dispuesto a irme cuando noté que ellos no lo harían. Necesitaba salir y tomar un poco de aire. Mi pecho seguía latiendo con fuerza y la presión no dejaba de incrementar.

Sin embargo, antes de que pudiera salir, Aaron habló:

—Pero tampoco jugaste con ella —lo dijo más para él que para mí, como si fuera una confirmación lejana—. ¿La quieres?

No contesté. Ya qué más daba. Lo que sintiera no cambiaba mucho. Mejor dicho, no cambiaba nada.

Me pasé la mano por la frente y por el cabello, limpiándome un sudor imaginario, y salí de la habitación. Me ardía la garganta y me cosquilleaban las manos. Sentía como si mi cuerpo fuera algo extracorporal, como si fuera un malestar que no me perteneciera y sólo estuviera sobrepuesto.

Por un momento, iba dispuesto a salir hacia el lago, no obstante, tuve que detenerme porque mi pecho comenzó a punzar tan fuerte como si un centenar de agujas se enterraran en él y no fui capaz de dar ni un paso más. Me recargué en la barra de la cocina y pasé mi mano por el pecho.

¿Por qué dolía tanto?

Incluso sentía como si no pudiera respirar, aunque sí podía hacerlo. Era como si ese dolor no me perteneciera, pero se apoderara de mi cuerpo.

Respiré hondo y meneé la cabeza. Tal vez sólo debía salir. Alejarme un poco de todo.

Intenté moverme otra vez, pero apenas puse un pie en marcha, aquel dolor fuerte y tortuoso pulsó de nuevo sobre mi pecho. Apreté los ojos y llevé mis manos a esa zona de mi cuerpo. Nunca había tenido este tipo de malestar, nunca tan fuerte que no me dejara ni moverme.

Mi cabeza zumbó perdiéndose en otro sonido. Era un sonido agudo. Lo había escuchado antes, pero no pude reconocerlo. Inhalé hondo y eché la cabeza hacia atrás, golpeando mi pecho para calmar el dolor.

—Me duele el pecho —le mascullé a Aaron cuando pasó a mi lado.

Cada que respiraba, dolía. Esperé una respuesta estúpida, pero acabé frunciendo el ceño cuando dejó caer algo sobre la barra. Se colocó al otro lado y apuntó con la cabeza hacia lo que había tirado.

Miré su celular, estaba boca abajo en la barra. Puse mala cara, pues a mí qué mierda me importaba su celular en este momen...

—Sigo aquí —murmuró Aaron y se inclinó más sobre él. Pasaron unos cuantos segundos sin que hubiera respuesta al otro lado de la línea, pero después volvió a hablar—: ¿Sigues ahí?

Gruñí, ronco, cuando otra punzada de dolor me atravesó el pecho. ¿Qué mierda? ¿A qué estaba jugando Aaron?

Estaba a punto de irme cuando un sollozo atravesó el silencio. Fue ahogado, casi como si hubiera salido bajo presión. Me quedé quieto y con el ceño fruncido.

—Sólo... sólo... ¿puedes quedarte en la línea?

Dios. Sentí cómo mi cuerpo se heló por completo en el momento en que identifiqué de quién era la voz.

Allison.

De pronto todo se sintió más potente cuando no sólo identifiqué a la persona, sino cómo se escuchaba. Su pregunta había salido casi en un hilo de voz. Se escuchó más como un sollozo largo y agudo que como una oración.

—Sí, sí puedo —aseguró Aaron—. ¿Qué ocurre? ¿Estás bien?

Tragué, sintiendo cómo mi saliva se volvía gruesa y pesada. Me quedé en espera de su respuesta. No fue a mí a quien llamó, fue a Aaron; probablemente en ese momento ni siquiera quería escucharme.

Pero ¿por qué lo había llamado?

Mi cabeza dio vueltas intentando entender. Intentando generar algo, sin embargo, no era capaz de entender mucho.

Me pasé la mano por la cara y por el cabello, casi al borde de un ataque de nervios cuando no contestó. Aaron parecía tranquilo, aunque no lo estaba. Tenía ambas manos empuñadas sobre la barra al lado del celular y las cejas fruncidas, como si lo único importante para él fuera escuchar algo. Estaba atento. Rígido. Quieto.

Sólo tres segundos, sólo tres segundos, y... al diablo. Intenté tomar el celular, pero apenas alcé la mano, Aaron la sostuvo, impidiéndomelo. No me miró, no se molestó ni siquiera en girarse, sus dedos se clavaron con fuerza sobre mi muñeca y yo apreté los dientes.

Aaron estaba preocupado, pero yo estaba al borde de la locura por entender qué pasaba. No había balance entre lo que ambos sentíamos. No hacia ella.

Liberé mi brazo de su agarre de forma brusca y antes de que siquiera pudiera abrir la boca, me quedé estático. Se escuchó otro sonido agudo, otro sollozo; probablemente estaba presionando su mano contra su boca, intentando acallarlos.

De sólo imaginarlo, sentí...

—Tengo miedo —dijo casi en un susurro.

Aaron apretó los ojos y movió la cara como si algún malestar lo invadiera repentinamente. Entonces, de nuevo se extendió el maldito silencio. Recargué los codos en la barra y apoyé la cabeza en mis manos, con la frustración atascándome mientras sentía cómo cada nervio de mi cuerpo se estremecía en agonía.

¿Qué mierda hice?

¿Qué mierda le hice?

¿Por qué hice esto?

—Él... él... está aquí.

Y la llamada se cortó.

Miré a Aaron y él me miró a mí. Los dos lo pensamos.

* * *

En ese momento creí que ella estaba en peligro. Aaron también lo creyó. Y sólo fuimos capaces de pensar en una persona.

En Jaden.

La rabia se extendía por mi cuerpo, caliente y arrebatadora como combustible listo para explotar. Todo el enojo se había acumulado en mi cuerpo. El mismo que sentí cuando recibí su último mensaje, cuando salí de la cabaña como si esperara encontrarlo en algún punto y así poder descargarle el arma en la cabeza sin ningún reparo.

Me dio la oportunidad de sacarla de esto y lo hice, pero él... Golpeé el tablero del carro, irritado. Todo mi cuerpo estaba a la defensiva; quería lastimar, lastimarlo, matarlo si era posible. Si él se había atrevido a tocarla… no me iba a importar nada. Lo mataría ahí mismo.

Aaron estacionó el carro detrás de la casa de Allison y ni siquiera me tomé la molestia de esperarlo. Cargué la pistola y la coloqué en la parte trasera de mi pantalón. No sabía quién estaba en su casa. Si él la había acorralado en su cuarto, si el lugar estaba vacío, si estaban sus padres. Aunque en realidad tampoco me importaba, iba a entrar de cualquier modo.

No había tenido sangre en mis manos desde hacía dos años, pero la tendría ahora si él estaba aquí.

Abrí la puerta de la cerca y entré. Atravesé el césped y llegué a la puerta trasera de la casa. Meneé un par de veces la cerradura y se abrió. La estúpida puerta ni siquiera estaba cerrada.

La casa era igual a la nuestra, y yo ya había estado aquí antes, así que recorrí el pequeño pasillo oscuro que me dirigió a las escaleras que me llevarían a su habitación. Todo el lugar estaba oscuro a excepción de la luz que se filtraba por debajo de una de las habitaciones. Si en verdad era la misma estructura y habían usado ese espacio para la función esperada, debía ser la oficina. Su padre estaba aquí.

Pasé por la oficina, subí las escaleras y me detuve frente a la puerta de su habitación. En ese momento, mi corazón latió con fuerza en mi pecho. Me sentía alerta, cada parte de mi cuerpo estaba hiperactiva, sentía la necesidad de actuar atascada en cada nervio y cada músculo de mi cuerpo, pero... tenía miedo. Era una fusión que ya había experimentado. Como el miedo que sentí la primera vez que estuve en esa habitación, con un arma y con el único propósito de ver cómo dañaban a Samantha para comprobar si era capaz de defenderla.

No era miedo por lo que pudiera pasarme a mí. Era miedo por lo que podía pasarle a la otra persona, por lo que pudiera pasarle a Allison; sin embargo, de algo estaba seguro: había matado por Samantha y por Aaron y mataría por Allison.

Tomé la pistola entre mis manos y traté de abrir la puerta, pero sólo logré que el pomo rebotara en mi mano. Estaba cerrada. No lo pensé mucho y con una rapidez que pocas veces conseguía, pude manipularla hasta que cedió. Me aproximé con ligereza, dejando mi cuerpo sobre la puerta, como una especie de barrera. Moví mi cabeza y la deslicé a través de la pequeña ranura que había quedado en la puerta semiabierta. Estaba oscuro, no se veía nada. La preocupación se apoderó de mi cuerpo y, sin entender nada, entré por completo a la habitación mientras veía de reojo cómo Aaron se deslizaba apenas por el pasillo.

Encendí la luz y mi mirada registró todo el lugar. Era un desastre, su mochila estaba tirada a un lado con todas sus pertenencias en el piso. Noté cómo su clóset estaba igual, ropa regada, pequeñas plaquetas que no pude identificar y unos cuantos botes esparcidos por el suelo.

Mis cejas se habían fruncido. Mi cuerpo estaba tan alerta que todo lo vio como un signo de peligro latente.

¿Y si la llevó a otro lugar?

¿Y si...? Y antes de que pudiera reaccionar, de alguna manera capté un sonido. Agua cayendo, ligera, como...

No lo pensé mucho. A la vez que escuché el sonido de la puerta de la habitación siendo abierta, caminé a zancadas hacia el baño y abrí la puerta.

Mierda.

No reaccioné al instante. No supe cómo hacerlo, ni siquiera supe lo que sentí en ese momento. ¿Alivio? ¿Preocupación? No lo sé, pero cuando mi cerebro entendió lo que estaba pasando, sólo pude moverme.

—¿Dónde es...?

Cerré la puerta a mis espaldas, sin dejar que Aaron acabara de pronunciar lo que iba a preguntarme, y me tiré al lado de la bañera.

Cada músculo de mi cuerpo se tensó y mi corazón latió con fuerza en mi pecho, desesperado y asustado.

Estaba aquí. Ella estaba bien, o al menos eso creí.

Estaba sentada en la bañera con las rodillas contra su pecho. El agua caía por su cuerpo, y el hecho de que sólo estuviera en ropa interior la estaba haciendo temblar. Sin embargo, en ese momento eso no me importó; más bien, me concentré en lo que sus manos hacían. Arrastraba una esponja de baño sobre la piel de sus antebrazos con tanta fuerza y brusquedad que le estaba dejando la piel roja e irritada.

Levanté ambas manos hacia las suyas, queriendo detenerla, pero no fui capaz de tocarla. Se estaba lastimando. Su mirada parecía sólo concentrada en lo que estaba haciendo, rápido, violento, duro, como si quisiera arrancarse la piel. Se veía ida y perdida, y yo no quería alterarla más; sabía que a ella no le gustaba que la tocaran de forma brusca.

—Allison —intenté captar su atención, pero me ignoró. Mis manos se movieron a su alrededor, incapaz de tocarla, pero también de retroceder—. Allison, debes parar. Te estás lastimando; si no te detienes, vas a dejarte la piel...

Mis palabras se sintieron inútiles en mi boca. Creí que ni siquiera era consciente de que yo estaba ahí, pero sí lo estaba:

—Estoy sucia —susurró sin detenerse—. Estoy sucia, no quiero estarlo, no... no... no quiero sentirlo.

Sentí cómo algo oprimió mi pecho y esta vez sin dudarlo, sin siquiera tomarme el tiempo de analizar su futura reacción, tomé sus manos entre las mías. Ella luchó, forcejeó e incluso me gruñó.

No quería que la tocara. No quería que la detuviera.

Tomé con una mano sus brazos, presionando sus muñecas contra su propia pierna, y deslicé mi mano libre a su rostro. Ella apartó la cara, pero dejó de forcejear, sólo no quería verme.

—Mírame —le pedí y forcé mis dedos sobre su mentón. Se resistió un poco, pero finalmente cedió. Sus ojos y su nariz estaban rojos, sus labios estaban casi morados y su mirada estaba perdida mientras me veía, era como si en realidad no lo estuviera haciendo—. No digas eso. Tú no estás sucia, ¿de acuerdo? No estás sucia, Allison.

Negó con la cabeza; no quería escucharme.

—Estoy sucia —repitió en voz baja. Su voz se escuchaba quebrada, como un susurro distante—. Todo mi cuerpo está sucio. Necesito lavarme.

—¿Quieres lavarte? —le pregunté con suavidad, retirando un mechón negro que se adhería a su mejilla.

Asintió y se relamió los labios.

—Déjame ayudarte —le dije—. ¿Puedo lavarte?

—¿Quieres tocarme? —preguntó en un débil susurro.

—¿Quieres que yo lo haga?

Lo pensó unos segundos y asintió.

No me sentía muy capaz de entender lo que estaba pasando. Sólo sabía que se veía frágil e indefensa, con sus piernas abrazadas contra su pecho, con el rastro de haber llorado y con la mirada perdida. Estaba ida.

Limpié el agua de su cara con mis pulgares y tomé la esponja, pero cuando intenté acercarme a ella, dio un respingo hacia atrás.

—¿Puedes entrar?

—¿Quieres que entre contigo a la bañera? —le pregunté, para asegurarme de haber entendido lo que había dicho.

Allison asintió y apretó con más fuerza sus dedos sobre sus rodillas.

—Bien —asentí. Enseguida me deshice de mis zapatos y del celular de Allison, que se encontraba en el bolsillo de mi pantalón, y lo dejé en el suelo junto a la pistola.

Me puse de pie y, cuando tuve la intención de sentarme frente a ella, me tomó de la mano. Sus dedos fríos y pequeños apretaron los míos y tiró de mi mano hacia atrás de ella. No tardé mucho en captar su indicación. Entonces me senté a su espalda, abriendo las piernas para que pudiera colocarse entre ellas.

Al principio lo dudó, se veía indecisa, pero también cansada, y al parecer eso pudo más. Dejó caer su cuerpo en mí y se acomodó en mi pecho. Se sentía irreal. Este momento, que hasta hacía unos minutos era imposible en mi cabeza, se pintó y me dolió, me dolió verla así. La culpa me carcomió por dentro. No sé qué la había orillado a esto, ni qué pasaba o había pasado por su cabeza, pero me sentí culpable de haberla traído de forma involuntaria aquí, de haberla lastimado y dejado vulnerable. Quería retroceder el tiempo, a esta mañana, a cuando estábamos en la cabaña. Tal vez así esto no estaría sucediendo, no se vería tan perdida y lastimada.

El silencio reinó hasta que se giró para verme; sus ojos rojos y apagados me vieron con la tristeza y la súplica de sus futuras palabras:

—¿Puedes seguir mintiéndome? —pidió con suavidad—. ¿Puedes seguir fingiendo que te importo y que sí quieres estar conmigo? —se quedó callada unos segundos y se relamió los labios. Su mirada me estaba matando, se veía tan lastimada, tan triste, tan llena de dolor y tan perdida—: Solo hoy, por favor. Sigue fingiendo que sí me quieres.

Apreté los dientes y sentí cómo mi corazón latía con fuerza ante sus palabras. *Seguir mintiendo. Seguir fingiendo.* Por un momento creí que estaba tan perdida que no recordaba lo que había pasado hacía un par de horas, pero sí lo sabía. Sí se acordaba y eso hinchó mi corazón hasta casi reventarlo. Sólo estaba demasiado cansada, demasiado dolida y lastimada por lo que fuera que la tenía así, y se estaba aferrando a mí.

Besé su frente.

—Sólo hoy —musité contra su piel.

Asintió, cerrando los ojos.

—Sólo hoy.

Dejé que se acomodara contra mi cuerpo y tomé la esponja.

Sólo hoy, una última vez. Ya había destruido todo con ella. Ya la había lastimado más de lo que quería. Una noche más, una última antes de perderla.

—¿Qué significa la flecha? —preguntó de repente, dejando caer su cabeza en mi hombro.

—¿La flecha? —fruncí el ceño, perdido ante sus repentinas palabras.

—El sol es por Aaron, la luna por ti y la estrella por Samantha. ¿Y la flecha? No me dijiste qué significaba.

Sonreí con tristeza recordando esta mañana, cuando le dije el significado de mi tatuaje.

—Es símbolo de unión —comencé a pasar la esponja por la piel de sus brazos—. Lo que nos une.

—¿Y qué los une?

Abrí la boca para contestar, sin embargo, la cerré de golpe cuando mi vista bajó a sus muñecas y antebrazos. Mi corazón se aceleró.

Las había visto aquel día en el lago cuando tuvo que ayudarme a llegar a la cabaña. Un par de cicatrices sobresalían de su blusa de manga larga. Deduje cómo se las había hecho, pero no imaginé esto... Debajo del rojo y de la irritación de sus muñecas y antebrazos, había cicatrices, toda el área estaba llena de ellas. Eran muchas, pequeñas, largas, algunas más finas y otras un poco más gruesas, todas atravesando su piel, con un tono más ligero que el normal que la caracterizaba. Y había dos que cruzaban cada una de sus muñecas, eran grandes y gruesas como si hubiesen sido repasadas una y otra vez.

—¿Eiden?

—¿Sí?

Volví mi vista a Allison, que me había llamado. Mi cabeza estaba punzando con fuerza y mi boca se había secado.

Todas eran autolesiones. Y eran demasiadas.

—Tu corazón late muy rápido —señaló, girando y alzando su cabeza hacia mí.

Vacilé un poco y me relamí los labios, intentando sonreír.

—Me pones nervioso, cariño, qué quieres que te diga.

Ella sonrió y yo tomé un mechón de cabello mojado que se le pegaba a la cara para alejarlo.

—Entonces, ¿qué significa? —esperó mi respuesta y apoyó su mejilla en mi mano antes de que yo pudiera retirarla.

El calor de sus mejillas encendió mi piel. Y fue el choque de piel contra piel el que ocasionó eso, porque en realidad yo sabía que ella estaba pasando frío; sin embargo, también sabía que cuando tocaba su cuerpo y su piel chocaba con la mía, siempre se sentía cálida. Su piel se mantenía así, a pesar de que muy a menudo se quejara del frío. Se paseaba por la cabaña en pantuflas con uno de mis jerséis grandes, sus manos escondidas debajo del puño de la manga, quejándose con pequeños mascullidos de cuán insoportables eran esas temperaturas. Siempre que estaba cerca se abrazaba a mí y apoyaba su mejilla en mi pecho. Me gustaba abrazarla por la cintura y acariciar su mejilla con mi mano, sintiendo ese pequeño calor que ella me daba. Y durante las noches era un drama peor: si no tenía una sábana encima, no dejaba de moverse y abrazarse a mí.

Suspiré y regresé mi mirada a ella, que batió sus pestañas esperando mi respuesta.

—El amor que nos tenemos —respondí—. Eso significa la flecha.

Sonrió un poco bajando la mirada a mi pecho.

—Es un bonito significado.

Sonreí.

—Sí.

Sus ojos negros y profundos se quedaron en los míos por unos segundos, hasta que con una pequeña mueca tímida alzó sus manos y acarició mi pecho para después inclinarse ligeramente y dejar caer su mejilla justo a la altura de mi corazón.

Ahora podía sentir los latidos de mi corazón, que no se habían podido normalizar; aún seguían rápidos y consecutivos. En realidad, yo sabía que mientras siguiera con ella, nunca disminuirían su velocidad. Cada segundo lo estaba grabando en mi cabeza y en mi corazón, y con cada latido que bombeaba en mi pecho quería que la sangre se esparciera por todo mi cuerpo inundándome de su recuerdo, para que nunca se pudiera borrar.

Estaba aprovechando como no había podido mis últimos momentos con Allison.

—¿Te puedo confesar algo? —de pronto, su voz sonó entre el silencio, muy bajita.

Llevé la mirada hacia ella. Trazaba pequeños círculos con sus dedos sobre mi pecho. Su cuerpo se veía tan relajado, aunque no sabía si realmente era eso, o era más cansancio que nada.

Me miró por unos segundos cuando no obtuvo respuesta, lo que me hizo dejar de admirarla para en su lugar conectar mis neuronas y darle la respuesta que quería.

—Dime. Te escucho.

—Eres la primera persona con la que he dormido. Incluso cuando mi prima menor quería dormir en mi cama, la corría.

—¿Y por qué me dejaste dormir contigo?

Allison lo pensó unos segundos y con una pequeña sonrisa, respondió:

—Porque era tu cama y no podía correrte.

Solté una risa y me animé a deslizar mi mano por su cintura para pegarla más a mí. No opuso resistencia, así que dejé mi mano en su abdomen, mientras seguí deslizando la esponja por su piel, intentando evitar sus antebrazos y muñecas. Esa área de su piel estaba irritada. Tal vez aún no se había dado cuenta de que podía ver sus cicatrices.

Intenté apartar mi mirada de su cuerpo, para no ser intrusivo con ella. Únicamente me concentré en tallar su piel con suavidad, pasando la esponja por sus brazos y piernas.

—No era mi cama —le dije con ironía—. Podías correrme cuando quisieras. Admite que me querías ahí, solito y desprotegido, a tu merced.

Soltó una risa que le salió casi como un suspiro y me miró con una ceja enarcada.

—Te recuerdo que me dijiste que era TU —golpeó mi pecho con su dedo— CAMA. Y que TÚ —otro golpe— la estabas compartiendo conmigo.

—Y después te dije que era NUESTRA —le recordé también, y le puse cara de angelito—. Anda, que no te dé vergüenza decir que eres una pervertida que me quería en su cama.

Bufó y entrelazó sus manos en su pecho, como señal de molestia.

—¡Claro que no! ¡Tú eres el pervertido de los dos! ¿Crees que no te he visto viéndome el trasero?

—¿Si me das la espalda qué más quieres que te vea?

—No es necesario que me veas.

—Pues quiero verte. Y qué mejor que el trasero.

—¡Y por eso eres el pervertido de nosotros dos!

Solté una risa, mientras echaba mi cabeza hacia atrás.

—¿Quieres que te recuerde quién fue la que llegó SOLITA al baño mientras yo me estaba bañando?

—Me acababa de despertar —dijo, indignada—. Creo que soy sonámbula.

—Oh, sí, y también estabas sonámbula cuando me agaché y...

—¡Cállate! —chilló, intentando reacomodarse, pero yo la sujeté fuerte de la cintura para que no escapara.

Recargué mi barbilla en su hombro.

—Entonces, ¿qué decías sobre quién era el pervertido de los dos?

Allison abrió la boca para replicar, pero la cerró de golpe cuando su celular empezó a sonar. Me había encargado de traerlo porque ella lo había olvidado. Miré hacia donde había dejado mis cosas y noté que ahora estaba encendido y con una llamada entrante.

Me despegué un poco de su cuerpo y me estiré lo suficiente para poder agarrarlo.

—Es tu padre —le dije—. ¿Quieres contestar?

Asintió y deslicé el dedo para contestar. Iba a ponérselo en el oído para que tampoco tuviera la necesidad de sostenerlo, pero ella lo alejó y se limitó a ponerlo en altavoz.

—¿Allison? —se escuchó al otro lado de la línea.

—¿Sí? —respondió ella, su voz se había vuelto más baja e insegura.

—Olvidé despedirme de ti y tú tampoco bajaste; tuve que salir al trabajo.

—Está bien —contestó.

—Y si no estás ocupada, baja a saludar a tu tío, ha venido a quedarse por dos semanas, ya que tiene...

Dejé de escuchar lo que decía cuando noté lo que Allison estaba haciendo. Estaba pellizcando la parte posterior de su antebrazo, dejando pequeñas marcas en su piel. Su mirada seguía en el celular, pero sus uñas se aferraban a la piel de sus brazos.

—... baja a saludarlo hoy o mañana si no quieres que te obligue tu mad...

Corté la llamada y tiré el celular a un lado, junto a mis zapatos. Allison ni siquiera reaccionó a eso, se quedó quieta y perdida.

Mierda. Mi cuerpo se había llenado de un súbito nerviosismo, un malestar, un cosquilleo, una mezcla confusa y pesada que hizo que se me revolvieran las entrañas. No era idiota, y pese a que nunca lo mencioné o intenté abordar el tema con ella porque no quería presionarla a decir cosas con las que no se sentía cómoda, tenía una idea difusa pero existente de lo que le había pasado. Su miedo y malestar inicial a cierto tipo de contacto, a algunas situaciones, a...

Acuné su rostro entre mis manos, haciendo que me mirara.

—¿Quién está aquí, Allison?

Apretó los ojos con fuerza y negó. Como si todo regresara de nuevo a ella, como si esa pequeña paz que había encontrado hacía unos segundos se fragmentara. Las lágrimas comenzaron a brotar de sus ojos, y a pesar de que sólo quise sostenerla y abrazarla, no pude. Necesitaba respuestas, necesitaba protegerla de todo y no podía hacerlo si no me decía la verdad.

—Allison, ¿quién está aquí?

—No quiero estar aquí —musitó y me apartó las manos, para poder soltarse.

No se alejó, sólo... rodeó mi torso con sus manos y se abrazó a mí con fuerza, enterrando la cara en mi cuello.

—Allison, necesito que me digas qué ocurrió. ¿Quién está aquí?

—Tengo miedo —hipó, entre sollozos—. No quiero estar aquí, por favor, sácame de aquí.

—Te voy a llevar con Jess, te voy a sacar de aquí, ¿de acuerdo? Pero dime quién está aquí, dime qué te hizo. Sólo dilo y prometo que no va a volver a lastimarte.

Se separó de mí, con los ojos bañados en lágrimas. Con los labios temblando tomó mi rostro y unió nuestras frentes.

—Prométeme que —se quedó callada unos segundos, tragó hondo y cerró los ojos, como si algo le doliera— que... que... si te lo digo, me... me llevarás a la cabaña.

—Allison...

—Prométemelo.

—No puedo... no...

—Entonces vete.

Retrocedió lejos de mí y se aferró a sus rodillas, llevándolas a su pecho.

¿Por qué diablos quería volver a la cabaña?

¿Por qué diablos quería regresar, si hacía unas horas me había rogado para irse de ahí?

—Dime quién está aquí —traté de acercarme a ella, frustrado por no poder resolver esto, por no poder protegerla como quería—. Dime qué te tiene así, para poder protegerte.

—¡No necesito que me protejas! —me gritó, mientras limpiaba bruscamente las lágrimas de sus mejillas—. ¡Quiero que me hables!

—¡Lo estoy haciendo!

—¡No! ¡Nunca lo haces! ¡Hoy no lo hiciste!

Sus palabras se habían hecho fuertes, claras y duras. Era como si su dolor se convirtiera en rabia, como si un chispazo la encendiera, aunque por dentro estaba derrumbándose cada vez más. Es lo que pasa, ¿no? Cuando nos derrumbamos, sentimos cómo el mundo se cierra a nuestro alrededor, rasgamos, arañamos e intentamos mantenernos de pie, pero a veces simplemente caemos. Caemos y no somos capaces de levantarnos, no hasta que algo nos golpea tan fuerte que nos obliga a hacerlo. Un sentimiento sobreponiéndose a otro. El problema es que por dentro no ha cambiado nada. Y el de abajo siempre domina al de arriba.

La miré por unos segundos, escudriñándola, y cuando vi sus cejas fruncidas en una mueca de molestia, sus palabras entraron en mi cabeza como una daga. *Hoy no lo hiciste.* Fruncí el ceño sin entender con exactitud a qué se refería.

—¿De qué hablas? ¿Hoy no hice qué?

—¡Hablarme! ¡Hablar conmigo! —soltó, mirándome; sus ojos no sólo estaban furiosos, sino que había algo más—. Aaron tenía razón, huyes de los sentimientos que no puedes afrontar porque no sabes cómo hacerlo. Desde que nos conocimos lo hiciste. Te alejabas para protegerme, eras frío, distante. Pero proteger no es sinónimo de lastimar, Eiden.

¿Proteger? ¿Lastimar?

¿Cuándo habló con Aaron sobre mí?

Mi cabeza dio vueltas. De pronto sentí cómo un sabor ácido me atravesaba la garganta y golpeaba mi paladar. Las palabras que yo me repetí una y mil veces ella las tenía en la boca.

La lastimé para protegerla.

Te alejabas para protegerme. Pero proteger no es sinónimo de lastimar.

Abrí la boca para decir algo, incluso gesticulé un par de veces, necesitaba decir algo. Sin embargo, no lo logré y mi silencio sólo la irritó más.

—¡¿No vas a decir nada?! —exclamó.

—¡¿Qué quieres que te diga?! ¡¿Que hoy no hablé contigo?! ¡Lo hice! ¡Las cosas quedaron claras ¿no?!

Escupí las palabras entre la confusión. Me coloqué mi armadura. Me coloqué lo único que no me iba a llevar hacia ella.

Allison se veía más molesta, pero también triste.

—Deja de mentir —dijo esta vez con más calma—. Que todavía no duele lo que dijiste, no por completo —hizo una pausa, tragó hondo y me miró con el semblante casi abatido—. Arréglalo o vete.

¿Arréglalo o vete?

Mierda. No había posibilidad de que ella supiera la verdad. No lo iba a arreglar, pero tampoco me iba a ir.

—No mentí —espeté—. Las cosas quedaron claras cuando te fuiste esta tarde —apreté los dientes, preparándome mentalmente para lo que iba a decir—. Te use, me hiciste mis malditos favores, y yo te di lo único que necesitabas y buscabas en ese estúpido momento, alguien a quie...

—¡Deja de mentir! —gritó, cortando mis palabras.

—¡No miento! ¡Que no seas capaz de entenderlo no es mi problema!

—¡Leí los putos mensajes! —exclamó, poniéndose de pie—. "Sácala o déjala dentro". ¡No te costó ni un maldito segundo contestar, no te preguntaste qué quería yo! ¡No te detuviste a acercarte a mí y ver si estaba dispuesta a mantenerme por ti! ¡Porque lo estaba!

¿Leyó los mensajes?

Algo se detuvo en mí. Mi corazón, mis pensamientos, mi capacidad de pensar, probablemente.

No había encontrado mi celular, y en ese momento estaba hecho mierda, tanto que no me importó. Mi corazón dio un vuelco en mi pecho, su cuerpo se movió fuera de la bañera y yo me puse de pie detrás de ella, siguiendo sus pasos vacilantes.

No me sentía en control de nada, me sentía perdido, como si fuera a una lucha sin ningún tipo de armadura. Ella lo sabía. Ella sabía que la había alejado por Jaden, pero... ¿y lo demás? ¿Todo lo que le dije? Mi pasado seguía ahí y lo sabía. Sabía la clase de monstruo que era.

—¿Cómo leíste mis mensajes? —fue lo único que pude decir al cabo de unos segundos.

Necesitaba esclarecer las cosas, aunque fuera un poco.

Allison tomó algo de la encimera del lavamanos y se dio la vuelta hacia mí.

—Aaron metió por error tu celular en mi mochila en lugar del mío —estrelló mi celular contra mi pecho—. La dirección de mi antigua casa —ése fue el primer mensaje—. Mi expediente clínico y psiquiátrico —ése fue el segundo mensaje—. Y el mensaje de "Sácala o déjala dentro" —ése fue el último—. Y el tuyo —golpeó mi pecho—. "Ella está fuera".

No supe qué contestar. Mi cerebro sólo se quedó petrificado. Pasé mi mano por mi cabello y por mi cara, lastimándome la maldita nariz jodida.

Y como en ese momento no supe cómo reaccionar, hice lo mismo a lo que me había aferrado desde un principio: alejarla, y de la única manera en la que sabía que no volvería: lastimándola.

—¿Y qué te hace creer que eso les resta verdad a mis palabras? —transformé mi voz. Dura. Fría. Y fuerte. Como si no hubiera sentimiento—. Sí, te saqué del camino de Jaden, pero eso no significa que me importes. ¡No significa nada! ¡Sólo no quería seguir cargando contigo!

—¡Mientes, ya para! Dijiste que nunca me harías daño —me recordó—. Dijiste que ibas a protegerme. Me dijiste que te gustaba. ¡Y no mentiste!

—¿Y qué te hace creer eso? —mascullé.

—Que no soy tu maldita *princesita* —espetó—. Una amenaza de muerte o una pistola en la cabeza. No a ti, a mí.

El mote de cariño. El maldito mote de cariño que había mencionado como un recordatorio vivo de que no estaba disfrutando lo que hacía.

Pero no podía retroceder, ¿o sí?

No, no. La estaba protegiendo.

—¿En serio crees que lo que pasó o algo de lo que te dije esta mañana fue verdad?

Me miró de arriba abajo, ya no estaba molesta, sino dolida. Una lágrima se deslizó por su mejilla y la limpió con rapidez.

—Sí. Lo fue.

Tensé la mandíbula. Ya lo había hecho una vez, no quería hacerlo de nuevo. No quería seguir lastimándola, pero...

—No lo fue —solté con un tono ligero, casi de burla—. Todo fue una men...

—Lo fue —repitió ella—. Todo fue verdad.

—¡No lo fue!

—¡Lo fue!

—Deja de mentirte a ti misma.

—Deja de hacerlo tú —exigió, mirándome de arriba abajo—. Deja de actuar como alguien que no eres. Deja de creer que con esto me estás protegiendo porque no es así. ¡Arregla las cosas o vete! —volvió a exigir—. Porque el único que me está haciendo daño eres tú.

Apreté los dientes. Sí, en ese momento yo era el malo de la historia. Yo era el que la estaba lastimando. Y eso me dolía como el infierno.

Di un paso hacia atrás cuando ella se acercó.

—¡Admite la maldita verdad! ¡Ten el maldito coraje de hacerlo!

Una vez más, sólo una más. Formulé las palabras en mi garganta a pesar de la quemazón.

—Ten el maldito coraje tú de admitir que no eres capaz de ver la verdad porque estás tan necesi...

Corté las palabras de mi boca cuando mi cara giró con fuerza por el impacto de su mano. Me había abofeteado.

—Deja de fingir, porque, si no te odié por lo que me hiciste antes, terminaré odiándote por esto —me espetó—. Te estoy pidiendo que me hables, y sigues en tu maldito papel de querer protegerme. ¡Admite que sí fue real!

Levanté la cara y pasé mi mano por ella, sintiendo un escozor profundo.

Una vez más, una vez m...

—El único momento en que fingí fue cuando estabas en mi maldita cama.

—¡Mientes! —soltó frustrada, sacudiendo la cabeza—. ¡Sólo para! ¡No necesito que me protejas de Jaden! ¡Ya lo sé, sólo háblame!

—No miento, deja de atarte a mí. No sé qué rayos te hace creer que miento, que realmente lo que tuvimos fue verdad, pero NO ES A...

—¡Sé que mientes! —cortó mis palabras, levantando el mentón, desafiándome. Sus ojos brillaron, sus pupilas se dilataron y por un momento estalló, pero no de rabia, más bien parecía como si fuera su último esfuerzo—. ¿Y sabes cómo lo sé?

No esperó mi respuesta. En realidad, yo no tenía nada que decir. Verla tan segura de sus palabras me hizo saber que lo que me dijera iba a ser verdad. Y lo fue. Intentó mantenerse firme, pero su voz entrecortada terminó por quebrarme a mí también.

—¡Lo sé porque te conozco! ¡Porque siempre te preocupas por cómo me tocas! ¡Por si una maldita postura me está incomodando! ¡Porque, durante la noche, siempre me abrazas por los hombros y por la cintura, para poder mantenerme cerca de ti! ¡Porque sé que te gusta esperar a que me quede dormida primero que tú, porque si no, tú no puedes conciliar el sueño! ¡Porque hace cuatro noches tuviste una pesadilla y me desperté porque estabas moviéndote y maldiciendo! ¡Y porque no te acuerdas, pero dijiste que me querías! —golpeó mi pecho con sus manos y simplemente se cansó, su voz se volvió un murmullo y dejó caer su cabeza y sus manos en mi pecho—. Dijiste que me querías y yo sé que no mentías.

Por un momento, me quedé quieto, casi tan ido como ella en un principio. Dejé que su cuerpo se quedara sobre mí, no fui capaz de moverla. No me acordaba de haber dicho que la quería, pero escucharla repetirlo hizo que mi pecho aleteara. No lo recordaba, pero no era mentira.

La quería.

Por eso había estado a punto de decírselo hacía unas horas, porque mi boca ya no podía callar lo que mi cabeza y mi corazón sentían.

Aunque... yo también tenía miedo.

No sabía qué hacer. La protegí de Jaden, pero no de mí. La protegí de mis miedos, pero la orillé a revivir los suyos. No quise que Jaden la lastimara, pero lo hice yo.

Tenía miedo. Y no tenía fuerzas. Ya no tenía fuerzas de seguir lastimándola en una falsa creencia de que así la protegía. Ya no tenía fuerzas de seguir arrastrándome con tal de conseguir un poco de vida. Eso era lo que Jaden hacía con nosotros: cuando nos veía más felices de lo que según él debíamos ser, nos lo quitaba, nos lo arrebataba para que entendiéramos que sólo éramos bichos bajo sus zapatos para destrozar y doblegar a su placer.

Y ahora, con esto, me sentía sin fuerzas para al menos fingir una emoción distinta a la que sentía, aunque en ese momento ni siquiera estaba muy seguro de cuál era.

No necesitaba que me recordara que la quería porque eso menguaba mis defensas. Ya no tenía fuerzas. Ya no sentía esa rabia pura en mi cuerpo que me nublaba; ya no sentía ese impulso de adrenalina y dolor que me movía. ¡Dios! No sentía nada más que su calor sobre mi pecho.

Bajé mis manos casi con miedo cuando sentí que un sollozo la hacía removerse. Sus hombros subían y bajaban, sus respiraciones eran pesadas. Cerré los ojos y dejé mis manos en su espalda, moviendo lentamente una de ellas de arriba hacia abajo como si tratara de darle un poco de confort. Noté que no rehuía mi tacto, pero se separó un poco de mí para verme a los ojos. Los suyos estaban rojos de nuevo, cristalinos y cansados, y sus labios temblaban. Verla así me dolía, me destrozaba.

Tomé su rostro entre mis manos y limpié sus lágrimas con mis pulgares sobre sus mejillas. No quería verla así, llorando por mí, porque yo le causé esto.

Ella me miró antes de cerrar los ojos unos segundos.

—¿Fue real?

Abrí la boca con la respuesta deslizándose por mis cuerdas vocales. ¿Qué mierda estaba haciendo? Debía callarme. Siempre debí hacerlo, pero frente a ella no podía mantener la maldita boca cerrada, para bien o para mal de los dos.

Suspiré, rindiéndome ante mis palabras.

—Sí. Fue real —contesté. Allison asintió con abatimiento y un suspiro relajó su cuerpo como si sintiera alivio y un peso menos. En cambio, yo tenía el aire preso en los pulmones, los sentía pesados. Más palabras se acumularon en mi garganta, porque necesitaba que ella entendiera que no había hecho todo esto para lastimarla, sino para alejarla del peligro, aunque ella no lo viera así. Lo había intentado de la maldita peor manera, sin embargo, en ese momento no supe cómo más reaccionar—. Pero estar cerca de mí te pone en peligro. Y si odiarme te va a mantener a salvo, creo que puedo vivir con eso mejor de lo que sería vivir sabiendo que por mi culpa te ha pasado algo peor. Te prefiero viva que muerta, Allison. Así no sea a mi lado, así me odies.

—Ésa no era la manera —el reproche en su voz y mirada me caló porque lo sabía—. Aún no duele por completo lo que dijiste. Aún no he podido sentirlo. He sentido mucho al mismo tiempo, nada en concreto. Pero sé que me lastimaste —murmuró. Su voz se escuchaba tan herida—. Con razón o sin razón, lo hiciste y no estoy segura de poder perdonarte. Así que si lo que dijiste fue mentira, arréglalo ahora, o por favor vete. Que mañana ya no va a haber nada que arreglar entre nosotros.

—Yo...

¿Arreglarlo? El problema estaba en que quería hacerlo, sin embargo, Jaden seguía entre nosotros. ¿Y mi pasado? Cuando Allison sintiera, cuando comprendiera... ¿Realmente querría que arreglara algo? ¿O simplemente se daría cuenta del monstruo que soy y se iría de nuevo?

Tal vez sólo podía enmendar lo que dije e irme.

—Jaden te va a hacer daño si no logramos llegar a él antes de que él llegué a nosotros —confesé, sin tener muy claro por qué, sólo sabía que ella estaba frente a mí, con la maldita calma en su cuerpo, lo cual terminó por doblegarme—. Me dio la oportunidad de sacarte y lo hice. Y no voy a volver a meterte en esto. Si Aaron y yo no podemos mat... deshacernos de él, tú y Samantha quedarán como eslabones sueltos, irá tras ustedes.

Las palabras salieron de mi boca con una facilidad que me ardió.

Allison parecía un poquito perdida ante mis palabras. Seguía frente a mí, con sus manos en mi pecho, su mirada calmada, fija en mis ojos.

—¿Y Samantha? —preguntó luego de unos segundos—. ¿Quién va a proteger a Samantha si esto sale mal?

—Es complicado —le dije, deslizando mi mano para tomar la cadena que colgaba entre sus pechos. Mi anillo. Jugué con él, buscando un poco de calma en el roce de mis dedos contra su piel cálida—. Tratamos de deshacernos de él antes, pero sucedió lo de Samantha y ella fue llevada al hospital, entonces ya no podíamos volver a intentarlo porque sabíamos que tenía a una persona dentro del hospital ayudándolo, así que sentíamos miedo de que, si intentábamos algo, esa persona dañara a Sam —el recuerdo de los moretones de Sam se pintó en mis ojos y me hizo tensar la mandíbula—. Ahora que ella está con nosotros volveremos a intentarlo, pero Jaden ya sabe de la situación, así que sólo está esperando y no podemos hacerlo todo a la ligera. Podemos huir de Jaden —continué—, irnos a base de chantajes, porque logramos reunir documentos en su contra, sin embargo, es... algo complicado. Son papeles sobre quién es realmente. Pero no queremos huir. Llevamos haciéndolo mucho tiempo, y, si seguimos optando por ese camino, sólo viviremos con el miedo latente de que él aparezca de nuevo, aunque sabemos que no lo hará. No si sabemos manejar nuestras cartas, pero el miedo no desaparecerá y ya estamos cansados de sentirlo. Sólo nosotros tres sabemos dónde están esos documentos. Si algo nos pasa a nosotros, a Aaron o a mí, Samantha los puede usar, pero es arriesgado. Esto no tiene que salir mal.

Siempre sentía algo profundo y molesto en el pecho al hablar de esto, pero ahora, mientras Allison me escuchaba, una parte de mí disipaba ese malestar. No quisiera tener que hablarlo con ella, siempre me asustó pensar en este momento, pero en su mirada no había nada más que entendimiento, como si sólo estuviera digiriendo las palabras para almacenarlas y comprenderlas mejor.

Necesito que me hables.

¿Por qué no lo hice antes?

Porque era un impulsivo de mierda.

Porque la conozco y sé lo difícil que es persuadirla, sobre todo en algunas situaciones.

Porque no sólo era protegerla a ella. Era protegerme a mí.

Lastimarla para alejarla. Para que me odiara. Contarle mi pasado para que viera lo que realmente era. Así, si después de todo sí salía bien lo de Jaden, por más que yo quisiera regresar, ella no accedería. Al final, sí la había protegido de mí. Porque me conocía, y no iba a resistir estar sin ella, iba a buscarla después. Iba a intentar arreglar la mierda que había roto. Iba a intentar volver y tenía miedo de que me aceptara de nuevo. Porque no era sano para Allison, mi pasado no lo era. Y si contárselo hacía que me aborreciera, sería mi método para asegurarme de que no volvería. Finalmente no sólo iba a odiarme por haberla usado, sino por ser quien yo era.

Había matado. Supervivencia o no, lo había hecho. Estaba roto. La mayoría de las personas no se fija en por qué una persona hace lo que hace. No miran el entorno que lo orilló. Tampoco les importa qué tan mala era la otra persona. Sólo se fijan en la sangre en tus manos. En el arma con la que lo hiciste. No se dan cuenta de la que tú tienes en la cabeza.

Jugué con el anillo entre mis dedos; la calidez de su piel me hacía sentir en paz. Su pecho subía y bajaba de forma pausada. Mechones de pelo recorrían su piel haciendo un contraste armónico. Suspiré, alzando la mirada. Y la observé mirarme entre sus largas pestañas.

—¿A qué te refieres con usar? —me cuestionó con serenidad, como si sólo quisiera entender. Pero no, estaba maquinando y pensando. Así era ella.

—Jaden no es su verdadero nombre. Su nombre real lo tiene atado hasta los cimientos en cualquier prisión. Amenazarlo con filtrar esa información sería fácil.

—¿Y por qué no lo hacen antes de que les pueda hacer algo?

—Miedo —repetí—. Miedo a que con el tiempo no le importe y regrese por nosotros. Eso y... porque lo necesitamos. Aaron necesita saber que él no está siguiendo con su vida. No si él arruinó la nuestra —me relamí los labios, buscando un poco de paz en su mirada—. Además estamos cansados. No estamos viviendo, estamos sobreviviendo y no queremos seguir así. Supongo que, si algo nos pasa, estaremos bien, en paz. Samantha es a la que más pudimos proteger de él. Ella es la más viva de nosotros, aunque a veces no lo parezca. En cambio, Aaron sólo vive por un recuerdo y una promesa. Sin embargo, conoce a alguien en los medios, así que será fácil dejar la amenaza antes de que nos haga algo, por ejemplo, matarnos. Así, si Jaden tocara a Samantha, todo se sabría y ella podría seguir con su vida como si nada.

—¿Y si…?

—No es lo mismo... —la corté, sabiendo adónde quería llegar—. Te puedo proteger también bajo la misma amenaza, pero no hay razón de jugar una carta indecisa si ya tienes una segura. Él va a cumplir con su palabra de dejarte fuera si yo lo hago, por eso me hizo elegir.

—¿Y si te pido que juegues la carta indecisa?

Suspiré. ¿Por qué era tan complicado todo esto?

—No puedo. No lo hagas más difícil.

—Tú eres quien hace todo más difícil, Eiden. Sólo háblame, pregúntame, déjame decir por mí.

—No conoces la magnitud de esto y todavía no has procesado lo que te dije sobre mi pasado; cuando lo hagas, no mirarás esto con los mismos ojos, no me mirarás con los mismos ojos.

Y eso era lo que más me asustaba.

—Conozco la magnitud de esto —rebatió con lentitud—. Y tal vez no he terminado de procesarlo, pero sé que no ha cambiado la forma en que te veo ni cambiará, por lo menos no de forma negativa. Sé lo que siento y… yo entiendo las circunstancias que te orillaron a ello.

—Eso lo dices ahora, después… no será lo mismo. No me mirarás igual, ni a mí ni a mi pasado.

—Te veré como siempre te he visto.

—No te quieras engañar —bufé—. No lo harás.

Di un paso atrás y, antes de que pudiera dar otro para alejarme de ella como el cobarde que era, porque no me sentía capaz de creerle, no me sentía capaz de generarme falsas esperanzas con aquellas palabras que ella recitaba, su voz salió, deteniendo todo a mi alrededor.

—Te quiero, Eiden —se relamió los labios y me dedicó una mirada dulce, como sólo ella sabía hacerlo, una de esas que me desarmaban por completo—. Y aunque pasen mil cosas entre nosotros, esas palabras jamás cambiarán por nada del mundo.

Mi cuerpo se tensó de pies a cabeza. Ella... no lo había dicho. No podía. No podía quererme. No a mí. No después de todo lo que había dicho.

Sacudí la cabeza, mirándola a los ojos, como si esperara algo que me dijera que esas palabras eran una broma, una clase de ilusión óptica que estaba viendo y escuchando. Sus ojos estaban clavados en mí, y podía ver cómo las lágrimas se acumulaban en ellos.

—No puedes —susurré, más para mí que para ella—. No puedes quererme.

—Lo hago —afirmó—. A ti, al chico que me besó por primera vez en la banqueta de un parque —sonrió, mientras limpiaba las lágrimas de sus ojos—. Al chico que me volvió a besar en el gimnasio de su casa porque no fue capaz de seguir huyendo de lo que sentía, al chico que me dijo que iba a protegerme. Al chico que me dejó dormir en su cama y la volvió nuestra. Al chico que odia los macarrones con queso, pero me ayuda a prepararlos. Al chico que me enseñó a poder dar un buen golpe, porque quería ayudarme a defenderme, a pesar de que yo sólo me la pasaba quejándome. Te quiero, a ti. Eiden, sólo déjame seguir a tu lado...

Di un par de pasos hacia atrás cuando ella avanzó hacia mí. No, no podía quererme, porque mi pasado me pesaba y ella no podía qu...

Mi espalda golpeó la pared y me quedé ahí, casi abatido. No podía sentir mucho, más que miedo. Miedo a que ella sólo quisiera aquello que me empeñé en mostrarle, mi lado bueno, ese lado que ella logró sacar, a pesar de que mi pasado seguía en mí. Y era malo.

Cerré los ojos y dejé de respirar cuando sentí cómo me rodeaba con sus brazos y enterraba su cara en mi pecho.

—Y quiero conocerte. Y sí, te quiero a pesar de lo que me contaste hoy. Me acabas de decir que algo malo puede pasarte. Por favor, no me alejes, necesito estar contigo. Sólo juega esa carta.

Jugar esa carta.

Cada nervio de mi cuerpo se puso alerta. ¿Quería hacerlo o no? No lo sabía. No entendía a mi cabeza, porque estaba hecha un lío. Mi boca estaba reseca. Jugar esa carta. Ella lo quería, y yo...

—Roberts Delson —pronunció, en un hilo de voz, alzando la cara.

—¿Qué?

Sus manos se aferraron con fuerza sobre mi piel y me miró, de nuevo estaba llorando. Ya no había rabia, ya no había ese chispazo que la levantó para encararme, lo había dejado de sentir hacía minutos y todo volvía a ella.

—Realmente confío en ti —susurró, viéndome; las lágrimas no paraban—. Realmente lo hago, y... tengo miedo... No me protejas de Jaden, protégeme de él. Por favor, tú sí hazlo.

Tú sí hazlo.

Y entendí.

—¿Él está aquí?

Ella asintió y hundió su cara en mi pecho, abrazándome. Pasé mis brazos por sus hombros manteniéndola pegada a mí.

—Él... él... me vio... me viol...

—Está bien, está bien. No es necesario que lo digas. Lo entiendo —frené sus propias palabras cuando noté que no era capaz de decirlo.

En realidad, no había necesidad de que lo hiciera. Las palabras a veces sólo reviven las cosas. Lo entendía. A ella le dolía, y yo sentía cómo todo hervía en mi interior; era una mezcla pesada que hacía que mi garganta se secara y mi cabeza punzara. La ira y el dolor. Ni ella ni nadie merecían esta mierda. Intenté calmarla y dejé un beso en su cabello, haciendo que se aferrara más a mi cuerpo.

—Él no va a volver a lastimarte.

Nunca más. A nadie.

Me incliné y tomé sus muslos, impulsándola para que pudiera envolver mi cintura con sus piernas. Al instante ella rodeó mi cuello con sus brazos, como si yo fuera su único sostén en ese momento.

—¿Lo prometes? —susurró, hundiendo su cara en la curva de mi cuello.

Y no lo dudé:

—Lo prometo.

2

No somos nuestro pasado

Allison Hallen

Dolía.

Demasiado.

La presión en mi garganta me sofocaba como si una garra se enterrara sobre mi piel. Sentí cómo los dedos se presionaron sobre mi cuello, sin escrúpulos, sin medirse, como si quisieran asfixiarme, quebrarme.

Y lo estaban logrando.

Dolía.

Sentía cómo mi garganta ardía. Lo había hecho. Estaba segura, yo lo había hecho. No dejé de pedirle que parara, no dejé de gritarle que me dolía, que se detuviera, hasta que realmente no pude más. Sólo dejé de existir. El dolor, el miedo, el saber que no iba a parar, me inhibió.

Simplemente hubo un momento en que su mano en mi garganta me asfixió tan fuerte que estaba segura de que si el dolor que estaba sintiendo no me mataba, su mano sí lo haría.

Y todo se volvió negro.

Gimoteé por el oxígeno que me faltaba y llevé ambas manos a mi garganta. Apenas y pude sentir cómo mis ojos se abrían. Como si un golpe de realidad me hubiera reanimado. El problema era que entre la realidad y las pesadillas sólo había una línea difusa para mí, una que separaba lo que estaba viviendo de lo que había vivido.

Mi corazón latía con fuerza en mi pecho y sentía la bilis correr por mi garganta en una quemazón que me revolvía las entrañas. Estaba sudada y sofocada, y por un momento sólo pude quedarme quieta con ambas manos en mi garganta, tirando de mi propia piel como si quisiera arrancármela.

Esos recuerdos tan vívidos y difusos se habían vuelto pesadillas. Hubo un tiempo en que eran tan recurrentes y a la vez tan abstractos que creí que estaba comenzando a perder la cordura. A veces sólo estaba en un cuarto negro, otras veces sentía cómo me asfixiaban, y otras tantas no sentía nada en específico, sino todo a la vez, como si el espectro de lo que lastimaba circulara por mi piel sin enterrarse.

Sin embargo, en todas y cada una de esas veces, dolía. Tal vez no físicamente, pero por dentro era como si todo se abalanzara sobre mí y me carcomiera.

Llevé ambas manos a mi cara con frustración. Quería llorar, pero no podía; era tan molesto sentirse así. Tenía el corazón apachurrado por el sentimiento y quería arrancármelo, pero no sabía cómo. ¿Llorando, gritando? Odiaba las pesadillas, odiaba cuando llegaban después de días o semanas sin ellas.

Tragué saliva y miré a mi alrededor. Era de noche. Apenas y podía distinguir el lugar. Por un segundo había olvidado por completo dónde estaba, hasta que el olor peculiar a madera mojada y fragancia suave invadió mi nariz. Estaba en la cabaña. Y todo lo que había pasado hacía unas horas me llegó de golpe.

Me deslicé hasta quedar sentada sobre la cama, con los pies colgando de ella, y me estiré para alcanzar mi celular de la mesita. Miré la hora y fruncí el ceño, eran pasadas las cuatro de la madrugada.

Me hubiera gustado tirarme en la cama, hacerme bolita y esperar a que el sol saliera, pero sentía mi cuerpo caliente y sofocado. En realidad no quería quedarme en la cama, así que preferí salir a tomar un poco de aire. Necesitaba despejar mi cabeza.

Salí de la habitación e inhalé profundamente, acoplando mis pasos a la oscuridad. No había ningún movimiento y aunque quería olvidarme de todo por lo que restaba de la noche para poder tener un respiro, no pude. Apenas abrí la puerta y di un paso fuera, lo vi.

El contorno de su espalda se delineó bajo la luz de la luna y sus brazos flexionados sobre el barandal intensificaron el marco de sus músculos.

Apreté los ojos con fuerza. Mejor ahora que todavía sentía los efectos del sueño en mi cuerpo. No sabía si me sentía simplemente liviana o si estaba realmente cansada como para intentar detenerme, así que avancé los pasos necesarios para llegar hasta él sintiendo cómo mi corazón latía con fuerza en mi pecho. Ya a su lado, coloqué mis manos sobre el barandal.

—Un poco ególatra de tu parte mirar a la luna, ¿no crees? —musité, con un tono ligero, mirando hacia donde él lo hacía.

No me sentía con ganas de pelear con él, únicamente quería hablar. Y aunque llegué a creer que terminaríamos como el día anterior, en una maraña de gritos, en este momento sólo estaba cansada. De todo.

Sólo quería entenderlo. Porque lo que había hecho me seguía doliendo.

—No miro a la luna —respondió Eiden—. Miro a la noche.

Asentí con ligereza y por el rabillo del ojo pude ver su perfil. Otra vez había dejado de mirarme.

—¿Te gusta la noche?

—Sí. Es profunda y calmada.

—A mí no —musité, viendo hacia donde él lo hacía—. Es muy oscura y a veces solitaria. Prefiero el día; el cielo azul es precioso.

—Tal vez no la has visto con los ojos correctos.

Fruncí el ceño.

—¿Se puede ver con ojos incorrectos? Es sólo... negra. No hay mucho color en ella.

—Y creo que a veces el negro es suficiente, es profundo, es… sentimental a pesar de todo, aunque muchos no lo puedan apreciar —respondió—. Ningún color es bonito o único para alguien hasta que encuentras un motivo para que te guste. ¿No tienes un color favorito por un motivo especial?

—Sí, el azul —dije sin pensarlo.

—¿Y por qué te gusta?

—Tú no me has dicho por qué te gusta el negro. ¿Está relacionado con tu afición por la ropa negra?

Noté que se movió ligeramente. Creo que en ese momento le echó un vistazo a su ropa.

Soltó una pequeña risa que acabó sonando como un resoplido.

—Buena forma de cambiar el tema. Tú también usas sólo jerséis negros.

Mis mejillas se pusieron rojas ante el descubrimiento, y fingiendo que no me afectaba, ahora fui yo quien hizo lo que él había hecho: bajé la vista hacia mi ropa. Uhmm, tenía razón. Mi jersey negro me delataba.

—El negro queda con todo —me encogí de hombros—. No se me da eso de combinar ropa, y no me gustan los colores muy vívidos.

—El negro te queda bien, hace buen contraste con tu piel. La ilumina más.

—Yo que creía que me veía como si hubiera salido de un velorio —dije con un tonito de burla negativa.

Moví mis manos, nerviosa, cuando noté cómo me lanzaba una miradita rápida.

—Pues incluso saliendo de un velorio estoy seguro de que te verías bien.

Fruncí un poco las cejas, divagando entre sentirme halagada o desconcertarme porque en la frase venía la palabra "velorio" inmiscuida.

—Fue un halago —soltó él inmediatamente al ver mi duda—. Eso creo... bueno, omite el hecho de que estaba la palabra "velorio" en la oración.

—Bien —esbocé una sonrisa ladina—. Ehh... gracias por el halago entonces, pero no me has dicho por qué te gusta el negro.

—¿No lo has deducido aún? No es tan difícil.

Negué, arrugando la nariz.

—¿Es por Batman? —intenté bromear—. ¿Tienes una extraña obsesión por el caballero de la noche?

—¿Batman? —soltó entre un bufido divertido y absurdo—. Oh, no, prefiero a Thor.

¿Qué?

Negué de forma escandalosa, lanzándole una miradita de recelo.

—Bueno —resoplé—, ya decía yo que esto no iba a funcionar.

—Por favor, dime que no eres una chica DC —rogó.

—He visto algunas de sus películas y me gustan. De Marvel he visto menos, así que sí, de alguna manera me inclinó un poco más para allá.

No soy una fanática loca por sus películas, pero un poquito de dramatismo nunca está de más.

Eiden soltó un resoplido y chasqueó la lengua.

—Bueno, puedo hacer una excepción.

—La comunidad de Marvel estará molesta por tu traición.

—Bueno, mi fanatismo hacia Marvel está muy abajo en mi lista de prioridades.

—Oh —solté con sorpresa—. ¿Y qué está arriba en esa privilegiada lista de prioridades que tienes?

—Mmm —lo pensó unos segundos y casi me dieron ganas de reírme cuando el sonido de un grillo hizo eco en el lugar—. Poder comerme una pizza en un par de semanas. El espagueti con sal me va a joder el estómago un día.

Me reí. Aquí no se comía comida gourmet, pero se comía. Aunque estaba segura de que comer algo mejor después sería como comer el mismísimo banquete real.

Si todo salía bien, claro.

—¿Y debajo de ésa? —curioseé lanzándole una mirada de reojo, sin embargo, noté que Eiden también me veía, así que aparté la vista concentrándome en el frente. La luna estaba en todo su esplendor.

A los segundos, su respuesta llegó.

—Comprar una caja de macarrones para Samantha y después molestarla con que esa comida es un asco.

—¿Y debajo de ésa? No me digas —hice una pausa como si lo pensara—. Comprarle una cerveza a Aaron y después robársela.

Soltó una risa burlona.

—No, él no es un bebedor, sólo entraría a su cuarto y me llevaría algo preciado para después regresárselo. Le daría el privilegió de sentir ese respiro satisfactorio después de casi ahogarse.

—O sea que tus prioridades son molestar a tus hermanos.

—Ehh... no... —vaciló un poco—, bueno sí. Únicamente como un recordatorio de que tenemos que seguir soportándonos.

—¿Y no hay una prioridad más interesante en tu lista?... Bueno, ésas son muuuuy interesantes, pero, ya sabes, algo... eh... no lo sé, distinto.

Hizo una breve pausa, probablemente pensando en sus palabras, pero al final soltó una exhalación.

—Hacerme un tatuaje nuevo. Llevaba un buen rato queriendo eso, aunque no encontraba nada especial que hacerme; sin embargo, ahora creo que tengo una idea.

Oh.

Asentí, sintiendo un pequeño malestar en mi pecho. Bueno, ¿qué esperaba exactamente?

Mordí mi labio inferior, buscando cómo retomar la conversación, pero no me salía nada. Se formó un hueco en mi pecho haciendo que mirara al suelo hasta que mis hombros se tensaron un poco al escuchar la voz de Eiden.

—¿No vas a preguntar qué me quiero tatuar?

Me reí, sacudiendo los hombros. Fue un gesto un poco de desprendimiento, como si quisiera apartar el malestar anterior.

—Ya estoy tratando de ser menos entrometida. No me tientes.

Lo miré de reojo cuando escuché su risa un poco dispersa. Esta vez sus ojos se posaron en mí, lo que hizo que ambos apartáramos la mirada. No estábamos listos para lo que significaba girarnos y realmente hablar. Estábamos divagando, ambos lo sabíamos. Hacíamos como si nada hubiera pasado, sin embargo, aún se sentía esa tensión y vibra extraña. Cada palabra sonaba como eclipsada y monótona por más broma que fuera. Sólo estábamos intentando evadir y suavizar todo esto.

—Pero ya que insistes, ¿qué te quieres tatuar?

Volvió a reírse.

—No te voy a decir.

Puse los ojos en blanco.

—Si no me ibas a decir, para qué haces que pregunte —chasqueé la lengua—. Es un crimen dejar un chisme a medias.

—Tal vez en un futuro lo sepas. Y, por favor, nunca dejes de ser entrometida.

—Tú siempre me criticabas por eso.

—Ojalá pudiera retroceder el tiempo y cambiarlo. Eres entrometida, curiosa, muy chismosa y muy dramática, pero eres tú y así eres perfecta, Allison.

Me reí un poco, asintiendo.

—Lo tomaré como un halago.

—Lo es. Y para no dejarte con la duda, la verdad es que sé sobre qué me quiero tatuar, pero no tengo una idea exacta.

—Espero ver qué es eso que te quieres tatuar cuando lo hagas.

—Yo también espero eso —suspiró.

Nos aferrábamos a las miraditas de reojo, a escuchar nuestra voz ligeramente baja entre tanto silencio y oscuridad, a esas pequeñeces que sucedían antes de lo que se venía, porque la incertidumbre daba miedo.

Cerré los ojos, con el aire arremolinándose en mis pulmones al sentir cómo daba un paso más cerca de mí. Tuve que contener el impulso de hacer lo mismo, sobre todo cuando noté que su mano se arrastraba un poco por el barandal, acercándose a la mía.

—Es interesante tu lista de prioridades —dije—. Un poco de todo. Comida, hermanos, tatuajes. En la mía está ver un maratón de *Bob Esponja* y ya.

—Es que pertenecen a distintas listas.

Fruncí el entrecejo, perdida en sus palabras.

—¿Distintas?

—Sí, una de cosas generales, una de Aaron, una de Sam, una... —hizo una pausa y suspiró— tuya. Para mí las prioridades son maneras de decir que, en una larga lista, pusiste cosas por debajo de otras, minimizándolas, y otras arriba porque no resultaron ser tan insignificantes como las otras. Sería como ponerlos entre cosas insignificantes y no tan insignificantes —esta vez ninguno pudo resistirse, el movimiento fue mecánico y nuestras miradas se encontraron bajo la luz de la luna—. Ni mis hermanos ni tú son insignificantes. Son las personas que más me importan en esta vida. ¿Por qué meterlos en una lista de prioridades cualquiera, si puedo tener una sola en donde ustedes tengan sus propias prioridades?

Por un segundo me quedé digiriendo cada una de sus palabras. Mi pecho vibró, mi cabeza vibró, mi corazón vibró. La única vez que intenté analizar cuáles eran las prioridades de Eiden, nunca me consideré entre ellas, porque eso fue cuando sucedió lo de Samantha y me sentí pequeña al lado de sus hermanos. Creo que en ese momento sólo sentía mucho pesar en la cara y el pecho, así que no entendí que la forma en que distribuía su amor entre todos no era de quitar y apartar a uno para poner encima al otro.

Ahora, conforme entendía cada una de sus palabras, me hizo sentir dolidamente bien. Sin embargo, no podía disfrutar de ellas en su totalidad, porque el pequeño espectro de todo lo que había pasado no me lo permitía.

Sin poder quitar la sonrisa que había aparecido en mis labios, lo miré de reojo. El pulso de mi garganta se aceleró al saber que estábamos llegando a donde ambos no queríamos, pero debíamos.

—¿En esa lista de prioridades puedes incluir comprarme cajas de macarrones con queso? —le lancé una sonrisita y él se rio, asintiendo con la cabeza.

—Claro, estará entre las primeras. Esa y comprarte helados de vainilla.

—Gracias, y como yo soy una chica clásica y que se confunde porque jamás ha tenido una lista de prioridades, mientras organizo mis listas y todo eso, puedo decirte que tú estás arriba de DC, aunque no de *Bob Esponja* —bromeé, o eso intenté porque mi voz salió más nerviosa de lo que quería.

—¿Algún día estaré más arriba que *Bob Esponja*? —preguntó él.

—Depende —respondí y respiré hondo, sabiendo cuál sería su respuesta y cuál sería la mía.

—¿Depende de qué?

—De qué me digas ahora.

Suspiré, sintiendo los nervios golpear mi garganta, y me giré hacia él. Miré su perfil, sus dedos apretados sobre el barandal, su cabello rebelde que, de alguna manera, siempre era un desastre bonito en él. Y a pesar de que podía distinguir su silueta y algo más en su rostro —como sus labios apretados en una fina línea—, no podía ver más allá del borde y el contorno de su gesto.

Eiden suspiró. Ambos lo sabíamos. No habíamos arreglado nada. No sin antes discutirlo. Se giró, quedando cara a cara conmigo, y me miró de arriba abajo con un pequeño gesto. Mi corazón latió desenfrenadamente en mi pecho, tenía tantas cosas en la cabeza y mis cuerdas vocales ardían ante la necesidad de pronunciar tantas palabras, pero sólo fui capaz de emitir un par de frases:

—¿Por qué? ¿Por qué de esa manera?

Tal vez podía entender lo que lo había orillado a esto, pero la forma, no. Eso… no podía, no había necesidad de lastimarme en el proceso.

Las respuestas no llegaron tan rápido como yo quería. En ese momento, el silencio sólo se volvió tortuoso, demasiado prisionero de todo lo que había entre ambos y no se decía.

Intentó dar un paso hacia mí, pero yo retrocedí deprisa, dejando una distancia. La necesitaba, ese margen entre nosotros, esa línea divisoria que le advirtiera que esto no sería tan fácil como él creía.

—Respóndeme, por favor —le supliqué—. Necesito entender por qué decidiste hacerlo de esta forma.

—Quería protegerte —su voz se escuchó urgida, como si necesitara decirlo para que lo entendiera inmediatamente—. Y estaba desesperado y asustado, sólo… creí que era la solución. En ese momento, por más que doliera, creí que era la solución.

—¿Lastimarme era la solución? —casi se me quebró la voz al sentir cómo el recuerdo de lo que había pasado llegaba a mí de golpe—. Había mil maneras, no entiendo por qué creíste que apuntarme con una maldita pistola mientras me tratabas como... un perro era la forma de protegerme.

Su cuerpo estaba tenso y mis palabras lo pusieron más, tal vez no quería que le recordara la forma en como había sucedido todo, pero así había pasado, sin más ni menos.

Eiden miró el suelo un segundo, antes de volver a hablar.

—Lo siento, realmente lo siento, sé que no fue la mejor manera… yo lo sé, pero en ese momento estaba hecho mierda...

—¿Y cómo crees que estaba yo cuando tuve que ver cómo la persona a la que quiero me llamaba estúpida y necesitada de amor?, ¿cómo crees que estaba yo cuando tú, Eiden, me hiciste sentir que todo lo que habíamos pasado no había sido más que un maldito juego para ti? —se me quebró la voz cuando lo miré con las lágrimas a punto de salir por mis ojos—. ¿Cómo rayos crees que estaba yo cuando me pusiste una pistola en la sien?

En su cabeza sólo pensó en mí como si fuera una persona a la cual no quería que lastimaran, pero no vio más allá. No vio lo que me iba a causar.

Porque lo que hizo dolió. Demasiado. Sentí como si todo colapsara, como si mi mundo hubiese sido de papel y con cada segundo que pasaba y con cada palabra que recitaba fuera imposible mantenerlo en pie.

Incluso en este momento sentía que algo todavía seguía derrumbándose. Y necesitaba repararlo o dejarlo colapsar por completo.

Dolería, claro que sí. Pero Eiden llegó a mí cuando yo estaba en un punto simplemente monótono de mi vida, y tal vez él me sacó de esa zona. Con él no sentía que estuviera caminando en línea recta; más bien, me sentía en un pequeño sube y baja de emociones. No era sólo estar viviendo, sino disfrutar de hacerlo.

Y si esto terminaba, supongo que todo volvería a la normalidad, monótona, en línea recta, no habría nada más. Todo seguiría por más que doliera. Ya me había caído muchas veces en mi vida, así sólo sería cuestión de volver a levantarme.

Alcé la barbilla, reuniendo todo el valor que tenía para mirarlo, para seguir sin derrumbarme, aunque quería llorar y anhelaba con desesperación que esto se solucionara. Yo necesitaba que él me hiciera sentir segura en caso de que se presentara un próximo acto de miedo y desesperación, pues no podía esperar a recibir el mismo arrebato de su parte.

—Sólo estaba tratando de protegerte —dijo con la voz en una melodía lenta y bajita como si estuviera sintiendo el golpe de todo lo que había hecho y ahora se diera cuenta de cuál había sido el error, y no sólo por sus acciones, sino por el hecho de que yo estuviera aquí, reclamándoselo en la cara—. Creí que, si te lastimaba, si hacía que me odiaras, te irías, simplemente no volverías y eso te mantendría alejada de Jaden. No quería que te hiciera daño. Me asusté, me asusté de que él pudiera lastimarte.

—Eso no justifica la forma en que lo hiciste. Me lastimaste. Tú, Eiden, tú lo hiciste porque eras y eres la persona a la que quiero y de ti jamás esperé esto.

—Lo sé, pero...

—¿Lo sabes? —ironicé—. ¿Entonces por qué no te detuviste? Sólo un poco, Eiden. ¿Por qué no lo pensaste dos veces? ¿Por qué no pensaste en mí antes de hacerlo?

—¡Pensé en ti! ¡Sabes que sí lo hice!

—¡No, no lo hiciste! Sabías que me ibas a lastimar, te pedí que te detuvieras y aun así no lo hiciste... Seguiste. ¿Por qué no hablaste conmigo? ¿En qué momento de nuestra relación te hice ver que no iba a escucharte? Puedo ser testaruda, pero no soy idiota, sé escucharte, sé que podíamos haber hablado esto y buscar una maldita solución.

—Lo sé —bajó la mirada; sus hombros estaban tensos.

Estuve a punto de reírme amargamente ante sus palabras, pero no lo hice porque me dolía más que fuera su única respuesta. Él lo sabía, ahora lo veía claro, tal vez la desesperación anterior no se lo había permitido, pero me dolía que eso hubiera pesado más antes que tratar de explicarme las cosas.

Sacudí la cabeza, pasándome las manos por la cara, sin saber qué más decir. Tenía tantas palabras en la boca, pero el torrente se detuvo cuando su voz volvió a filtrarse, haciendo que me quedara perpleja.

—Pero no era sólo eso.

Fruncí el ceño, viéndolo.

—¿A qué te refieres con que no era sólo eso? —exigí saber en un tono casi desesperado—. ¿Había algo más aparte de lo que ocurrió con Jaden?

Lo miré, ya no era el mismo de hacía unas horas. Ya no tenía esa máscara de hielo, esa voz que había impostado, sin embargo, tampoco se veía perdido. No más que yo. Tenía los labios apretados en una fina línea, sus manos en puños tensos, y apenas era capaz de sostenerme la mirada.

Vaciló un poco, abrió la boca y luego la cerró antes de ser capaz de formular la respuesta que iba a darme. Era como si tuviera las palabras, pero le costara decirlas. Como si todo estuviera ahí, todo, pero de alguna manera no supiera cómo expresarlo.

Y cuando finalmente dijo algo, no estaba segura de que fuera lo que hubiera querido escuchar:

—Yo —soltó en un hilo de voz—. Yo no te quería conmigo después de esto y quería asegurarme de que, si me arrepentía, no volvieras.

Por un momento únicamente me quedé con cara de póker, y lo poco que había logrado entender simplemente se desvaneció. Fruncí las cejas e hice una mueca mientras ladeaba la cabeza, como si me hubieran dicho algo no sólo confuso, sino extraño.

—¿A qué te refieres con eso?

Eiden desvió la mirada unos segundos antes de tomar aire y suspirar con pesadez. El típico suspiro que sueltas antes de decir algo difícil.

—Si te explicaba todo —comenzó con un tono inseguro, pero con cada palabra clara—, si te decía por qué te quería alejar, tú probablemente lo habrías entendido. Te habrías ido, pero...

Hizo silencio y volvió a vacilar.

—Pero ¿qué, Eiden? —dije, impaciente.

—Lo más probable es que ambos esperáramos el después, ¿no? Esperaríamos que esto terminara para volver a estar juntos —se quedó callado y sacudió la cabeza, como si le costara decir lo que tenía que decir—, pero no habría sido lo mejor. Nunca había sido tan consciente de que no puedo estar contigo, mereces a alguien mejor. No quería ocultarte mi pasado, no quería que de alguna manera siguieras conmigo después de esto. Estoy hecho mierda, no puedes estar con alguien como yo. Sólo... quería que me odiaras para que así no volvieras.

—¿Te das cuenta de que es el mismo problema? —solté, apretando los dientes—. No te percatas de que no te detienes a pensar en nosotros, sino que supones, supones por mí, lo que voy a pensar, lo que voy a querer.

—¿Realmente quieres estar conmigo después de lo que te dije… —preguntó, dando un paso hacia atrás para alejarse de mí. Parecía como si no quisiera tenerme cerca, como si se apartara un poco frustrado con toda la situación—… después de que te confesé todo lo que he hecho? Soy un maldito monstruo.

—No lo eres —esas últimas palabras salieron en un hilo, me dolía que ése fuera el concepto que tuviera de sí mismo, porque no era verdad, aunque de alguna manera tanto dolor hizo que en algún punto comenzara a verse así—. Y tú lo sabes, Eiden. Jaden te obli…

—Nos haya obligado Jaden o no, lo hicimos —me cortó.

¿Lo hicieron?

Sí.

Pero...

—¿Quién fue la última persona a quien...? —apreté los labios, sintiendo un revoloteo en mi propia boca ante la última palabra que no dije.

—Matamos, Allison —soltó él—. Ni siquiera eres capaz de decirlo.

—No —mascullé, sin embargo, continué hasta el punto al que quería llegar—, pero ¿quién era? ¿Qué hizo? Dijiste que Jaden siempre tenía evidencia de que habían hecho algo malo. ¿Qué hizo esa persona?

Mi tono de voz fue lo más claro posible. Él no lo entendía, no veía más allá de esa perspectiva deforme que se había creado de sí mismo. Y no lo juzgaba. En su mundo —aquel que no creó él, sino que le crearon a base de golpes y golpes—, sólo había dos pares de cosas: lastimar o ser lastimado, y sufrir o sobrevivir. No más. Había tantos matices en ello, era tan complejo, tan difícil de entender, que al verse asustado se lastimaba a sí mismo para que nadie más lo hiciera. Se creía un monstruo porque había vivido con alguien así y temía ser igual, temía convertirse en aquello que tanto le aterraba, temía que todos lo vieran así, de modo que prefería protegerse autopercibiéndose de esa manera para que los demás no lo rompieran.

—Eiden —pronuncié con detenimiento cuando noté que no contestaba y sólo se limitaba a mirarme, con una especie de duda—. ¿Qué hizo la última persona?

Él negó con un gesto casi de disgusto y apartó la mirada.

—¿Para qué quieres saberlo?

—Sólo dilo.

—No.

—Me dices la mierda que haces tú como si fuera una maldita historieta, y no puedes decirme lo que hizo esa persona. ¿Te das cuenta? Te condenas como si fueras tu maldito propio verdugo, sin una pizca de compasión, pero no eres capaz de hacerlo con los demás.

—Al final me convertí en los mismos monstruos que eran ellos.

—No, sabes que no es así —me acerqué a él; esta vez su cuerpo estaba congelado cuando coloqué una mano en su pecho—. Sabes que no es así.

—Ahora no importa lo que yo crea, porque es lo que tú verás después.

—No lo veré, deja por favor de decir eso.

—Es lo que será, Allison.

—¿No confías en mí?

—Sí.

—¿Entonces por qué no puedes creer en mis palabras? Sé cómo te veo ahora, sé cómo te seguiré viendo mañana, la mañana de un mes después, de un año después. Lo que me has dicho no va a cambiar nada. Escúchame, por favor, escucha lo que te digo. Si confías en mí, hazlo, Eiden.

—Te escucho, confío en ti, pero…

—¿Pero?

—Es mi pasado.

—Lo sé, pero eso no te define, ni será lo que defina nuestra relación. Deja de especular sobre mis reacciones por temor a ellas y mejor escucha mis palabras.

—Tú no sabes lo que dices ahor…

—¡Lo sé! ¡Sé lo que digo! —me pasé las manos por la cara, frustrada. Sentía que hablaba con la pared, así era hablar con Eiden ahora mismo—. ¿Te escuchas, Eiden? No estamos hablando de tú y yo. Estamos hablando de tu pasado y yo, porque así lo ves tú ahora. Yo quiero estar contigo hasta el final, no me importa nada, pero quiero que tú lo creas.

Mi mano cayó cuando Eiden dio un paso hacia atrás, sacudiendo la cabeza. Sentí algo parecido a un golpe en el pecho al ver cómo se alejaba, renuente a oírme. Confiaba en mí, lo sabía, pero… su miedo podía más, y lo sabía porque yo conocía esa sensación, conocía cómo era el miedo a un pasado que parece tragarte sin escapatoria posible. El miedo a aquellas palabras que te repites cuando nadie te ve y que, sin darte cuenta, ya están en tu cabeza. Se necesita más fuerza de la que uno cree tener para apartar esas palabras. Yo tenía a Hellen, y Eiden me tenía a mí, pero… no podía ayudarlo si él no quería. Era… era como martillar una pared sin fondo, porque él no era capaz de escucharme.

Sin embargo, lo quería tanto que seguiría intentándolo.

—¿Y no tengo razón? —soltó, exasperado—. Forma parte de mí. Así será por siempre. Quiera o no. Y ahora tú lo sabes. ¿Qué va a pasar cuando tú comiences a darte cuenta de con quién estás realmente? Porque niégalo las veces que quieras, pero, en algún punto, vas a recordar lo que te dije, y ambos sabemos que no es nada bueno. No hay nada bueno en esto.

—¿Cuando comience a darme cuenta de con quién estoy? —inquirí, buscando su mirada porque no me veía, se había dado la vuelta pasando una mano por su cabello como muestra de lo renuente y frustrado que estaba—. ¿Quieres decir que todo este tiempo que pasamos juntos no eras tú realmente?

Ahora sí me vio y, de alguna manera, pareció molesto e indignado ante mi cuestionamiento.

—No me refería a eso. No hubo nada falso entre nosotros, eres... eres lo más real que he tenido.

—Si soy lo más real que has tenido, ¿por qué te cuesta tanto creer lo que te digo?

—Porque tú también lo sabes. Somos nuestro pasado, lo queramos o no.

Respiré hondo. *Somos nuestro pasado.*

No, no somos nuestro pasado. Eso no nos define, no por completo. No cuando queremos salir de él, no cuando sabemos que preferimos arañar, luchar y dejar media alma con tal de salir de él. Nunca es tarde para intentarlo, ¿no?

—Entonces, ¿eres tu pasado? —reflexioné y una parte de mí se odió por lo que iba a decir, sin embargo, la otra simplemente necesitaba sacarlo. Estaba desesperada por que me entendiera, por que dejara de verse como si fuera el malo de la historia, pues no lo era—. ¿Cuál exactamente? ¿El niño de cinco años que era golpeado e iba a ser abusado? ¿El de siete que escapó de un maldito orfanato y tuvo que sobrevivir solo con sus hermanos o el niño de ocho que tuvo que aprender a defenderse para que no tocaran a sus hermanos? ¿O el chico al que obligaron a hacer cosas que no quería? El que temía tanto por su vida que simplemente siguió en piloto automático, sobreviviendo.

Hice una pausa, tragando hondo; mi corazón latía con fuerza en mi pecho porque me sentía mal por lo que estaba diciéndole. No quería revivir su dolor, pero estaba tan desesperada por que me entendiera, por que no se viera a sí mismo como un monstruo, que estaba exprimiendo hasta el último recurso.

Permaneció inexpresivo. Estaba escuchándome, pero sabía que no le gustaba hablar de eso; ese gesto peculiar que hacía de apretar los labios y la mandíbula lo delataba.

—No somos lo que las personas nos obligan a ser y tampoco somos nuestro pasado —pronuncié con detenimiento—. Y sé que lo que hiciste no está en ninguna maldita moral, pero lo que ellos hicieron tampoco. Tú no lo disfrutaste, pero ellos sí. A ti te obligaron, pero a ellos no. No eres un monstruo, no eres igual que ellos. Y me duele mucho que no puedas verte con mis ojos; daría mucho de mí para que pudieras hacerlo, daría mucho para que entendieras la forma en que te veo y quisiera que me dieras la oportunidad de hacerlo, porque en el fondo lo sabes, pero te cuesta entenderlo. En el fondo te duele todo lo que te obligaron a hacer, en el fondo no te ves como un monstruo, te ves como el niño al que obligaron a sobrevivir desde muy pequeño, pero te excusas en lo demás para no sentirte vulnerable.

En cuanto noté su intención de hablar, le hice una señal para que no siguiera, porque sabía lo que vendría: más intentos de hacerme ver que era lo contrario. Él ya había dicho lo que tenía que decir, así que esto sólo era un círculo sin fin. Si él decidía poner su pasado por delante de su presente y futuro, estaba bien, no podía pedirle que hiciera algo que yo tampoco había podido hacer por completo.

Ambos cargábamos con nuestro pasado, de una u otra manera.

Pero yo no quería seguir poniéndolo en mi presente.

Y aunque él me ayudó de mil maneras en cosas que no imaginé que podía hacerlo, no podía atarme a él, no podía luchar contra él si no me dejaba ayudarlo.

Dos personas se pueden levantar juntas, sin embargo, no pueden ayudarse a caminar y sostenerse en todo el proceso. Eso sólo sería autodestructivo. Porque si alguno cae, el otro también. Deben de aprender que, aunque sigan juntos, cada uno tiene que luchar sus propias batallas por separado para poder superar aquello que le impide caminar.

Eiden me ayudó a levantarme, pero no me iba a atar a él, creyendo que podía ser mi salvación para todo. Aquí no había polvitos mágicos de amor que solucionaran las cosas. Mi problema no sólo era el miedo al tacto en algunas situaciones, sino que iba mucho, mucho, más allá. Y por primera vez en mucho tiempo, me vi a mí misma queriendo sanar eso.

Y si él no estaba dispuesto a por lo menos escuchar mis palabras y confiar en mí, me dolería mucho, pero no podría seguir a su lado. No podría luchar contra su pasado, porque eso sería dañino no sólo para mí, sino para él; además, no quería que tuviera el miedo de que yo iba a pensar a futuro, no quería torturarlo de esa forma.

Suspiré, reuniendo todo el valor que tenía para decir lo que iba a decir.

—Es todo. No hay nada más que decir sobre esto, al menos por mi parte. Entiendo lo que dijiste para "protegerme". No hay más, no te perdono, ni lo justifico, pero lo entiendo. Lo que tenía que decir sobre tu pasado ya lo dije. Yo te miro y te miraré como lo que eres conmigo. Estoy en tu presente, no en tu pasado. Al igual que hace unas horas, esto queda en tus manos. Lo único que no va a ser sano para los dos es atarnos de maneras superficiales. Porque te quiero, pero no puedo luchar contra ti mismo, así que supongo que es simple. ¿Quieres que me quede o no? Y sabes lo que significa que me vaya, porque no hay más. No por ahora, ni en un futuro próximo. Y si quieres que me quede, lo haré. No me arrepiento, ni mentí sobre lo que te dije hace unas horas. Quiero estar contigo. Y supongo que, si me voy ahora, Jaden entenderá que me dejaste fuera, pasará lo que resta de la semana con Jess, y no volveré a casa. No te preocupes por mí. Elige por ti, no por mí.

No aparté la vista en ningún momento, a pesar de que notaba cómo él no podía sostenerme la mirada. Cada facción de su cara era un enigma apenas resuelto: cejas fruncidas, procesando todo a su manera. Labios apretados porque se sentía acorralado e incapaz de hablar. Mandíbula tensa porque en el fondo sabía lo que esto significaba.

Significaba el final del problema... o de lo nuestro.

Eiden vaciló un poco; de pronto, sentí que mi cuerpo perdía su eje y que toda la valentía que fingía tener se esfumaba cuando se acercó a mí y tomó mi cintura con sus manos, pegándome a él. El recuerdo amargo de lo que pasó la primera vez que nos besamos llegó a mí cuando hundió su cara en mi cuello y dejó un pequeño beso en él.

—Quiero que en un futuro —murmuró, contra mi piel— te rías de todo esto, de lo que hiciste, de lo libre que te sentiste saliendo de tu zona de confort y haciendo lo que no hicieron por ti: ayudar, porque nos ayudaste, y Aaron, Samantha y yo jamás podremos agradecerte lo que has hecho por nosotros, porque has sido una de las pocas personas que nos ha visto como humanos y a quien le hemos importado.

El dolor de mi pecho se incrementó como si una bala hubiese impactado en él. O como si una metralla de palabras puestas en una flecha para buscar su blanco resquebrajara la poca valentía que había reunido.

No, no estaba preparada para esto.

Llevé ambas manos a sus hombros y clavé mis dedos en la tela de su ropa para aferrarme a su cuerpo. Hundí mi cara en su cuello, aspirando su aroma. Quería registrarlo, dejarlo en mis fosas lo más que pudiera. Estaba luchando con mi cabeza y pecho que punzaban ante sus palabras, y con el temblor de mis labios y barbilla, sin embargo, no pude contener el sollozo que escapó de mi boca cuando volvió a dejar otro beso en mi cuello y siguió hablando:

—Quiero que —pronunció con lentitud— estés con un chico que sí valga la pena, al que sí puedas querer sin miedo a nada, y que él pueda corresponderte sin ese mismo miedo. Allison...

—No —murmuré contra el temblor de mis labios—, no lo digas aún, sólo espera. Sólo unos segundos más.

—Allison...

—Eiden... sólo espera —le supliqué.

Apreté los ojos sintiendo cómo un par de lágrimas caían sobre mis mejillas. Y me aferré a su cuello con necesidad, con miedo de soltarlo.

—Escúchame —murmuró.

No quería. No todavía, sin embargo, a pesar de mis protestas, sentí cómo sus manos me alejaban de él y se separaba de mí.

Contuve la respiración cuando el frío de sus anillos golpeteó la piel de mis mejillas y sus dedos rodearon mi nuca, uniendo nuestras frentes. No fui capaz de mirarlo, no quería ver ese par de ojos azules decirme que esto se acababa. Así que apreté los ojos y sólo dejé que siguiera.

—Quiero que en un futuro puedas estar bien contigo y con ese chico que estoy seguro, demasiado seguro, que intentará ser lo mejor para ti.

Hizo una pausa y solté otro sollozo cuando sentí cómo sus pulgares limpiaban las lágrimas de mis mejillas.

—Abre los ojos, cariño —me pidió.

No quería, no podía, no...

Abrí los ojos sintiendo cómo todo daba vueltas.

—Vivo arrastrado por mi pasado y te mentiría si te digo que puedo soltarlo y olvidarlo de la noche a la mañana, porque realmente no puedo hacerlo, pero si tú en verdad quieres seguir aquí, conmigo, quiero que seas mi presente. Así que, si quieres quedarte, hazlo, y prometo intentar ser ese chico. Prometo ser quien te mereces.

Lo miré a los ojos por varios segundos y abrí la boca sólo para pedirle que me prometiera que no volvería a pasar lo que había ocurrido, que no se dejaría llevar por sus impulsos basados en creencias erróneas, que no volvería a tratar de deducir lo que yo pensaría en lugar de hablar conmigo. Necesitaba esa certeza.

—Lo que pasó…

—Lo compensaré, yo… sé que lo arruiné, sé que… no debía hacer eso —su voz se quebró—. Lo siento, créeme que lo siento. Yo…

Vi la desesperación en su mirada y mi mundo se detuvo cuando cayó de rodillas ante mí.

—Te juro que lo siento mucho, cariño —murmuró con la voz quebrada mientras envolvía mi cintura con sus brazos dejando caer su frente en mi vientre. Sentí que se me partía el alma al sentir la fuerza con la que me apretaba, como si temiera que me marchara, que me desvaneciera. Sus palabras salían destrozadas y desesperadas—. Yo… lo siento tanto. No… no te imaginas lo asqueado que estaba de hacerte eso, sentía que se me estaba yendo la vida al verte llorar, yo… pensé que era lo mejor por más que doliera, y ahora veo que sólo te lastimé, que… lo único que hice fue dañarte. Perdóname, por favor, Allison, perdóname. Si decides quedarte conmigo, te prometo que lo compensaré. Te prometo que lo haré, te prometo que no te arrepentirás.

—No puedo perdo…

—Lo sé —me cortó al deducir mi respuesta—. Me lo merezco.

Cerré los ojos, dejé que una lágrima se deslizara por mi mejilla y enseguida brotaron más y más.

—Yo te quiero, Eiden, como no he querido a nadie. Y la razón por la que no te perdono no es porque quiera vivir con este recuerdo o porque te vaya a guardar rencor, sino porque, si lo hago, significaría fingir que lo que me hiciste no me dolió. Y en verdad dolió mucho, pero entiendo que lo hiciste por miedo, por desesperación. Te entiendo como no tienes una idea —deslicé mis manos por sus mejillas, moviendo su rostro suavemente para que me mirara—. Olvidaré lo que pasó en las últimas horas, me quedaré contigo, porque no hay cosa que anhele más, pero necesito que me hables. Necesito que confíes en mí para poder tomar mis propias decisiones con respecto a esto. Sé cómo me ves, sé que me ves como a alguien que debes proteger, pero no puedes protegerme de todo, y… tampoco puedo estar contigo sintiendo el temor de que en cualquier momento algo va a pasar y vas a actuar de manera impulsiva, haciendo cosas como la que hiciste hace unas horas.

Hice una pausa, viéndolo a los ojos. Eiden me miraba fijamente con sus ojos cristalinos; podía ver en ellos un dejo de esperanza.

—Prométeme que siempre hablarás conmigo —murmuré—. Sin importar qué sea. No supongas, no pienses en cuál crees que será mi reacción o qué haré. Sólo háblame —hice una pausa y me separé un poco de él para mirarlo—. Promételo.

Tardó unos segundos en responder, pero finalmente asintió con la cabeza varias veces.

—Lo prometo. Yo… lo prometo, nunca voy a volver a fallarte.

—Te creo —le aseguré, porque en verdad lo sentía. No era una duda o una esperanza, le creía al cien por ciento—. Ahora, ponte de pie, cariño. Verte así me está matando.

Cuando traté de tomarlo de los brazos y ayudarlo a que se pusiera de pie, él se inclinó y besó mi vientre sobre la tela de mi jersey.

—¿Puedes prometerme algo antes de esto? Por favor, tómalo como una súplica, tómalo como un ruego.

—Claro que sí.

—Prométeme que cuando necesites algo, lo que sea, un hombro sobre el cual llorar, alguien con quien hablar o alguien que te escuche, cuando tú realmente sientas que necesitas desahogarte, quiero que confíes en mí. O en Aaron o en Samantha. No te tragues tu dolor, no pongas a nadie por encima de lo que estás sufriendo. Has pensado y arriesgado mucho por nosotros. Prométeme que, desde ahora, sólo vas a pensar en ti primero. Necesito saber que no estás viviendo tu dolor sola, que no estás sufriendo en silencio. Quiero ayudarte, quiero que me dejes ayudarte.

Tragué saliva y asentí. Porque quería y estaba dispuesta a hacerlo, ya no quería dejar que mi dolor se pudriera dentro de mí, necesitaba sacarlo, necesitaba que alguien me escuchara.

Tomé sus mejillas y me incliné para susurrar contra sus labios:

—Lo prometo —antes de dejar un beso suave en sus labios.

Eiden envolvió mi cuello con sus manos y buscó mi contacto, desesperado. Me inclinó más hacia él y me besó, impulsándose hacia arriba hasta ponerse de pie. Coloqué mis manos en sus mejillas y él dejó caer sus manos en mi cintura, pegándome a él con necesidad, esa misma que se sentía fluir en nuestros labios con un toque inigualable de anhelo. Saboreamos el momento, un beso desesperado y hambriento, que poco a poco se volvió un suave arrullo hasta que nos separamos lentamente y yo no pude hacer otra cosa que hundirme en su pecho y abrazarlo con fuerza, y él no pudo hacer otra cosa que sostenerme contra su cuerpo mientras repartía besos por mi cabeza y caricias en mi espalda.

Y por unos segundos —o tal vez minutos— nos quedamos así. Sus brazos me hicieron sentir cómoda, cálida, necesitada de todo él, de su cariño, de sus palabras, de que me escuchara. Todo se sentía tan bien de vuelta en sus brazos, tanto que me hizo sentir un poco valiente o menos débil.

Él ya lo sabía todo, ya se lo había dicho. Lo recordaba a la perfección. Y por algún motivo en ese momento quise contárselo, realmente hacerlo. Las últimas horas habían sido como una rasgadura que había relajado mis defensas. Había revivido mucho de lo que, según yo, ya no recordaba.

Tragué hondo recordando lo que había sentido cuando vi al hombre que me había dañado, esa bilis, esa sensación mortífera que simplemente me había paralizado. Eiden tenía razón en algo: me tragaba mi dolor y necesitaba sacarlo.

Me sentía cansada y débil, pero de alguna manera era como si quisiera descargar todo, soltar en este momento el último suspiro de algo que dolía. Ya no sentía mis defensas lo suficientemente firmes como para detenerme y tampoco tenía el miedo a qué pensaría Eiden, porque él ya lo sabía todo, incluso el nombre de mi agresor. No tenía nada que ocultar. No a él.

Siempre quise contarle a alguien lo que había pasado, porque tal vez buscaba la reacción que esperé de quien supuestamente debía apoyarme, pero no lo hizo.

—Vamos a la habitación —le propuse separándome de él y dándole un pequeño beso en los labios.

Una suave sonrisa se deslizó en sus labios provocando que sus bonitos hoyuelos surgieran, lo cual me hizo sonreír a mí también.

—¿Me estás invitando a tu habitación? —dijo, burlón—. Eso no es muy decente de tu parte.

Su broma calentó mi pecho. Estábamos bien, estábamos aquí, todo seguía igual, aunque ahora con más palabras serias y promesas de por medio, lo cual sólo podía significar una cosa: que estábamos en esto de lleno, no había marcha atrás, aunque estaba segura de que nunca pensamos en siquiera dar un paso atrás desde aquella primera vez que aceptamos que estábamos completamente en el corazón del otro.

Decidí divertirme un poco, así que me crucé de brazos, dedicándole una sonrisita condescendiente.

—Tienes razón, qué diría la sociedad si dejo entrar a un chico a mi habitación.

—Así es. Eso no es muy decente de tu parte, pero podem...

—Mejor duerme en el sofá.

—¿Eh? —se quedó quieto e hizo una mueca de sorpresa.

—¿Quieres que te saque una sábana para que no pases frío? —alcé las cejas, lo cual hizo que sacudiera la cabeza frenéticamente.

—No, era una broma.

—Mmm, para que se te quite lo chistosito.

—Pero...

—¿Quieres que te saque la sábana o no? —puse la cara más seria que pude; mientras tanto, él parecía indignadísimo—. Que tampoco quiero que te mueras de frío.

—No voy a dormir en el sofá —soltó con un tonillo de advertencia—. Así que...

—Estoy segura de que Aaron estará feliz de recibirte en su...

Me quedé callada y entrecerré los ojos cuando vi cómo sonreía con malicia.

¿Qué planeaba?

Ay, no...

Vi su ademán de acercarse y medio inclinarse, y al instante retrocedí.

—Ni lo pienses —le espeté, apuntándolo con el dedo y dando un pasito hacia atrás—. Eiden. No.

—¿No qué? —sonrió.

Intenté dar un paso hacia atrás cuando vi cómo se acercaba a mí con una expresión divertida. Oh, no, lo que menos quería en este momento era tener la mitad del cuerpo colgando de su hombro.

—Si te acercas, te daré un golpe —le advertí, retrocediendo—. Y no es broma.

—¿No? —dijo con un tonito burlón—. ¿Quién crees que sea más rápido?

—El golpe te lo vas a llevar así seas más rápido tú.

—Sólo quiero dormir contigo y tú te pones agresiva.

Levanté un dedo y lo sacudí de lado a lado, negando.

—No te hagas el pobrecillo, yo te ofrecí ir a la habitación y tú te negaste.

—¡No me negué! —refutó—. Sólo hice una bromita.

—Pues por tu bromita —remarqué la última sílaba con ironía— vas a dormir en el sofá.

Di otro paso hacia atrás y cerré los ojos, tomando aire con amargura, cuando sentí cómo el filo de los escalones rozó mis talones. Y por la sonrisita maliciosa que se le dibujó en la cara, noté que se había dado cuenta.

—Tienes dos opciones: o vamos a la habitación, o te echo a mi hombro —hizo una pausa y sonrió— y te llevo a la habitación.

Le puse mala cara y abrí los ojos de par en par al notar cómo daba un paso largo y estiraba el brazo para engancharme de la cintura. La sorpresa fue tanta que intuitivamente retrocedí.

¡Sí! ¡Y ya no había piso!

Cerré los ojos, lista para sentir el impacto de mi cuerpo contra el suelo, aunque para mi sorpresa no pasó.

—Dales las gracias a mis reflejos.

Abrí los ojos como platos cuando me percaté de la situación. La punta de mis pies estaba en el borde del piso y Eiden había logrado tomarme de la cintura a tiempo, pegándome a él.

¿Lo bueno?

Que no me caí.

¿Lo malo?

¡Que los dos nos íbamos a caer por la pose que teníamos!

Eiden estaba completamente inclinado sobre mí y lo único que lo mantenía de pie era uno de los pilares de la cabaña, pues había logrado tomarlo para sostenerse de él.

En conclusión, debía soltarme para poder enderezarse y no caerse.

—Si me sueltas, dormirás en el sofá —le advertí, aferrando mis brazos a su espalda.

—Hoy estás muy agresiva, ¿no crees?

—Son las cinco de la mañana, he tenido un día de mierda, y ahora estoy a dos segundos de caerme. Perdón por no estar dando brinquitos de felicidad.

No tuve que haber salido de la cama.

El pecho de Eiden vibró en una risa suave, y yo me abracé con más fuerza a él, poniendo mi mejilla en su pecho. Parecía un koala abrazándolo; ni de broma iba a soltarlo.

—Bueeeno, entonces no es un buen momento para decirte que creo que no tengo la fuerza suficiente para levantarnos.

—¡Levántanos!

—¡Es mi peso y el tuyo!

—Si no nos levantas, lo de dormir en el sofá dejará de ser una broma —mascullé.

Tenía músculos fuertes, que los usara para algo productivo.

—¿Eso quiere decir que estabas bromeando? —inquirió con un tonito divertido—. Debería dejarte caer por chistosita.

—¡Eiden! —lo regañé—. Cuanto más tiempo pase, más difícil será levantarnos.

—Ya, ya voy, pero, entonces ¿si logro levantarnos, vamos a dormir en la habitación?

—Sí.

—Sólo para aclarar, ¿juntos?

—Sí.

—¿En la misma cama?

—Sí, pero apresúrate —le dije en voz bajita y con una mueca de dolor. Estaba tan aferrada a él que cada que hacía un leve movimiento la tela de mi jersey rozaba la piel lacerada de mis antebrazos, provocándome un ardor molesto—, que me duelen los brazos —cerré los ojos ante el recuerdo borroso de por qué los tenía lastimados—. Y mis antebrazos me arden... mucho.

Estreché aún más la mejilla contra su pecho e intenté aflojar mi agarre para que no me molestara tanto, pero al instante sentí cómo todos los músculos de su espalda se tensaron bajo mis brazos y cómo la mano que tenía en mi cintura me sostuvo con más fuerza, pegándome a él.

Cerré los ojos y solté un suspiro que no sabía que estaba aguantando en cuanto sentí cómo nos arrastró hacia atrás con un rápido movimiento.

Ni siquiera me dio tiempo de procesar las cosas, porque en otro movimiento rápido se inclinó y pasó uno de sus brazos por la parte posterior de mis rodillas y el otro por mi espalda baja para cargarme.

—No te eché a mi hombro, ése ya es un gran avance, ¿no crees? —me sonrío, mientras me pegaba a él.

—Mientras no retrocedas, todo irá bien.

Hundí mi cara en su pecho y rodeé su cuello con mis brazos para sostenerme. Cerré los ojos, sintiendo cómo algo se agolpaba en mi garganta. Íbamos a la habitación y yo se lo contaría todo. No quería dar marcha atrás. Dejé que el calor de su cuerpo me envolviera de esa valentía extra que necesitaba para no retroceder.

—Nunca rompo una promesa —soltó un tanto serio, cuando empezó a avanzar—. Nunca.

Apreté los ojos e inspiré hondo, llenándome de su aroma armónico. Me daba tanta paz ese olor.

—Eso espero —quise contener mis propias palabras, pero no pude—. Porque me has hecho muchas en estas últimas horas.

—Lo sé. No lo he olvidado.

Asentí y dejé que su cuerpo se moviera hasta llevarnos a la habitación.

Deseé que ese momento fuera eterno, o por lo menos más largo, pero no, no lo fue. No pasó mucho para que nos adentráramos en la habitación. El aire en mis pulmones salió de mi pecho en una pequeña exhalación cuando sentí cómo me dejó suavemente sobre la cama y se sentó.

No podía alargar esto, no más, sólo sería una tortura. Suspiré y tomé su mano, buscando un poco más de valentía.

—Quiero contarte algo —le dije—. Es sobre... lo que hoy te dije que pasó...

—No es necesario que lo hagas —me cortó con voz ligera—. Ya lo sé.

—Sé que lo sabes, recuerdo lo que te dije, pero... yo necesito que me escuches, creo que... quiero que me entiendas un poco más como yo te entiendo a ti ahora. Es algo difícil de contar para mí, pero confío en ti —hice una pausa, sintiendo cómo algo apretaba mi garganta—. Nunca le he dicho a nadie lo que pasó. Ni siquiera he sido capaz de materializar la palabra en sí. A nadie, nunca, pero... quiero contártelo. Quiero intentarlo.

La única persona que lo sabía era mi tía. Realmente, ella lo dedujo, y me ayudó con base en eso. No presionó, y yo no cedí.

—¿Estás segura de que quieres platicármelo? —cuestionó y comenzó a acariciar el dorso de mi mano con su pulgar.

Asentí con lentitud, pasando saliva e intentando deshacer ese nudo de nervios que se estaba comenzando a formar en mi garganta.

De pronto, le señalé el respaldo de la cama con la cabeza.

No creí que lo entendiera a la primera, aunque para mi sorpresa sí lo hizo. Soltó mi mano, dejándola sobre mi pierna, y besó mi frente antes de moverse rápidamente hasta quedar recargado sobre el respaldo de la cama, con las piernas abiertas. Estaba oscuro, porque ninguno se había detenido a prender la luz, así que me removí hasta quedar entre sus piernas.

Él al instante reaccionó y me rodeó por la cintura con sus brazos, pegándome a él. Mi cuerpo se sintió liviano de nuevo, pero mi corazón era todo lo contrario.

Nos quedamos unos segundos así, en silencio, hasta que me percaté de algo.

—¿Sí quieres escucharlo? —inquirí al darme cuenta de que tal vez él no quería hacerlo, tal vez le traería malos recuerdos o algo así—. Yo... no sé si te incomode, o si no quieres hacerlo, está bien si no quieres que te lo cuente.

Eiden suspiró y dejó caer su frente en mi mejilla.

—Si quieres contármelo, hazlo —murmuró—. Te voy a escuchar, a mí lo único que me preocupa es que esto te lastime de alguna manera.

—Está bien, quiero hacerlo —le aseguré—. Sólo... no me sueltes.

Dejé que las vibraciones de su pecho se acoplaran a mi espalda cuando sus brazos me presionaron suavemente contra él, abrazando mi cuerpo.

—No te voy a soltar.

—Gracias —susurré.

Los nervios escalaban por mi espalda como un escalofrío horrible. Nunca se lo había contado a nadie. Ni siquiera había pensado de forma general o voluntaria en lo que había sucedido, no como un todo. No como una historia que tuviera comienzo y un final intermitente. Cuanto menos recordara, mejor. Hasta ahora, supongo. Tal vez quería clavar el puñal con más fuerza, recordar y sangrar, a ver si así comenzaba a buscar la manera de cicatrizar la única herida que no lo había hecho.

La que generó las demás.

Me relamí los labios y comencé sin tener una idea clara de por dónde y cómo hacerlo:

—Fue hace más de tres años, yo tenía quince. En ese entonces era alguien, por decirlo de alguna forma, normal. Tenía una mejor amiga, varios amigos y conocidos. Tenía mucho, a decir verdad. Creo que fui la típica niña a la que sus padres le daban todo como consuelo porque no le podían dar su tiempo. Al principio me afectaba, pero después, con el paso de los años, ya no fue así y se volvió una costumbre que ellos no estuvieran mucho en casa. Mi mamá trabajaba día y noche prácticamente toda la semana, y cuando descansaba, no teníamos mucha interacción; en realidad, creo que jamás tuvimos un verdadero vínculo, era su hija porque me había traído al mundo, pero para ella no había más. En un inicio mi padre no trabajaba tanto. De hecho, cuando era niña, era él quien estaba en casa, con el que jugaba y me divertía, teníamos un vínculo de padre e hija, pero se desvaneció poco a poco cuando comenzó a trabajar con más rigor, más horas, más días, incluso más noches. Siempre se había considerado inferior a mi madre, así que supongo que quiso sentirse a la par de ella. Y al parecer su manera de hacerlo era trabajar y olvidarse de que tenía una familia que querer. Así, con el paso del tiempo, fui acostumbrándome a su ausencia, a la falta de tiempo. Ellos trabajaban, yo estudiaba, y de vez en cuando me divertía. Tenía limitaciones, pero no incumplía, nunca había sido nada rebelde. Desde mi punto de vista, todo se había vuelto normal.

Ya en este punto sólo sentía que mi corazón latía con lentitud como anticipación de lo fuerte que iba a hacerlo cuando las palabras salieran de mi boca e impactaran en mi cabeza.

Cerré los ojos, respiré hondo e intenté seguir:

—Y uno de esos días, casi una semana después de que cumpliera quince años, mi madre, Tara, debía de ir a una conferencia fuera del estado y mi padre estaría en un viaje de trabajo. No iban a estar por tres días completos en casa, y ellos olvidaron decirme que durante esos días mi... —apreté los ojos y tomé aire con fuerza— Roberts, el hermano de mi madre, iba a pasar unos días con nosotros. Si yo lo hubiera sabido, habría hecho lo posible para no estar en casa la noche en que él llegara; tal vez hubiera hecho una pijamada con Hanna, mi amiga. A mí nunca me agrado él porque hacía comentarios muy asquerosos sobre cómo vestían las mujeres, sobre si unos shorts cortos eran muy provocativos, o que una falda corta era sólo para... putas, cosas así. Me incomodaba su presencia.

"El día que llegó era de noche, alrededor de las nueve. Se presentó con una maleta y me dijo que se quedaría en casa. Cuando notó la duda en mi cara, me aclaró que ya había hablado con mis padres. No opuse mucha resistencia, sólo lo dejé pasar y corrí a mi cuarto. Yo llevaba puesta una pijama de shorts cortos y una blusa de tirantes, y por algún motivo quise cambiarme. Al principio me dije que era por el frío, porque estaba comenzando a llover con mucha fuerza, pero, siendo sincera, nunca me importaba lo que tuviera puesto a pesar de que el clima refrescara, pues sólo me metía entre mis sábanas y para mí todo estaba bien. Así que, en el fondo, yo sabía que era por él. No pensaba salir de mi cuarto, pero quería sentir un poco de más seguridad respecto a sus miradas y comentarios. No le di muchas vueltas y sólo busqué un pants y una camisa más gruesa y con mangas.

"Me metí a la cama, aunque no podía dormir; estaba en mi celular, no recuerdo haciendo qué. De un momento a otro la lluvia se intensificó y de repente se fue la luz. Pude haberme quedado en mi cuarto y fingir que no pasaba nada, al fin y al cabo daba lo mismo, era de noche y quería dormir, pero exactamente ese día yo había hecho el súper y había comprado mucha comida que llevaría al día siguiente para un evento cultural en la escuela, así que necesitaba refrigeración. Entonces me apresuré a ir a la planta baja, al sótano, porque ahí había una especie de planta de luz que podía poner en marcha mientras se restablecía la electricidad.

"Recuerdo que encendí la linterna de mi celular y bajé al sótano. El lugar era pequeño, sólo tenía una mesa con algunas cosas encima, cajas por algunos lados y más cosas que se fueron acumulando con el tiempo. Dejé mi teléfono en una mesita y me acerqué a la planta para intentar ponerla a trabajar. Siempre producía un sonido muy fuerte cuando comenzaba a funcionar, como un rugido, sin embargo, en esa ocasión lo hizo más veces de las que recordaba. Creo que fueron tres, pero al final no sirvió y, cuando me fijé si tenía gasolina, me di cuenta de que era muy poca, por eso no se ponía en marcha. Busqué en el lugar, pero no había, así que me di por vencida y preferí tener la esperanza de que la luz regresara pronto.

Solté una risa que acabó saliendo como un resoplido.

—Sí, fue como: "Bueno, lo intenté, tampoco soy maga para resolver todo". Me preocupaba por el evento de la escuela, pero no tanto como para quitarme el sueño.

Quise girarme hacia Eiden para ver qué cara tenía, pero no pude hacerlo porque él tenía su cabeza apoyada en mi sien, mientras miraba hacia abajo.

—No te has quedado dormido, ¿verdad? —le acaricié la mejilla con un gesto tranquilo, ante todo el silencio que nos engullía.

—No. Sólo no quiero interrumpirte —aseguró—. ¿Estás segura de que quieres seguir?

Asentí con la cabeza.

—Sí, quiero seguir.

Estaba convencida de ello. Aunque sabía que me iba a afectar, no podía crear esa barrera entre mis palabras y los recuerdos. Iban casi de la mano.

Y aunque al principio creí que le contaba todo esto a él para que me entendiera, después me di cuenta de que también era para poder soltar un poco del dolor que tenía. Necesitaba contar lo que me había pasado, completo, porque, siendo sincera, esta era la primera vez que recordaba todo con exactitud y no en pequeños fragmentos que llegaban a mí.

—Bien —respondió él y levantó un poco la cara para dejar un beso en mi mejilla y después hundirse en mi cuello—. Aquí estoy. No te voy a soltar.

Suspiré. Lo que venía a continuación era lo que dolía. Sentí cómo mi garganta se secó y pasé saliva, soltando una exhalación.

—En el momento en que me di cuenta de que no tenía arreglo, quise volver a mi habitación. Yo sólo quería volver a mi cuarto y dormir... —cerré los ojos cuando un nudo me apretó la garganta haciendo que mi voz sonara temblorosa y débil.

Esto era difícil. Era sofocante, sin embargo, necesitaba hacerlo. Tal vez después podría ver las cosas con mayor claridad o hacer lo que no había querido. Me reprimía, me contenía, yo misma me enjaulaba, así que sólo debía soltarlo para después buscar la manera de curarlo.

—Tomé mi celular, ya... ya lista para irme, pero... él...

—Está bien, Allison, sólo... —se quedó callado por unos segundos y al final sólo bufó para sí mismo—. No sé qué decirte, sólo...

—No necesitas decir nada —le aseguré, cortándolo—. Con que me escuches ya estás haciendo más que muchos.

Él se quedó callado, y sentí cómo sus brazos me presionaron con más fuerza. Incluso pude sentir cómo su corazón se aceleraba a mis espaldas. El mío estaba igual, sólo que ahora dolía, como si quisiera escapar de mi propio pecho.

Asentí para mí misma y retomé mis palabras:

—Roberts estaba ahí, había entrado al sótano. Lo saludé y le expliqué por qué me encontraba ahí. Él únicamente se limitó a escucharme y yo ni siquiera quise detenerme a esperar una respuesta. Miré al suelo, y quise irme... intenté pasar a su lado... pero él estaba muy cerca de la puerta y... cuando pasé junto a él... él... sólo estiró su brazo como si fuera una especie de barrera y no me dejó pasar.

"Opuse resistencia empujando su brazo y diciéndole que me quería ir. No lo tomé como un chiste, no lo tomé como una broma, lo tomé como lo que era, y en ese instante tuve miedo. Estaba oscuro, la única luz era la de la linterna de mi celular y era inestable por todo el tambaleo de mis manos. Comencé a insistirle que me dejara pasar, pero no se quitaba por más que yo lo empujaba. Era más fuerte y grande que yo. Sólo... sólo tenía quince años, no podía defenderme como me hubiera gustado.

"Y él simplemente no habló, en ningún maldito segundo lo hizo. Recuer... recuerdo que me tomó de la cintura y me lanzó hacia atrás en cuanto notó que yo estaba entrando en pánico. Le dije que me quería ir, que se quitara y... sólo se lanzó sobre mí. Había chocado con una mesita de herramientas, así que me acorraló ahí.

Tragué hondo, sintiendo cómo mi garganta raspaba con cada palabra. Estaba llorando y ni siquiera me importaba que mis palabras se intercalaran entre sollozos. Dolía, y lo único que me hacía ser consciente de que esto sólo eran palabras era la mano a la que estaba aferrada, como si de un ancla se tratara, y el corazón de Eiden a mis espaldas, que latía con fuerza.

—Sabes que estoy aquí, ¿verdad? —me preguntó en voz baja.

Asentí. No me veía, pero su frente estaba en mi sien, y estaba segura de que podía sentir mis movimientos.

—Lo sé —le respondí.

—Sólo yo. No hay nadie más, nadie te puede lastimar.

Cerré los ojos; entendía lo que quería decirme. Sólo él estaba aquí. Asentí, apretando los labios e intentando formular una respuesta entre los sollozos que se querían liberar de mi boca.

—Lo... sé —titubeé.

Y percibí cómo asentía con la cabeza y volvía a alzar la cara para besar mi mejilla.

Esperé unos segundos y tomé una respiración profunda antes de continuar.

—No... no recuerdo mucho con claridad, sólo que le dije que se alejara, pero él no lo hizo. Recuerdo que me sostuvo del cabello con fuerza, me tiró, y me arrinconó contra una esquina. Yo le pedí que parara, le dije que me estaba lastimando, lloré, grité, y realmente intenté defenderme, pero él... él soltó una especie de gruñido cuando notó que estaba comenzando a intentar defenderme o golpearlo.

"Y eso sólo lo hizo ponerse más agresivo... así que... estampó mi cara en la pared... una y otra vez, hasta que creo que el dolor me dejó perdida por unos segundos. Él... qu… quitó lo que quería quitar y de pronto me di cuenta de que el dolor de mi cara no era nada comparado con lo que estaba sintiendo. Volví a pedirle que parara, una y otra vez, pero no, no lo hizo; en cambio, com... comenzó a asfixiarme, su mano presionaba mi garganta con fuerza.

"Llegó un punto donde ya no podía sentir algo en concreto. Me sentía ida, hecha nada y, siendo sincera, apenas y recuerdo cuando se detuvo, cuando se fue, pero sí recuerdo que me dijo que si le decía a alguien lo que había pasado, nadie me creería, y que además lo volvería a… hacer.

"Después se fue y yo me quedé ahí, por minutos, en el suelo. No... no podía levantarme. No era mi cuerpo, era... era como si el impacto de todo me impidiera pensar. Fueron minutos durante los que sólo me hice bolita y me quedé ahí.

Guardé silencio por unos segundos, asimilando mis palabras. Era como si me quitara la piel, como si viera una herida que pensé que ya no tenía. Viva, en carne propia. Eso fue lo que pasó. Jamás lo había dicho en voz alta, y por un momento quise lastimar a alguien que no fuera yo misma.

Cuántas veces me culpé. Solía cuestionarme si realmente había sido tan malo, o si sólo era una débil por no poder soportarlo. Cuántas veces preferí escuchar las palabras de mi madre y no las mías. Y ahora revivir todo esto casi me hizo sentir asco, como si el dolor que había ocultado desde hacía tiempo regresara, pero para recordarme que... sí, sí fue malo y doloroso, y que Hellen tenía razón: no había sido mi culpa.

—A veces —dije pasando mis manos por mis mejillas, que estaban completamente surcadas por lágrimas—, a veces sólo… desearía que a él le pasará algo, que dejara de existir, porque… él sigue con su vida como si no hubiera lastimado a nadie.

Bajé la mirada a mis manos con las lágrimas cayendo por mi rostro. Era difícil dormir tranquila y caminar por la calle sabiendo que él estaba por ahí viviendo su vida como si no hubiera hecho nada. Como si no hubiera lastimado a una persona. Y era peor saber que no había nada ni nadie que le impidiera volver a hacerlo.

Alcé la cara lentamente cuando sentí que unos dedos sujetaban mi barbilla. Eiden giró mi rostro para que lo mirara, limpió las lágrimas que caían y acarició mi piel con la yema de sus dedos como si quisiera darme tranquilidad.

—Él no volverá a lastimarte —susurró—. Algún día pagará por lo que te hizo.

—Han pasado tres…

—Así haya pasado una década, él te lastimó y nada va a quitarle culpabilidad. Merece pagar por lo que te hizo.

—Ojalá un día suceda —eso era lo que más quería en esta vida, pues sentía que lo que yo había pasado no había significado nada para él… en cambio, para mí había sido el comienzo de noches sin dormir, de llantos que no podía controlar, de miles de dolores que sentía no sólo en el cuerpo, sino en el alma, la cual parecía desgarrarse con tal de dejar de sufrir todo el miedo que había sembrado en mi vida.

—Sucederá.

Aspiré nuevamente por la nariz.

Tres años se escuchaban pocos, pero para mí habían sido eternos, de tantas y tantas cosas acumulándose en mí.

—Aún hay más, lo que pasó después. Lo que pasé.

Él asintió.

Lo siguiente era difícil, como si fuera una fractura permanente en mi mundo. Abrí la boca y, antes de que yo pudiera siquiera reunir un poco de más valor, Eiden me interrumpió:

—¿Recuerdas lo que me dijiste ayer en la mañana? —soltó de repente y yo fruncí el ceño.

—Te dije varias cosas, ¿qué exactamente?

Lo miré dudosa y limpié mis lágrimas, que no dejaban de salir. De pronto sentí cómo tomaba mis hombros y me separaba de él. Por un segundo me sentí medio perdida, sin embargo, entendí lo que quería hacer cuando noté cómo pasaba los pies a mi lado, sacándome de entre sus piernas, y se recostaba por completo en la cama. Me tomó del brazo y tiró de mí con suavidad, haciendo que me tumbara sobre él.

Enseguida me acomodé sobre su cuerpo y descansé mi mejilla en su pecho. Cerré los ojos unos segundos al sentir cómo sus dedos se deslizaban con suavidad por debajo de mi jersey, acariciando mi espalda.

—Te dije que esto se sentía bien —susurré.

—Sí —dijo con voz suave—. ¿Estás bien? ¿Quieres que siga tocándote?

—Sí —suspiré—. Sigue haciéndolo.

Esperé unos segundos. Mantuve los ojos cerrados, sintiendo sus caricias en mi espalda, e intenté calmarme un poco antes de seguir.

Sólo eran palabras. Sólo eran recuerdos. Dolían. Pero no podían hacerme daño.

—Cuando logré levantarme —comencé de nuevo—, me encerré en mi habitación y recuerdo que sentí que estaba haciendo las cosas de forma mecánica, como si algo se hubiera detenido en mi cabeza como para poder funcionar con normalidad. Cada uno de mis músculos se sentía congelado. Era como si mis emociones y todo lo que sentía no pasaran por mi cuerpo y sólo estuvieran ahí por estar. Y lo peor es que realmente quería sentir algo, quería llorar, gritar, lo que fuera, pero no podía. Me metí a bañar y mientras me pasaba la esponja por todo el cuerpo, mientras limpiaba la sangre de mis muslos —hice una pausa ante ese recuerdo, jamás iba a olvidar esa imagen. Estaba enterrada en mi cabeza, y cada maldita vez que regresaba a mi consciente, me revolvía las entrañas y me hacía llorar sin parar. Cuando no podía controlarlo, vomitaba hasta que me forzaba a olvidar o hasta que no había nada que sacar. Me relamí los labios limpiando mis lágrimas—, sentí cómo algo se acumulaba en mi cabeza hasta estallar. Quería borrarlo por completo de mi piel, así que comencé a tallarme con fuerza. No me importaba nada, no estaba llorando, no sentía nada más que desesperación. Ese día me dejé la piel casi a carne viva.

"Él se fue al día siguiente, pero yo no pude salir de mi cama y sólo me quedé ahí. Creo que... no lo sé, no recuerdo haber sentido mucho, a veces lloraba sin siquiera darme cuenta. Era como si de alguna manera no lograra procesar lo que me había pasado hasta que llegó mi madre. Estaba en casa y quise acercarme a ella. Todavía tenía los moretones en la cara y algunos magullones en el cuello, así que, cuando me vio, me preguntó que qué me había pasado.

"Pero no... no tuve el valor de decirle. La amenaza de ese hombre se repetía una y otra vez en mi cabeza. Tenía miedo, pero también quería el apoyo de alguien, que ella me dijera que estaría bien, así que preferí decirle una mentira para poder contarle lo que me había pasado. Le dije que había ido a una fiesta y... divagué mucho... no pude decirle nada en concreto, no me sentía capaz de hacerlo, me sentía avergonzada, temerosa, no… podía con tanto dolor y decirlo me hacía sentirlo más fuerte, sin embargo, ella me llevó al hospital donde trabajaba y me atendieron...

"Me hicieron algunos estudios que declaraban que había signos de que había sido agredida sexualmente. Él médico dijo que debía de llamar a la policía, pero Tara salió a hablar con él y cuando volvió, él ya no tocó el tema, sólo me dieron medicamentos y me mandaron a casa. No más. Y yo... realmente no sé, esperaba algo más, que... por lo menos me diera un abrazo... pero no lo hizo. Únicamente detuvo el coche antes de llegar a casa... y… me dijo... '¿Me vas a decir qué pasó o no?'. Intenté decírselo, pero simplemente no podía... la palabra no salía de mi boca, no era capaz, y al final sólo cambió la pregunta... '¿Has hecho una estupidez y ahora te arrepientes? ¿Te acostaste con un chico?'. Sus palabras terminaron por quebrarme aún más, y sólo fui capaz de llorar y negar. Lloré por primera vez, sintiendo todo, y ya no pude detenerme. La poca esperanza a la que me había aferrado se desvaneció de alguna manera. Ella creía que yo me había acostado con un chico, que yo me lo había buscado. ¿Qué no veía los moretones en mi cara, en mi cuello? ¿Qué no había visto los moretones en mis muslos, en mis piernas, en mi cadera? ¿Qué no veía lo rota que estaba?

"Le dije que yo no había hecho nada y me dijo que entonces le contara qué había pasado, pero de nuevo no pude. Y simplemente me dijo que si no le decía, para ella sería como si no hubiera ocurrido nada. Que no podía hacer nada.

Hice una mueca amarga y triste al recordar eso.

—Y así fue: para ella no pasó nada, absolutamente nada. Respecto a mi padre, no me sentí con las fuerzas de intentar hablar con él porque sentía que iba a divagar igual que con Tara, que me iba a costar decirle lo que había pasado, y sabía que no soportaría el hecho de que él tampoco fuera capaz de apoyarme.

"Los siguientes meses fueron iguales, me sentía como si no hubiera nada a mi alrededor más que los recuerdos que llegaban de vez en cuando. Era... era doloroso, quería pararlo, sólo quería dejar de recordarlo.

Hice una pausa y me reacomodé sobre Eiden. Lo pensé unos segundos, sintiendo mi pecho hincharse de temor. Él ya había visto mis heridas, pero no conocía su profundidad.

Coloqué las manos en su pecho, levantándome, y al instante sentí cómo sus ojos se posaron en mí cuando tomé el borde del jersey y tiré de él, quitándomelo.

No dije nada y Eiden tampoco.

Me reacomodé en su pecho, dejando mis manos en sus hombros.

—Había veces en las que me metía a bañar y volvía a lastimarme con la esponja, desesperada por borrar ese recuerdo que sentía impregnado en el cuerpo y en el alma. Cuando veía lo enrojecido y sentía la quemazón, me daba cuenta de que era un dolor que… me gustaba sentir. No era placentero, pero mi cerebro entendía que era mío, como si causarme este dolor físico apaciguara el dolor de mi cabeza causado por esa otra persona. Era un dolor que podía sanar, podía curar, podía preocuparme por mejorar, algo... que no podía hacer con el que atormentaba mi cabeza. De alguna manera, causarme dolor físico me inhibía del dolor mental y emocional que sentía. Entonces comencé a buscar otros métodos, hasta que llegué a los cortes.

Mi barbilla empezó a temblar cuando sentí cómo Eiden tomaba mis muñecas y comenzaba a acariciarlas, pasando sus dedos por el cardenal de cicatrices que tenía. No me gustaban, por eso las tapaba; además, las personas solían mirarlas, lo cual sólo me hacía sentir más vulnerable.

—Durante meses me corté las muñecas. Y un día, mi madre estaba hablando con mi padre sobre su fiesta de aniversario y lo mencionaron. Ya no había sabido nada de él, así que escuchar de nuevo su nombre provocó que algo colisionara en mí. Tuve un ataque de pánico. Sentía que simplemente me estaba desvaneciendo y asfixiando. Ni siquiera supe cómo lo pasé, pero lo hice sola. Después fueron un poco más recurrentes. E investigando me di cuenta de que también había llegado a sufrir ataques de ansiedad, o al menos eso creía. Tenía esos síntomas repentinos de desesperación, miedo; me sentía intranquila de forma gradual y en ocasiones efusiva.

"A la semana después del primer ataque de pánico, bajé a buscar comida y mi padre estaba en la cocina. Lo saludé y después escuché la voz de Roberts. Él estaba ahí, en la casa, y... yo sólo recuerdo haber huido lo más rápido posible a mi cuarto... ¿Sabes? Realmente no quería morirme, no era mi plan. Lo había pensado, pero no era como que ese día hubiera decidido hacerlo. Yo creo que me perdí en ese momento, y no me di cuenta de cuánta presión estaba sintiendo, únicamente sé que cuando tuve un poco de lucidez, había mucha sangre, demasiada.

"Mi padre me encontró y me llevó al hospital en el que mi madre trabajaba, me procesaron, me internaron... y... mi madre... dijo que había sido un accidente, ella lo registró así.

"Mi padre me interrogó, y yo le dije que sí, que me había lastimado con las navajas sin querer y que me había desmayado. No sé cómo me creyó eso. Tal vez porque mi madre lo avaló. Le dijo que era un accidente que pasaba a menudo, le explicó cómo había sucedido, y yo sólo asentí. A veces siento que para él fue demasiado abrumador verme así, de modo que prefirió creer eso para protegerse a sí mismo. O al menos eso es lo que imagino, aunque, después de eso, siempre tendía a preguntarme cómo estaba. O pasaba a mi cuarto a ver si me encontraba bien.

"Cuando me dieron de alta, al parecer Tara me abrió un expediente psiquiátrico y comenzó a medicarme ella misma con muchos antidepresivos que me dejaban más muerta en vida de lo que ya estaba. Porque no sólo no sentía, sino que no podía hacer nada más que respirar y comer.

"Un día simplemente dejé de consumirlos, los tiré. No estaban haciéndome bien; al contrario, empeoraban todo. Tara no era psiquiatra, sólo me lanzó botes de pastillas para que dejara de joderle la vida y ni siquiera pensó en llevarme con un especialista para saber cuál era la dosis correcta que tenía que tomar.

"También traté de dejar de autolesionarme. A veces recaía y lo hacía de nuevo, pero con menos frecuencia. Fueron casi dos años así; mi vida parecía una línea recta que por momentos bajaba y me tiraba.

"No me gustaba acercarme a las personas, me resultaban desconocidas. No me gustaba que me rozaran, que me tocaran. Me daba miedo y me hacía recordar. Así que no salía a menos que fuera a la escuela. Eran muchas personas alrededor, muchas risas que, de alguna manera, me hacían sentir miserable.

"Todo seguía igual a mi alrededor, todo seguía su curso, pero yo me había detenido. Me había hundido y nadie lo había notado. Sólo quería llegar a casa, entrar a mi habitación y hundirme en mi cama. El peso de todo lo que sentía y no podía decir me estaba desgastando, poco a poco o de manera veloz, no lo sé. Algo se había apagado dentro de mí.

"Hasta que Hellen, mi tía, regresó. Ese día me sentía más mal de lo normal. Estaba en mi cama, porque era de esos días en que sentía que todo se me venía encima y no podía actuar con normalidad, no podía ni siquiera levantarme a comer. Y de repente ella llegó, me vio con esa cara de '¿Estás bien?' y me quebré. Lloré, y aunque intentó abrazarme, no la dejé, pero a pesar de eso se quedó. Estuvo todo el día conmigo en mi cuarto, e igual que con Tara, divagué sin poder decirle realmente lo que había pasado, sólo que ella sí lo comprendió y me ayudó.

"Durante los meses siguientes, Hellen fue mi sostén. Ella es psicóloga, y aunque decía que mientras no estuviéramos en un consultorio, no era su paciente, sí desempeñó esa función conmigo tres veces por semana, durante meses. Me ayudó. Me hizo entender cosas que yo, a pesar de todo el tiempo que había transcurrido, no había logrado comprender. Me ayudó con mi problema de las autolesiones, con la incomodidad que sentía cuando otras personas me tocaban, con mis ataques de pánico. Fue lo que siempre necesité.

"Y también fue la primera persona que abracé de nuevo. Recuerdo que un día sólo llegué y alcé los brazos hacia ella. Ni siquiera sabía cómo darle el abrazo, sólo parecía una boba extendiendo los brazos e intentando acercarme, pero finalmente lo hice. Fue corto, aunque se sintió bien. Me tomó casi dos años poder intimar de esa manera, y meses de hablar con ella para lograr un poco de ese cambio.

"Con el tiempo fui avanzando en pequeñas cosas. Todavía me resulta un poco incómodo que me toquen personas con las que no tengo confianza, pero he asimilado mejor el tacto, a menos que sea de formas muy sorpresivas o en algunos ambientes, porque entonces me detonan recuerdos. Ya no me autolesiono. Mis ataques de pánico, y en ocasiones de ansiedad, han disminuido y sólo me dan cuando estoy bajo mucha presión o siento esa sensación opresiva de acorralamiento. Ya no los tengo tan a menudo como antes, que solían desencadenarse a partir de sucesos muy pequeños. A veces aún tengo pesadillas, pero ya no son tan recurrentes. Realmente he avanzado mucho gracias a Hellen.

"Aunque en ocasiones siento que no poder hablar realmente del tema de mi... violac... —me corté a mí misma, como si la palabra de alguna manera estuviera privada de mi vocabulario. Nunca la había dicho, sólo que ahora sentía que debía hacerlo; al final, era la realidad, fue lo que me pasó—, mi viol... mi violación no me ayuda a sentirme totalmente completa, o que en verdad he logrado avanzar.

"Siento como si hubiera avanzado lo suficiente para salir del lugar feo, pero no tanto como para poder seguir avanzando más a fondo.

Ése era mi pasado. Mi dolor. Mis heridas. Mis *cicatrices.*

Suspiré y alcé la cara, colocando la barbilla en el pecho de Eiden. Tenía las mejillas húmedas, sin embargo, ya no lloraba.

Ya sólo sentía un residuo pesado en mi garganta que poco a poco se disolvía, porque, en retrospectiva, por primera vez me di cuenta de que no estaba hundida. De que había logrado salir, levantarme a mi manera, tal vez no de forma completa, pero sí había avanzado mucho realmente.

Jamás podría pagarle lo suficiente a Hellen por eso.

—No es necesario que digas nada —le aseguré—. Gracias por escucharme. Ni yo misma sabría qué decir en una situación así.

Eiden se quedó callado unos segundos y sentí una opresión en mi pecho cuando lo vi pasar el dorso de su mano por sus mejillas para limpiar las lágrimas que caían por ellas. Estaba llorando.

Nunca supe qué reacción esperar de él. Tal vez para mí habría sido suficiente con su silencio y la calidez de sus brazos, pero verlo así me hinchó el pecho a punto de reventar.

Eché mi cuerpo hacia atrás cuando él comenzó a intentar acomodarse para quedar sentado en la cama y terminé a horcajadas sobre él.

—Lamento... se oye estúpido decir esto, pero realmente lamento que hayas pasado eso, todo eso...

Negué con la cabeza.

—Sé que no es nada comparado a lo que...

—No, no digas eso —me cortó de prisa—. No compares lo que te pasó con nada.

—Lo sé, pero a ti, tú... —vacilé—. No se compara, no... tú pareces tan fuerte ante todo... y yo...

—Y tú también eres fuerte —acarició mi mejilla—. Mírate, te has levantado a pesar de todo.

—Después de haberme caído mil veces.

—Y en todas ésas lo volviste a hacer.

Bajé la mirada.

—Ni siquiera pude hacerlo sola —apreté la mandíbula, conteniendo el temblor de mi barbilla—. Si no hubiese sido por Hellen, no habría...

—Habrías podido hacerlo, Allison.

Cerré los ojos unos segundos cuando me tomó de la barbilla y me elevó el rostro, haciendo que lo mirara.

—No te mientas a ti misma —me dijo con suavidad—, sabes que lo habrías hecho. Tarde o temprano, porque seguiste adelante a pesar de que ni tu propia madre ni tu padre te ayudaron. Apenas estabas procesando lo que estaba pasando. Sabes que tú no eras el problema. Sólo no tuviste a las personas adecuadas a tu alrededor.

—Tuve que haberme levantado por mí misma.

Él negó y colocó ambas manos en mis mejillas.

—No es verdad. Tenías quince años, no puedes culparte de lo que pasó, ni exigirte más de lo que podías asumir.

—Tal vez sólo... debí decirle a Ta...

—Se lo dijiste —me cortó—. Lo hiciste, sabes que lo hiciste. Quizá no con palabras, quizá no verbalizaste lo que te ocurrió, pero estaban todas las señales en ti.

—Tuve que decírselo con palabras —negué, intentando apartar mi cara de sus manos, pero él me sostuvo con fuerza.

—Ella lo sabía, Allison... —dijo con lentitud—. Sabes que ella lo sabía, sólo que...

—Lo ignoró —terminé por él—. Sí, porque era más fácil ignorar el problema que verlo crecer.

Yo sabía por qué estaba tan aferrada intentando mentir al decir que Tara desconocía la verdad: esto no se lo dije a Eiden, pero después de que fuese internada en el hospital porque mi padre me encontrara desangrándome, tuve un ataque de ira contra mi madre. Fue como si hubiera explotado, y cuando estuve a punto de decirle la palabra, la maldita palabra que englobaba lo que me había pasado, me calló con una cachetada, molesta, porque, según ella, estaba intentando excusarme por mi arrepentimiento de algo que había hecho conscientemente. Ella sabía que me había pasado algo, pero prefería mentirse así misma fingiendo que no.

Después de eso tuvimos un incidente más: ella quiso tocarme y yo reaccioné mal. Le molestó mucho que siguiera con eso. Con esa manía de querer mentirme a mí misma con algo que, según ella, "no había pasado", "que ya tenía tiempo", "que ya debía dejar atrás".

Esas palabras me calaron. Me dolieron. Me hicieron sentir más débil de lo que ya me sentía.

¿Por qué no le dije esto a Eiden? Porque ese día comencé a odiar a mi propia madre, y esa segunda vez sólo lo reafirmé. Y no decirlo lo hacía menos real. A veces no quería odiarla.

Cerré los ojos y asentí con lentitud dejando que Eiden me acercara a él y me abrazara.

—Gracias por escucharme —musité, hundiendo mi cara en su cuello.

—Gracias a ti por confiar en mí y contármelo —besó mi frente—. Eres muy fuerte, Allison. Eres una de las personas más fuertes y resilientes que conozco. Tú más que nadie mereces sanar y ser completamente feliz.

—Es lo único que deseo. Sanar.

—Lo harás, ya lo verás, cariño.

Asentí, confiando plenamente en sus palabras, y me pasé la mano por la cara, intentando disipar toda esa sensación molesta y pesada de mi cuerpo.

Ya no quería hablar de esto.

Me reacomodé sobre Eiden para poder verlo, y justo cuando estaba a punto de darle un beso, fruncí un poco el ceño.

—¿Qué te pasó en la cara? —le pregunté, al mirar que tenía el labio partido y un morete al lado de la nariz. No lo había notado por la oscuridad, hasta ahora.

Se encogió de hombros ligeramente.

—Nada que no mereciera.

—¿Aaron?

Él asintió.

—¿Le robaste su cerveza?

—No, se enojó por lo que pasó contigo.

Fruncí el ceño.

—¿Por eso te golpeó?

—Sí.

Pensé un segundo en todo lo sucedido, hasta que llegué a una conclusión:

—¿Se molestó porque me contaste todo?

—Ehhh —vaciló un poco—. No exactamente; más bien, le molestó la manera en que lo hice —hizo una pequeña pausa—. Sabes que le importas, ¿cierto? Nos hemos golpeado varias veces, y en todas ha sido por Samantha, por Daniels, o... por ti. Le caes bien, te aprecia mucho. No lo dudes.

Eso me sorprendió un poco. No creía que le importara mucho. A veces ni siquiera estaba segura de que él me considerara una amiga, sino más bien alguien con quien tenía que convivir por obligación. Además, él era muy bueno y risueño con todos. Era de esas personas que nunca te negarían una sonrisa. (Claro, a menos que tuviera una cerveza y un enfado encima.)

—Pensé que convivía conmigo por obligación.

Eiden soltó una risa tranquila y negó.

—No, creo que es al revés.

—A mí me cae bien.

Solté una risita mientras bostezaba. Mi cuerpo se sentía muy ligero. Estaba sentada sobre Eiden, rodeando su cadera con mis piernas, frente a frente. No sentía ganas de dormir o hacer nada. Sólo de estar en silencio.

Me quitó un mechón de cabello que tenía en la cara y se removió un poco, tomándome de la cintura y tirándome hacia él.

—Ven. Mejor vamos a dormir.

—No tengo sueño.

—Pero estás cansada.

—No —puse los ojos en blanco—. No lo estoy.

Él pareció divertido con eso.

—Bien, entonces recuéstate conmigo.

—Bueeeeno.

Asentí, le di un beso en los labios y dejé que se tumbara en la cama. Cuando lo hizo, me recosté sobre él y reposé mis manos en sus hombros, haciendo que mi cara quedara en su pecho y mis pies se entrelazaran con los suyos. Ni siquiera me había percatado de que arriba sólo tenía puesto mi sostén hasta que sentí cómo la sábana caía sobre mi espalda.

Cerré los ojos; tal vez sí tenía sueño.

Mis músculos se relajaron y sentí cómo la calidez cubría mi cuerpo cuando sus dedos comenzaron a acariciarme la espalda.

Estuvimos unos segundos en silencio y no pude evitar sonreír cuando noté lo que estaba haciendo.

—¿Estás tarareando una canción? —le pregunté con voz adormilada.

—Sí —murmuró, sin dejar de acariciar mi espalda.

Sentía cómo su pecho vibraba cada que el tarareo de la cancioncita retumbaba. No me fue difícil reconocer la melodía.

—No creí que fueras de los chicos que se supieran la canción de "Estrellita, ¿dónde estás?".

—Y sólo me sé la mitad, así que quédate dormida antes —pronunció con un tonito divertido.

Esbocé una sonrisa y, por algún motivo, quise volver a pronunciar esas dos palabras ahora que no estábamos discutiendo. Eran palabras que representaban lo que sentía en todo momento por Eiden, que las tenía clavadas en la cabeza y quería que él las escuchara después de todo esto.

—Te quiero, Eiden.

Un pequeño silencio se prolongó en el lugar antes de que él respondiera:

—Tus ojos son negros, Allison.

"Tan enamorada de tus ojos sabios,
de tus cimientos y de tus peldaños,
de lo poquito que duele a tu lado
no estar en paz con mi puto pasado".

("Colegas" – Babi)

3

Somos

"Somos ojos pardos y pupilas dilatadas.
Somos cicatrices con iniciales grabadas".
("Somos" - Xenon ft. Babi)

Abrí los ojos perezosamente y fruncí el ceño de mala gana cuando un par de rayos de luz me dieron justo en la cara, obligándome a cerrarlos con un gesto confundido por lo desprevenida que estaba.

Estúpido sol. ¿No tenía algo más importante que hacer que molestarme?

Quise taparme los ojos con la mano, sin embargo, apenas hice el intento de moverla, sentí cómo unos dedos me aprisionaban contra el colchón.

—No te muevas mucho.

Giré la cabeza lentamente. La última vez que me había medio despertado a mitad del sueño estaba arriba de Eiden, pero ahora se encontraba acostado a mi lado.

—¿Qué haces? —le cuestioné.

—Dibujo.

Alcé las cejas, un poco sorprendida.

—¿En mi brazo?

—Sí —asintió levemente sin siquiera tomarse la molestia de verme—. Y cállate, que me desconcentras.

Puse mala cara y le metí un manotazo con mi mano libre. Si Diosito me había dado dos, que fueran útiles.

—Oye, no me calles.

—Shhh.

—Per...

—Shhh.

—Pero...

Abrí los ojos de la sorpresa cuando, sin poder detenerlo, me tomó de la nuca y me acercó a él, estampando sus labios contra los míos. Lo sentí sonreír contra mi boca al notar mi perplejidad, y casi al instante comenzó a mover sus labios entre los míos.

Mmm, vale.

Coloqué una mano en su mejilla, y justo cuando estaba dispuesta a seguirle el ritmo, se separó de mí con una sonrisa victoriosa. Le puse mala cara.

—Shhh —sonrió.

Rodé los ojos y me giré para quedar de costado y poder verlo.

Estaba apoyado sobre sus antebrazos; con una mano sujetaba mi brazo contra el colchón y con la otra un plumón con el cual estaba pintando sobre mi piel. Me quedé un ratito observando su rostro; se veía muy concentrado. Fruncía las cejas, ladeaba la cabeza cada cierto tiempo y de repente sonreía.

—¿Y qué dibujas? —inquirí, pasando mi mano libre por su cabello. Ese aire mañanero le quedaba muy bien.

—Algo.

Sonreí, negando con la cabeza, e intenté enderezarme para ver lo que estaba haciendo. Uh, solté un quejido cuando me puso un dedo en la frente, alejándome.

—No seas entrometida —me lanzó una miradita recriminatoria.

—¿Entrometida? ¡Estás dibujando en mi brazo!

—Pero es mi dibujo...

—¿Y? Quiero ver MI BRAZO.

Le saqué la lengua, muy decidida a no dejarme vencer, e intenté volver a husmear en lo que hacía. Arrugué la nariz cuando me volvió a empujar.

—No te muevas.

—Sólo quiero ver —me quejé.

—Ya casi acabo. No seas tan desesperada.

—¿Y cómo sé que no me estás dibujando un pene?

Me miró con los ojos bien abiertos.

—Me preocupa que eso fuera lo primero que se te viniera a la mente.

—He visto suficientes penes dibujados en las bancas de la escuela como para saber que eso es lo único que saben dibujar los chicos.

Negó con diversión y se sacó la tapa del plumón de la boca para tirármela con ligereza en la frente. Arrugué la nariz por el golpecito.

—Fingiré que eso no me ofendió —murmuró con una mueca que se acabó convirtiendo en una sonrisa—. Pero ya acabé. Y no, no es un pene, no te emociones.

Le saqué el dedo de en medio, mientras le regresaba el golpe en la frente y él sonreía.

—Ya, enséñame tu dibujo, que quiero ver. No me dejes en ascuas.

Él negó y brilló una pequeña chispa de malicia en sus ojos cuando la comisura de sus labios se elevó.

Sonrisa ladina. Sonrisa de peligro.

—¿Me vas a arrancar el brazo para que no lo vea? —enarqué una ceja y él ensanchó más su sonrisa.

—Quiero algo a cambio.

—¡Es mi brazo! —bufé, queriendo tirar de él.

—¿Y? —hizo una mueca de que le importaba poco—. Ni siquiera has escuchado qué quiero a cambio.

—Nunca quieres algo bueno.

—Claro que sí.

—No voy a hacer más ejercicio —le advertí, levantando un dedo para señalarlo—. Con lo de los golpecitos ya tuve para todo el año.

Sacudió la cabeza, divertido.

—Eres demasiado dramática.

—¿Me acabas de decir dramática?

Él sonrió inocentemente, como diciendo: "Ups, sí".

Y yo, interpretando mi mejor papel, puse cara triste, mientras llevaba una mano al pecho, fingiendo sufrimiento. Así es. Sí, era dramática. ¿Desde cuándo? No lo sabía. Dejé caer mi cabeza hacia un lado y cerré los ojos, sacando la lengua, como ese meme del perrito que parecía muerto o dormido con la lengua de fuera. Ajá, denme un Óscar.

—Allison —contuve una sonrisa cuando me pinchó la mejilla con un dedo—. Allis...

—Me mataste —susurré en voz bajita.

—Estás hablando —ironizó con diversión.

—Mi espíritu sólo quería recordártelo.

—Bien.

¿Cómo que bien? El chiste de un drama es que la otra persona lo siga. Hum. Ya vería, ahora le haría un drama más grande.

Entreabrí los ojos con sutileza para...

—No, agg. ¡Eiden!

Me quejé, dándole un manotazo cuando sentí cómo me pasaba toda la lengua por la mejilla.

—Te reviví, Bella Durmiente —sonrió y se dibujaron sus hoyuelos; lucía divertido y tierno a la vez.

Estuve a punto de caer y sonreír por ese par de hoyuelos, pero me recompuse rápidamente. No sería tan fácil. La dignidad siempre arriba.

—A ella la despertaron con un beso, no con una lamida. Eso fue asqueroso.

Me pasé la mano por la cara, haciendo un gesto de desagrado.

—¿Qué? Ya me lavé los dientes. Llevo despierto más de una hora.

Bueno, con razón sabía a menta.

—Da igual, fue asqueroso.

—Como si no hubieras tenido mi lengua po...

Tosí dramáticamente y mis mejillas se calentaron cuando su sonrisa se ensanchó con arrogancia. No quería terminar como un tomate al recordar eso, así que cedí un poquito.

—Bien, ¿qué quieres?

—Te lo digo después.

Sacudí la cabeza.

—No, no y no.

—Es algo que ya hemos hecho antes.

Entrecerré los ojos.

—¿Meternos a un hospital y sacar a un paciente de forma ilegal?

—No —puso los ojos en blanco—. Eso no. ¿Aceptas o no?

—Si acepto, ¿vas a dejar de aplastar mi brazo?

—Sip.

—Bien —le clavé un dedo en el pecho—. Pero a la primera que descubra que tus intenciones son que haga ejercicio, te haré dormir en el sofá.

—Bien, trato hecho —me estrechó la mano y yo la tomé dándole un apretón.

Me acomodé mejor en la cama.

—A ver, ¿qué dibujaste, Picasso?

Sonreí con emoción al ver cómo alzaba mi brazo y me mostraba... Okey. Entrecerré los ojos con suspicacia, ladeando la cabeza para intentar entender qué era eso.

—Es la Osa Mayor —aclaró con serenidad al ver mi cara.

—¿La Osa Mayor? —fruncí el ceño—. No tiene forma de oso.

Soltó una risa, negando con la cabeza, y se pasó la mano por el cabello de forma distraída.

—¿Te saltaste Ciencias Naturales?

—No, pero no me gustaba, prefería Geografía.

—Yo prefería dormir en lugar de ir a la escuela, pero bueeeno.

Me reí y él me dio un beso en la mejilla antes de tumbarse a mi lado y pasar su brazo por debajo de mi cabeza, sosteniéndome de los hombros y acercándome a él. Mi cuerpo se acopló tan rápido al suyo que me quedé un poco sorprendida. Era como si, de alguna manera, ya no hubiera extrañeza entre nosotros. Dormíamos juntos, no había más, no era raro, no era incómodo, no era una costumbre hastía, sólo era normal y cómodo.

Reposé mi cabeza en su pecho y sentí cómo el calor de su cuerpo invadía el mío.

—Es una constelación —explicó, tomando mi mano y alzándola para que ambos pudiéramos verla.

Por un momento sentí una vena golpear mi garganta al ver mis muñecas descubiertas. No recordaba que me había quitado el jersey y tampoco se me había cruzado por la cabeza hacía unos minutos el hecho de que Eiden estaba dibujando sobre mis muñecas desnudas.

La tinta cubría mi piel y, en consecuencia, varias de mis cicatrices. Mis antebrazos se veían un poco rojizos, aunque ya no me ardían tanto, y por suerte no me había quedado ninguna marca o herida.

De manera automática tomé la sábana, que sólo me cubría de la cintura para abajo, y la subí hasta mis pechos. Por algún motivo, también tuve el impulso de pegarme más a Eiden. Pasé mi mano libre por su abdomen y su cintura, abrazándome a él. La tela de su camisa desprendía un calor que me tranquilizaba.

Moví mi rostro con lentitud, hundiendo mi nariz en su pecho, aspirando su aroma.

Él no decía nada, y supe por qué. Lo deduje cuando sus dedos recorrieron mi clavícula y tomaron el borde de la sábana, arropándome con ella, como si él mismo quisiera asegurarse de que no fuera a caerse.

Eiden tenía esa facilidad de entender lo que yo no era capaz de decir con palabras y eso me hacía sentir bien. Con él era fácil hablar, sin embargo, a veces había cosas difíciles de pronunciar, cosas que podíamos comunicarnos con una sola mirada. Cuando estaba con él, mis acciones nunca pasaban un filtro, eran naturales y él sabía reconocerlas a la perfección.

Me giré hacia Eiden, dedicándole una pequeña sonrisa junto con un asentimiento de cabeza.

—Entonces ¿es una constelación? —le pregunté.

—Sí —asintió.

Cerré los ojos unos segundos mientras sentía cómo sus dedos sostenían mi antebrazo y acariciaban mi piel, repasando el trazo de tinta negra.

Me sentí segura de mostrar mis cicatrices. Eiden no iba a preguntar, porque ya lo sabía todo. No iba a juzgarme, no iba a mirarlas mal.

—Mira. Ésta es la estrella Alkaid —señaló la más lejana. Se encontraba al final de una pequeña línea—. Ésta —trazó con su dedo la línea que conectaba con la otra estrella— es Mizar. Y ésta es Alioth —sus dedos se deslizaron sobre cada línea negra, conectando estrella con estrella—. Ésta es Megrez, ésta Phecda, ésta es Merak y... ésta es Dubhe. *Las siete estrellas principales de la constelación de la Osa Mayor.*

Cada estrella conectaba con el final de una cicatriz.

Me giré hacia Eiden y le dediqué una pequeña sonrisa, conteniendo el temblor de mi labio inferior. Él se inclinó con cuidado y besó mi frente.

—Esa constelación tiene muchas historias y significados —dijo, separándose de mí—, pero tú créale unos propios.

Miré unos segundos mi brazo, sin que llegara a mi cabeza ninguna idea clara. A decir verdad, me sentía un poco perdida viendo cada estrellita de cinco picos dibujada con tanto esmero y las líneas rectas que iban formando la constelación.

Me giré hacia él con una pequeña sonrisa.

—Mmm. No lo sé, no se me ocurre nada. ¿Tienes alguna idea?

Asintió y lo observé removerse y estirarse, alcanzando el plumón de nuevo.

—Hellen —pronunció él, remarcando la primera estrella, y me lanzó una miradita invitándome a hablar.

Sonreí, comprendiendo lo que estaba diciendo.

—Jess —pronuncié, señalando la segunda estrella, y Eiden la remarcó con cuidado de dejar cada piquito perfecto—. Nathan —señalé otra—. Samantha —señalé una más—. Aaron —señalé otra y él se apresuró a remarcar cada una de ellas. Hice una pausa y le quité el plumón—. Y tú —señalé la sexta estrella, sólo que en lugar de remarcarla, dibujé un pequeño corazón en su lugar.

Eiden trazó todo el dibujo con la yema de sus dedos, provocando que mi piel cosquilleara.

—Todas las personas que han estado para mí en algún momento de mi vida —indiqué, mirando la leve unión de nuestras pieles—. Hellen me ayudó a poder recuperar un poco de confianza en mí y a sentirme menos temerosa frente a lo que estaba afrontando. Jess y Nathan fueron los primeros amigos que tuve después de eso. A Samantha y Aaron los aprecio mucho por darme la oportunidad de ayudarlos y estar con ellos, y... —me giré para verlo y le dediqué una pequeña sonrisa—. Tú. Me hiciste sentir segura y querida de nuevo. Gracias a ti no le tengo tanto miedo al futuro porque, si estás en él, sé que todo estará bien.

Creo que la forma en que llegamos aquí fue completamente descabellada, pero lo logramos a pesar de todo. Tanto caos y discusiones, hasta ese día en que aceptamos que no podíamos detener lo que sentíamos y queríamos.

Nuestro primer beso nos supo a despedida, pero, el segundo, a unión. Si ese día me hubiera dado la vuelta y me hubiera ido, como él me lo pidió, nada de esto habría pasado. Ese día él arropó mis miedos bajo sus labios y, desde entonces, cada vez que sentía su boca contra la mía y sus manos sobre mí, sabía que no había nada que temer.

Me incliné para dejar un pequeño beso en sus labios y, al separarme, deslicé mi mano por su abdomen para después recostarme en su pecho. Sus músculos se tensaron bajo mis dedos y comencé a trazar pequeños círculos sobre su ropa.

—Gracias a ti, Allison. Por permitirme quedarme a pesar de todo.

—Creo que jamás he acertado tanto en mi vida como en esa decisión.

—Entonces prometo hacer que nunca te arrepientas.

Sonreí, confiando en sus palabras, porque sabía que no mentía.

—Sé qué lo harás, cariño.

Me sentía ligera y tranquila. Aquí todo se sentía bien, en paz, como si nuestros cuerpos sobre el colchón caliente fueran lo único que importara, como si no existiera nada afuera, ni problemas, ni personas, ni miedos.

No me costó mucho comprender que este sitio se había convertido en un lugar seguro para mí. Un lugar en donde nada me alcanzaba, ningún miedo, ningún pasado, ninguna sensación de dolor.

Éramos él y yo.

—Siempre has estado arriba de *Bob Esponja* —murmuré, acariciando su pecho—. Sólo estaba haciendo un drama. Y entre los primeros lugares de la lista de prioridades destinada a ti está hacerte una pizza de pepperoni.

Cerré los ojos con lentitud al sentir cómo Eiden comenzaba a acariciarme la espalda; su pecho se elevó en una pequeña risa.

—Cuidaré mi puesto a morir.

Y sin darme cuenta, de forma inconsciente dejé de mover los dedos sobre su abdomen y sentí cómo mi cuerpo se aligeró entre sus manos.

* * *

Pasé mi mano por mi cara, retirando un par de mechones de cabello rebelde con un gesto bastante adormecido. Me acababa de despertar y, a juzgar por la intensidad del sol, ya era muy tarde.

Apenas estaba estirándome cuando un pequeño pitido sonó haciendo que levantara la cabeza de golpe. Era mi celular. Estaba sobre la mesita, así que me estiré para tomarlo y encendí la pantalla.

¿Qué diablos era "Secta de solteros"?

Por un momento, ese nombre me dejó perdida, hasta que deslicé el dedo y pulsé las notificaciones, las cuales me direccionaron a mis mensajes y a un chat con la imagen de un perrito sonriente con unas cejas enormes. Ahí entendí enseguida de qué se trataba: Jess le había cambiado el nombre y la foto de perfil al grupo que teníamos.

Hacía unas horas había recibido un bombardeo de llamadas suyas; quería preguntarme cómo estaba y si asistiría a la escuela. Sí, casi me estranguló vía telefónica cuando le dije dónde estaba.

No le conté mucho, pero traté de tranquilizarla y decirle que estaba bien; en su lugar, yo estaría igual, queriendo darme de zapes. Lo sé, es un poco complicado entender esto. Luego me lanzó unas mil preguntas que después se convirtieron en regaños y finalmente en un "confío en tu sentido de supervivencia y raciocinio". Sólo le dije que probablemente volvería a asistir a la escuela en una o dos semanas. Por suerte tenía dos semanas más de incapacidad en la escuela. Nathan sí había podido ayudarme con eso y hasta el momento no había habido ningún problema.

En ese momento pensé en todas las cosas que habíamos hecho: comer brownies con marihuana, seguir a alguien por el bosque sin saber cómo rayos volver después, falsificar firmas y recetas médicas, ayudar en cosas probablemente ilegales a alguien…, y concluí que deberíamos cambiarle el nombre al grupo a "Gente estúpida y sin sentido común".

Miré el primer mensaje en el grupo y sonreí.

Nathan: No es necesario que nos recuerdes nuestra pésima vida amorosa.

Jess: ¿Acaso ya olvidaste que estar soltero está de moda?

Nathan: Eso pasó de moda hace casi tres años. Aparte Allison no está soltera ;-;

Allison: :)

Jess: Sí lo está.

Nathan: ⊙▁⊙

Allison: ⊙▁⊙

Jess: ¿Qué? Mientras no te pida ser su novia, sigues soltera.

Nathan: ¡Pero si duermen juntos!

Fruncí el ceño y entrecerré los ojos mientras leía eso último.

Allison: ¿Cómo sabes eso?

Jess: Es adivino. Sí, bueno, cambiando de tema, qué lindo día, ¿no?

Nathan: Jess me dijo. 🏃

Jess: No te dije nada, revisaste mi celular, pinche metiche -_-

Nathan: Para qué me das tu celular para que vea un meme, si ya sabes que voy a seguir deslizando mi dedito 👉👈

Miré los mensajes de forma rara.

Allison: Jess, ¿qué tienes en tu celular?

Nathan: ... 🧍

Jess: 👉👈

Allison: ¡Jess!

Jess: Ya, vale. No me grites, que lloro.

Foto

Jess: Tenía sed y fui por agüita, y les tomé una foto como evidencia del crimen.

Oh, no.

El calor subió a mi cabeza de golpe, acentuándose en mis mejillas, cuando miré la foto que Jess había enviado.

¿Esto era…?

Era del día en que ellos se habían quedado en la cabaña. En la foto estábamos Eiden y yo, dormidos en el sofá. Yo estaba sobre él, con la cara en su cuello, y él estaba abrazándome por la cintura, también con la cara en mi cuello.

La guardé deprisa en mi celular antes de responder:

Allison: ¡Borra eso!

Jess: N

Jess: O

Nathan: *Foto*

Ay, no, solté una risa escandalosa cuando apareció una foto de Jess con una mascarilla de aguacate en mi pantalla.

Jess: ¡Borra eso!

Nathan: N

Nathan: O

Jess: *Mensaje eliminado.*

Nathan: *Mensaje eliminado.*

Allison: Gracias <3

Jess: Eso no fue justo.

Nathan: ¿Y? La vida no es justa.

Jess: 🖕

Solté una leve risa. Siempre estaban peleando.

Allison: ¿No deberían estar en clases?

Jess: Ya salimos, estamos en mi casa comiendo.

Miré la hora. Bueno, creo que había perdido la noción del tiempo. Eran casi las tres de la tarde. Había dormido mucho, demasiado, a decir verdad.

Nathan: Jess está comiendo ensalada porque está a dieta. Allison, dile que eso es del diablo.

Allison: Jess, eso es del diablo, no hagas dieta.

Jess: Es ensalada de pollo :)

Nathan: 🤮

Allison: Esperen, ¿en este momento ustedes están juntos mientras hablan por mensajes?

Jess: Síí, le tengo que ver la cara a Nathan :(

Nathan: Síí -_-

Allison: Jaja. ¿Por qué hacen eso?

Jess: ¿Hablas por telepatía?

Allison: No.

Jess: Pues por eso. No quiero soportar sola a Nathan. Ya vuelve o lloro 💔

Nathan: Uy, ya va a llorar.

Jess: 🖕

Nathan: 🖕

Jess: Esperen...

Nathan: 🧍

Allison: 🧍

Sonreí y estiré mi mano para tomar el vaso de agua que estaba sobre la mesa de noche.

Jess: Acabo de recordar algo. Allison, ¿te acuerdas de lo que te dije de Eiden ese día del campamento, en la fogata?

Nathan: *Ahuevo, chismecito*

Allison: ¿Qué exactamente? Porque sólo te faltó darme su número. Y no seas chismoso, Nathan.

Ese día se la pasó con que cómo lo veían, que si estaba guapo, que si tenía cuadros en el abdomen, ¿seis, ocho?

Nathan: Están en un grupo -_-

Jess: Sobre que tiene mirada baja bragas. ¿Ya te las bajo o no?

Mierda. Me atraganté con el agua que acababa de tomar y casi me ahogo. Mis mejillas se calentaron y comencé a toser con fuerza.

Ay, no. Jess necesitaba un filtro. Y uno muy grande.

Nathan: Oh, oh. *Mucha información* Ya me voy a mi entrenamiento. Adiós, Allison. Adiós, Jess (te tengo al lado, pero me voy porque te pones toda rarita). 🏃

Jess: Voy a tomar una siesta. Adiós, Allison. Adiós Nathan (sólo acuérdate de que no tienes carro y yo te llevo, pero ahora no por bocón). 🏃

Bien. Dejé caer mi celular a un lado de la cama; sentí cómo me ardían las mejillas y no precisamente por el mensaje.

Miré la hora de mala gana, no podía creer que fuera tan tarde. Sin embargo, me sentía bastante compensada de energía por todas las horas que había dormido.

Me puse de pie, dejando la sábana a un lado, y saqué un jersey del clóset. Quería salir, no quería quedarme en la cama, eso sólo me hacía sentir como si estuviera enferma, pero justo cuando estaba a punto de hacerlo, me detuve. Una sensación molesta golpeó mi garganta.

La vergüenza.

Sentí que manejaba bien el hecho de que Eiden me hubiera visto vulnerable, pero con Aaron o Samantha no. Menos con Aaron. Con él era incómodo; apenas y había soportado verlo después de mi ataque de pánico, y ahora con esto me sentía más avergonzada aún.

Si salía, lo más probable era que me topara con alguno de ellos, y no sabía cómo debería tomarlo, si iban a actuar normal o si iban a portarse raros. Estaba a punto de darme la vuelta para volver a acostarme cuando la puerta se abrió de golpe. Ante mis ojos aparecieron Aaron y Eiden detrás de él.

—Pensé que te habías muerto —soltó Aaron, pasando su mano por mi cabello, revolviéndolo. Puse una cara de extrañeza cuando se separó de mí y pasó a mi lado, adentrándose en la habitación—. Qué bueno que no, porque sin ti Eiden tiene un humor insoportable.

—Aaron, salte —bufó Eiden.

—¿Por qué? Vine a hacer una visita matutina.

—Son las tres de la tarde.

Aaron puso los ojos en blanco, desestimándolo con una mano.

—Vespertina entonces, qué criticón eres.

—Muévete, Eiden, estás estorbando —apareció Samantha, dándole un empujón a Eiden, que estaba en la puerta con los brazos cruzados—. Toma.

Extendí mis manos para recibir el plato que me estaba ofreciendo Samantha. Apenas lo tomé, ella se metió en la habitación detrás de Aaron, que se había tirado sobre la cama.

Me quedé en mi lugar sin entender qué estaba pasando. ¿Había reunión en nuestra habitación y no me habían avisado?

—Eh —miré a Eiden—. ¿Ustedes van a hablar aquí?

Tal vez tenían que hablar sobre algo importante y querían hacerlo aquí, aunque usualmente lo hacían en la otra habitación.

Eiden negó y dio un par de pasitos hacia adentro no sin antes lanzarles una miradita de reproche a Aaron y Sam, que ya se estaban acomodando sobre la cama. Hice una mueca, confundida, en el momento en que me pasó un brazo por el hombro y comenzó a caminar conmigo al lado.

—Si van a hablar, puedo salir —le dije a Eiden, pero él sacudió la cabeza y se sentó al lado de Aaron, que había quedado en el centro de la cama, recargado en la cabecera con una computadora que no sabía de dónde había salido, pero que había acomodado en su regazo. Samantha estaba sentada del otro lado.

—Siéntate aquí. Traté de evitar que se metieran así nada más, pero quisieron entrar. ¿Te sientes cómoda con ellos aquí? —Eiden me tomó del brazo y tiró hacia él con sutileza. Hice un malabar para no tirar la comida que llevaba. Y sin darme tiempo de reaccionar, me hizo sentarme entre sus piernas.

Al final quedamos los cuatro en la cama, que, por suerte, no era pequeña.

—Sí, claro, pueden quedarse —no tenía problemas con eso, aunque no supiera muy bien la razón de su llegada.

Miré a Aaron teclear en la computadora un par de veces y alternar la mirada con su celular, que estaba en su mano. Iba a preguntar la razón de esto, pero me quedé con las palabras en la boca cuando Eiden me interrumpió.

—Come —me murmuró, reposando la barbilla sobre mi hombro.

—No tengo hambre —le lancé una miradita—. Cuando me levanto no tengo mucha hambre.

—No has comido nada desde ayer y ya son las tres de la tarde.

—Porque no tengo hambre —ironicé con diversión, pero a él no pareció causarle gracia.

—Intenta comer, no es normal que no hayas comido en más de doce horas y que no tengas hambre.

Miré el plato. Había un par de panqueques sobre él, llenos de miel. No mentía cuando decía que no me daba mucha hambre al despertar, aunque la verdad era que, por todo lo que había pasado en estos últimos días, comía a destiempo y en horarios muy desiguales, así que a veces sentía que podía soportar más de lo que debía sin nada en el estómago. Coloqué el plato sobre mi regazo.

—Los preparé yo —dijo Eiden y tomó el tenedor de mi mano—. Así que no te quejes si se quemaron, herirías mi corazón.

—Tienen buena pinta —sonreí.

Aaron les lanzó una miradita de reojo, y justo cuando iba a abrir la boca para decir algo, le puse la mano en la cara, alejándolo.

—Cállate —le espeté.

—¡No iba a decir nada malo!

—Pues tenías toda la cara de hacerlo —le mascullé.

Yo no quería mencionar que los panqueques probablemente estaban quemados, pero por la cara que tenía Aaron, supe que él lo iba a soltar sin más. No, no. Primero pasarían sobre mí antes de herir los sentimientos de Eiden.

Todavía recuerdo cuando hice galletitas y Tara las tiró a la basura porque estaban quemadas. Ni siquiera lo disimuló y desde entonces no cocino galletas. Aunque tampoco es que me den muchas ganas.

—Oigan —nos llamó Samantha—. ¿Puedo hacerles una pregunta?

Todos fijamos la atención en ella.

—Sí.

—No —le di un manotazo a Eiden—. Sí —soltó, divertido.

—¿Por qué todos tienen la cara con moretones?

Todos nos miramos entre nosotros. La nariz de Aaron tenía una leve manchita morada; je, eso no estaba ahí ayer en la mañana. Le debía una disculpa. También tenía una cortada pequeña que le había hecho Eiden en una ceja.

Eiden también tenía un moretón en la nariz y yo había olvidado colocarme la base de maquillaje que usaba para cubrirme el moretón que tenía. Aunque ya ni siquiera era un moretón en sí, se veía más como una leve manchita morada. En un par de días se iría.

—Yo le di un codazo a Allison sin querer —Aaron fue el primero en contestar.

—Y yo le rompí la ceja a Aaron cuando me enteré de que los dos estaban yendo a visitarte a mis espaldas.

—También casi me mata cuando creyó que le había pegado a Allison.

—¡Tenías moretes en los nudillos y ella un ojo morado! ¿Qué querías que pensara?

—¿Realmente tú me crees capaz de pegarle? —sonó en verdad ofendido y le lanzó una mirada de reproche—. Aparte, la defiendes a ella de mí y no me defiendes a mí de ella.

—¿Y por qué te defendería de ella?

Aaron abrió la boca con indignación.

Ups.

—¡Casi me rompió la nariz!

—Y sí fue queriendo —sonreí. La clasecita de defensa de Eiden sí había servido.

Mantuve la sonrisita cuando Samantha y Eiden me voltearon a ver con sorpresa.

—¿Qué te hizo? —me preguntó Eiden, y después se giró hacia Aaron con mala cara—. ¿Qué le hiciste?

—¡Nada! ¡Sólo me estaba disculpando!

—¿Disculpan...? —me miró con una mueca confusa—. ¿Le pegaste porque te pidió disculpas?

Asentí con la cabeza.

—No se disculpó bien.

Eiden abrió la boca, pero la terminó cerrando mientras asentía con una ligera sonrisita.

—Ya ves; para la próxima discúlpate bien —le dijo a Aaron.

—Pero... —vaciló él, ofendido, y me miró con los ojos entrecerrados—. Eres el diablo —me dijo negando con la cabeza, y yo le saqué la lengua.

—Qué miedo con ustedes —dijo Samantha, antes de ponerse de pie—. Pues a mí me golpearon el estómago y casi me muero. Les gané.

Todos nos giramos hacia ella con los ojos bien abiertos.

—No bromees con eso —Aaron le apuntó con el dedo.

—Pero si tú bromeaste con eso primero. Me llamaste "piñata".

—Fue una broma de mal gusto. Y tú también casi me golpeas.

Samantha sonrió, encogiéndose de hombros antes de salir, avisando que iría por agua.

Pues bien, todos éramos un caso perdido. Sacudí la cabeza, divertida, y me pasé el dorso de la mano por mi nariz porque sentí un ligero cosquilleo; probablemente me enfermaría o me daría una congestión nasal. El día anterior había andado descalza todo el día porque no encontraba una pantufla del par de Eiden, que era las que usaba habitualmente. Estaba segura de que la gatita tenía algo que ver con eso. Ella dormía a los pies de nosotros, sobre la cama, así que estaba aquí en la habitación casi siempre —aunque ahora no—, y ya la había visto jugar con las pantuflas varias veces, de modo que quizá se había llevado una.

Me acomodé mejor sobre Eiden e hice una mueca cuando lo sentí tomarme de la barbilla. Me giró la cabeza con suavidad, para que lo viera, y frunció el ceño.

—¿Te vas a cubrir el moretón?

Negué.

—Creo... que... tenía mi base de maquillaje en la mochila, pero la vacié y...

Se giró hacia Aaron sin dejar de sujetarme.

—Aaron, ¿metiste la base de maquillaje en su mochila?

—Sí, bueno, eso creo, metí todo lo que estaba tirado.

Eiden asintió y se separó de mí, yendo hacia mi mochila, que estaba sobre la cómoda en una esquina. Lo miré rebuscar en ella y sonreí cuando lo vi tomar la base de maquillaje y fruncir el ceño.

—Sí, es ésa —confirmé.

—¿Esto también? —alzó una pequeña esponja.

—Sí.

Tenía cara de no saber para qué servía, pero al final sólo cerró la mochila y regresó a la cama, colocándose de nuevo a mis espaldas. Me giré un poco para poder verlo y esbocé una sonrisa cuando lo vi intentar abrir el bote de la base por completo.

—Sólo tienes que presionar aquí —le señalé el lugar—. Y así sale.

Él asintió y lo hizo, vació un par de gotitas sobre la esponja y alzó mi barbilla para comenzar a cubrir mi pequeño, casi invisible, moretón.

Me quedé mirándolo unos segundos. Siempre que se concentraba fruncía las cejas o se mordía el labio inferior. Su mirada se perdía en lo que fuera que estuviera haciendo, y de repente entrecerraba los ojos y ladeaba la cabeza como si eso fuera a darle otra perspectiva.

Sonreí mientras lo observaba, hasta que una pequeña melodía comenzó a sonar. Ambos giramos al mismo tiempo, sin dudar de dónde provenía. Aaron apagó la cancioncita con una sonrisa divertida.

—¿Se dan cuenta de que siempre termino de mal tercio entre ustedes?

—Sí —contestó Eiden, volviendo a concentrarse en mi ojo—. ¿No te quieres ir?

—Nop. Prefiero ambientarles el lugar.

—Bueno, ya somos dos mal tercios. O cuartos, lo que sea.

Justo en ese instante la puerta se abrió mostrando a una Sam sonriente que corrió hasta lanzarse en la cama al lado de Aaron.

—Apúúúúrate. ¿Por qué eres tan lento?

—Deja al experto hacer su trabajo, todo es cuestión de paciencia.

Estos días aquí le habían sentado mejor. Mucho mejor. Su cabello rojizo había cobrado ese brillo natural, no estaba tan ojerosa e iba por la cabaña con una sonrisa siempre. Ya le habían suturado la herida y estaba recuperándose, así que con los analgésicos que tomaba podía estar casi sin ninguna molestia la mayoría del tiempo.

—Creo que ya quedó —dijo Eiden, dándome un último golpecito con la esponja, y tomó su celular para mostrármelo—. Mira.

Me miré. La manchita había desaparecido. Le sonreí y él se puso de pie.

—Voy a lavarme las manos —me avisó, enseñándome cómo se había ensuciado con la base—. Ahora vuelvo.

Segundos más tarde apareció de nuevo. Se recostó en la cama, deslizó sus brazos por mi cintura y me dio un tironcito para pegarme más a él, como si su cuerpo fuera mi respaldo.

—¿Te gustan los trozos pequeños o grandes? —Eiden acomodó el plato de los panqueques y tomó el tenedor, viéndome con una sonrisa.

La respuesta no fue inmediata. Como estábamos tan cerca el uno del otro, si alguno se inclinaba, podíamos besarnos. Con una mano presionaba mi abdomen para tenerme lo más cerca posible de él, mis dedos se aferraban a sus muslos, y su sonrisa tan sincera y resplandeciente me cautivaba junto con el par de hoyuelos que se dibujaban en sus mejillas.

En ese momento me di cuenta de que yo también estaba sonriendo desde hacía un buen rato, realmente sonriendo, no como esas veces en que el gesto surge de forma esporádica por una situación, un chiste, o alguna otra razón en concreto. Me sentía ligera en los brazos de Eiden, así que, sin pensarlo mucho, coloqué mi mano en su nuca y lo atraje hacia mí. Lo agarré desprevenido, pero en cuanto nuestros labios se unieron, él reaccionó al instante y llevó su mano a mi mejilla.

La fricción de nuestros labios húmedos mantuvo un ritmo constante, y sentí cómo la piel de mi nuca se calentó cuando sus dedos la acariciaron, volviendo todo más profundo e incitante…

Nos separamos de golpe cuando alguien carraspeó fuertemente la garganta:

—No estoy listo para ver a mi hermano tener sex...

—¡Ey! —Samantha le dio un manotazo a Aaron—. No seas tan directo.

—¡Casi se meten mano! —alegó Aaron, sobándose.

Me separé de Eiden con las mejillas encendidas de la vergüenza.

—Lo siento.

Bueno, me dejé llevar por el momento. Nota mental: no besar a Eiden con alguien cerca.

Carraspeé y me acomodé mejor. Eiden presionó su mano en mi abdomen, pegándome más a él para poder colocar su barbilla en mi hombro.

—En trozos pequeños —le dije con una sonrisita avergonzada, que se intensificó cuando me dio un beso en la mejilla antes de ponerse a cortar trocitos de panqueque con mucha concentración.

Durante los próximos segundos estuvimos en silencio. Aaron seguía quejándose de la lentitud de la computadora, Sam trataba de ayudarlo y Eiden cortaba los panqueques en triangulitos para después acercármelos a la boca con el fin de que yo pudiera probar su obra culinaria. Sí estaban un poco quemados, pero sólo era el exterior, la masa por dentro estaba muy suavecita.

Yo seguía sin saber qué estábamos haciendo todos aquí, así que me limité a disfrutar de las bromas de Aaron, de los regaños de Sam cada que Aaron presionaba un botón que sabía que reiniciaba algo después de que ya lo había hecho cinco veces, y de los panqueques que había preparado Eiden.

De pronto, un video apareció en la pantalla y Aaron soltó un pequeño aplauso victorioso.

Era un episodio de Bob Esponja.

—Vamos a ver…

—*¡Bob Esponja!* —Sam sonrió—. Exactamente, el episodio de pintores mojados.

—¡Sí! —sonrió Aaron y se acomodó sobre la cabecera de la cama, dejando la computadora en el medio, para que todos pudiéramos ver—. ¿O quieres ver otro episodio, Allison?

—Ése está muy bien —les dediqué una sonrisa a todos.

Mi corazón se aceleró al entender la razón por la que estaban aquí.

—¿Tú le dijiste? —le pregunté a Eiden, mientras contemplaba la pantalla de la computadora.

—No. Cuando te traje de regreso, él preparó tu mochila y vio la pijama.

—¿La pij...? Oh, la pijama.

Me reí. Sí, tenía una pijama de Bob Esponja y varios peluches en mi cama. Los que Eiden me había regalado ahora estaban en la mesita de noche que teníamos. Los poníamos ahí cuando dormíamos porque… luego salían volando y terminaban en el piso por tanto ajetreo. Según yo, dormíamos bien; tal vez la gatita no quería compañía.

El episodio comenzó a reproducirse, la caricatura apareció en la pantalla, el sonido de la escena llenó la habitación… y no pude evitar mirar a cada uno de los que estaban ahí.

Miré a Samantha al lado de Aaron, con la mejilla recargada en su hombro, viendo la pantalla. Miré a Aaron mientras se reía por un chiste y molestaba a Sam porque no lo había entendido. Miré a Eiden, que me tenía entre sus brazos, y que seguía cortando los trozos de panqueques de mala gana cada que la pasta esponjosa se lo impedía. Me miré a mí, tranquila y serena entre ellos. Y recordé a Jess y a Nathan, que me habían llamado hacía unas horas para preguntarme si estaba bien y me habían sacado una sonrisa con sus mensajes.

¿Conque esto era no sentirse sola?

Realmente sola, porque a veces, por más que estés rodeada de personas, sigues sintiendo esa soledad, ese vacío andante que piensas que no deberías de sentir, pero que está ahí. Creía que era algo que era parte de mí, que yo era el problema. Que ese sentimiento sólo demostraba que de alguna manera había perdido algo que no iba a recuperar. Una fracción de mi alma que se había desprendido entre tanta soledad. Cuando el mundo se mueve tanto a tu alrededor y ves a tantas personas moviéndose mientras tú estás en una esquina, sólo ves eso, el movimiento, pero no entiendes por qué no puedes moverte con ellas. No entiendes por qué hay tantas personas en el mundo y con ninguna eres capaz de congeniar y dejar de sentir ese vacío que ves que los demás no tienen cuando se ríen entre amigos y familiares.

Y aunque a veces parecía que me costaba entender mucho las cosas, al final sabía que ésa no era la realidad. El problema era que me costaba aceptarlas.

Y aunque al principio fue difícil, poco a poco me encontré a mí misma viendo el lugar, la situación, el panorama y la realidad en donde estaba.

Ahora me daba cuenta de que ese sentimiento de nunca encajar ya no estaba. Encajaba aquí. A mi manera, pero encajaba con estas personas.

—Gracias —solté de pronto, captando la atención de todos a mi alrededor.

Les dediqué una sonrisa sincera, con todas las palabras que albergaba aquella simple expresión.

—Gracias a ti.

—¿A mí?

—Sí.

—¿Por qué?

—Eres muy despistada a veces.

—Es que ustedes nunca me dicen nada bien. Me cuesta llevarles el ritmo.

—Pues por eso, por seguirnos el ritmo y por seguir aquí a pesar de todo, Allison.

***

—¡Minni! ¡No!

¿Mi… qué?

Casi como si fuéramos la niña de *El exorcista*, todos giramos la cabeza. No nos importó la gatita que se había subido a la cama y casi le daba un manotazo a la computadora, oh, no, nos importó Eiden, que había dicho eso último.

—¿Minni? —soltamos al unísono.

Tanto la forma en que Eiden inhaló como la mueca de arrepentimiento que hizo nos revelaron que se le había salido el nombre sin pensarlo. Cerró los ojos y apretó los labios en una fina línea. Yo quería reírme, pero no lo hice; sólo apreté los labios con diversión, conteniéndome.

—¿Minni? —Samantha se inclinó hacia adelante para poder ver a Eiden a través de Aaron—. ¿Ése no era el nombre de la gata que teníamos?

—Síí —soltó Aaron, sorprendido—. Era ése, tú le pusiste ese nombre.

—Y Eiden no nos dejó quedárnosla que porque no podíamos cuidarla —frunció el ceño, se acercó a la gata, que se había acurrucado a los pies de Eiden, y la tomó, ganándose un ronroneo de su parte.

—Pues realmente no podían cuidarla —alegó él.

—Claro que podíamos —chistó Aaron—. Es un gato.

—Sí, claro —bufó Eiden—. Mataste a la tortuga que teníamos.

—Ésa fue Samantha.

—No la maté —se quejó ella—. Le faltó instinto de supervivencia.

—La dejaste en el jardín, por horas.

—¡Se me olvidó!

Todos soltamos una risa y Aaron fue el primero en reaccionar de nuevo.

—Da igual. ¿Qué rayos hace Minni aquí?

—La traje —musitó Eiden y pude notar la vergüenza en su voz.

—¿La trajiste?

—Sí, ¿vale? No podía estar en la casa.

—Claro que podía, nos...

—Jaden es alérgico a los gatos y no quise dejarla en la casa porque no quería que le hiciera algo para deshacerse de ella y tampoco quise abandonarla en la calle, así que la traje aquí.

Aaron frunció el ceño con ligereza e hizo una mueca como si estuviera recordando.

—¿Aquí venías cada que te desaparecías? —cuestionó.

Sentí cómo Eiden me estrujaba más contra él, y cuando me giré para verlo por completo, pude observar cómo sus mejillas estaban ligeramente enrojecidas.

Sonreí. Lo último que esperaba era ver a Eiden sonrojado.

—Sí —masculló—. Aquí venía casi todos los días o le traía mucha comida cada dos o tres días, cuando no podía venir seguido.

—¿Y no se fue? —preguntó Samantha extrañada—. Lo normal es que se hubiera ido.

Eiden negó con la cabeza.

—Dejaba la ventana de la cabaña abierta, por si quería entrar o simplemente irse. El primer mes sólo supe que seguía aquí porque se comía la comida. Después aparecía cuando yo llegaba.

—¿Has hecho esto por un año? —Aaron frunció las cejas sin creerlo por completo.

—No es como que tuviera otra cosa más agradable que hacer.

—¿Y por qué no nos lo dijiste?

Hubo un breve silencio, y sentí mi corazón apretarse con fuerza cuando noté cómo apartaba la mirada de Aaron.

—Porque Samantha tenía a Nathan y a Jess. Y tú no me escuchabas.

Por un momento no lo entendí, pero después me encontré a mí misma cerrando los ojos como quien recibe un golpe inesperado.

"Venía cada noche a mi cuarto a decirme que quería contarme algo, y yo cada noche le decía que se fuera, que no quería escucharlo".

Noté cómo los brazos de Eiden me apretaban más contra él, e incliné el cuello cuando hundió su cara ahí como si quisiera esconderse.

—Ya acabó el episodio —murmuré—. Creo que pueden irse.

Lo dije con voz suave, no había reproche en ella. Sabía que Eiden no iba a hablar, ni siquiera estaba mirándolos.

Ambos asintieron y noté que Aaron quería decir algo, pero simplemente no pudo. No fue capaz de materializar nada en ese momento, más que un simple asentimiento de cabeza. Tomó la computadora y salió junto con Samantha, dejando a la gatita a nuestros pies.

Mi corazón latió con fuerza en mi pecho y no supe qué decir.

Busqué su mano en mi hombro y la entrelacé con la mía, acariciándole el dorso. Su corazón latió con fuerza sobre mi espalda y el mío también, provocándome un malestar que comenzó a invadirme.

—¿Quieres estar solo? —le pregunté, temiendo que no quisiera que lo viera así, vulnerable.

Pero para mi sorpresa se negó.

—Quédate —me pidió.

Asentí y dejé que simplemente se escondiera en mi cuello. No supe cómo reaccionar en ese momento. Era la primera vez que estaba en esta posición con él. Mi corazón latía con fuerza y desesperación por él, como si quisiera arreglar algo que no podía.

¿Así se sentía él cuando yo estaba en su lugar?

Porque, si era así, lamentaba ponerlo en esa situación tan horrible y asfixiante. Estás ahí, con la persona, pero no puedes hacer nada. Pensé a toda velocidad en cómo mejorar su estado de ánimo y me surgió una idea fugaz.

Moví mi mano libre para llevarla a su mejilla y acariciarlo.

—¿Quieres ver algo? —le pregunté.

—Ajá —musitó en voz baja.

—Espera.

Estiré mi brazo, sintiendo cómo Eiden me retenía con más fuerza. No quería soltarme y yo tampoco, así que jalé el celular con la punta de mis dedos. En cuanto pude sujetarlo bien, lo desbloqueé y vi mi fondo de pantalla: era una foto de él, Minni y yo (él tenía la misma de fondo). Sin darle muchas vueltas, me fui directo a mi galería.

—Mira —le extendí el celular, mostrándole la foto que Jess me había enviado—. La tomó Jess el día que estuvo aquí.

Sentí cómo su respiración dejaba de golpearme el cuello y cómo tomaba el celular entre sus manos. Incliné la cabeza para verlo. Sus ojos recorrieron toda la foto sin ninguna expresión en su rostro; no sé por qué, pero esperaba por lo menos una sonrisa. Sus ojos divagaron aún más y, esperando provocar una reacción en él, deslicé mi dedo para mostrarle otra imagen. Era la que nos habíamos tomado en la cocina hacía algunos días. Las había tomado con su celular porque quería que él las conservara también.

Su reacción no fue distinta, hasta que con su propio dedo deslizó la imagen. En esa tercera foto estábamos los dos, yo sosteniéndome de uno de sus hombros, de puntitas, sonriendo mientras le plantaba un beso en la mejilla, y él con la gatita en brazos.

Sólo entonces me di cuenta de su mirada. Estaba pensando en algo más, no sólo veía las imágenes.

—¿Quieres volver a escucharlo? —soltó de pronto y yo fruncí el ceño sin entender.

—¿Escuchar qué?

—Lo que te dije. Me contaste que cuando estaba dormido te dije que... —se detuvo y apretó los ojos.

El "te quiero".

No quería decirlo.

Mi mueca de confusión se disolvió al entender a qué se refería, sin embargo, se formó otra, un tanto sentida. Intenté disimularla y me relamí los labios, nerviosa, sintiendo una pequeña opresión en el pecho.

—No —negué, contestando a su pregunta inicial—. Si no lo sientes, está bien. Estabas dormido, no importa.

—Allison...

—No te preocupes —murmuré y sentí cómo mi garganta se secaba—. Está bien, si no lo sientes, está bien.

No esperaba esto. De ninguna manera esperaba esto. Una sensación de frío golpeó mi cuerpo. Sí, le estaba diciendo que no había problema, y no lo había. Pero dolía, y me sentí mal por que doliera. No podía obligarlo a sentir algo que no sentía.

Estaba dormido cuando lo había dicho; yo estaba despierta cuando se lo había dicho a él. Realmente sus acciones y algunas palabras me habían dado a entender que el sentimiento era mutuo.

Me separé de él para poder quedar frente a frente y lo observé acomodarse en la cama, mientras clavaba la vista en mi celular, incapaz de mirarme hasta que lentamente se puso de pie.

Quise decir algo, lo que fuera, sin embargo, me quedé quieta y perpleja cuando tomó el borde de su camisa y tiró de ella para quitársela. Fueron segundos, menos de cinco, aunque, a juzgar por el gesto que había hecho, supe que para él había implicado más que eso. Se giró con lentitud, apretando los puños en su costado, y sentí como si algo me hubiera presionado el estómago y me hubiera sacado el aire.

Abrí la boca como queriendo decir algo, pero primero llegaron pensamientos antes que palabras.

Nunca había visto realmente su espalda desnuda y tampoco había sido consciente de ello hasta este momento. Sin embargo, sí la había sentido un par de veces, así que ahora sabía sin miedo a equivocarme qué eran aquellos bordes que había tocado. Los nervios invadieron mi cuerpo; no me gustaba lo que todo esto representaba, lo que miraba, lo que sentía él y lo que sentía yo. Lo que había ocasionado todas esas cicatrices.

—Me mostraste las tuyas y quiero que veas las mías antes de decirte lo que siento.

Me puse de pie y me acerqué a él. Sin siquiera procesar cuál podría ser su reacción, llevé mi mano a su espalda. Algo seco golpeaba mi garganta y mi corazón latía con fuerza en mi pecho. Tenía ganas de llorar, porque, por lo que me había contado, podía imaginar la forma en que obtuvo todas esas marcas.

Repasé con mis dedos cada cicatriz. Era casi imposible mirar alguna zona amplia de piel que no hubiera sido lastimada. Toda su espalda estaba llena de marcas. Eran profundas; la mayoría, largas, otras eran cortas, pero amontonadas entre ellas. Y en algunas áreas era como si pequeños círculos de piel arrugada se interceptaran.

Lo sentí tensarse cuando mis dedos comenzaron a recorrer una de sus cicatrices. Iba desde la parte baja de su nuca hasta un poco más arriba de su cintura. Cerré los ojos, sintiendo cómo todo me daba vueltas. La herida era tan grande que no quería ni imaginar cómo se había sentido tenerla en carne viva.

—¿Jaden?

—El noventa y cinco por ciento. Las demás fueron en el orfanato. Al principio, Jaden nos hería a los tres, pero después sólo a mí —su voz era lenta. Las palabras salían de su boca, pero el tono de su voz se escuchaba apagado, ajeno a su propio ser—. Y cuando no le bastó con las cortadas, comenzó a quemarme. A veces me hacía consumir sustancias que me dejaban tan perdido que cuando despertaba ya sólo sentía el resabio del dolor. Sólo a mí, no a ellos. Y me alegraba que fuera así, pero sentía que estaba cargando con todo.

"Decía que yo me parecía a él. Que tenía que soportar más que ellos, porque Aaron había perdido a Daniels y eso lo hacía débil. Samantha tenía a Nathan y Jess, y ellos la hacían débil. Yo no tenía a nadie aparte de mis hermanos y él. Era más fuerte por eso, porque no sentir cariño por nadie te vuelve más fuerte. Nada te daña, no le das ese poder a nadie.

Hizo una pausa y sentí que mi cuerpo perdía el equilibrio con sus palabras, así que me abracé a su espalda, rodeándolo con los brazos, y al instante sentí cómo él colocaba los suyos sobre los míos.

—Pensé que, si le decía a Aaron, él iba a hacer que Jaden parara. Él siempre estaba ahí, pero hubo un día en que ya no fue así. Al principio tocaba su puerta, y él salía, pero sólo me decía que me largara. Después ya ni siquiera la abría. Y al final, el último mes antes de que Jaden se detuviera, ya ni siquiera hacía el intento por tocar, sólo me quedaba ahí, parado frente a ella, esperando a que Aaron saliera, aunque sabía que no lo haría. Y cambié; ya no sentía mucho. Me sentía jodido, como si Jaden tuviera razón. Así que pensé que, si no sentir me hacía más fuerte, estaba bien, era lo que él quería y yo también: no sentir. Y eso fue lo único que lo detuvo.

"No odio a Aaron, no puedo hacerlo. Sé que él estaba atravesando un duelo, sin embargo, inevitablemente me duele que no estuviera conmigo. De una u otra manera, sé que una parte de mí lo culpa y a veces sí espero que se disculpe. Él trató de hacerlo una vez, pero lo alejé y desde ahí no volvió a intentarlo, sólo se acercaba y quería hablar conmigo, pero yo lo seguía alejando. No quiero hablar de eso, me hace sentir vulnerable, me hace recordar que la vida duele. Al final él dejó de tratar de disculparse y comenzó a portarse normal conmigo, pero yo... no sé. Es difícil, sólo creo que... sigo esperando esa disculpa, como si fuera nuevamente el chico que se quedaba en la puerta de su habitación sin siquiera ser capaz de tocar, pero también creo que él se convirtió en mi yo de hace un año, con su propia puerta, esperando a que yo la abra para que lo invite a acercarse y disculparse. Sólo que... ninguno sabe cómo hablar de ese tema. Nos duele.

Hundí mi rostro en su espalda y sentí cómo las lágrimas caían sobre mis mejillas. No quería ni imaginar lo que había pasado, pero desgraciadamente lo hacía. Lo hacía y dolía porque nadie debería tener el derecho de destruirte y lastimarte de esa manera.

En ese momento sentí que mis manos sostenían la parte más real de él. No por sus heridas, sino porque era lo que lo había cambiado, lo que lo había vuelto insensible, lo que me había hecho difícil encontrarlo y llegar a él.

—Gracias —musitó—, por hacer que me diera cuenta de que Jaden no tenía razón. Gracias por hacerme sentir vivo de nuevo. Gracias por darme un motivo para ser fuerte.

Mi cabeza se sintió a reventar en ese momento, y besé su espalda antes de separarme por completo de él y ponerme enfrente.

Me dolía el cuerpo, el pecho, la cabeza. Cuando lo miré a la cara, vi que tenía los ojos cerrados y las mejillas húmedas. Me dolió el corazón de una forma tan terrible que juraría que fue como si me lo hubieran arrancado para volver a colocarlo en mi pecho, sólo que ahora con un latido más fuerte y con la sensación de sus palabras arrastrándose bajo mi piel e incrustándose en cada nervio de mi sistema.

Tomé su rostro entre mis manos.

—Abre los ojos, por favor.

Se relamió los labios antes de pasar el dorso de la mano por sus mejillas para limpiar sus lágrimas y abrió los ojos con lentitud. Sus ojos conectaron con los míos, pero aparté la mirada; sentí que se me estaba yendo el aire, así que inhalé hondo por unos segundos.

No podía verlo así. Hacía tan sólo unas horas él había tenido que ser el fuerte por mí. Él tenía las palabras correctas y yo sólo sentía un nudo en mi garganta que hacía que las palabras se me perdieran entre todo lo que estaba sintiendo.

—Lo siento —murmuré—. Siento... que hayas pasado eso. Yo...

—No digas nada —murmuró—. Sólo, por favor, no digas nada. No hables de esto... no me hagas sentir que te estoy trayendo a mi pasado. Quédate aquí, conmigo. Aquí no duele, aquí estás tú.

Hundí mi cara en su cuello, aferrándome a sus hombros, y entonces él se inclinó para tomarme de los muslos e impulsarme para que pudiera abrazar su cintura con mis piernas.

—Sólo soy yo. Aquí sólo soy yo —murmuré—. Y sólo eres tú. Nada podrá lastimarnos, cariño.

Besé su cuello y se dirigió a la cama.

Dejó caer mi cuerpo sobre ella y sus labios se unieron a los míos en un beso corto, antes de que se acostara a mi lado. Reposó su cabeza en mi pecho y sus manos rodearon mi cintura, abrazándose a mí.

Permanecimos en silencio un momento, como para apaciguar todo lo que dolía, mientras mis dedos acariciaban su cabello; sin embargo, Eiden lo rompió, callando con palabras lo que el silencio no pudo:

—Te quiero, Allison.

—Tus ojos son azules, Eiden.

—Bien. Ahora imagina un letrero, y que esta vez diga "presente". Dime cómo lo imaginas. Es tuyo, hazlo como quieras.

Esta vez fue distinto. Aparecieron colores alrededor y me imaginé a mí también. No sólo el cartel, sino a mí al lado de él.

—Es azul —pronuncié—. Como si miraras al cielo, es... es azul cielo, y cada letra está escrita de un color plateado, con miles de manchas coloridas decorando alrededor, pero sin opacar el azul. Es como si predominara ese color.

— Prefiero el día, el cielo azul es precioso.

"Somos lo que detestabas.
Y ahora este desastre no lo cambiarías por nada".

("Somos" - Xenon ft. Babi)

4

Cinco de cinco

Título no oficial:

Eiden y Allison besuqueándose

—¿Recuerdas qué pasó aquí?

Contemplé el lugar unos segundos.

Sí, lo recordaba a la perfección. No tenía mucho tiempo que habíamos estado aquí, sólo que en circunstancias muy distintas.

Le lancé una mirada fugaz a Eiden antes de dar un último recorrido visual al lugar... lo recordaba distinto. Era como si se sintiera... menos gris. No sé, pero a pesar de que ese día los rayos de sol iluminaban la mayor parte del sitio, sentía como si los momentos o los recuerdos estuvieran teñidos por una neblina que los opacaba.

Clavé mi vista en un lugar en específico.

—Ahí peleamos porque no quería poner una lombriz en el anzuelo —apunté hacia una piedra grande a unos cuantos metros de nosotros—. Bueno, por eso y por otras cosas.

Eiden asintió sin más ante mi respuesta y movió su cabeza, como si buscara algo. Se detuvo cuando lo encontró.

—¿Y allá? —señaló una piedra grande de unos cuantos metros de altura—. ¿Recuerdas qué pasó?

—Intentamos pescar —musité, viendo hacia donde él apuntaba—. Y te tiré cuando intentaste ayudarme.

—¿Y ahí? —apuntó hacia otro lado.

—Tuvimos una mini discusión porque te estabas muriendo de frío y no te importaba.

Eiden asintió lentamente y después se giró hacia atrás, señalando otro lugar.

—Te caíste y te lastimaste el pie —recordé—. Y te portaste como un imbécil cuando intenté ayudarte.

Esto era "lo que ya habíamos hecho" de nuestro trato de esta mañana: venir al lago. Me giré hacia Eiden para verlo. Él me estaba mirando con un semblante serio y los labios finamente apretados. Enseguida comencé a sentir unos ligeros nervios en mi garganta que me obligaron a pasar saliva con un poco más de dificultad.

Él estaba tenso. Y por algún extraño motivo mis ganas de no estar aquí aumentaron.

Me extrañaba que estuviera así, principalmente porque él había insistido demasiado en venir después de que yo me hubiera negado. No quería salir de la cama, mucho menos caminar por el bosque, porque los bichos me molestaban. Y sólo había aceptado porque me había prometido que no iba a caminar; y sí, en efecto, me trajo hasta aquí en su espalda.

Desvié la mirada a nuestras manos entrelazadas cuando sentí cómo sus dedos apretaron mi mano con más fuerza, pero sin llegar a lastimarme.

—¿Por qué vinimos? —le pregunté.

Todo el camino había estado demasiado risueño, como últimamente me había acostumbrado a verlo. Y ahora se notaba casi como si quisiera salir corriendo. Me recordó a nuestra primera vez aquí, con esa amargura que hacía que termináramos siempre discutiendo o él alejándose como si me repeliera.

Eiden vaciló unos segundos, y esta vez fui yo quien apretó su mano casi en un impulso cuando noté que comenzó a darse la vuelta, pues temí que me dejara ahí. No era muy consciente de que seguía sintiendo un pequeño miedo a que volviera a distanciarse.

Se giró hacia mí y tiró de mi mano con suavidad, en una invitación a caminar. Quería que lo siguiera. Aflojé mis dedos de su agarre y me acerqué a él caminando a su par.

—¿Sabes por qué te traje aquí el día del campamento? —preguntó sin mirarme.

—Porque aquí no había ruido y era más fácil pescar —recordé sus palabras.

Él negó con la cabeza, seriamente.

—Entonces ¿por qué me trajiste?

—Vengo aquí desde que era un niño cuando quiero olvidarme de todo.

Fruncí el ceño, sin entenderlo por completo, y él me lanzó una mirada fugaz.

—No me caías mal —hizo una pausa, y ladeó la cabeza con una mueca—. Bueno, sí. No me gustaba lo que me causabas. No me gustaba que me gustaras. No me gustaba verte, porque cada vez que lo hacía me descubría a mí mismo no queriendo dejar de hacerlo nunca.

Me relamí los labios, nerviosa por sus palabras. No sabía si eso me dejaba un buen o un mal sabor de boca. Los sentimientos siempre fueron mutuos, pero ninguno los expresaba y huíamos a nuestro modo de ellos.

—¿Y por qué no sólo te alejabas? —le pregunté, sin reproche; realmente tenía esa duda.

—Porque no quería hacerlo —respondió.

Eiden se detuvo y yo también. Nos quedamos justo al lado de la piedra grisácea y húmeda en donde habíamos tenido nuestra primera discusión, por lo menos en el lago, porque fuera de allí ya habíamos discutido unas cuantas veces más.

—Entonces... —dejé la palabra al aire y él tomó una pequeña exhalación antes de seguir.

—Te trataba mal, como si no te soportara porque... creía que levantaba una barrera entre nosotros. Yo pensaba que no te iba gustar siendo como era, pero por lo menos podía hablar... discutir... contigo... aunque a veces sí eras un poquito exasperante...

Sonreí con una mueca y él colocó una mano en mi mejilla.

—Me gustabas demasiado y no sabía qué hacer. Tenía miedo.

Conecté mi mirada con la suya y reposé mi mejilla en su mano cuando su pulgar comenzó a acariciarme la mejilla.

—¿Miedo a qué? —me atreví a preguntar.

Él sonrió con tristeza y se inclinó un poco más hacia mí, acortando la distancia de centímetros que nos separaba.

—A tenerte y a perderte —respondió—. A quererte y que al final mi pasado me afectara. A que, de alguna manera, el hecho de que formaras parte de mí hiciera que te pasara algo —soltó un pequeño suspiro y negó—. Y a Jaden. No quería ser débil, no quería que él te viera como una debilidad para mí.

Cerré los ojos unos segundos, sintiendo un nudo en mi garganta. No me preocupaba por mí, sino por él. Conocer lo que lo orilló a creer todo eso hacía que lo viera de forma distinta. Como si fuera un niño pequeño, huyendo de todo sólo por intentar protegerse del miedo.

Abrí los ojos con lentitud cuando sus dedos se deslizaron hacia mi barbilla y me alzó la cara.

—¿Sigues teniendo miedo? —inquirí y él asintió.

—Tengo el miedo incrustado hasta los huesos, Allison —acunó mi rostro entre sus manos y sonrió—, pero tú me has llegado hasta la médula.

Mi corazón se aceleró, y sonreí en el momento en que me miró a los ojos y me acercó a él, inclinando y uniendo nuestros labios.

Siempre me sentía perdida cuando me besaba, pero de la mejor manera posible. No como si fuera extraño, sino como si sus labios me transportaran a otro lugar ajeno al que estábamos. Uno nuestro, en donde todos mis sentidos tendían a agudizarse, pues con cada roce de nuestros labios húmedos y entreabiertos sentía todo, absolutamente todo, a flor de piel: el viento golpeando mi rostro, moviendo mi cabello, el calor circulando bajo mi piel haciendo que todo mi vello se erizara. Todo eso se combinaba y creaba una pequeña atmósfera en el lugar mientras los dos buscábamos complementarnos.

Sin embargo, esta vez fue distinto, sentía todo, pero lo sentía en sus manos, que acunaron mis mejillas, bajaron por mi cuello, se deslizaron por mis hombros y se aferraron a mi cintura, atrayéndome hacia él.

Lo sentía todo con él.

De forma inconsciente ambos sonreímos durante el beso, creando una pequeña mezcla de nuestras respiraciones calientes y jadeantes.

Eiden unió nuestras frentes y pasó su pulgar por mi mejilla, antes de detenerse justo debajo de mi labio inferior y acariciarlo. Sentí cosquillas, y bajé la mirada a sus labios cuando noté que él hacía lo mismo.

—Ese día te traje aquí porque quería olvidarme de todo, incluso de que no podía tenerte. Creí que todo iba a ser más fácil para mí, pero no fue así. Me seguía costando entenderme, entenderte, entendernos —hizo una pausa tragando saliva y ambos alzamos nuestras miradas—. Perdón por haberte lastimado las veces que lo hice.

Cerré los ojos, asintiendo. Dolía saber que nuestro inicio fue un desastre que terminó de la manera más bonita que hubiésemos imaginado.

—Ya estamos aquí, juntos. Lo demás no importa.

—A mí me importa. Y no me gusta que recuerdes este lugar como uno en donde sólo peleamos.

—¿Me trajiste para cambiar eso?

Asintió y se inclinó una última vez para dejar un beso corto en mis labios. Después se separó de mí, haciendo que sintiera el vacío de su calor en mis mejillas, y entrelazó nuestras manos, tirando de mí.

—Ahora vamos a hacer algo que amas —canturreó.

Sonreí. Vale, ya no se veía tenso. Es sorprendente lo liberados que nos sentimos cuando dejamos que el peso de lo que sentimos, pensamos y queremos decir salga de nosotros.

—¿Bañarnos? —inquirí con un tonito divertido.

Él se giró con una sonrisa de sorpresa.

—Pensé que decías que yo era el pervertido de los dos.

—No, creo que te gano en ese aspecto.

—No, no. Me estaba gustando eso de ser yo el pervertido.

Me encogí de hombros.

—Lo siento, esfuérzate más para la próxima.

—Bien —asintió y se giró, jalándome del brazo y pegándome a él, mientras enganchaba su mano a mi cintura—. Lo resolveremos hoy en la ducha.

Negué colocando mi mano en su pecho y alejándolo, aunque no pude moverlo porque me retuvo con diversión.

Enarqué una ceja, dejando mis manos en su pecho, y él deslizó las suyas hacia mi espalda baja, haciendo que me pusiera de puntitas y mi espalda se arqueara contra él por la ligera presión que ejercía para mantenernos cerca.

—¿Me estás invitando a la ducha? —le pinche el pecho con un dedo, divertida, aunque un poco seria—. Eso no es muy decente de tu parte, Eiden.

—Por ti pierdo más que la decencia.

—¿Ah, sí? —enarqué una ceja—. ¿Como qué?

—¿Qué quieres de mí?

—¿Qué me ofreces?

—Todo.

—¿Todo? —hice una mueca, dudosa—. Define "todo".

—Todo, Allison. Absolutamente todo por ti.

—Todo —repetí y sonreí—. Absolutamente todo.

Eiden sonrió, sus pupilas estaban levemente dilatadas y estaba segura de que las mías también.

El mundo se detenía a mis pies cuando nuestras miradas se encontraban. Guardamos silencio unos segundos, nuestros cuerpos estaban unidos y nuestras miradas se desnudaban entre sí.

En un instante, Eiden bajó la mirada a mis labios y sentí cómo la picardía se instalaba en mis mejillas. Sonreí como quien descubre un tesoro en medio de la nada, sólo para él. Sabía que, aunque no lo tomara ahora, seguiría ahí para mí, porque era mío. Sólo mío.

Giré la cabeza, interrumpiendo su intención de besarme cuando se inclinó.

La sonrisa en mis labios se ensanchó con diversión en cuanto él bufó.

Terminó apoyando su frente en mi sien.

—Tienes la mala costumbre de hacer eso —murmuró sobre mi pelo.

—La última vez estrellaste tu cara contra el colchón —me burlé—. Esto ya es un avance.

—Sí, ¿quieres que te recuerde cómo terminó eso?

Lo pensé unos segundos. ¿Cómo había term...? Oh, oh.

Mi cerebro se fundió en un sinnúmero de sensaciones cuando movió su mano por mi mejilla y retiró mi cabello de esa área. El frío vibró como un pequeño golpeteo que se apagó enseguida cuando su respiración caliente inundó mi piel. Permanecí inmóvil y dejé que me atrajera hacia él por la cintura. Tomé sus hombros, enredando mis brazos en su cuello, buscando equilibrarme, porque sólo la punta de mis pies se mantenía en el suelo por la diferencia de altura entre nosotros.

Respiré hondo o jadeé, no lo sé con claridad, en cuanto el calor de su respiración se evaporó en mi mejilla y lo sustituyó una sensación húmeda. Ni siquiera fue un beso, sólo deslizó sus labios levemente entreabiertos, provocando pequeñas descargas en mi piel. Bajó y bajó en un camino lento y tortuoso que me hizo echar la cabeza hacia atrás en el instante en que llegó a donde él quería. Hundió su cara en mi cuello y mis dedos se crisparon sobre sus hombros, manteniéndolo justo ahí.

Qué débil era. ¿Acaso no lo estaba separando de mí? Oh, sí, eso era imposible cuando posaba sus labios en mi cuello. Era un viaje sin retorno, era derribar muros sin cimientos. De pronto no había más… sólo él.

Cerré los ojos unos segundos, relamiéndome los labios. Mis mejillas se calentaron, hirvieron, casi se evaporaron en ese momento; la sangre me había inundado la cabeza y el cuello por lo bien que se sentía.

Estuvo allí un par de segundos hasta que sus labios subieron lentamente al punto que sabía que me dejaba perdida y delirante: debajo de mi oreja. Ahí comenzó a besarme con lentitud. Era un beso húmedo; él había descubierto que me gustaba más de lo que podía imaginar y ahora tenía una manía por eso. Sus labios se entreabrían con lentitud cada que se posaban sobre mi piel.

Enredé mis dedos en su cabello y sentí cómo sonreía contra mi piel.

—¿Lo recuerdas? —preguntó, dejando otro beso, acompañado de una leve lamida—. ¿Recuerdas la última parte?

Abrí la boca para contestar, sin embargo, él no espero respuesta, porque las palabras se ahogaron en mi garganta y acabé soltando sólo otro leve jadeo cuando la punta de su lengua recorrió desde mi clavícula hasta el filo de mi barbilla.

Tenía los ojos cerrados, estaba intentando procesar lo que estaba sintiendo, y cuando los abrí, pude ver a Eiden agitado; su respiración se escuchaba un tanto pesada.

—No deberíamos hacer esto en medio de...

—La nada —completó él.

—En un lugar al aire libre —rectifiqué.

—Nadie nos ve. No estamos haciendo nada malo.

—Minni nos ve.

Le señalé con la cabeza a la gatita a unos metros de nosotros. Eiden giró para verla sobre su hombro y sonrió.

—Creo que está celosa —entrecerré los ojos. Podía jurar que ella estaba haciendo lo mismo.

Paseaba su lengua por su pata mientras nos miraba. Parecía que no rompía ni un plato, pero sí había roto una lámpara.

—No debería estarlo —dijo.

—¿Qué... oh, oh...? No te atreverías. ¿Prefieres a la gata antes que a mí?

—Se llama Minni, no gata.

—Se llama "ella va a dormir contigo, no yo".

—Minni estaría feliz de que nos dejaras la cama.

Abrí la boca para alegar, sin embrago, la cerré de golpe cuando Minni soltó un maullido. Eiden sonrió y asintió.

—¿Ves? Hasta ella lo confirma.

—Vale, vale —asentí, percatándome de que técnicamente seguíamos abrazados.

Puse mis manos en su pecho y lo empujé.

—Quítate —le espeté de mala gana.

Imbécil.

Me retorcí en sus brazos cuando él apretó el agarre de mi cintura, intentando mantenerme quieta.

—Bueno, podemos dejar que te quedes —soltó Eiden con un tonito de resignación que me hizo querer darle un golpe.

—Quítate —lo empuje con fuerza—. Que te abrace LA GATA.

—No seas celosa, MINNI me puede abrazar después.

—TU GATA te puede abrazar ahorita, y en la noche, y... Ay... mi teta —solté un quejido cuando entre tanto forcejeo me aplastó un pecho.

Bueno, recuerdan esa frase que dice "Un golpe en la teta dolía menos...", pues no es así, sí me dolió más.

Eiden me soltó a toda prisa en cuanto vio mi mueca de dolor. Me llevé la mano al pecho para sobármelo.

—¿Te lastimé? —soltó, preocupado, y dio un paso hacía mí.

—Sí. Imbécil —le puse mala cara.

—Lo siento. No quería lastimarte. ¿Estás bien?

Iba a decirle algo más sobre cuánto me había dolido, y exagerarlo a la décima potencia, porque, siendo sincera, no era un dolor insoportable, no obstante, me quedé callada con el ceño fruncido cuando noté su cara.

Realmente estaba preocupado de haberme lastimado.

—Es broma —le dije—. Bueno, sí me dolió, pero no te preocupes.

—¿Quieres que regre...?

—¡No! —negué—. Eiden, no soy de porcelana, no debes de preocuparte por todo.

—¡Te golpeé! —alzó la voz, no en un grito, sino sólo queriendo recalcar su punto—. ¿Cómo quieres que me sienta?

No supe si reírme por lo tierno que se me hizo que se preocupara por eso.

—¿Conoces los accidentes?

Rodó los ojos.

—Sí, sabes a lo que me refiero.

—Eiden, no te preocupes —le aseguré—. Y no me golpeaste, me la aplastaste. Y no es por nada, pero ya me las has aplastado antes.

Fue lo único que se me ocurrió decir para intentar aminorar su preocupación. No sabía de dónde me salían esos chistes o comentarios esporádicos un tanto subidos de tono. Nunca los usaba, aunque tampoco es que tuviera con quien. A veces me incomodaban. Me desconcertaba escucharlos en clase, cuando los gritaban desde la mitad del salón a una persona con la que a veces ni intimaban. Sin embargo, con Eiden ya sentía la confianza de decirlos, además de que era el único con quien quería hacerlo.

Su rostro se suavizó en una pequeña sonrisa y, antes de que pudiera reaccionar, ya había envuelto nuevamente mi cintura con su brazo.

Aparté mi cara con un gesto molesto cuando intentó besarme.

—No vas a resolver esto con un simple beso. Me dijiste que preferías dormir con Minni.

—¿Acabas de llamar a mis besos "simples"?

—Ni haciéndote la víctima —hice una pausa y estiré mi brazo, pasándolo por su cuello para enredar mis dedos en su cabello—. Quiero algo a cambio.

—El de los tratos aquí soy yo.

—Ya no —me encogí de hombros, divertida—. ¿Vas a aceptar o no?

—No me vas a decir qué quieres a cambio, ¿cierto?

—Nop —respondí.

Lo pensó unos segundos y mientras tanto yo jugueteé con los mechones rebeldes de su cabello.

—¿Ya no vas a estar enojada si acepto? —dijo luego de unos segundos.

—Intentaré superar el dolor de tu rechazo —hice una mueca, triste—, pero no te prometo nada.

—Eres una dramática —rodó los ojos, negando con la cabeza—. Pero vale, acepto, sólo no me hagas comer macarrones o dormir en el sofá.

—Pensé que era yo la que les tenía miedo a los alacranes.

—Puedo dormir en el sofá sin ningún problema; claro, si tú duermes arriba de mí.

Negué con diversión y deslicé mis manos hasta dejarlas en su pecho. Me puse de puntitas y tiré de su camiseta para besarlo levemente en los labios. Me separé en cuanto noté que quería un beso más largo y, al no obtenerlo, soltó un leve suspiro.

—Bien, trato hecho. Luego hablamos de lo que me debes.

—Siento que he hecho un pacto con el diablo.

—¡No es nada malo!

La verdad no tenía nada en mente, pero quería tener un comodín guardado por si pasaba algo en lo que pudiera obtener un poquito de ventaja, pero estaba segura de que no sería nada malo. Yo no era una desalmada como él, que me puso a hacer ejercicio.

—Ya veremos.

Puse los ojos en blanco y envolví su cuello con mis brazos cuando sentí sus manos presionándome la espalda baja. El maullido de Minni llenó el espacio vacío con un ligero eco, lo cual me hizo recordar algo.

—Oye, ¿por qué no me dijiste que Minni era tu gatita?

—Te iba a decir, pero… —hizo una pausa y comenzó a morderse ligeramente el labio inferior: ahora sabía reconocer que ése era un gesto de vergüenza suyo. Verlo me dio una pequeña idea de por dónde iría su respuesta.

—¿Te daba vergüenza?

—No —dijo de prisa, pero se corrigió con la misma velocidad—, bueno, sí.

Acaricié su mejilla cuando se escondió en mi cuello, simulando que quería darme un beso ahí. Sabía que era más por la vergüenza.

—Puedes confiar en mí para…

—No es eso —me miró al instante—. Claro que confío en ti, es sólo que… no supe cómo decírtelo, se me hacía raro, porque la viste desde la primera vez que estuvimos en la cabaña y no mencioné nada. Y luego Aaron la encontró merodeando afuera y ya no supe cómo decirle que era mía. Pero lo iba a hacer, cuando se me quitara la vergüenza.

Me reí un poco; ver a Eiden avergonzado con esto era muy tierno.

—Te entiendo. Incluso ya estaba buscando qué nombre ponerle —sonreí—. Pero Minni es un nombre muy bonito.

—A ella también le gusta, sólo hace caso si la llamas por ese nombre.

Información valiosa.

Ambos volteamos hacia donde estaba hacía unos segundos, pero ya se había ido. Según Eiden, andaba por la cabaña y el bosque como si todo fuera su hogar.

—A todo esto —cambié de tema—… ¿a qué veníamos?

—Cierto —recordó y se separó de mí. Tomó mi mano y apuntó con la cabeza un par de cosas que estaban sobre la piedra a nuestro lado—. ¿Te siguen dando asco las lombrices?

¡Iug! Arrugué la nariz cuando vi un par de cañas de pescar junto a una caja; sabía lo que había ahí dentro.

—Sí.

—Bueno, puedo ayudarte en eso.

—Vaya, qué amable —le sonreí falsamente—. Esta vez no tendré que pedírtelo.

—No —me sonrió—, ahora he descubierto que me gusta que me pidas otras cosas.

Le di un manotazo, sintiendo cómo mis mejillas se calentaban.

—Debes de superar eso.

—¿Tú ya lo hiciste? —enarcó una ceja.

—Ajá —asentí, fingiendo desinterés—. Superable.

Eiden me miró, indignado, y abrió la boca. Casi podía jurar que en su cerebro había una minibatalla campal entre qué decir, la cual terminó en cuanto cerró la boca y sonrió. Sonrió tan abiertamente, con tal satisfacción y arrogancia, que juraría que quien acababa de firmar un pacto con el diablo era yo.

—Acepto —soltó sin más.

—¿Aceptas qué? —fruncí el ceño.

—El reto.

—¿Qué reto? —abrí los ojos de par en par.

—Eso lo tendrás que descubrir hoy en la ducha, pero ahora apúrate y vamos a pescar.

—Pero...

Me ignoró y tiró de mí, arrastrándome para que lo siguiera. Mientras tanto, mi pobre cabeza acalorada intentaba darles sentido a aquellas palabras, aunque tuve que dejar eso atrás cuando nos subimos a la piedra donde estaban las cosas para poder prepararlas. Sí, íbamos a pescar. Decir que no puse cara de asco cuando ambos tomamos las cañas de pescar y Eiden sacó los estuches de lombrices sería mentira. Tomó una sin mucho pudor y entonces me di cuenta de que… Gracias a Dios, o mejor dicho gracias a Eiden, eran de plástico.

Unos segundos después teníamos las cañas listas con su respectiva carnada.

—No recuerdo ni la mitad de lo que me enseñaste para pescar —dije, viendo la caña con un gesto extraño—. ¿Qué era lo que se tenía que jalar?

Odiaba cualquier tipo de actividad en donde tuviera que poner fuerza. La última vez casi me quedo sin brazo por tirar del carrete ese.

Eiden se rio un poco.

—No te preocupes, està vez te puedo enseñar con dibujitos.

—¿Y si mejor sólo te veo hacerlo? —ofrecí inocentemente para deslindarme por completo.

Por supuesto, no lo logré.

—No —me apuntó con su caña con gesto serio—. Así no vas a aprender nada, debes de poner en práctica la teoría.

—¿Y si ponemos en práctica la teoría de dormir?

—Floja.

—En la cabaña...

—No.

—En nuestra cama.

—No.

Se cruzó de brazos y yo me puse de puntitas para darle un beso en la mejilla.

—Tú y yo, juntitos.

Me miró con las cejas elevadas. Ya estaba cayendo en la trampa, lo podía ver, sólo era cues...

—No acepto sobornos.

—¡Eiden!

—Ya no te quejes tanto —se bajó de un salto de la piedra y me ofreció su brazo—. Venga, vamos.

No me quedaba de otra, así que tomé su brazo para bajarme de la piedra y di un pequeño salto. Mis pies golpearon el suelo y me quedé unos segundos quieta, estabilizándome. Sin embargo, antes de que pudiera reaccionar, di un traspié hacia atrás; sentí que casi me caía.

Eiden me había agarrado de la nuca y había estampado sus labios en los míos.

Con mi mano libre, tomé su hombro para equilibrarme. En absoluto fue un beso suave; más bien, fue efusivo, enérgico, lleno de sensaciones, incluso me costó un par de segundos poder encontrar el ritmo de sus labios, que estaban casi devorándome.

Sus dedos se habían ceñido sobre mis caderas, presionándome contra él.

Intenté seguirle el ritmo, pero incluso en un punto sentí cómo sus dientes chocaban con mis labios, por la manera tan efusiva en que estábamos besándonos. Mi respiración se entrecortó y me vi obligada a separarme de él antes de quedarme sin oxígeno.

—*Uno de cinco* —me sonrió. Su respiración estaba igual o peor que la mía.

Uno de cinco. Cinco lugares en donde habíamos peleado aquí, en el lago.

Esbocé una sonrisa, sintiendo cómo mi vientre se calentaba de la emoción.

—No mueras en el intento, ¿ehh? —se mofó; ya antes había usado esas palabras para burlarse.

Rodé los ojos.

—Lo mismo digo.

Subimos a otra piedra enorme y alta. Me tomé un momento para apreciar todo el lugar desde esa perspectiva. Las hojas de los árboles hondeaban al compás del viento. Los rayos de sol que se reflejaban en el agua iluminaban el lugar de forma armónica. El sonido de los pajarillos llenaba el espacio. Ahora me gustaba este lugar. Me giré hacia Eiden, que estaba a mi lado, viendo hacia abajo. Sus ojos brillaban, el agua se reflejaba en sus ojos azulados, y me invadió una sensación agradable al verlo tan relajado.

—¿Quieres que te enseñe cómo hacerlo? —me inquirió, girándose hacia mí.

No borré la sonrisa de mis labios y asentí.

—¿Podemos hacerlo juntos? —inquirí.

—¿Juntos?

Estiré mi mano y tomé la suya, tirando de él, para colocarlo a mis espaldas.

Yo también quería borrar algunas cosas del pasado.

Tomé la caña con ambas manos y me relamí los labios, tragando hondo e intentando eliminar los nervios que secaban mi garganta.

—¿Estás segura de esto? —me inquirió con duda.

—Sí —volví mi cabeza hacia él y lo miré sobre mi hombro—. Estoy bien.

Eiden asintió con la cabeza. Ya habíamos hecho esto antes, sin embargo, la incertidumbre de lo que había pasado se palpaba en el aire. Sabía que Eiden había relacionado las cosas: el hecho de que lo hubiera empujado cuando se me había acercado de la nada con lo que había ocurrido hacía un par de años.

Tomé una respiración profunda cuando sentí cómo su pecho se pegó a mi espalda. Sus manos se deslizaron sobre mis brazos con lentitud, como si quisiera que me fuera adaptando a su cercanía.

—Está bien, Eiden —le aseguré y le di una miradita fugaz. Sonreí, con más nervios por él que por mí—. No te voy a empujar de nuevo.

Sentí cómo su pecho vibró en una risa breve.

—Es que también me quiero tomar mi tiempo. ¿Qué traes debajo del jersey?

Fruncí el ceño.

—Una camiseta de tirantes —le respondí con duda al no entender por completo sus palabras.

—Nunca usas nada debajo de tus jerséis —señaló.

Tenía razón. Usualmente sólo utilizaba sujetador debajo de mis jerséis, pero como íbamos a salir, decidí colocarme algo debajo por los bichos y la humedad.

—Es porque a veces los bichos se meten bajo la tela —le aclaré.

—Quítatelo.

—¿Qué?

—El jersey —me aclaró—. Quítatelo.

Di un respingo en el momento en que sus manos se posaron sobre las mías y tiraron de la caña, haciendo que se deslizara de mis manos. Escuché cómo el metal golpeó el suelo cuando la lanzó hacia un lado, para después tomarme suavemente de los hombros y girarme para que pudiera verlo.

—¿Para qué? —inquirí, mirándolo fijamente.

—Ese día no pescamos —respondió con una leve sonrisa—. Y vas a necesitar el jersey después de lo que hagamos.

—Pero ¿qué vamos a hacer?

Seguía sin entender nada. Él negó con la cabeza, divertido.

—Alza los brazos, pequeña despistada, y confía en mí.

—Bueno, está bien, pero con una condición.

Enarcó una ceja y la comisura de sus labios se elevó.

—¿Cuál?

—Tú también quítate el jersey. Igualdad, ¿no crees?

—No tengo ningún problema, pero... ¿y si agregamos otra prenda? —bajó y subió las cejas, divertido. Lo pensé dos segundos durante los cuales no cambié ni mi expresión, y él se adelantó—: Es brom...

—Trato hecho —no lo dejé terminar.

Sus cejas se elevaron por la sorpresa de mis palabras.

Entre nosotros, él siempre daba un paso, pero se retractaba enseguida si yo tardaba mucho en responder. Supongo que era un mecanismo que utilizaba cuando creía que me estaba incomodando. Así que, si quería aprovechar esas grietas entre sus palabras, debía filtrarme entre ellas deprisa. No quería que fuera así siempre, que constantemente tuviera miedo de mis reacciones ante ciertas cosas.

—Entonces, si yo me quito el jersey, tú te quitas el tuyo... —habló con lentitud, como si estuviera dándome a entender con claridad lo que quería decir—. Y...

—¿Ajá? —me crucé de brazos intentando contener mi sonrisa—. ¿Y...?

—Vamos a agregar otra prenda como...

Él lo había propuesto y ahora no quería decirlo. Uy, qué blandito.

Miré el piso, desinteresada. Sabía que hasta él tenía un límite en sus chistes y que no quería incomodarme con una mala suposición.

—¿Como...? —lo animé a hablar, mientras pateaba una piedrita inexistente en el suelo con desinterés.

—Una prenda como...

Alcé la vista y entrecerré los ojos. Me miraba con una mueca de duda; parecía como un niño pequeño que tenía que pedir algo, pero no sabía cómo hacerlo.

—No creo que sea el sujetador, Eiden. Porque tú no tienes.

—Mujer, me la pones difícil —negó con la cabeza, ya más relajado.

—Tú te la pones difícil solito.

Sonrió y la mirada que me dedicó casi me desnudó el alma.

—Si asientes, te lo quito ahora.

Pollito rojo.

Ya no era tan valiente.

Quería mi aprobación.

No me di tiempo de pensarlo mucho, sólo moví la cabeza con un "sí" ligero.

Mi respuesta lo hizo sonreír, como quien gana un gran premio. En realidad, no había mucho premio en verme sin ropa.

En ese momento me preocupé pensando si me había puesto buenas bragas... *Sí, chica precavida vale por mil,* me dije a mí misma.

A veces me preguntaba dónde había quedado la Allison que se puso roja cuando Jess insinuó que había pasado algo entre Eiden y yo el día del campamento.

En el baño de la cabaña, supongo.

Sí, probablemente.

Eiden dio un paso hacia mí. Lo miré fijamente; él no tenía dudas, ya le había dicho que podía hacerlo, ahora la de las dudas era yo. Nunca nos habíamos visto sin ropa, por lo menos no de la cintura para abajo. En el baño teníamos los ojos cubiertos.

Jamás le había puesto mucha atención a las inseguridades de mi cuerpo. Pero, por alguna extraña razón, en ese momento me sentí intimidada por ellas.

Él no me iba a juzgar. Lo sabía, nunca lo haría. Sin embargo, eso no eliminaba el hecho de que yo las sintiera de alguna manera.

Sus brazos se extendieron con cuidado y me tomó de la mano, tirando suavemente de mí para acercarme a él. Después, bajó la vista a sus manos, que levantaron el borde de la parte delantera de mi jersey.

Tragué hondo y me aclaré la garganta, nerviosa, cuando lo sentí colocar sus manos en el botón de mi pantalón. Sus nudillos chocaron con la piel de mi abdomen, y me contraje por la sensación que eso me produjo.

Mi corazón era un velocímetro en ese momento.

Sus dedos desabrocharon mi pantalón y lo bajó con cuidado, muy despacio, incluso terminó hincado frente a mí cuando tuvo que deslizarlo hasta el final de mis pies.

Estaba hincado.

Frente a mí.

Mis sentidos se dispararon. Los dedos de mis pies y de mis manos cosquillearon y mi pulso se aceleró.

Lo miré con detenimiento; quería captar cualquier reacción suya respecto a mi cuerpo, sin embargo, simplemente pareció ignorarlo. No sé si eso me alegró o me desilusionó. Tenía un gesto muy neutro, como si sólo le importara el pantalón y no lo demás.

Bajó la mirada a mis pies. Estaba un poco perdida, así que él se adelantó y tomó uno de ellos, alzándolo y sacándome la mitad del pantalón, para después repetir el proceso con mi otro pie.

El frío impactó en mis piernas desnudas, aunque mis muslos estaban parcialmente cubiertos por mi jersey largo.

Eiden alzó la vista sin levantarse y me dio un golpecito en mi muslo con diversión.

—Ya está fuera.

Sonreí, un poco menos nerviosa.

—Bueno, te toca.

—Va tu jersey.

Entrecerré los ojos con cautela.

—Era uno y uno.

—No establecimos un orden —soltó, elevando una ceja—. Después voy yo.

—Eso es injusto.

—Para la próxima, aclara los términos del trato —se mofó, divertido.

Rodé los ojos. Vale, tenía razón. Coloqué mis manos sobre el borde de mi jersey, pero me detuve al instante.

—¿No te vas a parar? —inquirí con el ceño levemente fruncido.

Seguía hincado frente a mí. Eiden negó con la cabeza y, en cambio, deslizó sus manos por debajo de mi jersey hasta colocarlas en mis caderas. Sentí cómo mi vientre se calentó al instante y se me erizó el vello de todo el cuerpo.

—Quítate el jersey —esta vez no fue una petición suave, fue casi una demanda.

Y no me resistí a ella. Tiré de él rápido; dos segundos después ya estaba fuera. No sé en qué estaba pensando en ese momento, pero en un arranque deslicé mis manos de nuevo a mi cintura, al borde de la blusa de tirantes, y también me la quité. Me sentí en una carrera contra reloj conmigo misma.

Tardé unos segundos en mirar a Eiden, y cuando al fin me armé de valor, lo vi observarme desde su perspectiva.

Di algo.

Se quedó callado y fijó su vista en mis muslos desnudos.

—Creo que ahora sí es tu turno —musité con voz seca y pastosa por los nervios.

Eiden alzó la vista y sentí cómo sus dedos comenzaron a deslizarse con suavidad por mis caderas. Mi piel ardía; si cerraba los ojos, probablemente iba a ver una especie de ilusión óptica, como si hubiera ingerido algún alucinógeno. Estaba sintiendo demasiado. No obstante, no quise cerrarlos. Pese a ese instinto que tenemos de hacerlo cuando sentimos placer, me resistí porque quería verlo todo por completo.

Su mirada se posó en sus dedos, en esa piel suya que se unía a la mía, y comenzó a descender con lentitud, dejando un cosquilleo intenso en mi piel, que rozaba como si de terciopelo se tratara.

Abrí la boca. Mi garganta estaba seca; la humedad se había ido a otras zonas de mi cuerpo.

—No soy una maravilla del mundo como para que me contemples tanto —bromeé con voz aguda por la mezcla de placer y nervios que sentía.

Noté cómo se dibujaba una leve sonrisa en sus labios cuando me regresó la mirada y se inclinó con cautela hacia mí.

—¿Quién lo dice?

—Cien millones de personas —me relamí los labios y él imitó mi acción.

—No me preguntaron a mí.

—Uno contra cien millones —negué con la cabeza, chasqueando la lengua—. No ganarías.

—Bueno, entonces, eres la maravilla de mi mundo.

Mis mejillas se calentaron por sus palabras, su mirada azulada fija en mi rostro provocó que mi corazón latiera como loco en mi pecho.

—No soy para tan...

Me callé. Me quedé sin palabras. Perdí la voz porque un cosquilleo se instaló en mi vientre cuando se inclinó por completo y me besó ahí. Se separó con una ceja enarcada.

—¿Qué dijiste?

Pasé saliva, nerviosa.

—Que no soy...

Maldije por lo bajo cuando se volvió a inclinar, esta vez para besar cada huesillo de mi cadera. Llevé mis manos a su cabello, sosteniéndome de él, y en esta ocasión no se separó. Deslizó su boca entreabierta, caliente y húmeda, hasta mi vientre, tan despacio que incluso era doloroso, como si mi cuerpo fuera sometido a una tortura que le complacía. ¿Acaso eso existía? No lo sabía, pero así se sentía.

Mi corazón se aceleró y sentí cómo mis piernas se hacían de gelatina cuando se fue levantando con lentitud. Sus dedos se habían ceñido sobre mis caderas con una posesividad pasiva que me encantó, manteniéndome quieta ante él. Poco a poco fue subiendo sin dejar de besarme y humedecer mi piel, arrasando con cada zona de mi cuerpo a su paso.

Cuando llegó a mis pechos, besó el borde de cada uno de ellos e inconscientemente eché la cabeza hacia atrás, cosa que él aprovechó para subir y hundirse en mi cuello.

—Cuando sientas que no eres para tanto —murmuró, besando suavemente mi barbilla y toda mi mandíbula hasta llegar a mi oído—, recuerda que yo le vendería mi alma al diablo por tenerte así.

El placer se fusionó con sus manos y sus palabras y evaporaron todo. Los nervios. El miedo a que me viera desnuda. Las inseguridades de mi cuerpo.

Tiré de su cabello, no con la fuerza suficiente para lastimarlo, sino sólo con la intensidad para obligarlo a separarse de mi cuello. Lo hice mirarme y sentí que sus labios eran casi imanes con la carga contraria a los míos. Sin pensarlo más, me fusioné con él en un beso.

Nuestras respiraciones superficiales y jadeantes se mezclaron, mientras nuestros labios se rozaban entre ellos con sincronía, porque la había, aunque eso no impedía que sintiera que nuestros mundos chocaban con desenfreno.

Deslicé mi mano hasta su pecho y Eiden hundió su mano en mi espalda baja, calentándome con su tacto y pegándome a él.

Nos separamos con lentitud, en un suspiro entrecortado.

—Es tu tur... turno —dije con la voz un poco jadeante.

—¿Mi turno de qué?

—Tu ropa... fuera.

—¿Fuera de qué? —preguntó en un tonillo divertido e incitante.

Me relamí los labios.

—De tu cuerpo.

—¿Cuándo?

—Eiden...

—Allison...

Cerré los ojos por un segundo, intentando controlar mi respiración.

—Ahora —solté en un suspiro ronco.

Él sonrió y sentí cómo sus dedos se apretaron en mi cintura. Por un momento creí que se iba a separar de mí, hasta que sentí cómo sus manos bajaron a mis muslos y me impulsaron hacia arriba. Mi cuerpo reaccionó como de costumbre, así que llevé mis manos a sus hombros para sostenerme y abracé su cintura con mis piernas.

—¿Qué vas a hacer?

—Vamos —me corrigió, y apuntó con su cabeza hacia debajo de la piedra, hacia el agua—. Vamos a lanzarnos.

—¡No! —me alarmé—. Espe…

Me calló. Sus labios se posaron sobre los míos en un beso rápido pero intenso, y cuando se separó de mí, me sonrió.

—*Dos de cinco*. Toma aire.

—No, pero...

—Toma aire, Allison.

Al diablo. Tomé aire y hundí mi cara en su cuello, tapándome la nariz. Debí haberle dicho que no se me daba muy bien eso de aguantar la respiración.

Cerré los ojos. Mis manos se aferraron a su cuello; sin duda, iba a dejarle mis dedos marcados en la piel, pero no me importaba. Si me soltaba, me ahogaría, porque no sabía nadar.

¡No sabía nadar!

Lo sentí tomar vuelo y en segundos nuestros cuerpos se suspendieron en el aire, cayeron en picada e impactaron en el agua fría.

El agua heló mi cuerpo y comencé a toser con fuerza cuando salimos a flote.

—Te dije que tomaras aire —me reprochó.

—Yo... —me estaba atragantando con el agua. Cerré los ojos, respirando pesadamente—. Yo...

Ay, no. Ésta no era la forma en la que quería estar húmeda.

Sentí cómo los dedos de Eiden recorrían mi rostro para quitarme los mechones de pelo que se me habían pegado.

Apreté mis manos en su cuello y tomé una respiración profunda. De pronto sentí que ya podía respirar mejor.

Puse mala cara.

—Pude haberme ahogado, no sé nadar.

Sus cejas se elevaron con sorpresa.

—¿No sabes nadar?

—No.

—Pues me hubieras dicho antes.

—¡Ni siquiera me diste tiempo! —solté enfurruñada.

—Bueno, pero no te ahogaste —desestimó con un tono ligero.

—Pero pude.

—No te solté ni un segundo. No ibas a ahogarte.

—¿Y si lo hubieras hecho?

—Pues te ahogabas —sonrió con inocencia—, pero como soy un buen nov... chico, no lo hice.

¿Él había dicho nov...?

—Ey —me quejé, alejando el hilo de pensamientos que había surgido en mi cabeza cuando sentí cómo me agarraba el trasero.

—Te estoy acomodando —dijo, divertido, y enarcó una ceja—. ¿O quieres que te suelte?

—No —mascullé.

Seguía abrazada a él, así que entrelacé mis pies en su espalda, aprisionando su cintura, mientras él me sostenía de los muslos.

—Hiciste trampa —recordé—. No te quitaste la ropa.

—No iba a aguantar.

—¿Qué no ibas a aguantar? —fruncí el ceño, sin entenderlo.

—Déjalo —sonrió, negando con la cabeza—. Quítamela ahora.

—Andas muy mandoncito, ¿no crees?

—¿Y eso te gusta? —enarcó una ceja y di un respingo cuando clavó sus dedos con más fuerza en mis muslos.

—Probablemente.

Sonrió y asintió.

—Anotado.

—Pero ahora es tu turno —deslicé mi mano a tientas por debajo del agua hasta el borde de su jersey y me separé un poco de él, echando mi cuerpo hacia atrás. De un tirón se lo quité y lo dejé en la leve unión entre nuestros abdómenes.

Miré cómo se deslizaban algunas gotas por su pecho y clavícula, y cómo su cabello húmedo y negro dejaba caer unas cuantas más sobre su piel blanca, que relucía por el reflejo del agua.

Sentí mi piel fría calentarse cuando comenzó a acariciarme el brazo.

—¿Tienes frío? —me inquirió.

—Un poco —confesé—. ¿Y tú?

—No mucho —hizo una pausa y di otro respingo cuando me alzó de nuevo para sostenerme mejor—. Déjate caer en mi pecho, para que te calientes.

Asentí, pero, antes de hacerlo, me incliné para besarlo.

—*Tres de cinco* —musité esta vez yo.

—*Tres de cinco* —repitió él, asintiendo.

Me abracé a él, escondiendo mi cabeza en su cuello y envolviendo su cuerpo con mis brazos. Sentía cómo me recorría una agradable calidez cuando nuestras pieles entraban en contacto. Sus dedos recorrieron mi espalda en una caricia lenta y así nos quedamos. Abrazados en silencio, mientras las leves ondulaciones del agua nos mecían.

* * *

Sus labios danzaron sobre los míos, y sentí cómo el vello de mi cuerpo se erizó cuando se separó de mí y dejó un beso en mi frente.

Ya habíamos salido del agua.

—*Cuatro de cinco* —dijo contra mi frente.

Sonreí, reposando mis manos sobre su pecho desnudo.

—¿El quinto puede ser mío?

Eiden asintió y envolví su cuello con mis brazos cuando me alzó por la cintura apenas elevándome unos cuantos centímetros del suelo para llevarnos hasta el inicio de la inclinación, justo donde él se había caído y se había lastimado el pie.

Me dejó de nuevo en el suelo y yo deslicé mis manos por su pecho hasta dejarlas entre nosotros.

Sentí que quería hacer algo más, pero se detuvo al instante y llevó ambas manos a mi cintura.

Me relamí los labios, humedeciéndolos, y sus pupilas se dilataron, oscureciendo sus ojos, cuando lancé una mirada rápida a sus labios.

Quería besarlo, con lentitud, y disfrutar de sentirlo junto a mí.

Llevé mi mano a su mejilla y repasé toda su mandíbula con la yema de mis dedos. Sus labios se entreabrieron, queriendo decir algo, pero coloqué mi dedo índice sobre ellos, callándolo. Sonreí, sintiendo que me estaba perdiendo en el calor que me invadió cuando dejó un pequeño beso en mi dedo y me guiñó el ojo.

La mayoría de las ocasiones mi valentía era nula, sin embargo, en ese momento había mucha circulando por todo mi cuerpo.

Sentí su mirada en mí cuando bajé la vista hacia sus labios y sin más me incliné para besar lentamente su mejilla, dejando una pequeña humedad por mis labios entreabiertos, así como lo hacía él.

Sus manos se deslizaron por mis brazos en una caricia lenta, y yo sentí cómo un pequeño escalofrío placentero me recorría la espina dorsal por su tacto delicado.

Dejé un beso en la comisura de sus labios y, poco a poco, entre pequeños besos, fui llegando al centro de su boca. Sentí su respiración pesada y hermética en mis labios. Pensé en simplemente besarlo, hasta que... me decidí por algo mejor.

Pasé la punta de mi lengua con sutileza desde su labio inferior hasta su barbilla. Lo oí respirar con más pesadez y seguí bajando por su cuello. Su piel se sentía suave y caliente bajo mi lengua; ahora entendía por qué le gustaba tanto usarla.

—Allison... —pronunció mi nombre en un jadeo entrecortado y ronco, como si le hubiera salido del fondo de la garganta.

Sonreí contra su piel y me detuve justo en la parte inferior de su clavícula, dejando un pequeño beso al borde de ella. Cedí al impulso de colocar mis manos en sus hombros para acercarlo más a mí y eso sólo lo hizo soltar una especie de jadeo, ronco y gutural.

Sentía que mi cuerpo emitía pequeñas vibraciones sobre su piel. La efusividad, palpitante y excesiva, de mi corazón en mi pecho casi me hacía desbordarme en sensaciones en ese momento. Me sentía poderosa por tenerlo así, quieto, haciéndolo jadear en respuesta a mis caricias.

Siempre me sorprendía el control que él tenía sobre mi cuerpo, porque yo respondía involuntariamente a su tacto, pero ahora lo veía reaccionando a él. Su pecho subía lentamente por lo pesada que era su respiración, sus ojos se cerraban cada que el placer invadía su cuerpo, sus manos se deslizaban por mi piel para sostenerse de mí y por momentos se aferraban a ella con fuerza.

Mi cuerpo reaccionaba al tacto de Eiden y su cuerpo reaccionaba al mío.

Una caricia, un beso, una mirada, nuestros cuerpos vibraban y respondían cuando el otro lo tocaba.

Y eso me hizo sentir plena, porque era capaz de provocarle lo mismo que él me provocaba a mí.

Dejé un último beso en su pecho cuando sus manos se aferraron a mis brazos, en respuesta a todo lo que estaba sintiendo.

Subí. Lo miré a los ojos antes de sonreír y finalmente uní mis labios a los suyos.

—*Cinco de cinco* —dije entre el beso.

Después de eso, lo que nuestros labios hicieron... creo que fue su propio Big Bang. Una explosión que se extendió y expandió con cada roce.

* * *

—¿Allison?

—¿Mmm?

Me di la vuelta sobre la cama y agarré la almohada que tenía bajo mi cabeza para cubrirme con ella la cara.

—Levántate.

—No quiero —gruñí cuando sentí cómo me sacudían el hombro.

Sentía que me iba a explotar la cabeza. Bueno, no tanto así, pero no me sentía del todo bien. Desde el día anterior sentía que iba a coger un resfriado, e ir al lago sólo me había congestionado más.

Aplasté más la almohada sobre mi cara cuando noté cómo el peso de alguien hundía la cama a mi lado.

—Ya está anocheciendo y no te has bañado.

—¿Y?

Solté un gruñido en el momento en que Eiden quiso quitarme la almohada del rostro. No supe de dónde saqué fuerzas, pero la retuve contra mi cara.

—Vas a dormir en el sofá si no te bañas.

—Mmm.

—Sola...

—Mmm.

—Sin mí.

—Y tú sin mí —le dije con ironía.

Me bañaría después o tal vez no. Por las noches, el agua se ponía muy fría, por eso siempre lo hacía durante la tarde, cuando el sol apenas se estaba metiendo.

—Creo que estoy enferma —reflexioné en voz alta—. De gripe.

—De algo se debe morir la gente.

—¡Eiden! —me quejé, lanzando un golpe hacia donde supuse que estaba.

Atrapó mi mano en el aire y escuché cómo soltaba una risa serena; involuntariamente sonreí.

Tenía una bonita risa. Su pecho siempre subía y bajaba cuando reía, como si estuviera soltando una leve exhalación. Nunca reía abiertamente, por lo menos no recordaba haberlo escuchado, pero conocía esa risa tranquila que soltaba cada que estábamos juntos.

Su risa se reprodujo en mi cabeza como un pequeño eco, y sentí un revoloteo en el estómago.

Bajé la almohada de mi cara con lentitud. No me estaba mirando a mí, aún tenía mi mano entre la suya y estaba jugando con mis dedos muy despreocupadamente.

—¿Te vas a bañar? —me preguntó—. Si te bañas muy noche, te puedes enfermar o empeorar si es que ya lo estás.

Enarqué una ceja, viéndolo, y sacudí la cabeza cuando noté la ropa que tenía puesta.

—Tú tampoco te has bañado —le reproché.

Bajó mi mano, y me miró con una sonrisa incitante.

—¿Sabes qué significa eso? —hizo danzar sus cejas con diversión.

—Que tú también te debes de bañar.

—Exacto —se puso de lado y estiró su brazo, tomándome de la cintura y atrayéndome hacia él. Entrecerré los ojos cuando me miró, divertido—. Deberíamos de ahorrar agua.

—Oh, oh. Tú te bañas hoy y yo mañana. Y listo, ahorramos agua hoy y mañana.

Eiden negó con diversión. A nadie le gustaban mis magníficos planes. Ash.

—¿Y si mejor ahorramos agua hoy y mañana, y nos bañamos juntos esos dos días? Y los que siguen, para ser más conscientes con el medio ambiente.

Negué con la cabeza, alistando mi discurso.

—No, parece que técnicamente sería lo mismo que mi idea, pero no es así, mi idea es mejor —le expliqué seriamente—. Mira, si nos bañamos todos los días juntos, estaríamos desperdiciando el agua de una persona. Vale, cuidamos el medio ambiente. Peeeero, si un día te bañas tú y al siguiente yo, no sólo ocuparemos el agua de un solo día y cuidaremos el medio ambiente, sino que cuidaremos nuestra piel, porque hay médicos que dicen que bañarse todos los días es malo. ¿Ves? Es mejor mi idea.

Omitamos el hecho de que yo tomaba una ducha por la mañana y otra por la tarde para terminar el día. Aunque era en la tarde, para mí ya era el fin de mi día, porque antes sólo me encerraba en mi habitación a ver una película o estar escuchando música. Pero aquí no me encerraba en nuestra habitación, platicaba con los chicos y con Sam.

Eiden me miró con cara de: "Y esta loca, ¿qué?".

Pero yo sólo asentí, tipo: "¿Ves por qué mi idea es mejor?".

—Allison, es más fácil decir que no te quieres bañar conmigo.

Le lancé una mirada condescendiente.

—Bueno, vale, tomaré tu idea. Será mi obra de caridad del año.

Eiden negó con la cabeza, divertido, mientras rodaba los ojos.

—Vale, qué caritativa.

Sonreí y me quedé viéndolo cuando bajó la mirada a mi cintura, distraídamente. Se quedó callado y sus dedos se deslizaron por debajo de mi jersey para comenzar a acariciarme.

Fruncí ligeramente el ceño, su mandíbula se había tensado un poco. No sólo estaba callado, estaba serio y preocupado, incluso su tacto lo sentí... un poco frío, como si fuera casi mecánico, como una mera distracción suya.

—¿Tienes que decirme algo? —inquirí, sintiendo cómo la inquietud se instalaba en mi garganta.

Me miró con una leve mueca, supuse que quería sonreír, aunque no lo logró por completo.

—¿Cómo lo sabes?

Me encogí de hombros.

—Pusiste cara de "Te tengo que decir algo... malo".

—No es malo —aseguró—. Sólo... no me gusta hablar de esto contigo.

—¿Qué es?

Se separó de mí y se acomodó en la cama. Lo imité, así ambos quedamos sentados frente a frente.

Me puse nerviosa. No sabía qué iba a decirme, pero no era bueno, de eso estaba segura. Moví mis manos en mi regazo, inquieta, mientras él se giraba y tomaba un fólder color beige de la mesita de noche.

—¿Me vas a pedir el divorcio sin antes habernos casado? —bromeé, o al menos eso intenté, porque mi voz salió un tanto áspera por los nervios.

—Ey, ey, ¡más despacio, velocista! No nos hemos casado y ya estás pensando en divorcio —se rio—. No, no son los papeles de divorcio; cuando nos casemos, no te voy a dejar ir nunca.

Sonreí de lado. Bueno, al menos estaba haciendo bromas. Tal vez no era tan malo lo que tenía que decirme. Me tomó del brazo y sujetó mi cintura. Dejé que me arrastrara hacia él y me giré cuando me hizo pegar la espalda a su pecho.

Pasó los brazos por mi costado y dejó caer sus manos sobre mi regazo con el folder beige.

—¿Qué es eso? —inquirí.

—¿Recuerdas lo que te dije de Jaden?

Oh, Jaden. Su nombre siseó entre sus dientes; su mera existencia me molestaba. Hice una mueca para mostrar mi disgusto hacia él.

Pensé un poco en la pregunta de Eiden, porque la noche en que hubo tantas confesiones dijimos muchas cosas. No recordaba exactamente a qué se refería.

—Son documentos sobre su nombre —me explicó cuando notó que no respondía—, su verdadero nombre, su identidad, y algunas otras cosas.

Asentí.

—¿Es lo que van a usar para proteger a Samantha si algo llegara a pasarles? —las palabras se arrastraron por mi boca dejando un sabor amargo a su paso.

Se sintió como un golpe, uno de realidad.

—Sí, y ahora también los vas a usar tú.

—¿Cómo? —me giré hacia él, dubitativa—. No entiendo. ¿Qué debo hacer con ell...?

—No te preocupes por eso —me cortó deprisa—. Sólo guárdalos, Samantha es quien sabe, y si algo pasa, ella te dirá qué hacer.

Bajé la vista hacia el fólder y comencé a sentir un malestar en el pecho, que intenté alejar.

—¿Puedo ver los papeles?

—No —murmuró, dejándolos sobre mis manos para que yo los tomara—. Sólo guárdalos donde tú quieras. Es lo único que te va a mantener a salvo si algo nos pasa.

—Está bien.

Era curiosa, pero tenía mis límites, no iba a abrir el fólder para nada.

Eiden tomó mi mentón, llamando mi atención. Parpadeé un par de veces, viéndolo.

—No debes abrir el fólder, ¿de acuerdo?

—Soy curiosa —bromeé y él enarcó una ceja.

—La curiosidad mató al gato.

—Dicen que él se suicidó al ver la realidad —repliqué aquel refrán con esa frase tan común que muchos usaban.

—Igual, fue la curiosidad la que provocó su muerte. Y no queremos que te mueras, ¿o sí?

Negué con la cabeza.

Nos miramos unos segundos a los ojos, antes de que ambos soltáramos una leve risa ante nuestras propias palabras.

—Poético —murmuré con sorna, y meneé la cabeza, restándole importancia—. Vale, no lo abriré.

—Bien —dejó un beso corto en mis labios—. Ahora, vamos...

Dejé de escucharlo unos segundos y mi cabeza comenzó a perderse. Fue como una sensación que nació en mi pecho y se extendió por cada nervio de mi cuerpo.

¿Saben qué es lo que pasa cuando no conocemos una verdad? Vivimos bajo una mentira que parece verdad. En ese momento yo vivía en una linda mentira. Estaba con Eiden. Él estaba conmigo. Y estábamos bien, tan bien que... no me di cuenta de todo, de la realidad martillando el tiempo, lista para fragmentarlo.

—¿Cuándo? —inquirí, girándome hacia él.

Se quedó callado, estaba hablando, pero lo interrumpí con mis palabras. Frunció el ceño al no entenderme.

—¿Cuándo qué?

—Me estás dando estos papeles por si algo les pasa a Aaron o a ti. ¿Saben cuándo...? ¿Cuándo van a...? —no supe cómo formular mi pregunta, porque, siendo sincera, no sabía ni qué iban a hacer.

Eiden me miró unos segundos; sus ojos escanearon mi rostro por completo antes de abrir la boca.

—No... lo sabemos, no con seguridad, pero... —vaciló y apretó los labios en una fina línea, dejando caer su frente en la mía.

Sentí que me estaba martillando la cabeza, aunque ya no era por el resfriado, sino por la frustración que hacía que todo girara. Todo daba vueltas como un reloj con manecillas sin freno. Necesitaba detenerlas con desesperación para no estar a la incertidumbre de cuándo colisionaría todo, pero sabía que cuando eso ocurriera, la visión de un reloj con la hora marcada sería peor.

—¿Tan poco? —le pregunté, casi en un susurro.

Él asintió con lentitud y yo cerré los ojos intentando asimilar las cosas. No, eso era imposible, no podía aceptar eso. Eso no. Coloqué una mano en su mejilla y él cerró los ojos, suspirando, mientras negaba con la cabeza.

Esto era una mierda.

—Jaden está fuera del estado, sólo sabemos que regresará en menos de una semana o por mucho dos.

—¿Menos de una sem…? Eso... —mi tono de voz fue volviéndose casi un susurro—... eso es nada.

Había perdido la noción del tiempo... no obstante, era obvio que el tiempo no se prolongaría eternamente para evitar que eso sucediera. Era una carrera contra reloj, entre ellos y Jaden. Sin embargo, escuchar esas palabras fue como si un cronómetro se colocara en mi cabeza, el cronómetro de una bomba con un tictac tortuoso.

Menos de una semana para... Por primera vez me di cuenta de lo que realmente significaba eso; por primera vez dejé que la burbuja se reventara por completo. Fue como una caída en picada y en ese momento estaba en el punto más alto.

Me aferré a su cuello como si fuera una parte de mí que estaba perdiendo. Como si quisiera retenerlo ahí para siempre, conmigo. En esta habitación nada golpeaba con tanta fuerza. Aquí estábamos los dos, aquí nada nos dañaría, era nuestro mundo.

Sentí cómo sus brazos me rodearon la cintura, pegándome a él, y su calor se fundió con el mío. Suspiré, sintiéndolo por completo.

No. No era la habitación. No era la cabaña. No era la cama. Era él. Era Eiden: él se había vuelto mi lugar seguro. Sus brazos se sentían como si fueran piezas hechas para ensamblarse a mí, como si su calor fuera lo único que necesitara para no sentir ese vacío largo y cansado que a veces pensaba que no podía llenar con nada.

Suspiré y cerré los ojos con fuerza, intentando eliminar la sensación mortífera que aprisionaba mi cuerpo.

—¿Podemos ir a bañarnos? —le dije en un hilo de voz.

Sus labios se deslizaron en mi cuello, dejando pequeños besos, y finalmente asintió.

—Vamos.

5

Sonidos favoritos

"Juntos hacemos que las horas se conviertan en segundos.
El peso del mundo se siente como una pluma
porque lo mantenemos en nuestras manos".

("Beautiful Thing" - Grace VanderWaal)

Eiden Blaken

Hundí mis manos en la cadera de Allison, atrayéndola más a mí, y sonreí contra su cuello cuando la escuché soltar un sutil jadeo.

Ese leve rumor de su respiración entrecortada cuando el placer la inundaba se había vuelto mi segundo sonido favorito.

Sus dedos se abalanzaron sobre mi cabello para mantenerme cerca de ella, y no desperdicié esa oportunidad. Tomé una pequeña porción de su piel entre mis labios, succionándola, y con mis dientes tiré suavemente de ella, arrebatándole un gemido.

La tenía entre mi cuerpo y el lavabo, con su espalda contra mi pecho, y para mi desgracia, con su trasero en mi entrepierna. Tuve que controlarme y no pensar en que lo único que nos separaba era la fina tela de sus bragas y mi bóxer. Eché la pelvis hacia atrás, creando un pequeño espacio entre nosotros para no incomodarla, a pesar de que en ese momento sólo quería pegarla más a mí.

No sé cómo rayos habíamos terminado en esa posición si sólo veníamos a bañarnos.

Froté mi nariz en su cuello, capturando su dulce aroma, y me separé dejando un pequeño beso en su mejilla. Allison me miró completamente ruborizada.

No pude evitar esbozar una sonrisa cuando noté cómo abría y cerraba los ojos como si quisiera traerse ella misma al presente. Sus mejillas estaban rojas y tenía una fina capa de sudor en la frente que le daba un toque hermoso.

Nos miramos a través del espejo que teníamos enfrente y sentí un pinchazo en la entrepierna cuando echó su cuerpo hacia atrás, dejando caer su cabeza en mi pecho, porque inevitablemente generó una fricción entre esas partes de nuestros cuerpos. Volví a separarme de ella, pero dejé una mano en su cintura y la otra en su cadera para hacerla sentir recibida.

Permanecimos en silencio por unos segundos. A veces simplemente pasaba que nos mirábamos a los ojos por largo tiempo, como si encontráramos calma en la mirada del otro.

Subí una mano a su hombro, acariciándola, y comencé a jugar con el tirante de su sujetador. En algunas ocasiones me costaba acostumbrarme a ella. Sentía que tenía demasiado en las manos. Sentía que era frágil, que cualquier cosa que hiciera podría lastimarla. Estaba muy acostumbrado a evadir los sentimientos, las emociones, porque era más fácil. Me encerraba en un mundo donde no me lastimaban y donde yo tampoco dañaba a nadie. Sin embargo, con Allison no podía hacer eso. No podía evadir lo que sentía por ella; provocaba demasiadas cosas en mí, era como si derribara todos mis muros con su... simple voz, con su mirada, con su tacto.

Fueron demasiadas las veces en que me encontré a mí mismo rehuyéndole. Era todo lo que Jaden me había dicho que me iba a volver débil. Un eslabón fácil, así llamaba a Samantha por tener a Nathan y a Jess. Así llamó a Aaron cuando tuvo a Daniels.

Pero ahora la tenía aquí, frente a mí, y mis manos sólo querían sostenerla, acariciarla y protegerla de todo. De todos. A veces también de mí y de mis estupideces.

Inevitablemente, mi mirada se desvió hacia la cadena metálica que descendía entre sus pechos.

—¿Te has dado cuenta de que no sabemos mucho del otro? —soltó de pronto, llamando mi atención.

La miré a través del espejo.

—Bueno, técnicamente sí sabemos demasiado del otro.

Sacudió la cabeza, divertida.

—Lo sé, pero me refiero a cosas más triviales.

—¿Triviales?

—Sí, ni siquiera sé cuándo es tu cumpleaños.

Esbocé una pequeña sonrisa.

—¿Quieres saber cuándo es mi cumpleaños?

Asintió y yo no pude evitar ensanchar mi sonrisa.

Me incliné hacia ella para besar sus labios con suavidad. Ella echó una mano hacia atrás, tomó mi mejilla y me besó con determinación. La escuché respirar entrecortadamente y buscar el aire que se le escapaba cada que nuestros labios se rozaban, abriéndose entre ellos. Acaricié su cintura, paseando las yemas de mis dedos por su suave piel, y sonreí cuando se separó de mí soltando un leve jadeo por la falta de oxígeno.

—Nací el 23 de marzo —le dije, mirándola a los ojos, e hice una pequeña pausa—, pero mi cumpleaños es el 10 de noviembre.

Sí, reaccionó tal y como esperaba. Frunció ligeramente las cejas, provocando que se le formara una pequeña línea en la frente.

—Es... —enarcó una ceja—. ¿Es broma?

Negué, dejando caer mi barbilla en su cabeza.

Técnicamente los cumpleaños eran para celebrar el día en que nacemos, sí, sólo que yo tenía un concepto distinto de ello.

—Cuando era pequeño, no sabía mi fecha de nacimiento —expliqué—, y mucho menos sabía que ese día se celebraba.

Giró y me observó un poco extrañada, pero genuinamente interesada en comprender la razón. Posó sus manos en mi pecho y yo envolví su cintura mientras la veía parpadear con esa calma que tenía para escucharme.

—Entonces ¿cómo sabías qué edad tenías... o eso... cómo sabías que... crecías...?

Entendí su punto y me encogí de hombros.

—Sabía mi edad porque el gafete con mi nombre lo decía, pero bueno... es como cuando desconoces una palabra... no sabes de su existencia o lo que significa. Simplemente no influye en tu vida, hasta que la conoces y cobra sentido para ti.

Alzó las cejas, sorprendida. Era bastante sencillo de comprender, pero a la vez era sorprendente cómo pude vivir ignorando algo que para muchos era de lo más normal del mundo.

—¿Cuántos años tenías cuando descubriste qué era un cumpleaños?

—Seis años. A esa edad supe que existían los cumpleaños, pero seguía sin saber qué día había nacido.

—¿Y cómo lo descubriste?

Sonreí ante ese recuerdo. Había sido hacía tantos años, pero aún lo tenía bien grabado en la cabeza.

—Fue por Aaron. Escuchó a unos vigilantes del orfanato hablar acerca de eso y después de escabullirse a la cocina y preguntarle a una cocinera qué era un cumpleaños, llegó corriendo a decirnos a Samantha y a mí que íbamos a tener un cumpleaños.

Allison soltó una leve risa.

—Así que escogieron un día cualquiera y lo volvieron su cumpleaños —dedujo.

—Sí. Los tres compartimos el mismo cumpleaños.

—No sé por qué, pero sospecho que ese día siempre debe ser un poco desastroso.

Poco no. Mucho.

Sin embargo, preferí fingir indignación. Las cosas de hermanos eran de hermanos. O sea, sí, mis hermanos y yo éramos un desastre ese día, principalmente cuando debíamos de tomar una decisión. De que había guerra de cojines y manotazos, los había. Dato interesante: tengo una cicatriz en mi pie derecho porque Samantha me dio una patada cuando se enojó porque le jalé el cabello. En mi defensa, se lo quería jalar a Aaron, pero ella se metió.

Miré a Allison con una ceja enarcada.

—¿En qué concepto tienes mi relación con mis hermanos? —pregunté, indignado.

Ella abrió la boca y fingió pensarlo.

—No lo sé —dijo al cabo de unos segundos, con ironía—… conocí a Aaron porque te estaba rompiendo la nariz en el césped de tu casa. Además, cada que lo ves, parece que le quieres reventar algo en la cabeza.

—¡Es amor de hermanos! —exclamé con diversión.

—Eso no es amor, parecen perros rabiosos.

—Es que no tienes hermanos, por eso no lo entiendes.

—No, creo que Samantha es la más normalita de los tres —hizo una pausa y me sonrió, socarrona—. Es mi favorita... de los tres.

Oh, no. No acababa de decir eso. Puse cara seria y me separé de ella mientras me cruzaba de brazos.

—¿Tu favorita? —pregunté, indignado, y con una mueca de disgusto.

¿Su favorita? Mejor que me diera una patada y me dijera que no me quería.

Ella me sonrió. Qué cinismo.

—Sip, es mi favorita —afirmó. El destello en sus ojos divertidos me hizo poner una cara aún peor.

No. No.

Di un pasito más hacia atrás y Allison llevó sus manos a su cintura con una sonrisa victoriosa.

Quería tomar su rostro entre mis manos y estampar mis labios en los suyos, porque cuando se ponía demasiado quisquillosa, me parecía una leoncita a la cual quería domar. Pero no, no hice eso. Entrecerré los ojos, centrándome únicamente en su cara, sólo en eso, y me tragué las ganas de todo lo demás.

—Me pones por debajo de Bob Esponja y ahora dices que mi hermana es tu favorita de los tres.

En realidad, ya habíamos aclarado lo de Bob Esponja, pero quería hacer un drama.

Ella asintió sin mostrar mucho interés mientras fingía mirarse las uñas.

—Bien —fue lo único que dije, y sí, me costó media alma. Más por lo que haría a continuación.

Me di la vuelta, dándole la espalda, y con la mirada busqué mi ropa.

¿Dónde estaba? Ah, sí. Ahí estaba.

La tomé. Sí, yo tomé mi ropa. Y sin más, comencé a colocarme el pantalón.

¿Lo pueden creer?

Yo no.

Miré a Allison de reojo cuando metí una pierna en él.

—¿Te vas? —preguntó y pude escuchar el tono divertido y arrogante en su voz.

Realmente no creía que lo iba a hacer.

—Sí —mascullé.

—¿Y dónde queda tu "Hay que ahorrar agua"? —se cruzó de brazos con una ceja enarcada.

Se cruzó de brazos. De brazos. Sí, miré más abajo, hacia su pecho. Tragué hondo y no sé cómo, pero la ignoré.

—Bien —soltó cuando no hubo respuesta.

¿Bien?

Vale, eso no era lo que esperaba. ¿Podía retractarme? No. ¿Dónde quedaría mi honor?

Alcé la pierna derecha para meterla en mi... Mierda. Di un traspié cuando noté cómo algo impactaba en mi cara. Como pude me recompuse. Enseguida mi vista viajó a lo que estaba tirado en el suelo. Lo que me había golpeado...

Mierda.

Mierda.

Sentí que medio mundo se detenía en el momento en que vi el trozo de tela.

Tragué hondo. No debía alzar la cara, aunque quería.

Soldado caído.

Alcé la cara.

Allison estaba con los brazos cruzados sobre sus pechos. Punto importante: no tenía sujetador, pero no mostraba nada. *Qué astuta.*

—Te estas tardando —apuntó con su cabeza hacia mis pantalones medios puestos y después hacia la puerta—, que quiero bañarme... sola.

Entrecerré los ojos. Vale, no quería irme. Nunca quise irme, pero ahora menos. Esto golpeaba mi ego. Allison enarcó una ceja con descaro. Carajo, amaba su descaro. Amaba que no se restringiera en nada.

—Esto es una trampa —mascullé, aunque sentía las mejillas calientes por la sonrisa que se quería escapar de mis labios.

Se encogió de hombros, desinteresada.

—Cuando me baño... SO-LA —recalcó cada sílaba de esa última palabra—, me gusta hacerlo sin ropa.

Bueno, si quería jugar, yo también podía.

—A mí igual, ¿sabes? —me puse de pie y mi pantalón se deslizó entre mis piernas. Terminé de quitármelo.

Sonreí cuando noté cómo pasaba saliva, sin embargo, no apartó la mirada de mi rostro.

—Te toca esperar —le señalé la puerta—. Porque me voy a bañar primero.

Ambos hicimos lo mismo de forma casi automática: nos miramos y después volteamos hacia la puerta de la ducha. Enseguida noté cómo su cuerpo se giraba con lentitud mientras sus manos se ceñían sobre su propio cuerpo, intentando cubrirse. Ninguno lo pensó más. Salimos disparados hacia la puerta de la ducha.

Ella llegó primero, así que tuve que detenerme a sus espaldas. Sus manos volaron hacia la manija de la puerta, pero rápidamente coloqué una mano sobre la puerta, impidiendo que la deslizara. Sentí una diversión excitante cuando la escuché hacer fuerza y quejarse de que no podía abrirla.

—Llegué primero —bufó, tirando de la puerta.

—Pero no estás dentro.

—¡Porque no te quitas!

—¿Ah, no? —cuestioné, inocentemente.

—¡No!

—¿Quieres que me quite? —inquirí, como si realmente me lo estuviera planteando.

Me lanzó una mirada fulminante.

—Pues sí. Quiero bañarme.

—Bien.

Fingí que iba a soltar la puerta y apenas Allison se movió para abrirla, atrapé su cintura con mi mano libre y tiré de ella. Soltó una maldición y comenzó a retorcerse entre mis brazos.

—¡Bájame! —soltó, malhumorada, cuando la alcé del suelo para poder moverla con mayor facilidad—. ¡Eiden! ¡Suéltame! Te voy a dar un golpe cuando me sueltes.

—Entonces, no te suelto.

Quería reírme del hecho de que técnicamente estaba pataleando como una niña pequeña mientras yo la movía sin hacer mayor esfuerzo.

—¡Voy a gritar si no me sueltas!

—Ya estás gritando —ironicé, poniendo los ojos en blanco.

—Más fuerte.

—Dale, que de seguro vendrá una serpiente a ayudarte.

—¡AAAAAHHHH! —soltó un grito ensordecedor y casi me caigo por la sorpresa.

Parecía que se le había desgarrado la garganta.

—Te vas a lastimar la garganta —chisté.

—No me importa. ¡AAAAAHHHH!

Al cabo de unos segundos ya estábamos jadeando por todo el forcejeo, porque a la señorita se le había ocurrido comenzar a soltar patadas al aire, mientras me golpeaba los brazos. Habíamos terminado impactando con el lavabo.

—Si te suelto, ¿te vas a calmar? —la apreté contra mi cuerpo, reteniéndola.

—No.

—Vale.

—Pero suéltame.

—No.

—Tengo frío —se quejó.

La moví hasta reacomodarla para poder sujetarla mejor y quedamos justo como habíamos estado hacía unos minutos, su cuerpo entre el lavabo y el mío, con su espalda en mi pecho. Sólo que esta vez la tenía abrazada por detrás, con la fuerza suficiente para que no se moviera, pero tampoco como para lastimarla.

La miré a través del espejo.

Menuda cara, parecía que quería matarme. No me hubiese sorprendido si sacaba un cuchillo y me lo clavaba de la nada.

—Si te suelto, ¿qué vas a hacer? —enarqué una ceja.

—Darte un golpe.

—¿Quieres que te suelte o no?

—No.

—Entonces, cómo quiere... —fruncí las cejas ante su respuesta—. ¿No quieres que te suelte?

—Sí, pero no —su tono de voz se volvió bajito.

Se ruborizó y su rostro se suavizó con un aire casi avergonzado.

Por primera vez miré completamente hacia abajo. No sólo su rostro, sino su cuerpo y técnicamente parte del mío. La visión fue demasiado… Mis brazos se apretaban sobre su abdomen, provocando que sus pechos se elevaran. Si deslizaba ambas manos hacia arriba podía tomar cada uno entre mis dedos. Ese pensamiento me provocó un maldito latigazo de placer en la entrepierna.

Esta vez fui yo quien pasó saliva, saliendo de mi minitrance cuando sentí cómo un par de dedos me tomaban del mentón. Parpadeé algunas veces viendo a Allison.

—Tengo los ojos aquí —me dijo con una ceja enarcada.

Pasé saliva con dificultad y poco a poco la fui soltando. Mis manos se deslizaron por su cintura, sin embargo, me detuve cuando ella misma colocó las suyas sobre las mías, impidiéndome seguir.

—¿Por qué siempre haces eso? —murmuró y bajó la cabeza.

Intenté buscar su mirada a través del espejo que teníamos enfrente, pero no lo logré.

—¿Hacer qué?

Se encogió de hombros. Ahora sí estaba avergonzada.

—Detenerte —murmuró.

—¿Detenerme? —me sentía estúpido al repetir sus propias palabras, pero en realidad me servía para tratar de entenderla y no suponer cosas.

—Cuando estamos haciendo algo de este tipo, a veces sólo te detienes. Me tratas como... si fuera a quebrarme por todo.

—No quiero incomodarte, Allison —respondí con lentitud.

Y con esa misma lentitud, ella se giró para verme de frente. Sus lindos ojos negros se postraron en mí. Siempre resplandecían cuando me miraba, y a pesar de que ahora estaba un poco cabizbaja, ese brillo permanecía. Prefería su semblante alegre antes que cualquier otra cosa. Ese que acompañaba con su sonrisa ligera y sus mejillas ruborizadas.

Coloqué un dedo en su barbilla porque noté su intención de bajar la mirada hacia sus manos, con las que ahora jugueteaba nerviosa.

—Me incomoda más que hagas eso —me dijo, viéndome con una mueca—. No me trates diferente. Me haces sentir... rara. A veces no quiero preocuparme de nada, porque ni siquiera pienso en nada más aparte de lo que estamos haciendo, no... no quiero que siempre te detengas a pensar en si algo me va a incomodar... no quiero que sea así siempre... ¿sabes? A veces sólo quiero que pase y ya.

—No te trato diferente. Sólo no...

—La primera vez que intentamos algo... no te detuviste... todo estaba bien...

—Y tuviste un ataque de pánico —completé con tristeza de sólo recordar cómo su mirada asustada me rompió el corazón. No quería orillarla de nuevo a eso.

—Lo sé, sé lo que pasó, sé que todo comenzó bien y que... después pasó eso, pero no significa que vaya a ocurrirme siempre. Sólo... todo pasó demasiado rápido y de pronto... me sentía acorralada y todo se volvió demasiado abrumador... pero no siempre será así... ese momento sólo fue un cúmulo de acciones...

—No quita que yo te causé eso.

Era nuestra segunda vez hablando de este tema, y estábamos en esta misma situación.

Allison sacudió la cabeza.

—No fue así, no lo hiciste.

—Quizá no, quizá no lo causé, pero lo propicié.

—Y ahora crees que cada que estemos juntos voy a tener un ataque de pánico, ¿no?

Mi boca quiso soltar rápidamente un "no", sin embargo, no pude.

—No creo que vayas a tener un ataque de pánico, pero tampoco quiero orillarte a que tengas uno.

Se quedó callada unos segundos, vaciló un poco, abrió la boca y la cerró, hasta que finalmente soltó un suspiro pesado.

—Si fuera otra persona, ¿te detendrías?

—Detenerse es lo que cualquiera haría si se lo pidieran.

—No —negó—. No me refiero a eso. Si ambos estuvieran disfrutando el momento y quisieran que pasaran las cosas, o si simplemente estuvieran dejando que fluyeran, ¿tú realmente analizarías el hecho de que la estuvieras incomodando? ¿Te detendrías sin razón alguna?

Me quedé callado un momento.

—Sólo imagínalo —me pidió.

—Es que no puedo imaginarme con alguien que no seas tú —murmuré.

La situación se había vuelto tensa. De alguna manera, ambos estábamos incómodos. No sabía cómo reaccionar ante esto, y como mi primer instinto siempre había sido evadir las cosas cuando me costaba entenderlas —sobre todo cuando se trataba de sentimientos—, me asaltó el impulso de alejarme. Me sentía como una mierda por algo que no entendía por completo. Sospechaba que ella también se sentía incómoda, porque ni siquiera me estaba mirando. Había bajado la cabeza.

Tal vez debía dejarla sola.

Lo pensé tanto que sentí que los engranes de mi cabeza estaban trabajando demasiado. Y me di cuenta de que estaba evadiendo las cosas. Sólo debíamos hablar. Éramos una pareja.

Llevé una mano a su cintura y acaricié su piel para darle más seguridad. Había notado que era un gesto que a ella le gustaba mucho y a veces la reconfortaba. Cuando noté que sus hombros dejaron de estar tan tensos, volví a levantar su mentón para buscar su mirada.

—No he estado con nadie más de ninguna forma. Ni puedo imaginarme con alguien más en esta situación —afirmé—. No sé cómo reaccionaría si estuviera en esa situación. Tal vez me detendría como lo hago contigo, tal vez no. Tal vez con esa persona no me nacería la duda de si le voy a ocasionar un ataque de pánico o si la voy a incomodar. Tal vez no me detendría porque sabría que ambos lo queremos. Pero... —suspiré, esperaba que entendiera mi punto—. No estoy con nadie más que contigo. Y contigo no puedo evitar pensar en eso...

—Me incomoda —murmuró, cortando mis palabras—. No quiero que siempre sea así.

—¿Así cómo?

—No quiero que te preocupes por cada paso que des conmigo. Siento como si nunca fuéramos a avanzar de esa forma, como si sólo... vieras mis traumas en esos momentos. No quiero eso. No quiero que siempre sea así. Entiendo que te preocupes... pero... cuando estamos así, es como si por un instante no existiera nada... y el que te alejes y sobrepienses todo lo trae de vuelta.

Ceñí su mentón cuando noté que quería bajar la mirada. Mi corazón latió con fuerza en ese momento; entendía su punto y eso me hizo sentir mal.

—Lo sient...

—No te disculpes —se apresuró a decir—. No te disculpes, no has hecho nada malo. Al contrario. Supongo que debimos de haber hablado de esto antes.

Las relaciones se basaban en la comunicación. Era algo que una vez escuché de Aaron. Nunca le tomé importancia hasta ahora.

—Sí. Entonces, aclaremos las cosas —hice una pausa y sonreí, intentando aligerar la situación—. ¿Tengo pase libre para meterte mano?

—Ay, qué romántico —ironizó, rodando los ojos, y acabó soltando una leve risa—. Mientras no diga "no" o no notes una negativa de cualquier tipo, aunque no sea verbal, sí, "puedes meter mano" —dijo con diversión.

—Bien —sonreí—. ¿Ahora puedo verte las tetas?

—No —masculló.

Genial. Qué buena vida la mía.

Allison se giró para verse al espejo y yo me crucé de brazos atrás de ella. Sonreí cuando noté cómo tomaba un poco de agua de la llave y se la echaba en la cara. Tuvo que hacerlo dos veces, porque sus manos eran pequeñas y el agua se escapaba entre sus dedos delgados.

Regresé la vista a su cara cuando me miró a través del espejo.

—También fue una manera sutil de decirte que me calientas y me dejas a medias.

Solté una risotada. Vale, sí, a veces nos quedábamos a medias. La abracé por la cintura y dejé caer mi barbilla en su hombro.

—¿Quién eres tú y qué le has hecho a la Allison inocente? Últimamente estás muy... atrevida, ajá, llamémoslo así. Tose. Hormonal. Tose.

—Oh. Perdón por no quitarme el sujetador la primera vez que nos vimos —soltó una risa suave, y al final suspiró—. No sé, ¿sabes...? Es como si contigo no tuviera que preocuparme de nada. Me generas confianza para hacer cosas que no imaginé que podría hacer por... miedo, supongo, no sé cómo explicarlo. Hellen me dijo algo sobre... la comodidad.

Asentí. Entendía su idea. Confianza. Seguridad. Comodidad. Todo lo malo se desvanecía cuando estábamos juntos. Sólo éramos nosotros.

La miré a través del espejo y ella me dedicó una pequeña sonrisa.

—¿Puedo vert...?

—Que no.

—¿Por qué no? —dije, indignado.

—Porque no quiero.

—Vale.

—¿Y tocarlas?

Se quedó callada un momento mientras enarcaba una ceja con diversión.

—Dame tu mano —pidió.

Oh. Oh.

No lo pensé ni dos segundos. No, menos, ni medio. Le di mi mano y ella la tomó. En ese momento sentí una súbita descarga por mi cuerpo porque sabía lo que iba a hacer. Su mirada insinuante a través del espejo me lo dijo. Tan sutil como sus mejillas comenzando a ruborizarse por la anticipación.

Jugó con mis dedos. Y aunque no estaba viendo más allá de su mirada gacha, porque no me lo había permitido, sentí cómo mi cuerpo estaba reaccionando. Un escalofrío golpeó mi columna y bajó hasta mi entrepierna cuando noté cómo comenzaba a jugar con los anillos de mi mano. Los movió un par de veces antes de alzar la mirada y verme a través del espejo.

—¿Puedo quitarte los anillos? —inquirió.

Asentí sin dejar de mirarla fijamente, y al instante sentí cómo el metal se deslizaba fuera de mis dedos.

El sonido metálico de los anillos cayendo contra la porcelana del lavabo provocó que todos mis sentidos se agudizaran. Su espalda contra mi pecho emanaba un calor que desvanecía cualquier maldita sensación a mi alrededor y me instalaba en un vacío en donde sólo existía ella.

Esa sensación de mis dedos cosquilleando se expandió como si de una explosión se tratara cuando llevó una de mis manos a su pecho. Su pezón rozó la palma de mi mano, y reaccioné envolviéndolo por completo con ella. Su piel era suave, pero poco a poco pude notar cómo sus pezones se endurecían conforme ella iba masajeando su pecho con mi mano, en pequeños movimientos circulares.

No pude evitar ceñir mi mano libre en su cintura, en esa curvatura a la que me había vuelto adicto. Pegué cada centímetro de su cuerpo al mío, sin dejar espacio ni siquiera para movernos.

El calor recorrió sin medida mi cuerpo duro. Allison había cerrado los ojos y había dejado caer su cuerpo por completo en el mío. La sostuve, sostuve su placer, que se incrementó cuando su mano abandonó su pecho y me guio hacia su abdomen. Sus músculos se contrajeron bajo mi mano por la suavidad de mis caricias. El movimiento era tan lento que torturaba todo mi maldito cuerpo. Sentía como si unas cadenas retuvieran mis manos, cuando sólo quería tomar el control.

Cerré los ojos unos segundos y permití que sus manos me guiaran. Su pequeña mano sobre la mía, arrastrándome sobre su piel. Mis dedos sólo disfrutaban del contacto.

—Mírame —susurró.

Mis ojos se abrieron con lentitud. Comencé a viajar por su rostro, sus ojos negros clavados en mí con esa mirada incitante y a la vez tranquila. Sus mejillas enrojecidas, sus labios entreabiertos por su respiración pesada y entrecortada. Bajé la vista hacia su cuello cubierto por esa fina capa de sudor que la hacía brillar. Su clavícula, su piel expuesta. Me detuve en sus pechos, para observar cómo subían y bajaban con más intensidad cada que su respiración se entrecortaba porque mi mano no había dejado de acariciarla.

El recuerdo de la suave textura de sus senos en mi boca hizo que se me erizara la piel.

Seguí mi recorrido, bajando hacia su abdomen, donde su mano se había detenido. Miré mi mano bajo la suya y me relamí los labios, ansioso, cuando noté cómo me sostenía la mirada. Su asentimiento de cabeza fue tan sutil como el movimiento de su mano, deslizándose aún más abajo. Entonces, entendí su petición.

Abandonó mi mano justo en el borde inferior de su vientre bajo. Y dejó caer su cabeza en mi hombro para mirarme. Se relamió los labios mientras recuperaba la respiración. Aunque la iba a perder muy pronto, de nuevo.

La miré fijamente, concentrado en los gestos de su rostro. No me quería perder de nada, de sus mejillas, de sus labios, de... cómo ella iba permitiéndome hacerla disfrutar. La última vez no había podido observarla. Sus gemidos y jadeos habían llenado la habitación, torturándome y haciéndome desear poder ver cómo su cuerpo se perdía en el placer que le provocaba mi boca.

Pero esta vez sí podía hacerlo y no iba a perderme de nada.

Mis dedos jugaron en pequeños círculos en su vientre. Una sonrisa se dibujaba en mis labios cada que eso le provocaba un espasmo sutil que bien podía pasar desapercibido, aunque no para mí, que la tenía tan cerca y estaba tan pendiente de todos sus movimientos, de las reacciones de su cuerpo, para entender si algo le molestaba, le incomodaba o si, por el contrario, le resultaba placentero. Lentamente, comencé a bajar hasta llegar al borde de sus bragas.

—¿Por qué me quitaste los anillos? —le pregunté.

Pasó saliva, mirándome fijamente, y soltó una exhalación pesada cuando mis dedos comenzaron a adentrarse bajo la única tela que cubría su cuerpo.

—Para que no me lasti... aahh... —sus palabras se cortaron en un gemido, uno lento, que la obligó a cerrar los ojos.

La yema de mi dedo medio se había deslizado suave y lentamente en su clítoris.

Sonreí y volví a subir mi mano, dejándola a unos pocos centímetros de su humedad. Mi cuerpo estaba hirviendo en esos momentos; el sudor se resbalaba entre mi pecho, que se ceñía contra su espalda. Allison parecía simplemente entregada a mí. Su cuerpo se había rendido sobre el mío para que la sostuviera.

Era inexperto en esto; estaba viviendo todas mis primeras veces con ella al igual que ella conmigo, y aunque no sabía muy bien qué hacer o cómo hacerlo, me guiaba con sus reacciones, con la manera en que su cuerpo reaccionaba ante cualquier caricia.

Moví mi mano libre hacia su abdomen y estreché a Allison contra mí, haciendo que su trasero se presionara contra mi miembro. Mi respiración se entrecortó y sentí cómo mi garganta se cerraba por la pesadez del placer.

—¿Por qué me quitaste los anillos? —volví a inquirir, sólo que esta vez mi voz perdió toda suavidad. El placer la había vuelto ronca y pesada.

—Para que no me lastim... ah...

No la dejé continuar y deslicé de nuevo uno de mis dedos hasta su clítoris. Esta vez no fue sólo una caricia, sino que me detuve ahí unos segundos, frotando con suavidad.

Sus ojos se cerraron y llevó una de sus manos hacia atrás, pasándola alrededor de mi cuello para sostenerse de mí.

—¿Para qué, Allison? —insistí. Quería escuchar su respuesta para poder volver a callarla entre gemidos.

—Para que n... ahh.

Tres de mis dedos se deslizaron entre sus pliegues, abriéndolos con los laterales y usando mi dedo medio para frotar su clítoris en pequeños círculos. El gemido que soltó fue casi una descompensación de su cuerpo; sus piernas se debilitaron y tuve que presionar con fuerza su abdomen para mantenerla de pie.

—Jódete —murmuró, pero tenía una pequeña sonrisa en los labios que también me hizo sonreír.

Detuve el movimiento de mis dedos sin sacar ni mover mi mano y me incliné sobre su cuello. Sus dedos se enredaron en mi cabello, tirándome hacia ella en un movimiento que pareció un tanto involuntario. Por el contrario, el siguiente movimiento sí fue claro y lo interpreté casi como una orden: acarició mi cabello con la yema de sus dedos, incitándome a seguir.

—¿Por qué quieres que me joda? —pregunté, entre divertido y excitado.

—Porque no me deja... aahh.

Froté de arriba hacia abajo con mi dedo.

—¿Uhh? —la incité a hablar, mientras comenzaba a dejar pequeños besos húmedos en su cuello.

—Porque no me deja...

Tarde.

Deslicé la mano que tenía en su abdomen hasta capturar uno de sus pechos, haciendo que se sorprendiera y que su espalda se arqueara. Su trasero se frotó contra mi erección, que cada vez crecía más, y me hizo soltar un jodido gruñido. Mis sentidos estaban en un colapso; una de mis manos en su entrepierna mientras la otra poseía sus senos.

Saqué mi cara de su cuello, mientras aumentaba un dedo más en mis movimientos. Frotaba en círculos, esparciendo su humedad entre sus pliegues. Con mi otra mano, tomé su pezón, jugando con él. Sus gemidos se habían vuelto altos y sonoros, y llenaban todo el lugar.

Se veía a punto de desfallecer de tanto placer. Sus mejillas estaban rojas y sudadas con pequeños mechones de cabello negro adhiriéndose a su piel haciendo un contraste hermoso. Sus labios se entreabrían, a veces intentaba callarse y mordía su labio inferior, pero simplemente no era capaz. Volvía a agitarse, volvía a jadear, y a gemir.

Pero no había hecho lo que ella quería. En lugar de eso, dejé de mover mis dedos en círculos y comencé a hacerlo de arriba hacia abajo. El sudor brillaba en su frente y la habitación se sentía caliente y humeante. La fricción de nuestros cuerpos casi quemaba.

No quería dejarla nunca. No quería dejar de poder tenerla así. Así y de otras mil maneras. Con ropa, sin ropa; no sólo me refería a formas sexuales. Todo en ella era perfecto. Encajábamos como no habríamos podido imaginarlo. Habíamos encontrado nuestros miedos a nuestros pasados y los habíamos fundido en el otro.

La giré y me incliné para besarla en la boca. Entonces, bajé mi dedo de en medio hasta dejarlo justo en su entrada.

Nos miramos a los ojos, con las frentes unidas.

—¿Por qué me quitaste los anillos?

—Para que no me lastimes —esta vez sí la dejé hablar.

—¿Para que no te lastime?

Asintió lentamente, relamiéndose los labios.

—¿Cómo podrían lastimarte mis anillos?

—Cuando hicieras *eso* —murmuró en voz baja, agitada.

—¿A qué te refieres con *eso*? —la punta de mi dedo comenzó a dilatar su entrada, esparciendo sus fluidos por el área.

—*Eso* —musitó.

Fingí no entender y negué.

—No entiendo a qué te refieres, cariño.

Jo... der.

Inhalé con fuerza cuando sentí cómo tomaba mi mano y la empujaba en su entrada, haciendo que la yema de mi dedo se adentrara en ella apenas unos milímetros. Se relamió los labios y pasó saliva, mirándome a través de sus pestañas.

—*Eso* —murmuró.

—¿Quieres *eso*?

—Sí —asintió con lentitud.

Sonreí.

Sus deseos eran órdenes.

Saqué mi mano de su ropa interior y vi cómo una pizca de confusión y decepción cruzaba su rostro, sin embargo, se desvaneció cuando me hinqué atrás de ella y coloqué cada una de mis manos en su cadera, aferrándome a la tela de sus bragas. Tomé un respiro, estaba demasiado excitado, pero controlé el impulso de llevar mi propia mano a mi erección y excitarla más. Sólo quería darle placer a ella y jodidamente obtener el mío al verla excitarse y disfrutar.

Lentamente bajé sus bragas. Su trasero saltó a la vista, redondo y perfecto. Me incliné un poco y besé el borde de su cadera hasta llegar a él. Un pequeño gemido brotó de sus labios. Seguí dejando pequeños besos, mientras bajaba la tela hasta que estuvo en sus pies. Tomé cada uno de ellos y lo alcé hasta despojarla de la prenda.

Sin el impedimento de la única prenda que la cubría, seguí dejando pequeños besos y lamidas por su cuerpo, subiendo por su trasero, su espalda, sus omóplatos, su cuello, hasta que estuve completamente de pie detrás de ella.

Aferré una mano a su cintura y la pegué a mí; su cuerpo vibró en armonía con el mío cuando nuestras pieles chocaron. Su cuerpo se sentía dócil y suave mientras se recargaba lentamente en mis brazos, como si tuviera plena consciencia de que nunca la dejaría caer. Eso me gustaba, porque significaba que sentía la suficiente confianza para dejar que fuera yo quien la tocara, que no había miedos, titubeos, dolores, que éramos únicamente ella y yo, sin recuerdos dañinos.

Me miró a través del espejo y yo bajé mi mano por su abdomen.

—¿Estás segura de que puedes tomarlo, cariño?

Asintió con la cabeza.

—Puedo y quiero tomarlo.

Sonreí y lentamente deslicé mi mano por su sexo. La masturbé un poco con dos dedos y froté su clítoris, colmándola de placer, hasta que llegué a su entrada sin penetrarla. Deslicé un solo dedo entre sus pliegues, untándolo y volviéndolo resbaladizo. Sus gemidos dulces y cálidos llenaron mis oídos mientras meneaba sus caderas como si me estuviera invitando a llegar a ese lugar a donde ella quería.

Era su primera vez haciendo esto y no quería lastimarla, no quería causarle ningún dolor, así que no me aventuré con más que un simple dedo. No quería provocarle ni el más mínimo quejido, porque no quería que asociara esto con nada más que con placer. En un futuro, cuando Allison se sintiera dispuesta a ir un poco más allá, debía de hablar con ella acerca de que las primeras veces podía llegar a doler un poco, no un maldito dolor horripilante, sino algo tolerable.

Carajo, no conocía el cuerpo femenino como alguien experimentado, nunca había estado con una chica, pero después de que le practicara sexo oral, investigué un poco acerca del sexo, de los juegos previos, de cómo podía estimularla sin lastimarla. Al parecer, como eran sus primeras veces de penetración vaginal, dolería un poco o, mejor dicho, sentiría un poco de escozor. La lubricación servía para que eso no pasara, pero en las primeras veces podía ocurrir así estuviera muy lubricada. Y Allison era sensible, de caderas pequeñas y cuerpo menudo, así que estaba seguro de que era estrecha.

Cuando me sentí con la confianza de poder continuar, mis ojos conectaron con los suyos, deseosos de verla disfrutar mientras poco a poco introducía mi dedo en ella. Sus ojos se cerraron y un gemido alto y lleno de placer brotó de sus labios. Sentí cómo su humedad y calor aprisionaban mi dedo. Tras unos momentos, lo retiré con lentitud y volví a frotarla en círculos pequeños para dilatarla. Subí masajeando su clítoris para volver a sumergir mi dedo en su interior, sintiendo cómo se apretaba contra mí. Llevé una mano a su pecho y empecé a amasarlo, centrándome en sus pezones rosados. Ella se aferró a mi cuello, echando la cabeza hacia atrás, mientras gemía y comenzaba a mover sus caderas, frotándose contra mi erección y profundizando ella misma la penetración de mi dedo.

La visión de su rostro y de su trasero en mi erección me hizo sentir que yo también podía correrme sin más. La sangre golpeaba con fuerza cada nervio de mi cuerpo, llenándome de placer. Necesitaría una maldita ducha de agua fría después de esto.

Comencé a deslizar mi dedo dentro y fuera de ella con movimientos más rápidos, llenando la habitación con los tenues sonidos de mi piel chocando con su humedad. Su rostro era la viva imagen del placer, no era capaz de mucho más que de gemir, de jadear, o maldecir cuando mis nudillos impactaban en sus pliegues por lo profundo que lograba deslizarme en ella, porque estaba demasiado húmeda.

De pronto me sentí muy alegre de que no se contuviera, de que gimiera tanto como quisiera y de que no se sintiera avergonzada de ello.

Separé mi mano de su pecho y la llevé a su cara. Coloqué mi dedo medio y anular frente a ella.

—Lámelos —le pedí.

Allison no lo dudó ni un segundo y los metió a su boca. No empujé ni hice ningún afán de introducirlos más; dejé que ella decidiera hasta dónde se sentía cómoda para tomarlos.

Los saqué lentamente, viendo cómo su saliva brillante cubría un poco menos de la mitad de mis dedos, y los llevé a su clítoris. Comencé a frotarlo de arriba hacia abajo, después con movimientos circulares y finalmente con golpecitos suaves que la hacían retorcerse en mis brazos, mientras seguía deslizando mi dedo dentro de ella. Mis movimientos eran lentos, pausados; mi dedo salía por completo y entraba en un vaivén en su interior. No lo hacía rápido; me estaba tomando mi tiempo para explorar qué era lo que le gustaba. Quería encontrar el punto perfecto en ella, aquel que la haría llegar al éxtasis, así como estaba yo al verla con la respiración destruida y las mejillas ruborizadas por el placer.

Y es que esto era demasiado para mí. Su trasero en mi erección. Su respiración en la mía; jadeos y gemidos más que nada. Intentamos besarnos, pero los besos se tropezaban cada que mis dedos entraban, salían y se frotaban en ella, provocando que su cuerpo se perdiera en el placer.

—Eiden... —gimió al borde del éxtasis.

Mi nombre entre sus labios me hizo sentir cómo todo mi cuerpo colisionaba.

—Mira al frente —apunté con mi cabeza hacia el espejo.

Quería que ella viera lo que yo estaba viendo.

Su cabeza se movió pesadamente y se miró a través del espejo. Miró lo que yo había estado observando, cómo cada facción de su rostro, sudado y enrojecido, estaba fundido en placer. Sus pechos subían y bajaban por sus respiraciones pesadas y agudas que agitaban de formas excitantes el ambiente.

Dejé de frotar su clítoris por unos segundos y tomé una de sus manos llevándola a su pecho. Ella comenzó a masajearlo, al principio con vergüenza, hasta que llegó un punto en el que, sin darse cuenta, se desinhibió por completo y sólo se dejó llevar. Tomó su pezón entre sus dedos, tirando de él suavemente y masajeándolo mientras nos mirábamos a través del espejo.

No dejé de verla ni un segundo, concentrado en sus movimientos, en su rostro extasiado y en sus manos danzando sobre sus pechos, mientras descubría por sí misma el placer que podía obtener. Al mismo tiempo, yo regresé mi dedo a su sexo para seguir estimulándola externamente.

Quería que tuviera un orgasmo y se viera a sí misma a través del espejo.

Curveé mi dedo dentro de ella y comencé a masajear su interior en pequeños círculos. Eso la hizo detenerse por completo de lo que estaba haciendo y sentí cómo su cuerpo completo se estremeció, sus piernas apretaron mis manos y sus paredes vaginales abrazaron mi dedo. Cerró los ojos y gimió mientras su espalda volvía a arquearse, anunciando que estaba a punto de llegar al clímax.

—Eiden… justo ahí. Creo que...

—Hazlo.

—¿Tus dedos...?

—Hazlo en mis dedos —le sonreí a través del espejo—. Lo has hecho en mi boca.

Ella se ruborizó aún más, pero ni siquiera le di tiempo de sobrepensar aquello. No detuve ningún movimiento; seguí estimulándola en círculos, dentro y fuera de ella. Sus gemidos llenaron la habitación, engullendo cualquier otro sonido, mientras seguía masturbándola. Tomé su placer y lo hice suyo y mío. Se expandió entre nosotros. Entre nuestras pieles sudadas, entre nuestras respiraciones pesadas, entre nuestras miradas que se devoraban entre ellas a través del espejo.

Cuando la sentí llegar a su punto máximo, no me detuvo, así que intensifiqué aún más cada movimiento sin darle un solo respiro. Con cada empuje, mi dedo penetraba a mayor profundidad, y masajeaba su interior cada que salía y entraba en un ciclo sin fin.

—Oh, Dios —gimió en un grito, arqueándose. Su cuerpo temblaba entre espasmos. Sus ojos se cerraron, sus músculos de la mano se contrajeron sobre su propio pecho, estrujándolo con fuerza, y profirió pequeños jadeos que se fueron perdiendo conforme sólo pudo sentir cómo el placer la golpeaba en ondas desde su vientre hasta su centro, mientras yo sentía cómo sus paredes se contraían alrededor de mi dedo y ella se corría sobre mi mano, llegando al orgasmo.

Su cuerpo se fue hacia delante entre pequeños espasmos y temblores. Se dejó caer en el lavabo y yo caí sobre ella, aunque sin poner todo mi peso. Nuestras pieles sudadas por el ambiente chocaron, y nuestros pechos subían y bajaban debido a nuestras respiraciones agitadas.

Deslicé mi mano hacia su abdomen para mantenerla pegada a mí. La sentí contraerse un par de veces más por los remanentes del orgasmo y comencé a dejar pequeños besos en su hombro.

—¿Superable? —le pregunté con una ceja enarcada y una sonrisa arrogante.

—Engreído —musitó con una ligera sonrisa, un tanto desorientada.

Sonreí y dejé mi barbilla en su hombro. Con mi mano libre, le retiré un par de mechones de cabello que se habían pegado a sus mejillas. La miré sobre su hombro: estaba en silencio, mientras abría y cerraba los ojos, respirando superficialmente.

—¿Estás bien? —inquirí cuando noté cómo se relamía los labios y meneaba la cabeza.

Me dedicó una pequeña mirada antes de asentir con la cabeza. Sonreí y hundí mi cara en su cuello, besándola, mientras deslizaba mi mano por su abdomen, acariciándola y dejando que se recompusiera. A su manera, mi cuerpo también lo estaba haciendo, aunque la pose definitivamente no ayudaba, pero no la quise soltar en ese momento.

Alcé la vista para mirar su perfil, recorriendo sus facciones tranquilas y a la vez agitadas, y me incliné un poco. Moví su cabello a un lado para poder besar su hombro y espalda. La besé con cuidado hasta llegar a la curvatura de su espalda baja y de ahí arrastré mi lengua, subiendo y sintiendo cómo su cuerpo se estremecía. Mi lengua disfrutó su sabor y textura; me detuve en su hombro, en donde dejé un beso corto, para volver a hundirme en su cuello.

Me incliné un poco más y llevé mi mano a la cara interna de sus muslos.

—Abre las piernas —le pedí, tirando con suavidad de sus muslos.

Sus piernas se habían contraído por el orgasmo, provocando que se cerraran y atraparan mi mano entre ellas. No quería forzar mi mano para no lastimarla.

Allison cedió a mi tacto y poco a poco fui sacando mi dedo de su interior mientras seguía besando su cuello. Soltó una pequeña respiración cuando lo hice y me quedé un momento apreciando cómo su cuerpo se recuperaba tras el orgasmo, casi en un pequeño limbo, mientras yo la sostenía contra mí y ella descansaba con sus antebrazos en el lavabo.

En ese momento no me sentí yo, y a la vez sí, como jamás lo había experimentado. Me sentí ajeno a mi realidad, a mi situación, a la razón por la cual estábamos aquí, sin embargo, mi corazón latió con suavidad, casi en un compás tranquilizador, al imaginar que, cuando todo acabara, podría sólo... permitirme ser quien hacía años me había negado ser. Me dejaría sentir con plenitud, sin miedo a represalias.

Porque cuando todo esto empezó, cuando Aaron, Samantha y yo decidimos terminar con la mierda en la que nos había metido Jaden, no sentía mucho. Prácticamente me sentía obligado a hacerlo, aunque sí quería. Era extraño, y por momentos me veía a mí mismo como una basura. Se escucha horrible, pero había veces en que deseaba dejar de existir, porque sabía lo que implicaba escapar de Jaden: esfuerzo, y yo simplemente ya no tenía ganas de nada. Pero, a pesar de eso, lo intenté. Realmente intenté motivarme para seguir adelante. Pensé que tal vez borrar mi pasado y mucho más atrás ayudaría. Sería como cerrar no sólo todo eso, sino mi vida entera para empezar una nueva con mis hermanos. Una donde mi pasado no fuera una carga.

Sin embargo, eso sólo complicó todo y ahora me arrepentía. En este momento sí tenía un motivo para salir adelante, y de alguna manera yo mismo había complicado las cosas. Pero ya no había marcha atrás. Estaba en donde estaba y con quien quería estar. Tal vez esa espera me había hecho llegar hasta Allison. Tal vez ella era todo lo que necesitaba para comenzar a imaginar un poco más allá en mi vida. Porque antes de ella... no podía imaginar un futuro, y si lo hacía, era deprimente, no me entusiasmaba en absoluto. Estaba con mis hermanos y los amaba, pero también estaba con ellos en esa oscuridad y me daba miedo que, cuando saliéramos, ellos pudieran seguir con su vida felizmente y yo me quedara estancado.

Pero ahora anhelaba salir de esa oscuridad para poder seguir, por Allison, por mis hermanos, por mí.

Ella había sido la luz al final del túnel. Sólo deseaba que hubiera más camino después.

Dejé caer mi frente en su mejilla y ella comenzó a removerse. Le di un poco de espacio para que se volteara y quedara frente a mí.

—Ayúdame —murmuró, envolviendo sus brazos en mi cuello—. Quiero sentarme.

Sonreí, tomando su trasero. Dio un leve saltito y la ayudé a sentarse sobre la encimera del lavabo. Sus piernas se envolvieron en mi cintura y entrelazó sus pies en mi espalda, estrechándome.

Fruncí el ceño cuando noté que se removía, como buscando algo. Giró su torso levemente y negué con diversión cuando entendí lo que estaba haciendo.

—Dame tus manos —me pidió. Su voz sonaba un tanto bajita.

—Nos vamos a bañar después de esto, ¿sabes? —le dije con diversión, aunque de igual manera coloqué mis manos entre nosotros.

Sus mejillas se ruborizaron cuando tomó mis manos y comenzó a limpiar mis dedos con un trozo de papel que había humedecido. La miré con una sonrisa en los labios. Observé sus dedos entre los míos; parecía muy concentrada en su "labor".

Tomé un mechón de su cabello y lo acomodé detrás de su oreja para que no interrumpiera su visión. Cuando terminó, me volvió a colocar los anillos y, en cuanto volteó a verme, la tomé de las mejillas y me incliné para besarla brevemente en los labios.

—Deberíamos de bañarnos con ropa para no terminar así cada que venimos a ducharnos —dijo, cruzándose de brazos, muy seria.

—¿Qué tiene de malo?

—Que es un baño —dijo con obviedad.

Entrecerré los ojos.

—¿Y?

—Ajeno.

—Técnicamente es mío... así que...

—¿Y si un día vienen Aaron o Samantha?

—Les decimos que está ocupado —dije con obviedad.

—Bueno —lo pensó unos segundos—. Puede... que escuchen...

Sonreí al notar cómo sus mejillas se enrojecían de nuevo. Carajo, se ruborizaba por todo. ERA PERFECTA. La tomé de la cintura, atrayéndola más al borde de la encimera.

—¿Por qué crees que siempre pasan estas cosas aquí y no en nuestra habitación?

Enarcó una ceja, con una ligera mueca.

—¿Me traes aquí sólo para esto? —soltó, casi indignada.

Negué con la cabeza.

—No. Yo te traigo para bañarnos, porque al parecer a ti no te gusta bañarte...

—En la noche... —justificó de mala gana—. No me gusta bañarme en la noche, porque hace frío.

—En la noche —asentí, concediéndole eso. Siempre tomaba una ducha matutina corta y otra más larga en la tarde, justo antes de que anocheciera—. Quizás eres tú la que nos hace terminar en otras cosas, es tu subconsciente endemoniado el que nos arrastra aquí.

Abrió la boca, indignadísima, y yo apreté los labios, conteniendo la risa. Estaba seguro de que ninguno planeaba terminar así. Sólo pasaba en el calor del momento.

—Esto es tu culpa —me apuntó con un dedo, para luego volver a cruzarse de brazos, enfurruñada—. Yo no hacía esto antes.

—¡Ni yo!

—Pero eres tú el que siempre me provoca.

—Y eres tú la que siempre quiere más —repliqué.

—¡Mentiroso!

—Tú eres la mentirosa.

—Claro que no... ¡Ay!

La interrumpí, tomándola de los muslos y tirando de ella hacia mí, para cargarla. Envolvió mi cuello con sus manos y sus dedos se deslizaron por mi cabello, acariciándome. Cómo me gustaba que hiciera eso.

—Mejor vamos a bañarnos. Allá seguimos peleando.

—¿Y si mejor ya no peleamos?

—Ésa me parece una buena idea —concedí—. Podemos hacer otras cosas allá.

—Ajá. Como bañarnos.

—Y otras cosas.

—Bañarnos.

—Y otras cosas.

—BAÑARNOS.

—Y OTRAS COSAS.

Sacudió la cabeza, divertida. Una risa escapó de sus labios. Esa melodía lenta y suave llenó el espacio y se deslizó poco a poco por mis oídos.

Definitivamente, ése se había vuelto mi sonido favorito.

La miré con una sonrisa en los labios, feliz de hacerla reír y de verla tan contenta, con sus mejillas sonrojadas y sus ojos entrecerrados por la risa.

—Pervertido —me dijo sin quitar esa radiante sonrisa que la hacía ver tan hermosa.

—Somos unos pervertidos —la corregí.

—¡Sólo tú!

—Claro que no.

—Claro que sí.

—Mitad y mitad —propuse.

Lo pensó unos segundos y finalmente asintió.

—Bueno, vale, somos unos pervertidos —concedió—. Pero que quede claro que tú más.

Me llevé una mano al pecho.

—Es un honor ser el más pervertido de los dos.

Allison sonrió y me besó suavemente en la mejilla, para después dejar caer su barbilla en mi hombro.

En ese momento tuve que concentrarme mucho en otras cosas, principalmente en omitir que tenía una maldita erección que me causaba un jodido dolor de huevos. Esperaba que el agua fría lo solucionara y que Allison la ignorara.

Nos transporté hasta la ducha y la bajé en el centro de ella.

—Tengo frí...

Ups.

Me había apresurado a abrir la llave y Allison había quedado justo debajo de la regadera. El agua fría golpeó su cuerpo, deslizándose por su cabello, y bajando por su cuello hasta...

—¡Ciérrala! —me gritó al ver que no me movía.

—Lo siento, lo siento —la cerré deprisa. A veces me perdía viendo cosas cuando no debía.

Me giré hacia ella. Noté cómo se abrazaba a sí misma y hacía una mueca de disgusto.

—No me quiero bañar —murmuró, tiritando.

—Ya te mojaste.

—¡Me mojaste tú!

Enarqué una ceja.

—Seguimos hablando de la ducha, ¿cierto?

—Ash.

Se giró de mala gana, dándome la espalda, y se agitó como un perrito que quisiera sacudirse el agua. Vale, la había cagado. El agua estaba muy fría. La necesitaba yo, no Allison.

Me acerqué a ella y la tomé del brazo, acercándola a mí. Se dio la vuelta, malhumorada, y antes de que pudiera siquiera soltar un quejido la abracé por la cintura y la besé. La sentí sonreír contra mi boca, mientras tomaba mis mejillas, besándome con más intensidad.

—Báñate mañana, si quieres —le dije, separándome de ella.

Negó ligeramente con la nariz arrugada.

—Estoy sudada. Además, da igual, aquí el agua casi siempre está fría.

—Bien. Entonces déjame ver si puedo solucionar esto.

—¿Vas a hacer que salga el sol y caliente el agua? —me preguntó, divertida—. Porque si es así, te voy a querer más, si acaso eso es posible.

—Eso no está dentro de mis capacidades —hice una pausa y la pegué a mí lo más que pude—. Pero te voy a calentar a ti.

No quería que se enfermara. Sin embargo, tampoco nos habíamos bañado después de llegar del lago y eso también nos podía enfermar. Sólo esperaba que el agua de la ducha no estuviera tan fría para ella.

Una desgracia para Allison, una bendición para mí.

Pero bueno, ahora me importaba más ella.

Me coloqué bajo la regadera y me incliné para cubrirla con mi cuerpo. Por suerte la regadera estaba un tanto inclinada y el agua no caía directamente en nuestras cabezas.

La abracé lo más posible a mi cuerpo y ella se escondió en mi pecho.

—Me gusta leer —murmuré, dejando que el agua cayera por mi cuerpo para que después, poco a poco, fuera descendiendo por el suyo—. Aunque no novelas, soy más de... no lo sé, textos informativos, astrología, geografía. Cultura general.

—No te imagino leyendo un libro —musitó—. Creí que eras más de deportes.

Negué con la cabeza, divertido.

—Ambas cosas me gustan.

No pude evitar hacer una mueca amarga que ella no vio, porque su frente estaba en mi pecho. Disfrutaba ambas actividades, aunque la razón por la cual empecé a practicarlas no fue para nada de mi agrado.

—Entonces eres un chico listo. A mí no se me da eso, me aburro leyendo ese tipo de textos. Prefiero las novelas.

—¿De qué género?

—Ehh —lo pensó unos segundos—. Romance, principalmente. Leo lo que sea, pero que tenga romance.

Alzó un poco la mirada y yo bajé la mía para verla. Estaba lo suficientemente mojada, así que cerré la llave del agua y me alejé de ella para tomar el champú y colocar un tanto en mi mano.

—Una vez intenté leer un libro de ese tipo y terminó volando por los aires.

Allison soltó una leve risa y yo comencé a esparcir el champú en su cabello, frotando su cuero cabelludo con pequeños movimientos circulares.

—A veces estresan —comentó.

—Es que, carajo, peleaban por todo —ironicé ante el recuerdo de aquel libro que había intentado leer—. Parecía que se odiaban, después no, y luego sí.

—Ésos son los mejores. Hay mucha tensión, aunque, cuando pelean, quieres agarrar sus caras y decirles: "Bésense".

Solté una risa y asentí. Maldito amor de libros complicado.

—Cierra los ojos —le pedí y la volví a pegar a mi cuerpo mientras abría la llave para enjuagarle el champú—. ¿Y cuándo es tu cumpleaños?

—En julio —susurró—. El 16 de julio.

Anoté esa fecha en mi calendario mental para no olvidarla nunca.

—¿Te gusta festejarlo?

Desconocía si por alguna razón no lo hacía. Las fechas eran cercanas, lo había mencionado.

Allison lo dudó un momento y finalmente asintió.

—Sí. Me recuerda a cuando era niña. Mi papá siempre me llevaba al parque y me compraba un *cupcake* y un helado a escondidas de Tara. A ella no le gustaba que comiera eso.

Volví a cerrar la llave del agua y me separé de ella para tomar la esponja y el jabón.

Sabía que la relación con su madre no era buena; y cuando pensaba en eso, me molestaba y entristecía bastante. Allison tenía un corazón muy puro y me costaba imaginar que alguien no pudiera apreciarlo. Pero lo que más me fastidiaba era que le hubiera dado la espalda cuando más la necesitó.

—¿Y ahora cómo lo festejas? —inquirí.

—Ehh, me como un *cupcake* en mi cuarto. Es triste, pero me tranquiliza, me da paz.

Asentí y comencé a enjabonarla mientras ella me veía. Pasé la esponja por su piel; las pequeñas burbujas cubrían su cuerpo.

—¿Y tú cómo lo festejas con Aaron y Samantha? —inquirió, poniéndose de puntitas y pegándose a mí, mientras se sostenía de mis hombros.

Me dio libre acceso a su espalda.

—Escogemos una película de comedia. Siempre es de ese género, porque Aaron odia las de acción, Samantha las de terror y yo las de romance, de modo que es el único que aceptamos los tres. Siempre peleamos por cuál película ver, así que al final elige el que pueda aguantar más cojinazos. También desayunamos lo que quiera Samantha, comemos lo que escoja Aaron y cenamos lo que elija yo. Ah, y compramos un pastel para comerlo con licuado de plátano, eso nunca falta.

Es mi día favorito del año. Recuerdo cada cumpleaños y los atesoro en mi memoria con cariño. Ese día, Jaden nos dejaba volver a ser niños.

Recuerdo cuando jugábamos a las escondidas; el que ganara podía escoger la película que veríamos. Siempre ganaba Sam, porque Aaron no la podía encontrar y yo tampoco, a pesar de que me unía a su búsqueda después de que él me encontraba. Era muy escurridiza y estaba seguro de que cambiaba de escondite cada que no la veíamos.

De adolescentes ya no jugábamos a las escondidas, ya no cabíamos en el clóset ni debajo de las camas, pero nos divertíamos con juegos de mesa y con globos llenos de agua que nos lanzábamos entre sí. O a veces agarrábamos a uno de blanco hasta que se rendía.

En nuestro último cumpleaños habíamos ido al lago durante toda la tarde y nos divertimos ahí. Esperaba poder volver a hacerlo y estar con ellos el próximo año. Esperaba que todo saliera bien".

Dejé la esponja a un lado, acercando a Allison. Su cuerpo volvió a quedar bajo el mío y abrí la llave.

—¿Cuántas veces los ha obligado Samantha a desayunar macarrones? —soltó, con cierto tonillo divertido.

—Todos los malditos años. Creo que piensa que en alguno de ellos vamos a cambiar de opinión. Aunque siempre escoge otro desayuno aparte, porque sabe que siempre tenemos cara de malhumor mientras comemos.

Allison sacudió la cabeza, divertida, mientras se pegaba más a mí. El jabón se escurría con lentitud por su cuerpo. No se había quejado de que tuviera frío, así que había funcionado mi estrategia para evitar que estuviera incómoda bajo el agua. Las gotas de agua resbalaban por su espalda, su trasero, sus piernas. Qué suerte tenían esas gotas.

Dejé mi vista en su cuerpo. El ambiente entre nosotros era tan tranquilo que no deseé otra cosa más en mi vida que escucharla hablar.

—Oye, ¿y por qué les gustan tantos los plátanos? —preguntó con ese tonito curioso que la caracterizaba.

—Porque saben bien.

—Sí, pero... pensé que había otra razón. Como les gustan tanto a los tres.

Siempre desayunábamos un licuado de plátano aquí, incluso Allison se había unido a ese hábito.

—Bueno, hay una razón, o algo por el estilo.

—¿Cuál es?

Qué curiosa era. Aunque yo preguntaría lo mismo.

Froté mis manos en su espalda cuando noté que se estremecía al tacto. Estaba un tanto fría, así que seguí intentando generarle calor.

—Cuando éramos pequeños —comencé a contarle—, y teníamos que salir de la cabaña para ir a buscar comida, siempre nos encontrábamos en el pueblo a una abuelita que nos daba plátanos. Era... como una costumbre, y también era el único alimento que en ocasiones obteníamos en todo el día. Todo empezó porque un día estaba sentada en una banqueta en el parque y tenía unos plátanos. Nosotros íbamos al parque a jugar, porque... bueno, éramos niños, nos gustaba. La abuelita estaba distraída, alimentando a las palomas, y a Aaron se le ocurrió escabullirse por atrás y robárselos —solté una risa por eso, al igual que Allison—. Al día siguiente, estaba en el mismo sitio, sólo que tenía los plátanos en las piernas. Y de repente nos llamó. Creímos que iba a regañarnos, pero igual nos acercamos. Al final resultó que no nos regañó, sino que nos dio los plátanos. Y así lo hizo durante todos los demás días.

—¿Saben algo de ella actualmente? —preguntó, curiosa.

—Sí —pasé mis manos por sus hombros y espalda, intentando eliminar cualquier rastro de jabón—. Murió hace casi un año.

—Oh, lo siento.

—Sólo tenía un nieto que se fue del pueblo, así que a veces llevamos flores a su tumba.

—Eso es muy lindo de su parte.

—Es nuestra forma de agradecerle lo que hizo por nosotros. Éramos pequeños y tal vez para la gente no era mucho, pero, a nosotros, esos plátanos nos llenaban el estómago por horas y eso significaba menos tiempo sin hambre. Había días en los que pasábamos más de doce horas sin comer, así que le agradecíamos que nos hubiera ayudado desinteresadamente.

Allison me vio con un gesto triste.

—Lamento que hayan tenido que pasar por eso.

Le dediqué una pequeña sonrisa y me incliné para besar su frente.

—Ya es pasado, no hablemos de eso, mejor cuéntame algo de ti.

—¿Qué quieres saber?

Lo pensé unos segundos.

—¿Quién es tu cantante favorito?

—Taylor Swift y Babi —sonrió—. Me gusta mucho la música de ellas dos. ¿Y tú? ¿Quiénes son tus cantantes favoritos?

—Chase Atlantic —le dije—. Últimamente la música que más escucho es la suya.

—Me tendrás que recomendar algunas canciones suyas porque no los conozco.

—Escucha "Vibes".

—Lo haré —sonrió—. Se ve que tienes buen gusto, así que estoy segura de que me va a encantar.

—Eso espero. Recomiéndame alguna de Babi, porque conozco de Taylor Swift, pero de ella no.

No pensó ni un segundo su respuesta.

—Escucha "Somos", es muy buena.

—La escucharé apenas estemos en la habitación —le sonreí y cerré la llave del agua cuando noté que ya no escurría más jabón. Mantuve abrazada a Allison por unos segundos más. Sus dedos acariciaron mi torso y pegó su mejilla a mi pecho.

Me sentía en paz.

—¿Tienes frío? —inquirí, frotando sus brazos.

—Poco —murmuró—. Pero estoy bien.

Nos quedamos en silencio hasta que noté que ella se separaba de mí. Su cabello se veía más negro de lo normal y sus mejillas estaban levemente más pálidas, haciendo un contraste hermoso. Aparté un par de mechones de su cara y ella esbozó una sonrisa.

—Listo —musité—. Ya estás bañada.

—Gracias —asintió—. ¿Te ayudo?

Uy, sí. Pero primero a hacerse el difícil.

—¿A qué? —enarqué una ceja—. ¿A bañarme?

Negó con la cabeza.

Fruncí las cejas.

—¿Entonces...?

Se acercó a mí, se puso de puntitas y tomó mis hombros para susurrarme algo al oído. Entonces, la paz se esfumó por completo de mi organismo. Creo que se sintió como si todas las células de mi cuerpo hubieran vibrado. Bieeeen. Esas pocas palabras casi me hicieron sentir que volvía a nacer.

Sonreí debido a su propuesta y sentí cómo mi cuerpo se reanimaba.

—Bueno, ésa me parece una magnífica idea.

Amplió su sonrisa y dejé que deslizara su mano por mi abdomen. Mis músculos se contrajeron ante el suave tacto de la yema de sus dedos. Me acariciaba con lentitud. Dejé que llegara hasta mi miembro y que sus ojos se clavaran con cierto dejo de sorpresa y fascinación en él, que ya estaba semierecto, pues la ducha fría no había logrado bajarlo por completo y esto estaba reanimándolo de golpe. Se veía tímida, como si no supiera qué hacer, así que, aunque no quería que se detuviera, me obligué a pronunciar las siguientes palabras, sólo para asegurarme de que realmente quería continuar:

—¿Estás segura de que quieres hacerlo? No te sientas obli… Mierda, cariño —eché la cabeza hacia atrás cuando una de sus manos se cerró en puño en la base de mi miembro. Un maldito gemido gutural había desgarrado mis cuerdas vocales, pero me forcé a abrir los ojos y bajar la mirada cuando noté que apartaba sus manos.

Estuve a punto de darle la seguridad de que, si quería detenerse, lo hiciera, pero para mi sorpresa —definitivamente este día estaría lleno de sorpresas—, ella se dejó caer lentamente de rodillas.

—No te hinques, cariño —le pedí, a pesar de que la vista era hermosa.

Me miró bajo sus pestañas y me dedicó una mirada inocente.

—Quiero hacerlo.

—Algunas mujeres lo consideran…

—¿Degradante?

—Supongo —me encogí de hombros; es lo que había leído. Sí, había leído mucho sobre el tema—. No te sientas obliga…

—No me siento obligada, tú lo has hecho por mí, pero eso no significa que estoy haciendo esto como moneda de cambio. Sólo… quiero… ver en ti lo que tú ves en mí cuando tengo un orgasmo —hizo una pausa y suspiró—. No voy a usar mi boca, porque aún no me siento lista, pero vi en internet que igualmente esta pose era buena si querías hacerle esto a un chico. ¿Quieres que siga?

—Carajo, sí.

Ella soltó una risita cuando notó la velocidad de mis palabras.

Dejé que hiciera conmigo lo que quisiera. En ningún momento despegué la mirada de sus manos ni de su rostro. Tenía las mejillas ruborizadas y el pecho agitado; sus senos subían y bajaban mientras cerraba la mano en mi erección. Al principio no hizo ni un solo movimiento, sólo observó mi miembro por unos segundos hasta que finalmente comenzó a tirar hacia arriba y hacia abajo, primero tímidamente, muy suave, como si estuviera aprendiendo el movimiento y la forma en que tenía que hacerlo. Se relamió los labios y alzó la mirada para verme. Clavó su vista en la mía y aceleró un poco más el movimiento de su muñeca, haciendo que apretara los ojos ante el nuevo estímulo que me había golpeado de lleno.

Mi cuerpo estaba tenso, pero de la mejor manera. Todos los músculos me cosquilleaban, sobre todo los del abdomen y la entrepierna. Mi respiración era errática. Mi pecho subía y bajaba por el maldito placer que me estaba haciendo ver estrellas en el cielo. Allison me miraba con deseo, con placer. Alternaba sus ojos entre la mano con la que estaba masturbándome y mi rostro.

Apreté la mandíbula, e incapaz de mantener las manos quietas, las llevé a su cabeza, empuñando su cabello con una mano. Sus largos y sedosos mechones negros mojados se deslizaron entre mis dedos. No hice ningún movimiento, simplemente necesitaba ocupar mis manos. Sentía todo mi cuerpo lleno de estímulos, sobre todo mi miembro, porque era como si el mismo aire fuera capaz de hacerme sentir placer. Estaba excitado, muy excitado y sensible.

Allison sonrió y se me detuvo el corazón cuando, sin despegar los ojos de mí, se inclinó y comenzó a dejar pequeños besos por mis muslos mientras seguía acariciándome desde la base hasta la punta con un ritmo que me estaba haciendo llegar al límite. Un par de gotas de líquido preseminal salieron de la punta de mi miembro y ella movió su mano para capturarlas y deslizarlas por toda mi erección haciendo que su mano resbalara con mayor facilidad. No pensé que ese movimiento me provocara tanto placer. Sus manos subían y bajaban con más avidez, y el sonido de mis gemidos y de su respiración agitada llenaba el espacio en una bruma caliente y excitante.

Sus caricias no eran rudas, pero tampoco eran suaves, estaban en un punto medio que en serio me gustaba; definitivamente, yo nunca había llegado a ese punto con mi propia mano. Sus manos nunca se compararían con nada, eran suaves, pequeñas y malditamente perfectas. No lograban cerrarse por completo alrededor de mi grosor, pero Allison ponía su máximo empeño en cada movimiento y esa imagen era ridículamente erótica y aplastante para mi corazón y mis sentidos, que ya caían en picada.

Sentí cómo el abdomen se me contraía y el orgasmo comenzaba a empujarme hacia el final más jodidamente perfecto al que podía llegar.

—Allison... —su nombre salió de mis labios en un gemido entrecortado. Estaba en el borde, lo sentía, todo mi cuerpo se tensó deliciosamente—. Retírate, cariño, estoy a punto de...

—Hazlo —me miró, agitada, y se relamió los labios—. Si quieres hazlo sobre mí.

—Carajo —exhalé entrecortadamente—, me estás matando, cariño.

Su siguiente movimiento me hizo explotar. Mis malditas caderas se movían salvajemente mientras mi semen salía disparado en descargas que cayeron en su mano y en sus pechos, que era el lugar hacia donde había apuntado.

Me quedé medio perdido después del orgasmo, sentía las malditas piernas hechas gelatina y mi corazón parecía la cosa más errática jamás vista. Estaba a nada de salírseme del pecho.

Bajé la mirada y Allison tenía los ojos clavados en sus pechos. Sus pezones estaban cubiertos de mi semen. Con una mano los frotó lentamente y con un dedo capturó un poco del líquido para después llevarlo a sus labios y relamérselos, probando el sabor.

No estaba haciendo eso como un acto erótico, sino que genuinamente estaba dispuesta a descubrir a qué sabía mi semen. Sonreí al escuchar cómo murmuraba:

—Sabe bien —de la forma más jodidamente tierna del mundo—. Diez de diez.

Me incliné y estampé mis labios contra los suyos. Sus manos volaron a mi mejilla y lentamente se puso de pie para pegarse a mí. Mi abdomen y su pecho se convirtieron en un desastre de semen, pero a ninguno le importó. Envolví su cintura con una mano y la otra la dejé en su mejilla, intensificando nuestro beso. Mi lengua se deslizó y enredó con la suya mientras gemíamos contra nuestros labios. Este beso no era lento ni suave, contenía una gran cantidad del deseo sexual que antes habíamos experimentado y que volvía a resurgir como fuego entre nuestros cuerpos.

Cuando se separó de mí, jadeando, noté que una lágrima rodaba por su mejilla y que su labio inferior temblaba.

Mierda.

Mierda.

¿Qué había pasado?

—Pensé... pensé que no sería capaz de hacer esto nunca —se le quebró la voz y se forzó a mantener la cabeza en alto mientras seguía—: Pensé que estaba rota, que nunca sería capaz de sentirme sexualmente bien ni recibiendo ni dando placer. Y yo... soy capaz de hacerlo... y... lo disfruto y... no me siento sucia.

Me abrazó con fuerza, enterrando su cabeza en mi pecho. La sostuve, apretando los ojos, ante el maremoto de emociones que sus palabras habían desencadenado en mí.

—Nunca estuviste sucia, cariño —le dije lentamente—. Ni rota.

—Me dolía tanto respirar. Tanto verme en un espejo. Me dolía tanto saber lo que él le había hecho a mi cuerpo —sollozó contra mi pecho mientras temblaba—. Me dolía estar viva.

Acaricié su espalda, manteniéndola contra mí, queriendo fusionar nuestros cuerpos. Quería brindarle seguridad con mi calor, tragarme su dolor y eliminarlo por completo de su vida. No quería verla llorar nunca más, no quería ver cómo las lágrimas salían de sus ojos porque eso dolía demasiado. Verla sufrir era como clavarme una maldita daga en el pecho y retorcerla sin piedad.

—Lo que pasó te lastimó, te hirió física y mentalmente. Pero no estabas rota, porque sigues aquí, resististe con el coraje y la fuerza suficiente para seguir a pesar de todo. Mantuviste las piezas en su lugar y, a pesar de que dolía, te aferraste a la vida.

Sé que Allison había contemplado el suicidio, se había autolesionado buscando inhibir el dolor mental que sufría a causa del abuso. Nunca he considerado que eso haga débil a alguien, mucho menos llegar al punto final de tomar tu vida en tus propias manos. Es un método de escape al dolor, y aunque no es sano y aunque nadie debería hacerlo, sé que en esos momentos parece la última salida y sé que no debe ser fácil tomar esa decisión. Nadie debería llegar a ese punto, porque eso sólo demuestra que el mundo, la sociedad y la vida te han fallado, sin embargo... aunque sea la opción más dañina o la menos saludable, a veces se siente como la última salida, como esa última bocanada de aire en un mundo que te asfixia, ésa que está en la mesa y que con manos temblorosas tomas.

Lo sé, porque he estado ahí. En ese acantilado de devastación y dolor.

Pero aferrarse a la vida a pesar de eso es malditamente más fuerte. Aunque te desgarres por dentro, aunque sientas que nunca vas a encontrar la salida, es de personas fuertes esperar y esforzarse por sanar y encontrar el camino que te lleve a ese lugar que tanto anhelas.

—Nunca me sentí fuerte —su voz sonaba entrecortada—. Mucho menos cuando sentía que mi cuerpo estaba sucio y dañado.

—No te sentías fuerte, pero sí lo eras. Jodidamente fuerte y valiente. Eres toda una luchadora, Allison —besé su cabeza, deslizando mis manos por su rostro hasta tomar sus mejillas, haciendo que lentamente me mirara—. No hay suciedad en ti. No hay nada malo en ti. No pongas el mal de nadie más sobre tu cuerpo. Fuiste tocada en contra de tu voluntad, pero eso no te mancha, no te ensucia, no te hace alguien dañada. Sácate esas ideas de la cabeza, no te hagas daño de esa forma, no te lastimes con mentiras alimentadas por tu dolor. *Tu dolor habla por tu trauma y el mundo necesita oír la voz de la superviviente que eres.*

Me miró con los ojos vidriosos y colmados de un sinfín de emociones.

—Nunca estuve sucia —dijo como si fuera una verdad que le salía del alma, pero que apenas estaba razonando—. Yo... no lo estaba. Ni rota —se relamió los labios—. No estaba rota. Y soy una superviviente.

—Una muy fuerte, y deberías sentirte orgullosa de eso.

—Una muy fuerte —repitió, volviendo a abrazarme y diciéndolo como si fuese un mantra—: Una muy fuerte, y me siento muy orgullosa de mí.

—Como siempre tuvo que ser, cariño.

6

Juramento

Eiden Blaken

La pequeña jeringa atravesó el plástico, derramando el líquido azul dentro de la cápsula. El plástico que cubría y mantenía el líquido se disolvía apenas entraba en contacto con cualquier líquido exterior, así que Samantha retiró la aguja y manipuló un par de cosas más para asegurarse de que el contenido no se vaciara.

—¿Cuánto tiempo tardará en hacer efecto? —inquirí, tomando la cápsula que me estaba ofreciendo.

—Veinte minutos apenas entre en el sistema.

—¿Y cuánto tiempo dura el efecto?

—Cuarenta y ocho horas en un cuerpo sano, pero en las primeras diez horas la mitad del cuerpo va a dejar de funcionar. Sólo... sería el dolor del cuerpo descompensándose y bueno... desintegrándose desde adentro.

Asentí, mirando la cápsula entre mis dedos.

—¿Y si el cuerpo no es sano?

—Treinta y seis horas —me aseguró, dándome un pequeño estuche para que la guardara.

Lo tomé y acomodé la pastilla en él.

—Tiene los mismos componentes que cualquier corrosivo de limpieza —me informó—. El Minucs puede ser indetectable en cualquier estudio clínico, médico o de laboratorio. Es potente, así que, apenas entre en contacto con la saliva, dejará una textura abrasadora que pasará desapercibida. Luego de ser ingerido, hará efecto dentro de veinte minutos y después se irá directo a los órganos. Así que, en cuanto empiece a sentir malestar, ya no será capaz de hablar.

Asentí con la cabeza; había entendido lo que quería decir. Si la persona no era capaz de hablar, no podría confirmar si había ingerido o no algún corrosivo por error. Los efectos eran similares, sólo que los del corrosivo tenían más posibilidades de ser revertidos. Éstos no, así que provocarían una muerte lenta y agonizante, pero segura.

—Gracias —musité.

Samantha asintió con una sonrisa ladina y regresó la vista a la superficie de la cómoda en donde había esparcido sus instrumentos.

Me di la vuelta mientras guardaba la pequeña caja en mi bolsillo y miré a Aaron. Estaba recargado a un lado de la puerta cerrada, con los brazos cruzados.

—¿Sabes que es arriesgado? —enarcó una ceja.

—Lo sé —mascullé.

—Entonces ¿por qué lo haces?

—Lo sabes.

Me acerqué a la puerta; quería salir. No tenía nada de ganas de hablar de esto. Me escocía hasta los putos huesos tener que matarlo. No por el hecho, no por la acción en sí, sino porque tenía que verle la maldita cara. Saber que nadie había hecho nada en su maldito momento y que él continuó con su vida tras haber destruido la de alguien más.

Ese día en casa de Allison, estuve a punto de hacerlo, de tomar mi arma y descargársela en la cabeza. Me invadía la ira de saber que esa persona estaba tan cerca de ella, que podía pasearse por la vida como si no hubiera hecho nada. Pero Aaron me detuvo, no podíamos hacerlo en su casa. En ese momento nuestra prioridad era alejarla de ese lugar y del mal que le causaba estar ahí.

Me detuve de golpe cuando la mano de Aaron ciñó mi brazo, impidiéndome avanzar.

—Sabes por qué estamos aquí, ¿cierto? —me soltó con voz seria.

No me tomé la molestia siquiera de mirarlo.

—Lo sé —mascullé.

Intenté tirar de mi brazo, pero sus dedos se apretaron con más fuerza, regresándome a mi sitio.

—¿Por qué? —inquirió con ese tonito suyo de cuando estaba serio, pesado y casi robótico.

Cerré los ojos con una mueca, tomando una respiración honda. Llené mis pulmones de la paciencia suficiente para contestar.

—Porque es seguro —contesté con voz calmada.

—¿Y por qué no hemos matado a Jaden? —siguió él.

Apreté los dientes por la cólera, sabiendo a dónde quería llegar.

—Porque tenía a Samantha.

—Antes. ¿Por qué no lo hicimos antes de llegar a ese punto? —me incitó.

Alcé la vista y lo miré. Sus ojos azules —que eran un poco más oscuros que los míos— y los de Samantha me observaron, penetrantes y calmados. No estaba molesto, era raro que él lo estuviera, por lo menos al hablar de estos temas. Su cabeza era la que mejor razonaba si las emociones no lo golpeaban. Era al que menos le afectaban las cosas cuando sabía que se trataba de nosotros, porque era consciente de que debía de mantenerse fuerte para sostenernos.

Yo era bastante impulsivo con mis emociones, y Samantha bastante sentimental, así que él era la cabeza del equipo cuando se trataba de decisiones serias.

Me relamí los labios, pasando la lengua por mis dientes ante el sabor amargo de tener que contestar su pregunta.

—Porque teníamos la moral fragmentada y miedo para cuestionarlo —contesté al fin.

Cuando desde pequeño te inculcan algo que no te gusta, es como si poco a poco te fueran enterrando entre escombros. Creces y contigo los cimientos que te mantienen abajo, hasta que… de alguna manera aprendes a vivir sin hacerlo realmente. Te acostumbras a hacer lo que ya sabes que debes, porque es parte de tu vida, aunque no quieras. Porque es parte de tu existencia, aunque te lo hayan impuesto. Vives en piloto automático. Vives porque estás acostumbrado a hacerlo. Te levantas con el dolor de existir, pero creer que debes seguir y no retar a nadie aminora todo, porque es más fácil.

Lo es. Hasta que simplemente ya no sabes si duele más vivir o morir.

Vivíamos porque sabíamos que si algo le pasaba a alguno de los tres no íbamos a soportarlo. Porque si caía uno, de cierta manera caeríamos todos. Aunque me cueste admitirlo, Aaron había sido y seguía siendo la figura paterna a la que siempre recurría cuando no sabía qué hacer. A Samantha siempre la vi como la menos jodida de los tres; Jaden nunca la lastimó tanto como a nosotros dos. Siempre supimos cómo hacer que fuera la menos lastimada o herida. La protegimos a nuestra manera.

Éramos todo lo que teníamos. Los únicos que nos conocíamos tan bien que sabíamos que no había miedo que nos separara, porque los tres habíamos pasado por lo mismo.

—¿Y ahora? —me cuestionó Aaron—. ¿Por qué no sólo lo matamos?

—Porque...

—Por ti —terminó él, con voz contundente.

Respiré hondo, sintiendo cómo sus dedos se aferraban a mi brazo, porque no quería soltarme. Podía sólo empujarlo, pero no lo haría, en verdad quería escucharlo.

Éste era el Aaron serio, el que siempre salía cuando se trataba de "protegernos". Cabeza fría, sentimientos fríos. La razón era lo único que lo domaba o al menos eso aparentaba.

—Porque no quieres que nada te relacioné con él y con los suyos —continuó—. Y necesitas los documentos que él tiene para borrar esto de forma legal. Y por ti —recalcó— no actuamos rápido, tuvimos que esperar una semana, durante la cual buscamos esos documentos, Sam terminó en un hospital y todo el plan se desestabilizó. ¿Sabes cuánto me costó averiguar toda la información de su maldito hijo para usarlo como trueque y poder sacarle la información antes de matarlo?

Una semana.

Una jodida semana arruinó todo.

Cuando planeamos matar a Jaden, le pedí una semana a Aaron para poder buscar los documentos que Jaden tenía sobre mi pasado, aquellos que me unían a ellos, a él, a... No sabía dónde estaban, pero pensé que podía sacarle información, porque a veces se le escapaban pequeños detalles que terminaban dándome respuestas. Y no había cosa que él deseara más que yo fuera como él, así que creí que, si mostraba un poco de interés en esos documentos, podría obtenerlos. Pero no fue así.

Justo en esa estúpida e insignificante semana ocurrió el "accidente de Samantha". De una u otra manera, yo era el culpable, porque el hecho de pedir ese tiempo fue lo que lo desencadenó. Ahora el plan había cambiado y habíamos tenido que ajustarlo. Además, cuando Samantha estaba en el hospital, nos enteramos por ella misma de que había una persona que trabajaba para Jaden que le informaba de su estado, aunque no sabía quién era, ni su nombre ni apariencia.

Eso significaba que él no trabajaba solo, tenía a alguien cuya vida no giraba en torno a todo esto, pero que a veces le ayudaba. Si matábamos a Jaden, no sabríamos cómo reaccionaría esa persona, así que no podíamos sólo acabar con él. Por lo menos tendríamos que sacarle el nombre de esa persona antes de hacerlo para terminar con esto de raíz.

Miré a Aaron con una mueca amarga. Era la primera vez que me reprochaba esta mierda. Sabía bien por qué no lo había hecho antes: la culpa de reprocharme algo cuando él también tenía algo que podría reprocharle abría un hueco enorme entre los dos.

Si yo no hablo, tú no hablas. Ley básica.

—Lo sé —fue lo único que fui capaz de decir. Las palabras salieron adoloridas de mi boca por lo fuerte que estaba tensando la mandíbula.

—Entonces, si lo sabes, ¿por qué vas a hacer esto? Si sales ahora, sólo te estarás poniendo en riesgo. A ti y a nosotros.

Fijé la vista en esa mano que aferraba mi brazo. Probablemente lo que estaba haciendo ahora era lo bastante arriesgado como para que Aaron sacara eso a la luz. Pero lo conocía a la perfección, más de lo que quería. Esa leve mirada significativa. Esa voz, que, aunque intentara cargarla de frialdad, siempre mantenía un timbre bajo.

Mi vista bajó a su muñeca, a la pulsera metálica con un dije de sol que colgaba de ella, y luego viajó a mi muñeca, a la liga para el cabello de Allison que nunca me quitaba junto a la pulsera mitad rosita y mitad amarilla que compartíamos.

Aaron no estaba molesto. Sólo quería hacerme entrar en razón, apelar a mi buen juicio, aunque en el fondo también entendía en qué situación me encontraba yo. Sentimientos dominando a la razón.

Volví mi vista hacia él y asentí.

—Sí.

—¿Sí qué? —sus palabras sonaron confundidas.

—Sí la quiero.

No había más que decir. Respondí su pregunta. Ahora quería que entendiera por qué me importaba tan poco ponerme en riesgo con tal de que ella estuviera bien si algo llegaba a pasarme, y también quería apelar a él, porque en el fondo sabía que Aaron le tenía un gran cariño y aprecio a Allison.

—Entonces, ¿la estás poniendo por encima de nosotros? —me reprochó.

Negué con amargura.

—No, la estoy poniendo a su lado. A ella también la voy a proteger, de Jaden y de... él —siseé, incapaz de decir su nombre.

Aaron negó con una mueca, no de disgusto, sino como de cansancio.

—Estás desprotegiendo a Samantha.

—Yo también quiero que lo haga —la voz de Samantha se alzó a nuestras espaldas—. Es lo menos que deberíamos hacer por ella. Ha arriesgado mucho por nosotros.

—Si algo sale mal y Jaden está aquí, en Lins…

—Él no está aquí —corté a Aaron—. Sólo iré, lo haré y regresaré. No hay más, no me arriesgaré más.

Lo haría, quisiera o no. No me lo podía impedir. Allison me lo pidió. Me pidió que la protegiera de él. Y yo se lo prometí. No podía arriesgarme a que algo me pasara y ella tuviera que seguir adelante sabiendo que yo no había cumplido mi promesa.

"*—Por favor, tú sí hazlo*".

Lo iba a hacer.

Si pudiera, borraría todo el dolor de Allison con tal de que ella no lo sufriera, sin embargo, eso era imposible, así que sólo me quedaba hacer esto. Él no podía seguir con su vida como si no hubiera hecho nada. Merecía pagar.

Aaron me miró por unos segundos antes de liberarme de su agarre, cediendo. Yo no dije nada más ni volví la vista hacia Samantha o hacia él. Seguí mi camino y salí de la habitación. Cerré la puerta tras de mí y me detuve unos segundos, frustrado con la situación. Sólo quería descansar de todo esto. De toda esta mierda. Me estaba comenzando a cansar el hecho de no poder estar bien ni un maldito día completo porque toda la incertidumbre del futuro me rebasaba.

Me pasé la mano por la cara, pero me recompuse cuando vi a Minni salir de nuestra habitación. Salió casi corriendo y se lanzó a mis pies. Le fruncí el ceño e intenté agacharme para tomarla, sin embargo, ella simplemente volvió a salir disparada hacia la habitación.

Dio un par de vueltas de ida y regreso, entre mis pies y la puerta de la habitación. Se veía hiperactiva. La seguí, queriendo agarrarla. Tal vez le había picado un insecto y estaba inquieta por eso, o sólo estaba jugando, aunque nunca hacía eso de... dar vueltas como loca.

Justo cuando llegué a la puerta e intenté tomarla, Minni se escabulló y entró a la habitación.

Abrí la puerta por completo y fruncí el ceño cuando noté que la habitación estaba completamente oscura. El foco estaba apagado y las cortinas cerradas, apenas y entraba un poco de luz por la puerta. A Allison no le gustaba estar con la luz apagada, ni siquiera cuando dormía, por lo menos no sola. Siempre dejaba la lámpara de noche encendida.

Me adentré en la habitación y encendí la luz. Cerré con fuerza los ojos para adaptar mi visión y por algún motivo me sentí extraño, ansioso. Mi vista viajó de forma instantánea a la cama vacía. Durante un par de segundos me preocupé por el paradero de Allison, sin embargo, enseguida miré a Minni soltar un maullido y moverse. La seguí y pude apreciar cómo se metía entre los brazos de Allison, que estaba acostada en el suelo.

Fruncí el ceño. No estaba dormida, estaba moviendo sus dedos sobre el piso, formando pequeños círculos. Lucía un poco perdida. Me acosté frente a ella y le pasé la mano por la cintura, tirando de ella hacia mí.

—¿Qué ocurre? —le pregunté, retirando un pequeño mechón de cabello de su cara—. ¿Qué haces aquí?

Alzó la vista lentamente y me miró. Algo golpeó en mi pecho al ver su aspecto. Tenía los ojos rojos, y las mejillas y la nariz enrojecidas e irritadas. Había estado llorando.

—Había una araña en la cama —murmuró, pasándose el dorso de la mano por las mejillas para limpiar las lágrimas que seguían ahí—. Pero Minni se la comió. Creo que ya le caigo bien.

No estaba llorando por eso, no era en absoluto la razón, pero simplemente lo ignoré, no iba a presionarla para hablar si ella no quería, más si estaba evitando el tema. Si quería contarme más adelante, la escucharía, y si veía que seguía llorando o que estaba más afectada, intentaría calmarla hasta que me quisiera decir qué pasaba.

Esbocé una pequeña sonrisa, concentrándome en su ligero entusiasmo por tener a Minni entre sus brazos, y metí mi mano debajo de su jersey para acariciar su piel. Eso le gustaba y la tranquilizaba, era lo menos que podía hacer en estos momentos.

—¿Se la comió? —inquirí, extrañado ante lo que había dicho.

—Ajá —miró a Minni en sus brazos y después me miró a mí con una pequeña sonrisa—. Sólo llegó, la pisó y pam, se la metió a la boca. ¿Eso es normal?

—Es un gato, supongo que sí.

—Mi tía tenía un gato y un día se comió una ranita —frunció ligeramente el ceño—. Y se murió.

Abrí los ojos de la sorpresa y le limpié una pequeña lágrima que tenía en la mejilla.

—No es lo mismo una araña que una rana —le dije.

—¿Y si se muere?

—¿Minni?

—No, la araña —ironizó, poniendo los ojos en blanco—. Pues sí, Minni.

—Le hacemos un velorio bonito.

Ambos bajamos la mirada a Minni cuando soltó un maullido y se retorció en los brazos de Allison.

—A ella no le gusta eso.

Sonreí, sacudiendo la cabeza en un gesto divertido.

—¿Y si vamos a la cama? —le sugerí—. Acá hace frío.

—No me quiero mover —murmuró.

—Vale, ven que te cargo.

—¿Y a Minni?

—Ella no va a dormir con nosotros —le advertí.

La última vez que ella durmió conmigo me dejó el maldito brazo arañado.

Allison me miró de mala gana y sin más se dio la vuelta en un malabar para llevar a Minni con ella. Sonreí por su rabieta y la abracé por la espalda, poniendo mi barbilla en su hombro.

—¿Quieres que Minni duerma con nosotros?

—Sí —murmuró de mala gana—. Es lo menos que puedes hacer después de querer matarla.

—Ey, yo no dije eso.

—Ella entendió eso, ¿verdad? —le preguntó y asintió cuando Minni le soltó un maullido—. Sí, cree eso.

Bah. Mis dos chicas en mi contra, qué genial.

Me puse de pie. Aquí había dos opciones: o las tiraba a ambas o las levantaba. Esperaba que fuera la segunda.

—Vale, las voy a subir a las dos, pero si te rasguña, no quiero que te quejes.

—Está bien —sonrió—. Muéstranos esos musculotes.

Negué con diversión y me incliné sobre ella. Tenía una pequeña mueca divertida que se intensificó cuando la sujeté de las mejillas y le di un beso sonoro.

—Anda. Anda —me urgió—. Que ya me duele la cadera.

—Nadie te dijo que te tiraras en el suelo.

—Cállate. Llévanos a la cama o te hacemos dormir a ti en el suelo.

—Bieeeen.

¿Se podían desgastar los músculos por estar cargando a la gente? Porque si era así, me iba a quedar en los huesos muy pronto. Necesitaría comer muchos plátanos para recomponerme.

Me froté las manos y me incliné sobre Allison. Pasé mis brazos sobre sus hombros y por la parte trasera de sus rodillas. Bien, me preparé mentalmente como un levantador de pesas que iba a cargar tres toneladas. Era más difícil cuando la tenía que levantar del suelo... Dios, sentí cómo mis músculos se contrajeron cuando de un solo movimiento rápido las levanté a ambas. Punto importante y a mi favor: no hice ni una mueca. Allison dejó un brazo sobre Minni para sostenerla y pasó el otro por mis hombros, mientras esbozaba una sonrisita.

La dejé sobre la cama y, gracias a Dios, en cuanto se acomodó, Minni dio un brinquito fuera.

Bien, captó que estaba de mal tercio.

—Traidora —masculló Allison cuando Minni se escabulló hacia la puerta. Después, se giró hacia mí—. Cuando salgamos de aquí, ¿podemos llevárnosla?

—¿A Minni? —inquirí con una ceja enarcada.

—Ajá.

—Sí, supongo que, si ella quiere, está bien.

Vivía aquí desde que era pequeñita. En ese entonces, venía a verla todos los días, hasta que creció y mis horarios se complicaron. Empezaron a haber días en que no la veía, así que le dejaba su comida y me iba. Incluso, a veces le dejaba mucha más por si tenía que ausentarme más tiempo. Siempre se comía todo. Después pasé un mes completo llegando a la cabaña a la misma hora, y me di cuenta de que Minni me esperaba en la puerta. Así descubrí que ya no coincidíamos porque yo llegaba a horarios desiguales. Desde ese entonces, siempre vengo a verla a esa misma hora y Minni siempre está aquí, esperándome.

Me acosté al lado de Allison y la tomé del brazo para que se tumbara sobre mí. Ella se acomodó como normalmente lo hacía y dejó su cabeza en mi pecho.

El ambiente se sentía diferente. Silencioso, cómodo y... como si una ligera capa de palabras no dichas flotara entre nosotros.

Allison se removió un poco y bajé la vista hacia ella cuando noté cómo llevó su mano a su cara. Sólo era cuestión de tiempo. No pasó ni siquiera un minuto cuando la escuché soltar un leve sollozo.

A veces sólo quería poder entenderla completamente. Meterme en su cabeza para poder alejarla de todo lo que la dañaba. Pero eso era imposible y cada uno debía luchar con sus propios miedos y dolores.

Solté un leve suspiro y estiré mi mano para acariciar su mejilla con mi pulgar.

—¿Quieres contarme qué está pasando? —le pregunté.

Sus brazos me sujetaron con más fuerza y sentí que mi corazón se aceleraba en mi pecho bajo su mejilla, cuando hipó un par de veces para encontrar su propia voz.

Le acaricié la espalda, intentando calmarla.

—Te quiero —murmuró al cabo de unos segundos con un hilo de voz.

Mis cejas se fruncieron.

—¿Estás llorando porque me quieres?

—Ajá.

—Eso es...

—Y no quiero que te pase nada.

Mi corazón latió con fuerza en mi pecho cuando me di cuenta de que estaba llorando por mi culpa. Acuné su rostro entre mis manos para que me viera y pasé mis pulgares por sus mejillas, limpiando sus lágrimas.

—No me va a pasar nada —le aseguré—. Todo va a estar bien.

Me miró por unos segundos, tenía los ojos rojos. Hipó un par de veces e intentó sonreír, pero fue inútil. Sus ojos negros se volvieron a llenar de lágrimas.

—Prométemelo —me pidió—. Prométeme que todo va a estar bien.

Abrí la boca e intenté gesticular palabras que no eran capaces de salir. Quería decirle que todo iba a estar bien, quería prometérselo. Sabía que lo necesitaba, porque yo era consciente de lo que era sentir el miedo de perder a alguien. El dolor punzante de saber que pueden arrebatarte sin más a alguien que amas.

Yo también había llorado por el miedo a perder a uno de mis hermanos. A mí también me había invadido la angustia por las noches, cuando el silencio, que era el único sonido presente, había tocado mi puerta haciéndome derramar lágrimas.

Pero por más que quise quitarle esa incertidumbre, no pude.

No podía prometerle algo que no estaba seguro de que podía cumplir.

—Hazlo —me insistió con la voz quebrada—. Tú dijiste que nunca rompes una promesa.

—Cariño, no...

—Por favor.

Todo va a estar bien.

Cinco palabras.

Eran sólo cinco palabras.

Una frase.

Una promesa.

Dos palabras.

Tan simples que dolían.

No quería dejarla. No quería ser el causante de más dolor en su vida. No quería prometerle algo y no cumplirlo. Porque eso duele más, porque una promesa incumplida es como una especie de herida que siempre queda abierta a la espera de ser cerrada.

Sólo díselo.

Lo necesita.

Ya la lastimaste.

No lo sigas haciendo.

—Te lo pro... —apreté los labios, incapaz de decírselo—. Duérmete, estás cansada.

Su mirada dolida me pesó como plomo en el pecho. Volvió a tumbarse sobre mí de esa forma tan peculiar en que lo hacía, con sus manos presionando mi espalda, su rostro hundido en mi pecho o en mi cuello, y su nariz y sus labios recorriendo mi cuerpo por encima de la ropa. La escuché sollozar, miré cómo se pasaba las manos por las mejillas, cómo se abrazaba a mí como si no quisiera soltarme nunca.

¿Por qué tenía que ser así?

¿Por qué las cosas no eran diferentes?

¿Por qué no eran distintas después de haber salido de tanta mierda?

¿Por qué lastimarla de esta forma?

Todo habría sido tan fácil si la hubiera conocido después.

¿Por qué dejarla que me quisiera para después lastimarla con mi ausencia?

La vida era una mierda. Mi vida era un mierda.

Metí una mano bajo su jersey para poder acariciar su espalda. Mis dedos se deslizaron con suavidad de arriba hacia abajo en un gesto reconfortante. Su piel estaba cálida. Reposé mi otra mano en su mejilla, trazando pequeños círculos. Mi corazón revoloteaba y mi cabeza estaba en un limbo mientras miraba fijamente hacia el techo. Pensé en la vez que entré en su casa y la arrastré en esto, creyendo que sólo sería un estúpido favor, que eso sería todo. Yo ni siquiera quería meterla en esto, pero Aaron había insistido en que podía ayudarnos. Sólo era un único favor, pero... Allison era demasiado terca, demasiado... Mierda, era demasiado entrometida, pero a la vez la entendía. Se reflejó en Samantha y quiso dar lo que por tres años no recibió. Su corazón parecía un chaleco antibalas, dispuesto a recibir el daño de terceros, con tal de sentir que estaba recibiendo aquello que no había tenido. A veces sentía que era su manera de abrazar a esa Allison que sufría tanto con su dolor.

Estuvimos en silencio unos cuantos minutos hasta que pareció calmarse. Se movió un poco y colocó sus manos entrelazadas sobre mi pecho para después recargar su barbilla.

Me miró y yo pasé saliva antes de bajar la vista. Apreté los labios en una línea recta cuando noté que todavía tenía los ojos rojos, aunque ya no lloraba. Por un momento ninguno de los dos dijo nada. Nos observamos unos segundos y ella apoyó su mejilla en mi mano cuando le aparté un mechón de cabello.

Y justo cuando iba a decir algo, me interrumpió:

—¿Quieres tener bebés? —me preguntó de pronto, con la voz un tanto entrecortada por haber llorado.

Wow. La pregunta me pilló desprevenido.

—Dentro de muchos años —me aclaró—. Cuando salgamos de aquí, cuando estemos bien. ¿Quieres bebés?

Lo pensé unos segundos y le dediqué una pequeña sonrisa cuando noté que era un inocente intentó de huir de esta realidad. Su cabeza sólo buscaba escapar un poco, un poco más allá.

—Sí —le sonreí—. ¿Tú quieres bebés?

—Sí —sonrió—. ¿Te imaginas un minitú con cara de odiar a todos?

Solté una risotada.

—¡No tengo cara de odiar a todos!

Su mirada dijo más que mil palabras, pero como si quisiera recalcarlo, agregó:

—Claro que sí. Eres como un viejito amargado.

—¿Me acabas de llamar viejo?

—Y amargado —sonrió.

—Tienes suerte de que te quiera mucho, porque, si no, ya te habría lanzado al suelo.

Allison sonrió animada y puso los ojos en blanco.

—Tú tienes suerte de que te quiera tanto que todas esas veces que te he dicho que dormirías en el sofá no se han cumplido.

Esta vez fui yo el que puso los ojos en blanco y me reí cuando Allison me dio un manazo en el pecho. Yo llamaba a esos manazos "minillamadas de atención" y podían cumplir alguna de estas dos funciones: o eran para que le hiciera caso o eran un regaño.

—No me voltees los ojos —me dijo con gesto ofendido.

—Tú me los volteaste primero.

—No es cierto.

—Mentirosa.

—¡No miento! —me dedicó una sonrisita inocente—. Sólo poquito.

—Y ese poquito te sale mal, porque eres una pésima mentirosa.

—¡Claro que no! —chistó, dándome otro manazo. En realidad, sus manazos casi se sentían como caricias, porque eran muy suaves—. Ya nos desviamos, estábamos hablando de bebés.

—Pero te desviaste sólo para querer echarme de la cama.

—¡Eiden! —se rio, poniendo los ojos en blanco—. Ya volvamos.

Le di un toquecito en la nariz con mi dedo índice.

—Volviendo. ¿Qué decíamos de los bebés?

Sonrió, removiéndose para verme con sus lindos ojos resplandecientes. Cómo amaba ese brillo.

—¿Que si tú realmente te imaginas una versión pequeñita tuya?

Me quedé unos segundos intentando imaginar aquello, pero sólo se me venía una cosa a la cabeza...

—Sí. Ahora por tu culpa sólo puedo imaginarme a un bebé con cara de viejo amargado.

—No —me dio otro manazo—. Mira, cierra los ojos.

Sonreí, cerrando los ojos.

—Ojos azules... —pronunció ella.

—O negros...

—Tal vez. Cabello negro...

—Y lacio.

—¿Qué crees que le guste cuando crezca, cuando tenga cinco años?

Sentí que mi corazón comenzaba a latir con fuerza en mi pecho.

—Dar golpes...

—¡No! Eso no —se escandalizó.

Abrí los ojos y vi que mantenía una pequeña sonrisa.

—A ti te gusta dar golpes —le dije, picándole un cachete, con diversión.

Me ardían las mejillas por sonreír tan ampliamente. La cara divertida de Allison, su sonrisa suave y sus ojos resplandecientes me hacían sonreír así.

—Sí, pero es un niño de cinco años.

—Pues le compramos unos guantes pequeñitos.

Rodó los ojos y negó con la cabeza, divertida.

—¿Y si es niña? —enarcó una ceja.

—Pues a ella también le compramos unos guantes. Oh, oh —abrí los ojos como platos en cuanto me llegó una idea y miré a Allison con diversión—. Podemos tener una niña y un niño, y los ponemos a pelear. Sería como una batalla de elfos.

—¡No! —se enfurruñó, parecía un gatito enojado—. Eiden, es en serio.

—Hablo en serio —me puse serio y asentí muy seriamente, porque estaba siendo muy serio—. Podríamos crear un ejército de bebés y enseñarles a pelear. Después creamos una liga de boxeo. Todos serían como una especie de niños súperentrenados y cuando crezcan, bam, nos hacemos millonarios.

Allison me lanzó una miradita fulminante, aunque también estaba sonriendo. Parecía que había olvidado lo de hacía unos minutos, ya no se veía triste para nada.

—Yo que me imaginé a un niño en bicicleta mientras tú lo empujabas —resopló.

—Ah, bueno, entonces podemos crear un ejército de ciclistas, el chiste es que nos hagan millonarios.

—Eso es explotación infantil —hizo una mueca.

—Por eso vamos a esperar a que crezcan —dije con obviedad.

—Bueno, tampoco es que vayamos a tener muchos, con…

—Dos —dijimos al unísono.

—Con dos bastan —terminé yo.

Bebés. Nunca me había planteado la idea de tener hijos. Y ahora lo hacía. Un pequeño niño o una niña. Con ojos azules o negros. Cabello negro y lacio. Cargarlos. Cuidarlos. Protegerlos. Ser lo que nunca tuvimos. Padres. Buenos padres.

—¿Y qué nombre les pondríamos? —inquirió, curiosa, batiendo sus pestañas.

Lo pensé unos segundos. ¿Nombres? Ay, eso ya era mucha responsabilidad.

—No sé, no se me ocu...

—¡Juanito y Juanita! —soltó como si hubiera dicho la mejor idea de su vida—. Incluso combinan.

Negué con la cabeza frenéticamente.

—Aléjate del nombre de nuestros hijos —protesté enseguida—. No vamos a llamarlos así.

Ella soltó una carcajada y se acomodó mejor encima de mí. La abracé por la cintura, metiendo mis manos en su jersey para poder calentar mis manos, que se estaban enfriando, y para poder acariciarla.

—Bueno... ya que no te gustan mis bellísimos nombres…

—Que de bellos no tienen nada…

—Deja de andar de remilgoso, mejor aporta ideas —me vio entre curiosa y divertida—. ¿Cómo se llamarían?

La verdad es que en ese aspecto estaba muy en blanco. A ver, supongo que ponerle nombre a un bebé era una cosa bastante seria. Es el nombre que iba a tener para toda la vida. Desde chiquitito hasta viejito.

Traté de buscar nombres en mi cabeza, pero se me hizo imposible porque varias ideas e imágenes comenzaron a entremezclarse en mi mente. Un bebé, eso era… quería tener bebés con Allison.

Dios mío, esa idea sólo me llevó a una conclusión: daría todo de mí para que esto saliera bien y pudiera vivir esa etapa con la mujer que tenía enfrente.

Tenía que salir con vida de esto, sí o sí.

—¡Ey! —di un respingo cuando de repente vi la cara de Allison muy cerca de mí—. ¿Hola? ¿Me escuchas?

—Te escucho.

Miré a Allison. Se dibujó una sonrisa en mi rostro cuando me dio un beso rápido en los labios antes de reacomodarse con las manos en mi pecho y la barbilla sobre ellas para verme fijamente.

—No se me ocurre nada —no mentía, mi mente ahora pensaba en los bebés, no en los nombres.

Ella chasqueó la lengua.

—Entonces no te quejes de mis nombres.

—Algo se me ocurrirá en un futuro —entrecerré los ojos—. Algo bonito.

—Todos los Juanitos y Juanitas del mundo están enojados contigo.

Puse los ojos en blanco.

—Ellos deberían de estar enojados con sus padres.

Ésos ni siquiera eran nombres... decentes, por lo menos.

—Entonces... tú les escoges los nombres y yo... los...

—Los cargas en tu pancita por nueve meses.

¡Carajo! ¿Qué? Imaginar eso me heló la sangre por un segundo, para después calentarla. Me latió el corazón como si quisiera salirse de mi pecho... es que...

Estaba muy joven para esto, pero lo quería como nada en este mundo.

Deslicé mis manos hacia sus caderas, ayudándola a subir, cuando se separó un poco de mí y me tomó de los hombros para impulsarse. Su pecho quedó en el mío, y juro que podía sentir los latidos de su corazón sobre los míos. Latíamos en sincronía y con la misma fuerza.

Rodeó mi cuello con sus brazos y sonrió, dejando caer su frente en la mía. Sus ojos se posaron en los míos. Eran negros. Amaba observar mi leve reflejo en ellos. Era como si la oscuridad que habitaba en mí quedara opacada bajo sus ojos.

Eran tan oscuros como la noche. Durante un largo tiempo odié las noches porque me recordaban a todas aquéllas que había pasado solo, temblando de frío. Cuando miraba el cielo y deseaba dejar de ser yo, ser alguien más. Cuando sólo quería a mi hermano, pero él no estaba. Cuando quería dejar de sentir, pero sentía. Al final eso cambió.

Odiaba tanto la noche como el recuerdo de una herida abierta. Hasta que un día… me encontré mirando hacia arriba y recordando un par de ojos negros que adornaban el rostro de cierta chica. Y sin poder dejar de hacerlo, a veces sentía que su presencia rondaba en la oscuridad. Cada que miraba la noche negra. Cada que sentía que no debía sentir, sólo miraba hacia arriba y sabía que estaba perdiéndome y encontrándome a la vez.

—Bueno —me dio un pequeño beso en la mejilla—, para eso falta mucho. Pero mientras podemos cuidar a Minni.

Le pinché las costillas con picardía.

—También podemos comenzar a practicar cómo hacerlos.

—¿Hacer qué? —fingió inocencia, aunque por la ligera sonrisita que tenía, noté que había captado mi indirecta.

—Ya sabes —subí y bajé las cejas—. Hacerlo... hacerlos…

—Los bebés no se hacen, Eiden —me dio un golpecito en la cabeza—. Los trae la cigüeña. No seas tontito.

—Qué manera tan elegante de llamar a mi pe...

—¡Eiden! —se escandalizó.

—¿Qué? —enarqué una ceja con diversión—. Mis hijos hoy quedaron en tus manos y en tus tet…

—¡Eiden! ¡No! Cállate.

Ella se sonrojó por un momento y hundió la cara en mi cuello, avergonzada, pero después me susurró algo al oído y sí, me sonrojé yo. No sé si por la calentura o por el recuerdo. Más bien, por ambas. Sí, fue por ambas.

Tomé su trasero entre mis manos y lo apreté, ganándome un manazo de su parte.

—Entonces ¿no vamos a empezar a practicar cómo hacerlos?

Ella negó con la cabeza seriamente.

—Eso se hace hasta después del matrimonio.

Me reí y le besé la mejilla varias veces de forma sonora. Su risa acompañaba el sonido de mis besos.

—Vale. Las prácticas para hacer a los pequeños que no se llamarán Juanito y Juanita esperarán todo lo que quieras.

No estaba nada apresurado por hacer eso con Allison. Ella necesitaba su tiempo y yo estaría a su lado a cada segundo para poder verla progresar y ser feliz conforme fuera sanando poco a poco. Para mí, esto no se trataba de tener sexo con ella, sino de que sanara. Ya se lo había dicho antes: si yo pudiera aliviar el dolor de todo lo que había vivido, lo haría sin dudarlo.

Quería estar para ella de principio a fin, porque ya no podía imaginar una vida en donde ella no estuviera.

Estuve a punto de volver a abrir la boca para soltar un "te quiero" que me había nacido en ese momento, sin embargo, me quedé viendo a Allison por varios segundos mientras sonreía y me regresaba un pequeño beso en la mejilla. Sus últimas palabras resonaban en mi cabeza. Sobre todo la última.

El "te quiero" se detuvo solo, porque una palabra más significativa se unía a esa expresión: "matrimonio".

Una pequeña idea cruzó por mi cabeza. Aunque fue tan repentina, me hizo cerrar la boca y provocó que mi corazón se detuviera. Después se llenó de adrenalina y comenzó a latir con una fuerza abrasadora.

Miré a Allison, detallando cada parte de su rostro. Sus ojos negros, al igual que su cabello; sus mejillas, que siempre mantenían un leve color rosado a pesar de que su piel era pálida; sus labios tan suaves; su nariz pequeña, que siempre tendía a arrugar cuando algo no le gustaba... Sentí que podía admirarla una y otra vez, detallarla mil veces, y seguir encontrando perfección en cada uno de sus rasgos.

Una y otra vez. Por una vida. Por toda la vida.

Y lo que pensé como una posibilidad en menos de un segundo se volvió una decisión.

Vale, lo iba a hacer.

Me recompuse, quitándome a Allison de encima, y pegué un brinquito fuera de la cama.

—Ey, debes de esperar hasta antes de la boda para huir. No ahorita —protestó, rodando en la cama para verme con una mueca de extrañeza.

Negué con diversión mientras salía de la habitación a toda prisa. Entré en la cocina, ¿por qué mi corazón latía tan fuerte en mi pecho? Carajo, se me iba a salir.

—¿Qué haces? —me preguntó Aaron cuando pasé a su lado a toda velocidad.

—Nada —le espeté, pero me regresé cuando noté que tenía un paquete de pan integral en la mano.

—¿Qué?

—Dame eso —le quise quitar el pan, pero él lo agarró con fuerza, escondiéndolo en su espalda.

—El integral es mío.

—Sólo necesito el… —¿cómo mierda se llamaba eso?—. El... esa cosa.

—Allá hay pan blanco —me señaló la repisa con el ceño fruncido—. Éste es mío.

Bien, igual necesitaba dos. Me acerqué a la repisa, miré el pan y rogué que por favor tuviera el maldito... ajá. Le quité el alambre recubierto de plástico que servía para sellar la bolsa.

—¿Para qué quieres eso? —inquirió Aaron—. Mejor ya duérmete, que mañana vamos a salir temprano.

¿Eh?

Me giré hacia él con una mueca de extrañeza.

—¿Vamos?

—Sí —me extendió el alambre de su pan cuando se dio cuenta de que era eso lo que necesitaba—. Voy a ir contigo.

—¿Para qué? —lo cuestioné.

—Para que no hagas nada estúpido.

—Bien.

No me importó. Ya luego me preocuparía por eso, ahora no. En ese momento mi cabeza parecía una bomba de pensamientos. Mis manos cosquillearon cuando sostuve ambos alambres y sonreí cuando entré de nuevo a la habitación.

—Pensé que me ibas a dejar dormir sola —Allison estaba parada junto a la cama y...

—¿En serio tardé tanto como para que te diera tiempo de cambiarte?

Llevaba una pijama. Una camiseta con una imagen de Bob Esponja en el centro y unos pantaloncillos un tanto cortos, con dibujitos de Bob Esponja.

—No mucho —sonrió, extendiendo los brazos—. Más bien me cambié rápido.

—Entonces ¿me puedo poner mi pijama también?

—¿Tienes pijama?

Hice una mueca, dudoso. Tenía algo así.

—¿Mi bóxer vale?

—¿No te va a dar frío?

Negué con la cabeza.

—Pues si quieres, puedes...

—Perfecto.

No la dejé terminar y en menos de dos minutos ya estaba con mi "pijama". Ella sonrió al verme y yo solté una risa tranquila cuando se puso de puntitas y envolvió mi cuello con sus brazos para besarme en los labios.

—¿Adónde fuiste? —inquirió.

Oh, sí, había llegado el momento. Mi corazón, que aún continuaba latiendo rápido, se congeló por un segundo al darme cuenta de lo que estábamos a punto de hacer, sin embargo, después volvió a latir con más fuerza.

La tomé de la mano y la guie hasta la cama. Me senté y palpé con la mano el espacio frente a mí.

—Siéntate.

Ella accedió a mi petición y se acomodó frente a mí.

—¿Qué ocurre? —me preguntó, un tanto nerviosa.

Yo estaba igual. Mi corazón estaba a punto de salirse de mi pecho por lo rápido que latía. Me relamí los labios y busqué su mano para tomarla nuevamente.

Sentía que todos y cada uno de mis nervios hervían por lo que estaba a punto de hacer. Era simbólico. No iba a prometerle algo que no podía cumplir, pero podía jurarle intentarlo.

—Te quiero —murmuré.

Ella frunció el ceño, un poco confundida, pero sonrió con una ligera mueca, asintiendo.

—Yo también te quiero.

—Mucho.

—Yo también te quiero mucho.

Sonriendo, le mostré el par de alambritos que tenía en la mano.

—Quiero hacerte un juramento y una propuesta.

—¿Un juramento y una propuesta?

—Sí —dije, colocándole uno de los alambritos en el dedo anular. Poco a poco fui moldeándolo para que quedara alrededor de él—. El juramento de que voy a intentar y voy a dar todo de mí para que en un futuro, cuando tú y yo estemos bien y hayamos superado nuestros problemas, nuestros miedos y seamos personas estables en todos los sentidos, formemos una familia.

El alambre cubierto de plástico había quedado sobre su dedo como un anillo rugoso. No era perfecto, no era la cosa más prolija, pero creo que quedaba bien con lo que representaba. Habría baches en el camino, sin embargo, estaba seguro de que podríamos superarlos, ya habíamos avanzado mucho, y seguiríamos hasta el final. Con Allison siempre iba a ser hasta el final.

Alcé la vista para observarla, ella también me miraba. Tenía los ojos llenos de lágrimas y su labio inferior temblaba con una ligera sonrisa.

—Es el juramento de que voy a intentar, realmente intentar, no dejarte nunca, así la vida se empeñe en hacerlo. En unos años, vamos a tener una casa, una gatita negra y dos niños, que claramente no se van a llamar Juanito y Juanita —ambos soltamos una leve risa—, así como mucha felicidad para mantener todo unido y para darles a esas personitas que vamos a esperar en un futuro lo mejor de nuestra parte con tal de que sean felices. Vamos a tener una vida plena y feliz, Allison. Y esto es el juramento de que voy a dar todo de mí para lograrlo. Para que en muchos años veamos hacia atrás y digamos: *"Lo logramos"*.

Me temblaba la mano. Creo que en ese momento me temblaba todo el cuerpo, incluso la vida. Allison había llegado a mi vida para sacudirme por completo. A darme esa bofetada de realismo que necesitaba. Ese realismo abstracto, colorido, y que me costó un tanto entender. Aunque, cuando lo hice, pude ver el arte detrás de todo.

Tomé la sábana y la tiré sobre nosotros para cubrirnos con ella. La luz disminuyó, pero aún podíamos vernos. Podía verla mirarme con esa sonrisa que era la única que deseaba tener por el resto de mi vida.

Entonces, bajo nuestra pequeña cubierta, continué:

—Éste es un anillo de bodas. En este momento, aquí y ahora, ¿quieres tú, Allison, casarte conmigo?

Su silencio fue tan corto como el sonido de un potente latido que mi corazón soltó ante mis propias palabras.

Asintió con la cabeza en reiteradas ocasiones y se relamió los labios, aclarándose la garganta mientras encontraba su propia voz.

—Sí, sí quiero —murmuró, tomando el pequeño alambre que quedaba y colocándolo sobre mi dedo anular. Sus manos temblaban—. Yo... juro estar contigo. No dejarte nunca e intentar dar todo de mí para superar mis miedos y mi pasado, y poder ser estable, para que tú y yo, juntos como pareja, podamos estar bien. Para que en un futuro tengamos una familia con Minni, no olvidemos a Minni —sonreímos, asintiendo—. Y sí, para que tengamos una vida juntos.

Finalmente, el anillo se formó sobre mi dedo. Era un símbolo. Era nuestra manera de saber que estábamos dando todo de nosotros, no sólo en esta situación, no sólo respecto a Jaden, sino en todos nuestros problemas. Ambos lo sabíamos, nuestro pasado estaba y continuaba con nosotros, y cada uno debía de, a su paso y a su manera, poder superarlo. Pero aquí estaríamos mientras tanto, juntos y con un juramento latente.

Tomé su mano y besé el anillo que tenía.

—Nos declaro marido y mujer.

Allison sonrió.

—Ahora besa a la novia.

La tomé de la nuca y, antes de besarla, hicimos nuestro pequeño ritual. Nos miramos a los ojos.

Azul y negro.

Y con ello nos dimos a entender todo lo que no podíamos decir con palabras. Finalmente la besé, sellando el juramento.

Una vida juntos.

"Eres mi otra mitad, eres lo que me hace ser yo misma,
lo que me hace sonreír
cuando caigo y no puedo levantarme".

("Beautiful Thing" - Grace VanderWaal)

7

E + A

Allison Hallen

Si despiertas antes de que llegue, he ido al lago con Aaron a hablar cosas de hermanos que se quieren mucho. No te preocupes, si intentamos ahogarnos, probablemente gane yo. Regreso pronto o no, según cuando leas esta nota.

-E.B. TEQTQM

♡

Leí la notita que Eiden me había dejado sobre la mesa de noche y fruncí el ceño.

Eiden y Aaron. Juntos. En el lago. Hablando. Sonaba extraño. Casi podía imaginármelos intentando mantener una conversación. Eiden con mala cara y Aaron queriendo sacarle cualquier palabra más allá de una mirada asesina o un asentimiento amargo. Ambiente tenso seguro.

Yo creo que Aaron tiene más fuerza y lograría ahogar a Eiden. No le digan a Eiden que dije eso.

Meneé la cabeza, alejando esa escena, y volví mi vista hacia la notita.

¿Qué era TEQTQM? ¿Té electrónico que tiene queso manchego?

Arrugué la nariz, no era buena llegando a conclusiones, pero más le valía que fuera algo lindo, si no, tendría que soportar uno de mis dramas. Mejor decidí concentrarme en el pequeño corazón dibujado al final, ya después le preguntaría por eso. La caligrafía de Eiden era casi cursiva, estaba muy inclinada, y el pequeño corazón era casi perfecto. Ambos lados eran simétricos entre ellos. Sonreí al notar lo que había al reverso.

Cómo es que el chico que conocí cuando lo salvé de una golpiza y que me mandó al carajo terminó así, dibujando a dos personitas con palitos y bolitas, con un corazoncito en medio de ellas y una notita en letra pequeña y cursiva que decía:

"P.D. Yo soy el más alto, el que sale más guapo".

Negué con diversión. Casi pude visualizarlo escribiendo y dibujando la nota. Seguro lo había hecho con una sonrisa, justo como estaba yo en estos momentos. Últimamente sonreía muy a menudo. Cuando lo viera, le pincharía esos hoyuelos que se le formaban.

Doblé la nota, tomé mi celular y le quité la funda para poder colocar el trozo de papel ahí. Guardaría la nota, probablemente la enmarcaría y la acomodaría en algún sitio de mi habitación. Ey, era como una foto de nosotros, aunque con muchos kilos menos. Pero nos veíamos guapos; bueeeno —rodé los ojos—, él más.

Me sentía extrañamente feliz. Tal vez era por el anillo en mi dedo. Estaba casada... Simbólicamente, pero lo estaba. El recuerdo de lo que había pasado hacía un par de horas en esta misma cama invadió mi cabeza. No podía creer hasta qué punto se había removido mi vida en un par de semanas.

Una vida.

Una vida juntos.

Apreté el celular entre mis manos. Una vida. Cuando miraba en retrospectiva lo que había sido mi vida antes, notaba el contraste con mi humor en esos momentos. Se sentía como si Linston hubiera sido un parteaguas. Un antes y un después.

Estancada. Así sentía mi vida en Ohio. Como si sólo me hubiera quedado en un punto intermedio. No era malo. No era bueno. No estaba triste. No estaba feliz. Sólo estaba viviendo día con día. Y lamentablemente eso sólo lo había logrado gracias a Hellen. Porque antes sentía que ni siquiera estaba haciendo eso. Estaba sobreviviendo a todo, a mí misma, a los demás, a mi cabeza, a mis padres. A un mundo que me había abandonado.

No tenía amigos. No tenía padres. No tenía un apoyo. Y aunque Hellen había sabido tomar su lugar de una manera simple y casi perceptible, se seguía sintiendo un tanto extraño. Como si el lugar y el contexto en los que estaba fueran un fantasma silencioso que siguiera ahí. Sólo ahí. Manteniéndome estancada.

"Tal vez quería clavar el puñal con más fuerza, recordar y sangrar, a ver si así comenzaba a buscar la manera de cicatrizar la única herida que no había sanado".

La frase encajó como un puzzle en mi cabeza. Sin embargo, en ese momento, la adrenalina envuelta en emoción que circulaba por mi cuerpo la disolvió, invitándome a accionar.

Lo había pensado tanto y siempre me había detenido. Era un miedo que prácticamente me devoraba y paralizaba. No quería recordar. No quería recibir la misma negativa que obtuve de mi propia madre. Era como si quisiera dejarlo atrás, sepultarlo, a ver si un día dejaba de doler. Sin embargo, era imposible. No podía enterrar algo que día con día me afectaba. No podía simplemente esperar a que se solucionara, por lo menos no por completo. Me seguía afectando. Me seguía doliendo. Me seguía estancando en mi propia cabeza.

Sin embargo, me había dado cuenta de que, aunque fuera de manera inconsciente, yo me había puesto ese paradigma. El sentir que podía liberar algo de mí si lo decía, si me ayudaban a conocer cada gramo de miedo, de vergüenza, de culpa y de todas las secuelas que me había dejado ese suceso.

Respiré hondo y, en cuanto marqué el primer número, ya no me detuve. Marqué los diez dígitos sin darle más vueltas y el pitido al otro lado reveló la voz de Hellen.

* * *

—¿Tomate? —alcé la bola roja, mostrándosela a Samantha.

Ella negó.

—No, a Eiden no le gusta.

Lo hice a un lado.

—Pero a Aaron sí —recordó.

Lo volví a tomar.

—Aunque no en el sándwich.

Lo dejé a un lado.

—Aunque sólo si el sándwich lleva queso amarillo. Es que no le gusta el sabor de ambos juntos —abrió la nevera y removió un par de cosas—. Sí, sí hay. No le pongas, entonces.

Asentí con la cabeza.

—¿Y aguacate? —le mostré la bola negra.

—Sí. Pero únicamente a Eiden, a Aaron no.

Mmm.

Miré los seis panes extendidos en dos platos distintos sobre la mesa. Tres para Eiden y tres para Aaron. ¿Cuáles eran los de Eiden y cuáles los de Aaron?

Fruncí el ceño. A Eiden no le gustaba la mayonesa, pero a Aaron sí, aunque poquita. A Eiden sólo le gustaba una rebanada de jamón en su sándwich, pero a Aaron dos. A Eiden le gustaba la cátsup después del jamón y a Aaron después de la lechuga. A ambos les gustaba la estúpida cátsup, pero no el maldito tomate, o bueno... sólo si no llevaba queso amarillo, ¿o era al revés? No lo sé. ¿Por qué no podían gustarles las mismas cosas?

A regañadientes pinché un pan y sentí cómo la mayonesa se adhería a mi dedo. Bueno, eran los sándwiches de Aaron. Felicidades, ahora iba a tener un pocito de mi dedo marcado.

Cuando salí de mi habitación, encontré a Samantha entre un lío de panes e ingredientes en la mesa mientras intentaba fundir un poco del queso que habían puesto sobre los macarrones... crudos. Entre tanto alboroto se había hecho un lío. Me ofrecí a ayudarle, y como estaba que cortaba cabezas con la mirada porque ya se había dado cuenta de que la estufa de la cabaña no era ni de cerca tan buena y funcional como una normal, se puso a volver a hacer los macarrones y yo me quedé a cargo de los sándwiches.

—¿Tienes hambre? —le pregunté a Minni cuando se frotó en mis pies con un suave maullido.

Ya no tenía pinta de querer hacer un desastre a mi alrededor y ya me dejaba acariciarla aunque Eiden no estuviera. Incluso —más sorprendentemente—, no se había despegado de mí desde esta mañana. Y yo que creía que sería la madrastra mala a la que sus hijastros no querrían.

Ella me miró unos segundos y hondeó su cola con lentitud, en lo que supuse fue un sí.

Iba a darle un trozo de jamón, pero di un respingo cuando un sonido espumoso hizo que Minni saliera disparada hacia otro sitio.

—No le digas a Eiden que hice esto —soltó Samantha—. Me va a matar.

Había una bola de chantilly en el suelo. Blanca, espumosa y alta que en menos de un segundo fue devorada por Minni.

—No le diré —le aseguré.

Ella sonrió y sin más se lo llevó a la boca, vaciando una gran porción.

—Es su favorito —musitó, deglutiéndolo—. Tiene que salir hasta la ciudad para encontrar esta marca, si no, no quiere nada. Y todavía lo esconde el muy desgraciado para que no lo agarremos nosotros. ¿Puedes creerlo?

Samantha me miró con toda la indignación que podía caber en un cuerpo delgado y de metro sesenta.

Negué, efusivamente, dándole la razón.

—Es un desgraciado —asentí—. Uno muy grande.

—Así es —me miró y me extendió el envase—. ¿Quieres?

—¿Chantilly?
—Ajá.
Lo dudé un momento. Enseguida me imaginé a un miniEiden —y no de edad, sino de tamaño; tan chiquito que si le daba una patada salía volando— con una crema chantilly en la mano, mientras una miniSamantha con cara de ogro venía y se lo quitaba, haciendo que llorara.
Jeje. Me encogí de hombros y asentí, extendiendo mi mano y tomando el envase. Eso fue como darle una patada al Eiden chiquitito, sólo diré que en mi cabeza salió volando como si fuera una animación de Mario Bros.
Abrí la boca y coloqué el chantilly a una buena altura, para presionarlo...
—No lo presiones mucho porque...
Ay.
—Tiene la tapadera muy suelta —terminó en voz bajita.
Tarde. Solté un chillido al sentir cómo se me llenaba la cara de la crema que se había salido de más. De un tirón me quité la espuma de la nariz. Casi me ahogaba.
—No te rías —le dije a Samantha al ver que estaba a nada de carcajearse.
Pero le valió y ni siquiera le costó dos segundos soltarse en una risa escandalosa.
¡Pude haber muerto y ella estaba desternillándose de la risa!
Imagínense los titulares: "Muere chica ahogada por crema chantilly".
Oh, no, qué vergüenza.
Le lancé una mirada fulminante a Sam, que seguía riéndose, y justo en ese momento una idea cruzó por mi cabeza. Sonreí con malicia y a mí tampoco me costó ni dos segundos apuntarle con la crema y rociarla. ¡Yuju! Estábamos iguales.
—¡Oye! —soltó, limpiándose los ojos, justo en donde le había dado.
—¿Qué? —sonreí, inocentemente.
—Nada, nada —negó.
No sé de dónde, pero sacó otro bote de chantilly. Y ahí empezó lo que yo llamé "batalla de chantillazos". Una que hizo llorar a muchos miniEidens por todo el chantilly que se regó.
Nos rociamos entre nosotras, yo le disparé primero en la cara y ella me dio en el pecho porque no podía ver bien. Así que la volví a rociar y esta vez sí me dio en la cara. Cada que la crema caía en el rostro de una, era porque otro disparo espumoso ya iba contra la otra.
—¡No veo! —chilló Samantha al cabo de unos segundos.
—¡Ni yo!
Pero eso no hizo que ninguna se detuviera.

—¡Creo que me voy a ahogar!

—¡Yo también!

—¡Entonces para!

—¡Para tú!

—¡No, para tú primero! —refunfuñó Samantha, entre un palabrerío ahogado cuando supuse que la crema le había dado en la boca.

Malditas latas de un litro. ¿Por qué Eiden no pudo comprar de las medianas y normales?

Parecía que no tenían fin.

—¿Y si paramos al mismo tiempo? —propuso.

—Está bien.

—¿En tres? —preguntó, echándome crema en la cara.

O eso creí, porque de tanta que tenía en el cuerpo, ya ni sentía cuándo me caía más.

—En tres —afirmé.

Que quede claro que mi dedo seguía presionado en la pequeña tapa.

—Uno —comenzó ella.

—Dos —seguí.

—Tres.

Alto al fuego, soldado. Nos limpiamos la cara deprisa, quitándonos toda la crema de los ojos, y alzamos las manos a toda velocidad en señal de rendición.

Nos miramos la una a la otra y por algún motivo a ninguna le dio gracia, o por lo menos no la suficiente como para reírnos. En cambio pensamos lo mismo:

—Nos va a matar —soltamos al unísono.

Rápidamente cada una quiso vaciar un poco en su mano. Bufé, mi envase no tenía nada. Nada de nada. Maldito, ahora sí se acababa.

—El mío tiene —soltó Samantha—, pero casi nada.

—Hay que dejarlo donde estaba —sugerí—. Tal vez no se dé cuenta.

—Claro que se va a dar cuenta —chilló con cara de susto—. Se va a vengar con mis macarrones. Los voy a esconder.

—Nooo. Mejor hay que limpiarnos, y esconder los envases.

—¡Se dará cuenta de que no están!

—Pero no sabrá que fuimos nosotras.

—¡Hay que echarle la culpa a Aaron!

—No, no —lo pensé mejor—. Bueno, si se da cuenta, sí.

—Bien. Bien —asintió efusivamente—. Hay que limpiarnos.

—Vale.

Bendita suerte, ¿dónde estabas este día?

Ambas dimos un paso hacia delante y abrimos los ojos como platos al darnos cuenta de lo inevitable. El piso estaba resbaloso.

Nos caímos.

Yo hacia atrás, ella hacia delante. Mi cabeza rebotó en el piso, haciéndome soltar un quejido sonoro por el dolor. Maldita sea.

—Me he quebrado la cabeza —dije, mirando hacia arriba.

—Y yo la frente.

Giré con lentitud mi cabeza hacia ella. Estaba boca abajo, recargada en uno de sus codos, mientras se sobaba la frente con mala cara.

—Creo que me va a salir un chichón. Va a parecer un cuerno —hizo una pausa, rodando los ojos—. Qué ironía.

La miré unos segundos, sin hacer ningún afán de moverme; necesitaba recuperar energía, porque el golpe me había dejado medio atolondrada.

—Se te va a ver bonito —le di un poco de consuelo—. Serías como un unicornio.

No me respondió.

—Si no te gusta, puedes ser un rinoceronte.

—Allison...

—Aunque los unicornios son más bonitos.

—Allison...

—Yo de chiquita quería un unicornio.

—Allison...

—Rosit...

—¡Allison!

—¿Qué?

—Allí hay una...

—¿Una qué?

Giré la cabeza hacia donde ella señalaba. Ay no. No. No. Eso no.

—¿Es una rata o veo borroso por el golpe? —inquirió, cerrando y abriendo los ojos con fuerza.

—Es una rata —le aseguré en un chillido—. Y nos está viendo.

—No hay que movernos —me sujetó del brazo cuando notó mi intención de pararme.

—¡Estamos en el suelo! —chillé del susto.

No, no. Mierda. Cómo odiaba las ratas. Y estábamos acostadas, las dos, en el suelo, y la rata a menos de dos metros.

¡Se nos podía subir encima!

De sólo imaginarlo casi me retorcí. Qué asco.

—Ya sé, pero nos está viendo. Nos va a seguir.

—Hay que hacerle "sh, sh" con la mano para que se vaya —sugerí.

—No. Eso sólo la va a atraer.

Cerré los ojos con fuerza, respirando por la nariz sonoramente. Si alguien hubiera visto la escena, se habría carcajeado. Ambas en el suelo, tiradas, yo boca arriba, Samantha boca abajo, mirando una rata, mientras deducíamos cómo huir de esa cosa de menos de quince centímetros.

—¿Y si nos subimos a la mesa? —planteé la posibilidad. Yo no quería seguir tirada en el suelo. Ya hasta me había comenzado a cosquillear todo el cuerpo de los nervios—. Si nos paramos rápido tal vez ni nos note.

—No alcanzamos a llegar —dijo en un chillido—. Y aparte la mesa se puede romper.

Sam tenía razón, no se veía de la mejor madera del mundo, así que no argumenté nada. Mejor me puse a pensar en otras ideas muy rápido, porque lo único que quería en ese momento era huir lejos del roedor.

—¿Y si corremos?

—¿A dónde? —su nariz se arrugó—. Las puertas tienen fisuras abajo, nos puede seguir.

—Arriba del sofá. Está bajito, sí podemos subir.

—¿Corres rápido? —me miró con el ceño fruncido.

—Si hay una rata siguiéndome, sí. ¿Y tú?

Asintió con la cabeza y yo quité la vista de la rata, que también nos miraba, como si dijera: "¡Hola! Sigo aquí".

—A la cuenta de tres, ¿vale? —me dijo, seria.

—Sí, sí, sí —respondí deprisa.

—Una...

—Dos, tres —solté de golpe y me puse de pie sin pensarlo dos veces para salir disparada hacia la sala.

Creo que volé en el momento en que di un salto hacia el sofá. Por suerte, sentí cómo Samantha se pegaba a mis espaldas casi al instante.

—Nos siguió —señaló Samantha con un chillido asustado.

—¿Qué hacemos?

—¿Y si salto y la piso?

—Nooo. Eso no —me alarmé.

—Tienes razón, estoy descalza.

Nos pegamos lo más posible al respaldo del sofá. Probablemente, en ese instante, en nuestras cabezas cabía la posibilidad de que la rata diera un brinco de casi medio metro para subirse. Yo sólo podía imaginarme cada una de mis neuronas como miniAllisons que corrían de un lado a otro en mi cabeza, alarmadas. Ésta era la venganza de los miniEidens por acabarnos su crema chantilly.

—¡AAAAHHH!

—¡AAAAHHH! —grité también, sin saber qué rayos pasaba—. ¡¿Por qué gritamos?!

—¡Se movió, se movió! —brincó Samantha, entre chillidos—. Se movió. No quiero que me toqué con sus patas.

—No, nos...

—¡AAAAHHH! ¡Se volvió a mover!

—Mejor sí salta y písala —arrugué la nariz—. Luego te limpias los pi...

Ambas giramos la cabeza de golpe. La puerta se había abierto.

—¡Holaaaa! —la voz de Aaron se apagó justo cuando nos vio—. ¿Qué hacen ahí?

—Hay una rata —la señalé, mostrándosela.

En ese momento, él era nuestra salvación.

Aaron me miró con el ceño fruncido y bajó la vista con lentitud, y sí, adiós, esperanza. Casi metro noventa de altura y unos buenos músculos pegaron un salto de aproximadamente medio metro hacia nosotras.

—¿Qué haces? —le soltó Samantha, molesta, mientras le daba un manotazo—. Espántala.

—¡¿Yo por qué?!

—¡Porque sí!

—No, qué asco. Imagina si me toca —puso cara de repulsión—. Mejor hay que esperar a que llegue Eiden.

—¿Y dónde está? —pregunté esta vez yo.

Vamos, que al parecer ahora él sí sería nuestra última salvación.

—Ehh...

—¿Qué mierda hacen ahí?

Los tres nos giramos de golpe cuando la voz de Eiden sonó en el lugar.

—Hay una rata ahí —la señaló Aaron—. Espántala.

Adiós, salvación.

No, no les voy a decir cuál fue su reacción. Aunque sí les diré que al final éramos cuatro sobre el sofá. Cuatro. No dos, no tres. Éramos cuatro personas sobre un maldito sofá, asustados por una pequeña bola de pelos color gris que estaba en el suelo.

Nos quedamos quietos, viéndola, como si nos diéramos por vencidos. Ninguno se movió, ninguno dijo nada, y, por nuestras caras, era seguro que ninguno se animaría a bajar por su cuenta.

—¿Qué hacemos? —pregunté a los pocos minutos.

Ya la había observado demasiado tiempo. Creo que ya hasta la veía gesticular.

—Tengo una idea —soltó Aaron.

—¿Cuá...

—¡No! —todos nos alarmamos cuando vimos cómo sacaba una pistola.

—Eso no —alegó Samantha.

—¡Es la única opción!

—¡La vas a matar!

—¡Es una rata!

—Puede ser una mamá rata que va a dejar a sus crías huérfanas.

—¡Mamá rata, mi puta madre! La voy a matar.

—¡Si es la única opción, hazlo! —soltó Eiden.

—¡No! Mejor dispara a otro lado, a ver si se asusta —propuse.

No estaba emocionalmente preparada para ver morir a una rata. Maldita sea, eso no. No me gustaban, pero tampoco quería ver eso. Iba a tener pesadillas.

—¿Y si del susto salta hacia nosotros? —replicó Aaron, sin dejar de apuntarle.

Me estaba poniendo de los nervios esa pistola, la rata, toda la situación.

—Es una rata —dije—, no un gato.

—Las malditas ratas saltan, Allison.

—Está chiquita, no va a saltar tanto.

—Chicos...

—Pues entonces ¿qué hacemos? —bufó Eiden—. ¿Nos quedamos a dormir aquí hasta que se vaya?

—Yo no voy a dormir con ustedes —Aaron hizo una mueca—. Ustedes dos de seguro se meten mano en las noches y no, ya dije que no estoy listo para ver a mi hermano...

—Cállate —le espeté a Aaron.

—Chicos...

—Es verdad, que mira que a veces no...

—¡Chicos!

—¡¿Qué?! —miramos a Samantha con mala cara cuando escuchamos su grito.

—Miren.

Miramos hacia donde apuntaba. Minni. Estaba plantada a menos de un metro observando a la rata. Su expresión corporal delató lo que iba a hacer. La acechaba como si fuera una presa, lista para ser atacada. Su cuerpo estaba ligeramente encorvado y su vista, fija.

—Dile que se apure —le susurró Aaron a Eiden en voz bajita—, que quiero hacer pipí.

—¿Cómo rayos le digo eso? —masculló Eiden.

—No sé. Eres su papá. Háblale con tus instintos paternales.

Él le lanzó una mirada fulminante, pero aun así volvió su vista a Minni y tomó una respiración honda como si se prepara.

—Minni —le chistó—. Espanta a esa rata.

—No, pues wow, mucho caso.

Eiden puso los ojos en blanco, pero siguió.

—Minni, Minni...

Di un respingo. Minni se lanzó sobre la rata, provocando que ésta saliera disparada de golpe hacia el lado contrario de la habitación para evitar que la atrapara. Como si estuviéramos en una carrera de la Fórmula 1, vimos cómo Minni la persiguió por toda la cabaña, hasta que ambas salieron por la puerta que estaba semiabierta.

Al fin salió. Lejos. Muy lejos de nosotros.

—Sí, bueno —Aaron dio un saltito bajando del sillón y se frotó las manos—, como decía... si necesitan más ayuda, chicas, ya saben a quién llamar.

—¿A Minni? —enarqué una ceja.

—No, al que sacó una pistola para defenderlas. Ash, de tanto esfuerzo por DEFENDERLAS —recalcó— ya hasta me estaba orinando en los pantalones. Voy al bañito.

Aaron salió disparado hacia la puerta y yo rodé los ojos, mientras tomaba la mano que me estaba ofreciendo Eiden para bajarme del sofá.

—¿Y a mí quién me va a ayudar a bajar? —Samantha extendió los brazos con gesto molesto cuando notó cómo Eiden ya se iba hacia la cocina.

—Bájate sola, ni que fueran dos metros —le soltó Eiden.

Suspiré con diversión y le extendí un brazo a Samantha.

—Gracias. QUÉ AMABLE.

—Hablando de amabilidad —Eiden nos miró desde la cocina—. ¿Qué tienen en la cara?

¿En la cara?

Miré a Samantha con una mueca y ella me miró con otra. Ay, no, hoy definitivamente no era mi día de suerte. Abrimos los ojos como platos al ver cómo seguíamos llenas de la crema chantilly.

—Espuma de afeitar.

—Espuma de platos.

Cerré los ojos con fuerza.

—Es que... —intenté pensar en algo para que no nos descubriera—. Nos ensuciamos con... con espuma de afeitar… ajá... y pues nos limpiamos, ya sabes, con jabón. ¿Verdad, Samantha?

Le di un codazo en el brazo y ella asintió, frenética. Creí que se le iba a salir la cabeza.

—Sí, sí, eso pasó. Nos ensuciamos con la espuma de los pla... de afeitar y nos lavamos.

Eiden nos miró con los ojos entrecerrados y por su ligero ceño fruncido noté que no nos había creído. A ver, okey, no fue la mejor excusa y los hechos se veían un poquito sospechosos, pero fue lo primero que se me ocurrió. Fue velocidad mental, no agilidad para crear mentiras que mínimamente no parecieran mentiras.

Me sentía como si, en lugar de crema chantilly, en la cara tuviera sangre, y como si Eiden fuera un policía buscando la evidencia de un crimen muy sangriento.

Este día estaba haciendo muchas analogías extrañas.

Di un paso hacia atrás en el momento en que Eiden caminó hacia nosotras.

—¡Los macarrones se queman! —pegó un gritillo la muy astuta de Samantha, mientras se iba a la cocina y me hacía una señal de "adiós" con la mano para salir disparada lejos de nosotros.

Miré a Eiden con una sonrisita que se desvaneció cuando, sin mucho más que decir, me pasó un dedo por la mejilla. La sensación me calentó la piel, pero en ese momento me palpitaba tan rápido el corazón por la adrenalina de ser descubierta que no pude sentir algo lindo por su tacto casi juguetón. No estaba nerviosa porque fuera a enojarse —estaba segura de que sólo sería un berrinche—, sino por el simple hecho de que... no lo sé. A nadie le gusta que lo atrapen con las manos en la masa.

Eiden enarcó una ceja y se llevó la crema a la boca.

—¿Sabías que la crema de afeitar ya viene con distintos sabores? —le sonreí inocentemente.

Alzó las cejas.

—¿El chantilly está entre los nuevos sabores?

—Sí. Qué bueno, ¿no?

—Buenísi...

Momento de distracción hasta que se le olvide: activado.

Me acerqué a él y tomé su nuca entre mis manos. Ni siquiera le di tiempo a que lo pensara mucho. Lo besé. Nuestros labios chocaron violentamente por la fuerza con la que lo había atraído hacia mí. Lo sentí soltar un poco de aire entre el beso, en señal de derrota, y yo sonreí, abriendo mis labios sobre los suyos cuando noté cómo sus manos se deslizaban por mis mejillas, intensificando el roce de nuestros labios.

—Esto no hace que se me olvide lo de mi crema —musitó entre el beso.

—¿Ah, no?

Tomé su barbilla y desplacé mis besos hasta su mandíbula, dejando pequeñas mordidas suaves en algunos puntos. Noté sus dedos fríos hacer un contraste enorme con mi piel caliente cuando rodeó mi cintura y metió sus manos debajo de mi jersey, pegándome a él...

—¡Por el amor de Dios! ¡Respeten la sala... ninfómanos!

Nos separamos de golpe. La voz de Aaron nos interrumpió. Parecía muy indignado, con los brazos en jarras sobre su cadera, alternando la mirada entre Eiden y yo.

—Sólo era un beso —le dediqué una sonrisita.

—¿Beso? Se estaban metiendo mano —se llevó dos dedos a los ojos, y después apuntó a Eiden—. Vi esa manita.

—No estés de pervertido viendo cosas que no son —bufé.

—¡Están en la sala! ¡Miren! —apuntó a Samantha, que se estaba llevando una cuchara a la boca—. Ya traumatizaron a mi hermanita.

Samantha asintió frenéticamente.

—Secuelas de por vida —dijo, llenándose la boca de macarrones.

—Secuelas de por vida te voy a dejar yo si vuelves a agarrar mi crema chantilly —la amenazó Eiden.

—¿Agarraste su crema chantilly? —Aaron la miró con los ojos entrecerrados.

—No. Bueno, sí...

—Entonces, no te quejes si agarra tus macarrones.

—Ajá. No te quejes —le dio la razón Eiden.

—Claro, como a ustedes no les gustan se van contra mí.

—Pues sí...

Miré divertida la escena hasta que de pronto todo cambió. Mi sonrisa se disipó de golpe y sentí un pequeño pinchazo en el corazón cuando noté la normalidad con la que los tres estaban discutiendo sobre crema chantilly y macarrones mientras Aaron sacaba su pistola y la dejaba sobre la mesita de centro con normalidad, y cómo Eiden se quitaba el jersey, quedando en una camisa negra, mientras le reprochaba algo a Samantha e, igual que Aaron, sacaba una pistola que portaba en la parte trasera de su pantalón para dejarla sobre la mesita al lado de la otra.

¿Realmente su mundo solía desconectarse tanto de la realidad o sólo ya estaban tan acostumbrados a eso que no era más que su normalidad?

Vivían alertas y esperaba con todo mi corazón que eso terminara algún día. Eran adolescentes, ya había perdido parte de su infancia, no quería que perdieran más.

—¿Amaneciste bien?

Corté el hilo de mis pensamientos en el momento en que Eiden me tomó de la cintura, acercándome a él.

Parpadeé un par de veces, mirándolo.

—Sí, ¿adónde fuiste?

—Al lago. ¿No leíste la notita que te dejé?

—Sí, sólo...

¿Por qué ambos llevaban pistola? No. Negué con la cabeza, intentando sacar eso de mi mente, y en cambio esbocé una pequeña sonrisa.

—Sí la leí. Lindos dibujos, me gustaron.

Se rio un poco.

—Qué bueno, porque tardé horas en dibujar tremendos retratos.

—Como copias al carbón de nosotros —me mofé, divertida—. Muy lindo, pero ¿qué significa TEQTQM?

Eiden sonrió con diversión y negó con la cabeza, mientras me dejaba un beso corto en los labios.

—¿No me vas a decir? —refunfuñé. De pronto, me tomó de la mano y nos hizo avanzar a la cocina.

—Después —dijo con un tonillo divertido.

Enarqué una ceja.

—¿Después en diez minutos o después nunca?

—Después, según qué tan buena seas sacando información —pronunció con un tonito incitante, haciendo subir y bajar sus cejas.

—Soy muy buena —le aseguré.

—Ya lo veremos —sonrió.

Yi li virimos.

Tenía mil maneras de sacarle información, aunque en ese momento no se me ocurría ninguna. Ya ingeniaría algo. Eiden podía ser bueno guardando información, pero yo era muy orgullosa como para rendirme.

Ya se me vendría algo a la mente.

Nos detuvimos al lado de la barra que estaba frente a la cocina y Eiden tomó una servilleta. Arrugué la nariz cuando comenzó a limpiarme la crema chantilly de las mejillas.

—Hazlo más suave, me duele.

—Lo estoy haciendo suave.

—La servilleta está rasposa.

Apartó la servilleta, viéndola con incredulidad cuando la pasó por el dorso de su mano, y luego me miró con los ojos entrecerrados.

—Es que mi piel es sensible —le dediqué una sonrisita. Mi piel se enrojecía rápidamente, por eso siempre usaba toallitas húmedas para limpiarla.

—Vale, la humedezco entonces.

—Gracias —le di un beso en la mejilla y él se marchó hacia el lavabo.

Mientras Eiden humedecía la servilleta, sentí la mirada de Aaron. Nos estaba observando con los ojos entrecerrados. Le saqué el dedo de en medio. No era mi culpa que estuviera soltero.

Él fingió dolor y se llevó la mano al pecho, para luego poner mala cara y sacarme el dedo también.

—¿Cómo rayos terminaste así?

Le saqué la lengua antes de girarme hacia Eiden, que ya había vuelto.

—Es que Samantha se burló de que me llené de chantilly.

Él enarcó una ceja, mirándome con severidad.

—¿Y se te ocurrió llenarla a ella?

—Ajá —ladeé la cabeza para que me pudiera limpiar el cuello—. Así nos burlábamos juntas.

—Qué bonito —dijo con un tonito de reproche—. Y ahora yo me quedé sin mi crema.

—No te enojes —le pinché una costilla juguetonamente—. Cuando salgamos de aquí, te compro una caja.

—Dos y media, y me pensaré lo de guardarte rencor por esto.

—Una y media. Que tampoco soy rica.

—Dos, para que te cueste mi perdón.

—Una y medi… ¡Ey! —le di un manotazo cuando metió la mano por el cuello de mi jersey.

—Tienes crema ahí —enarcó una ceja.

Mmm. Me fijé, y sí tenía una mancha blanca y espumosa que me recorría desde el cuello hasta el interior del jersey. Le lancé una miradita a Eiden y le quité la servilleta.

—Me lo limpio yo —le dije, seria.

Aaron y Samantha estaban en la cocina y podían vernos. No quería que vieran cómo su hermano me metía la mano en los pechos.

—Yo que creía que iba a poder ver dos de mis cosas favoritas juntas.

Hizo el ademán de fijarse dentro de mi jersey mientras yo me limpiaba, y le puse la mano en la cara, empujándolo. No, no, para eso existían los baños. No quería que Aaron nos gritara.

—¿Así que tu única parte favorita de mí son mis pechos? —negué con tristeza—. Te hubieras casado con mis tetas, no conmigo en ese caso.

—Toda tú me encantas, pero... eso... —me pinchó un pecho, juguetón—. Con crema chantilly sabría bien.

—Pues te vas a quedar con las ganas —le dije lanzándole la servilleta a la cara—. Y vamos a comer, que hice sándwiches.

Sonreí cuando soltó un bufido y lo arrastré conmigo hacia la cocina.

* * *

—He venido a disculparme.

Me senté al lado de Aaron, que estaba sentado en los escalones de la entrada. Por un momento creí que estaba bebiendo una cerveza, pero no, tenía un jugo en la mano. Le dio un trago mientras me miraba.

—¿Por qué?

—Por el golpe de ese día. No soy nada partidaria de la violencia. Así que...

—Esa manía tuya de disculparte —sacudió la cabeza—. No te preocupes, lo tenía bien merecido.

—Un poquitín —concedí—. Pero igual, lo siento. Y cambiando de tema antes de que me regañes por disculparme de nuevo, ¿por qué siempre te sientas aquí? Si es para estar tranquilo, dime y me voy.

Hay quienes necesitan un pequeño respiro de todo.

—Quédate —me ofreció un jugo—. Sólo me gusta admirar el paisaje, me da un poco de paz.

Tomé el jugo, asintiendo con la cabeza mientras le echaba un vistazo a todo el lugar.

—Es lindo de día. De noche es un poco escalofriante.

—Lo es —concedió—. Las mañanas, cuando sale el sol, son un buen momento para salir, es más pacífico.

—¿Y los atardeceres? —inquirí—. Cuando el sol está metiéndose, ¿no te gusta ese momento?

Lo pensó unos segundos antes de ver el sol que resplandecía en el horizonte, sobre las copas de algunos árboles.

—No tanto. Me baja un poco el ánimo. Todo es más melancólico que pacífico —dijo en un tono bastante suave.

—Tienes razón. Los atardeceres son más melancólicos. Son el fin del día, pero también el comienzo de la noche.

—De la oscuridad —musitó, sacudiendo la cabeza para terminar en un resoplido—. ¿Te he pegado lo filosófico?

—Tal vez un poco —me reí, y me propuse abrir mi jugo cuando sentí su mirada en mí. No supe qué cara poner, así que fingí no darme cuenta. No me gustaba que me observara, o por lo menos no tan de cerca, y lo tenía a menos de medio metro.

Estaba a punto de intentar decir cualquier bobería con tal de mantener la conversación cuando él dejó de mirarme. Fue un movimiento rápido. De pronto, giró su torso y tomó algo que tenía a su lado antes de volver a verme.

—Él es Daniels —me dijo, extendiéndome un portarretrato.

Por un segundo me sentí un poco perdida. Sin embargo, me apresuré a tomarlo. Lo reconocí al instante. Era el mismo portarretrato de su habitación. El vidrio estrellado, el marco café. Esta vez sí pude ver la fotografía. Era Aaron y un chico rubio. Parecía que la había sacado alguien más, como si los hubiera tomado desprevenidos. Estaban en una mesita; era la mesa de su habitación. Daniels parecía estar escribiendo o haciendo algo sobre una libreta y Aaron estaba a su lado, mirándolo con una sonrisa.

—Le gustaba dibujar —dijo Aaron—. Aunque a veces le gustaba innovar un poquito respecto a dónde y cómo dibujaba. Ese día estaba haciendo el boceto de unos tatuajes. Nos tatuó a los tres, sin ningún tipo de experiencia, porque según él era como dibujar sobre papel.

Abrí los ojos por la sorpresa.

—¿El tatuaje que comparten se los hizo él?

Asintió con una ligera sonrisa.

—No están nada mal...

Me callé de golpe cuando se alzó la camisa y me mostró su tatuaje. Tenía su tatuaje normal, el que compartía con Eiden y Samantha, pero claro, el de él tenía relleno de tinta el sol. Aunque lo que me sorprendió fue que, a un lado, tenía un círculo un poco deforme, tachado.

—Fui el primero en tatuarse, empezó con el sol y no le gustó cómo quedó el círculo, así que lo tachó —hizo una pausa y negó con diversión, acomodándose la camisa—. Se le olvidó que estaba dibujando sobre piel y no sobre una hoja.

—Woow. ¿Y aun así dejaste que te siguiera tatuando?

—Sí —se rio con un gesto despreocupado—. Aunque fue con la condición de que yo lo tatuara después.

La curiosidad me consumía. Estaba intrigada por saber más.

—¿Qué le tatuaste?

—El mismo círculo tachado. Ahora lo compartimos.

Sonreí, y noté que él también lo hacía. Daniels era importante para él. Lo sabía. Y nombrarlo de alguna manera hacía que le brillaran los ojos, aunque de una forma melancólica. Guardaba su recuerdo, pero le dolía.

Aaron le dio un traguito a su jugo y yo me quedé unos segundos mirando hacia el frente hasta que...

—Espera... ¿Cuántos años tenían cuando se tatuaron?

—Ambos dieciocho.

—¿Y Eiden y Samantha?

—Diecisiete y quince.

Me quedé perpleja unos segundos.

—¿Dejaste que tu hermana se tatuara con quince años? —dije sin poder creerlo.

—No, claro que no —sacudió la cabeza con un bufido—. Le dije que no se lo haría hasta que tuviera dieciséis, pero se lo hizo a escondidas.

—Wow, qué valiente. Yo con quince seguía llorando cuando me inyectaban, pero es porque les temo a las agujas. Es casi una fobia.

—Me ganaste, yo dejé de llorar a los dieciséis y sin fobia.

Negué con diversión ante su ocurrencia.

La verdad no entiendo ni por qué me extrañó que se hicieran un tatuaje a temprana edad; ellos habían pasado por muchísimas cosas como para que un tatuaje fuera la gran cosa, aparte era uno pequeño. Sin embargo, recordaba a mi yo de quince años y no me veía tatuándome. Me hubiese desmayado del dolor y del miedo, eso o Tara me hubiera matado por joderme la piel, si es que un día me lo veía.

Miré a Aaron, que estaba distraído, queriendo quitarle la etiqueta a su jugo. De pronto, noté cómo ciertas palabritas cosquilleaban en mi boca.

—Se notaba que eran muy buenos... amigos —lo último salió más como una pregunta que como una afirmación.

Vale, sí, me daba curiosidad saber cuál era su relación, sin embargo, no quería ser más directa.

Aaron enarcó una ceja.

—Sí, claro, amigos.

—Amigos —asentí con la cabeza, supuse mal al pen…

—Buenísimos amigos —noté el tono irónico de su voz—. De esos que se besan y cogen…

—Ya, vale. Ya entendí. No eran amigos.

Soltó una risotada mientras yo enrojecía.

—Sí, Allison, Daniels era mi novio.

—Ya lo sabía —chasqueé la lengua—. Sólo no quería suponer.

Me llevé el jugo a la boca, dándole un sorbito.

Noté de reojo cómo Aaron seguía viendo la fotografía, que ya le había devuelto.

—¿Por qué no le has cambiado el portarretrato? —inquirí con curiosidad.

Él me regresó la mirada.

—La rompió él cuando me la lanzó a la cabeza. Así que la conservo así.

Lo miré bastante sorprendida, no podía creer lo que me decía.

—¿A la cabeza? —pregunté con sorpresa—. ¿Tipo: te dijo "Atrápala" y no pudiste, o tipo: "Te odio" y te la lanzó?

—No, más bien estaba enojado porque le había hecho una broma y me estaba lanzado cojines a la cabeza y uno de esos tenía el portarretrato dentro.

Fruncí el ceño.

—¿Por qué tendría el portarretrato dentro?

Tomó aire antes de soltar las palabras y al instante supe que no serían nada gratas por la forma en que sus hombros se tensaron para luego caer abatidos:

—No quería que Jaden viera la fotografía, así que la escondí ahí.

—Oh.

Jaden. Las palabras que Eiden me había dicho golpearon mi cabeza. Jaden consideraba que tener a otras personas o quererlas te hacía débil. Supuse que Aaron también había intentado mantener a Daniels ajeno a lo que vivían en realidad.

—Menos mal —intenté fluir en la conversación—. Pensé que estaban en una relación tóxica y agresiva.

Aaron resopló con diversión, un poco más ameno.

—No —desestimó mi comentario—. Tuvimos varias discusiones, algunas más fuertes que otras, pero siempre tratamos de arreglarlo. Aunque la primera y unas cuantas más sí fueron mi culpa.

—¿Cuál fue su primera discusión? —curioseé, un poquito de chismosa.

—Cuando creyó que me había besado con una chica.

Lo miré de golpe con los ojos bien abiertos.

—Espera, ¿tú qué?

—¡No lo hice! —se apresuró a decir, levantando las manos como si se defendiera de algo—. Fue una confusión, la chica se me lanzó y sólo pude reaccionar moviendo la cabeza, entonces me dio un beso en la mejilla, pero mientras me la intentaba quitar de encima, porque me sostenía como maniática, Daniels lo vio desde otro ángulo y creyó que sí había pasado algo. Además, eso ocurrió justo después de que nos habíamos dado nuestro primer beso y bueno, yo, je... No le aclaré las cosas después, esperé un poco de tiempo para hacerlo.

—¿Cuánto tiempo? —enarqué una ceja.

Su expresión avergonzada me dio la respuesta, pero él lo confirmó con un tonillo igual:

—Unas horas —carraspeó para agregar—: Pero él sabía que yo lo había visto y no lo busqué en ese instante.

—Eso se oye horrible.

No quería ni imaginar lo que el pobre chico sintió. Si a mí me hicieran eso... me sentiría terrible. Bueno, a mí me habían dicho que yo no significaba nada, pero cinco minutos después ya nos estábamos besando de nuevo. Maldito Eiden y sus cambios de humor. Ahorita bromeaba sobre eso, pero en ese momento no fue ni de cerca gracioso.

Ahora le quería dar un buen golpe, no pincharle los hoyuelos.

—Lo sé —negó con la cabeza y suspiró—. Fue complicado, hubo varias cosas difíciles, más de mi parte que de la suya.

—¿Y te perdonó fácil?

—No, qué va —aseguró enseguida—. Era un maldito caprichoso. Me costó mucho que me perdonara.

Sonreí, asintiendo.

—Te lo merecías.

—Ya sé —suspiró—. Me perdonó muchas estupideces.

Perdonar estupideces. Apostaba a que era muy bueno con las palabras para que lo perdonaran. Sus momentos filosóficos parecían sacados de un discurso escrito. Daría lo que fuera por oírlo decir algo cursi.

Nos quedamos en silencio unos segundos hasta que al final él se animó a hablar.

—A veces suelo imaginar que sí cumplió su sueño de dedicarse a la pintura —murmuró. Su voz mantuvo un tono apagado—. Ya sabes, si pienso que está bien, duele menos.

—¿Él se fue? —inquirí en voz baja.

—Sí —intentó sonreír, sin embargo, fue más como una mueca triste—. Las cosas se complicaron, él dijo que debía irse... me dejó.

—Lo lamento.

—Igual yo.

No sé por qué, pero en ese momento sólo quise hacer una cosa. Me giré hacia Aaron y extendí mis brazos lentamente para abrazarlo. Noté cómo se tensaba, pero no me separé de él. Mis brazos rodearon sus brazos y hombros y lo sentí removerse a los segundos para poder corresponder mi abrazo.

—Eres la quinta persona que me abraza desde que tengo memoria —murmuró sobre mi cabello—. Gracias por todo, Allison.

Era tan sentimental que en ese momento ya me estaba temblando el labio inferior.

—Gracias a ti por dejarme ayudarlos.

Sentí su respiración golpear mi sien y sus dedos apretarme contra él, como si realmente hubiera sido algo que necesitara.

Siempre consideré a Aaron un alma libre que intentaba sobrevivir a un mundo que quería encadenarlo a su dolor. Pero en ese momento me di cuenta de que era al revés. Era un alma encadenada a su dolor, intentando sobrevivir en su libertad.

Nos separamos con lentitud cuando la puerta se abrió. Eiden había salido.

—Ehh... —nos miró raro.

Ambos nos pusimos de pie, viéndolo. Creo que era raro que nos abrazáramos de la nada, ¿o no? ¿Es raro abrazar a la gente? Yo no había abrazado a mucha gente. No me gustaba a menos que sintiera mucha confianza para hacerlo.

—Te juro que no es lo que parece —Aaron fue el primero en hablar—. Sé que soy irresistiblemente más guapo que tú, perooo, no, aunque tú no lo creas, Allison no estaba cayendo en mis encantos.

Rodé los ojos al igual que Eiden.

—Fue un abrazo amistoso —dijo él luego de su muy humilde discurso.

Levanté los pulgares.

—Amigos —dije sonriendo.

Parecía que Eiden quería desaparecer del lugar.

—Yo únicamente iba al baño —musitó.

—Sí, bueno. Yo tengo hambre.

Aaron le dio un golpecito en el hombro a Eiden y, antes de que desapareciera por la puerta, se giró a verme.

—Por cierto —añadió—, que quede claro que sí soy hetero.

Fruncí el ceño. ¿Hetero? ¿Y yo qué soy entonces? ¿Un hadita? Meneé la cabeza sin creerme nada de eso.

—¿A dónde vas? —le pregunté a Eiden cuando lo vi bajar los escalones, dando saltitos por lo rápido que iba.

—¡Al baño!

Una sonrisita maliciosa se dibujó en mi rostro y esperé a que se alejara un poco.

—¡Pero dame un beso de despedida!

—No tardo ni cinco minutos.

—Eso fue un "no" —dije, recargándome en la baranda—. Casi me sonó a un: "No te quiero".

Su mirada de súplica me hizo querer soltar una risotada. Me miró a mí y después miró en dirección al baño.

Hice un puchero y soltó un suspiro antes de correr hacia mí. Sonreí inclinando mi cuerpo para tomarlo de las mejillas y él se paró frente a la baranda, poniéndose de puntitas para darme un beso rápido.

—¿Ya puedo ir al baño? —inquirió, rodando los ojos.

—Sí, anda, ve.

Creí que saldría corriendo hacia allá, pero, por el contrario, me vio unos segundos y agregó:

—Espérame aquí. No entres.

Y con eso dicho, salió disparado hacia el baño.

—¡¿Para qué?!

—¡Sólo espérame!

Me abracé a mí misma sacudiendo la cabeza con diversión. ¿Qué planeaba?

Más le valía que no se tardara porque estaba haciendo mucho frío. Odiaba el frío. Tampoco me gustaba el calor, pero lo soportaba más.

Mientras esperaba, miré alrededor con curiosidad. El sol estaba a nada de meterse ya. Las copas de los árboles estaban repletas y verdosas. Recordé la primera vez que estuve aquí. Un completo caos. Un caos que poco a poco dejó de serlo.

Sonreí cuando vi a Eiden aparecer de nuevo. Me acerqué a él, bajando los escalones lentamente, y me quedé en el último justo en el momento perfecto en que llegó y se colocó frente a mí. Ese escalón me daba unos cuantos centímetros más para casi estar a la misma altura.

Nuestros brazos se movieron casi a la par. Él atrapando con ellos mi cintura y yo envolviéndolos en su cuello. Una risita escapó de mis labios cuando me pegó a él.

—Te quiero —murmuró, dejando un beso en mis labios.

—Te quiero —murmuré, viéndolo a los ojos antes de dejar caer mi frente en la suya.

—Miau.

Nos apartamos, divertidos, cuando Minni se frotó en nuestros pies.

—A ti también te queremos —le dijimos al unísono.

Eiden se agachó para tomarla y cargarla, y la gatita se acostó plácidamente en uno de sus brazos. Con la mano que le quedaba libre, Eiden tomó la mía.

—¿Has visto los alrededores de la cabaña? —me preguntó mientras comenzábamos a caminar.

—Eché un vistazo cuando estuvimos aquí la primera vez.

—¿Viste la parte trasera?

Sonreí cuando nos detuvimos ahí. Justo frente a la pared trasera de la cabaña.

—"SEA". "S" de Samantha, "E" de Eiden y "A" de Aaron —esta vez sí fui capaz de reconocer el significado de cada letra.

—Cuando éramos pequeños rayamos esta pared, así si alguien venía, podía ver que la cabaña tenía dueños. Tallamos nuestras iniciales para que nunca se borraran.

Eiden dejó a Minni en el suelo y me extendió una navaja.

—¿Quieres que tallemos nuestras iniciales?

—¿Tus hermanos…?

—Les pedí permiso y ellos aceptaron.

Asentí con la cabeza. En mis labios se dibujó una sonrisa y en mi pecho mi corazón latía tan fuerte que sentí que me iba a explotar cuando tomé la navaja que me ofrecía.

—¿Puedes ayudarme? —le pedí—. No creo tener tanta fuerza para poder hacerlo sola.

Me acerqué a la pared y a los segundos sentí el pecho de Eiden en mi espalda. Una de sus manos se deslizó por mi cintura para pegarme a él y la otra por mi brazo hasta alcanzar la navaja que tenía en la mano.

Sus dedos me envolvieron y besó mi mejilla mientras guiaba nuestras manos a la pared. A un lado del "SEA", con bordes imperfectos, pero el esfuerzo de ambos, tallamos nuestras iniciales:

E + A

—Eiden + Allison —dije viendo el resultado final.

—Todos los recuerdos que tenemos aquí ahora están plasmados de forma simbólica en esta pared —soltó Eiden pasando sus dedos por la madera—. Cuando tengamos bebés, también pondremos sus iniciales.

—J y J.

Me lanzó una mirada que me sacó una carcajada. Se me habían salido esos nombres sin pensarlo, no era lo que realmente quería para nuestros bebés, pero me dio mucha risa la reacción de Eiden cuando los dije, así que era divertido verlo lanzándome sus miradas de "Ni lo pienses".

Lo abracé y besé sus labios con un gesto divertido.

—Te quiero mucho, cariño que no va a dejar que les ponga a nuestros hijos Juanito y Juanita.

Eiden me abrazó por la cintura y me besó con mucha suavidad.

—Te quiero mucho, cariño que tiene nombres horribles para nuestros futuros hijos —dijo contra mis labios.

Le pinché el pecho, divertida.

—Si me quisieras tanto, me dejarías ponerles ese nombre a nuestros bebés.

—Te quiero mucho, de aquí hasta el infinito, pero también quiero a nuestros futuros bebés. Y por su bien, no tendrán ese nombre.

Me reí.

—Tendrás que escoger unos muy bonitos.

—Escogeremos unos muy bonitos.

—¿Y grabaremos sus iniciales aquí?

—Grabaremos sus iniciales aquí.

8

TEQTQM

Solté una risita cuando Eiden se acercó a mí por detrás, me atrapó por la cintura, me pegó a él y me dio un beso en la mejilla.

—Adelántate, voy a buscar a Minni para meterla y darle de comer.

—No tarden —le sonreí, viendo cómo bajaba por los escalones de la cabaña y regresaba a la parte trasera.

Estuve con Eiden allí un buen rato, tanto que Minni se quedó descansado en una esquina cuando se cansó de frotarse en nuestros pies.

Entré a la cocina y me encontré a Aaron. Tenía el refrigerador abierto, estaba husmeando en él. Me puse a su lado.

—Yo había dejado aquí mi yogurt —se quejó, rascándose la nuca.

—¿El de fresa? —inquirí.

—Ajá.

—Me lo tomé —lo miré con una sonrisa inocente—. Estaba bueno, deberías comprar más de ésos.

—Pero...

—Aunque el de durazno sabe mejor, a la próxima compra de ésos también.

Le di un golpecito en el hombro y metí la mano en el refrigerador para tomar el envase de crema chantilly que había sobrado.

Me iba a servir para algo.

—Mala —Aaron me sacó la lengua.

Me reí, sacándosela de vuelta.

—Tú te comiste mi helado, estamos a mano.

Me fui sintiendo la mirada indignada de Aaron a mis espaldas. Él se había comido mi helado, no tenía por qué quejarse.

—Oye.

Ya se iba a quejar.

Lo miré.

—Voy con Sam a dar una vuelta, ¿vienes?

Bueno, no hubo queja.

—Mmm. Tengo flojera —no mentí—. Vayan ustedes.

—Floja —se rio—. Eiden dijo lo mismo, ustedes quieren quedarse solos, eh.

Le saqué la lengua y él me devolvió el gesto.

Eiden hacía ejercicio por las tardes, pero antes siempre descansaba para poder dar su máximo, o al menos eso me había dicho.

—Nos vemos luego entonces —vi salir a Sam de su habitación—. Suerte en su paseo.

—Obligado —chistó Sam.

—Es para que te desentumas y va a ser corto —le dijo, encaminándose a la puerta—. Adiós, Allis.

—Adiós a ambos —les sonreí cuando vi a Samantha salir sin ganas por la puerta mientras Aaron le daba empujoncitos.

Ya en la habitación, metí el envase de chantilly bajo la almohada y me lancé a la cama. No eran ni las tres de la tarde, pero nunca tenía mucho que hacer, más que molestar a Eiden o a Minni, hablar con Sam y Aaron o leer.

Ninguno de los mencionados estaba cerca y la trama del libro que estaba leyendo en mi celular ya estaba comenzando a ponerse muy feliz, así que sabía que vendrían tiempos oscuros y preferí tomar un descanso para prepararme mentalmente.

Entonces, saqué mi celular y miré los mensajes que tenía.

Jess: Pollito rojo.

Nathan: ¿Qué pasó? *saca una escopeta*

Jess: Se acabó mi labial rojo.

Nathan: *Le tira un balazo a Jess*

Jess: Era el rojo escarlata. :(

Nathan: ... 🕴

Jess: Me costó treinta dólares :(

Nathan: ... 🕴

Allison: Tengo un rojo escarlata en mi casa.

Mi tía me había comprado un estuche de labiales hacía unos meses. No los usaba porque no salía, pero un día, mientras limpiaba el estuche, había visto que cada uno tenía un nombre distinto inscrito en su envoltura. Aunque yo los llamaba "rojo bajito", "rojo más bajito", "rojo fuerte", "rojo no tan fuerte" y "rojo feo". Creo que el escarlata era el "rojo no tan fuerte".

Nathan: Ya está, ve a su casa y búscalo.

Jess: ¿Estás en tu casa?

Allison: Ups, no. Lo olvidé.

Nathan: Yo te llevo al centro comercial si quieres.

Jess: Tu coche sigue descompuesto, soy la única sin coche -_-

Nathan: Tienes razón, entonces invítame a que te acompañe.

Nathan: *sticker de gatito sonriente*

Jess: ¿Quieres ir?

Nathan: Sí, ya que insistes.

Jess: 😩😩

Jess: Ojalá estuvieras aquí, Allison, te extraño en la escuela, soportar a Nathan sola es un calvario.

Me reí, texteando una respuesta.

Allison: Espero volver pronto, te extraño también.

Nathan: ¿Y a mí?

Jess: No, porque no te mencionó.

Nathan: Ah.

Nathan: *Sticker de un gatito yéndose*

Allison: También te extraño a ti.

Nathan: Ya no vale, lo dijiste bajo presión.

Jess: Así es, porque no te extraña.

Allison: ¡No lo dije bajo presión!

Jess: Mmm.

Allison: ¡Jess!

Jess: Yo sólo digo.

Nathan: ¡Pelea! ¡Pelea!

Jess: Cállate, argüendero.

Nathan: ¡No me calles!

Jess: Te voy a sacar del grupo.

Nathan: No si yo te saco primero.

Sonreí y dejé el celular sobre la mesita cuando la puerta se abrió. Ya después vería la discusión entre ambos, porque sabían apañárselas muy bien para pelear por cualquier cosa durante horas. Como esta mañana, que tenía doscientos mensajes de ellos discutiendo sobre si el agua fría o caliente era mejor para bañarse.

—Tengo frío —Eiden arrugó la nariz, acercándose a mí con los brazos extendidos—. Abrázame.

Sonreí y extendí mis brazos para poder abrazarlo. Él se dejó caer encima de mí y se acomodó sobre mi pecho. Pesaba más que yo, y aun así logró acomodarse para no lastimarme.

Le pasé los dedos por el cabello, acariciándolo, y nos quedamos unos segundos en silencio. Lo sentí removerse y meter sus manos frías bajo mi jersey. No me tocó, únicamente las dejó ahí como si quisiera calentarse.

—Estás calientita —murmuró.

Sonreí.

—Voy a extrañar esto cuando nos vayamos de aquí.

Me gustaba creer fielmente o por lo menos aferrarme a que, cuando esto terminara, todo estaría bien.

—¿Qué vas a extrañar?

—Dormir juntos y pasar el 99 por ciento de nuestro tiempo uno al lado del otro.

—Eso tiene solución. Deja la puerta trasera de tu casa abierta y voy a entrar por ahí en las noches. Y te aseguro que lo del tiempo juntos lo podemos mantener.

Me reí y bajé la mirada para verlo. No me miraba, estaba distraído viendo hacia un lado. Comencé a sentir cómo sus manos frotaban la piel de mi cintura con suavidad.

—Mejor te daré una copia de las llaves de mi casa, no vayas a romper la cerradura cuando se me olvide dejar la puerta abierta.

Me miró de inmediato.

—Ey, la arreglé después.

Fruncí el ceño. ¿Arreglarla? Siendo sincera no había recordado lo de la puerta desde que había pasado.

—¿La arreglaste?

—Sí, esa noche fui a tu casa a arreglarla.

—¿Por qué? Pensé que habías dicho que no era tu problema.

Eiden se acomodó, entrelazó sus manos sobre mi pecho y recargó su barbilla sobre ellas.

—¿Crees que algo de lo que te dije en ese momento fue real?

Me encogí de hombros. Recordaba mucho de lo que me había dicho. Cada desplante, cada pelea, cada momento en que parecía que no nos soportábamos.

Al no escuchar una respuesta, asintió un tanto triste.

—Lamento eso —musitó—. Me comporté como una mierda, lo siento.

Durante un breve momento sólo fuimos capaces de mirarnos, sin decir nada. Aunque era algo que recordaba con claridad, nunca sentí que influyera en nosotros. Acaricié su mejilla; su piel se sentía fría.

—No te preocupes. Ya lo dije, el pasado es pasado. Lo único que me importa ahora es el presente y el futuro.

Él sonrió un poco acercándose a mis labios para dejar un pequeño beso.

—A veces siento que no te merezco.

—Claro que me mereces —sonreí cuando se dejó caer de nuevo en mi pecho.

Nos quedamos en silencio varios segundos, mis dedos acariciaban su cabello y sus manos se calentaban bajo mi jersey. Sentía la yema de sus dedos deslizarse con tanta suavidad en mi piel.

—¿Puedo preguntarte algo? —dije de pronto.

—Pregunta.

No sabía cómo decirlo exactamente. Tal vez nunca sería el momento adecuado. Pero era una duda que me carcomía desde que habíamos llegado a la cabaña.

—¿Qué ocurrió con Samantha? Supongo que lo que me dijiste fue mentira.

Noté cómo su cuerpo se tensaba. Se levantó un poco para verme, tenía una mueca de incomodidad.

—¿Para qué quieres saber eso?

—Sólo... quiero saberlo.

Intenté mantenerlo sobre mí, pero él se giró para acostarse a mi lado.

—No me gusta hablar de eso contigo —fue lo único que se limitó a contestar. Su voz se escuchaba seca.

—No te voy a juzgar, ¿sabes?

—Lo sé, pero pensé que habías dicho que el pasado no importaba.

—No me importa, pero a veces me gustaría saber más de lo que nos trajo aquí. No me gusta sentirme tan ajena a todo. Era sólo por curiosidad.

Menuda manera de contradecirme. Pero era verdad, no influía en mí, sólo quería entender un poco mejor las cosas y no dejar ese hueco en la historia sobre cómo había pasado todo realmente.

—Entonces ¿quieres saber cómo le disparé a mi propia hermana?

Apreté los labios. Lo había dicho con un tono irónico e impostado.

—Sólo quiero saber cómo sucedió eso realmente, pero está bien —murmuré—. Lo siento por preguntar.

No hubo respuesta de su parte y eso sólo me hizo sentir mal por haber abierto la boca. Me di la vuelta y me tumbé, dándole la espalda. No me gustaba que se molestara cada que intentaba hablar de eso con él, ni tampoco que me tratara como si no fuera capaz de comprender nada de lo que me decía, porque le había dejado en claro una y mil veces que sí lo era.

Era capaz de entender lo que había pasado o lo que lo había orillado a actuar de ese modo. Sin embargo, el que dejara vacíos en su narración me confundía. Era como si mi cabeza quisiera llenarlos todos con información y el no tenerla deformara la realidad.

Cerré los ojos en el momento en que sentí cómo me tomaba de la cintura y me atraía hacia él.

—No te enojes —me pidió, reposando su barbilla en mi hombro.

—No estoy enojada. Solamente no me gusta que creas que no soy capaz de entenderte.

—No es eso —me explicó. Su tono de voz recuperó ese tonito cálido que la caracterizaba—. Es que no me gusta sentir que te estoy llevando a mi pasado. Ya te lo había dicho.

—Y a mí no me gusta sentir que no entiendo nada —me giré para verlo—. Me contaste todo, menos eso, o quizá cuando lo hiciste no fue verdad.

Eiden me miró unos segundos antes de suspirar.

—¿Realmente quieres saberlo?

Asentí y me lanzó una miradita significativa de: "Te lo voy a decir, pero que quede claro que estoy odiando hacerlo".

Ambos nos acomodamos sobre la cama para poder estar de frente y él dejó su mano en mi cintura.

—¿Sabes qué son las balas de salva? —me cuestionó.

Lo pensé unos segundos y asentí. Había escuchado el término, así que sabía más o menos lo que eran.

—Son balas que no lastiman, ¿no?

—Básicamente —concedió—. No tienen un proyectil, aunque sí contienen pólvora, lo cual hace que tengan casi el mismo impacto para quien las usa. Bueno, las pistolas con ellas suenan y actúan como una normal, pero, cuando disparas, no hay una "bala", por así decirlo. Jaden nos obligaba a utilizarlas para así poder... de alguna manera "practicar" nuestro tiro. Sólo que lo hacíamos entre nosotros.

Hizo una breve pausa, como si buscara las palabras correctas. Yo estaba atenta a lo que decía, sólo lo escuchaba. Era lo único que podía hacer. Aunque percibía una sensación pesada en mi garganta. "Practicar". Eso era una mierda. Porque sabía que los obligaba desde niños y de formas asquerosas.

—No lo habíamos hecho en meses. Pero, esa mañana, Aaron estaba fuera y a Jaden se le ocurrió que lo hiciéramos. Creo que, de forma ilegal, también tiene un negocio de suministro de armas. No estoy seguro. A veces nos hacía probar algunos elementos de los lotes. Siempre lo hacíamos, era normal. Sabíamos que eran balas de salva. Podíamos incluso disparar al aire, sin embargo, Jaden siempre decía que si lo hacíamos entre nosotros podríamos mejorar el posicionamiento de nuestra vista en otra persona. Así que, como siempre, esa mañana tenía que "probar" —dijo con un tono amargo de ironía— el arma con Samantha.

Me acerqué más a él y me acurruqué en su pecho, él me pasó un brazo por el hombro, sujetándome.

—No eran balas de salva, ¿cierto? —supuse.

—No. Eran reales. No sé qué mierda pasó en ese momento, sólo sé que le apunté y sentí el mismo impulso que de un arma con balas normales. Recuerdo verla llevarse la mano al abdomen y caer. No pude reaccionar, entré en shock. No pude moverme, no supe qué mierda hacer. Era como si no pudiera procesar lo que estaba pasando. Fui un poco consciente cuando Aaron pasó a mi lado junto a Jaden. Aaron la llevó al hospital, y cuando regresó, estaba molesto conmigo y lo entiendo, no reaccioné al momento, pero es que no pude.

Levanté la mirada para verlo.

—No fue tu culpa.

—Yo le disparé.

—No sabías que el arma tenía balas reales. En ese caso, es culpa de Jaden. No tuya.

Sacudió la cabeza.

—Tuve que haberlo comprobado.

—Calla, Eiden, entiende que no es tu culpa.

—No me calles, qué no ves que estoy triste —bromeó, estrujándome entre sus brazos.

Sonreí, y me abracé a él cuando noté que se relajaba.

—No estés triste —le pinché un cachete—. Mejor dime qué significa TEQTQM.

Que si me iba a aprovechar del momento para sacarle información, claro que sí. Lo miré con cara inocente y batí mis pestañas como si no matara ni a una mosca.

—Te estás aprovechando de mi tristeza —me reprochó, descubriéndome.

—No —dije indignada—. Claro que no haría eso, pero creí que mi ESPOSO podía ser amable con su ESPOSA, después de que le dijera que nada más la quería por sus tetas.

—Deja de hacerte la víctima. Aquí el triste soy yo, no tú.

Bufé y comencé a pincharle las costillas.

—Dimeeee.

—No.

—Dimeee.

—Que noooo —se dio la vuelta, dándome la espalda, y se llevó una almohada a la cara para cubrirse con ella—. Y no me hables. Estoy triste y tú eres una mala persona que se quería aprovechar de un pobre hombre triste.

—¡Eiden! ¡Eiden! —le removí el hombro con insistencia—. ¡Eiden! ¡Bebé! ¡Nene!

Se giró a verme con mala cara.

—No me llames así.

—Entonces no me ignores.

Rodó los ojos y me ignoró, dándose la vuelta de nuevo. Ahora iba a hacer una rabieta. Aquí la de las rabietas ella yo, no él.

—¡Bebé!

—Déjame dormir, no seas escandalosa —refunfuñó.

—Son las tres de la tarde.

—Es mi siesta de medio día.

—Hazme caso... o me voy al sofá.

Me crucé de brazos.

—Ten —me extendió su almohada—. Porque las almohadas del sofá no están cómodas.

Le di un manotazo de mala gana y él rodó los ojos, volviendo a tumbarse en la cama. ¿Me estaba botando al sofá? A mí, ¿era el día opuesto o qué rayos?

Comencé a removerlo con insistencia.

—Déjame dormir, mujer.

—Nunca duermes a estas horas.

—Hoy sí. Estoy triste.

—Pues no estés triste.

Como no me hacía caso y yo me había vuelto una experta en molestarlo, lo tomé de la cintura y lo removí con fuerza, de un lado al otro. Lo removí unos segundos más hasta que soltó un bufido y se giró de mala gana.

—¿Qué? —me espetó.

Sonreí inocentemente.

—¿Me dices qué significa TEQTQM?

—No.

—Dimee, y ya te dejo en paz —le volví a pinchar las costillas.

—Que no, no seas molestosa. Te voy a mandar al sofá.

Rodé los ojos y sonreí cuando alcancé el peluche de Bob Esponja que estaba en la mesita de noche.

—Si no me lo quieres decir a mí, díselo a Bob Esponja.

—Peluche feo —nos sacó la lengua.

Abrí la boca, indignadísima.

—¡Grosero!

—Tú y tus secuaces tratan de aprovecharse de mí.

—¡No es cierto! —tomé el otro peluche, dedicándole una sonrisita inocente—. O si quieres puedes decírselo a Patricio Estrella.

—No.

Dejé los peluches a un lado y lo seguí moviendo. Él refunfuñaba mientras me veía de mala gana, y cuando finalmente se cansó, me sujetó las manos y se acomodó en la cama para quedar sentado. Mis manos atrapadas entre las suyas quedaron a la altura de nuestros pechos.

—Dime... —le insistí, aún con las manos sujetas.

Entrecerré los ojos de mala gana en el momento en que se acercó a mi cara. No podía mover las manos, así que tiró de mí hasta que quedamos a escasos centímetros.

—No —susurró con diversión casi en mis labios—. Y ya déjame dormir.

—No hasta que me digas qué significa TEQTQM.

Eiden rodó los ojos, pero, por lo cerca que estábamos, noté la diversión en ellos.

—No —sentí su respiración sobre mis labios.

—Dime.

—No quiero.

Nos quedamos así, cerquita, él sujetando mis manos, manteniéndome pegada a su cuerpo, y yo quieta, sin oponer ninguna resistencia. Esta vez no nos miramos a los ojos, sino que, como un impulso casi magnético, ambos bajamos nuestras miradas hacia nuestros labios. Y fui yo quien acortó los pocos centímetros que nos separaban.

Lancé mi cara hacia delante, atrapando sus labios. Por un instante, sus manos apretaron mis muñecas, pero al instante me liberó.

Le di un empujoncito para tirarlo sobre la cama y él me tomó de la cintura, llevándome consigo en su caída. Sus brazos me rodearon, cobijándome, mientras yo me acomodaba sobre su cuerpo. Caliente, así se sintió cuando mis piernas rodearon su cadera y terminé a horcajadas sobre él.

Lo sentí removerse y su cuerpo poco a poco fue levantándose hasta quedar sentado, conmigo sobre él y mis piernas a cada lado de su cadera. Me tomó de las mejillas y yo clavé mis dedos en sus hombros, besándolo con más intensidad. Noté cómo su respiración se volvía pesada cada que nuestros labios se fundían. La forma en que lo estábamos haciendo era como un preámbulo; no era suave, sino ardiente. Como si el fuego se desatara entre nuestras bocas.

Jadeé por la falta de aire, así que nos separamos unos pocos centímetros, pero enseguida volvimos a unir nuestros labios. Sólo tomamos el aire suficiente para seguir. Mi cuerpo vibraba sobre el suyo y sentía cómo su calor debajo del mío enviaba impulsos eléctricos a todo mi sistema nervioso.

Mi corazón golpeó mi pecho con fuerza y sentí un pequeño escalofrío placentero recorrer mi cuerpo en el momento en que envolvió su mano en mi cabello y con la otra presionó mi espalda baja, haciendo que me arqueara contra él. Nuestros pechos respiraban en sintonía. Nuestras pelvis y caderas estaban unidas, y sin saber muy bien por qué lo hacía, comencé a balancear mis caderas sobre él, frotando nuestras entrepiernas.

Un gemido ronco salió de sus labios, incitándome a ser un poco más atrevida.

—¿Quieres que siga? —le pregunté, moviéndome sólo un poco para generar una fricción pequeña, pero placentera.

Eiden asintió.

—¿Sí o no? —enarqué una ceja, acompañando mis palabras de otro movimiento.

Eiden esbozó una sonrisa, incitadora, y comenzó a moverse debajo de mí. Maldito astuto. Cerré los ojos por el placer que me producía, pero como pude clavé mis talones en la cama, deteniendo sus movimientos.

—¿Lo quieres o no? —insistí—. Sólo di sí... o no.

—Sabes lo que quiero.

—¿Que me baje? —fingí inocencia.

—No, que te muevas arriba de mí.

—¿Así? —moví mis caderas y él cerró los ojos echando la cabeza hacia atrás—. ¿Sí?

—Sí, así —dijo con la voz ronca.

Sonreí y reanudé mis movimientos. Ahora eran circulares, porque quería descubrir las sensaciones que podía experimentar con ese nuevo movimiento.

Eiden soltó un gemido gutural y sus manos bajaron hasta el borde de mi jersey para alzarlo. En ese punto sentía que cualquier contacto directo de piel con piel me haría arder. Me tomó de la cintura con ambas manos. Sus dedos se clavaron en ella con una posesividad que me erizó la piel.

Su cuerpo bajo el mío recibía el movimiento de mis caderas impulsándose. De pronto, me di cuenta de que mantenía un ritmo que ya no era sólo mío, sino también de las manos de Eiden sobre mi cintura, que me empujaban hacia él.

Unimos nuestros labios, y ese beso fue como pólvora entre los dos. Era un beso intenso. Pequeños gemidos escapaban cada que no podíamos aguantar el placer que estábamos experimentando en nuestros cuerpos.

Todo mi cuerpo se sentía caliente, incluida mi entrepierna, que también estaba húmeda. Me sostuve de los hombros de Eiden cuando sentí cómo su miembro duro chocaba en mi clítoris. Lo único que nos separaba era nuestra ropa, que en ese momento no parecía nada en lo absoluto para impedirnos disfrutar del roce de nuestros cuerpos.

—Ya no estás triste, ¿verdad? —le pregunté entre un jadeo, mientras enrollaba un puñado de su cabello entre mis dedos, atrayéndolo más a mí para besarlo.

—No —soltó con voz ronca—. En lo absoluto.

—Eso me aleg… ¡AH! —no pude terminar mis palabras, porque deslizó sus manos hasta mi trasero y comenzó a embestirme con más fuerza. Sus manos levantaban mis caderas, haciendo que cada encuentro entre nuestras entrepiernas se sintiera más potente.

Tenía los sentidos tan a flor de piel que solamente pude dejar caer mi frente en la suya para tener un poco de equilibrio. Sus dientes rozaron mi mejilla mientras me besaba con desesperación, y yo sentí algo fuerte en mi vientre, algo caliente que hizo que los dedos de mis pies y manos se contrajeran.

Estaba llegando al orgasmo, construyéndolo, cada que mi cuerpo subía y bajaba sobre el de Eiden. Cada que sentía cómo sus dedos se clavaban en mi trasero. Cada que mi pelvis y la de él se encontraban. Cada que su miembro y mi clítoris se frotaban, fundiéndose en cada sensación.

—Eiden... Más rápido... —jadeé con necesidad. Disfruté su nombre entre mis labios, la manera en la que se escuchaba como si fuera una súplica de mi cuerpo.

—Tú estás arriba de mí —me contestó, podía notar cómo el placer transpiraba por su voz ronca—. Tú estás controlando esto. Tú me estás montando.

Solté un gemido contra su boca y busqué sus manos. Cuando las encontré en mi trasero, las tomé, quitándolas de ahí, y las guie al borde de mi jersey.

—Quítamelo —le pedí.

El leve reposo de nuestros movimientos, mientras él me sacaba a toda velocidad el jersey por la cabeza, hizo que sintiera cómo el orgasmo que estaba sintiendo se disolviera. No importaba, ya llegaría a él.

Se sentía tan bien. Todo su cuerpo bajo el mío se sentía perfecto. Eiden deslizó sus manos por mi espalda con suavidad, y las yemas de sus dedos hicieron un recorrido milimétrico, como si quisiera grabarse la textura de mi piel. Lo único que podía hacer en ese momento era cerrar los ojos y disfrutar de su tacto. Me relamí los labios, ansiosa, al pensar a dónde quería llegar con sus caricias. El cosquilleo que dejó a su paso imprimió una huella en mis caderas, mi cintura, mi espalda. Cuando finalmente llegó a su objetivo, me alejé unos centímetros de él para verlo.

Su petición se reflejó en su mirada y asentí, incitándolo a continuar. A los segundos noté cómo caía la tela que cubría mis pechos. Esta vez me apresuré yo, y le quité la camisa de un movimiento rápido. Ambos quedamos desnudos de la cintura para arriba.

Sabía lo que iba a hacer, su mirada incitante, que se clavó sobre mis pechos, fue la cosa más obvia del mundo. Sonreí con malicia y le impedí tocarme. Eché mi cuerpo hacia un lado, sin soltarlo ni bajarme.

Mi corazón se aceleró. De pronto me surgió la duda de si le gustaría lo que estaba a punto de hacer. Pensaba que sí, era obvio que sí, sólo que me daba vergüenza ser yo quien lo hiciera.

—¿Qué haces? —inquirió Eiden—. Ya me estoy poniendo triste de nuevo.

Me reí y tomé la crema chantilly de debajo de la almohada. Bien. Me acomodé de nuevo sobre él. Quedamos frente a frente, como habíamos estado segundos antes, y le mostré la crema.

Él frunció el ceño.

—Amo la crema chantilly, pero en este momento preferiría comer otra cosa.

Entrecerré los ojos y él también. ¿En serio no lo había captado?

—Eiden...

—Allis... —abrió los ojos como platos cuando al fin lo entendió—. Oh, oh.

—Oh, oh —imité su voz de forma burlona y le extendí la crema.

Él la tomó deprisa y le quitó la tapadera, lanzándola hacia un lado. Sonreí con diversión al notar lo apresurado que estaba.

—Tranquilo. No me voy a ir —le dije con diversión.

—Más te vale, porque, si no, tendré que amarrarte a la cama.

Puse los ojos en blanco.

—Anda, apresúrate.

—Me siento en el cielo —sonrió, jugueteando con el envase—. Déjame disfrutar esto.

Solté una risa suave y me alejé un poco de Eiden, retirando mi cabello de mis pechos, dejándolos al descubierto. Sentía que la vergüenza me calentaba el cuerpo. Estaba segura de que, si no estaba sonrojada por el ajetreo de hacía unos segundos, lo estaba por esto. Cerré los ojos cuando me apuntó con la crema y eché la cabeza hacia atrás por la sensación húmeda y burbujeante que de pronto invadió mi cuello.

Inhalé con fuerza. El sonido llenó el lugar y la sensación bajó por mi piel. Dejó un camino de chantilly que comenzó por mi cuello y descendió por mi clavícula para terminar en mis pechos. Llenó ambos, y eso me hizo soltar un leve jadeo. Se sintió frío y caliente a la vez.

Como pude, me estabilicé, aunque mi cuerpo se sentía un poco perdido por el placer. Lo miré echar la cabeza hacia atrás y admirar lo que había hecho. Sus pupilas estaban dilatadas. Y sentí que la vergüenza se disipaba de mi cuerpo cuando enterró una de sus manos en mi cabello y me tiró hacia él. Ladeó mi cabeza y me colocó como quería.

Mi corazón ya palpitaba con fuerza, y la humedad ya estaba comenzando a incrementar en mi entrepierna. Aferré mis brazos a sus hombros y él pegó su frente en mi mejilla, para luego deslizar su lengua por mi cuello. Sentí cómo la espuma se desprendía de mi piel y cómo al instante era sustituida por la húmeda y deliciosa sensación de su lengua.

Bajó, bajó y bajó hasta que reaccioné. No sé cómo, pero lo hice, su lengua en mi clavícula mandó una pequeña alerta a mi sistema.

Detenlo. Había olvidado el propósito del chantilly.

Tomé su rostro, alejándolo de mí. Se quedó justo en el borde mi pecho izquierdo y me miró. Percibí en sus ojos la duda de si había hecho algo mal, pero se esfumó en cuanto me vio sonreír.

—¿Qué significa TEQTQM?

Una sonrisa iluminó su rostro y enseguida se acercó a mi oído. Sus labios presionaron mi oreja, su aliento cálido me hizo estremecer y sus palabras se sintieron como una caricia por todo mi cuerpo: "tu esposo que te quiere mucho".

Enarqué una ceja, divertida, cuando se separó de mí.

—Romántico —concedí—. Me gusta.

Él sonrió, mostrando sus hoyuelos, y yo acuné sus mejillas, acercándolo a mí. Lo besé con suavidad para después asentir.

Luego de eso, nuestros cuerpos parecieron perder la razón. Ambos. En ese momento. En esa habitación. Nuestros cuerpos encajaron perfectamente. Como si cada pieza de nuestro cuerpo ensamblara en la del otro. Eiden me besó y succionó la piel de mi clavícula después de disfrutar de esa espuma que a él le encantaba. Mi cuerpo reaccionó y comencé a moverme, hacia delante y hacia atrás, recorriendo toda su dureza.

El placer se acentuó en cada nervio de mi cuerpo. Y me vi obligada a ahogar un gemido cuando reaccioné, curvándome, al sentir cómo la punta de su lengua se deslizaba por uno de mis pezones. Se sentía como si ése fuera mi punto de inicio, como si su lengua sobre mis pechos duros por el placer fuera una central de mandos. Limpió la crema de mi piel con lengüetazos profundos. Experimenté un sinfín de sensaciones cálidas, ardientes, y cada una de ellas se ramificaba por todo mi cuerpo. Subían por mi pecho, por mi clavícula, por mi mentón, por mis labios y por mi rostro, que estaba rojo y caliente. Bajaba por mis costillas, por mi estómago, por mi vientre, golpeaba mi clítoris, que me invitaba a buscar más y más en su cuerpo, haciendo que me moviera sobre él, frotándome contra su miembro.

Eiden soltó un gemido ronco, que se apagó en uno de mis pechos cuando lo metió por completo en su boca. Lo lamió, succionó, su lengua jugó con mi pezón, e incluso lo mordisqueó.

En ese momento sentí que perdía la única cordura que me quedaba. Él abandonó ese pecho y repitió el procedimiento con el otro. Jugó con él, dejándolo húmedo y sensible, mientras masajeaba el otro. No tenía grandes pechos, así que su mano los atrapaba por completo con facilidad. Tomó mi pecho y con su pulgar comenzó a jugar con mi pezón. La sensación fue casi exorbitante para mi cuerpo. Un pecho en su boca, su lengua en mi pezón, saboreándolo, y una mano en el otro, jugando con mi pezón, como si su textura fuera placentera para él. Fue suave y posesivo a la vez. Así era él.

Cuando sintió que ya era suficiente de jugar con mis pechos, dejó un beso en cada uno y finalmente me tomó de la cintura. Me apretó contra él y, por encima de la ropa, lo hicimos, nuestros cuerpos se tomaron entre ellos y se calentaron a pesar de estar separados por la tela. Me guio de nuevo, me embistió con fuerza, y yo recibí cada movimiento con un pequeño gemido, con un pequeño jadeo, con mis manos encajándose en sus hombros, mientras mis dedos hurgaban en la piel de su cuello. Mis pechos se aplastaron contra el suyo, duro y fuerte.

No pude hacer mucho, el placer volvió a concentrarse en mi vientre como si quisiera hacerme explotar. Me sentí débil y fuerte a la vez. Dejé caer mi cabeza en su hombro y sólo pude gemir, gemir y recibir cada movimiento suyo que nos aproximaba a ese punto al que ambos queríamos llegar. Gemí sobre su oído, respiré pesadamente sobre él, y eso lo hizo buscar más. Tomó con una mano mi trasero y con la otra mi cadera, clavando sus dedos en mi piel sensible. Me movió de arriba hacia abajo y en círculos, frotándome contra su dureza.

Sentí cómo mi cuerpo se volvía uno junto al suyo. Primero llegué al orgasmo yo. En un movimiento potente, en un roce excitante, placentero, casi explosivo, noté cómo se contraía cada músculo de mi cuerpo. Mis brazos se cerraron en su cuello, mis piernas en torno a su cadera, y mi pecho se presionó contra el suyo. La onda de mi vientre se expandió por todo mi cuerpo y sentí cómo mi clítoris palpitaba con fuerza por el orgasmo que había alcanzado. Me estremecí y temblé en sus brazos, soltando un gemido sonoro en su oído con la intención de incitarlo a más y lo hizo. Siguió embistiéndome rápido, buscando llegar a su orgasmo.

El suyo fue segundos después. Me clavó los dedos en la espalda, haciendo que se arqueara, y mi abdomen se ciñó contra su abdomen duro cuando de un movimiento finalizó. Gimió, gruñó, dejando que el aire de sus pulmones soplara contra mi pelo. Y se quedó así.

Ambos nos quedamos así. Jadeando y calientes por la fricción de nuestros cuerpos.

—¿No estábamos peleando? —me preguntó de repente. Su voz se escuchaba placenteramente distinta. Era la segunda vez que notaba ese tono. Más ronco, más matizado, aunque menos gutural a comparación del de hacía unos segundos, cuando lo estábamos haciendo.

Negué con diversión.

—No, tú estabas triste.

—Ya no estoy triste —musitó, besando mi hombro.

—Ya me di cuenta.

Soltó una pequeña risa y retiré mi cara de su cuello para verlo. Me tenía abrazada por la cintura y yo seguía rodeando su cuerpo con mis brazos.

No me moví mucho. Todavía sentía pequeñas descargas en mi intimidad y temía que cualquier movimiento fuera a reactivarme.

Me mantuve quieta, observando a Eiden mientras él me recorría con la mirada, hasta que una pequeña sonrisa iluminó su rostro.

—Cuando estás nerviosa, muerdes tu labio inferior y juegas con tus manos —dijo con suavidad, quitándome un mechón de cabello de la cara—. Siempre arrugas la nariz cuando no te gusta algo. Cuando sientes vergüenza, comienzas a tirar de las mangas de tu jersey como si quisieras esconder tus manos. Por más enojada que estés, nunca gritas, sólo levantas la voz, pero no gritas. Eres tan comprensiva con los demás que a veces olvidas serlo contigo misma. Odias el frío. Odias tener que caminar mucho. Odias los lugares que tienen muchos insectos. Te gusta besar con suavidad, pero siempre que me separó yo primero, tiendes a morderme el labio inferior. Te gusta dormir sobre mi pecho o por lo menos reposar ahí tu cabeza. Cuando sientes que ya te estás quedando dormida, me das un beso en la mejilla, para después volver a acostarte en mi pecho. No te gusta que tome tu mano, te gusta que entrelacemos nuestros dedos.

Hizo una pequeña pausa y comenzó a acariciarme la mejilla.

—Tienes un lunar en el pecho izquierdo, tienes dos más justo debajo de la oreja izquierda y uno en el hombro derecho, así como una pequeña marca de nacimiento en forma de corazón en tu cadera. Tienes una pequeña cicatriz en el pie derecho y, aunque no te guste, tienes muchas más en las muñecas. Allison, no estoy contigo porque me gusten tus tetas. Estoy contigo porque me gustaste cuando te miré por primera vez y me enamoré de ti cuando te conocí como persona.

Sentí mi corazón aporrear mis costillas. Me había quedado sin palabras al notar cómo describía gestos míos que ni yo sabía qué hacía, probablemente eran involuntarios. Excepto el beso en la mejilla, que era como mi pequeña manera de agradecerle el que estuviera conmigo.

Tomé sus mejillas, dándole un beso corto en los labios.

—Te quiero —le aseguré y comencé a besarle todo el rostro. Las mejillas, los labios, los pómulos, los ojos, la frente, la nariz, para finalmente detenerme en su boca y besarlo con intensidad—. Te quiero y no imaginas cuánto.

—Puedo imaginarlo.

—¿Sí?

Tomó mi mano y la guio hacia su pecho. Su corazón latía velozmente. Mis dedos sintieron la suave textura de su piel y lo acaricié con las yemas.

—Te quiero con toda la intensidad con la que él puede sentir.

Tomé su mano y la llevé sobre mi pecho, justo en donde estaba mi corazón, latiendo apresurado y frenético.

—Te quiero como sólo él sabe hacerlo, con fuerza e intensidad.

Sonrió y me tomó de la nuca, atrayéndome hacia él para besarme con una intensidad devastadora.

—¿Cómo sabes tanto de mí? —no pude evitar preguntar cuando nos separamos un instante para que él se acomodara en la cama, conmigo encima.

—Porque eres el centro de mi universo, cariño. No hay nada que hagas que pase desapercibido a mis ojos.

Mis mejillas se ruborizaron.

—Eres muy lindo. ¿Cuánto crees que me den por ti en el mercadito? —bromeé, acomodándome. Dejé mi barbilla en su pecho.

Él me miró divertido. El hecho de que estuviera sin camisa le daba un toque un poco más erótico. Su cuerpo era muy atractivo.

—Soy multifunciones, así que mucho.

—Lo confirmo —sonreí—. Pero eres muy dramático a veces.

—Eso me suma puntos.

—Claro que no —bufé—, te pones insoportable.

—Mira que tampoco te puedes quejar, eh, que tú eres igual.

Rodé los ojos.

—Pero así me quieres —sonreí—. Y yo también te quiero con tus dramas incluidos.

—Nos queremos —murmuró él, asintiendo.

Estaba a punto de responderle algo cuando me distraje de golpe por el sonido de mi celular, que sonaba insistentemente.

—Más les vale a Jess y Nathan que no sea una llamada grupal —bufé. Sus llamadas eran únicamente para pelear con más ganas.

—No contestes —me pidió Eiden.

—Tal vez sea urgente. O mi padre.

Me estiré, tomando el celular de la mesita. Fruncí el ceño al notar quién era.

—¿Hola?

—Te necesito en el hospital, ahora.

—Pero...

—¿Dónde estás? —me urgió Tara.

Lo pensé unos segundos.

—Con Jess, no estoy en casa.

—Pues te quiero en el hospital...

—Estoy haciendo un trabajo de la escuela —intenté buscar una excusa—. No puedo ir, ¿qué pasa?

A veces me necesitaba para que le llevara algunos documentos que dejaba en casa. Aunque por su tono de voz supe que no se trataba de eso.

—Te quiero aquí en dos horas o si no, voy a buscarte.

—Pero...

—En dos horas o voy a buscarte. Llega como puedas, pero llega, que no tengo tiempo de ir por ti por tu incapacidad de arreglártelas —me sentenció, colgando la llamada.

Mi corazón se aceleró. Sentí un sabor amargo, y esta vez no fue por sus palabras, sino por lo que implicaban.

Miré a Eiden, que tenía el ceño fruncido, sin comprender bien lo que había pasado tras la llamada. Sentí como si mi cerebro hubiera hecho corto circuito. Tara iría a buscarme, molesta, pero lo haría. No podía arriesgarme a que se diera cuenta de que no estaba con Jess. No podía excusarle nada, porque después tampoco estaría en casa.

Me metería en problemas. Si no me encontraba, me metería en problemas. Y si se molestaba por no encontrarme, buscaría la manera de hacerlo. Mi padre se preocuparía... Mierda, él llamaría a la policía. No estaba en casa y, técnicamente, tampoco estaba en el pueblo. Creería que me había pasado algo.

—Tengo que ir al hospital —fue lo único que logré decir, mientras abandonaba el cuerpo de Eiden.

9

D. D.

Primera parte

—Tengo que ir al hospital —fue lo único que logré decir, mientras abandonaba el cuerpo de Eiden.

En ese momento me sentía demasiado sensible y frágil. Tenía los nervios de punta. Sólo podía pensar en mi madre. En los problemas que tendría si ella se enteraba de que le había estado mintiendo sobre mi paradero de estas últimas semanas. No se iba a preocupar, se iba a enojar. Y eso me asustaba.

Deslicé mi cuerpo hasta quedar al borde de la cama y me apresuré a buscar las prendas de las que me había desecho hacía unos minutos. Si antes mi cuerpo se sentía caliente, ahora se sentía frío y expuesto.

Mi vista viajó rápidamente hacia mi sujetador, y cuando estuve a punto de tomarlo, noté cómo una mano me lo impedía. Alcé la vista. Eiden me miraba con una expresión de duda en el rostro.

—¿Quién te llamó? —inquirió.

—Mi madre. Me quiere en el hospital… debo…

—No.

—Eiden…

—No vas a salir de aquí —me cortó.

Lo miré con una mueca de desconcierto. Mi corazón latía con fuerza en mi pecho y el pulso acelerado en mi garganta provocaba que sintiera un nudo justo ahí.

—Cree que estoy con Jess… —intenté objetar—. Si no llego, ella…

Sacudió la cabeza, apresurado, y noté cómo sus hombros se tensaban ante mis palabras.

—Eiden… —pronuncié su nombre con suavidad, pero no logré tranquilizarlo. Probablemente era porque, por más suave que intentara sonar, no me sentía así, y él lo notaba. Estaba tensa—. Tara dijo que me buscaría, que si no lle…

—Inventa algo. Busca una excusa, pero no vas a salir de aquí.

¿Una excusa? No. No podía. Si Tara quería algo, lo obtenía. Y en ese momento me quería a mí en el maldito hospital. No sabía para qué, pero debía ser importante. La urgencia en su voz y su petición fueron claras. Si no estaba ahí, me buscaría para que lo estuviera.

Negué con la cabeza, en señal de disculpa.

—Voy a ir.

—No. Te estás poniendo en ries…

—Entonces ¿qué quieres que haga? —espeté sin el humor suficiente para detenerme a hablar con tranquilidad.

Estaba entre la espada y la pared. Los nervios en mi garganta me impedían pronunciar las palabras. O salían nerviosas y atropelladas, o salían duras. Y aunque en mí era normal lo primero, a veces parecía que emanaba un poco de la valentía que tenía en mi cuerpo.

—No puedo decirle que no iré —le dije—. No puedo inventarle nada porque no la voy a convencer. Me quiere en el hospital, y si no estoy ahí, me va a buscar.

—Pues entonces que te busque. Tu maldita madre no es el mayor problema aquí.

—Para ti —alcé la voz y tiré de mi mano, liberándome de su agarre—. No lo es para ti, pero para mí sí.

—Tus problemas son mis problemas. Y ahora, aunque no me guste, los míos son tuyos. Así que, sí, Allison. Tu madre en este momento está muy por debajo de Jaden…

—Él no está. Dijiste que no estaba —le recordé.

No sabía cómo las palabras lograban salir de mi boca. Sólo quería irme y arreglar lo de Tara. Y el hecho de que Eiden no me quisiera dejar ir me estaba poniendo más nerviosa e irritable. Lo malo de eso era que, por más que intentara realmente enojarme, no podía. No podía, porque me ponía en su lugar y lo entendía.

Sin embargo, en ese momento no estaba muy consciente de qué otra cosa hacer. Únicamente quería solucionar todo y no había manera de que, ignorando el problema, éste desapareciera. Sólo crecería. Empeoraría todo, para mí y para ellos. Y no podía permitir que mi madre fuera un problema para ellos.

Me puse de pie mientras me colocaba el sujetador. Me temblaban las manos, sin embargo, como pude lo abotoné a mi espalda. Recogí mi jersey, que estaba tirado en el suelo, y me lo coloqué a toda prisa, al tiempo que me dirigía a la cómoda.

—Allison… —Eiden me tomó del brazo y yo me di la vuelta, respirando hondo.

—Sólo voy a ir y a volver…

—No quiero que te arriesgues.

—Jaden no está —le repetí—. No sé para qué me quiere Tara ahí, pero sólo iré a solucionarlo y volveré.

Eiden negó y se pasó la mano por el cabello con frustración.

—Dame cinco minutos, voy a encontrar otra solución. Aaron puede…

—No la hay.

—Tiene que haberla. No voy a dejar que salgas…

—Lo voy a hacer, Eiden. Perdón, pero… lo voy a hacer quieras o no.

No quería ver su reacción, no quería saber si estaba enojado conmigo, frustrado o decepcionado. Me di la vuelta y caminé hacia la cómoda. Me pesaban los pies. Suspiré cuando me acerqué al mueble.

En ese momento no quería pelear con él, porque ya se me había comenzado a formar un maldito nudo en la garganta y no era capaz de mantenerlo ahí. Nunca había tenido la capacidad de discutir con mi madre, con mi padre, con Eiden ni con nadie. Por más que intentara mantener las palabras firmes, no podía. Me sentía vulnerable cuando lo hacía y siempre terminaba queriendo llorar. A veces era por la rabia de no poder expresarme o de no poder solucionar las cosas sin llegar a la confrontación. Sea por la razón que fuera, siempre terminaba así, siendo incapaz de sostener un debate sin que se me quebrara la voz.

—Te alejé cuando pude, pero decidiste quedarte… aquí, y sabías lo que eso conllevaba… …—soltó a mis espaldas. Su voz sonó seca y afilada.

—Sé lo que conlleva —mascullé sin mirarlo.

—No. No es verdad —me giré en el momento en que me tomó del brazo para que lo viera. A pesar de todo, lo hizo con una suavidad extrema—. Si sales y Jaden se entera, verá en ti la única posibilidad de llegar a nosotros primero.

—Voy a ir a un hospital. Voy a estar con mi madre, él no puede saber eso. Únicamente iré, arreglaré el maldito problema y regresaré. Es fácil.

—¡No, no lo es! No es tan fácil —sonó irritado—. Sigues sin mirar la mierda en la que estás metida.

—¡Sí la miro! Sé en dónde estoy metida. Y también sé dónde están ustedes. ¿Quieres que deje pasar el problema? ¿Quieres que no vaya? Bien, lo hago. Me quedo, pero en dos horas, cuando vaya a buscarme y no me encuentre, ¿qué le digo?

Eiden me miró unos segundos, planteándose qué decir, pero no dijo nada. Y si pensaba hacerlo, no lo dejé.

—Le diga lo que le diga, me va a buscar. ¿En la escuela? Llevo un par de semanas sin asistir. ¿En casa? No estoy desde hace más de una semana. No puedo decirle nada, porque no se trata de inventarle una excusa sobre dónde estoy. Se trata de que me quiere en donde ella quiere —hice una pausa, respirando hondo; me temblaba la voz—. Y si me busca, y no me encuentra, se enojará y me llamará. ¿Qué hago en ese caso? ¿No le contesto? ¿La ignoro? Le dirá a mi padre. Él se preocupará. Si tu hija no dice dónde está, si la buscas y no la encuentras, si le llamas y no contesta, ¿qué pensarías? Que está en problemas —respondí yo misma—, que está desaparecida, yo qué sé, no piensas algo bueno. Mis padres no se van a quedar esperando a que aparezca de la nada. Llamarán a la policía. Porque eso es lo que se hace cuando no encuentras a tu hija. Me buscarán, y si por alguna mierda llegan aquí, los estaré poniendo en riesgo a ustedes.

—¡También te estás poniendo en riesgo al salir! Me vale una mierda qué ocurra con nosotros, ahora me importas tú.

—¡Es que no lo entiendes! Si voy ahora y lo soluciono, no habrá ningún maldito peligro. La posibilidad de que Jaden esté en Linston es mínima.

—Pero la hay —soltó, como si yo no fuera capaz de entenderlo.

Sin embargo, era él quien no entendía. Sólo me veía a mí. Veía un problema. No veía las malditas consecuencias para lo demás. Supongo que su mundo era así. Le temía a Jaden y a lo que fuera a hacerme porque ése era su miedo más grande. Había recibido tantos golpes directos de su parte que no entendía que también podía haber pequeños y colaterales. Como cuando tiras de un hilo que piensas que no importa y no va a causar nada, pero termina destruyendo todo.

—Es mínima.

—¡Pero la hay!

—¡Mínima! —me exalté al igual que él—. Mínima comparada con lo que pasaría si no voy con mi madre y ella realmente decide buscarme.

—Y si en esa mínima posibilidad Jaden está aquí, en Linston, ¿sabes lo que va a pasar?

—Sé lo…

—¡Te va a lastimar! —me cortó, retrocediendo. Ni siquiera se veía dispuesto a seguir discutiendo. Se veía molesto y cansado por intentar hacerme entrar en razón—. Porque sabe que me importas, por eso me dio la oportunidad de sacarte. Porque era su maldita manera de decir que, si no lo hacía, serías para él lo que somos Aaron, Samantha y yo en este momento: ¡su puto blanco para atravesar con una bala! Y no, no vamos a sentarnos a hablar. O lo matamos o nos mata. Y si llega a ti primero, te hará lo mismo. O te usará para llegar a nosotros.

Me quedé observándolo un momento. Tenía el ceño fruncido, y a mí me temblaban las manos por la maldita situación. Los nervios que sentía me quemaban las neuronas, que intentaban analizarlo todo. Lo entendía, entendía su preocupación. Pero él no me entendía a mí.

Abrí la boca, porque quería contestar algo, sin embargo, me quedé callada cuando la puerta se abrió.

—¿Está todo bien?

Miré a Aaron, que alternaba la vista entre Eiden y yo con una ligera mueca significativa en el rostro.

—Sí, está…

—No, no lo está —interrumpí a Eiden—. Me quiero ir y Eiden no me deja.

Eiden apretó los dientes y se tensó. Negó con la cabeza, pidiéndome que no le dijera nada, pero me limité a mirar a Aaron.

—¿Por qué te quieres ir? —inquirió, acercándose a ambos.

—Porque Tara, mi madre, me llamó —le expliqué—. Quiere que esté en el hospital en dos horas, si no, me buscará.

—¿No puedes decirle que…?

—No —lo corté, anticipándome a sus palabras—. Ella me quiere ahí. Si no llego, me buscará, y es obvio que no me va a encontrar. No quiero que esto se salga de control. Si mi padre también se preocupa, puede que las cosas escalen e involucren a la policía porque mi papá realmente se va a alarmar al no saber dónde estoy.

Aaron me miró unos segundos y yo vi de reojo a Eiden, quien a su vez observaba a Aaron como si tuviera la esperanza de que mágicamente él tuviera la solución a todo.

—Sólo voy a ir a resolver lo que quiera mi madre y me regreso… —insistí—. Voy a estar bien.

—Si sale, se estará arriesgando —le dijo Eiden a Aaron—. No voy a permitir que se exponga a que Jaden la lastime sólo para joderme o para llegar a nosotros.

—Es una posibilidad mínima —rebatí. Ya no estábamos discutiendo entre nosotros, de alguna manera estábamos intentando que Aaron entendiera nuestros puntos de vista—. Estaré con mi madre, en un hospital. Habrá más personas, y si está mi padre, estaré con él. No estaré sola. El tiempo que esté ahí no estaré sola.

Aaron alternó la vista entre ambos. Por un momento pensé que se inclinaría por Eiden, que apoyaría su punto. No sólo porque era su hermano, sino porque ambos habían vivido el mismo miedo hacia Jaden.

Tuve la súbita sensación de irme sin más. Agarrar mis cosas e irme, aunque ellos no lo entendieran. Aclararía las cosas con Eiden después, cuando volviera. Pero detuve todo el hilo de mis pensamientos al notar cómo Aaron se pasaba la mano por la cara, como si quisiera despejar su mente. Miró a Eiden, me miró a mí, y movió la cabeza entre ambos, casi esperando que mágicamente uno de los dos cediera y le ahorrara la pena de fungir como intermediario.

Por un momento quise alejarlo de todo esto, de ponerlo en este dilema de tener que elegir a quién apoyar. Sin embargo, aparté ese pensamiento cuando me di cuenta de que negaba con la cabeza cuando miraba a Eiden. Noté en él la aflicción de una derrota. Le estaba pidiendo una disculpa.

—Aaron… —la voz de Eiden fue dura y áspera, con un dejo de reproche suave que la atenuaba, como si fuera una especie de petición, aunque Aaron y yo sabíamos que más bien era como una amenaza para que desistiera de lo que sabía muy bien que iba a hacer.

—Es su decisión —le dijo Aaron—. Y tiene razón…

—No, no tiene razón —se apresuró a soltar Eiden, negando de forma brusca, como si lo que dijera fuera la cosa más estúpida e incoherente del mundo—. Ella no entiende…

—Allison lo entiende —lo cortó Aaron—. Y tiene razón. Su ma… Tara y su padre se preocuparán si ella no aparece. Y claramente no queremos que se involucre la policía y esa mierda. No puedes retenerla aquí. No puedes pre…

Eiden dio un paso hacia él, pero Aaron no retrocedió. Permaneció callado, con gesto estoico. Sus cuerpos quedaron frente a frente y sus miradas se desafiaron, enredándose en una disputa sin palabras. Eiden estaba molesto, su mandíbula estaba tensa y su postura era rígida; en cambio, Aaron se mantenía impasible, sosteniéndole la mirada.

Me sentí extraña estando ahí, esperando a que alguno cediera. Y por unos segundos que parecieron una eternidad hubo un silencio pesado que se esfumó cuando la voz de Aaron resonó:

—Allison, agarra tus cosas. Y llama a Jess o a Nathan para que te recojan a las afueras del bosque —me pidió Aaron sin mirarme.

Continuó encarando a Eiden.

Me giré deprisa para acercarme a la cómoda en donde estaba mi mochila y toda mi ropa. Tomé la mochila y guardé en ella cosas de aseo personal, mi cargador, auriculares y demás cosas triviales, y saqué un cambio de ropa del mueble.

Sentí como si el breve lapso entre que tomé mis cosas y me giré hubiese sido eterno, sin embargo, no fueron más de veinte segundos, durante los cuales Aaron y Eiden siguieron encarándose.

Mis manos apretaron la mochila y sentí que mi cuerpo comenzaba a transpirar un sudor frío. Aaron era ligeramente más alto que Eiden por unos dos o tres centímetros. Ambos tenían la misma complexión: atlética, pero no voluminosa. Sus posturas eran tan iguales y distintas a la vez. Uno denotaba molestia; él otro, tranquilidad. Principalmente, se percibía por la forma en que estaban parados y en cómo su cuerpo se elevaba con cada respiración.

Frente a frente. Ninguno había apartado la mirada, cargada de mil palabras que se decían sin siquiera abrir la boca. Era como si el rostro y la mirada de Eiden sólo quisieran imponerse sobre la decisión de Aaron. Incluso parecía que en cualquier momento le soltaría un golpe sin más. Aaron, por otro lado, se veía impasible, dándole a entender a Eiden que desistiera o se apartara.

—No hay otra solución —le soltó Aaron con voz calmada. Sin embargo, era uno de esos momentos donde la calma no era lo único que denotaba su voz. En ocasiones como ésta, su voz parecía perder el toque animado de siempre y se volvía metódica.

Eiden apretó las manos, provocando que sus nudillos se volvieran blancos por la presión.

—Debe de haber otra solución —espetó Eiden. Sus palabras salían en un tono ácido y pausado.

—Sabes que no la hay.

—Debe haberla…

—Dame una —le urgió.

En ese momento, Aaron y yo miramos a Eiden. Muy en el fondo, una parte de mí deseó que realmente tuviera una buena idea u otra opción, porque no quería salir. No quería ir al hospital para lo que sea que me quisiera Tara, porque mi corazón, que latía como loco en mi pecho, el sabor amargo en mi boca, el temblor en mis manos, el entumecimiento en mis pies y el martilleo en mi cabeza a causa de un leve dolor, me decían que algo no estaba y no iba a estar bien.

Eiden negó con la cabeza, frustrado, sin saber qué decir, y yo sentí que mis pulmones soltaban un aire que me dolía. Miró a Aaron con una mueca de rabia y le dio la espalda, pasándose la mano por el cabello, exasperado por la situación.

No había otra solución. Debía de arreglar la mierda para la que me quería Tara.

Se dio la vuelta de golpe y clavó la mirada en Aaron. Me apuntó con el dedo sin verme, haciendo que mi pulso se acelerara. Sus palabras salieron directas, sin titubeo, cargadas de ira hacia Aaron:

—Si le pasa algo a Allison, te mato… Juro que te mato.

Aaron no le contestó, su rostro se mantuvo serio por un momento hasta que finalmente, tras unos segundos, sólo asintió. Ambos notamos la frustración de Eiden, pero sabíamos que no lo decía en serio.

—Llama a Jess o Nathan —me volvió a pedir.

Reaccioné de forma mecánica ante su petición y avancé hacia la mesita de noche, en donde estaba mi celular. Estaba de espaldas a ambos mientras marcaba el número de Jess, así que di un pequeño sobresalto cuando la puerta se cerró de golpe.

Me giré con una mano en el pecho y un pitido molesto en el oído. Aaron había salido y Eiden estaba en el clóset. Se veía enfadado, porque tironeaba algunas prendas de forma brusca. Cuando finalmente pareció encontrar lo que buscaba, cerró el clóset y salió. No azotó la puerta, por suerte.

Yo sentí una presión en la garganta. Y el hecho de que Jess no contestara comenzaba a incitarme a arrojar algo contra la pared. Marqué dos veces más y la respuesta fue la misma. Pitidos y la maldita contestadora al final. Después opté por marcarle a Nathan, que me contestó a los segundos. Le pregunté por Jess y me dijo que probablemente se había quedado dormida y por eso no contestaba, ya que tenía la costumbre de tomar una siesta por estas horas. Me dijo que le pasaría mi recado. Le agradecí y colgué.

Sentí mis manos ansiosas en ese momento, mientras presionaba la tela de la ropa. Debía cambiarme, por lo menos la ropa interior.

Alcé la mirada al escuchar cómo se abría la puerta y vi a Eiden entrar. Ninguno dijo nada y eso me hizo sentir mal. Sentía que debíamos hablar, pero, a pesar de eso, no encontré mi propia voz para intentar decirle algo. No iba a disculparme, porque en realidad no había hecho nada malo, y al parecer él tampoco tenía la más mínima intención de hacerlo.

Tomé mis cosas y Eiden se acercó a la cómoda. Noté cómo mi cuerpo se enfriaba y cómo algo presionaba mi pecho cuando pasé a su lado. Ninguno volteó. Incluso tuve ese estúpido impulso de quedarme dos segundos de más con la mano a unos centímetros del pomo de la puerta, esperando que en algún momento dijera algo.

Pero no lo hizo.

Y, en ese preciso momento, noté que estaba intentando alargar algo que no podía. Debía irme, lo más rápido posible, antes de que Tara entrara en una maldita rabieta y me buscara en casa de Jess, porque el problema era que si no lo hacía ella, lo haría mi padre. No debí haberle dado la dirección de la casa de Jess cuando me la pidió hace unas semanas.

Abrí la boca, vacilando un par de veces, y finalmente dije unas cuantas palabras:

—Me voy a cambiar, y después me iré, ya llevó mis cos…

—Bien.

Me interrumpió y asentí, inhalando con fuerza.

No esperé más, abrí la puerta y salí. Intenté que no me importara el hecho de que Eiden estuviera molesto, sin embargo, me dolía y me dejaba un sabor amargo. Principalmente por el enorme contraste de lo bien que habíamos estado hacía unos minutos. Frío. Era estúpido sentir que, de algún modo, todo esto iba a regresarnos al comienzo de nuestra relación. Sin embargo, así lo sentía, como si cualquier cosa lo fuera a regresar a su caparazón. Había estado ahí mucho tiempo.

Salí de la cabaña; Aaron ya estaba afuera. Le pedí que esperara unos segundos y me apresuré a ir al baño a cambiarme. Regresé casi corriendo.

—¿Llamaste a Jess? —me preguntó.

—Sí, pero no contestó. Nathan la buscará en su casa.

Asintió con la cabeza y, por un segundo, ambos nos quedamos en silencio. Me lanzó una miradita, creo que esperaba lo mismo que yo.

Negué y él apretó ligeramente los labios.

—Dame tu mochila.

—No pesa —le aseguré.

Rodó los ojos y se acercó a mi espalda para quitarme la mochila.

—Gracias —musité, mientras él se la colocaba en la espalda—. Y lamento haber causado que discutieras con Eiden… no debí meterte en…

—No te preocupes —me cortó, restándole importancia con una mano—. Vivo de pelear con él.

—De igual forma, lo lamento.

Asintió con la cabeza, sin darle mucha importancia, y ambos nos encaminamos. Maldije internamente por todo. Por Tara. Por Eiden. Por el centenar de nervios que estaba sintiendo en el cuerpo. Por el frío. Por el mosquito que zumbaba en mi oído por más que lo alejara a manotazos. Por Aaron, que no dejaba de mover la mochila de arriba hacia abajo en su espalda, intentando acomodársela porque era muy pequeña para él, lo cual lo hacía parecer un niño malhumorado. Por mis ganas de lanzarme en una cama, porque el pensar en caminar por casi una hora me estaba irritan…

Me giré bruscamente cuando el sonido de la puerta siendo azotada estalló acompañado de un "eso era mío".

Aaron y yo nos detuvimos justo en el borde del sendero del bosque, viendo cómo Eiden salía de la cabaña, dando brinquitos por los escalones y trotando hacia nosotros. Samantha se había quedado en la puerta con mala cara.

Él se acercó a Aaron y lo rodeó para llegar a la mochila. Aaron comenzó a querer ver lo que Eiden estaba haciendo a sus espaldas y se removió, girando la cabeza de lado a lado mientras Eiden se movía a su mismo ritmo y dirección para impedirle que lo viera. Aaron parecía un perrito queriendo ver su cola.

—Deja de moverte, maldita sea —le bufó.

—¿Qué haces?

—Estoy metiendo algo en la mochila.

—¿Qué?

—Algo.

Al fin Aaron se encogió de hombros y dejó de moverse. Me crucé de brazos, sin saber muy bien qué hacer o decir, y fingí hacerme la tonta. No había visto qué estaba metiendo a mi mochila, y cuando terminó, no esperé mucho de su parte. Creí que regresaría a la cabaña, aunque para mi sorpresa no fue así.

Se acercó a mí y se colocó de lado, un tanto inclinado, dándome la espalda.

—Sube —me dijo, flexionándose para quedar a mi altura.

Lo miré por un momento y a mi cerebro le tomó unos cuantos segundos entender su petición.

—Puedo caminar, no…

—Sube, Allison —me repitió.

Suspiré. Bueno, había intentado negarme para mantener mi orgullo. Igual, ni le hablaría, así como él no me hablaba a mí. Mierda, no quería caminar. Miré a Eiden, que me lanzó una miradita, y fingí hacerle caso sin mucho interés. No, mi corazón no sintió un aleteo. Claro que no.

Di un pequeño saltito y me sostuve de sus hombros para subirme a su espalda. Él reaccionó y sus manos agarraron mis muslos, dándome un empujoncito para acomodarme mejor.

Volteé la cara hacia otro lado sin darle mucha importancia a la situación. Sólo esperaba que no hubiera sentido mi corazón aporreando mis costillas sobre su espalda. Apreté los labios, intentando contener una sonrisilla al sentir su mirada en mi rostro. Segundos más tarde el rastro de esa sonrisa se disipó para ser suplido por una leve mueca de sorpresa que a su vez se transformó en un enrojecimiento en mis mejillas cuando se inclinó y me dio un beso en una de ellas.

—Hablamos después, ¿vale?

—Ajá —musité. Maldición, mi voz sonó… nerviosa.

Imbécil. Seguía dejándome media perdida por un simple beso en la mejilla. Noté cómo Eiden esbozaba una sonrisa. Había notado lo que había producido en mí. Cómo no, si hasta sentía las orejas calientes, era más que obvio que estaba roja.

—Imbécil —mascullé.

—¿Qué dijiste? —preguntó con cierto tono divertido.

Me encogí de hombros, removiéndome y aferrando mis brazos a su cuello para sostenerme.

—Nada —murmuré.

—Buenoooo —soltó Aaron, tosiendo exageradamente—. Ya que… bueno, que… ajá… nos vamos.

Asentimos. Eiden deslizó sus manos por mis muslos y yo dejé caer mi barbilla en su hombro.

—¡¿Puedo ir?!

Samantha nos miró desde la puerta de la cabaña con los brazos cruzados.

—¡Dijiste que no querías! —señaló Aaron.

—¡Ya quiero! —dijo mientras una sonrisita se dibujaba en su rostro y daba saltitos felices hacia nosotros—. Ya vámonos.

—Pero bien que te quejaste de la caminata corta.

—Eso me hizo darme cuenta de que sí me gusta dar paseos.

—Éste es más largo.

—No importa.

Y con eso dicho, empezó a caminar, dejándonos atrás. La alcanzamos deprisa, pues los pasos de Eiden, incluso conmigo arriba, y Aaron eran más largos que los de Sam.

* * *

Di un brinquito, bajando de la espalda de Eiden cuando llegamos a las afueras del bosque, y al instante miré el coche de Jess estacionado al lado de la carretera. Ella y Nathan estaban afuera, así que se acercaron a nosotros.

—¡Hola! —dijeron los dos al unísono en una voz bajita y nerviosa.

Creo que esto era un tanto extraño. Eiden se limitó a ignorarlos, Samantha les hizo una señal de saludo, un tanto cohibida, y Aaron y yo fuimos los únicos que les contestamos con otro "hola".

—¿Pueden llevarme al hospital, por favor? —les pregunté a ambos.

—Sí, claro —se apresuró a decir Jess—. ¿Estás bien?

Asentí con la cabeza.

—Es sólo una urgencia de mi madre.

—Sí, está bien —afirmó.

—Gracias —volteé a ver a Eiden, porque sentí su mirada en mí.

Me hizo una señal con la cabeza para que lo siguiera. Lo pensé unos segundos, porque, en realidad, ya quería irme y resolver el problema de mi madre.

Pero finalmente apreté los labios, miré a Jess y a Nathan, quienes asintieron con la cabeza, y seguí a Eiden.

Nos adentramos un poco en el bosque y nos detuvimos detrás de un árbol. Uno muy grande.

Mi pulso se aceleró, lo sentía en mi garganta. Eiden estaba frente a mí, y aunque por unos segundos fingí ver distraídamente hacia otro lado, terminé soltando un suspiro y centrándome en él. Tenía los labios ligeramente apretados, y las manos metidas dentro de los bolsillos de su jersey. Hacía eso cuando a) tenía frío o b) no sabía qué hacer en determinada situación. Supongo que en ese momento era una fusión de ambas cosas.

Lo observé vacilar un par de veces, intentando encontrar las palabras correctas, y yo me mordisqueé el labio inferior, impaciente. Me transpiraban las manos por los nervios. Y fue hasta ese momento, en que lo tuve de frente, sin saber qué decir ni cómo enmendar la pequeña fractura que había alterado nuestra paz, cuando me di cuenta de que tenía miedo, que en el fondo algo me gritaba que esto era una mala idea y que no iba a ser tan fácil como suponía. No iba únicamente a resolver el problema, había algo más.

Cuando vi a Eiden volver a abrir la boca y cerrarla sin ser capaz de formular frase alguna, me acerqué a él, acortando la distancia. Mis brazos lo rodearon y apreté mis manos en su espalda, abrazándolo y hundiendo mi cara en su pecho.

Lo noté tensarse por un segundo ante la sorpresa de mi reacción, pero me correspondió, pasando sus brazos por mis hombros. Me pegó más a él, si acaso eso era posible, y sentí cómo bajaba la cabeza un poco para poder reposar su barbilla en mi coronilla. Inhalé su aroma, que siempre tendía a impregnarse en su ropa, y él suspiró. Fue un suspiro liberador, como si dejara salir algo que le pesaba.

—Lo siento —murmuró al cabo de unos segundos—. No tuve que haberte alzado la voz.

—Está bien, yo también te la alcé. En ese caso, también lo siento… —levanté la cara para poder verlo, aunque sin despegarme de él—, pero no me gusta que dejes de hablarme cuando te enojas… actúas distante y me da miedo que después ya no quieras hablarme como antes.

Eiden hizo una mueca y me sentí un tanto avergonzada al haberle expresado eso sin más. Pero si no se lo decía ahora, no estaba segura de poder encontrar otro momento para expresarle mi malestar ante eso.

Me removí en sus brazos, queriendo separarme de él para poder verlo mejor, sin embargo, no me dejó separarme mucho. Tensó sus brazos en mis hombros y con una mano me tomó de la mejilla.

—Cuando me molesto, digo cosas que no pienso en verdad, por eso prefiero tomarme unos segundos antes de hablar. No quiero decirte algo malo. Ya la cagué una vez, no quiero volver a hacerlo.

—Entonces, dímelo —le pedí—. Dime que necesitas unos momentos en vez de sólo levantar una muralla y callarme si te quiero decir algo.

—Es que, ¿qué quieres que te diga? ¿No me molestes? Eres tan sentimental que creo que vas a pensar que te estoy diciendo que siempre me molestas.

—Dame unos segundos —sugerí—. No es tan complicado.

El rodó los ojos y soltó un suspiro, asintiendo.

—Bueno, lo apuntaré para nuestra próxima discusión.

—Aunque no es necesario que haya otra.

—Bieeen —hizo una pausa, sonriendo, y se inclinó, tomando mi barbilla para darme un beso corto—. No tengas miedo. No voy a volver a comportarme como antes. Me casé contigo debajo de una sábana y te di un anillo que hice con un alambre para cerrar el pan. Si eso no basta para demostrar que te quiero lo suficiente como para no lastimarte nunca más, no sé qué más hacer.

—Entonces ¿nunca más vas a ser un imbécil con cara de odio que me mande a la mierda?

Eiden negó con la cabeza, conteniendo una sonrisa, y yo estuve a punto de volver a abrazarlo, pero terminé frunciendo el ceño de golpe, recordando algo. Tal vez Aaron no le tomara mucha importancia, pero me seguía sintiendo culpable de que ellos discutieran.

—Tal vez debas disculparte con Aar…

—No —Eiden negó.

—Sí, lo amenazaste de mata… ajá, de eso —no quise decirlo.

Eiden rodó los ojos y yo me alejé de él, cruzándome de brazos.

—Aaron sabe que no lo digo en serio.

—Igual. Estuvo mal. Él sólo estaba ayudándonos a…

—No… —me cortó con un gesto molesto—, te estaba ayudando a ti a hacerme quedar como un imbécil.

—Eso lo hiciste solo.

Puso cara de indignación.

—Arruinó mis planes —bufó.

—¿Tenías un plan? —dije con sorpresa.

En ese momento, no parecía tener un plan. O bueno, el que tenía era… pésimo. Aunque siendo sincera, desde el ángulo que fuera, todo se veía mal. La situación era caótica. Fue como una bomba de realidad explotando en nuestras caras.

Miré a Eiden con una cara expectante, pero terminé negando con diversión.

—Sí —soltó con una sonrisita, divertida—. Te iba a amarrar a la cama para que no te fueras.

Vaya, qué plan tan maravilloso. Puse los ojos en blanco.

—¿Ves?, todas tus ideas son pésimas. Las de Aaron no. Por eso debes disculparte con él.

—No.

—Sí. Discúlpate.

Rodó los ojos y esbozó una sonrisa serena, mientras me tomaba del brazo y me acercaba a él. No pude evitar sonreír cuando me tomó por la cintura.

—Cuando regreses, me disculparé —concedió.

Bueno, era algo. Pero intenté presionar más, porque sabía por qué decía que esperaría a que yo regresara.

—No, antes de que llegue.

—Pero…

—Si regreso y me entero de que no te has disculpado, dormirás en el sofá —sentencié.

Echó la cabeza hacia atrás con un resoplido.

—¿Desde cuándo dejo que alguien me chantajee con dormir en el sofá? —soltó con ironía.

—Desde que duermes conmigo —enarqué una ceja.

—Los sacrificios que hace un hombre enamorado.

Esbocé una sonrisa divertida.

—Sólo discúlpate con él si no quieres dormir en el sofá —le advertí e hice una pausa. Ya que andaba aceptando cosas que le costaban trabajo, pues…—. ¿Y puedes preparar macarrones para cuando regrese?

—Bueno, como te decía… el divorcio siempre puede ser una buena opc…

—¡Eiden!

Soltó una risotada, apretujándome contra él. Y yo le puse mala cara.

—Le diré a Samantha que los haga, porque creo que los hará para cenar.

—Bien, aunque si los hicieras tú…

—No los voy a hacer.

—¿Ni por mí?

—Tal vez me lo piense.

—Por favor —pestañeé con inocencia, haciendo un puchero.

—Está bien —rodó los ojos—. Te voy a hacer esa cosa que parecen gusanos vomitados.

Sonreí, abrazándolo, y él me ciñó contra su cuerpo. Daba lo mismo cómo les dijera, el chiste es que los iba a preparar. Permanecimos abrazados y sentí el impulso de hundir mi cara en su pecho. Por un momento largo y silencioso, nos quedamos así. Sentí cómo su aroma y calor me envolvieron, cómo sus brazos sostuvieron mis nervios y miedos, cómo su corazón latiendo sobre mi mejilla me arrullaba con una melodía tranquilizadora.

Envolvió una de sus manos en mi cabello y deslizó la otra por mi espalda. Se sentía como una ola suave acariciando la orilla. Aspiré su aroma, memoricé el latido de su corazón, dejé que su calor me calentara como si repentinamente fuera a llegar el invierno y lo necesitara después. Y aunque quise alargar el momento, al cabo de unos segundos dejé que la ola subiera lo suficiente para que reventara contra una roca.

—Me tengo que ir —murmuré, aún contra su pecho.

—No quiero que te vayas —dijo con suavidad.

—Sólo serán unas horas.

—Y si te pasa algo…

—No me va a pasar nada —le aseguré.

—Estoy contemplando echarte a mi hombro y regresarte a la cabaña.

Sonreí, negando, y pese a mi impulso de exprimir cada segundo abrazándolo, suspiré y me separé de él, tomándolo de las mejillas. Cuando sonrió y sus hoyuelos aparecieron, los pinché con mis dedos, divertida.

—Amo tus hoyuelos.

—¿No quisieras verlos toda la tarde? —alzó las cejas, divertido, ante su propuesta—. Son todos tuyos.

—Los veré en la noche, cuando regrese.

—Allison…

—Mejor prepara los macarrones para cuando vuelva.

Resopló al ver que no caí en su intento por convencerme y sacudió la cabeza para centrarse en mí nuevamente.

—Llámame cuando llegues al hospital.

—Está bi…

—Y cuando sepas para qué rayos te quería esa mujer.

—Está bi….

—Y cuando vengas de regreso.

—Está bi…

—O cuando quieras, puedes llamar cuando quieras…

—Está bien, te voy a llamar…

—O puedes llamarme cada diez minu…

—Está bien, está bien —lo detuve—. Cuando llegue, cuando sepa para qué me quería Tara y cuando venga de regreso.

Él me miró unos segundos y asintió. Dejé un beso corto en sus labios y tomé su mano, entrelazando sus dedos en los míos. Me costó mucho dar los pasos que di, incluso sentí cómo Eiden en algún punto se atrasaba mientras avanzábamos, pero lo hicimos. Salimos del bosque. Y sonreí al ver a Aaron solito. Estaba pateando una piedrita, muy distraído o muy incómodo por haberse quedado solo, ya que Samantha estaba platicando con Jess y Nathan.

En cuanto Aaron nos vio, se acercó a nosotros.

—Toma —me dio mi mochila.

La tomé y la coloqué a mi espalda.

—Por lo que sé, Jaden no está en el estado —sentí la mano de Eiden presionar con más fuerza la mía, pero me limité a escuchar lo que me estaba diciendo Aaron—. Pero de igual manera, no te arriesgues. Cuando llegues al hospital, permanece en un lugar concurrido. Con enfermeras o con tu madre. Si por alguna razón Jaden aparece, verá en ti la oportunidad de llegar antes a nosotros. Serás como su carnada. Sólo… cuídate.

Asentí. "Carnada". La palabra serpenteó en mi cabeza.

—Bien. Estaré entre gente.

Aaron me sonrió y me revolvió el cabello. Le di un manotazo, alejándolo.

—No hagas nada estúpido. O sea, no seas tú —bromeó.

Le saqué el dedo de en medio, poniéndole mala cara. Sí hacía estupideces, aunque no era para tanto. Hice una mueca de extrañeza cuando sentí cómo Eiden me soltaba la mano y trotaba hacia Jess y Nathan. Se acercó a ellos y les dijo algo. No sé qué, pero por la cara que pusieron ambos, supe que no fue algo bueno. A los segundos, Eiden y Samantha regresaron.

—Cuídate y llámame —me pidió Eiden, apretando los labios mientras me miraba. Suspiró—. O estaba pensado que si quieres puedo ir…

—No. De ninguna manera —descarté esa idea de golpe—. Volveré enseguida, ni siquiera notarán mi ausencia.

—Allison…

—Es lo mejor —me acerqué para abrazarlo con fuerza—. Cuídate tú también. No te pelees con Aaron en el camino de regreso y discúlpate con él por eso que le dijiste.

No pareció muy convencido, pero terminó suspirando. Ya habíamos hablado de eso, él no podía venir conmigo, era más riesgoso. Además, era más fácil que yo pasara desapercibida sola. Era más seguro para todos así.

—Está bien —dijo, intentando recuperar el ánimo con una sonrisa—. Hacer macarrones con queso y disculparme con Aaron para antes de que vuelvas. Anotado.

Nos quedamos un momento en silencio y acarició mi mejilla. Me recargué en la palma de su mano, cerrando los ojos y suspirando.

—Te quiero, cariño.

Asentí aún con los ojos cerrados.

—Te quiero, cariño.

¿Por qué mierda se sentía como si fuera una despedida cuando no lo era?

Negué internamente, alejando ese sentimiento pesado de mi garganta. Claro que no era una despedida. Lo vería en un par de horas.

Abrí los ojos, y me puse de puntitas para besarlo. Después, me despedí de Aaron y de Samantha con la mano y me apresuré a ir hacia el coche de Jess y Nathan. Ellos ya estaban dentro.

—Tu maldito novio me dijo que me iba a romper la cara si me separaba de ti —soltó Nathan con los ojos bien abiertos, apenas aplasté mi trasero en el asiento.

—A mí no me dijo nada, pero me miró y creo que también me dijo eso —Jess asomó la cabeza entre el espacio de los asientos delanteros.

—Estaba bromeando —les sonreí, restándole importancia.

Eso esperaba. Más le valía. Abrí mi mochila para sacar mi celular y sonreí al ver lo que Eiden había metido. Era un tupper con macarrones; al parecer, era de lo que había sobrado del desayuno. Tenía adherida una notita:

"Por si tienes hambre :) ♡".

Segunda parte

Miré a mi alrededor. En el par de veces que había estado en el hospital, nunca me había detenido en un lugar en específico. Se sentía extraño estar aquí, en la sala de espera, ya que no esperaba a nadie, bueno, no como las personas a mi alrededor. Yo esperaba a mi madre; los demás, a un familiar, tan importante para ellos que sus ojos se iluminaban esperanzados cada que veían pasar a un médico o a una enfermera.

La sala de espera estaba semillena, aunque tranquila. Alguna que otra enfermera se paseaba por el lugar. La mayoría de los familiares permanecían sentados y estoicos, sin mucho que hacer más que esperar. Sin embargo, otros parecían no poder soportar la inactividad, así que caminaban alrededor como seres deambulantes e inquietos. El color blanco que dominaba el lugar me hacía sentir atrapada en algo doloroso para mí y posiblemente para los demás. Como si el color pulcro y blanquecino atrapara todo, entremezclándose con el ambiente devastador.

—¿A quién buscamos? —inquirió Nathan.

—A mi madre —contesté.

Estábamos hablando en voz bajita. Normalmente así era en este tipo de lugares, ¿no? Nos encontrábamos en una esquina de la sala de espera, escudriñando todo el lugar de nuevo, aunque acabábamos de hacerlo hacía unos cuantos minutos. Supongo que esperábamos que una cara familiar para mí entrara por un pasillo.

—No conozco a tu madre —murmuró Jess—. ¿Se parece a ti?

Lo pensé un segundo. Yo me parecía más a mi padre. Por suerte, en todos los aspectos.

—No, no se parece a mí. Bueno, no me parezco a ella.

—¿Por qué no la buscas en su oficina o le llamas? —me sugirió Nathan—. ¿O tal vez esté en la cafetería? Los médicos comen, ¿no?

—Supongo que sí —murmuré, distraída.

No sabía muy bien por qué, pero el ambiente en los hospitales me apagaba y me hacía sentir un tanto asfixiada. Todo era muy silencioso y blanco.

—Ah, es que vi una serie en donde parecía que nunca comían.

—Si ves una serie de médicos, ¿para qué rayos grabarían cuando comen? —le soltó Jess.

—Para que las personas se den cuenta de que sí comen y no son unos malditos robots.

—Tu papá es médico, ¿crees que es un robot?

—A veces parece uno, cuando habla mucho de cosas que no entiendo.

Sus voces se escuchaban un tanto distantes a pesar de que los tenía a mi lado. Apreté mi celular en la mano. No quería llamarle a Tara o buscarla. Sería extraño; además, estaba postergando lo más posible el momento para verla. Sentía que, cuando nos encontráramos, sería como recibir una bofetada de realismo.

Cerré los ojos y solté un suspiro. Cuanto más rápido la viera, más rápido me iría. Pensé en el hecho de irme, más que en el de verla.

Estaba a punto de marcar su número, sin embargo, la voz de Nathan me detuvo:

—¿Ése no es tu padre?

Me giré hacia donde Nathan estaba apuntando.

—Sí, es él —asentí al verlo entrar por un pasillo.

Les dediqué una mirada a ambos para que me esperaran y caminé hacia él. Llevaba su ropa típica de trabajo: pantalones y camisa de manga a tres cuartos. Fruncí un poco el ceño al notar que llevaba más arriba la manga, más allá del antebrazo, y que iba presionando la parte interna de su codo con su otra mano. Nunca se dejaba la camisa así, decía que se veía muy poco profesional.

Cuando llegué a su lado, me estrechó en un abrazo. Dejé que lo hiciera y pasé un brazo por su torso para recibirlo.

—¿Qué ocurrió? ¿Estás bien? —inquirí, señalando su brazo.

Él asintió.

—Estaba donando sangre —musitó.

Lo miré un tanto raro. Nunca había sabido que donara sangre. Iba a preguntarle el motivo, pero di un pasito hacia atrás cuando Tara llegó y se detuvo frente a nosotros.

Se veía igual que siempre. Con su bata blanca. Su pelo recogido en una cola alta. Sus zapatos blancos con ese ligero tacón que a veces hacía que el piso resonara. Su maquillaje sencillo. Su cara inmutable.

Pareció no prestarme mucha atención, o quizá ni siquiera notó mi presencia, porque se limitó a mirar a mi padre. No me importó. Ya no me importaba.

—¿Él está bien? —inquirió papá.

—No. Estamos intentando mantenerlo con vida, suministrándole un poco de la sangre que ha perdido, pero es demasiada. Y el daño que tiene parece irreversible. No hay nada que hacer, más que mantenerlo vivo por un par de horas más.

Por un momento, no entendí de qué hablaban, hasta que rebobiné lo que mi padre había dicho.

—¿De quién hablan? ¿Qué pasó? —los cuestioné, alternando la vista entre ambos.

Por lo que dijo Tara, alguien estaba mal, muy mal. Se me secó la boca de los nervios al pensar en eso. Sólo fui capaz de mirarlos, esperando una respuesta. Creo que en ese punto mi cabeza no había querido conectar las cosas. Me preocupé por alguien que no sabía quién era. Tara lo estaba, o al menos eso creía. Mi padre sí que lo estaba. Pensé en muchas personas. Fue como si una ruleta rusa con el nombre de nuestros conocidos girara sin detenerse.

—¿Qué... qué pasó? —insistí.

Mi padre me miró con una nota clara de aflicción y apretó los labios. Me acarició la espalda de arriba hacia abajo, en un intento por reconfortarme. Sin embargo, eso me preocupó más.

—Al parecer, tu tío tuvo un incidente, él está muy mal y probablemente no... ya sabes...

Dejó las palabras al aire. Supongo que no quiso decir lo que era obvio y esperó a que lo dedujera por mí misma. El problema era que me había bloqueado. Me quedé en blanco. Tan perdida que, aun sabiendo la respuesta obvia a mi futura pregunta, la formulé. No sabía por qué. No sabía qué estaba pasando en mi cabeza en ese momento. O por qué me sentía así. No sentía nada más que escalofríos.

—¿Q-qué tío?

Su respuesta tardó un par de segundos. Los suficientes para rodearme con su brazo y pegarme a él. Respiré con fuerza cuando mi mejilla quedó en su pecho.

—Lo siento, Allison. Es tu tío, Roberts.

Roberts.

Todo se detuvo.

Cerré los ojos, y me abracé a él.

Y... no sentí nada.

—No sabemos qué pasó —escuché la voz distante de Tara—, al parecer ingirió algún tipo de corrosivo por error, aunque un médico sugirió que pudo haber sido un intento de sui...

—Tara, basta —la cortó papá—. No es necesario que sepa eso.

Nada. No sentí nada de lo que se suponía que debía sentir. Fue como si algo golpeara mi interior y lo moviera. En ese momento, me costó entender por qué no sentí lo que creí que iba a sentir cuando algo así pasara.

Juro que había imaginado mil escenarios en donde algo similar ocurría. En donde él dejaba de existir. En donde sentía que no podía volver a lastimarme nunca más. En donde, de alguna manera, el dolor que me había causado se enterraba con él. En donde eso me alegraba, pero en ese momento no se sintió así. No sentí satisfacción de saber lo que le estaba pasando y le iba a pasar. Pero tampoco sentía dolor. No sentía nada hacia él.

Noté a mi padre moverse, y dejé que me guiara hasta un asiento en algún lugar de la sala de espera. Me estrechó contra su cuerpo, como si quisiera consolarme, pero creo que el consuelo que me daba no era el que él creía. Porque no me dolía la muerte de Roberts, sólo estaba aturdida por la noticia y porque, muy en el fondo, deseaba estar feliz por ello. Pero no lo estaba, no había nada en mi pecho. Estuve por minutos abrazada a él. En silencio. No dijo nada. No dije nada. No sabía qué decir. No sabía qué sentir. O sí, pero no lo sentía.

—Quiero irme —murmuré.

Necesitaba salir de aquí. Necesitaba alejarme de todo. El olor antiséptico del lugar no me ayudaba en nada, salvo a sentir náuseas por lo aturdida que estaba. No quería estar cerca del hospital. Ni de mi padre. Ni de mi madre. No podía estar cerca de Roberts. Comenzó a dolerme el pecho.

—Tu madre te llamó porque… tu tío necesita sangre —dijo con voz suave, separándome de su pecho.

Me negué ligeramente, sin embargo, terminó tomando mi rostro entre sus manos para que lo viera.

—Y él necesita que le donen, ya que su tipo de sangre no se encuentra dispo…

—No —me negué una y otra vez con efusividad cuando entendí a dónde quería llegar—. No. No.

—Allis…

Negué con la cabeza, sin querer escuchar lo que me decía.

—Allison, es tu tío. Sé que le tienes miedo a las aguj…

—No quiero —me tembló la voz.

Sus dedos se apretaron en mis mejillas, obligándome a verlo.

—Tu tío está muy mal, necesita…

Cerré los ojos. De pronto, comencé a sentir que surgía un potente asco de alguna parte de mi cuerpo debido a la idea.

—Allison… —escuché la voz de mi madre.

No la miré.

—Allison —escuché la voz de mi padre.

Y pese a todo, abrí los ojos. Mi madre me miró y apretó los labios. Me extendió un par de hojas y yo negué con fuerza.

—Quiero irme —fue lo único que pude decir, en un hilo de voz.

—Allison —la voz de Tara sonó melodiosa, como pocas veces—. Necesito que hagas esto… por mí… y después podrás irte.

—No. Quiero irme ya.

—Allison…

—Quiero irme ahora.

—Por favor —suplicó Tara.

Suplicó. Nunca lo había hecho. Creo que antes eso hubiera provocado alguna reacción en mí. Pero en ese momento no fue así, no me causó nada.

Miré la posición en la que me encontraba. Estaba sentada en una silla en la sala de espera. Mi padre estaba a mi lado y mi cuerpo estaba recargado en el suyo. Tara estaba inclinada hacia mí y su mano reposaba en mi muslo. La alejé deprisa, en un impulso mecánico, y noté dónde estaba una de mis manos: aferrada con fuerza al anillo que colgaba de mi cuello.

Sentía como si mi cabeza se hubiera desconectado de mi cuerpo, como si me hubieran lanzado a un pozo oscuro y estuviera desesperada por salir. No quería donarle nada y tampoco quería permanecer aquí por más tiempo. Sentía como si mis padres me estuvieran empujando, picando, lastimando al pedirme eso, ¿por qué seguían sin ver que estaba al borde del colapso?

—Por favor, no quiero —supliqué y me sentí derrotada cuando lo único que recibí fueron los papeles para autorizar la donación.

Tara no me iba a dejar ir; para ella, no era su hija sollozando porque no podía hacer algo, sino la persona que estaba obstaculizando sus planes.

Quería irme. Sólo sentía la necesidad de irme. Abrí la boca, intentando suprimir mis sentimientos y concentrándome en la idea de que pronto podría salir del hospital.

—¿Después me podré ir? —inquirí.

El asco me golpeó como un puñetazo en el estómago cuando ambos asintieron. Y no sé cómo, pero lo hice. Asentí, tomando los papeles que Tara me estaba ofreciendo. Noté que ya los había llenado, sólo faltaba mi firma. Firmé deprisa y se los entregué a mi padre.

Él me ayudó a ponerme de pie y me acompañó hasta el lugar. Le exigí a mi cuerpo acatar cada orden. Actuar mecánicamente. Olvidar la razón y todo lo que en el fondo estaba sintiendo.

Me senté en un sillón reclinable y cerré los ojos unos segundos. La impaciencia me hizo querer estallar. La enfermera no llegaba. Quería irme. Dormir. Hablar con alguien. Llorar.

No llorar por él, sino simplemente llorar. Era raro, pero era lo único que quería hacer. Como si después de eso, fuera a encontrar en el fondo ese sentimiento que debía sentir. Alegría por su muerte, paz de que ya no estuviera, lo que fuera. Quería sentir algo más que… nada.

No me gustaba no sentir nada.

Mi celular vibró y lo saqué deprisa del bolsillo de mi jersey. Era una llamada de Eiden. Contesté enseguida y, apenas escuché su voz, le conté todo. Por qué estaba ahí, qué quería Tara. Lo dije con la voz tan quebrada que, cuando finalicé, lo único que salió de mis labios fue un sollozo.

—No quiero hacerlo —me sentía asqueada de darle parte de mi sangre a Roberts—. Eiden, no quiero.

—Toma tus cosas y sal de ahí —fue lo único que dijo, y entonces escuché ajetreo al otro lado de la línea—. Voy por ti.

Quería ser egoísta por una vez en mi vida y decirle que sí iba a irme, pero cuando recordé lo mucho que me había arriesgado para venir, me encontré a mí misma negando con la cabeza. Tara era otro impedimento. Estaba afuera y me había dicho que se quedaría ahí hasta que la enfermera entrara. En realidad, había sonado como una amenaza, por si al final me arrepentía.

—No vengas —me quemé la garganta al decirlo—. Por favor, no vengas.

—Cómo rayos me pides eso, no me voy a quedar aquí sin hacer nada cuando tú me necesitas.

Lo necesitaba más que a nada en el mundo en ese momento, pero también después de esto. Lo necesitaba a salvo, lo necesitaba conmigo, así que no iba a ponerlo en peligro.

—Es peligroso para ti, para Aaron, para Sam —le dije.

—No me importa. Eres mi prioridad sobre cualquier cosa. Te lo dije, Allison, te necesito a salvo para yo estar bien. Si esto te está haciendo daño, necesito sacarte.

Negué con la cabeza, me dolía tanto que sentí que iba a explotar.

—Dime que lo que estoy haciendo no es algo malo. Eiden, me siento culpable de ayudarlo. Me siento asqueada.

—No te culpes —me dijo con suavidad—. Escúchame, cariño. No te culpes por nada. No te culpes por algo que te están obligando a hacer.

Limpié las lágrimas que se deslizaban por mis mejillas y di un respingo cuando la puerta se abrió de golpe. Una enfermera había entrado y me hizo una señal para que apagara el celular.

—Tengo que colgar, cariño —le dije a Eiden cuando lo escuché protestar al otro lado de la línea—. Te quiero, únicamente… quiero volver lo más rápido posible. Sólo lo hago porque quiero irme. No sé qué más hacer.

No se lo decía a él, sino a mí misma. Me lo decía porque sentía que alguien, en algún lugar, me estaba juzgando por hacerlo.

—Allison…

—Júrame que no vendrás —le pedí con miedo a que fuese a hacer algo que lo pusiera en riesgo—. Te llamaré apenas salga del hospital, no voy a demorar mucho.

—Yo no pued…

—Júralo, por favor —no escuché nada al otro lado de la línea y presioné más, esta vez intentando apelar a la razón—. Sabes que de la cabaña a aquí son varias horas, no tiene caso que vengas.

El silencio se prolongó.

—Está bien —soltó al cabo de unos segundos junto con un suspiro largo—. Pero, cariño, necesito que sepas que no estás haciendo nada malo. Dime que lo sabes.

Asentí con la cabeza.

—Lo sé —dije con duda.

—Te quiero —susurró y soltó un bufido que supe que no iba dirigido a mí cuando volvió a hablar—. Dicen Aaron y Sam que cuando vuelvas podemos ver un maratón de *Bob Esponja.*

Me reí con la tristeza acumulada en mi garganta.

—Está bien —miré a la enferma cuando se sentó a mi lado y, con mayor insistencia, me pidió que dejara el celular—. Tengo que colgar. Te quiero mucho, cariño.

Escuché un *te quiero* más suyo y con pesadez retiré el celular de mi oreja para después apagarlo y dejarlo a un lado del asiento.

La enfermera de unos cuarenta y tantos años, pelo negro y ojos azulados me ofreció una mirada condescendiente.

—¿Cómo te llamas?

—Allison —le respondí.

—¿Hallen?

—Sí, Hallen.

Buscó algo en un par de papeles y asintió. Miré hacia otro lado mientras todo transcurría. Mi cabeza se sentía perdida. Me dolía y me punzaba con fuerza.

La enfermera sacó una aguja y cerré los ojos. Les tenía miedo a las agujas desde pequeña, pero, cuando estuve hospitalizada, se intensificó. Le pedí que esperara unos segundos para poder controlar mis nervios. Hicimos como tres intentos para que me pinchara porque yo quitaba el brazo por el nerviosismo. Pero, después de unos minutos, apreté los ojos y empuñé con fuerza mi collar para distraerme. Suspiré cuando sentí el pinchazo. Cuando terminó, seguí su indicación de presionar el área con una mano y flexionar el brazo.

Después comenzó a darme un sinfín de instrucciones sobre qué podía hacer y qué no, mientras se ponía de pie y me ayudaba a mí a hacerlo, porque estaba empezando a marearme. Me explicó que era normal.

—¿Cuándo me sentiré bien? —inquirí.

—En un par de horas.

—¿Hay problema si camino mucho?

—Ehh… —me miró un poco extrañada—. ¿A cuánto te refieres con mucho?

—Mucho, una hora, tal vez.

—Puede ser cansado para ti.

Asentí.

—¿Ya me puedo ir del hospital o es necesario algo más?

—Ya te puedes ir, linda —me dedicó una sonrisa afable—. Sólo procura descansar bien esta noche.

—Sí, gracias —sentí mi boca pastosa—. Igualmente, que descanse.

Salí deprisa del lugar, tanto como mi cuerpo me lo permitió. Me sentía débil y justo cuando iba pasando por un pasillo, una enfermera salió de una habitación corriendo. No logré esquivarla con facilidad, así que me dio un golpecito en el hombro, haciendo que me detuviera, un tanto destanteada. Un segundo fue lo que me costó estabilizarme. Un maldito segundo durante el cual mi vista viajó del suelo hacia arriba. La puerta de la habitación estaba abierta. Y lo vi. Era su habitación.

Lo vi. En la cama. Agonizante, mientras su cuerpo se contraía por espasmos dolorosos que lo atravesaban y un líquido rojizo se escabullía de su boca, de la cual salía un tubo que lo mantenía con vida y que, en lugar de permitirle respirar, lo atragantaba de sangre.

No me moví, no pude. Me estanqué. Mi respiración se volvió pesada, mis músculos se contrajeron y luego se tensaron, y mi cabeza quería explotar. Me pesaba el cuerpo y comencé a respirar con fuerza; sentía que me iba a desvanecer.

Todo daba vueltas. Verlo… así. Siendo nada. Él no era nada. Ya no. Aparté la vista de su cuerpo cuando sentí que alguien me tomaba de los brazos y me hacía moverme. Creo que caminé o quizá me arrastraron fuera del lugar. De pronto la luz cambió y mis ojos resintieron el impacto. Enseguida sentí que me sujetaban la cara.

—Respira con calma —me pidieron.

No podía. Me latía el corazón con tanta fuerza que lo podía sentir hasta en la garganta. Mis respiraciones eran totalmente irregulares. Inspiraba con fuerza y quería exhalar con esa misma fuerza, pero eso me quemaba y no se sentía normal. Se sentía como si mi cuerpo estuviera fallando. Me iba a ahogar. Sentía que me iba a ahogar. Mi corazón iba a explotar.

—Respira —me pidieron—. Inhala y exhala con calma.

Lo intenté. Inhalé con calma, sin embargo, quería expulsar el aire desesperadamente, y terminaba apresurando todo. No quería ahogarme. La cabeza me estaba explotando. Era como si el ritmo fuerte y acelerado de mi corazón marcara el de mi cuerpo y mi cabeza. Y eso aceleraba todo lo demás. Mi cuerpo se descompensaba.

—Inhala, Allison —identifiqué la voz de mi padre y me centré en ella, a pesar de que la escuchaba lejana. Como pude, lo hice.

Esperaba que el hecho de que él respirara con esa normalidad pausada me contagiara para que yo también pudiera hacerlo.

—Inhala —me volvió a pedir—. Y después exhala con calma.

Lo intenté. Inhalé, pero fallé. Negué, desesperada, al no poder. Me iba a asfixiar. Mi corazón iba a explotar por la velocidad a la que latía. Me zumbaban los oídos. No quería morirme, no quería terminar como Roberts. Siendo nada. No quería ser nada, no de nuevo. Ya era algo. Hellen… ella me dijo que me ayudaría, Eiden… él me juró…

Volví a escuchar la voz de mi padre… me lo pidió de nuevo y quise llorar cuando sentí que mi pecho se aplastaba y expandía con fuerza. Lo intenté una y otra vez durante un largo tiempo. Cada que lo intentaba, sentía que me estaba clavando más en la tierra por no poder respirar. Hasta que lo logré. Hasta que inhalé y expulsé el aire en un lapso de seis segundos. Tres y tres. Tres y tres. Tres segundos para inhalar, tres segundos para exhalar.

Tres y tres.

Estuve varios minutos así, con miedo de que de repente todo volviera. Traté de mantener el conteo, pero en cada ciclo me asustaba por no ser capaz de terminarlo.

Cuando por fin me calmé y mi respiración comenzó a normalizarse sin que yo se lo exigiera, me quedé quieta, viendo a mi padre frente a mí. Lo noté preocupado y sentí la vergüenza correr por mi cuerpo. Quise disculparme por eso. No sabía por qué, sólo quise hacerlo. Pero antes de que pudiera decir algo, él me abrazó. Me abrazó con fuerza.

—¿Estás bien? —me preguntó.

Asentí contra su pecho.

—Ya quiero irme —musité—. Por favor, papá, ya quiero irme.

—Está bien, está bien. Te voy a llevar a la casa, yo tengo que volver para…

—No —negué, separándome de él, y me pasé las manos por la cara—. ¿Puedo ir a la casa de Jess? No quiero estar sola.

Realmente no quería estar sola. Y además no podía dejar que me llevara a casa.

Él lo pensó unos segundos y apretó los labios.

—Tu madre quiere que llevemos a Roberts a Ohio. Lo trasladarán esta noche y probablemente no resista. Quiere que vayamos con ella.

Negué con fuerza, sintiendo cómo mi labio inferior temblaba ante la idea.

—No quiero ir.

—Es tu tío, linda, debe…

—No, por favor. Dile a Ta… mamá que no quiero ir. Por favor. No quiero.

Me miró; para ese momento, todo me dolía. Sentía la cabeza hecha pedazos y quería llorar con fuerza, hasta secarme, pero con alguien que sí me entendiera. Con alguien que sí supiera por qué estaba así. Necesitaba sacar mi dolor sin contenerme nada.

Noté la duda en su cara, pero, tras lo que fue una eternidad, asintió.

—Está bien. Hablaré con tu madre.

—Prométeme que no vas a dejar que te obligue a llevarme.

Él estiró su dedo meñique y yo solté una leve sonrisa. Entrelacé mi dedo meñique con el suyo. Como cuando de niña me prometía que, cuando tuviera un día libre en el trabajo, me llevaría al parque y después veríamos un maratón de *Bob Esponja*.

—Lo prometo, pero tú y yo vamos a hablar cuando vuelva.

Asentí con la cabeza, entendiéndolo.

—Sí, papá.

—Tus amigos siguen en la sala de espera. Ve con ellos, yo hablaré con tu madre. No te preocupes por nada. Sólo descansa.

Dejé que me diera un beso en la frente y entonces me di cuenta de que habíamos entrado a un baño. Salí y me acerqué a Jess y a Nathan, que tenían la cara afligida. No esperé para nada la reacción de Jess, pero tampoco la aparté en el momento en que me abrazó. Hundí mi cara en la curva de su cuello y me relajé un poco en sus brazos. Probablemente vio todo lo que había pasado unos minutos atrás en la sala.

Me volvieron a surgir unas inmensas ganas de llorar. Sentía que apenas comenzara, algo en mí iba a reventar y a explotar. Definitivamente, necesitaba drenarlo, y por un segundo quise hacerlo. Sin embargo, me lo tragué, respiré con fuerza y apreté mis dedos en su espalda.

Nos separamos cuando Nathan tosió exageradamente.

—Me siento el mal tercio de la relación —dijo acercándose a mí y pasándome el brazo por los hombros para apretarme en un abrazo de lado—. Esa señora nos ve mucho, ¿creen que piense que estamos en una relación poliamorosa en donde no me quieren?

Jess rodó los ojos. Y yo me exigí sonreír levemente. Busqué un poco de consuelo en ellos.

—Tal vez sea porque llevas unos pantalones de Spiderman y una camisa de Batman.

—¡Ey, es mi pijama!

—Son las cinco de la tarde —entrecerré los ojos.

—Es que no había lavado mi ropa y no tenía qué ponerme.

—Mejor ya vámonos porque creo que los ojitos que te está haciendo la señora son de algo más —dije con cierta diversión que no se notaba en mi voz.

—Sí, vámonos porque, si no, sí comenzaré a contemplar la idea de conseguirme una *sugar mommy*.

Solté una leve risa y los tres salimos del hospital. Habían aparcado cerca el coche, así que llegamos rápido. Me acomodé y me dispuse a enviarle un mensaje a Eiden. Solté una maldición cuando noté que no tenía mi celular. Revisé en la mochila. Pero no, lo más probable es que se hubiera quedado en donde me sacaron sangre. Ahí había sido la última vez que lo había usado.

—Olvidé mi celular dentro —les avisé—. Voy por él.

—Te acompaño —me dijo Nathan.

—No, no, yo voy rápido.

No lo dejé protestar y salí del coche. Si me apresuraba, lo recuperaría rápido. Ya podía correr y moverme con más agilidad, aparte de que aquí había mucha gente y personal. Entré de nuevo y me acerqué a la habitación. Estaba cerrada. Toqué un par de veces. Por suerte estaba la misma enfermera.

—Olvidé mi celular aquí.

Me miró de arriba hacia abajo y, cuando pareció recordarme, habló:

—Oh, sí, te busqué, pero no te encontré. Se lo tuve que entregar al de seguridad. Acompáñame, debes llenar unos papeles para que te lo entreguen.

La seguí por los pasillos y llegamos a la oficina del de seguridad. Por suerte no estaba, no quería que, si fuera el mismo de hacía una semana, me reconociera del día que sacamos a Samantha.

La enfermera tomó unos papeles de un gabinete y me los entregó.

—Llénalos, por favor. Es únicamente porque ya se había registrado como objeto perdido.

—No tengo pluma.

Me extendió una y le agradecí. Me senté en la silla frente al escritorio. Seguía estando mareada y agitada por lo de hacía unos momentos en el baño. Y mi cabeza seguía dando vueltas, pero… se sentía raro… como si las cosas poco a poco se esfumaran de mi cabeza… como cuando estás apunto de dormirte. Sentí que todo a mi alrededor empezaba a girar. Puse todo mi esfuerzo en escribir sobre las líneas, que de pronto comenzaron a verse difusas.

Aparté mi cara, abriendo y cerrando los ojos con fuerza. Nunca había donado sangre. Y esto se sentía mal. Tal vez era la fusión con todo lo demás.

Escuché la puerta cuando la abrieron, pero no volteé a ver quién era, porque estaba concentrada en los papeles, hasta que la voz retumbó:

—¿Lo tienes?

Dejé de escribir por un segundo.

—Sí, lo tengo justo aquí.

La respuesta de la enfermera me hizo voltear hacia la persona que había entrado. Y en ese momento supe que todo estaba mal y se iba a poner peor. Lo reconocí. Me puse de pie, en una respuesta instintiva, porque ahí sentada me sentí pequeñita ante la avalancha de cosas que surgieron en mí al verlo. Miedo, nervios, terror. Se me heló la sangre de un solo golpe. Mi cuerpo quedó atrapado entre el escritorio a mis espaldas y la silla frente a mí. O peor aún, entre la enfermera y él.

Avanzó un paso hacia mí y yo quise retroceder. Inhalé con fuerza al sentir la mesa golpeando mi cadera. Me estaban fallando las piernas y la vista, y me temblaban las manos, que presionaban con fuerza la madera del escritorio. No era por los nervios de verlo frente a mí. No era por la sangre que había donado. Era algo más. Era la sensación de que me estuvieran arrullando para dormir, desde el interior, y que por más que yo quisiera resistirme a ello, mi sistema no pudiera.

El hombre frente a mí, alto y corpulento, esbozó una leve sonrisa impostada, falsa, que intentaba ser afable, pero caía casi en lo sádico.

—No hemos tenido la oportunidad de conocernos bien —dio un paso hacia mí, de forma serena. La soberbia destelló en su porte, en su voz—, pero creo que se debe a que las circunstancias entre tú, ciertas personas que conocemos y yo no han sido las mejores.

Hizo una breve pausa, durante la cual sentí un pinchazo fuerte en la cabeza. Me iba a desmayar. No soportaba estar de pie, sin embargo, alcancé a retroceder, asustada, cuando se acercó y me extendió su mano para estrecharla.

—Dylan Devil. Un gusto poder conocerte al fin en persona, Allison.

No respondí y, como vio mi cara confundida, hizo un pequeño gesto falso de haberse equivocado.

—Lo siento, hace mucho que no uso ese nombre. Confusión mía —extendió de nuevo su mano y volvió a sonreír con cinismo—. Jaden Blaken.

10

Devil

Negro.

Oscuro.

Opaco.

Me dolía la cabeza.

Los brazos.

Las piernas.

El torso.

El abdomen.

Los recuerdos llegaron a mí de forma veloz y adolorida.

Jaden parado justo en la puerta. Yo retrocediendo. Él avanzando. Su mirada en mí, burlesca, cínica, desagradable, sabiendo que me tenía donde quería, que yo misma había llegado a él.

Sus pasos lentos, calmados y cautelosos. Sus palabras, su voz, su mano. Mi cuerpo intentando mantenerse de pie, pero siendo incapaz de lograrlo. Yo desmayándome, él tratando sostenerme. Mi reacción, la súbita y repentina descarga de adrenalina que sentí cuando su mano se posó en mi cintura en un reflejo suyo por sostener mi cuerpo.

Lo intenté alejar, sin embargo, me presionó con más fuerza, atrayéndome hacia su cuerpo, haciendo que nuestros pechos chocaran. Entonces, intenté luchar. Mis manos torpes y débiles intentaron luchar contra las suyas, que me sostenían con tanta fuerza que sentí que me estaba quebrando la espalda. Le lancé un golpe en la cara que pareció molestarlo. Tiré otro golpe, rasguñé su rostro, su cuello, todo lo que la mínima distancia que teníamos me permitió, hasta que mi cuerpo fue ralentizándose con cada segundo que pasaba.

Me pesaba alzar las manos, mis pies ya no intentaban moverse y escapar, mi cabeza ya no era consciente de si estaba intentando lastimarlo o si mi cuerpo sólo se estaba moviendo en automático. Me volví masilla en sus manos, que me sostuvieron. Y poco a poco el color negro inundó mi vista.

Me sentía desorientada y me costó mucho abrir los ojos. Es lo primero que hacemos al despertar, el primer mecanismo de nuestros sentidos que se activa. La vista. De forma mecánica. Cuando estamos en una pesadilla y despertamos de golpe, con el corazón agitado, con el cuerpo entumecido, con media cabeza aún en la pesadilla, lo primero que hacemos es querer regresar por completo a la realidad. Nuestra vista recorre todo el sitio para asegurarse de que todo está bien, que estamos en un lugar seguro.

Mi primer mecanismo se activó. Intenté abrir los ojos y asegurarme de que todo eso había sido una pesadilla. Pero todo seguía negro. Y no había un lugar seguro. Negro. Negro. Negro. Moví la cabeza, desesperada, queriendo captar algo, pero no lo logré. En cambio, noté cómo algo me presionaba ligeramente las sienes, impidiendo que viera. Estaba vendada.

Mi segundo mecanismo se activó. Moverme. Huir. Al instante identifiqué mi postura, la madera debajo de mí. Estaba sentada, mis manos estaban tensas y rígidas, amarradas a los brazos de una silla. Intenté levantarme y sentí cómo mi cuerpo rebotó con fuerza, haciendo que los pocos centímetros que mi espalda y trasero se habían levantado volvieran a golpear la madera.

Me ardieron las muñecas, los pies y el abdomen, porque las cuerdas que me mantenían atada rasgaron mi piel.

—No te muevas, te vas a lastimar.

Escuché su voz y reaccioné moviendo la cabeza en todas direcciones. Busqué de dónde provenía. Me asusté. Tenía los sentidos tan alertas que ni siquiera me permití llorar. Sólo reaccioné... en ese momento sólo recibí y reaccioné. Sólo esperé y di todo de mí para resistir, por mí... y por ellos.

Apreté mis labios secos y pasé mi lengua por ellos, humedeciéndolos.

—¿Qué quieres? —espeté. Sabía lo que quería, aunque no cómo lo conseguiría, qué me haría.

Era su carnada. Ellos me lo habían advertido. Aaron y Eiden. Quise llorar cuando los recordé. Las palabras de Eiden, negándose a dejarme salir. Mi insistencia, su frustración porque sabía que, si esto pasaba, yo estaría en peligro... Cerré los ojos; sí, incluso con la venda, los cerré como si quisiera descansar... Era mi culpa, debí de haberlo escuchado... Ahora ellos habían quedado vulnerables a todo. A Jaden.

—¿Qué quiero? —soltó con un tono irónico—. Quiero... muchas cosas. ¿Y tú, Allison? ¿Qué quieres?

En ese momento, sólo quería una cosa y estaba segura de que él no estaría dispuesto a dármela. Iba a encogerme de hombros, hasta que los nervios me hicieron tragar hondo, pero tenía la garganta y la boca tan resecas que me costaba siquiera salivar porque me irritaba.

Alcé la vista mirando hacia donde, según yo, estaba él.

—Agua —murmuré.

—¿Quieres agua?

—Ajá.

Hubo un breve silencio y luego escuché pasos.

El silencio me permitía escuchar todo con más claridad. Lo escuché moverse, avanzar por la estancia. Y mi cuerpo reaccionó, giré la cabeza de un lado al otro, queriendo adivinar dónde me encontraba. Estaba asustada y alerta.

Sentía que todo mi cuerpo ardía. Quería moverme, porque no tener la capacidad de moverme, de defenderme o de saber dónde estaba Jaden me generaba pánico. Únicamente estaba a la espera de que él hablara, que se moviera, que me lastimara.

Giré la cabeza con brusquedad cuando escuché más pasos, esta vez más sonoros, acompañados de un golpe metálico. Se oía muy cerca. Otro paso, otro golpe metálico, casi como un tintineo.

Estaba segura de que pisaba con más fuerza para que yo pudiera escucharlo, y con más lentitud, como si le generara placer ver mi desesperación. Por más que quería no darle ese placer de verme desesperada, no podía evitarlo. Mi cuerpo estaba impulsado por el miedo, reaccionaba a él. Sentía que en cualquier momento Jaden se iba a abalanzar contra mí y por lo menos quería saber de dónde vendría el golpe.

Cada paso se oía más cercano, o eso creía. Mi subconsciente me estaba traicionando y torturando.

—No tengo, lo lamento.

Alcé la vista de golpe. Estaba parado a mi lado. Se me heló la sangre y un escalofrío me atravesó el cuerpo por completo.

—Tal vez después pueda conseguir un poco, ¿estás bien con eso?

Asentí deprisa, apretando mis manos en la madera, y solté un quejido que me lastimó la garganta cuando me tomó del pelo y tiró con fuerza de él hacia atrás. Sentí que mí cuero cabelludo ardió y que mi cuello tronó por la fuerza con la que lo había hecho. Me escocieron los ojos y las lágrimas me picaron, queriendo salir.

Permanecimos así. Con su mano enredada en mi cabello, tirando para mantener mi cuerpo arqueado y mi cabeza hacia atrás. Él estaba de pie, así que lo más seguro era que me estuviera viendo de cara. No dije nada. Mi voz se iba a romper si lo hacía.

—¿Estás bien con eso? —me volvió a preguntar—. ¿Estás bien con que te dé el agua después?

Asentí como pude y eso lo hizo enojar. Volvió a tirar con fuerza de mi cabello. Me escoció todo, cada músculo, y mi cuerpo se sacudió en respuesta a su fuerza.

—¿Sí o no, Allison?

Tragué hondo y, pese a la sensación de dolor y ardor, formulé una respuesta.

—Sí. Está bien.

—Bien —pareció complacido por mi respuesta, pero no me soltó—. ¿Quieres algo más?

Estaba a punto de negar con la cabeza, sin embargo, no lo hice porque sabía que, si no contestaba con palabras, tiraría de mi cabello nuevamente.

—No —murmuré—. Estoy bien.

—Me alegra —me soltó del cabello. Sentí cómo mi cuero cabelludo y mis músculos descansaban de la tensión que me había provocado, pero el dolor que había quedado me hizo apretar los labios para no soltar un sollozo—. Siempre he tenido cierta facilidad para recibir y tratar como hijos a todos mis invitados. Ten por seguro que tú no vas a ser la excepción, o puede que sí. Eso dependerá de ti.

El sonido de algo que arrastraba me tensó. Apreté las manos sobre la madera, me quería hacer pequeñita, encoger mi cuerpo, dejar de respirar para que mis pulmones no levantaran mi pecho cada que el aire entraba. Las cuerdas en mi muñeca, en mi abdomen y en mis pies me desgarraban la piel cada vez que me movía.

—Creo que tú y yo tenemos que hablar.

Se escuchó un sonido seco y de repente sentí cómo me quitaba la venda de la cara. Cerré los ojos con fuerza, adaptándome a la luz. Era poca, el lugar se veía un tanto oscuro. Distinguí a Jaden, que se sentó en una silla frente a mí. Instintivamente, miré a mi alrededor.

Era un cuarto. No tan amplio. Había un escritorio a mi lado, a unos cuantos centímetros de nosotros, y en una esquina había una especie de silla reclinable, junto a un gabinete de madera. Fuera de eso, no había nada más. El lugar estaba vacío.

—Odio esto —me señaló y después señaló el lugar—. Odio tenerte aquí. Si por mí fuera, no lo estarías, pero… creo que me debes algo.

—No te d…

—Shh… —presionó mis labios con un dedo, en señal de que me callara—. No hables, no me gusta que hablen cuando no lo pido.

Apreté los labios, alejándome de forma brusca de su tacto, y me limité a asentir. Él pareció satisfecho con mi sumisión. No tenía ni el más mínimo caso hacer una rabieta. No serviría gritarle. Tampoco forcejear para liberarme. Estaba amarrada, adolorida, y él estaba… bien… frente a mí, sentado como si fuéramos dos personas que hablarían. Sólo que Jaden sostenía una pistola en una mano y había una navaja sobre la mesa.

Tragué hondo en el momento en que dejó la pistola en la mesa y tomó la navaja.

—Es de Aaron. Se la robe. Son bonitas, ¿no? Creo que fue un regalo de su novio, no lo sé, no me caía tan bien ese chico —jugó con la navaja unos segundos más; sus ojos estaban fijos en el metal—. Él las colecciona porque le recuerdan a él. Es un poco estúpido coleccionar navajas, yo prefiero usarlas.

Me miró. Tenía los ojos azules y el cabello negro opaco, sin brillo, pero peinado hacia un lado, lo cual le daba un toque profesional, mas no aburrido. Su mirada era pesada, como si con un solo vistazo pudiera deducir todo de ti.

El cinismo se divisaba en todo su rostro, tranquilo y divertido a la vez. Era alto y su cuerpo parecía imponente; tanto su torso como su espalda eran anchos. Su presencia me revolvía las entrañas de miedo... Causaba temor incluso aunque no supieras quién era y qué había hecho. De alguna manera, tenía un don para hacer que tu cuerpo se encogiera y buscara pasar desapercibido ante él.

Sus ojos me miraron de arriba abajo y se detuvo en mi rostro. Esbozó una sonrisa socarrona, y luego fijó la vista en la navaja que estaba haciendo danzar en sus manos. Su cinismo me generaba escalofríos.

Me relamí los labios y encajé mis uñas en la madera, quería sostenerme de algo que me mantuviera quieta, que no me hiciera sentir desesperada. Porque en ese momento sólo quería llorar y lo peor era que la cabeza se me estaba llenando de malos pensamientos.

—Samantha era un eslabón débil —pronunció sin el interés suficiente como para mirarme; sonó como si únicamente quisiera expresar lo que creía—. Se volvió inservible. Demasiado predecible, demasiado sentimental, demasiado humana. Se negaba a hacer lo que yo le pedía. Y si no me iba a servir, me tenía que deshacer de ella. No podía arriesgarme a que un día se le soltara la boca... Sabe mucho, realmente los tres saben mucho. Bueno, cuatro... —hizo una pausa y alzó la cara para verme directamente a los ojos—. ¿Cuánto te contaron?

Me encogí de hombros, tuve miedo de mi propia respuesta, pero no quise decirle mucho.

Jaden me dedicó una sonrisa ladina y se acercó a mí. Sentí que el oxígeno se escabullía de mi cuerpo y, por acto reflejo, intenté echarme hacia atrás cuando dejó caer una mano en mi pierna.

—¿Nada o mucho? —inquirió con diversión—. Un "no sé" no es una respuesta.

Me volví a encoger de hombros y él apretó con fuerza mi pierna. La moví, asqueada de su tacto, pero eso sólo consiguió que sus dedos se clavaran más.

—No has preguntado por qué estás aquí. No has intentado escapar, no has hecho una rabieta, no has gritado. Estás asustada, aunque intentas mantenerte tranquila. Sabes demasiado y sabes por qué estás aquí, ¿cierto?

—Probablemente —murmuré.

—Así que te contó lo que han hecho…

—Lo que los obligaste a hacer —lo corregí con desdén.

—Da lo mismo —soltó en un bufido—. Lo hicieron. Si no hubieran querido, habrían podido regresar a vivir como la mierda que eran.

—Eran niños, enfermo de mierda —escupí, retorciéndome en el asiento para intentar hacer que dejara de tocarme.

Me dieron asco sus palabras. Me dio asco él. Cómo se mofaba de lo que les había hecho a Eiden y sus hermanos.

Él, sin medio gramo de remordimiento, sonrió con burla. Casi podía ver en su mirada lo orgulloso que estaba de sus acciones.

—¿Yo soy el enfermo? ¿Qué he hecho? —inquirió con soberbia—. Ayudar a las personas que han sido víctimas y darles la paz que merecían. Ayudar a personas como tú. ¿Acaso soy el malo por eso?

Apreté los dientes, negando con la cabeza.

—No querías ayudar a nadie, porque en ese caso lo hubieras hecho tú. No hubieras obligado a niños a hacerlo.

—Entonces ¿por qué crees que lo hice?

—Porque eres un enfermo.

—Poder y ambición —me corrigió esta vez—. Te sorprendería la cantidad de dinero que paga una víctima o un familiar de ella por matar a un violador o a un asesino. Te sorprendería lo malditamente bien que se siente obtener dinero a cambio de no hacer nada y tener quien lo haga por ti. Mueves las piezas a tu antojo y ves cómo el efecto dominó te trae lo que tú quieres.

—¿Y por qué con niños? ¿Por qué no con alguien que tuviera la capacidad de elegir? —le pregunté con un gesto de asco—. ¿Por qué obligarlos a hacer algo que no querían? ¿Porque hacerles creer que los ibas a cuidar para… para después hacerles eso?… Confiaron en ti.

Rodó los ojos como si mis preguntas fueran estúpidas y yo sentí que las lágrimas estaban a punto de desbordarse por mis mejillas por la impotencia, el asco, el recuerdo de las palabras de Eiden, de lo que los obligó a hacer y de la forma en que los forzó. Eran niños, niños que destruyó por dentro para poder conseguir su mierda de "poder y ambición".

—Son manejables y moldeables —respondió—. Los doblegas con un poco de presión, les enseñas a temerte, les enseñas lo que deben de hacer y las consecuencias de no obedecer y entonces sólo actúan por miedo. Todo en esta vida es eso. Un efecto dominó. Una acción sobre otra que genera una reacción. Como el hecho de que estés aquí, en este momento. ¿Sabes cómo supe que estabas involucrada con ellos?

—No, no lo sé —alcé la cara, intentando que no se notara que por dentro estaba aterrorizada.

—Cuando entraron al hospital a sacar a Samantha, apagaron todas las cámaras, menos la que Dalia, la enfermera, había dejado en su habitación ese mismo día. Un poco de investigación y supe de inmediato qué relación tenías con ellos. Bonita, la misma edad de Eiden… nadie ayuda así porque sí a un simple amigo, no sin un sentimiento más fuerte y estúpido de por medio.

Me quedé quieta y él se puso de pie. Avanzó hasta quedar en mi espalda. Cerré los ojos y únicamente me concentré en escucharlo a pesar de todos los escalofríos que sentía. Posó sus manos en mis hombros, encajándome los dedos y ejerciendo presión como si fuera un padre hablando con su hijo.

—Yo le di la oportunidad a Eiden de sacarte, pero él no lo hizo. Así que mira qué grata sorpresa tuve cuando Dalia me dijo que estabas en el hospital. No sé qué te llevó ahí, pero sí sé qué te trajo aquí —señaló el lugar y se inclinó sobre mí para dejar su respiración asquerosa en mi oído—. Necesito llegar a ellos, antes que ellos a mí. Porque así voy a poder recuperar unos documentos muy importantes que ellos robaron de mi caja fuerte. ¿Tú sabes dónde están?

—No sé dónde están tus documentos —murmuré.

—¿Y ellos? ¿Ellos saben dónde están?

Me quedé callada unos segundos y giré mi cabeza para verlo.

—No lo sé.

Sonrió.

—A ver. Creo que no planteé esto de la forma correcta.

Se movió, volvió a colocarse frente a mí y tomó la navaja. Sentí que todo mi cuerpo se puso en alerta y comencé a echarme hacia atrás con desesperación.

Su sonrisa se tornó maliciosa y sentí cómo escapó todo el aire de mis pulmones cuando me tomó del cabello y tiró de él hacia atrás, dejando mi cuello al descubierto.

—Te voy a hacer una propuesta, ¿vale?

Cerré los ojos al sentir el metal puntiagudo rozar mi piel. Mi boca se secó de golpe, perdí toda la salivación que había recuperado y contuve el aliento. La leve presión que estaba ejerciendo sobre mi piel me estaba lastimando. Si me movía y él presionaba más, me iba a cortar el cuello.

—Sé inteligente, piensa bien, niñita, que me gusta jugar y estoy seguro de que tú ya sabes cómo. ¿Está bien? —no respondí, así que tiró más fuerte de mi cabello, presionando la navaja—. Te estoy haciendo una pregunta, contesta.

—Sí —murmuré—. Est… Está bien.

—Bien —asintió—. Tienes dos opciones. Dime dónde están Eiden y sus hermanos, ¿vale? Me dices dónde están y vamos a verlos. Te subo al coche, te siento, te doy agua. Y listo, llegamos a ellos. O dos, no me dices y esperamos a que deduzcan dónde estás. Esperamos a que vengan, claro, si es que vienen. Tal vez ni siquiera les importes lo suficiente como para arriesgarse por ti. Porque si no han salido de su puto escondite es porque están planeando una mierda.

Hizo una breve pausa y me clavó la mirada. Sus ojos, rebosantes de malicia, me cuestionaron.

—Entonces… vuelvo a hacerte la pregunta… —sentí un líquido viscoso caer por mi garganta, justo debajo de donde la punta de la navaja me estaba lacerando la piel. Tomé una respiración honda—. ¿Dónde están? Piensa bien tu respuesta y cuál de las dos opciones vas a elegir.

Un escalofrío me recorrió la espina dorsal y apreté mis manos con más fuerza. Y a pesar de todo, del miedo, de los nervios, del dolor que estaba sintiendo, y del que estaba segura que iba a sentir, contesté:

—No lo sé —solté en un hilo de voz. Prácticamente me estaba torciendo el cuello por lo fuerte que tiraba de mi cabello.

Él negó y respiro hondo, noté cómo su paz se fracturaba. Realmente esperaba que le dijera dónde estaban.

—¿No me lo quieres decir o no lo sabes? —me presionó.

—No lo…

Las palabras se atascaron en mi garganta en un quejido brutal y doloroso cuando tomó mi cabeza y la estampó contra la mesa que teníamos al lado. El dolor se extendió por mi cara de forma lacerante, sentí como si me hubiera roto todo. La nariz, la boca, los pómulos. Me costó mucho tragarme las lágrimas de dolor. Me estaba quebrando por completo.

—¿Eso fue lo suficiente para refrescarte la memoria o sigues sin recordar dónde están?

Samantha.

Aaron.

Eiden.

"O lo matamos o nos mata". "Te usará para llegar a nosotros primero".

No escuché a Eiden… bueno, sí lo hice, pero no creí que esto pasaría. Sin embargo, Jaden no podría usarme para llegar a ellos primero si no le decía dónde estaban. No iba a arriesgarlos, no iba a dejarlos en sus manos. En ese momento, era mi culpa que tuvieran que salir de la cabaña. No llevaría a Jaden hacia ellos, pero, aunque yo no lo quisiera, iba a atraerlos hacia él.

Sólo debía de soportar. Darles esa ventaja de que ellos llegaran a él y no él a ellos. Debía de esperar. Por Samantha, por Aaron, por Eiden. No iba a traicionarlos, no iba a dejarlos. No iba a sumarme a la lista de personas que los han lastimado.

Porque Eiden me lo había dicho esa primera vez que estuvimos solos en la cabaña. A él lo habían olvidado, él no era nadie. Pero, en ese momento, Eiden era todo para mí.

Jaden volvió a tirar de mi cabello para que alzara la cara y lo mirara. Respiré con fuerza y un dolor potente me atravesó. Me estaba sangrado la nariz.

—No lo sé —murmuré. El sabor metálico de la sangre llegó a mi boca—. No sé dónde est…

Otro golpe. Otro impacto. La madera reventó sobre mi cara y el dolor se extendió como fuego sobre toda mi piel sensible y magullada. No lo soporté, no pude aguantar. Sentí cómo las lágrimas se entremezclaban con el dolor, la sangre y el asco.

Levantó mi cara y esperé su pregunta con paciencia. El dolor me hacía desear que esto fuera una pesadilla en la que el negro de mi alrededor de repente se volviera colorines. Pero no, el negro se volvió rojo, rojo porque tenía reventada la frente y la sangre se escurría por mi vista. Encajé las uñas en las palmas de mis manos y busqué concentrarme en otra cosa, mientras esperaba nuevamente su pregunta.

Pero ésta no llegó.

Sólo sentí otro impacto que dejó un zumbido potente en mis oídos. El dolor me perdió por unos segundos, era demasiado.

No fui capaz de hacer nada. Sólo percibí cómo me alzó la cara y por fin me soltó. Mi cabeza colgó hacia el frente y mi cuero cabelludo descansó del dolor que sentía. Todo era muy confuso y borroso, pero me esforcé mucho para mantenerme despierta y poder entender lo que estaba haciendo frente a mí.

—Pensé que ibas a ceder más fácil —escuché su voz distante a pesar de tenerlo justo frente a mí—. Pero bueno, supongo que tendremos que esperar a que lleguen, si es que lo hacen.

Apreté los ojos con fuerza y noté que las muñecas ya no me ardían, me sentí liviana, sin embargo, antes de que siquiera pudiera reaccionar, Jaden me tomó de las manos y volví a sentir cómo una cuerda las apretaba, esta vez uniéndolas.

Hacía unos momentos sentía como si me estuviera ahogando en el fondo del mar, donde mi cuerpo era arrastrado y maltratado, donde mi visión estaba difusa y todos los sonidos parecían distorsionados. Sin embargo, en un abrir y cerrar de ojos, fue como salir a flote. Pude respirar, pude oír, pero no pude ver. Me había vuelto a colocar la venda en los ojos.

Me levantó de golpe. Ya no estaba amarrada a la silla, únicamente mis manos estaban atadas frente a mí.

Giré mi cabeza y mis sentidos se agudizaron en cuanto comenzó a empujarme para que avanzara. Intenté oponer resistencia, pero me dolía demasiado el cuerpo como para no avanzar. Colocó una mano en mi cuello y la otra en mi hombro para guiarme.

Sólo debía soportar.

Moví la cabeza de un lado a otro sin saber a dónde me llevaba. Subimos unas escaleras, mis pies se tropezaron unas cuantas veces y finalmente abrió una puerta. Esperé que me quitara la venda para ver dónde estábamos, pero sólo sentí cómo me golpeó las piernas, obligándome a caer. Metí las manos por instinto y tuve el impulso de querer quitarme la venda de los ojos.

Necesitaba ver dónde estaba. El lugar. A él. De dónde iba a recibir el próximo golpe.

Pero apenas alcé las manos, sentí cómo me enganchaba de ellas y tiraba de mi cuerpo, arrastrándome.

—¿Cuánto crees que tarden? —me preguntó—. Una hora o quizá menos, treinta minutos. O tal vez más. Quizá dos horas, o tres…

—¡Jódete!

—Creo que la que se va a joder será otra, niñita.

Me levantó de un solo golpe y me dolió el torso como si me lo hubiera partido en dos. Pese a eso, al dolor lacerante de cada fibra de mi cuerpo, intenté empujarlo. Lancé las manos hacia delante, donde supuse que estaba, pero lo único que logré fue escucharlo chasquear la lengua.

—No te muevas mucho —masculló, tomándome de las manos y estirándolas hacia arriba—. Hice esto con Eiden y Aaron un par de veces, ambos soportaron casi los treinta minutos sin desmayarse. Veamos cuánto soportas tú.

No. No. Mierda. Intenté forcejear sin éxito. Se movió con tanta rapidez que sólo pude intentar patalear, haciendo que mis músculos me ardieran como si fueran a desgarrarse. Me había enganchado a algo. No sé cómo o de dónde, pero mis manos habían quedado enganchadas encima de mi cabeza. La punta de mis pies no era capaz de rozar el suelo.

Me estaba desgarrando la piel de las muñecas al intentar patalear como si esperara que mis pies crearan una especie de barrera que impidiera que pudiera llegar a mí.

—¡Suéltame, maldito enfermo de mierda!

—¿Qué le va a doler más a Eiden, saber que sufriste lo mismo que él sin que pudiera hacer nada o que te mate frente a él? —chasqueó la lengua con cierto tono divertido—. Eso tendremos que averiguarlo, ¿no crees?

—¡Jódete, jódete! —pataleé, me retorcí y jadeé con desesperación, sintiendo cómo mis pulmones se vaciaban con cada segundo que mi cuerpo seguía suspendido. Me era difícil respirar con normalidad.

Escuché un sonido similar a un crujido y agucé el oído sin dejar de moverme.

—Estarás aquí hasta que te desmayes —escuché su voz cada vez más cerca—, aunque, si resistes, seguiré con otros juegos, que puede que sean mejores… o peores. Así que tú decides si soportas lo suficiente o no.

Por primera vez no tuve nervios por lo que iba a hacerme. Tuve verdadero miedo. Sin embargo, no tenía opción más que esperar. Por más que pataleara, en cualquier momento iba a llegar la tortura.

Sentí un vuelco en mi estómago cuando me tomó de los pies. Comencé a patalear con fuerza para impedir que me tocara.

Noté que había golpeado algo. Gruñó; sí le había pegado.

Seguí sin detenerme. Una patada tras otra, complicándole tomarme de los pies y alargando la espera de lo que iba a hacerme.

Me dolía todo y no iba a resistir, sin embargo, seguí en mi pequeña lucha hasta que no pude más, hasta que estar suspendida con ambas manos sobre mi cabeza me extinguió las fuerzas. Me fui ralentizando, pero, aunque fueran patadas vacías y débiles, continué moviéndome.

Comencé a soltar quejidos y sollozos que por más que quise acallar no pude. Me tomó un pie con fuerza y soltó un bufido mientras alcanzaba a tomar el otro en el aire. Los unió y los amarró.

Lo odié con cada fibra de mi ser cuando me dio un golpecito en el muslo, dejando caer mis piernas. Como si quisiera darme una especie de aliento.

—Veamos cuánto eres capaz de soportar. A Samantha nunca se lo hice, porque Aaron o Eiden siempre tomaban su lugar.

Sólo debía soportar. Cerré los ojos, respirando con fuerza.

—Veamos si después de esto sigues con las mismas ganas de no decirme dónde están.

Sólo debía soportar.

Escuché otro crujido. De pronto, tuve un *déjà vu*. El sonido… era similar al que… cuando… Eiden… No. Mierda. No. El elástico de los guantes de boxeo.

No tuve tiempo de procesar nada cuando un golpe seco se escuchó en el aire y en menos de lo que esperé el dolor se extendió como fuego por mi estómago. Tosí, intentando encoger mi cuerpo para protegerme.

—Antes de que te haga hincarte frente a Eiden para matarte —me dio otro golpe justo en la boca del estómago, sacándome el aire—, voy a hacer que mire cómo te quebré igual que a él. Cómo no pudo protegerte.

Sus palabras quedaron ahogadas entre los sonidos que siguieron. Uno tras otro. Porque me comenzó a golpear sin detenerse.

Mi sistema nervioso no fue capaz de distinguir dónde empezaba un golpe y dónde empezaba otro, sólo percibió dolor, dolor y más dolor. En mis costillas, en mi vientre, en mi estómago, en mis caderas.

Deseé no estar vendada y poder ver para, de alguna manera, prepararme mentalmente para recibir el siguiente golpe, pero todo estaba oscuro.

Nunca había sentido un dolor así, tan expansivo e intenso. Porque sus puñetazos impactaban en las partes ya lastimadas. Era dolor sobre dolor. Un golpe sobre otro. Un área herida siéndolo más.

No grité, sólo sollocé, sólo lloré, resistiendo, soportando lo más que pudiera. Fueron muchos minutos que sentí como horas.

El lugar se inundó de mis quejidos, del sonido del aire desgarrado por la velocidad en que sus puños impactaban en mi cuerpo.

Encajé mis uñas en la palma de mis manos, queriendo concentrarme en ese dolor para distraerme del otro tan atroz que estaba sintiendo, pero fue imposible. Los golpes seguían.

Todo mi cuerpo dolía. Mis manos ya no eran capaces de soportar mi peso. Asestó otro golpe en mi pecho y ése fue el último que pude distinguir con claridad. Mi cuerpo se sintió tan débil que me volví liviana. Ya no percibía los golpes, sólo cómo incrementaba el dolor.

Deseé regresar el tiempo unas horas, a la mañana, cuando leí la nota de Eiden, la cual decía que tenía que salir. Cuando desayunamos todos y me senté en sus piernas porque la silla en la que estaba Aaron se había roto. Cuando estábamos en la cama. Cuando…

Dolor.

Dolor.

Dolor.

Dolor.

Hasta el último segundo fue dolor.

De pronto, vi un último chispazo de luz y un color se filtró en mi vista. Azul. Fue lo último que miré. Su azul.

***

Me tiré al lado de Eiden y él se apresuró a pasarme el brazo por debajo de la cabeza para tomarme de los hombros y estrecharme contra su cuerpo.

Estaba demasiado contenta. Genuinamente me preguntaba cómo rayos no me explotaba el corazón por tanta efusividad. Un día estás deseando con todo tu ser darle un golpe a un chico y al otro se vuelve parte fundamental de tu vida y de tu futuro.

Alcé mi mano y él imitó mi acción. Ambos sonreímos cuando vimos nuestros anillos.

—¿Alguna vez creíste que te ibas a casar tan joven? —inquirió.

—No. Pensé que iba a morir soltera.

—Yo también —murmuró.

Negué con diversión.

—Y entonces… ¿Qué pasó? ¿El espíritu del amor nos poseyó?

Él me miró y bajé mi mano hacia su nuca cuando estampó sus labios en los míos y me besó. Sentí su piel caliente y me pegué lo más posible a él. Rodeé su torso desnudo con mi mano, acariciando su espalda, y mordí su labio inferior con suavidad al separarnos.

Jadeaba contra su cuerpo y Eiden me mantuvo pegada él mientras me tomaba de la cintura.

—Nos conocimos —me respondió—. Eso pasó.

Ahogué un chillido cuando mis ojos se abrieron de golpe y al instante sentí cómo mi cuerpo adolorido estaba empapado en agua.

Jaden me miraba con una ligera sonrisa en el rostro.

—Sorpresa, sí tenía agua —levantó una bandeja que luego tiró a un lado.

Eché un vistazo rápido para saber dónde estaba. Era el mismo lugar del principio sólo que esta vez no estaba amarrada a una silla, sino que estaba en el suelo.

Intenté moverme y solté un quejido al descubrir que tenía algo en un pie. Eran unas esposas de cuero con unas cadenas que estaban incrustadas en la pared de cemento.

Alcé la vista.

—¿Cuánto tiempo ha pasado? —le pregunté.

—Desde que te desmayaste, diez minutos.

Quise llorar por su respuesta. Salir del bosque les costaría más de una hora y media, luego deducir dónde estaba… y que llegaran… Llevaba aquí probablemente cuarenta y cinco minutos…

Me senté como pude y me impulsé con mis manos para poder llegar a la pared. Apreté los dientes con fuerza, me dolía mucho el abdomen, las costillas, las manos. Lo más funcional que tenía eran las piernas, pero, por desgracia, las sentía pesadas.

Llevé mis manos a mi rostro y noté que tenía sangre seca debajo de la nariz. Toda la cara me dolía horrible y en la frente tenía una cortada.

—No te voy a decir dónde están —mascullé al verlo acercar una silla para sentarse a una distancia prudente de mí.

—Lo sé —respondió—. Aunque creí que sí lo ibas a hacer.

—Es que crees que todos son unos malditos enfermos como tú.

—No. Se llama supervivencia —negó con la cabeza, chasqueando la lengua—. Por más que quieras a alguien, todos tenemos ese instinto de sobrevivir. Cuando nos estamos ahogando, luchamos con todas nuestras fuerzas para salir, y si tenemos a una persona al lado, nos aferramos a ella, tanto que a veces no nos importa hundirla para salvarnos. ¿Por qué no sólo dejas que se hundan, Allison?

—Porque no —respondí.

—¿Una parte de ti no duda? ¿No piensas que tal vez ellos te dejen hundirte a ti?

Me encogí de hombros, sin darle importancia a lo que decía.

Antes, una parte de mí se habría rebajado a creer que no era lo suficientemente importante para ellos como para que se arriesgaran. Incluso habría pensado que seguía siendo una carga para ellos. Que Aaron no me soportaba, que a Samantha no le importaba y que Eiden elegiría a sus hermanos por encima de mí. Pero ahora no creía eso. Me costó mucho entender que, a su manera, cada uno me había hecho un hueco en su vida.

—¿Se dan cuenta de que Allison es como una niña que adoptamos en nuestra hermosa familia disfuncional de tres? —dijo Aaron, señalándome mientras masticaba un trozo de sándwich—. Sólo te faltan los ojos azules. ¿No quieres usar pupilentes?

Lo miré con los ojos entrecerrados y antes de que pudiera responderle algo, Samantha habló:

—Creo que es al revés. Ella nos adoptó a nosotros.

—¡Pero si la dejamos quedarse en nuestra cabaña! ¡Ella es la adoptada!

Samantha enarcó una ceja.

—¿Quién regañó a quién ayer por desaparecerse dos horas sin avisar y preocupar a todos? —le preguntó.

Sonreí. Aaron había ido a dar un "paseo" y se había desaparecido. No le dijo a nadie, no contestaba las llamadas porque según se le había descargado el celular y Eiden se preocupó, así que salió a buscarlo. Estaba por ahí, caminando, y llegó con su típico: ¡Holaaa! Me dio un ataque de cólera porque casi me muero de la preocupación. Así que sí, lo regañé mientras él me veía sin saber qué hacer.

Aaron rodó los ojos.

—Ya pues, nos adoptó ella —cedió, girándose para verme—. Te voy a llamar Mamá Oso. Porque cuando estás feliz, pareces un osito cariñosito, pero enojada pareces el oso Ted.

—Tú me llamas así y te doy una patada —le sentencié.

—Mamá Oso está enojad... ¡Ay! —se quejó cuando le tiré una patada por debajo de la mesa.

—Cállate —le espeté—. Y come... que luego te estás quejando de que tienes hambre. Gastas mucha energía hablando.

Puso los ojos en blanco y le dio una mordida a su sándwich mientras le enseñaba el dedo de en medio a Samantha.

Volteé a ver a Eiden, que me tenía sentada en sus piernas mientras me abrazaba de la cintura y me pegaba a él.

—¿Por qué estás tan callado? —le pregunté.

—Estaba pensando.

—¿En qué?

—En números, es que te estás moviendo mucho arriba de mí... y ajá.

—Está en su sangre, ¿sabes?

Fruncí el entrecejo cuando volteé a ver a Jaden. Lo único que quería era que se largara, que me dejara sola, porque tenía el corazón en la boca, latiéndome como lunático de miedo por lo que fuera a hacerme. Pero si hablar me daría ventaja de tiempo, lo usaría:

—¿Qué está en su sangre?

—Traicionar. Está en la sangre de Eiden.

—No sé de qué rayo...

—Sabes quién soy —inquirió, cambiando el rumbo de la conversación, o eso creí en un principio—. Te dije mi nombre... ¿Lo reconociste?

Me quedé mirándolo. Jaden. Es... Las palabras golpearon mi conciencia. No se presentó así... No al principio...

—Dylan Devil —murmuré. Ese apellido... ya lo había escuchado.

—Devil —pronunció—. Qué ironía ese apellido. Tal vez te suene Amelia Tom.

Abrí los ojos de la sorpresa. Qué mierda. No lo había reconocido o simplemente lo omití. Estaba tan atascada de nervios y miedo que no lo recordé.

—Amelia Devil —reflexioné en voz alta—. Era...

—Mi hermana...

Su hermana había sido una de las causantes de la oleada de muertes de hacía años.

—Eres uno de los hermanos de los que no se supo nada.

Asintió con la cabeza y una sonrisa arrogante y victoriosa irrumpió en sus labios.

—Prefiero el anonimato —ladeó la cabeza—. "Secta". La gente de este pueblo es muy estúpida. Llamaron secta a lo que ella y Erick formaron. Se crean ideas muy retorcidas para alimentar ese morbo que les acaba gustando a todos. Sí fue un poco retorcido, pero no tanto como los medios de comunicación lo hicieron ver.

—Entonces ¿qué fueron, si no fueron una secta?

Negó con diversión. Su rostro se iluminó con la satisfacción del poder de información que tenía. Siempre iba un paso adelante. Siempre tenía ojos por todos lados. Jaden se creía intocable e invencible. Es fácil ver la arrogancia cuando la destilas sin medida. Así era él. Su cuerpo recto y rígido, su mentón en alto, sus sonrisas victoriosas por la posición de superioridad en la que se encontraba respecto a mí, sus ojos mirándome con desdén.

—Mi padre abusaba de Dalia, Asbel, Amelia y de mí desde que éramos niños. Amelia era la menor, pero era de quien ese puto cerdo abusaba más. Y Amelia lo mató. Un día, sin más, lo hizo mientras dormía. Éramos niños de menos de diez años. Distorsionamos mucho nuestra realidad y el concepto de cómo ganarnos esa libertad que tanto queríamos.

"Al crecer, Amelia… se volvió un tanto sociópata y ambiciosa. No creó una secta, creó una organización delictiva con personas que habían sido abusadas o violentadas y sí… que no supieron afrontar de la mejor manera lo que les pasó.

—Hicieron lo mismo que tú —deduje.

—Sí —sonrió—. Era una organización clandestina, aunque con el tiempo se volvió conocida en el bajo mundo. Pagabas para que mataran, aquello que tú no podías hacer por miedo. Eso sí, únicamente violadores, asesinos, ese tipo de gente. Pero Amelia y Erick fueron muy estúpidos. Reclutaron a muchas personas que se dejaron llevar por su odio hacia los abusadores. No supieron crear bien ese vínculo de sumisión, así que no trabajaban para ellos, sino para su odio.

—¿Cuántos eran? —inquirí—. Dicen que fueron muchos, que mataban a inocentes y secuestraban a placer, sólo para sentirse superiores.

Negó con la cabeza, un tanto disgustado.

—No creas todo lo que dicen. Fueron alrededor de diez personas, doce contando a Amelia y a Erick. Y sí, uno de ellos mató a unos cuantos inocentes porque ése sí estaba un poco más enfermo de la cabeza que los otros. Lo capturaron y soltó un par de cosas que no debía, cosas que él había deformado en su propia cabeza. Entonces los medios llamaron "secta" a la organización, y se le adjudicó mucha mierda a Amelia, porque justo en ese momento había subido el índice de inseguridad de todo el estado. Es más fácil tomar un caso y atribuírselo a un mismo culpable que ponerse a investigar la realidad. Ya sabes, la corrupción.

—Aun así, es algo retorcido. Matar por dinero, reunir a personas para hacerlo…

—Lo sé —respondió—. Debo de admitir que Amelia sí que estaba enferma. Porque sí que disfrutaba hacerlo. Eran culpables y malas personas, pero sentía placer. No lo consideraba sólo como un trabajo, la vi torturar gente de formas que… eran sádicas en verdad. Muy sádicas… y también la vi comenzar a relajar sus métodos para averiguar si eran culpables o no. Creo que sí llegó a matar a muchos inocentes, era dinero fácil, ya no le importaba asegurarse de si habían dañado a alguien o no. Se perdió en su mierda… eso pasa cuando el placer vence a la conciencia. Y si ella no estaba bien, los demás también se perdían.

Me quedé viéndolo, intentando procesar lo que me había dicho. Y él sonrió, parándose. Instintivamente me pegué a la pared lo más que pude.

—No se suicidó —dijo, caminando hacia el gabinete de madera que estaba en una esquina—. Enloqueció.

—¿Y Erick? —le pregunté, queriendo alargar la conversación lo más que pudiera—. ¿Qué pasó con él?

—Él sí la quería. Pero no pudo soportarla, ni soportar lo que hizo después.

—¿Qué hizo?

No respondió. Lo observé buscar algo en los gabinetes, y cuando sacó una especie de fólder, regresó a su asiento.

—Amelia se embarazó, pero también estaba presentando los primeros síntomas de esquizofrenia —tiró frente a mí el fólder—. Ábrelo.

—¿Qué…?

—Ábrelo —me presionó—. Saca lo que hay.

Lo miré dubitativa, pero de igual manera estiré las manos para levantarlo. Saqué los papeles. Eran tres cartas, un acta de nacimiento o algo así, y un diario.

—¿Qué significa esto?

—Dijeron que había dejado una carta con todos los nombres de sus víctimas. No fue así. Abre la primera carta. Fíjate en las fechas.

Una carta tenía fecha del 20 de enero de 2003. La otra era del 24 de enero y la última del 30 de marzo del mismo año. Tomé la más vieja. Era una lista de nombres.

—Léelos en voz alta —me pidió.

Lo miré dubitativa, pero lo hice:

—Cristian, George, James, Ethan, Michael, William, Jacob, Callum, Joseph…

—Eran los nombres que estaba eligiendo para ponerle a su hijo. Había descubierto que iba a tener un niño y me dio esa lista para que la ayudara a escoger el nombre, porque Erick era una mierda para eso, según ella —señaló otra de las cartas—. Lee la que tiene la fecha más reciente.

Recogí la carta con fecha del 30 de marzo del 2003 y la abrí.

La letra cursiva y bonita había sido remplazada por un trazo tembloroso.

—¿Qué dice, Allison?

—*No puedo* —repetí lo que decía—. *No puedo verlo. Me da asco. Es mío, pero se parece a él. Se parece a papá. Tiene sus mismos ojos, su misma cara, su misma nariz, es él. Me da asco. No puedo verlo. No quiero verlo. Erick dice que no se parece, que se parece más a él. Pero no, es como él, es como papá. No puedo dejar que crezca y se convierta en él.*

Miré a Jaden, que a su vez me observaba. No era capaz de procesar lo que me decía ni entendía por qué se estaba tomando la molestia de contarme todo esto.

—Intentó matar a su propio hijo con apenas una semana de nacido, asfixiándolo con una almohada. Erick llegó al escuchar los llantos del niño y se la quitó de encima. Comenzaron a pelear, y ¿sabes?, el amor no pudo con todo. Principalmente porque él ya no sentía mucho por ella, sí la quería, pero se había cansado de su locura y eso lo orilló a otra mujer.

"Entre el forcejeo y la pelea, Amelia lo apuñaló y Erick le disparó. Ambas fueron heridas letales, así que murieron. Se traicionaron. Él traicionó su "amor", o la mierda de concepto que tenía él, y ella lo traicionó porque Erick le había hecho prometerle que no dañaría a su hijo. A su manera, él sí lo quería.

—¿Qué pasó con el niño?

—Fue llevado a cuidados infantiles y fue registrado con el apellido de soltera de Amelia, ya que el de casada era más mediático. Luego estuvo unos meses con mi madre, pues era la única familia que le quedaba, hasta que ella murió. Después se fue al sistema.

—¿Y ahora? Ese niñ…

—Abre la última carta.

Tomé la que tenía fecha del 24 de enero. Tenía de remitente el nombre de Dylan.

—La enviaste tú —le dije.

—Léela.

La abrí y saqué la hoja amarillenta.

—*Todos esos nombres son una mierda* —leí en voz alta—. *Si quieres que el niño no sufra de* bullying *en la escuela y te odie por el resto de su vida, deberías de buscarle un nombre menos... actor de película ochentera. Ponle... yo qué sé, Jaden es un nombre decente.*

Jaden soltó una risa floja.

—No le puso ese nombre, porque a Erick no le gustó, pero le puso uno muy similar. Ahí está su nombre —me señaló lo que supuse era un acta de nacimiento—. Lee el documento.

Lo tomé, dubitativa, y comencé a leer. Los nombres que estaban plasmados ahí me dejaron sin aire. Era un certificado de adopción.

—Dime el nombre de la persona que adoptó al niño.

Las palabras salieron de mi boca, bajo la presión de mi mandíbula tensa.

—Jaden Blaken.

—Me cambié el nombre porque me involucraron en los asesinatos que le habían adjudicado a Amelia —hizo una pausa y sonrió con cinismo—. Ahora lee el nombre del niño que fue adoptado.

Lo miré y negué con la cabeza, lo que ensanchó su sonrisa.

—Te lo dije, está en su sangre. No sólo la traición, sino ese instinto de asesinar. Léelo —me dijo.

Sentí cómo mi corazón comenzaba a latir con fuerza y cómo mis manos apretaban el papel.

—Eiden Devil —pronuncié.

—Sí, le cambié el apellido por el que tenía yo —me sonrió—. Eiden Blaken.

11

Punto de quiebre

Eiden Devil.

Eiden Blaken.

Intenté digerir la información sin ser plenamente consciente de ella ni de cómo me estaba afectando. Me temblaron las manos sobre el papel y cerré los ojos, no sé si por el dolor que sentí a un costado de la cabeza o por todo lo que cruzó por ella.

Porque por desgracia —o quizá por fortuna— no suelo ser una persona olvidadiza, así que en ese momento recordé la primera vez que escuché la voz de Eiden, fría, seca, amortiguada y con una clara nota de rabia:

"—¿Qué mierda querías lograr con esto? Están muertos, no me importan".

Hablaba de ellos, de Amelia y Erick.

"—Tú eres el que más se parece a él. Al fin y al cabo, es tu…".

Tío.

Eran las palabras de Aaron que Eiden cortó cuando estaban hablando de Jaden, aquella vez que Aaron estaba ebrio y Eiden enojado.

"—Jaden no es su verdadero nombre. Su nombre real lo tiene atado hasta los cimientos en cualquier prisión".

Dylan Devil es su verdadero nombre. Lo culparon de lo mismo que a Amelia y por eso puede ir a prisión.

Y eso significa que lo sabían. Eiden, Aaron y probablemente Samantha lo sabían.

Dejé el certificado de adopción a un lado. Sentía mi cabeza aturdida por la información que me había soltado Jaden.

"Amelia. Erick. Eiden. Dylan. Devil. Blaken. Sus padres. Su tío. Está en su sangre, matar, traicionar". Las palabras resonaron en mi cabeza.

—No te contó eso, ¿cierto?

Respiré hondo y apreté los dientes cuando lo sentí acercarse. Su silueta tapó la poca luz que había, su sombra se posó sobre mí cuando se detuvo enfrente. Sentía que algo me inquietaba, algo que me impedía levantar la cara.

Miré al suelo, hacía la punta de sus zapatos.

—No te lo contó porque sabía que no lo verías igual —soltó con voz pausada, agachándose frente a mí—. Cambia la perspectiva un poco, ¿no? Padres asesinos, tíos asesinos, abuelo abusador. Tal vez hay algo más... siguió su línea, él es un asesino. La sangre siempre va a pesar en nosotros.

Tomó mi barbilla entre sus dedos y me alzó la cara. Jamás había odiado tanto un color de ojos como el suyo: ese tinte azul oscuro que, sin luz, casi rozaba el negro.

Tensé la mandíbula y apreté mis manos en puños sobre el suelo, sin embargo, no me aparté, no aparté su mano de mi cara, ni mi vista de la suya. Me concentré en verlo, en sentir cómo el asco que me provocaba se extendía por mi cuerpo. Parecía como si brevemente se hubiera esfumado esa sensación, pero en realidad no había sido así, sólo se había combinado con algo más que no me permitía experimentarlo con claridad. Porque ese pequeño algo que estaba sintiendo en mi interior se aplacó, se concentró para que pudiera encontrarle una forma. Los bordes que me lastimaban se volvieron lisos en mi cabeza.

—¿Qué hay en el diario? —inquirí con voz seca.

Sus ojos se arrastraron con lentitud por mi cara. Como si esperara algo más o buscara una reacción. Y supongo que la obtuvo, porque esbozó una ligera sonrisa cínica.

Sus dedos me soltaron la barbilla y tomó el diario que estaba en el suelo. Se mantuvo agachado frente a mí, con las rodillas flexionadas y los brazos sobre sus piernas. Creo que sabía que no iba a hacer nada, que en ese momento lo iba a escuchar.

—Amelia era inestable y calculadora, sin un balance —me dijo, abriendo el diario—. No dejó una carta con las personas que mató, dejó un diario. Y ése lo conservé yo.

Seguí observándolo con atención. Escudriñando la forma tan pausada en que hojeaba el diario, como si buscara algo en concreto.

—Era como su repisa de premios personal —me mostró una hoja—, con recortes de periódicos de personas que había matado ella o su gente.

Me mostró un recorte de periódico, descolorido y en blanco y negro, que estaba pegado en una de las hojas del diario. No me dio tiempo de leer lo que decía, porque lo apartó. Controlé mi mueca de descontento y mantuve el rostro neutro.

Nunca fui buena distinguiendo el comportamiento de los demás, mucho menos deduciendo. Era un poco ajena a la vida e ingenua, tal vez porque interponía una muralla alta entre las personas y yo. No prestaba demasiada atención a lo que pasaba a mi alrededor, al comportamiento de las personas, a sus actitudes, aunque a veces sólo se necesitara observarlas con mayor detenimiento.

De pronto, sentí un chispazo de adrenalina en mi cuerpo. Mis sentidos se alertaron. El lugar estaba en silencio. La única iluminación que había provenía de un foco opaco que estaba en el centro de la habitación. Por momentos, esa luz mortecina me causaba pavor, pero en ese instante me ayudó a enfocar a la única persona frente a mí.

Miré su sonrisa. La forma en que se movía. Incluso presté atención a cómo su voz se había vuelto un tanto más pasiva.

Traté de mantener mi cabeza neutral. Escuchaba sus palabras y notaba la forma en que se deleitaba hablando. Lo hacía con lentitud, con ese tono elocuente y borde que tenía, como si sus palabras estuvieran ensayadas, pero a la vez salieran con naturalidad.

El asco y ese otro sentimiento se acentuaron. Asco y enojo, cuando me di cuenta de lo que estaba intentando hacer.

—Kira Doller, muerte por arma de fuego —cambió de página—. Emily Miller, degollamiento. Charles Denver, envenenamiento. Oh, éste fue muy… mmm, cruel, Sebastián Richard, mutilación, los peritos concluyeron que estaba vivo mientras… ya sabes, lo desmembraron —alzó la vista para verme—. ¿Crees que Eiden tenga un diario así?

—No lo sé, tú viviste con él. Es tu familiar, no el mío.

Jaden sonrió y asintió con la cabeza ante mis palabras.

—Pensé que lo conocías lo suficiente como para saber todo de él.

—Nunca terminas de conocer a alguien —murmuré con voz golpeada, jugando su juego, adoptando esa actitud que él creía que estaba forzando en mí.

—Tal vez no debas arriesgar tanto por alguien a quien no conoces por completo.

—Probablemente no.

—Puede ser un error —presionó Jaden con voz suave, quería mostrar calma por fuera, pero todo lo que decía era veneno—. Y no debes de jugar mucho con ese borde, te puedes caer y la caída puede ser fatídica. No te quieres caer, ¿verdad?

Negué con la cabeza y Jaden sonrió, regresando su vista al diario. En ese momento, sentí que mis nudillos se crispaban por la presión que estaba ejerciendo en mis puños.

—Davis Larsson y Cinthya Larsson murieron en un accidente automovilístico. Él era el policía encargado de llevar el caso de Amelia. Al parecer sus frenos fallaron —alzó el diario frente a mí.

Esta vez sí lo dejó el tiempo suficiente para que mi vista pudiera escudriñar toda la nota. La imagen a color fue lo que más llamó mi atención. Era una familia de tres personas. Una mujer al lado de un hombre que llevaba en brazos a un niño pequeño, de menos de un año.

—Ni Davis, ni Cinthya tenían otro familiar. Ambos eran huérfanos. Y su hijo terminó así también, entregado al sistema. No lo reconoces, ¿verdad?

Entrecerré los ojos y fruncí el ceño.

—Es un niño, no lo con…

—Castaño, ojos azules, blanco…

—Aaron —musité, cerrando los ojos al deducir el punto al que quería llegar.

"A. L." Aaron Larsson.

Eran las iniciales que había encontrado inscritas en la bolsa de la caja que estaba escondida debajo del clóset con recortes periodísticos. E. D., Eiden Devil. A. L., Aaron Larsson. S. J.…

—¿Qué ocurrió con los padres de Samantha? —cuestioné, era obvio que él sabía.

Pasó un par de páginas del diario y se detuvo en una en específico.

—John Jensen murió por una bala perdida. Era un político del mismo distrito que Asbel. Estaba trabajando en su destitución.

Me mostró el recorte de periódico. Un hombre rubio al lado de una mujer pelirroja, con un vestido azul, que dejaba ver levemente su embarazo.

—Sarah Jensen cayó en depresión después de la muerte de su marido, todo su embarazo fue doloroso para ella. No tuvo el apoyo de ningún familiar y la depresión postparto le afectó demasiado. Comenzó a beber en exceso y el sistema le quitó a su hija de cinco meses después de que la llevara al hospital por una caída. Se le había caído estando ebria, había sido una negligencia. Se suicidó tres meses después.

"S. J.". Samantha Jensen.

Inhalé, intentando asimilar sus palabras. *"Ellos… ellos no sólo les jodieron la vida a quienes mataban, sino que siguieron"*. Recordé las palabras de Eiden. La nota ácida e iracunda, el desprecio. Todos habían sido secuelas de lo que había pasado. Eiden. Aaron. Samantha.

Sentí un nudo en la garganta, sofocándome y oprimiendo algo en mi interior. La vida es así. Una hija de puta que te golpea sin que tú tengas la culpa, que no da explicaciones, que te tumba sin razón, sin merecer. Que espera que te levantes. Si tienes suerte, se detiene, y si no, sigue hasta que te desmorona por completo. Soportas y soportas, es lo único que te queda.

Les arrebataron a sus padres. Cayeron en el sistema. Fueron maltratados ahí. Salieron y sobrevivieron. Y en el momento en que creyeron que todo iba a estar mejor, las cosas empeoraron. Y únicamente soportaron, soportaron hasta que se cansaron y quisieron huir. Lo malo era que seguían en ese infierno, soportando y aferrándose a su anhelo de libertad.

—¿Lo saben? —inquirí—. ¿Eiden, Aaron y Samantha saben esto?

—¿Qué exactamente?

—Quiénes son los padres de Eiden —jugué con su verdad.

Asintió con lentitud.

—Sí, los tres lo saben.

—¿Y también saben que ellos fueron los culpables de la muerte de los padres de Aaron y Samantha?

Negó con la misma lentitud. El regocijo refulgía en su mirada.

—¿Querrías al hijo de las personas que mataron a tus padres? —contraatacó él, dándome un golpecito en la cabeza—. Ahí está tu respuesta. Pero Eiden sí lo sabe.

—¿Por qué no se lo dijiste? —le pregunté, alzando la mirada para verlo cuando recogió los demás papeles que había sacado y se puso de pie.

—No me sirve de nada que estén separados, me sirven como un paquete.

—¿Y por qué me cuentas esto a mí?

—Tú lo preguntaste.

—Sólo una parte, pero me dijiste todo. Tu nombre, tu parentesco con Amelia. Lo de Eiden.

—Sólo intento ayudarte, Allison.

—¿A qué?

—A que abras los ojos —depositó los papeles en el gabinete y se giró para verme con seriedad—. No lo conoces, ni tú, ni Aaron, ni Samantha. Les mintió a ellos, les ocultó la verdad.

Caminó hasta mí y retrocedí, arrastrándome e impulsándome con la palma de mis manos hasta que mi espalda topó con la pared.

Se volvió a hincar frente a mí.

—¿Cuánto crees que te está ocultando a ti? ¿Estás segura de que lo obligué a matar, de que no después descubrió que sí le gustaba? ¿Realmente te quiere o sólo te ha estado usando?

Hizo una pausa y alzó una botella de agua que sacó de no sé dónde.

—Piensa bien y replantéate lo que te dije. Yo no apostaría tanto por alguien que me ocultó su verdad. No confiaría ciegamente en él —sus ojos recorrieron de arriba abajo todo mi rostro, haciendo una pausa mientras inclinaba la cabeza, casi como un animalito curioso. La cosa es que él era un depredador—. ¿Te contó que mató al gato de Aaron y Samantha? No recuerdo haberlo obligado a matar a ese gato. Animales, humanos, línea difusa que los sociópatas tienden a romper. Su madre era una, y probablemente su padre también.

Tomó mi mano y abrió mis dedos, colocando la botella sobre mi palma para que la sostuviera.

—No tiene nada, está sellada —aseguró, levantándose y acercándose a la puerta—. Vuelvo en diez minutos.

Miré la botella con el ceño ligeramente fruncido.

—¿De qué color era el gato que mató? —le pregunté antes de que saliera.

—¿Para qué quieres saberlo?

Me encogí de hombros, mostrando desinterés.

—Una vez Aaron mencionó algo de un gato que habían tenido, sólo quiero saber si es el mismo.

Me miró unos segundos, dubitativo, pero de igual manera me respondió:

—Negro —y dicho eso, salió.

El lugar se quedó en completo silencio y mi cabeza sólo quiso descansar por un segundo de todo lo que me había dicho Jaden. Lo de Eiden, lo de Samantha, lo de Aaron. Si realmente ellos lo sabían o no.

Cerré los ojos y recargué mi cabeza en la pared. Era como si mi cuerpo se liberara de un peso que había cargado por mucho tiempo. Ya no lo sentía, pero el dolor seguía. Los bordes lisos y planos de mis emociones encontraron calma en el silencio.

Amaba y odiaba el silencio. Tenía sus pros y sus contras.

El silencio de la incertidumbre. El que surgía entre tanto caos. El que hacía que mi pulso rozara, alertara y golpeara mi garganta con fuerza, desesperado por escapar. El que me hacía querer arañar y luchar sin medir las consecuencias. *Silencio rojo.*

El silencio de la soledad. El que surgía después de que el caos pasara, aunque aún se sintieran sus estragos, que me dejaban perdida y desorientada. El que me enmudecía. El que me dejaba un hoyo en el pecho, sin saber a qué dirección ir, si atrás o adelante. *Silencio gris.*

Y finalmente el silencio de la paz. El que surgía cuando mi cabeza entendía dónde estaba. El que, de alguna manera, me mecía con lentitud. El que me dejaba pensar con claridad. El que surgía a través de todos los demás como un rayo de luz. *Silencio blanco.*

No abrí la botella de agua, la hice a un lado y tomé mis rodillas, llevándolas a mi pecho. Me abracé a mí misma y reposé mi cabeza sobre ellas. El agua que me había aventado Jaden para despertarme calmó el ardor exterior de mis músculos, aunque se sentía como si por dentro algo se estuviera desgarrando en mi abdomen por el dolor.

Sorbí por la nariz con fuerza y sentí un pinchazo potente en ella, probablemente estaba lastimada o fracturada.

Intenté calmarme. Sentada. Sin hacer nada. Mi cuerpo adoptó la postura que creyó más adecuada para generar ese balance con mi cabeza.

Estúpido Jaden de mierda. No estaba logrando lo que quería, pero la información era… complicada de asimilar. Eiden, Samantha, Aaron. Sentía como si un humo negro flotara sobre mi cabeza y se enredara con mis pensamientos, causando que, por más que lo entendiera, no pudiera digerir todo por completo.

Respiré con fuerza y moví un pie con insistencia. Esperar me tensaba. Únicamente quería asimilar la información.

La ordené en mi cabeza, pieza por pieza, para armar el rompecabezas. El humo negro y disperso de lo que me había dicho Jaden se asentó. Y cuando finalmente sentí que mi cabeza ya no estaba asfixiada por pensamientos volátiles y estúpidos que me hacían dudar de qué era verdad y qué no, me puse de pie.

Intenté erguirme, pero no pude lograrlo. Quería que mis músculos abdominales no estuvieran tan tensos y rígidos.

El dolor era crudo y profundo, y se extendía desde mi vientre bajo hasta mi pecho. Me había dado un par de golpes ahí, sin embargo, la mayoría había sido en el abdomen.

Di un par de pasos lentos y vacilantes hasta llegar a donde las cadenas estaban incrustadas en la pared. Me senté ahí, al lado, las tomé y tiré de ellas. Me ardieron las manos cuando el metal se tensó y magulló mi piel.

Volví a tirar con más fuerza, pero nada, las cadenas sólo rechinaron. Estaban adheridas con cemento. Era imposible sacarlas.

Intenté con la esposa de cuero que rodeaba mi pie. Traté de escabullirme por el diminuto espacio de menos de un centímetro que había entre mi piel y el cuero negro. Sin embargo, la yema de mis dedos resbaló y me raspé. Al ver que era inútil, intenté tirar de ese extremo de las cadenas. Con fuerza, una y otra vez. Una y otra vez. Una y otra vez.

Me dolieron las manos, me temblaron los labios y mi paz se fue derrumbando poco a poco. Como si presionaran y picaran un cristal, hasta quebrarlo en pedazos.

Tiré de las cadenas una y otra vez. Una y otra vez. Una y otra vez.

Mi corazón se agitó en mi pecho. Tiré con fuerza. La piel de mis manos se quemó por la fricción del metal irregular. Tiré con más fuerza. Una lágrima gruesa y fría se deslizó por mi mejilla. No me detuve, seguí tirando. Mi respiración se volvió la de un toro enjaulado, potente, irregular, errática.

Una y otra vez. Una y otra vez.

Me detuve de golpe, maldiciendo, al darme cuenta de que ya estaba desesperándome. Él iba a volver. Y yo seguía aquí, encadenada. No podía correr. No podía huir. Y sabía muy bien que Jaden no se detendría. No hasta que le dijera lo que quería o hasta que se cansara de intentar obtenerlo.

Me pasé las manos por la cara, limpiándome las lágrimas que salían sin que pudiera evitarlo. Era la ira, la frustración, la desesperación, entremezclándose en un torbellino potente que me estrujaba el alma entera.

Podía controlarlo unos minutos, pero al verme y ver todo el lugar, volvía a invadirme por completo.

Me sentí pequeñita. Indefensa. Pisoteada. Si Jaden no estaba, no había con quién mantener esa fachada de fortaleza. No había a quién demostrarle que no estaba asustada y que nada me iba a quebrar. Estaba yo. Sólo yo. Y sí que estaba asustada.

Escuché cómo Jaden forzaba la manija para entrar y levanté la cara de golpe. Mis sentidos se agudizaron y apreté mis manos en un puño, retrocediendo como si quisiera pegarme a la pared hasta camuflarme con ella.

Enseguida, Jaden apareció. Mi corazón se aceleró. Me daba miedo su porte sereno, como si cada movimiento estuviera calculado de antemano. Como si ya tuviera una solución prevista para cada posible desvío en su plan.

Dejó caer unas llaves en el escritorio y se acercó a mí. Sus pasos eran lentos, sin prisa, incluso parecía aburrido.

Salivé con fuerza cuando miró la botella de agua cerrada en el piso.

—Me pediste agua —apuntó la botella—. ¿Por qué no te la tomaste?

—Ya no tengo sed —respondí. Mi voz se escuchó monótona y pastosa; no tembló, pero poco faltó para ello.

Jaden me escudriñó por completo y asintió, sin más. Su tranquilidad provocó que los nervios me escalaran hasta la garganta.

—¿Ya lo pensaste bien? —inquirió, agachándose para tomar la botella.

—¿Pensar qué?

No respondió; en cambio, guardó silencio y se acercó a mí, acentuando cada paso. Sus zapatos negros y pulcros pisaron el agua esparcida por el suelo y se detuvo justo frente a mí.

Me miró desde su posición y me recargué con fuerza en la pared. Me tragué el impulso de alejarme rápidamente, de arrastrarme contra la pared para no sentir cómo me acorralaba con todo su cuerpo.

—En tu decisión —respondió—. Tú eliges si vas a hundirte por alguien a quien no conoces en verdad.

Asentí con la cabeza, relamiéndome los labios secos.

—¿Cuál es tu decisión entonces?

—¿Cómo sé que lo que me dijiste es verdad? —ignoré su pregunta.

Jaden me dedicó una mirada altiva, mientras se encogía de hombros.

—No eres tonta, sabes que lo que te digo es verdad.

—¿Todo?

—Todo —asintió, y esta vez pareció amable, como si fuera un jodido angelito que lo único que hacía era ayudar.

Reprimí el deseo de no mandarlo a la mierda en ese momento. En lugar de eso, actué como él, con voz serena y calmada, aunque, por dentro, cada palabra se me atascaba en la garganta por el miedo a las consecuencias.

—Entonces ¿puedo confiar en ti?

Asintió con la cabeza.

—¿En que todo lo que me dijiste es verdad?

Volvió a asentir y me tensé cuando se inclinó hacia mí, colocándose en cuclillas para estar a mi altura.

No te espantes. No apartes la mirada. No tiembles. No… llores. Me repetí eso una y otra vez. Sus dedos se aproximaron a mi cara y colocó su pulgar y su dedo índice en mi mentón para que le sostuviera la mirada.

—¿Qué decidiste?

Tragué hondo y esta vez fui yo quien lo repasó con la mirada.

—Es gata —le respondí. Sus cejas se fruncieron, pero continué, mi punto estaba ahí, él estaba mintiendo—. No es un gato, es una gata. Siempre va detrás de Eiden, sin importar a dónde vaya. Se llama Minni. Aaron dice que Eiden es su papá, porque le tiene mucho cariño. Y no… no sé dónde están.

Respiré con fuerza, mirando cada facción de su rostro. En ese momento, sentí cómo el poco valor que aún tenía circulaba por mi sangre. No había más que decir. Jugó su juego, intentando manipularme y meterse en mi cabeza para que desconfiara de Eiden. Y le dejé creer que lo estaba logrando, porque quería prolongar el tiempo. Sabía que, mientras él hablara, no me torturaría.

Hubiese preferido no saber nada. No por Jaden, aunque argumentara que debía "contarme la verdad para abrirme los ojos". Sí, lo de Amelia y Erick era verdad, eso lo sabía, no había forma de que hubiera modificado todo eso a su antojo para mentirme. Sin embargo, lo demás no lo era, menos eso de que Eiden había matado a placer "porque estaba en su sangre". No, Dios, yo lo conocía, confiaba en él ciegamente. Y yo, más que nadie, sabía lo que era detestar mi propia sangre.

Silencio Rojo. Escuché sus palabras, la historia de Amelia, de él, de Eiden. Me costó asimilar la información, pero, cuando entendí por qué me lo decía, sentí rabia y asco por la manera en que deformaba todo para manejarlo a su antojo, para sembrar esa espina de duda en mí.

Silencio gris. Lo escuché, me mantuve tranquila, almacené la información. No puedo negar que por mi cabeza pasaron mil cosas. Sobre todo, si Aaron y Samantha sabían la verdad de sus padres o no. Sin embargo, en ese momento, sólo estaba recibiendo la información para después procesarla.

Silencio blanco. Digerí la información. La ordené. Su pasado no cambiaría mi percepción hacia ellos. Ya me había formado una idea de quiénes eran. De lo que habían vivido y de cómo lo habían afrontado. De cómo influyó en ellos. No era algo agradable, no los hacía sentir poderosos. Por el contrario, los había desmoronado, los había hecho sentir usados e indefensos, como si no fueran nada.

En ese último silencio me encontraba.

Ya había sentido el subidón de rabia y asco por Jaden, ése que me hacía querer golpearlo y huir lejos de él. Ya había estado perdida, sin saber qué hacer o hacia dónde moverme, y ahora entendía que sólo me restaba soportar y alargar esto sin dolor hasta que los chicos llegaran para poder protegerme.

Saber el pasado de su nacimiento y de quiénes eran sus padres era información difícil y dura de afrontar por el nivel de maldad y enfermedad que había en ella. No más. No podía juzgarlos por eso, no era su culpa, nadie podía culparlos por cosas que no habían hecho, ellos sólo fueron víctimas de las circunstancias.

Confiaba en ellos.

Jaden jugó sus cartas, queriendo meterse en mi cabeza.

Yo jugué las mías, fingiendo que le creía para alargar su monólogo lleno de victoria y arrogancia, con su veneno letal filtrándose en cada sílaba, para evitar que siguiera lastimándome.

No sabía cuánto tiempo había pasado, pero así hubieran sido cinco minutos, agradecía no haberlos sufrido.

Lo que quedaba, si había más, debía soportarlo.

Apreté los labios al sentir los dedos de Jaden clavándose con fuerza en mi mentón.

Su boca esbozó una sonrisa serena y divertida, que casi rozaba lo sádico. Nada parecía perturbar su paz. Manejaba la situación a su antojo, de manera sórdida. Sólo que esta vez no era difícil saber cuál sería su siguiente plan.

—¿Qué te hace creer que eres tan importante para ellos? —me preguntó. Sus dedos se clavaron entre la piel superficial de mi dentadura, obligándome a abrir la boca.

Quise contestar algo, lo que fuera, sin embargo, no me dejó. Sin percatarme de cómo, me vació la botella de agua en la cara, principalmente en la boca. Me retorcí y me atraganté porque sus dedos no me dejaban cerrar la boca. Intenté alejarlo, arañando sus manos, pero ni siquiera logré disminuir la presión con la que me sujetaba de las mejillas.

—¿Qué te hace creer que en este momento no están dejando que te hundas, sin importarles ni una mierda qué te está pasando?

Respiré con fuerza y jadeé cuando por fin me liberó. Antes de que mis pulmones absorbieran con plenitud el oxígeno que tanto anhelaban, sujetó mi cara con su mano, apretando mi nariz con sus dedos y plantando su palma sobre mi boca. Me ardieron las fosas nasales y abrí la boca con desesperación para obtener un poco de aire.

Sentí que me estaba explotando la cabeza por la falta de oxígeno.

Jaden me apretó con fuerza y yo también estampé mis manos en su cara, queriendo alejarlo. Lo escuché decir que era una estúpida y no sé qué más. No pude escucharlo con claridad. Mi desesperación me hacía jadear y retorcerme. Me estaban zumbando los oídos y sentía demasiado calor en la zona de las sienes. Era como si me estuviera quemando por dentro.

Pasaron varios segundos durante los cuales creí que iba a morir asfixiada hasta que me soltó de forma violenta. Mi cabeza golpeó la pared y mis sentidos reaccionaron. Intenté alejarme rápidamente, como si fuera un pez fuera del agua.

Clavé mis manos en el suelo, todavía con el cuerpo alterado, sin ser capaz de pensar con claridad por la desesperación, y me arrastré, impulsándome con las manos para salir del perímetro de Jaden.

No llegué muy lejos antes de que me tomara del pie y tirara de mí, provocando que mi mandíbula golpeara el suelo de forma bruta. Chillé por el dolor y por la agonía del crujido de mi mandíbula, que llenó mis sentidos.

—Vamos a ver hasta dónde eres capaz de soportar —masculló. Sus palabras eran afiladas, secas y metódicas, sin una emoción fuerte dentro, sin enojo, más bien, con complacencia muerta.

Por un momento salí del aturdimiento. Había enredado los dedos en mi cabello, pero antes de que pudiera tirar de él, me giré para acostarme boca arriba. Ni siquiera tuve que pensarlo. Alcé mis pies y golpeé sus pantorrillas con fuerza. Eso lo descolocó por completo y el impacto lo hizo caer.

Me puse de pie, ignorando todo el dolor de mi cuerpo maltratado, y corrí hasta que sentí el fuerte tirón de la cadena en mi pie, que me impedía seguir. Las ganas de llorar me inundaron y mi garganta se cerró, sofocando las esperanzas. Miré de arriba abajo por todo el lugar, buscando cualquier cosa, y me estiré de golpe hacia las llaves que estaban en el escritorio.

En ese momento, el pavor me hacía moverme sin detenerme a reparar en nada. El dolor quemaba, pero el miedo y la sensación mortífera de mi cuerpo me dominaban como marioneta, haciendo que tirara de las cadenas con fuerza, desafiando mi dolor con tal de protegerme de uno aún mayor.

Me di la vuelta de golpe y me coloqué en la esquina del escritorio, apenas cubriendo una porción de mi cuerpo, mientras miraba a Jaden. Alcé las llaves, apretándolas en un puño, mostrándole la parte afilada y puntiaguda.

—Deja de actuar como si creyeras que puedes controlar esto —me soltó, sin moverse, a casi dos metros de mí.

Mis manos temblaron de miedo, pero me mantuve a la defensiva.

—Tú tampoco controlas nada —mascullé.

—Más que tú sí.

Me asusté cuando, de manera sutil, golpeó con un pie la cadena tensada. El tintineo del metal resonó por toda la habitación.

Me relamí los labios secos y abrí la boca, pero no pude evitar vacilar. Jaden estaba viéndome a mí y la cadena que se extendía a su lado. La diversión brilló en sus ojos, sabía lo que iba a hacer.

Prolonga el tiempo, me repetí en ese instante.

—Eso no es verdad —le espeté—. Si no, yo no estaría aquí.

—Estás aquí porque quiero.

—No, estoy aquí porque no sabes dónde están ellos. Y creías que yo te lo diría —le sonreí con diversión—. Pero tu mierda falló, porque no te lo voy a decir.

—Entonces vendrán a mí, por ti.

Chasqueé la lengua, ladeando la cabeza como si quisiera entenderlo.

—Pero ¿acaso no dijiste que no vendrían por mí?

—Si no lo hacen, entonces te mataré.

—Sigues sin controlar nada. No conseguirás nada con eso.

—Matarte será divertido —sonrió sádicamente—. Hace mucho que no lo hago. Un poco de diversión antes de ir tras ellos no me hará daño.

Rodé los ojos, intentando ignorar la simpleza con que dijo que me mataría, y le lancé una mirada irónica.

—Deja de actuar como si controlaras las cosas —le devolví sus palabras—. No es a mí a quien quieres controlar, es a ellos. Y eso no puedes hacerlo.

Me miró de arriba abajo. La seriedad se volvió una máscara de hielo sobre su rostro.

—Tienes razón —concedió—. No puedo controlarlos, pero también me equivoqué en otra cosa.

—¿En qué? —espeté.

—En que no vendrían por ti —dio un paso hacia mí y me preparé para atacarlo con mis manos si se acercaba más—. Lo harán.

—¿Cómo estás tan seguro?

Dio un paso más. Mis manos temblaron, pero intenté disimularlo empuñando las llaves.

—Porque tienes su anillo —me señaló el pecho y bajé la mirada. Se refería al anillo plateado de Eiden que resaltaba sobre mi jersey negro.

—Eso no significa nada —espeté.

Dio otro paso. Tragué saliva con el miedo invadiéndome por completo. Yo sólo lanzaba palabras al azar, contraatacando para que siguiera hablando.

—Fue un regalo —indicó—. De Daniels, ¿sabes quién es? —asentí y él sonrió—. Se lo dio como regalo de cumpleaños. A Aaron le dio una pulsera con sus iniciales, a Samantha un collar con sus iniciales y a Eiden dos anillos. No se lo daría a alguien que no le importa —dio otro paso hacia mí, luego se metió una mano en el bolsillo trasero del pantalón y sacó su celular—. Y tampoco me mandaría un mensaje amenazándome con matarme si te pongo una mano encima.

Abrí los ojos de la sorpresa y antes de que pudiera contestar cualquier cosa, Jaden se agachó y tiró de la cadena hacia él con fuerza. No hubo palabras, sólo el golpe seco y bruto de mi cuerpo estrellándose en el suelo.

Traté de recomponerme, pero volvió a tirar con fuerza de la cadena, arrastrándome por el suelo frío hacia él. La piel de mi pie se rasgó.

—Y adivina qué —me tomó del cuello y me levantó—: Me va a tener que matar.

Mis dientes chirriaron cuando me empujó y golpeó mis pies para que mi cuerpo quedara doblado sobre el escritorio. El filo del mueble presionó dolorosamente los músculos golpeados de mi abdomen y, con una mano, Jaden aplastó mi cara sobre la madera.

Se inclinó sobre mí, pegando su respiración en mi oído. Sus palabras salían con desdén. Tenerlo tan cerca me provocaba ganas de vomitar. Forcejeé todo lo que pude para liberarme, pero mis movimientos eran aplacados por su fuerza superior.

—Te mataría ahora, aquí mismo, si no supiera que a Eiden le va a doler verte morir, porque será su puta culpa, por no sacarte cuando le di la oportunidad —presionó con más fuerza mi cabeza, sentía que me la iba a romper—. Sin embargo, vamos a divertirnos mientras llegan.

Esperé mil cosas, mil formas de tortura, pero ésa, ésa se había bloqueado de mi cuerpo por completo, no la había pensado. En cuanto tomó el borde de mi jersey con su mano libre para quitármelo, sentí que el pavor se materializaba sobre mi cuerpo como si fuera una maldita persona encarnándose con bestialidad a mi piel.

Me retorcí. No, eso no. No de nuevo.

Todo menos eso.

—No... —ahogué mis palabras en la madera cuando la presión se volvió sofocante. Tenía su cuerpo sobre el mío. Únicamente se había separado un poco de mí para dejar el espacio suficiente para subirme el jersey.

Me desesperé como un maldito animal queriendo huir. Las lágrimas me llenaron los ojos, nublándome la vista. El asco y el miedo me alteraron de formas inexplicables. Mi cabeza estaba destrozada en ese momento, no podía dejar que pasara, no iba a soportarlo. Prefería que me matara antes que volver a vivir algo como eso.

Forcejeé y jadeé; los sollozos me reventaban la voz. Quería gritarle que se detuviera, pero no me llegaba el oxígeno suficiente, me estaba cortando la respiración por la presión que estaba ejerciendo sobre el escritorio.

Sin embargo, no me detuve, me moví mientras él maldecía, intentando controlarme para quitarme el jersey.

—¡Deja de moverte, maldita sea! —siseó con violencia.

—¡Suéltame, por favor, suéltame! —logré soltar con la voz quebrada y ahogada. Estaba suplicando, pero no me importaba, no me importaba nada.

Me retorcí con tanta fuerza y brutalidad que sentí como si alguna parte de mi cuerpo se quebrara y ya no pudiera seguir sosteniéndome. Sus manos se desorientaron entre mis forcejeos y logré liberarme.

Volvió a enredar una mano en mi cabello, pero aproveché ese breve momento de libertad para girarme. Las palabras de Eiden y Aaron se filtraron entre tanto caos en mi mente. Alcé las manos y le di un golpe en el cuello. Después le di otro en la cara con el puño y el impulso suficiente para hacerlo retroceder con una tos ahogada. Me crujieron los nudillos y él trastabilló hacia atrás, perdiendo la compostura.

No lo pensé con claridad. No estaba pensando. Sólo quería alejarme de todo. De él. De esto... Mi cabeza no podía soportar lo que estaba pensando que pasaría. Corrí, por inercia, como un animalito siendo perseguido por una bestia, y caí sobre mi estómago tras enredarme con la cadena.

Jaden se cernió sobre mí, atrapó mi pelo y me volvió a levantar de golpe. No dejé que me tocara; lo golpeé sin detenerme. Mis manos se proyectaron hacia su cara, asestándole golpe tras golpe como si fuera una maldita demente. Estaba desesperado por detenerme, así que su respuesta fue bruta y violenta: me dio un puñetazo tan fuerte en la cara que mi cabeza rebotó, haciendo que me cayera.

No podía comparar su fuerza con la mía. Yo lo golpeaba con desesperación, sin saber cómo o dónde, pero él era lo contrario. Dominaba su desesperación volviéndola su herramienta, violenta y asertiva.

Me acobardé, me paralicé y sentí que mi mundo se cerró de golpe. En ese momento entré en un shock potente.

Yo sabía que estaba prolongando la espera de lo que iba a pasar, pero no creí que fuera esto. No, esto no podía pasar. Cuando él se acercó a mí de nuevo, sólo fui capaz de arrastrarme hasta quedar en una esquina de la habitación. El miedo inicial que me había impulsado ahora me estaba consumiendo.

Me abracé a mi cuerpo y hundí la cara entre mis rodillas y manos. Me hice bolita, pequeñita, y deseé que esto fuera una pesadilla. No podía dejar de llorar. No podía pensar en levantarme y luchar, porque sentía que, si lo hacía, le facilitaría el alcanzarme. Ahí, en una esquina, acurrucada contra mi cuerpo, me sentía tan protegida como indefensa a la vez.

Escuché sus pasos, acercándose a mí.

Y comencé a negar con fuerza. Me negaba a aceptar lo que fuera que estaba pasando e iba a pasar.

—No, por favor —no sabía si se lo decía a él o a mí. Cerré los ojos, sintiendo cómo las lágrimas inundaban mis mejillas—. No otra vez, por favor.

Sus pasos cesaron, pero mi cuerpo seguía alarmado hasta las entrañas. Esto me iba a matar en vida. Ya lo había vivido, ya sabía lo que se sentía. Cómo te vuelves nada y después, de alguna manera, sientes que estás muerta y no te perteneces.

—¿Cuándo fue la primera vez? —preguntó en un murmullo.

—Hace tres años —le respondí, perdida en mi conciencia, hablando de forma mecánica.

—¿Quién?

—Mi… mi tío.

—¿El que estaba en el hospital?

Asentí con la cabeza, sin levantar la cara.

—¿Has visto la espalda de Eiden?

—Sí —murmuré.

—Tienes diez minutos para quitarte el jersey.

Y sin decir nada más, escuché que cerró la puerta. No alcé la vista, pero sabía que se había ido. Su presencia se sentía como un humo negro y pesado que se disipaba cuando él no estaba.

No estaba consciente de lo que pasaba en mi cabeza. Me quedé en el suelo, sin ser capaz de pensar en nada. Sus palabras estaban suspendidas en el aire, pero no fui capaz de asimilarlas. La sensación de revivir lo que me había pasado me dejó ida. Me temblaba el cuerpo y me costaba respirar. Los oídos me zumbaban, mientras me abrazaba a mi propio cuerpo.

¿Por qué tardaban tanto?

No sabía con exactitud cuánto tiempo había pasado desde que había llegado aquí, pero se sentía mucho.

Tal vez ellos no…

Sacudí la cabeza ante esa idea e intenté tragarme todo lo que estaba sintiendo. Sin embargo, era mucho y sentía que ya me estaba rebasando y hundiendo. Ya no podría soportarlo por mucho más tiempo.

Alcé la cara, respiré con fuerza y me pasé las manos por las mejillas. No podía dejar de llorar.

No sólo era por el dolor que sentía, sino por lo que había pasado. Sentí como si me hubieran empujado de regreso a cuando tenía quince años, a esa noche en la que mi cuerpo no fue capaz de luchar como hubiera querido, cuando no importó nada de lo que hice, porque de cualquier forma pasó.

Las lágrimas volvieron a inundar mis mejillas. Cerré los ojos con fuerza y me tembló la mano mientras me limpiaba y sorbía por la nariz. Tuve que contener el impulso que estaba atascado en mi garganta de llorar sonoramente, aunque en ese momento era lo único que quería hacer.

Ya no podía ser fuerte. A la mierda, ya no podía. Cada que luchaba por mantenerme en pie, me dolía más la caída. Cada que me decía a mí misma que estaba prolongado el tiempo para que Jaden no me lastimara, me dolía más darme cuenta de que no prolongaba nada, porque todo el proceso dolía. Luchar sólo me desgastaba e incrementaba el dolor mientras esperaba.

Sollocé, llevando mis manos a mi pecho, y bajé la vista cuando sentí el metal frío sobre la piel caliente de mis manos.

El color plata resaltó sobre mi jersey negro. El anillo de Eiden, mi amuleto.

Pensé en él, intentando calmarme, y mi vista viajó a mi mano temblorosa, donde tenía el anillo de bodas, y justo arriba, en mi muñeca, la pulsera que compartíamos.

Te necesito, cariño.

Lloré durante varios minutos. A veces me detenía y pensaba que era imposible que salieran más lágrimas, pero no, no podía parar de derramar una tras otra. Cada que miraba a mi alrededor, cada que sentía mi propio cuerpo, algo dentro de mí parecía romperse en llanto.

Por favor, Eiden. Te necesito.

Apreté con fuerza el anillo que llevaba rato sosteniendo entre mis manos y respiré hondo, pasándolo por debajo de mi jersey.

Cerré los ojos cuando decidí hacer lo que iba a hacer. Me dolía demasiado el cuerpo como para pensar en seguir oponiendo resistencia.

Tomé el borde del jersey. Ahí estaba toda mi fuerza, acumulada y empuñada para soportar su mierda. Respiré con fuerza, sintiendo cómo el aire alimentaba mis pulmones y me llenaba el cuerpo.

Me temblaban las manos, pero de un tirón me quité el jersey.

Sabía lo que me haría. Lo mismo que le había hecho a Eiden. Me iba a quebrar de la misma forma en que lo había hecho con él. Jaden sabía que le dolería. Eiden se sentiría culpable.

Pero estaría yo a cada segundo para quitarle ese pensamiento.

Apreté los ojos, tomando una última respiración antes de ponerme de pie. Aún tenía una blusa de tirantes puesta, pero coloqué el jersey negro entre mis manos frente a mi cuerpo para no sentirme tan desprotegida.

Miré la puerta con desdén. La sangre que corría por mis venas centelleaba de ira y a la vez de impotencia. Así se sentía no poder hacer nada, y no porque no pudiera, sino porque no quería.

Podía levantarme. Luchar. Empujarlo. Pero cada forcejeo mío, Jaden lo multiplicaba al doble, al triple. Cada empuje, él lo regresaba con más violencia.

Débil. Tal vez para muchos sea débil por no luchar, pero estaba poniendo cada maldito gramo de mi fortaleza para tragarme lo que viniera.

Los segundos transcurrieron, lentos, hasta que di un respingo cuando la puerta se abrió. Jaden me vio desde el marco de la puerta con una ligera mueca seria, de superioridad.

—Te falta la blusa de tirantes —me señaló—. Quítatela.

Negué con la cabeza.

—Córtala de la parte de atrás.

Si la cortaba, no tendría que deshacerme de la parte delantera. Podía mantenerla sobre mi cuerpo para cubrirme con ella.

Jaden asintió, acercándose a los gabinetes que estaban en una esquina de la habitación. Abrió el cajón inferior y sacó una especie de maletín médico negro.

—¿Sabes lo que te voy a hacer? —me preguntó, acercándose al escritorio.

Asentí con la cabeza, apretando la tela del jersey contra mi cuerpo. Me temblaba cada miembro y mi pulso estaba a reventar.

—¿Y sabes por qué se lo hacía a ellos?

Negué con la cabeza lentamente y su mirada se posó en mí mientras sacaba unas cosas del maletín.

El sonido metálico contra la madera me volcó el corazón y clavé las uñas en las palmas de mis manos cuando me hizo una señal con la cabeza para que me acercara a él. De pronto, todo mi sistema se volvió dócil: caminaba y me movía como Jaden me lo pedía, aunque, en realidad, una parte de mí sólo quería correr. Ya ni siquiera quería luchar. Sólo correr. Lejos.

Cuando estuve lo suficientemente cerca, me tomó del hombro y, en un movimiento rápido, me colocó unas esposas en las manos.

Él sabía que no iba a luchar, por eso no le importó azotar mi cara contra el escritorio y doblarme de nuevo sobre él, haciendo que mi espalda quedara expuesta.

Me hirvió la sangre, se me secó la boca y me puse rígida de pies a cabeza. Mi mejilla chocó con la madera y Jaden magulló mis hombros, brazos y manos por la presión que ejercía sobre mi propio cuerpo.

Cerré los ojos, ahogando los sollozos en mi boca, anticipándome al dolor de lo que me iba a hacer.

—Algunas culturas infligen dolor en los niños como castigo. Otras lo hacen para volverlos fuertes: los golpean, los cortan, los queman para que su cuerpo se acostumbre al dolor —sentí el frío metal de una tijera rozando mi espalda cuando comenzó a cortar mi blusa—. Yo colocaba un cronómetro que marcaba una hora. Primero pasaba Aaron, después Eiden y al final Samantha. Me detenía cuando ellos me lo pedían. Pero la hora se debía cumplir al final. Así que, si Aaron y Eiden no soportaban lo suficiente, Samantha debía de cumplir con el tiempo necesario hasta que se completara la hora.

El metal llegó hasta el principio de mi columna vertebral y a los segundos la piel de mi espalda quedó descubierta.

—Al principio sólo eran cortadas. Los golpes pueden doblegar, pero no marcar. No dejan un recordatorio lacerante y profundo en tu piel. Hice eso una vez a la semana durante seis meses. Recordarles y marcarlos, para que nunca olvidaran que era yo quien los controlaba. Dejé de hacerlo cuando cumplieron quince, catorce y trece años respectivamente —cerré los ojos, inhalando con fuerza al sentir la punta de algo que me presionaba la piel de mi espalda media—. Pero después de que Daniels se fuera, Aaron y Eiden… se cayeron, porque fue la única persona que se interesó en ellos. Samantha tenía a Nathan y a Jess. Aaron se hundió, era un caso perdido, pero Eiden no.

Me preparé mentalmente, sin embargo, no fue suficiente. No cuando la punta de un bisturí se hundió en mi piel para después deslizarse por mi espalda, dejando un rastro de dolor crudo.

Me removí, jadeando del dolor, y encajé las uñas en las palmas de mis manos como si eso fuera a ayudarme a contener el dolor, mientras las lágrimas volvían a salir sin permiso de mis ojos. El dolor se extendió como fuego por todo mi cuerpo e hice el afán de alzar la cara ante la desesperación, pero Jaden volvió a presionarme contra la madera.

El jadeo que escapó de mis labios se mezcló con un grito que no pude contener cuando sentí cómo otra cortada se extendía al otro lado de mi espalda.

Intenté concentrarme en la voz de Jaden cuando volvió a resonar, pero la escuché lejana, porque el dolor me estaba haciendo perder la conciencia.

—Eiden dejó de comer, sus notas en la escuela bajaron. No tenía a su hermano, Samantha sí tenía amigos, pero él estaba solo. Así que solucioné eso.

Hiperventilé. De pronto, sentí cómo el oxígeno se escabullía de mi cuerpo por la mala postura y por el dolor, que me dejaba perdida. Ni siquiera sabía cómo mi cuerpo seguía funcionando.

Sólo debía soportar.

Pero si esto no era lo último, si ellos no llegaban, ya no iba a poder resistir.

—Perdió dos materias en la escuela y ese día lo metí aquí, lo senté en una silla y lo reprendí, le dije que no podía seguir así o tendría consecuencias.

La punta del bisturí danzó por toda mi piel sin presionarse y el vello de mi cuerpo se erizó del horror.

—A los dos días me enteré de que había perdido otra materia. Geografía, para ser exactos. Cuando llegó de la escuela, le di una hora para que se aprendiera de memoria todos los estados y sus capitales. Lo metí aquí y lo puse en esta misma postura. Cada que le preguntaba y se equivocaba —escogió un punto y finalmente cortó—, lo cortaba. Cada día lo metía aquí. Ya ni siquiera era porque le estaba yendo mal en la escuela —siguió deslizando el bisturí y el dolor se expandió. Llegó el punto en que ya ni siquiera identificaba dónde estaba el bisturí, me dolía todo, no sólo la espalda. Cada músculo de mi cuerpo estaba exhausto, cansado y adolorido—. Era para recordarle que dejar que otras personas se metieran en nuestras vidas nos hacía débiles. Era mi sangre, y mi sangre no podía ser débil. Lo acostumbré al dolor, a conocer las consecuencias de esas debilidades y a entender que uno sólo resulta herido si les permite a los demás hacerle daño. Como cuando permitió que la partida de Daniels le afectara y eso le trajo consecuencias peores, le…

Dejé de escucharlo, ya no resistía. Mi cabeza estaba reventando y mi cuerpo ya no podía moverse. Sentí cómo un líquido escurría por mi espalda y entendí al instante que era la sangre de los cortes. Cerré los ojos, derrotada por todo, y poco a poco dejé que la oscuridad me llevara. Cuando abrí los ojos en un pequeño destelló de esperanza, mi visión era entre cristalina y negra. No había nada, sólo las paredes grises y la misma luz mortecina. El mismo dolor. Cerré los ojos nuevamente. Esta vez, en lugar de oscuridad, todo se esfumó, poco a poco fui perdiendo la conciencia, mientras el metal seguía cortando mi espalda y yo cedía al dolor.

* * *

Tap.

Tap.

Tap.

El sonido de algo golpeando el suelo me hizo abrir los ojos con pesadez. Mi primer instinto fue llevar mis manos a mi cara, pero fue un error, porque mis manos estaban atadas frente a mí, así que levantarlas provocó que mi espalda se tensara y un dolor horrible me invadiera.

Me costó mucho trabajo reaccionar y adaptarme al entorno, pero cuando por fin lo hice, supe por qué no sólo me dolía el cuerpo, sino que sentía algo frío deslizándose sobre él.

Estaba en un baño. Tenía las manos atadas al frente. Intenté mover los pies, pero también los tenía atados. Estaba tirada en la ducha. El agua de la regadera salía fría, casi helada, directo hacia mi cuerpo. No se había acumulado, así que probablemente la coladera no estaba sellada.

Me quedé quieta unos segundos. Era lo mejor que podía hacer. Me sentía entumecida de pies a cabeza, pero no sabía con claridad si era por el frío. Lo que sí pude identificar era que tenía algo en la espalda. Giré un poco la cabeza para ver por encima de mi hombro.

Me había cortado tres o cuatro veces, no a profundidad, si no, hubiese sido peor. Sin embargo, me colocó una gasa o una venda para cubrir las heridas. No alcanzaba a distinguir ...con claridad qué era, sólo me guiaba por la ligera presión y el rastro blanco que podía ver como una mancha difusa.

Cerré los ojos, mordiendo mi labio inferior para no llorar. El frío era demasiado, me castañeaban los dientes.

Quise hacer el esfuerzo de levantarme para cerrar la llave del agua, sin embargo, no pude. La forma en que estaba atada me impedía moverme demasiado; además, cualquier movimiento que implicara hacer fuerza me dolía.

Jaden podía entrar en cualquier momento. No sabía cuánto tiempo había pasado desde que había perdido la conciencia. Al menos, sí sabía una cosa: dónde estaba. En su propia casa. Lo había dicho, de forma indirecta, pero lo había dicho.

El problema era que ellos dedujeran el lugar. Si lo hacían rápido, les costaría menos de una hora llegar tras salir del bosque.

¿Cuánto tiempo llevaba aquí?

No lo sabía, pero de sólo pensar que la línea del tiempo tenía un solo desenlace, sentía una presión asfixiante en el pecho.

Cerré los ojos. Quería dormir, estaba cansada.

—Ya duérmete, cariño.

—No puedo —murmuré, retorciéndome en sus brazos.

Estábamos acostados de cucharita, mi espalda contra su pecho, sus brazos en mi cintura, mientras su gran mano acariciaba suavemente mi vientre. Se sentía bien, pero… me faltaba algo.

—Ya son las tres de la mañana.

—Ya sé, pero… —suspiré—. Estoy matando haditas, qué triste.

—¿Mmm?

Apartó sus manos cuando me retorcí y me giré para verlo de frente. Se veía cansado, pero Eiden siempre esperaba a que yo me durmiera primero, así que aún no se había dejado vencer por el sueño. Pasé una mano por su cabello rebelde y sonreí cuando él se inclinó más contra mi tacto. Sus manos cayeron sobre mi cintura y me tiró hacia él, para inclinarse y darme un corto beso en los labios.

—¿Qué es eso que dices de matar haditas?

—Las haditas se ponen tristes cuando un humano no está haciendo las cosas que debe, como tomar suficiente agua, comer todas sus comidas, ser feliz y estar con las personas que lo rodean y lo hacen feliz. Ah, y… dormir bien, y yo no estoy durmiendo bien, así que estoy matando a una hadita —suspiré, consternada—. Eso está mal, Eiden, a mí no me gusta matar haditas.

Él me miró unos segundos, analizándome.

—Trataremos de no matar más haditas, pero ¿qué pasa entonces, cariño? ¿Por qué no puedes dormir? ¿Algo te está molestando? Ya me has pedido dos veces que nos quitemos la manta, otras dos que nos la volvamos a poner, me pediste un vaso con leche caliente, ya te canté "Estrellita, ¿dónde estás?" tres veces, ya te puse tus calentones dos veces y te los quité otras dos, ya me hiciste desnudarme porque necesitabas sentir mi calor y después me hiciste que me pusiera la ropa porque dijiste que te estaba desconcentrando y… me volviste a hacer que me quitara todo porqu…

—Ya te estás hartando de mí, ¿verdad? —chillé, alejándome de él. Rodé hasta una esquina de la cama y me hice un ovillo ahí—. Está bien, no importa, Eiden, ya veré cómo me duermo sola, perdón por estar molest…

—Cariño… —se apresuró a tirarme de la cintura y quise hacerme la digna, quise no moverme ni un centímetro, pero era como una papeleta en sus manos. Me volvió a atraer al centro de nuestra cama y me pegó a su pecho, enterrando su cara en mi cuello—. No te estoy reprochando nada, sólo quiero saber por qué estás tan inquieta, por qué nada te ayuda a dormir. Tú siempre te duermes a las doce de la noche a más tardar, ¿qué pasa? ¿Qué quieres que haga?

—Es que… —me giré para quedar frente a él y suspiré—. Quiero dormir como siempre dormimos. No quiero dormir de cucharita, o sea, la pose es bonita, me gusta y todo eso, pero yo quiero estar arriba de ti.

Él abrió la boca y yo le puse un dedo en los labios.

—No digas "Te lo dije", ¿sí?

Yo había sido la que propuso que durmiéramos en una pose diferente, a pesar de que al principio Eiden se negó diciendo que nuestra pose habitual le gustaba, porque me podía sentir más cerquita de él. ¿Por qué se lo pedía? Quería saber si era capaz de dormir sin esa melodía que era como mi canción de cuna personal hecha a mi medida. Claramente, había descubierto que no. Que no había manera y eso sólo me hizo darme cuenta de algo: necesitaba tanto a Eiden como el aire que respiraba, como la sangre que bombeaba mi corazón, al cual sólo él lo había hecho sentir vivo.

—¿Me subes, cariño? —le pedí, dedicándole una sonrisa inocente mientras batía mis pestañas dulcemente.

Él sonrío y se inclinó para besarme mientras yo envolvía mis manos en su cuello y sus manos se aferraban a mi cintura para que, de un tironcito, deslizara mi cuerpo sobre el suyo.

Al instante, mi cuerpo se sintió agradecido por la pose. Ambos estábamos con nuestras pijamas: la mía era un pantaloncillo corto de algodón y una camiseta un poco holgada, y la suya era su simple bóxer. Eso hizo que las zonas que no estaban cubiertas por ropa chocaran y que toda mi piel se calentara, provocando a su vez que cada uno de mis músculos se relajara.

Soltó una risa baja cuando me acurruqué contra él como si quisiera eliminar el espacio inexistente que nos separaba. Su pecho retumbó suavemente y metió una mano bajo mi pijama. Sentí la yema de sus dedos pasearse por toda mi espalda en una caricia lenta y me acomodé un poco mejor, hundiendo mi cara en la curvatura de su cuello.

Asentí con la cabeza y sentí cómo la fricción de su mano cálida me hacía cerrar los ojos por la sensación placentera.

Permanecimos en silencio. Eiden paseó su mano de forma suave por mi espalda, subiendo y bajando desde mis caderas hasta casi rozar mi nuca. Por mi parte, yo me amoldé mejor a su cuerpo semidesnudo.

Deslicé mi mano por su pecho, por su cintura, por sus brazos, por su clavícula, por cualquier rincón que pudiera tocar, y seguí ascendiendo hasta envolver mis dedos en su cabello y acariciar su cuero cabelludo, provocando un pequeño ronroneo placentero de su parte.

Estuvimos varios minutos así. Acariciándonos con lentitud, disfrutando de la fricción suave de nuestros cuerpos.

Yo me sentía fría de pies a cabeza, pero Eiden se sentía bastante caliente. Su piel emanaba eso, un calor familiar que se traspasaba poco a poco a mi cuerpo, calentándolo.

Éramos una enredadera de pies, manos, caricias suaves. Nuestros pechos subían y bajaban; nuestras respiraciones eran serenas.

—¿Por qué te gusta dormir así? —me preguntó de pronto. Una de sus manos descendió hacia mi cintura para mantenerme estable sobre su cuerpo y la otra subió hasta mi mejilla para acariciarla.

Lo pensé unos segundos. Había muchas razones, como que en esa pose nuestros cuerpos siempre permanecían unidos. Él me sostenía y yo me apoyaba en él. También que su calor bajo mi cuerpo era más fuerte.

Dejé caer mi mejilla en su pecho, justo ahí, ahí estaba la razón principal.

—Tu corazón —murmuré.

—¿Mi corazón?

—Así puedo escucharlo.

La dulce melodía que me mantenía cautivada.

La dulce melodía que era capaz de ahuyentar los miedos de la noche.

La dulce melodía que me recordaba que este chico estaba conmigo, vivo y a mi lado.

El sonido de la puerta al abrirse me arrancó de mi pequeño recuerdo de golpe. Me puse alerta de inmediato. Todas las defensas que había relajado volvieron a activarse por mi cuerpo como algo líquido y caliente.

Ni siquiera habían pasado cinco minutos. No estaba lista, no tenía fuerzas de nada. Ya no sólo no podía luchar, sino que ya no podía soportar lo que fuese que viniera.

La puerta de la regadera se abrió de golpe y vi a Jaden, que se agachó con rapidez para cortarme las cuerdas que me ataban los pies.

No tuve tiempo de nada antes de que de un movimiento brusco me tomara de un brazo para levantarme. Me dolieron las heridas y me sacó a tirones de la ducha hasta empujarme para que cayera sentada sobre la taza cerrada del baño.

Sus ojos azules se posaron en mí, fríos y meticulosos. Esbozó una sonrisa ladina.

—Tenías razón. Sí vinieron por ti.

12

Tictac – El tiempo se acaba

Eiden Blaken

Como un rompecabezas.

Así acomodamos las cosas cuando planeamos huir de Jaden. Ajustamos parte con parte. Miramos las posibilidades. Aceptamos cuáles podrían ser las consecuencias de fallar. Buscamos cada opción y explotamos cada medio. Hasta que una pieza se ajustó al final, completando el rompecabezas.

El rompecabezas parecía armado. Perfecto para ser simplemente analizado, estudiado y ejecutado como si fuera un gran plan. Sólo que no lo era. Era imperfecto, volátil, inestable y echado a la suerte. Cada situación que pasara en él sería como una corriente: o bien nos impulsaría hacia nuestro objetivo, o bien nos hundiría en algún punto.

El problema era que… se había incorporado una pieza más.

Una pieza que jugó una parte importante durante el proceso, pero que no debía estar en el plan final.

Allison.

Tiré con todas mis fuerzas de ella para mantenerla al margen de todo esto. Para cuidarla hasta que la marea decidiera si quería hundirnos o sacarnos a flote.

Plan inestable. Volátil. La corriente nos golpeaba en la cara. Nos arrollaba y jugaba su juego natural: llevar todo a su merced.

Sin embargo, ahora Allison era una pieza que estaba en el juego final, desajustando todo el rompecabezas inicial.

Miré la puerta frente a mí.

Ni siquiera sabía cómo mi cerebro no explotaba por la cantidad de adrenalina que sentía en el cuerpo.

El cúmulo de emociones y sentimientos que estaba experimentando en ese momento me estaba perforando cada sentido. La ira, la desesperación… el miedo. Todo se revolvía en cada centímetro de mi cuerpo al imaginar la infinidad de cosas que podrían estar pasando en ese instante.

No debí de haberla dejado ir al hospital. Sabía que esta mierda iba a pasar.

Un dolor pesado se asentó en mi abdomen, principalmente en mi estómago, por la cantidad de nervios que circulaba en mi cuerpo. Sentía como si me hubieran sacado el oxígeno de un golpe.

Apenas Samantha recibió la llamada de Nathan, supe que nada estaba bien. Y ahora realmente nada, absolutamente nada, lo estaba. Allison debía de estar en la maldita cabaña, donde su única preocupación era mantenerse caliente.

Empuñé mi mano sobre el arma. Sentía como lava las puntas de mis dedos clavadas sobre el metal de la pistola, a centímetros del gatillo.

Lo iba a matar.

Le iba a descargar la maldita pistola en la cabeza si se había atrevido a tocarla.

Aaron movió la manija de la puerta de la casa, nuestra casa, haciendo que el chirrido de la puerta me pusiera alerta. Aaron y yo cargamos nuestras pistolas; el sonido del corte de cartucho me golpeó cada sentido.

Ya ni siquiera estábamos ocultando nuestros pasos para llegar o entrar. Si Jaden estaba aquí, seguro ya había notado nuestra presencia. Únicamente era cuestión de tiempo.

Y nosotros debíamos apresurar todo lo que teníamos planeado y usarlo como pudiéramos. La vida de Jaden fuera de Linston era casi un misterio, como si no existiera, sin embargo, era obvio que sí existía. Además, todos tenemos un punto débil, un punto que, aunque no queramos, nos hace doblegarnos. Y Jaden no era la excepción.

Aquí terminaría todo. En todos los sentidos. O Jaden, o nosotros.

Tomé el brazo de Aaron antes de que abriera la puerta por completo.

—Ella es mi prioridad —le dije—. Está por encima de cualquier cosa.

—Lo ha…

—No —apreté mi agarre. Maldita sea, quería que le quedara claro—. Allison está por encima de cualquier cosa. No puedo perderla.

—¿De cualquier cosa? —enarcó una ceja.

Apreté los dientes y asentí con la cabeza.

—De cualquier cosa —le aseguré.

Incluso de mí.

Aaron asintió con la cabeza. De pronto vi esa claridad espléndida en su rostro cuando comprendió en qué lugar estaba yo. Él no dudaba de la posición en la que tenía a Allison, solamente quería cerciorarse de cuál sería el límite, para no detenerse.

Enterrar mi pasado o Allison. *Claramente, elegía a Allison.*

No podía perderla.

Sí, esto había comenzado por mi afán de enterrar todo. De romper con todo aquello que me relacionara con ellos. Era lo único que me había movido con tanta intensidad de ese punto muerto donde me encontraba, en el que no podía sentir nada más que asco por mi vida. No tenía fuerzas para nada, ni siquiera para luchar por liberarme de todo lo que representaba Jaden.

Mi gran motivación era no tener nada que me relacionara con él, ni con Erick, ni con Amelia, mucho menos con lo que habían hecho. No quería vivir sintiendo que en algún punto había algo que me unía a su mierda, a su apellido. Si pudiera sacarme la sangre que corría por mis venas, lo haría; sin dudarlo, lo haría.

Sin embargo, ahora todo había cambiado. Dios, Allison había cambiado cada pieza que creía que tenía controlada en mi vida. Empecé esto por algo, pero si ella no estaba, al final no serviría de nada.

Yo o Allison. Sin duda, ella.

Siempre iba a ser Allison. Desde el principio hasta el final iba a ser ella.

Miré directamente a los ojos de Aaron. Eran azules, un poco más oscuros que los míos, con ese brillo tan característico los hacía resaltar.

Asentí con la cabeza en forma de aprobación para que abriera la puerta. Ambos preparamos nuestras armas. Los cañones apuntando directamente frente a nosotros.

La puerta se abrió con facilidad hacia el estrecho pasillo. Los nervios me invadieron, golpeando cada terminación nerviosa de mi sistema.

Apunté hacia cada rincón, como si esperara un ataque directo mientras nos adentrábamos en la casa. El color blanquecino del sitio me nublaba la vista y me causaba retortijones en el estómago. No se escuchaba ningún sonido. Y no sabía si eso era bueno o malo.

Aaron iba frente a mí. Inspiré hondo, acopiando la paciencia que no sabía de dónde sacaba para no apresurar esta mierda. Habían pasado casi tres horas desde que supe que Jaden se había llevado a Allison. Toda la mierda que pudo haber pasado en ese tiempo me helaba la sangre.

Intentaba tranquilizarme, pero fallaba. El pulso casi me reventaba la garganta. Necesitaba calmarme, debía hacer esto con la cabeza fría. Porque en este momento lo único que quería era matar a Jaden y no podía hacerlo, no sin asegurarme de dónde y cómo estaba Allison.

Atravesamos la sala principal, escaneando con rapidez cada rincón, pero no vimos nada. Era como si el lugar estuviera vacío.

Me detuve y choqué con la espalda de Aaron cuando se paró abruptamente justo al doblar la esquina de las escaleras.

Estuve a punto de boicotearnos porque no entendía por qué se había detenido. Pensé en rebasarlo o empujarlo para que se apresurara, sin embargo, mis cejas fruncidas se disolvieron en una mueca confusa al notar la escena frente a mí.

Lo primero que vimos fue la puerta del despacho de Jaden, que estaba abierta. Jaden nos miraba desde ahí, sentado tras su escritorio con un pequeño vaso en la mano.

La rabia se instaló en mí cuando noté la tranquilidad de su rostro. Estaba sentado como si no hubiera hecho nada más que acomodarse y esperar. Mi primer impulso fue acercarme a él, ignorando todo a mi alrededor, pero apenas di un paso, Aaron me detuvo al ponerme una mano en el pecho y hacerme retroceder.

Jaden sonrió ante la acción de Aaron de detenerme.

—Siempre fuiste más consciente de tu entorno —le dijo a Aaron y luego me miró—. Tú siempre te pareciste a Amelia. Eres igual de inestable que tu madre.

Apreté los dientes; sentí que chirriaban. No me parecía a Amelia. No me parecía a nadie de ellos.

—Ella no es mi madre —espeté.

—A Amelia le dolería escuchar eso.

—Ya está muerta. No me importa lo que le duela o no.

—Tienes razón. Tu padre la mató —respondió, elevando su vaso lleno de vodka y dándole un sorbo.

—Después de que ella intentara matarme.

—No la puedes culpar, eras igual a tu abuelo. Y viéndote bien, sigues siéndolo —hizo una pausa para mirarme y esbozó una sonrisa. Seguramente notó cómo me estaban calando sus palabras.

Sentí que se me iban a fracturar los dientes de tan fuerte que los apretaba.

—Entren —hizo un gesto con la mano.

No obedecimos a su petición, por lo menos no con la rapidez que él hubiera deseado.

Aunque nos costara admitirlo, no sólo lo odiábamos, también le temíamos hasta las entrañas desde que éramos niños y, hoy en día, ese sentimiento prevalecía. Los tres sentíamos un terror puro que se disolvía y fusionaba como uno solo. Aún nos afectaba, porque, en alguna parte de nosotros mismos, nos sentíamos como los niños pequeños que él lastimó, que crecieron y no pudieron disfrutar de su vida por culpa de él. Porque Jaden era lo único en nuestra órbita, y como un virus, se inoculó en nuestras cabezas.

En cuanto al odio, yo odiaba a Jaden en un nivel enorme. Pero Aaron… no había comparación con lo que él sentía. Jaden lo destruyó, lo quebró, lo dejó muerto en vida por un tiempo. No lo fue mermando como a mí, a Aaron lo aniquiló de un solo golpe sin previo aviso. No sólo le arrebató parte de su alma, sino de su futuro.

La mano que tenía Aaron en mi pecho fue descendiendo en un gesto de resignación ante la petición de Jaden.

—Vamos a seguir el plan inicial —me susurró Aaron en voz baja para que sólo yo pudiera escucharlo.

¿Plan inicial?

Mi plan en este momento era saber dónde estaba Allison para después poder clavarle un tiro en la cabeza a Jaden con total libertad.

Negué ante la idea. Debía pensar con la cabeza fría. No podía hacer una estupidez. La iba a poner en riesgo. Yo era volátil y Jaden meticuloso. No se habría arriesgado a hacer todo esto si no supiera que lo podía controlar, por lo menos en su mayoría.

Apreté los dientes y clavé mi dedo lejos del gatillo. Mi cuerpo estaba tenso de pies a cabeza y sentía la impotencia burbujeando dentro de mí.

¿Dónde rayos estaba Allison?

Plan inicial.

Negociar. Ceder. Matar.

Lo que pasara en medio era irrelevante.

Todos lo sabíamos. El mismo Jaden sabía que ése siempre había sido el final que todos esperábamos. Sólo quedaba saber quién apretaría más rápido del gatillo.

Asentí con la cabeza, sin más tiempo que perder, y respiré hondo. Aaron y yo bajamos nuestras armas, pero las mantuvimos en nuestras manos. Ambos teníamos buenos reflejos y sabíamos usarlas con facilidad, pero Jaden también. Caminamos hasta entrar al despacho.

La ironía del momento me estaba agolpando cada nervio con desesperación. No venía a hablar con él o a jugar otros de sus juegos. Venía para rescatar a Allison y terminar con esto de una maldita vez.

La opción de sólo clavarle un tiro me quemaba la mano, pero no podía matarlo sin antes averiguar dónde estaba Allison. Ni siquiera sabía si la tenía aquí o en otro sitio.

Nos sentamos frente a él. Como cuando éramos niños y nos reprendía. Siempre era mejor aquí que en el sótano. Ahí dolía y quemaba. Aquí únicamente rompía nuestras ilusiones infantiles.

Jaden nos miró con el rostro relativamente serio.

—¿Dónde está? —mascullé sin muchos rodeos.

—¿Quién? —fingió no entenderme.

—Esto no es un maldito juego, Jaden. ¿Dónde está Allison?

—Hallen, ¿cierto? —se encogió de hombros—. No lo sé.

Apreté con fuerza los reposabrazos del asiento, canalizando en ellos todas las ganas que tenía de arrancarle la maldita cabeza con mis propias manos.

—Jaden. Sácala de esto —pronunció Aaron con voz calmada—. Ella no tiene nada que ver.

—Esa opción estuvo sobre la mesa —me miró con cierta diversión perversa. Pero ya no. Ustedes tomaron algo que es mío. ¿Por qué no puedo tomar algo que es suyo?

—Ya has tomado mucho de nosotros —le dijo Aaron, y por primera vez su tono de voz se escuchó pesado—. Pero te daremos los papeles si es lo que quieres.

—¿A cambio de qué? —elevó una ceja.

—De Allison —respondí por Aaron—. Dime dónde está.

Dios. Me escuchaba tan urgido. Le estaba dando a Jaden la oportunidad de destruirme.

—Ella no está sobre la mesa —negó con la cabeza, dejando el vaso de vodka sobre el escritorio.

El ego irradiaba por todo su cuerpo. Tenía una manera tan pacífica de tomar las situaciones y controlarlas. Me preguntaba cómo sería su cara cuando recibiera un golpe tan emocional que lo desestabilizara.

Bueno, eso tendríamos que verlo.

—Ahora lo está —espeté.

—Eso ya lo veremos después.

Rodé los ojos, intentando igualar su ego.

—No venimos a una reunión familiar. Venimos a resolver esta mierda.

—Claro que no es una reunión familiar —miró detrás de nosotros con un gesto un tanto interesado—. Falta Samantha. ¿Dónde está?

—No pudo venir —espetó Aaron.

—Lástima. Me hubiera gustado verla una última vez.

—A Samantha no. No después de que la intentaras matar —solté con una ironía ácida.

Mis palabras no parecieron afectarle en lo más mínimo, aunque tampoco esperaba que lo hicieran.

Apreté los dientes cuando simplemente se encogió de hombros.

—Era un eslabón débil. Debieron dejarme matarla.

—Es nuestra hermana —masculló Aaron. La tensión en su voz provocó que sus palabras salieran entrecortadas.

Jaden negó con cinismo, mofándose de Aaron y desestimando sus palabras con una mano. Para él era así. No debía de haber un gran cariño entre nosotros, siempre intentó inculcarnos eso. "No son familia, no son hermanos de sangre, no son nada". Pero nunca lo logró.

Se puso de pie, nos dio la espalda y caminó hacia la mesa donde tenía todas sus bebidas.

—Pudieron escapar como si nada, irse o matarme en cualquier momento, pero no lo hicieron. ¿Por qué?

Cambió el curso de la conversación. Conocía bien sus trucos. Habíamos vivido con él. Observamos de cerca todas sus facetas y nos enseñó sus estrategias.

Conocía parte de nuestro plan y con base en eso creó el suyo. Pero había un hueco en su historia y quería completarlo. Porque tenía razón. Huir o matarlo era el camino más obvio, pero no lo tomamos.

—Tenías algo mío —le respondí.

Por fuera intenté mostrar una imagen tranquila, como si estuviera manejando la situación con la cabeza fría. Era lo único que me quedaba. En este momento, no conseguiría nada por la fuerza.

Aún faltaba poner otras cartas sobre la mesa para saber quién iba a ceder.

Sin embargo, por dentro estaba al borde del colapso. Lo único que lo denotaba era mi pie, que no dejaba de moverse nerviosamente de arriba hacia abajo, y mi mano sobre el arma, que se sentía como dinamita explosiva.

Necesitaba detonar.

Jaden echó un vistazo sobre su hombro mientras el tintineo de los hielos que estaba sirviéndose en el vaso resonaba por toda la estancia.

—¿Algo tuyo? —hizo una mueca mientras lo reflexionaba—. Aparte de compartir sangre, no recuerdo tener algo más tuyo.

—No quiero nada que me relacione contigo, Jaden. Ni con Amelia o Erick. Y tú tienes algo que sí nos vincula.

Le eché un vistazo a Aaron, quien parecía más concentrado en observar el entorno que en nuestra charla. Al fin y al cabo, era mi charla; yo era quien conocía a profundidad todo esto. Él me había apoyado, pero era mi lucha.

Únicamente se metería si la estuviera cagando. Y bueno, él ya lo tendría para después. Jaden todavía le debía algo.

—¿Algo como qué?

—Lo sabes bien.

—Mmm —sus manos se movieron sobre las bebidas—. Creo que lo recuerdo. Las cartas, el diario, tu acta de nacimiento, el acta de adopción y la carta que te dejó tu padre. ¿Te refieres a eso?

Fruncí el ceño ante lo último. ¿De qué maldita carta estaba hablando? Despejé mi cabeza. Al diablo, eso no importaba. Ya no.

—Sí —musité—. Es eso.

—Esos papeles no tienen importancia. Están en el registro del estado.

—Mi acta de nacimiento y la de adopción se pueden anular. Sólo dámelas.

Jaden se giró hacia mí. En sus manos llevaba tres copas. Puso una frente a mí y otra frente a Aaron. Apreté los labios cuando le dio el primer sorbo a la suya, con la mayor tranquilidad del mundo.

—Eso de odiar tu pasado lo estás llevando a un extremo muy grande. Hubiese sido más fácil huir, sin más.

El mayor extremo sería drenarme la sangre, pensé.

—No quiero tener que cargar con el puto recuerdo de quién es mi familia —mascullé y tomé la bebida, dejándome caer en el respaldo.

Estaba intentando nivelarme con él. Con esa paz. Era una situación muy exasperante. De pronto, surgen vacíos que quieres llenar como sea ante la intimidante sensación psicológica de estar fuera de control.

—Erick tenía un negocio fuera de su mierda sociópata —sonrió. Sí, había intuido que vendría ese golpe—. Una empresa inmobiliaria. La dejó a tu nombre apenas naciste para cuando cumplieras veintiún años. Por ahora la maneja su hermana, Erika. Te ha seguido la pista. Incluso después de la adopción.

—Lo sé —mascullé.

Lo sabía demasiado bien.

—Si Erika decide reconocerte como su familia antes de que cumplas los veintiún años, puede anular mi adopción, pero tendrías la obligación legal de retomar el apellido Devil, pues te registraron con él. O si quiere contactarte para el cumplimiento del testamento, también tendrías que reconocer tu apellido. En cualquier caso, serás llamado ante el juzgado del estado, quieras o no. Y si una sola persona en los medios se entera de que el hijo de uno de los más mediáticos y grandes sociópatas del estado de Ohio está vivo, te convertirás en una buena nota amarillista. Sólo llevas el Devil porque es menos mediático que el Tom, pero aun así sigue siéndolo. Los dos apellidos estás manchados.

Hacía un par de meses, había recibido un citatorio ante el juzgado debido al testamento. Era la única manera que Erika tenía de contactarme. Realmente debía de haberlo recibido Jaden, pero por alguna extraña razón llegó a mí primero.

La única manera de cortar esto de raíz era anulando mi acta de nacimiento ante un notario. Pero para eso necesitaba la original y Jaden la tenía.

Había buscado otras maneras, sin embargo, por mi edad, el Estado estaba obligado a negarme una copia de mi acta, pues según una ley de bienestar familiar y no sé qué tanto más, si mis tutores no lo autorizaban, estaría violando el derecho de privacidad de mis padres y mi integridad.

No quería llevar el apellido Devil. Era un Blaken, y no por Jaden, sino porque era el apellido de mis hermanos.

—Todo eso ya lo sé, Jaden —solté sin mucho interés—. Y la verdad me da lo mismo.

—¿No te importa ser conocido como un Devil? ¿Hijo de Amelia Devil y Erick Tom? Marcarías tu vida y la de tu descendencia. Lo sabes, los medios destruyen. Por más que la sociedad finja desinterés, lo harán.

—¿Vas a ponerte sentimental por lo que me pase a mí y a mi descendencia o me vas a dar lo que vine a buscar?

Jaden rodó los ojos con cierta diversión.

—Ah, claro, la chica —asintió—. Siempre les enseñé que crear vínculos y esa mierda no era bueno. Los vulneraba. Creí que lo habías entendido, Eiden.

Esbocé una sonrisa irónica. Qué mejor manera de darle un golpe que con sus propias enseñanzas.

—Lo hice —respondí.

—Parece que no. Si lo hicieras, llevarías a cabo tu plan hasta el final. Sólo olvida a la chica. Qué más da. ¿Quieres los papeles? —tomó unos papeles del cajón de su escritorio y los depositó frente a mí—. Aquí los tienes. Dame lo que me pertenece y los dejaré en paz. Esta mierda me está cansando. Tal vez me vaya del país —se encogió de hombros—. Todos merecemos un retiro, ¿no lo crees?

Enarqué una ceja, mirando los papeles sobre la mesa.

—¿Y Allison?

—Considérala una pérdida en esta batalla. No lo es, pero lo será. Acepta el trato.

No lo es, pero lo será.

Palabras que se escapan. Jaden era sádico y sanguinario. No cabía duda de eso. Pero tampoco era tan estúpido. Allison era su último movimiento por si esto no salía bien. Tenía que usarlo a mi favor. Sólo que no sabía cómo.

—No quiero que sea una pérdida.

—¿Por qué no? Te estoy dando tu libertad. Es lo que siempre quisiste —miró a Aaron y le sonrió—. Y a él y a Samantha también. Son tus hermanos, ¿piensas arriesgar todo por una chica?

—Me servía y quiero que me siga sirviendo —respondí con simpleza.

Su rostro pareció iluminarse ante eso, pero rápidamente lo disimuló con una simple mueca de curiosidad.

—¿Servirte? —se deleitó con las palabras—. ¿De qué manera?

—¿Para qué sirven las mujeres, Jaden?

—¿Para cogértelas? —preguntó con diversión.

Asentí con la cabeza.

—¿Estás arriesgando todo por un par de cogidas? —soltó entre curioso, divertido e incrédulo.

—Era buena en eso.

—Consíguete a alguien más —repiqueteó los dedos sobre el escritorio—. A menos que te hayas encariñado con ella…

—Tal vez —jugué para no parecer tan evidente.

—Bueno —Jaden le dio un pequeño sorbo a su bebida e hizo una pausa para mirarme con una mueca curiosa—. Decide, el cariño de la chica o tus hermanos. ¿Cuánto tiempo llevas de conocer a Allison?

—Tres meses —respondí.

—¿Y a tus hermanos?

—Doce años.

Asintió con la cabeza, meditando mis palabras, y soltó una breve exhalación.

—Es mucho tiempo comparado con tres meses.

—Lo es —concedí.

—Entonces, piénsalo… Te doy tus papeles y la libertad a cambio de mis papeles —deslizó los documentos hacía mí—. Ella es una pérdida.

La manipulación siempre ha sido una de las mejores armas de Jaden. Y casi siempre le sirve. Con nosotros siempre ha sido así. Para él, esto es únicamente un juego más.

Cuando practicas mucho algo, en algún punto te confías y sientes que cualquier cosa que hagas te dará un buen resultado. Conoces el juego y piensas que sólo es una partida más. Mismos jugadores, mismos datos, mismos conocimientos. Sin embargo, por más que parezca que los controlas, inconscientemente dejas todo a la experiencia pasada.

Eché mi cuerpo hacia delante y coloqué los codos sobre el escritorio en una posición más defensiva. Por algo era yo quien manejaba esto y no Aaron. Jaden prácticamente conoció todas mis facetas. Cuando era un niño tranquilo, cuando comencé a ser un niño problemático, cuando dejé de serlo y cuando empecé a obedecerlo.

No sientas.

Sé calculador.

Eres mi familia.

Eres mi sangre.

Vio cuando dejé de ser cariñoso con mis propios hermanos, cuando me distancié de todos y cuando comencé a ser como él, aunque sin el sadismo y el gusto por la tortura y el asesinato. En ese momento, Jaden en verdad creyó que me había convertido en él. En un ser sin sentimientos.

Sin embargo, no conoció todas mis facetas.

Aaron y yo nos enamoramos, pero Jaden sólo lo vio a él así, a mí no, así que no sabía qué tan aferrado estaba por proteger a Allison.

—Entonces, si te damos los papeles, ¿nos dejarás en paz a los tres? —le cuestioné—. ¿A Aaron, Samantha y a mí?

Fingió desinterés, como si le diera lo mismo, y asintió. Enseguida se recargó en la silla en un aire imponente, bajando la guardia.

Ésa era otra de sus estrategias: fingía bajar la guardia para que los otros hicieran lo mismo.

—Si eso quieres, te lo daré —accedió.

—¿Cuándo te irías de Linston?

—En una semana.

Fingí considerar su propuesta unos segundos. No los necesitaba, ya había decidido qué hacer, aunque un poco de tensión le daba un buen toque al ambiente.

—¿Cómo sé que no nos traicionarás? —inquirí.

Cuando juegas un juego, debes mantenerlo hasta el final. Eso me lo había enseñado él. Te vuelves un jugador, no sólo te quedas como un espectador viendo el caos.

—No lo haré. Tenlo por seguro. Si salen por esa puerta, les daré la libertad que tanto anhelan, claro, sabiendo que ustedes harán lo mismo. Todos nos estamos arriesgando.

Le estiré la mano a Aaron.

—Dame sus papeles —le pedí sin verlo.

Él no lo dudó y me los entregó. Abrí la carpeta para asegurarme de que tuviera lo que quería.

—Cumple tu parte del trato —le dije con voz pausada, pero autoritaria—. Vete del país en una semana y no vuelvas.

—Cumple la tuya y no me busques.

—Así será —le aseguré, dejando caer sus papeles en el escritorio.

No los tomó, sólo los miró de reojo y sonrió.

—¿Por qué conservaste a la chica? Si al final la dejarías a su suerte —enarcó una ceja.

—Me la cogía. Estar encerrado y aislado era aburrido, así que decidí no pasarla solo. Da lo mismo, haz lo que quieras con Allison.

—Viniste por ella. Es raro que ahora no te importe.

Un leve sudor se instaló en mi nuca. Lo ignoré y me encogí de hombros.

—Jaden, venía a matarte. Si me hubiera podido llevar mis papeles y, además, a mi diversión, habría sido un gran plus. Ahora da lo mismo. Tengo lo que quería desde un principio. Te repito, haz lo que quieras con ella.

Jaden escudriñó mi rostro, pero yo me mantuve impasible. Y sin más, se encogió de hombros, como si no le importara.

Esta vez sí bajó la guardia.

Éste era un juego diseñado para él. Uno peligroso, pero lo era. Porque, según Jaden, sí había logrado doblegarme y volverme como él.

Además, para él, así eran la mayoría de las relaciones: inservibles y desechables, así que para mí también lo serían.

Nunca conoces a alguien lo suficiente hasta que debes enfrentarte a él en una lucha mano a mano. En donde no sólo te maneja y arrastra.

Siempre consideré a Jaden un psicópata, calculador, frío, sanguinario. Sin embargo, con el tiempo aprendí que no lo era. Era igual a Amelia. Inestable. Jaden creaba su tablero y lo manejaba, por eso a veces parecía tan paciente y que controlaba todo. Porque estaba jugando un juego que conocía. Porque las personas ante él no se revelaban con la suficiente fuerza e inteligencia como para desestabilizarlo.

Y aquí, frente a nosotros, jugó su juego. Miró sólo desde su perspectiva y eligió. Nunca conoció el verdadero juego, porque creyó que estaba jugando y manejando a los niños que había destruido. Al Eiden de quince años, a quien le enseñó que el amor lastimaba. Al Aaron que mató en vida tras quitarle lo que más quería.

A los niños que, según él, crio para matar y servir en un juego donde la astucia y el egoísmo eran lo más importante.

Y claro que lo eran, sólo que se le olvidó quiénes eran sus verdaderos contrincantes.

—Creo que ella confundió las cosas. Estuvo muy renuente a decirme dónde estaban.

Mierda. Sus palabras se clavaron directas en mi mente. Realmente tuve que esforzarme para que no se me tensara la mandíbula y mis hombros no se crisparan. Estaba a nada de saltar encima de la mesa y partirle la cara para después descargarle la pistola.

Me encogí de hombros, intentando sofocar los deseos de matarlo.

—Tienes razón, confundió las cosas. Yo sólo la usé para que me diera lo que quería. Supongo que, para ella, el sexo significaba algo más.

Se puso de pie, ajustándose las mangas de su traje.

—¿Por qué no hicimos esto antes? Hablar y llegar a este acuerdo hubiera sido más fácil.

—No nos criaste para esto.

—Tienes razón —concedió—. Los crie para matar y destruir.

Asentimos con la cabeza, poniéndonos de pie.

El tictac del reloj pulsaba en mi cabeza y se aceleraba con cada jodido segundo que pasaba.

Tictac.

Tictac.

Hizo exactamente lo que yo esperaba. Tomó la carpeta entre sus manos y la abrió para asegurarse de que tenía lo que quería.

—Sólo que no nos criaste tú, nos crio Aaron —pronuncié. En ese momento, su sonrisa se desvaneció al ver el verdadero contenido de los papeles.

Aaron y yo levantamos nuestras armas.

—Te sorprendería lo que uno encuentra tras una buena investigación —dije, apuntándole en la cabeza—. Viajabas cada mes, regresabas un poco más feliz. Hacías llamadas a Massachusetts.

Sonreí al notar cómo sus manos apretaban la carpeta llena de fotos.

—Jonathan Fleir. Seis años. Hijo de Eleonor Mackenzie y Jaden Fleir. Lindo apellido, por cierto. Criado en Massachusetts. Formaste una familia, Jaden. ¿Dónde carajos quedó esa mierda de no formar vínculos?

No hubo respuesta. Estaba maquinando un escape. Pero no lo había.

—¿Dónde está? —le espeté—. ¿Dónde rayos está Allison?

Subió la guardia de golpe. Su porte desinteresado y tranquilo se volvió un torbellino de superioridad. Vio la oportunidad de tomar las riendas de la situación.

—Todo esto por una chica —negó con la cabeza sin gracia y miró a Aaron—. Y por un chico.

—No puedes lastimar y esperar que no haya una respuesta de la misma magnitud —respondió Aaron con un tono amargo—. Dinos dónde está Allison.

—O si no, ¿qué?

Con la mano con la que no estaba apuntándole a Jaden, Aaron sacó su celular, marcó un número, puso la llamada en altavoz y tiró el teléfono sobre el escritorio.

—Ponlo en la línea —mascculló Aaron.

Al segundo, una voz animada y aguda resonó.

—¿Quién es? —preguntó un niño. No al teléfono, sino a Connor, la persona que estaba con él.

—Es tu papá.

—Ah —se escuchó animado—. Papi, tu amigo me trajo a comer un helado, pero escogió de vainilla, eso fue un poco raro. ¿Cuándo vienes a visitarnos? Te extraño mucho.

Las piezas caían poco a poco. El rostro ensombrecido de Jaden palideció al reconocer la voz de Jonathan, su hijo.

Aaron le hizo una señal con la cabeza para que le contestara.

Hasta donde estaba pude escuchar el crujido de su mandíbula al obedecer a Aaron. Se inclinó sobre el celular con cautela.

—Jonathan, mi amor. No podré ir hasta dentro de un par de días.

—Pero, papi, dijiste que vendrías pronto.

—Lo sé, lo sé. Hablaré con tu mamá para ver qué…

—Si, bueno, mucha mierda —Connor cortó la voz de Jaden—. Aaron, ¿qué hago con el niño? No deja de hablar sobre las malditas aves.

—Espera ahí con él y mantente en la línea —le pidió Aaron y miró a Jaden—. Última vez que te lo pregunto: ¿dónde está Allison? Y más te vale que no la hayas tocado porque le voy a hacer la misma mierda a tu hijo.

Esperé su respuesta. Permaneció en silencio, se dejó caer en su silla y se desajustó la camisa con un aire… ¿cansado?

¿Qué rayos pretendía con eso?

Rodeé el escritorio para eliminar esa barrera entre nosotros y le apunté justo en la cabeza.

Al diablo la cabeza fría y el autocontrol, necesitaba respuestas ya. Necesitaba saber dónde estaba Allison antes de que enloqueciera.

—¡¿Dónde mierda está?!

Me miró y negó con diversión.

—No lo sé.

—¡Voy a matar a tu maldito hijo! —lo amenacé.

Alternó la vista entre Aaron y yo con arrogancia y desinterés, pero sus hombros estaban tensos y sus puños apretados. Que fingiera lo que quisiera, era claro que le aterraba aquello que pudiéramos hacerle a su hijo.

—No lo harán. Lo investigaron para amenazarme y presionarme, pero no lo harán. Ustedes mismos lo dijeron, no son como yo. No matarían a un niño. No a un inocente.

—Pruébanos —le dije.

—No lo harían. No los crie yo, pero los vi crecer. Ninguno tendría el valor. No a un niño —esbozó una sonrisa con la maldita arrogancia irradiando por todo su ser y se puso de pie, extendiendo sus manos, casi como si fuera una divinidad—. Será un placer morir en las manos de los monstruos que yo creé. Porque los tres lo son. Son asesinos. Han matado. Está en tu sangre, Eiden. Qué mejor que me mate alguien de mi propia sangre.

A la mierda. El dolor quebranta, él lo había dicho.

—Pon al niño al teléfono —le pedí a Connor y apunté a una rodilla de Jaden—. Entonces, te escuchará morir.

Le di dos disparos en la rodilla y cayó hincado en cuanto las balas perforaron su piel, sus tejidos y sus nervios. No gritó, solamente se quejó por lo bajo, porque estaba intentando soportar el dolor.

Eso sólo significaba que le importaba lo suficiente que su hijo no lo escuchara. Lo llevaría al límite, hasta quebrarlo. El niño ni siquiera estaba escuchando. No estaba tan enfermo como Jaden para traumar así a un niño.

Lo tomé del brazo, lo levanté de un solo golpe y lo lancé contra el escritorio para que se mantuviera en pie. Con la cabeza, le hice una señal a Aaron. Él se acercó a mí y cada uno tomó una rodilla de Jaden. Elevamos las pistolas y le apuntamos mientras lo mirábamos fijamente.

El sonido de los disparos reventó el lugar. Jaden volvió a caer hincado y su rostro enrojeció en una mueca de agonía.

—¿Qué son esos ruidos? —preguntó el niño de pronto al otro lado de la línea.

Me detuve un momento, pero Aaron me hizo una señal para que siguiera. Lo hice.

—¿Qué nivel de trauma crees que se lleve tu hijo? —le pregunté, volviendo a levantarlo. Tomé su cara enrojecida y apreté su mandíbula para obligarlo a verme. El odio seguía intacto, pero la paz que pretendía ya estaba difuminándose—. Supongo que será uno grande si Connor le dice lo que está pasando, ¿o quieres que hagamos una videollamada para que lo vea?

Dos disparos más, está vez en sus muslos.

Jaden volvió a caer. Sus rodillas estaban destrozadas por los impactos. No podía mantenerse en pie. Y aun así no gritó, sólo se quejó. Su rostro parecía a punto de explotar por el dolor.

Más le valía no desmayarse.

Lo tomé del hombro y lo volví a azotar contra el filo del escritorio. Esta vez no le di tiempo de nada: apenas se colocó en el ángulo perfecto, le volví a disparar en el muslo. Aaron tampoco perdió tiempo y, en plena caída, le disparó en el otro muslo.

Pronto ya no lo soportaría. Te puedes acostumbrar al dolor, pero todo tiene un límite. Él nos llevó al nuestro, sin embargo, nunca había presenciado el suyo.

Miré hacia abajo. Probablemente los nervios de sus piernas ya estaban destrozados. Se formó un charco de sangre a su alrededor. Su cuerpo permaneció en el suelo boca arriba. Las muecas de dolor me hacían sentir lástima por él.

Ojalá en algún punto Jaden hubiera sentido lo mismo por nosotros.

Volví a cargar el arma y le apunté.

—¿Dónde está? —le di la oportunidad de que hablara antes de volver a dispararle.

Me miró, sonriendo burlonamente.

—Aquí —pronunció—. Está aquí.

—En dónde exactamente.

—Aunque te lo diga me vas a matar, ¿cierto? —preguntó sin miedo, sin titubear. La superioridad de la aceptación enmarcaba su rostro.

—Ya sabes la respuesta —le respondí, disparando a un lado de su cabeza. Su cuerpo se contrajo por el sonido ensordecedor—. El lugar, Jaden, ¿dónde está?

—En el sótano —respondió.

Bien. Sí, lo más probable era que la mantuviera ahí. Le di la espalda y mis pies se movieron de forma mecánica. Mi corazón retumbó con fuerza en mi pecho.

Que se ocupara de él Aaron. Ya no podría atacarlo. Apenas y el cabrón respiraba bien.

Necesitaba asegurarme de que Allison estaba bien. Debía de sacarla de todo esto.

Necesitaba verla.

—¿Eiden? —la voz de Jaden me llamó.

Lo iba a ignorar, pero mis cejas se fruncieron cuando escuché mi nombre y me giré casi por instinto.

Jaden tenía la mano levantada. Sostenía algo en ella, y antes de que alguno de los dos pudiera reaccionar, presionó un botón rojo y grande. El artefacto emitió un pitido agudo.

—Me vas a matar… —tosió, atragantándose con su dolor. A pesar de todo, reunió las fuerzas suficientes para poder hablar—… pero la verás morir a ella.

Por un momento, no lo comprendí con claridad. Todo pasó a tal velocidad que no pude detenerme a relacionar acciones, palabras o cosas. Sentí como si todo hubiera pasado en cámara lenta y a la vez rápida. Mis oídos zumbaron y mi vista se ensombreció.

Esta vez no me detuve, mis pies se movieron como si tuvieran vida propia. Corrí y bajé los escalones que llevaban al sótano. Mi cuerpo se topó de lleno con la puerta de madera, vieja y descolorida, por la velocidad a la que iba.

Procesé la información, pero una parte de mí la negó.

Intenté abrir la puerta, pero la manija rebotó en mis manos; estaba bien asegurada.

—¡Allison! —grité su nombre. La desesperación invadía cada parte de mi cuerpo. Sabía que la manija no iba a ceder, pero, a pesar de eso, lo seguí intentando—. Allison, cariño, ¿estás ahí?

—¿Eiden? —su voz sonó al otro lado casi como un susurro.

—Sí, soy yo. ¿Estás bien? —golpeé la puerta con desesperación al no recibir ningún tipo de respuesta de su parte. Necesitaba abrir la puerta—. ¿Puedes abrir la puerta, Allison? Necesito que la abras, cariño.

—No puedo —murmuró—. No… no puedo acercarme.

Mierda. Mierda. Mierda. No me detuve a cuestionarme nada, todo mi mundo comenzó a colapsar. Mi corazón latía con tanta fuerza que sentía que en algún punto se me iba a salir del pecho. La presión hacía que todos los músculos de mi cuerpo hormiguearan, dolieran y pesaran.

Me di la vuelta y me pasé una mano por la cabeza, intentando aclarar mi mente un poco. La idea de dispararle a la cerradura me quemaba por dentro, pero la maldita pistola era de calibre bajo, así que el impacto no sería suficiente y podría empeorar las cosas.

Miré hacia todos lados, esperando una maldita respuesta divina, hasta que vi una especie de gabinete al lado de la puerta. Lo abrí deprisa y saqué todo lo que tenía. Eran toallas. Tiré de ellas y algo cayó en el suelo con un tintineo brusco. Era un paquete de llaves.

Tomé el paquete y comencé a probar cada una de las llaves. Evité pensar en lo que estaba escuchando: el tintineo de cadenas como si las estuvieran arrastrando y la voz de Allison, que ahora sonaba como un murmullo distante por toda la desesperación que me estaba nublando.

El proceso se tornó lento porque fallaba cada que intentaba meter una llave debido al temblor de mis manos y a mis dedos erráticos. Probé cinco sin éxito, hasta que finalmente una de las llaves produjo el *clic* que esperaba.

Abrí la puerta.

Ni siquiera me preocupé de nada y corrí hacia ella. La estreché contra mi cuerpo como si pudiera protegerla ahí. Era lo único que necesitaba desde hacía horas, sentir su cuerpo caliente, su pecho respirando sobre el mío, su habitual manera de abrazarme.

Sostuve su cuerpo, tembloroso y pequeño, asegurándome de que sintiera que ya estaba ahí.

Sus manos temblorosas se instalaron en mi espalda, me estrujó con desesperación y hundió su cara en mi pecho como si fuera lo único que hubiera deseado en todo este tiempo.

No sé si era lo que Allison quería, pero sí era lo que yo necesitaba desde que supe que estaba en peligro.

—No le dije dónde estaban —murmuró. Su voz estaba tan quebrada—. Yo no le dije.

Sus palabras golpearon directamente mi pecho. Esto era mi culpa.

—Lo siento tanto, cariño. Perdóname —mi voz se fue quebrando conforme le repetía lo mismo y me aferraba a su cuerpo como si fuera mi todo.

Allison era mi todo.

No sabía qué más decir, todo se me estaba viniendo encima, todo… era tanto. Tanto que me sentía rebasado.

Cerré los ojos. Un segundo. Sólo necesitaba un segundo para sentir que ya estaba conmigo.

Pero antes de que pudiera siquiera procesar su presencia, un pitido irrumpió en el lugar. Era el mismo que hacía unos minutos había producido Jaden al presionar ese botón. Todo regresó a mí con un golpe que me sacó el aire.

Necesitaba arreglar esto. No, no necesitaba, debía de hacerlo.

—¿De dónde vino ese sonido? —le pregunté a Allison, separándola de mí.

Acuné sus mejillas y le limpié las lágrimas, porque estaba llorando sin parar.

La ira burbujeó por todo mi ser al ver los moretones que tenía. Sin embargo, ése no era mi mayor problema ahora. Lo sería después, pero para Jaden.

Mantuvo la mirada fija en mí hasta que lentamente la bajó hacia sus pies. Ahí, en donde unos brazaletes aprisionaban sus tobillos.

Otro pitido resonó en el lugar.

El pitido era familiar. El botón rojo era familiar. Los brazaletes eran familiares.

Jaden bajó la mirada para verme. No me gustaba que hiciera eso. Era pequeño, pero se sentía raro y feo. Nos miraba como si fuéramos insectos a los que podía pisar. Yo miraba así a las cucarachas, pero yo no era una cucaracha. Aunque siempre nos hacía sentir así.

—¿Qué es eso? —inquirí con curiosidad mientras lamía una paleta de corazón que Aaron me había dado. Bueno, ésta era de Samantha, pero se la había robado. Yo ya me había comido la mía. Ojalá no se fuera a dar cuenta.

Mis dedos pequeños y pálidos habían señalado una especie de brazalete grande y grueso de color negro que tenía una pantalla táctil.

Jaden enarcó una ceja mientras lo tomaba y lo inspeccionaba.

—Explosivos —respondió con simpleza.

—Son pequeños —murmuré.

Según yo, los explosivos eran grandes. Hacían bum *y asustaban a la gente. O al menos eso había visto en una película que Aaron me regañó por ver. Decía que era para adultos. Había mucha sangre y no me gustaba. Después vimos algo sobre un cuadrado amarillo con pequeños hoyos y su amigo rosita en forma de estrella. Sonreí.*

—Sí, lo son —dijo Jaden—. Aunque pueden hacer explotar una habitación completa.

Lo miré por un segundo y retrocedí asustado cuando tomó mi brazo. No me gustaba que me tocara, a veces me lastimaba. Más bien, la mayoría del tiempo.

Sus dedos se apretaron con mucha fuerza en mi brazo para evitar que me moviera y me puso el brazalete por encima sin cerrarlo.

Mis ojos se abrieron del susto. Eran explosivos y yo no quería explotar. Pero no dije nada y mantuve mi mano quieta para que el brazalete no se resbalara. A veces, cuando hablaba mucho, Jaden se enojaba y me lastimaba para que aprendiera a callarme. Únicamente podía hablar mucho con Aaron y Samantha, porque ellos no se enojaban. Eran mis hermanos, ellos sí me querían.

Jaden me soltó y yo quise quitarme el brazalete como si picara, pero me contuve. Y entonces, él tomó algo más de su escritorio. Era como una cajita negra, con un botón rojo en el centro.

—¿Para qué es eso? —le pregunté, arrugando las cejas.

—Si presionas este botón, los explosivos se activan.

—¿Y explotan?

—No, marcan el tiempo para que lo hagan.

—¿Y si después ya no quieres que exploten?

—Es imposible. No se pueden desactivar.

—Pero ¿qué pasa si te arrepientes?

—No te puedes arrepentir, Eiden —me quitó el brazalete y lo dejó en el escritorio—. Una vez que se activan no hay marcha atrás.

Lo pensé unos segundos, ladeando la cabeza. La paleta era muy dulce. La saqué de mi boca para hablar y no ahogarme con mi propia saliva.

—Entonces te quitas el brazalete —sugerí—. Es fácil.

Jaden negó con una sonrisa, aunque sin gracia.

Creo que lo estaba hartando.

—Tampoco se puede hacer eso. El mecanismo es imposible. Sólo queda ver la explosión.

Me consterné por eso. No me gustaba. Mejor iba a molestar a Sam, ella sí hablaba de cosas divertidas.

Me hinqué frente a Allison. Mi garganta estaba a punto de explotar de los nervios.

Debía solucionar esto. Como fuera. Debía de haber una solución.

—¿Q-qué es eso? —me preguntó Allison en un hilo de voz.

—Siéntate —le pedí.

Ella lo hizo y se sentó en el suelo. Me temblaban las manos. Tenía ambos brazaletes en los pies. Uno más arriba que el otro, porque también tenía una esposa de cuero que la mantenía encadenada a la pared.

Ambos tenían un cronómetro en cuenta regresiva.

10:00.

Diez minutos.

Sentía como si mi cabeza estuviera a punto de reventar y eso me desesperó. Tiré de los brazaletes con fuerza, como si esperara que fueran a zafarse solos. Tal vez lo harían, tal vez sí se zafarían, tal vez… tal vez esto sólo era una pesadilla.

Seguí tirando con fuerza. Intenté destrabar el seguro que tenían, pero… era inútil, no era un seguro cualquiera, la línea divisoria era casi imposible de observar, parecían hechos de una sola pieza.

Mis manos sudorosas por los nervios no hacían más que resbalar cada que tiraba con fuerza, provocando que Allison se quejara.

Debía de haber una solución. Siempre la había. Debía de haberla. La necesitaba. La solución. A Allison. La necesitaba conmigo.

No podía perderla. No a ella. No iba a poder vivir con esto. Sería mi culpa.

Me detuve cuando sus manos, cálidas y pequeñas, se pusieron sobre las mías.

—Dime, ¿qué son?

Negué con la cabeza, no iba a decirle. No iba a alterarla. Ya lo estaba yo.

—Eiden —sus labios temblaron mientras sus ojos cristalinos me miraban—. ¿Qué son? Dime, por favor.

—No. Tú no te preocupes —le aseguré deprisa. Mi voz se escuchaba quebrada y nerviosa—. Te los voy a quitar y todo va a estar bien.

—Eiden…

Negué con la cabeza y ella acunó mi rostro con sus manos. Estaba llorando y, al parecer, yo también porque sus pulgares limpiaron algo bajo mis ojos.

¿Por qué me miraba así?

¿Por qué sentía que me estaba rompiendo por dentro?

—Vete —me pidió, deduciendo ella misma la situación al ver la magnitud de mi desesperación por quitarle los brazaletes antes de que el cronómetro marcara cero—. Intentaré quitármelos yo, pero tú vete, por favor.

Negué con la cabeza de forma frenética. No había manera de que hiciera eso.

—Debe de haber una solución —le dije, quitando sus manos de mi cara y tomando el celular de mi pantalón—. Debe de haber una solución, Aaron debe de saber qué hacer.

No iba a separarme de ella. El cronómetro seguía avanzando. ¿Y si justo en el momento en que me separara de Allison, pasaba algo? No iba a dejarla.

Era todo o nada.

Aaron contestó a los segundos.

—Tiene explosivos —le dije al teléfono—. Tiene los brazaletes que Jaden usaba.

Escuché el sollozo de Allison e intenté tomarla de la mano, pero se apartó de mí de forma brusca.

—Sal de ahí —fue la respuesta de Aaron.

—No —negué con la cabeza frenéticamente—. Soluciónalo, siempre solucionas todo. No puedo perderla, Aaron. Soluciónalo.

—Lo intentaré, Eiden, pero sal de ahí. Te estás arriesgando.

—No. No. Sólo soluciónalo. Jaden debe de tener una solución. Sácasela. Amenázalo con matar a su hijo, yo qué sé. So... soluciónalo. No puedo perderla, por favor.

Colgué el teléfono y me giré para buscar a Allison, pero no estaba. Se había alejado hasta arrinconarse en una esquina. Pegó sus rodillas a su pecho y se abrazó.

Me acerqué a ella. Estaba llorando con fuerza, sin control, como si le doliera algo. Pero no sólo físico, sino más... profundo.

Intenté tomarla del rostro, pero me rechazó. Sus manos golpearon mi pecho para alejarme.

—Vete. Te quiero, pero, por favor —suplicó—, aléjate de mí.

—Allison, cariño... Mírame. Cálmate.

—¡Vete! ¡Es lo mejor!

—No es lo mejor. Lo voy a solucionar.

—No puedes. Aaron tampoco. Jaden lo dijo. Dijo que esto era el final —señaló los brazaletes—. Él dijo que... era el final.

—No lo es. No es verdad. Ya no puede hacerte daño, ya lo solucionamos —le dije con desesperación para que confiara en mí, pero... ni siquiera yo mismo lo hacía.

—No hay solución para esto. Ya intenté quitármelos. Jaden me dijo que era imposible —batió sus pestañas, abriendo y cerrando los ojos en un esfuerzo por seguir—. Sólo... ve con Aaron y Samantha.

—No. No. No te voy a dejar.

—Es lo mejor, cariño. Si tú estás bien, yo también voy a estarlo... Yo... —su voz se quebró—... Yo estoy bien con esto.

Eso no era verdad. Porque no dejaba de llorar. Porque estaba temblando. Pero estaba intentando ser fuerte, aunque por dentro estaba rota y asustada.

—Todo va a estar bien —susurré, intentando abrazarla. Era lo único que le podía decir—. *Yo... te lo... pr...*

Apreté los ojos. Me dolía todo, por dentro y por fuera, pero no me podía alejar. Las palabras quemaban en mi boca. Tal vez eso la tranquilizaría. Ella me lo había pedido, en ese momento no pude hacerlo... pero ahora...

—Allison —tomé su cara entre mis manos, intentando dominar sus forcejeos y soportando los golpes que me asestaba en el pecho en un afán por alejarme—. Todo va a estar bien... te lo prome...

—No. No digas eso. No lo hagas.

Negó con fuerza, sollozando. Sus manos sobre mi pecho temblaban, quería empujarme, pero la fuerza se desvaneció de su cuerpo.

Aferré sus muñecas con una sola mano y tiré de ella hacia mí. Su rostro quedó a centímetros del mío. Sus ojos negros y cristalinos se clavaron en los míos y con mi mano libre capturé su barbilla para que no se alejara.

—*Te lo prometo. Te prometo que todo va a estar bien.*

Las palabras abandonaron mis labios sin siquiera considerar su negativa. Me congelé y Allison también.

Mi corazón iba a reventar. Me dolía como si me estuvieran abriendo el pecho. Éste no podía ser el fin. No para ella. No para nosotros. No merecía esto. No merecía que le pasara esto. No ahora que se sentía bien. No ahora que ya nadie podía lastimarla.

No debía de ser una maldita pérdida en una batalla que no era suya.

Otro pitido irrumpió: marcaba el avance del tiempo en el cronómetro.

5:00.

Cinco minutos.

Sus manos dejaron de forcejear y subieron hasta mi nuca, donde sus dedos comenzaron a acariciarme y luego se enredaron en mi cabello. Acarició mi cuero cabelludo. Lo hizo con tanta lentitud que sentí que quería grabarse la sensación de mi piel.

—Me duele —susurró con la voz quebrada, dejando caer su frente en la mía—. Me estás lastimando, Eiden... Por favor, debes dejarme...

Mi labio inferior tembló. No podía dejarla.

Negué con la cabeza y soltó una leve risa, apagada y triste. Sus dedos se deslizaron hasta mi nuca nuevamente y tiró de mí hacia ella. Me besó. Me besó con cuidado. Nuestros labios buscaban grabarse la textura del otro; los jadeos que se ahogaban entre sí cuando nuestros labios chocaban sin detenerse a tomar un respiro; la sensación de nuestras respiraciones colisionando entre ellas; la unión de nuestros mundos, nuestros cuerpos, nuestros seres.

Seguí su ritmo, siempre tan suave, mientras mis manos la tomaban de las mejillas para intensificar cada roce.

No quería dejarla, no quería dejar de sentir esto. Estas chispas que emergían de algún punto entre nosotros y que explotaban en nuestras bocas cada que se unían.

No la iba a dejar.

Se separó de mí y me sonrió, acariciando mi mejilla.

—Tienes que cuidar a Minni, a Samantha... Escúchame, cariño —su voz tembló a pesar de sus intentos de fortaleza—. A Aaron también, porque a veces hace muchas estupideces. Tienes que... salir por esa puerta y dejarme. Estoy bien con que esto pase, te lo prometo, cariño, pero sólo si tú te vas y estás bien.

—No te voy a dejar —murmuré, desesperado—. Aaron lo va a solucio...

—No lo va a lograr y así está bien. Después de esto, ustedes van a poder ser libres, es lo que querían. Ustedes tres querían deshacerse de Jaden y sólo me encontraron en el camino. Le agradezco a la vida por haberme dado la oportunidad de conocerlos, de quererlos, de quererte. Fuiste el regalo más bonito que me dio la vida, pero ahora, tienes que dejarme ir.

Sacudí la cabeza, negándome a escuchar su despedida, porque eso eran sus palabras y yo no quería despedirme de ella. No estaba dispuesto a perderla.

—No puedo —sollocé, no sentía ni mi propia voz—. No me importa nada si no estás conmigo.

—Vamos, cariño. Tienes que poder, tienes a personas que te quieren. Sé fuerte por ellos.

—Yo soy fuerte por ti.

No sabía a quién estaba lastimando más con esto. Si a mí, a Allison, o a mis hermanos. Pero yo ya tenía una decisión plasmada en algún sitio de mi corazón y no me iba a dejar en paz jamás si no la tomaba.

—Perdón.

Sus cejas se fruncieron al no entender por qué me disculpaba. En un movimiento rápido, cambié la posición que teníamos. Mi espalda impactó contra la pared y la abracé por la espalda, hundiendo mi cara en su cuello y aspirando su aroma.

—Eiden, no, por favor, ya sal. Necesito que te vayas.

Intentó separarse de mí, pero la contuve, fusionando nuestros cuerpos. El cronómetro marcó el tiempo:

Un minuto.

—Eiden, por favor. No hagas esto —sollozó, forcejeando conmigo—. No te lo voy a perdonar. Esto no. Me estás lastimando, por favor, vete.

—Te amo, Allison —fue lo único que pude decir.

Cerré los ojos y la abracé. Su cuerpo forcejeó todo lo que pudo sin dejar de jadear y de intentar pegarme para liberarse, pero no pudo contra mi fuerza, que, aunque ya se estaba marchitando, nos mantenía unidos.

Luchó hasta que se cansó. Hasta que el tiempo la detuvo. Hasta que su propio corazón se rompió, pues sabía que todo su esfuerzo era en vano, porque yo ya había tomado mi decisión.

Tendrían que perdonarme. Aaron y Samantha tendrían que perdonarme por esto.

Yo no me iba a poder perdonar si dejaba sola a Allison. Me iba a consumir. Me iba a romper. Me iba a matar en vida el dolor de estar sin ella sabiendo que… todo había sido mi culpa.

No podía imaginarme ni un segundo de mi vida sin Allison, no iba a poder seguir sin ella, no me veía capaz y… tampoco lo quería, no quería una vida sin ella. Ahora, al verla lastimada, sentía que una parte de mí se quebraba. Si me iba y a la mañana siguiente despertaba y ella no estaba conmigo, yo no iba a poder continuar. En este momento, mi mundo se reducía a Allison. Y sin ella, no podría vivir.

Dejó de forcejear y sólo sollozó, casi podía sentir su dolor. Se estaba rompiendo en mis brazos. Intenté mantenerla en pie hasta el final. Mis brazos sujetaban cada parte. Finalmente se resignó y se dejó abrazar.

Su último movimiento fue girar para reposar su mejilla en mi pecho y escuchar mi corazón acelerado.

—Te amo, Eiden.

Los pitidos consecutivos de los últimos segundos llenaron el lugar. Recargué mi barbilla en su cabeza sin siquiera abrir los ojos.

Cinco.

Cuatro.

Tres.

Dos.

Uno.

Cero.

…

…

Pero no pasó nada…

13

Momentos

Eiden Blaken

Cinco.

Cuatro.

Tres.

Dos.

Uno.

...

...

Pero no pasó nada...

Los pitidos agudos que habían resonado segundos antes se fundieron en uno largo.

Mi corazón parecía ajeno a mi propio cuerpo por la velocidad a la que latía. Se quería salir de mi pecho, como si estuviera al borde de una taquicardia.

¿Qué rayos había pasado?

Estaba temblando. ¿O era Allison? Sus sollozos apagados y débiles llenaron mis oídos, opacando el zumbido que escuchaba en mi cabeza en ese momento. El exterior se había consumido casi por completo de una manera asfixiante.

Abrí los ojos con lentitud, como si esperara que de pronto pasara algo. Como si continuar con los ojos cerrados me permitiera permanecer en esta burbuja en donde nada había pasado.

Nada había pasado.

Nada.

Sin embargo, algo no se sentía bien.

Alcé la cabeza y me pasé el dorso de la mano por los ojos para disipar las lágrimas que nublaban mi mirada.

Ni siquiera sabía cómo mis ojos habían sido capaces de desbordarse de esa manera. Había pasado un año sin llorar, un año sin sentir que me estaba rompiendo porque me costaba trabajo sentir con naturalidad, dado que había vivido en la mierda, resignado a lo que pasara. Un año que se quebró en dos minutos al sentir que la estaba perdiendo.

Miré todo a mi alrededor como si esperara que algo malo sucediera, algo que contrarrestara con fuerza la explosión de adrenalina que aún recorría mi cuerpo y que me impedía pensar con claridad.

A pesar de que no había pasado nada, el sabor amargo de mi garganta no se disolvía, pero esperaba que pronto lo hiciera. No había ocurrido nada, excepto…

Aaron.

Estaba frente a mí.

Miraba los brazaletes que ahora ya no estaban en los tobillos de Allison, sino en el suelo. Estaban intactos, las pantallas color verde brillante parpadeaban sin cesar y poco a poco se fueron apagando.

Apreté los ojos con fuerza un par de veces; me sentía desorientado. De pronto noté lo que estaba al lado de los brazaletes.

—Huella digital —musitó Aaron sin dejar de ver los brazaletes—. Se desactivaban con la huella digital.

—¿Có…? —me aclaré la garganta al notar que mi voz se escuchaba rasposa y débil—. ¿Cómo supiste qué…?

Me cortó con un simple encogimiento de hombros como si lo hubiera deducido sin más o como si en ese momento eso no importara. Su pecho subía y bajaba aceleradamente. Todo su cuerpo se veía agitado y cansado.

Siempre fui consciente del entorno, aunque Jaden dijera lo contrario. Tal vez no del entorno que él hubiera preferido, pero sí del que yo quería y en el que solía manejarme.

Y en ese momento algo no estaba bien. No se sentía bien. Y si no se sentía bien, era porque no lo estaba, sin embargo, mi cuerpo estaba tan entumecido que no podía reaccionar como quería sin sentirme al borde del colapso. El golpe anterior todavía me pesaba en la cabeza y en el cuerpo. Todo lo que había sentido antes me dejó en un *shock* fuerte. Quería cerrar los ojos, relajar mi cuerpo y descansar.

Necesitaba descansar. Y no sólo de esto, sino de todo.

Bajé la mirada cuando noté que el cuerpo de Allison temblaba y se estremecía. Seguía en mis brazos y no dejaba de sollozar. Había envuelto mi torso con una de sus manos y con la otra empuñaba con fuerza la tela de mi camisa negra mientras su cuerpo subía y bajaba al ritmo de su respiración descontrolada.

Le retiré el cabello de la cara y acaricié su mejilla, intentando calmarla. Me dolía el pecho al grado de sentir que algo se rompía en mi corazón al verla así. Sus ojos seguían cerrados con fuerza, tal vez estaba esperando que algo pasara. Estaba demasiado asustada.

Quería decirle que ahora todo estaba bien, pero la presión asfixiante y escéptica en mi garganta me lo impedía. Se sentía como si tuviera un nudo del tamaño de una bola de golf que no me permitía decirlo.

"Todo está bien. Lo está...".

Las palabras me quemaban la boca. Veía a Allison tan asustada que únicamente me concentré en intentar calmarla. Sin embargo, Aaron comenzó a toser, y eso desvió mi atención hacia él. En ese instante no noté nada extraño por más que mi cuerpo me gritaba que algo no estaba bien.

Mi mirada viajó de forma inmediata a su cuerpo. Estaba sentado en el suelo, encorvado, en la misma posición de hacía menos de diez segundos, con las manos en puños y la vista fija en el suelo.

—¿Aaron? —lo llamé. Pronuncié su nombre un poco matizado por mi voz ronca y dolida.

No dijo nada. No me miraba. Eso no era normal.

Aaron tardó unos cuantos segundos en poder decir algo, pero finalmente lo hizo...

—Llama a Samantha y dile que... —una tos extraña cortó sus palabras.

Todo pasó en cámara lenta.

Su respiración se escuchaba entrecortada y esta vez su pecho se sacudió con más fuerza. Sentí su propio dolor en mi garganta al escuchar la forma tan áspera en la suya, se estremecía. No pasó ni un segundo o dos cuando llevó una mano a su boca, en un intento por cubrirse.

Y sólo entonces alzó la cara, permitiéndome verlo.

Mis ojos se abrieron de golpe, y como si mi sistema neuronal y nervioso hubieran recibido una corriente que los reanimara, moví mi cuerpo con agilidad, pasando mis brazos por encima del cuerpo de Allison para no lastimarla.

Fue inmediato. Ni siquiera recuerdo qué fue primero: si la sangre en su boca, en su mano, o su cuerpo desplomándose frente a mí.

Logré sostener su cabeza antes de que recibiera un golpe seco contra el piso.

El entumecimiento reventó en mi cuerpo y dio paso a una adrenalina que se disparó por cada una de mis terminaciones nerviosas. Necesitaba actuar. Yo. Necesitaba hacerlo.

Sostuve la cabeza de Aaron. No sé había desmayado, pero sí estaba muy débil. Inspeccioné su cuerpo en un vistazo rápido para entender qué había causado esto y me percaté de la mancha rojiza que se expandía por su abdomen.

Tenía un impacto de bala. Y no tenía salida. La sangre fluía sin detenerse, empapando su camisa.

Necesitaba llevarlo al hospital.

La desesperación se levantó como un humo pesado a mi alrededor. Ni siquiera sentía que todas mis extremidades fueran funcionales, no sentía que me pertenecieran o que pudiera darles órdenes para que se movieran adecuadamente.

¿Cómo mierda había pasado esto?

Todo a mi alrededor se volvió asfixiante. Me deslicé con rapidez por el suelo hasta quedar a su lado, tomé su cuerpo y lo coloqué de lado para que pudiera escupir la sangre que salía de su boca. Podía ser una hemorragia o no. No estaba seguro, pero debía actuar de inmediato.

Aaron tosió con fuerza y yo palmeé suavemente su espalda mientras mi cerebro trabajaba a mil por hora. Era como si la catástrofe me absorbiera. Debía de ordenar las cosas.

Jaden. Aaron. Allison.

Debía de concentrarme en una sola cosa, porque sentía que una neblina mental me impedía pensar con claridad.

Me las ingenié para acomodar el cuerpo de Aaron. Lo puse boca arriba y limpié su boca con el dorso de mi mano. Su sangre espesa me manchó de un rojo escarlata. Ya no salía más, por suerte.

Miré a mi alrededor en busca de algo que me sirviera para cubrir su herida, pero como no encontré nada, tomé el borde de mi camisa y me la quité en un movimiento rápido, sacándola por mi cabeza.

—Necesito que sostengas esto —le pedí, tomando sus manos y colocando la tela entre ellas para redirigirlas hacia donde la sangre brotaba—. Te voy a llevar al hospital, ¿vale?

Sus manos temblaron, pero sostuvo con fuerza la camisa, presionando su propia herida. Su rostro estaba pálido, casi marchito, a excepción de la sangre seca que resaltaba en sus labios.

—Lla…ma a Sam…

—Sí, sí —lo intenté calmar—. No hables, sólo sostén esto sobre tu herida.

—No, llama a…

No le presté atención a sus intentos vacilantes de decir algo. Le llamaría después a Samantha. Él la vería después.

Estuve a punto de ponerme de pie para cargarlo hasta el coche cuando negó de forma abrupta y enredó su mano en la mía. Usó toda su fuerza para detenerme. Prácticamente era nula, sin embargo, me detuve al ver su desesperación por formular palabras coherentes entre la vacilación de sus labios.

Necesitaba un maldito hospital ahora.

Miré a Aaron con la desesperación plasmada en cada parte de mi cuerpo. Quería arrebatarle las malditas palabras de la boca porque parecía que no le salían con la urgencia que yo las necesitaba. Probablemente habían pasado cinco segundos, pero se sintieron como cinco horas.

Se relamió los labios y, en un último esfuerzo, logró formular las palabras.

—Di… dile a Samantha que las ba… balas… tenían… Sircon.

¿Sircon?

Las palabras rebotaron en mi cabeza y, cuando encajaron, apreté los ojos con fuerza. Al instante sentí un mareo potente reventar por todo mi cuerpo.

Sircon. Era un veneno corrosivo igual al Minucs.

Tenían el mismo efecto. Ambos deterioraban el cuerpo, pero el Sircon duraba más en hacer efecto y era menos potente, aunque, si no se revertía a tiempo, tenía el mismo final. La muerte.

—¿Eiden? —la voz de Allison me hizo alzar la mirada hacia ella.

Mierda. Mierda. No.

Mis ojos se abrieron como si quisieran salirse de sus órbitas al verla.

Me miró y después bajó la vista a sus manos. La sangre emanaba de sus labios y se escurría por toda su barbilla hasta sus manos.

Ni siquiera pudo decir nada más porque su cuerpo se desplomó.

* * *

Dicen que hay momentos clave en tu vida. Momentos donde todo puede pasar, todo puede cambiar. Momentos fugaces, momentos que se sienten como una eternidad aunque sólo duren segundos, minutos u horas.

Tal vez "periodo" sea el término correcto para aquello que perdura de forma más duradera, sin embargo, para mí no es posible definir el tiempo cuando se siente así.

Como un momento.

Como un parpadeo tras el cual todo cambia al volver a abrir los ojos.

Son momentos los que cambian todo. Mueven todo. Para bien o para mal, pero lo hacen.

Y yo he tenido cuatro momentos en mi vida que me han cambiado.

El primero fue conocer a Aaron. *Conocerlo fue como recibir el haz de luz que no sabía que necesitaba. Todo estaba oscuro, pero no sabía que lo estaba porque nunca había vivido algo distinto. La energía calmada y protectora que transmitía a pesar de sólo ser un año mayor que yo me cobijó.*

Yo tenía seis años y él tenía siete. Siempre estaba conmigo, me escuchaba y me cuidaba de los niños mayores. Siempre esperaba que me durmiera primero, para después hacerlo él.

Me hizo sentir seguro. Me hizo esperar cada nuevo día sin el miedo al que estaba acostumbrado.

Conocer a Samantha *fue el segundo momento que cambió mi vida. Conocerla fue como comenzar a formar esa conciencia protectora que tenía guardada en alguna parte de mí. Tenía esa pequeña chispa divertida y curiosa hacia la vida que a veces me irritaba, porque siempre se la pasaba haciéndome muchas preguntas y hablando de la cosa más trivial. No paraba de hablar y a veces quería ponerle cinta adhesiva en la boca. Pero cuando no hablaba, no me gustaba. Porque significaba que estaba triste.*

Samantha tuvo varias inseguridades. Niñas y niños la hacían sentir insegura por su cabello pelirrojo, la molestaban por su manera aguda de hablar y porque sabían que no podía defenderse. En los peores casos, llegaba con moretones en su piel.

Ella me enseñó a dar cariño. A siempre buscar la forma de protegerla. Me enseñó a sacar lo mejor de los demás. Principalmente, lo mejor de ella, porque su bienestar me hacía sentir bien.

Conocer a Jaden *fue el tercer momento que cambió mi vida. Esta vez fue distinto, malo, catastrófico, porque lanzó todo en picada. Al principio, conocerlo fue como ver mucha luz, tanta que en algún punto nos cegó a mí y a mis hermanos, y después nos hizo caminar desorientados y perdidos hasta que caímos en un pozo oscuro, feo, donde todo dolía. Con él era así. Todo dolía. Todo lastimaba. Robó nuestras infancias, eclipsó nuestras vidas hasta que en algún punto le pertenecieron.*

Me hizo desear morir. Nos hizo desear dejar de existir, porque apagó cada parte que pudo de nosotros hasta que ni siquiera pudimos encontrar consuelo en quienes lo habíamos conseguido.

Y el último momento fue ella.

Conocer a Allison *fue el cuarto momento que cambió mi vida por completo. Conocerla fue como encontrar todo eso que había perdido por Jaden. Esa luz al final del túnel. Esa luz que me hizo querer salir del lugar en donde estaba atrapado y que me permitió lograrlo. Rompí cada capa por ella, derruí cada muro que había construido para que nada doliera. Cada defensa que levanté, Allison la bajó con una simple mirada curiosa, con una sonrisa serena, con su tacto suave. Siendo ella, a pesar de todo. Manteniéndose fiel a esa esencia que, en algún punto, ella misma sintió que había perdido.*

Me hizo recobrar la fortaleza que Jaden había hundido en mí. Me hizo encontrar esos sentimientos que sentía que había perdido. Me demostró que no estaba mal abrirme a alguien más. Que no estaba mal sentir. Que no estaba muerto en vida, como muchas veces me había sentido.

Por ella volví a sentir.

Y ahora eran cinco. Cinco momentos. Sólo que no sabía si este último era malo o bueno.

Al borde de la libertad o al borde del precipicio.

Todo en un solo momento.

Salí del entumecimiento de mi cuerpo y de mi mente al sentir el calor de un cuerpo aplastándose contra el mío. Bajé la mirada y vi la melena rojiza que reposaba sobre mi pecho.

—Van a estar bien —murmuré. Mis palabras sonaban casi robóticas. Era la tercera vez que lo decía y ninguna de esas veces las había sentido reales por más que yo mismo quisiera meterme esa idea en la cabeza.

Tampoco fui capaz de alzar los brazos para poder corresponderle el abrazo aplastante que Samantha me estaba dando.

Parecía que en ese momento ninguno era capaz de sostenerse por sí solo.

El cuerpo de Samantha se agitó contra el mío y sus manos se hundieron con fuerza en mi espalda.

Cerré los ojos al escucharla llorar como si una parte de ella se estuviera rompiendo. Fue hasta ese momento cuando pude alzar los abrazos para rodearla por los hombros y mantenerla estable. Sin embargo, no sentía el abrazo, sólo era una reacción mecánica, algo que sabía que ella necesitaba. Porque yo… yo sólo quería desvanecerme por completo. Dormir y despertar cuando ya todo estuviera bien.

La sala de espera del hospital estaba vacía porque estábamos en la clínica del pueblo. No era concurrida y prácticamente nadie la usaba desde la apertura del hospital central. Sólo se mantenía vigente por si surgían accidentes menores que podían ser atendidos en esta área. Era como un ala menor del hospital, que se ubicaba a diez minutos.

Mi primera idea fue llevar a Aaron y Allison al hospital, pero Connor me llamó y me pidió que los llevara a la clínica del pueblo. Estuve a punto de mandarlo a la mierda, hasta que me dijo que su hermano estaría aquí, que sería más seguro, y que él se encargaría de que todo estuviera bien.

No confiaba mucho en Connor. Sólo lo había visto una vez en toda mi vida.

Pero Aaron confiaba en él.

Estuve a punto de ignorarlo y avanzar los malditos minutos que quedaban para llegar al hospital central; sin embargo, Aaron me dijo que le hiciera caso a Connor. Allison se había desmayado y su pulso era débil, pero Aaron seguía consciente o eso parecía, porque por momentos se veía tan mal que llegué a pensar que no iba a soportar el camino.

Por suerte lo hizo. Él y Allison, con pulso débil, pero lo hicieron.

Cuando llegamos, la atención fue inmediata. Reece, el hermano de Connor, me dijo que Aaron entraría a cirugía y que revisaría a Allison para entender su estado y poder tratarla.

Les informé que las balas que habían herido a Aaron contenían Sircon, y que probablemente eso también había causado el estado de Allison.

El veneno era compuesto. Era difícil de tratar de forma aislada si únicamente se buscaba eliminarlo del sistema sin contrarrestar los efectos ya producidos por las toxinas que desgastaban los tejidos y deterioraban el cuerpo desde dentro.

No sabía mucho de eso. Jaden sí, y como siempre dijo que Samantha era un eslabón débil por su físico pequeño, le dejaba el "trabajo fácil" en algunas ocasiones, por ejemplo, producir los venenos. Sircon era el que más había hecho y usado. La curiosidad de Samantha la llevó a experimentar e investigar más acerca de todo lo que Jaden le había enseñado. Era un cerebro andante que absorbía todo lo que veía a su alrededor.

Sus conocimientos le habían permitido crear venenos incluso más fuertes junto con sus antídotos. El Minucs era un veneno que ella había creado, tan similar al Sircon que era muy fácil modificar el antídoto del primero para que sirviera contra el segundo.

El problema era averiguar qué tanto había avanzado el veneno. Si el daño era reversible o no. Porque el antídoto revertía la propagación y eliminaba la toxina del cuerpo, pero no el daño causado.

Samantha había llegado hacía dos horas y le había entregado el antídoto a Reece.

Dos horas y no sabíamos nada.

De ninguno de los dos.

Pero ambos podían. Ambos eran fuertes.

Allison. Aaron.

Los dos… por favor, los dos lo eran.

Cerré los ojos durante unos segundos, todavía podía sentir en mis manos el peso de ambos cuando los saqué de la casa y los transporté a la camilla. Ninguno se veía bien. Estaban pálidos, sus rostros apenas se veían con rastro de vida. El rojo, casi negro, de la sangre seca en sus labios y barbillas era el único color en ellos.

Miré mis manos sobre los hombros de Samantha: aún tenían rastros de sangre. No me sentía bien. Estaba paralizado porque sentía que se me estaba viniendo todo encima y que no podía detenerme a procesarlo.

No estaba llorando.

No estaba ansioso.

No estaba desesperado.

Estaba entumecido.

El nudo en mi garganta me asfixiaba.

Era como si el dolor de cabeza hubiera creado una capa en mi exterior. Como si una neblina rodeara mi cabeza y mi cuerpo, y no me permitiera pensar con claridad. Sabía lo que estaba pasando. Sabía que algo dentro de mí se sentía roto y que con el pasar de los minutos se iba rompiendo más. Pero no podía sacarlo, no podía expresar nada.

No como Samantha, que estaba llorando, disolviéndose en su dolor.

Necesitaba sacarla de ahí antes de que ya no pudiera más.

Bajé la mirada y tomé sus mejillas para limpiar sus lágrimas con mis pulgares.

—Todo va a estar bien —le repetí. A ella, a mí. Era lo único que podía decir, porque yo también quería creerlo.

—¿Y si no es así? —su voz salió en un hilo. Samantha se quebró en un sollozo y volvió a hundirse en mi pecho—. No puedo perder a los tres.

—¿A los tres? —fruncí ligeramente el ceño al no entender por completo sus palabras.

—A Allison, a Aaron y a ti.

—Yo estoy bien —le aseguré, acariciando su cabello y manteniéndola entre mis brazos.

—Pero, si algo le pasa a Allison, te vas a volver a cerrar. Como antes, como cuando no eras feliz.

—Antes no era infeliz.

—Sí lo eras. Desde que Daniels se fue, ya no eras feliz.

Samantha nunca supo lo que pasó después de eso. Después de que Aaron se cerrara y mi mundo se deteriorara por lo que Jaden me había hecho. Quebró las únicas fuerzas que me quedaban en ese momento. Sin embargo, ella creyó que la razón de mi distanciamiento y mi falta de afecto era porque Daniels se había ido.

Su partida dolió, sin embargo, no fue lo que derrumbó todo.

Me separé de Samantha y acuné su cara entre mis manos.

—No podía ser infeliz si ustedes estaban conmigo.

—Pero no lo estábamos. Aaron estaba triste y yo… yo no me preocupé lo suficiente por ti.

—No era tu deber hacerlo —dije con voz suave—. Tú sólo debías de preocuparte por ti.

—Pe… pero yo tenía a Jess y a Nathan. Y tú no tenías a nadie.

Rodé los ojos con cierta diversión, que en realidad fingí.

—No te burles de mi falta de capacidad para hacer amigos —bromeé en un afán por alejarla un poco del dolor que estaba sintiendo.

Ella trató de sonreír, pero sus labios terminaron en una mueca triste.

—No me estoy burlando.

—Eso parece —enarqué una ceja y ella negó con un leve bufido.

—Sólo decía que tú nos necesitabas, porque éramos a los únicos que tenías, y nosotros no estuvimos para ti.

—Estuvieron para mí más de lo que te imaginas. Sólo… yo mismo los distancié de mí. No fue su culpa.

—Tuve que haber insistido en quedarme contigo aun cuando tú no querías.

Rodé los ojos.

—Te ibas a ganar una patada como cuando querías dormir conmigo porque te daban miedo los truenos. Siempre eras tan molestosa e insistente.

Un día, cuando éramos niños, Samantha quería dormir conmigo porque estaba lloviendo muy fuerte y los truenos le asustaban. La hubiera dejado dormir conmigo, como otras veces, pero ese día estaba molesto con ella. Vengativo desde pequeño. Me desparramé en toda mi cama y Samantha se quedó sentada en una esquina haciendo una rabieta para convencerme, pero me harté, la empujé con mi pie y terminó cayéndose.

Aaron me regañó. Ni siquiera la había empujado con mucha fuerza. Sólo que estaba mal colocada.

Samantha me dio un golpe en el hombro, indignada al recordar ese día.

—Imbécil —hizo una mueca de disgusto—. Y todo porque estabas enojado porque me había comido el último plátano.

—¡Era mi plátano! Yo lo había guardado.

Sacudió la cabeza, molesta.

—No, lo escondiste debajo de todas las verduras y lo encontré y me lo comí. Yo qué iba a saber que era tuyo.

—Te encontré comiéndotelo y te dije que era mío. Y sólo me tiraste la cáscara en la cara y te fuiste corriendo.

—No recuerdo eso —sonrió inocentemente y yo entrecerré los ojos de mala gana.

—Yo sí.

—Lo soñaste.

—Y tú también soñaste la patada que te di —me burlé.

Había dicho que la pateé, pero no, no la pateé, únicamente la alejé con mi pie. No era mi culpa que estuviera tan desprevenida.

Samantha soltó un bufido y volvió a abrazarme. No podía mantenerla entretenida con recuerdos o bromas estúpidas todo el tiempo. Tarde o temprano todo regresaba y se filtraba entre nosotros.

Sonreí con tristeza. Había olvidado que ésta era su forma de abrazarme de niña cuando estaba asustada. Siempre había sido más pequeña que yo, así que me rodeaba con sus brazos por el torso como si ella fuera un koala y yo un bambú. Y yo siempre…

Pasé mis brazos por sus hombros y reposé mi barbilla en su cabeza mientras golpeteaba mis dedos en sus brazos.

—Van a estar bien, ¿cierto? —me preguntó a los segundos.

¿Podía sentir mi corazón acelerado?

Cerré los ojos y exhalé con pesadez. Así se sentía decir palabras vacías.

—Sí, van a estar bien.

Realmente, era todo lo que quería creer en ese preciso momento.

Que ellos iban a estar bien.

Eché la cabeza hacia atrás cuando Samantha levantó su cara para verme desde su posición.

—¿Puedes prometerme que, si algo pasa, no te vas a volver a cerrar con nosotros? —me pidió en voz baja.

Mis labios esbozaron una sonrisa un tanto decaída, y aunque sabía por qué lo hacía, le pregunté:

—¿Por qué necesitas eso?

Se encogió de hombros en un leve movimiento un tanto triste. No quería decirlo, pero ambos lo sabíamos.

—¿Puedes?

Asentí y ella liberó una de sus manos para ponerla frente a mí. Alzó su dedo meñique y yo lo capturé con el mío.

—Lo pro…

—No puede haber animales sueltos aquí.

Desviamos la atención a un enfermero que estaba detrás de nosotros. Y miramos hacia donde él lo hacía.

—Oh, lo siento —se apresuró a decir Samantha, separándose de mí y agachándose para tomar a Minni del suelo.

La había traído porque, según ella, la siguió hasta las afueras del bosque y no la iba a dejar sola por si no sabía cómo regresar.

El enfermero enarcó una ceja y Samantha le frunció el ceño.

—No puede estar aquí ese animal.

—Es una gata, y dijo que no podía estar suelta —apretó a Minni contra su cuerpo y ella soltó un ronroneo en protesta—. Ya no está suelta.

—Bueno, ahora te digo que no puede estar aquí —mascullo él, con voz irritada.

—Pero no puedo dejarla en la calle.

—Sí. Sí puedes dejarla. Así que sácala o salte con ella —apuntó al pasillo que daba a la calle.

Le quería dar un golpe, pero tampoco quería que me sacaran. Di un paso al frente para mandarlo a otro lado a joder, pero apenas abrí la boca, se escucharon las palabras de Sam:

—¿Y si la meto en mi mochila? —sugirió.

—No, saca…

—Yo me encargo de ellos —Reece colocó una mano sobre el hombro del enfermero y, con un movimiento de cabeza, le pidió que se retirara.

Lo hizo sin protestar, no sin antes lanzarle una mirada molesta a Samantha.

No me importó eso. Porque, en cuanto vi a Reece, mi corazón pareció volver a reanimarse con fuerza para latir sin control, haciendo que un sudor frío me recorriera la espina dorsal.

—¿Ellos están bien? —le pregunté deprisa. Reece todavía tenía puesta la bata quirúrgica—. ¿Allison y Aaron están bien?

Reece me miró por unos segundos y apretó los labios. La fina línea tensa que se formó me mandó una oleada de pensamientos negativos que me hicieron sentir que me iba a explotar el corazón o que, en su defecto, se me iba a salir por la garganta.

Tenían que estar bien. Mierda, tenía que estarlo.

—Allison presenta un cuadro grave de septicemia —comenzó sin muchos rodeos—, ya que el veneno que le fue suministrado por vía cutánea contenía una bacteria que alcanzó su sistema circulatorio. En Aaron, la herida de bala no perforó ningún órgano importante, sin embargo, perdió mucha sangre y su cuerpo no está estable porque, al igual que Allison, tiene un cuadro severo de septicemia.

—Pero van a estar bien, ¿cierto? —soltó Samantha apresurada—. ¿O eso es muy malo?

Reece ladeó la cabeza, buscando las palabras apropiadas.

—Sus cuerpos están débiles —explicó—. Si no se estabilizan durante esta noche, es probable que no se pueda hacer mucho después.

”El antídoto detuvo el esparcimiento del veneno y contrarrestó sólo una cantidad de la toxina, porque sus cuerpos ya estaban en un choque inicial y la toxina ya estaba en todo su sistema. Pasarán esta noche en cuidados intensivos. Ahí intentarán drenar lo que queda de la bacteria y monitorearán si no hay un fallo en su sistema. Únicamente queda esperar que sus cuerpos sean capaces de soportar.

Sus palabras se detuvieron, pero en mi cabeza se repitieron como en un bucle.

Reece nos miró expectante, como si esperara algún otro cuestionamiento de nuestra parte. Pero no dije nada. No podía respirar. La bilis quemaba mi garganta por todo lo que había dicho. Mi cabeza dio vueltas y mi cuerpo se tensó. La punta de mis dedos hormigueó y sentí como si el oxígeno se acumulara en mi cabeza.

Dejé de escuchar la pregunta que estaba haciendo Samantha y me di la vuelta. Me martillaba el pecho. Mi caja torácica subía y bajaba en contracciones rápidas.

Mis pies caminaron de forma mecánica y, cuando encontraron el lugar a donde quería llegar, abrí la puerta, me metí deprisa y me tiré de rodillas en el suelo, dejando que mi cabeza colgara sobre el retrete. No pude detener nada y dejé que la bilis ascendiera por mi garganta y saliera por mi boca mientras mi cuerpo se contraía por el dolor de mi abdomen.

Todo me daba vueltas.

Vacié mi estómago por completo hasta que sentí que me ardía y que ya no quedaba nada más. Permanecí en el suelo durante varios segundos, un par de minutos tal vez. Ya ni siquiera estaba vomitando. Algo dentro de mí estaba colapsando con sólo repetir las palabras de Reece.

"Sus cuerpos están débiles. Si no se estabilizan durante esta noche, es probable que no se pueda hacer mucho después".

Una noche.

Una noche era la que iba a cambiar todo.

Cerré los ojos por un segundo. Quería encontrar una respuesta en mi propio cuerpo para poder levantarme, pero no pude. El cansancio estaba instalado en cada uno de mis músculos. Dejé caer mi espalda en la pared de mi costado.

Un momento.

Una noche.

Un segundo en el que, al cerrar los ojos, sólo pude verla. Esta mañana. Acostada sobre mi pecho. Sus manos rodeándome. Su cabello negro enmarcando sus mejillas. La punta de su nariz roja porque solía pasarse el dorso de la mano por ella mientras dormía. Mis dedos entrelazados en un mechón de su cabello. Mis manos acariciando su espalda…

Un segundo en el que pude verlo. Esta mañana. Estaba sonriendo. Con naturalidad, no porque estuviera bromeando o intentando alegrar a alguien. Sólo estaba sonriendo mientras masticaba un trozo de sándwich. Sus ojos con ese brillo verdadero y radiante que a veces se veía tan apagado a pesar de querer demostrar lo contrario. Lo miré más de lo que quisiera admitir. Lo miré abrazar a Samantha por los hombros y apretujarla contra él. Lo miré sonreírle a Allison. Lo miré sonreírme y atraparme observándolo. Lo miré y entonces noté que, de alguna manera, todo se sentía normal. Todo se sentía tranquilo. En paz.

Los miré a ambos. Los necesitaba a ambos. No podía perderlos.

Coloqué mis manos sobre mis sienes y las masajeé, intentando disipar el dolor y los nervios que se habían acumulado ahí.

Debía levantarme. No podía quedarme aquí todo el día, aunque quisiera. No era sólo yo. También tenía a alguien más para ser fuerte.

Me puse de pie. Mis manos vacilaron al tomar la llave del lavabo. Tuve que darle vuelta con fuerza para poder abrirla. Tomé un poco de agua entre mis manos y enjuagué mi boca para quitarme el sabor amargo. Después tomé un poco más y refresqué mi cara con ella.

—¿Eiden? —escuché la voz de Samantha a mi espalda, pero no la miré. Ni siquiera a través del espejo. Me veía del asco—. ¿Estás bien?

Asentí con la cabeza, tomando un trozo de papel para secar mis manos.

—Reece dijo que podemos verlos, aunque no estén conscientes.

Volví a asentir.

—Voy a entrar a ver a Aaron. Creí que tú querías ver a Allison.

No respondí. No quería ver a ninguno. No así. Pero… podía ser la última vez. La última vez en que sus pechos aún tendrían la capacidad de subir y bajar. En que sus corazones latirían. En que la sangre circularía por sus cuerpos. Negué con fuerza ante eso. Debía de dejar de pensar en eso.

Allison y Aaron iban a estar bien.

—Espera —le pedí a Samantha, girándome antes de que se fuera—. Quiero ver a Aaron primero.

—¿Estás seguro?

—Sí, bueno, a menos que tú quie…

—No, no —se apresuró a negar—. Está bien. Yo veré a Allison.

Le dediqué una breve sonrisa y me acerqué a ella. Ni siquiera lo pensé, fue una acción tan involuntaria que no la reconocí como ajena. La abracé. No lo hacía a menudo, sin embargo, Samantha lo necesitaba y yo también.

Me correspondió al instante y permanecimos así unos segundos hasta que nos separamos. Le di un beso en la frente y Samantha me guio a las habitaciones de Aaron y Allison. Estaban juntas. Una al lado de la otra.

Me quedé quieto en medio del pasillo y fruncí el ceño al ver a Minni acostada sobre…

—¿Ése es el jersey de Allison?

Apunté hacia Minni, que estaba frente a la puerta de la habitación de Allison. Era la número veintisiete. Estaba acostada sobre… sí, era el jersey negro de Allison.

—Sí, bueno, eso creo —murmuró Sam, observándola también—. No sé de dónde lo sacó, pero desde que te fuiste de la cabaña se quedó acostada sobre ese jersey frente a la puerta de tu habitación. Intenté quitárselo, pero por poco me rasguña.

Me agaché frente a ella y acaricié su cabeza. Ronroneó y se frotó contra mi mano, pero no se paró como siempre acostumbraba. Sólo se quedó ahí.

—Allison va a estar bien —le aseguré.

Su respuesta fue un maullido suave.

Yo también la extraño.

Me puse de pie y Samantha me sonrió antes de meterse a la habitación de Allison. Yo, por mi parte, hice lo mismo en la habitación de al lado, pero me costó más. Me quedé unos segundos frente a la puerta, con la mano en la manija y el pulso frenético en mi garganta, sintiéndome incapaz de abrirla.

¿Por qué me sentía así?

¿Por qué me costaba tanto?

Porque se sentía igual. Igual que hacía un año. Igual que cada vez que me paraba frente a la puerta de Aaron y él no abría. Igual que cuando dejé de intentarlo. Aaron estaba adentro. Yo afuera. Yo hablaba. Pero él no me escuchaba.

No lo odiaba. No mentía cuando decía que no lo hacía, pero me dolía de una manera que no sabía expresar. Él tampoco hablaba de eso, así que me alejaba y rechazaba sus intentos de acercarse a mí. Yo sabía que no podría curar esa herida hasta que ambos dejáramos de ignorarla, porque el hecho de que él no dijera nada era como meterle el dedo y hacerla más grande.

Preferí alejarme de Aaron antes de que la herida ya no tuviera forma de sanar. En algún punto esperé que el tiempo lo solucionara. Pero no lo hizo.

Ahora estaba en la misma posición. Frente a su puerta. Y sabía que él no iba a abrirla.

En ese momento, una parte de mí se sentía dolida por no haber entendido lo que él estaba pasando. Vivió su dolor por la partida de Daniels de la peor manera, al igual que yo iba a vivir el mío si le pasaba algo a Allison. Desde ahora ya lo sentía así, aunque ni siquiera hubiera pasado nada. Las paredes se cerraban a mi lado, aplastándome, dejando casi nada a mi alrededor. Sentía que me estaban sofocando.

Yo también hubiese querido encerrarme en mi habitación igual que él. Olvidarme de todo.

Aaron lo hizo. Y aunque no lo odiaba, muy en el fondo se lo reprochaba. Le reprochaba el no haber estado para mí.

Pero ¿cómo rayos le reprochaba eso si ni él mismo estaba para él?

Estaba tan ensimismado en mis propios sentimientos que, a pesar de que decía entender su dolor, una parte de mí no lo hacía a cabalidad. No comprendía por qué no se había levantado por nosotros, por Samantha, por mí.

Y seguí sin entenderlo hasta ahora, que yo mismo lo estaba viviendo. Iba a dejarlos a ambos, a Aaron y a Samantha, por Allison. Porque yo mismo sabía que la culpa me iba a consumir en vida, así como lo hizo con Aaron.

Inhalé con fuerza, tomando todo el aire que pudiera como si fueran gramos de fuerza, y giré la manija. Produjo un clic que me erizó la piel. La luz blanquecina me golpeó la cara, y después sólo fue él.

Me acerqué. Mis pasos fueron lentos, sin embargo, a medida que me acercaba, los aceleré, porque quería llegar a él con rapidez. Miré su abdomen. Ahora estaba cubierto, pero horas antes había estado bañado en sangre. La imagen se había impregnado en mis párpados.

No levanté la cara, sólo miré su cuerpo. Respiraba con naturalidad como si sólo estuviera dormido, pero no era así. Estaba al borde de la vida y la muerte.

Sentí que el oxígeno se volvió pesado a mi alrededor. Ni siquiera podía verle la cara. No así. Era como si fuera una sombra de él. Siempre me había molestado verlo sonreír como si la vida sólo fuera una pasada, como si nada externo le afectara. Me molestaba de una forma que me hacía odiarme por no poder ser como él. Y ahora necesitaba que fuera él. Necesitaba que siguiera haciendo bromas estúpidas y siendo el único capaz de apoyarme en la mierda más jodida. No lo había hecho una vez, pero antes y después siempre estuvo conmigo. Siempre, a pesar de mis rechazos.

Tomé una de sus manos y con mi pulgar acaricié el dorso de ella, sintiendo la tibieza de su piel pálida.

Las palabras estaban atascadas en mi garganta, inundadas de ese dolor prematuro que se estaba extendiendo como fuego por mi cuerpo. Pero debían salir.

Necesitaba decírselas ahora. Ojalá me escuchara.

—Perdón —murmuré, por fin alzando la cara para verlo.

Sus ojos cerrados. Su piel pálida. Su cabello castaño sin ese brillo habitual que le gustaba mantener. Sus labios sin su color natural, ahora casi morados.

Pasé mi mano libre por mis mejillas húmedas.

—Perdón por haberte alejado cuando tú sólo querías volver a estar para mí… Y gracias por seguir intentándolo a pesar de todo. Por seguir estando por más que yo quisiera apartarte…

Mi labio inferior tembló a pesar de mis intentos de no quebrarme, sin embargo, ya había lanzado en caída libre mis sentimientos, así que, por más que quisiera detenerlos, ya estaban fuera de mi poder.

Volví a limpiar mis lágrimas, sólo para darles paso libre a las que seguían saliendo sin cesar.

—No puedes irte —murmuré—. No puedes dejarnos. Samantha te necesita. Yo… yo te necesito. Prometiste no dejarnos, tú… tú lo hiciste cuando éramos niños. Por favor… cúmplelo.

Nunca le había dicho esto y me dolía que fuera así. Cuando no escuchaba. Cuando sólo lo hacía porque tenía miedo de perderlo.

Sin embargo, era verdad. Estar en su posición me hizo entender. A veces no podemos ayudar a alguien más por más que lo queramos si simplemente no estamos bien nosotros mismos.

Y verlo en esta posición me hizo darme cuenta de que definitivamente fue, es y será siempre el pilar más grande de mi vida.

Estuve unos segundos en su habitación, viéndolo respirar, tomando su mano. Deseando que abriera los ojos. Que se moviera. Qué sé yo, lo que fuera. Necesitaba eso, verlo ser.

Pero no pude más, cada segundo que pasaba sentía que me invadía el miedo de que nada de eso ocurriera nuevamente. Verlo así me dolía.

Dejé su mano sobre la cama y me incliné para darle un beso en la frente. Como lo hacía él antes de que nos fuéramos a dormir Samantha y yo cuando éramos niños.

Al salir de la habitación, vi a Samantha en el pasillo. Estaba sentada en el suelo con las piernas abrazadas sobre su pecho. Tenía la cabeza agachada.

Me puse de cuclillas frente a ella y toqué su hombro, reaccionó deprisa y se lanzó hacia mis brazos. Tuve que componerme y estabilizarme en el momento. Me abrazó con fuerza y hundió su cara en mi cuello. No estaba llorando, pero probablemente quería hacerlo, sólo que estaba aguantándose.

—Allison venía a verme para que no estuviera sola —dijo con la voz quebrada—. Y nos ayudó, ella sólo nos ayudó sin tener por qué hacerlo. Y… y ahora está así por nuestra culpa.

La separé un poco de mí para poder verla a los ojos y le retiré un mechón de cabello de la cara.

—Si ella te escuchara decir eso, se enojaría. Y diría que está con nosotros porque quiere.

—Ella nunca se enoja —me dedicó una sonrisa triste—, pero probablemente sí diría eso.

—Así es. Es muy terca.

—La quiero mucho —murmuró, dejándose caer de nuevo en la pared—. Siempre se preocupaba por todos.

Asentí con tristeza y me senté a su lado, imitando su posición.

—¿Cómo es que se fijó en ti? —soltó de repente, como si fuera algo que siempre se hubiera preguntado—. Ella es puro amor y tú pareces un viejo amargado.

Era la segunda persona que me lo decía. Tal vez sí tenían razón.

—No lo sé —sonreí—, siempre me pregunto lo mismo.

—Pues está claro que no fue por tu humor —ironizó, rodando los ojos—. Aunque me alegra que se conocieran, desde que estás con ella sonríes más.

—¡Siempre sonreía!

—Oh, sí, como cuando… Y esa otra vez que…

Le puse mala cara.

—Claro, como tú siempre cargabas cara de boba enamorada por ese idiota de Nathan.

No lo había visto y tenía suerte, el inútil. Le pedí una sola cosa y no pudo hacerla bien.

—No era por Nathan, era porque yo sí estaba disfrutando la vida —dejó caer su cabeza en la pared y me miró de reojo con una mueca de reproche—. Nunca aceptaste unirte a Aaron y a mí cuando bailábamos en mi habitación.

Enarqué una ceja. ¡Yo bailando! Era más probable ver a una vaca volando.

—Parecían locos. Principalmente cuando tú hacías eso —la señalé y moví mis dedos en círculos—, con tu cabeza. Casi se te salía.

—Estábamos viviendo y sintiendo la canción —dijo con diversión—. Tú sólo te quedabas ahí, viéndonos con mala cara.

Cuando Samantha estaba muy feliz, nos encerraba en su habitación para poner música a todo volumen y bailar. Y no bailaba con ellos porque no sabía cómo moverme y no quería parecer serpiente en agonía. Así que sólo les ponía mala cara para mantener mi reputación de odiar a todos.

Negué con diversión. Cuando no me veían, sonreía. Se veían felices y yo era feliz por verlos así.

La próxima vez bailaría con ellos.

Pero bueno, debía seguir con mi papel de odiar a todos.

Enarqué una ceja, viéndola con ironía.

—¿También estabas "sintiendo" la música cuando te descubrí cantando a todo pulmón esa canción…? No sé cómo se llama. Con la que casi te ahogabas con tus lágrimas.

—Era "Heather" de Conan Gray —levantó su dedito índice y me apuntó de forma amenazante—. Y me acababan de engañar… con mi mejor amiga.

Rodé los ojos y ella bufó.

—Y ahorita que me acuerdo, sólo me miraste feo y te fuiste.

—No iba a cantar contigo —dije con obviedad—. A mí, por suerte, no me han sido infiel. Supe elegir.

—No, tú tuviste suerte de que Allison te eligiera.

—Ya no seas envidiosa. Tengo mejor gusto que tú —bromeé, bueno, no bromeé, sí tenía mucho mejor gusto que ella.

Nathan no sólo era un imbécil, sino que era un inútil.

—Pues sí que tienes —bufó Sam—. Cuando despierte, le voy a decir a Allison que te deje y se quede conmigo.

¿Perdón?

Enarqué una ceja con mala cara. Nuestro amor de hermanos tenía un límite.

—¿Qué te hace creer que me va a dejar?

Ignoremos el hecho de que Allison dijo que Samantha era su favorita de los tres.

Levantó una ceja con una sonrisita.

—¿Celoso?

Bufé.

—Ella sí tiene buen gusto.

—Ya. Prometo invitarte a nuestra boda —soltó divertida.

—Ups, olvidé invitarte a la nuestra —levanté mi mano para mostrarle el anillo blanco de plástico sobre mi dedo anular—. Es MI ESPOSA.

Sonreí triunfante cuando ella abrió los ojos de par en par.

—¡¿Le propusiste matrimonio?! —exclamó con sorpresa.

Negué con la cabeza.

—No. Me casé con ella.

—¿Tú? —tomó mi mano y vio el anillo—. ¿Tú hiciste algo lindo y romántico?

—¡Soy romántico! —exclamé, indignado.

Claro que lo era. SIEMPRE, con Allison. Sólo con ella. Era obvio. Si lo fuera con alguien más, eso estaría mal.

Samantha me vio con una mueca de asombro.

—Pero si pones mala cara cada que escuchas una canción romántica.

—Eso no quita que puedo ser romántico.

Bufó, dejando de cotillear en mi mano.

—Hubiese pagado lo que fuera por verte haciendo esto.

Rodó los ojos.

—Sí, bueno, pero que te quede claro que es MI ESPOSA.

—Ya. Ya —levantó las manos en señal de rendición—. No voy a romper tu matrimonio. Aunque si lo intentara, lo haría.

—Ya quisieras.

—No seas celoso, sabemos que sí.

Resoplé con diversión y Samantha esbozó una sonrisa, dejando caer su cabeza en mi hombro.

Pasó eso que ocurre de pronto. El silencio inundó todo. Sólo se escuchaban algunas voces lejanas. Pitidos de monitores. Uno que otro ruido. Ambos nos quedamos sentados con la espalda en la pared, viendo las dos puertas frente a nosotros. En completo silencio. Todo regresaba siempre por más que intentáramos ahuyentarlo.

—¿No vas a entrar a verla?

—No sé si pueda —confesé—. No quiero verla así.

—Tampoco quiero ver a Aaron así. Crees que... ¿Deberíamos entrar?

—No lo sé —murmuré, el nudo en mi garganta estaba creciendo.

—¿Crees que se enojen?

—Allison nunca se enoja —le recordé sus propias palabras—. Aaron probablemente haga una rabieta porque dirá: "¿No me quieres lo suficiente como para haber ido a verme?".

Ambos nos reímos, aunque sonó más como un resoplido. Costaba siquiera soltar una risa entre tanto dolor. Y ya no sólo era dolor, sino tristeza, cansancio, abatimiento... Estábamos en ese punto muerto de espera, con un sinfín de emociones meciéndose y haciendo estragos en nuestras cabezas necesitadas de buenas noticias.

—Sí que lo haría... —soltó con un tono divertido pero triste—. ¿Se... se ve muy mal?

Tensé la mandíbula, sin saber qué palabras eran las adecuadas.

—Se ve como él, pero más pálido —intenté sonar positivo—. ¿Allison se ve bien?

—Se ve como ella, pero... pero más pálida.

Apreté los ojos y sentí que mi cuerpo perdió un poco más de oxígeno en cuanto noté que no decía la verdad. El recuerdo fugaz de su rostro con moretones me hizo hervir la sangre.

Jaden iba a pagar por eso. Connor se había encargado de él después de que salí de la casa. No podía morir así como si nada. No después de lo que nos hizo a nosotros, a Allison, a Daniels. Merecía sufrir por lo que habíamos vivido.

Miré la puerta frente a mí y tomé aire. Sabía que debía verla ahora. Aunque mi cuerpo temblara por esa idea. Sabía que podía pasar.

—Voy a entrar —le dije a Samantha, poniéndome de pie.

Asintió y me imitó.

—Yo entraré a ver a Aaron...

Asentí, la acerqué a mí para besar su frente y después limpié la lágrima que descendía por su mejilla. Era involuntario, como si el dolor fuera demasiado y buscara escapar en forma de lágrimas. Lo sabía porque yo también lo sentía así.

Esta vez Samantha tardó más en entrar a la habitación. Esperé a que lo hiciera, por si se derrumbaba ahí. Por si necesitaba escuchar que no era forzoso que lo hiciera. Que Aaron lo entendería. Pasaron casi dos minutos hasta que tomó aire y colocó la mano en la manija para girarla.

Apenas vi esa acción, mi cuerpo soltó un flashazo y tomé su brazo para detenerla.

Debía de hacer esto. Atarme a mí mismo para cumplirlo después.

Estiré mi meñique y lo puse frente a ella.

—Te prometo que, si algo pasa, no me voy a volver a cerrar con ustedes —completé la promesa que no había podido hacer minutos antes.

Samantha sonrió o eso intentó. En ese momento, cada promesa se sentía como una aceptación de algo malo.

Estiró su mano y atrapó mi dedo meñique con el suyo.

—Gracias.

Esta vez no lo dudó. Se dio la vuelta y entró. En cuando desapareció su espalda por la puerta, acepté que yo también debía reunir mis propias fuerzas para hacer lo mismo.

Me quedé frente a la puerta. Justo un poco atrás de Minni. Pensé en meterla para que la viera, pero podía ser perjudicial para Allison, así que desistí.

El mundo es enorme. Tan enorme como la posibilidad de no haber conocido a Allison nunca. Tal vez hubiera sido mejor. Tal vez ahora no estaría al borde de la muerte. Tal vez ella hubiera sido feliz, al fin y al cabo, por más que no me agradaban, Jess y Nathan eran buenos para ella.

Y a pesar de todos esos "tal vez", el egoísmo rondaba en mi cuerpo al verla sonreírme. Al recordar sus propias palabras.

—¿Cuando no sonreías, hace años, eras feliz?

—No.

—¿Ahora sonríes más?

—Sí.

—¿Eres feliz?

—Mucho más que antes, sí.

Aunque miento. Si tuviera la oportunidad de sacarla de esto, lo haría sin dudarlo. Ahora ya no podía. Estaba clavada hasta el último hueso de mi cuerpo, y yo estaba en el suyo. Estaba aquí y el tiempo no se podía regresar.

Coloqué mi mano en la manija y la giré. Algo golpeó mi garganta y ahí, sin más, comencé a llorar. Las lágrimas salieron una tras otra, sin parar, traicionándome cada que pasaba mi mano por mis mejillas y ojos, limpiándolas y queriendo detenerlas.

Verla fue como tener un choque de emociones. No sabía si estaba feliz o triste de estar ahí con ella.

La luz blanquecina de la habitación se opacó sobre ella, y ahí estaba.

Su color de piel estaba fuera de su cuerpo. El rojo característico de sus mejillas había sido remplazado por un tono casi fantasmal. Sus labios estaban amoratados y heridos. Su frente y pómulos tenían pequeñas rajaduras. Su ojo izquierdo estaba entre verde y morado.

Mis rodillas temblaron y no fueron capaces de sostener mi peso al verla así, tan lastimada. Caí de rodillas a un lado de su cuerpo.

Quise decirle que lo lamentaba, que esto era mi culpa, que nunca quise meterla en esto, pero me tragué esas palabras que ardían agonizantes sobre mi garganta y la punta de mi lengua al imaginar cómo frunciría el ceño. Cómo se enojaría. Porque sí lo hacía. Con ternura y pasividad, pero lo hacía. Me recordaría que estaba aquí porque quería. Que nadie la había obligado a hacer nada.

Tomé su mano; moría por sentir su cuerpo caliente. Lo estaba, aunque no como siempre.

Mis dedos la tomaron suavemente. Lo que menos quería era lastimarla.

—Vas a estar bien —murmuré, besando su mano—. Porque tú eres muy fuerte. Siempre has sido fuerte, aunque no lo creas.

Las palabras salían intercaladas con sollozos que me quebraban la voz. Sentía el sabor salado de mis lágrimas recorriendo mis labios.

—No puedes dejarme porque juraste que estarías conmigo, que formaríamos una familia. Minni está afuera, esperándote. Yo estoy aquí. Yo siempre voy a estar aquí para ti.

Se lo había jurado. Le había jurado estar para ella. Y lo iba a cumplir. Iba a hacerlo. Pero necesitaba que ella también lo hiciera.

Me puse de pie y me acerqué a ella para besar su frente. Mis labios permanecieron ahí, queriendo grabarse la textura de su piel. Su aroma suave no tenía comparación con ningún otro olor que conociera, porque era sólo suyo y persistía en ella a pesar de todo el olor a antiséptico de la habitación.

—Vamos, cariño. Un último esfuerzo. No puedes irte. No así. No mereces esto. Tú menos que todos.

Me separé de ella y enjugué las lágrimas que habían caído de mi rostro al suyo.

—Te amo. Por favor, necesitas escucharlo y no así. Te prometo que te voy a preparar todos los macarrones con queso que quieras —murmuré con una sonrisa triste. Eso la hubiera animado, era su comida favorita y cuando la comía, se ponía más feliz—. Incluso me aprendí toda la canción de "Estrellita, ¿dónde estás?" para ti. Sólo... despierta, aquí estaré esperándote, junto a Samantha, a Minni, a Jess y Nathan. Junto... a Aaron. Tienes a muchas personas que te quieren. No estás sola. Ya nunca más vas a estar sola.

Tomé su mano y la puse sobre mi corazón, porque sabía que eso la tranquilizaba. El latido desenfrenado se amortiguó bajo su tacto. Luego coloqué mi mano sobre su corazón. Latía con normalidad. Eso demostraba que estaba viva.

Un momento que cambia todo.

Su mano se apretó con fuerza sobre mi camisa y, antes de que pudiera sentir un gramo de alegría por su movimiento, un pitido agudo y descendente llenó el lugar. El color verde de su monitor de signos vitales cambió a rojo, y las líneas constantes se volvieron cada vez menos visibles. Su espalda se levantó en espasmos, todo en un segundo.

Reaccioné como un demente al borde de la histeria y salí disparado hacia afuera de la habitación. No recuerdo haber escuchado mi propia voz cuando pedí ayuda, pero mi garganta desgarrada era testigo de que sí lo había hecho.

Mi cuerpo en trance colapsó de miedo cuando Samantha salió de la habitación de Aaron empujada por una enfermera. Pasó gente a mi lado, corriendo a las habitaciones de Allison y Aaron al mismo tiempo.

Y antes de que la voz distante de una enfermera nos pidiera que nos retiráramos, lo miré. El entumecimiento de mi cuerpo drenado de toda sensación provocó que lo viera sin sentir nada. Los espasmos de Aaron eran más violentos.

Su cuerpo estaba entrando en *shock* al igual que el de Allison.

La puerta se cerró, privándome de la vista, y mi cuerpo chocó con el de Samantha, que se aferró a mí con tanta fuerza que sentí que me iba a romper. O tal vez ya lo estaba.

Un momento. Un momento cambió todo.

Cerré los ojos. El mareo se volvió constante. Así es como responde un cuerpo lleno de adrenalina que se quiebra de un solo golpe. Simplemente busca recuperarse. Agradecí a no sé quién en el último momento cuando todo se volvió negro. Porque la negrura se volvió un recuerdo. Allison y Aaron juntos, sonriendo.

Y después mi cuerpo simplemente huyó de todo, sucumbiendo.

Un momento que en mi recuerdo sería negro, pero que, al despertar, significaría un cambio radical.

Perdí la conciencia y me dejé vencer por todo.

"Eres la única a la que no puedo perder.
Nadie me ama como tú.

Desde que te conocí,
todos los días oscuros parecen brillar un poco más".

("Like You Do" - Joji)

La muerte

No eres capaz de reaccionar.
No eres capaz de pensar.
No eres capaz de moverte.
El oxígeno abandona tu cuerpo.
La idea golpea tu cabeza una y otra vez en un bucle que se vuelve una tortura.
Es el fin.
Ése fue el fin de todo.
Tan amargo como todo el proceso.
Tan doloroso como fue llegar a él.
La Muerte se vistió de negro.
Fúnebre y despiadada, llegó al lugar. Caminó entre los pasillos, oliendo a aquellos que ya le pertenecían.
La Muerte tocó la puerta.
Con un toque elegante y propio de ella, repitiendo aquel proceso que conocía a la perfección.
La Muerte no lo dudó.
Se llevó lo que quería llevarse. Dejó lo que quería dejar y, sin más, abandonó el lugar, triunfante.
La Muerte dejó su esencia plasmada.
Dejó atrás un rastro de llantos. Corazones rotos. Personas destrozadas.
Pero fiel a su benevolencia, dejó un regalo.
Un comienzo cimentado en el dolor y en trozos de personas que estaban intentando reconstruirse.

Dejó un:

14

Nuevo comienzo

Eiden Blaken

Mis nudillos crujieron por el impacto seco de mi puño contra su abdomen.

Los quejidos que escapaban de su boca eran ahogados por la mordaza que tenía puesta.

Su posición lo dejaba expuesto e indefenso. Tenía las manos atadas por encima de la cabeza y su cuerpo colgaba. Sólo estaba sostenido por sus muñecas, destrozadas por los metales que lo mantenían suspendido. No tenía la capacidad de defenderse. Ni de pedir ayuda. Simplemente estaba dejado a nuestra suerte.

Así como estuvimos a su suerte. Jaden estaba a la nuestra.

Así como nos destrozó. Así lo íbamos a destrozar.

Al principio era placentero escucharlo tragarse cada jadeo, gruñido y grito de dolor, para después de todos sus esfuerzos romperse. Pero comenzó a hablar y me harté de escuchar su voz, así que le cerré la boca con una mordaza.

Las vendas de sus piernas estaban bañadas en sangre seca por todos los disparos que le habíamos dado cuatro días antes y por la sangre fresca que aún escurría de su abdomen y su cara.

Connor le había puesto las vendas para que no se desangrara y muriera. Aún no podía hacerlo. Todavía tenía una deuda pendiente.

Estaba sin camisa, con el abdomen lleno de moretones, sangre, cortes superficiales y una o dos costillas fracturadas.

Su cara tampoco estaba intacta. De hecho, se había llevado un par de golpes. Bueno, un par no. Muchos. Tenía el pómulo roto. El otro estaba hinchado, tanto que parecía una bola de billar morada sólo que un poco deforme. Su nariz estaba fuera de su lugar, sus labios estaban partidos y, al parecer, tenía un poco torcida la mandíbula, aunque no estaba muy seguro, porque no me había detenido mucho a verlo. Ése había sido Connor. Podría jurarlo.

A mí no me gustaba verle la cara. Prefería usarlo como saco de boxeo para descargar toda la mierda que tenía en la cabeza.

No me sentía bien. Llevaba cuatro días sintiendo que, por momentos, mi cuerpo pesaba toneladas y que una neblina negra se instalaba en mi cabeza, robándome la claridad.

Y cuando eso pasaba, venía aquí. Porque aquí terminaba todo. Esa neblina, ese peso y esas ansias eran por él. Por Jaden. Verlo respirar, moverse, hablar. Verlo ser no me dejaba descansar.

Lo necesitaba muerto para poder sentir que ya nada estaba a la suerte. Que ya todo había terminado. Que él ya no podría hacerles daño a mis seres queridos.

Dalia, su hermana, la persona que trabajaba para él dentro del hospital y que había drogado a Allison con sedantes, ya estaba muerta. Sólo faltaba él.

Su muerte era el fin de todo.

—Creo que se está ahogando.

Me giré hacia Connor, que apuntaba hacia Jaden con un semblante de asco. La mordaza estaba bañada en sangre, haciendo que el líquido viscoso escurriera por su barbilla y goteara hasta su pecho.

Puse mala cara por el aspecto que tenía. Y porque ya estaba comenzando a toser con fuerza. Su respiración fúnebre parecía la antesala de su agonía. Su cuerpo se agitaba con tanta violencia que creí que en algún punto sus costillas fracturadas iban a enterrarse en su piel o en algún órgano.

Me acerqué a él y, de un tirón, le quité la mordaza. Ni siquiera alcancé a reaccionar cuando me escupió la sangre en la cara. Buscaba con desesperación aspirar aire. Se estaba atragantando, el hijo de puta.

—Retén tus malditos líquidos o a la próxima dejo que te atragantes —mascullé, acercándome a una pequeña mesa que estaba dentro de la habitación.

El bufido que soltó me hizo apretar los puños para aguantar las ganas de girarme y molerlo a golpes.

—Tu humor es... tá de la mierda últimamente... —pronunció entre quejidos, porque ya se le dificultaba poder hablar. Apenas y le sobraban fuerzas para eso—. Y a todo esto... ya me piensas decir cómo est...

Tomé un pañuelo y me limpié el rostro mientras me giraba y contemplaba cómo Connor le arrebataba las palabras de la boca, sustituyéndolas por un alarido de dolor. En cuanto las manoplas de acero que tenía en los nudillos entraron en contacto con la piel de Jaden, un chorro de sangre brotó de su cara.

Jaden escupió la sangre en el suelo e ignoró a Connor. Me miraba fijamente a mí. Ni siquiera había rastro de remordimiento o de arrepentimiento en su rostro. Sus ojos azules se veían huecos, profundos, muertos. No había nada más en ellos, salvo diversión, ese atisbo de placer por ver hasta dónde había sido capaz de arrastrarnos.

Se relamió los labios, bañados en sangre, tan rotos e hinchados que habían perdido su forma, y con la mayor sonrisa petulante me dijo:

—Así le azoté la cara a tu puta contra una mesa.

Respiré con tanta fuerza por mis fosas nasales que sentí que el aire que entraba estaba envuelto en llamas. No dejaba de provocarme, de burlarse de lo que había hecho. Tentaba su suerte. Realmente parecía que quería acabar con ella, porque esperaba resquebrajar mi autocontrol y que eso me impulsara a matarlo.

Sin embargo, no lo iba a hacer por más que quisiera. Y probablemente, aunque lo intentara, Connor me lo iba a impedir.

Lo hizo hacía tres días. Hacía tres días estaba dispuesto a romperle el cráneo a golpes hasta que dejara de respirar.

Arrojé la toalla empapada de su sangre a la mesita y tomé una jeringa llena de un narcótico.

Caminé hacia él y sentí cómo mis músculos se volvían de piedra a cada paso que daba. Definitivamente, cada vez me costaba más respirar el mismo aire que él. Más por esa sonrisa que no podía quitarle. Parecía anormal, tétrica, con todas las facciones hinchadas. Parecía un muerto, pero ahí estaba. Burlándose de todo lo que había hecho, sin remordimiento alguno. Nunca se iba a arrepentir.

—Tuviste que haberla escuchado llorar mientras la tenía así —escupió con diversión—. Ni siquiera pudo defend...

Corté las palabras de su boca en el momento en que tiré de su cabello con fuerza, flexionando su cuello hacia atrás. No le quité la puta sonrisa, ni siquiera cuando la jeringa le atravesó la yugular. No iba a matarlo, sin embargo, el narcótico lo iba a volver susceptible a los estímulos exteriores. Además, ahora iba a sentir en su interior el mismo dolor de sus extremidades. Lento. Todo iba a ser lento. En algún punto no sólo iba a desear estar muerto, sino que iba a rogar por ello.

Me miró con diversión, como si estar así realmente lo fuera para él.

—¿Cómo está Allison? —siguió como si nada—. ¿Sobrevivió? ¿O la perra se murió?

Sentí cómo mi mandíbula tronaba con fuerza por la tensión que estaba intentando apaciguar. Sí, el cabrón sabía cómo tentar mi maldito autocontrol.

Me costó segundos encontrar mi voz y poder decir algo.

Me acerqué a su oído y sentí cómo comenzaba a arrancarle el cabello de raíz por la fuerza con la que estaba tirando de él. Sonreí cuando me di cuenta de que el hueso de su cuello estaba cediendo. Si presionaba más, lo rompería; si presionaba más, lo mataría.

Comenzó a agitarse con violencia en cuanto el narcótico empezó a hacer efecto. Su tráquea iría cerrándose cada vez más, impidiéndole el paso normal del aire. Sólo le dejaría el espacio necesario para respirar. Sin embargo, al sentir la fuerte opresión, su instinto de supervivencia lo hacía querer tomar mucho aire y todo de golpe.

—Te dije que, si la tocabas, te iba a matar. Y si no lo he hecho aún es porque primero te voy a matar en vida —mascullé. El desdén y la ira se acentuaban en mis palabras contundentes, que salían de mis labios como dagas dispuestas a matar—. Pero te juro que, si vuelves a hablar de Allison, le voy a hacer la misma mierda a tu mujer. Tu puto hijo va a quedar huérfano.

Permaneció estoico por unos segundos. Su pecho subía y bajaba de forma cada vez más pausada mientras se acoplaba al ritmo de su nueva respiración. Ni siquiera estar al límite lo volvía más cuidadoso con sus palabras. Soltó una risa, que se oyó más como un respiro atragantado.

Quería matarlo. ¡Carajo! Me hervía la sangre como si estuviera en el puto infierno de sólo escuchar su maldita risa.

—Deberías de cambiar tus amenazas por unas más creíbles —se mofó de la veracidad de mis palabras—. Nunca serías capaz de last...

—No me retes y no juegues con tu maldita suerte, Jaden. Tengo un puto límite y lo cruzaste cuando tocaste a Allison. Te juro que no sabes de lo que soy capaz cuando se trata de ella.

—Tuviste que haber pensado en eso antes de meterla; fue tu culpa. Tú la metiste aquí.

—Y tú metiste aquí a tu hijo, a tu mujer, a Dalia —le aseguré—. Dalia está muerta, ¿con quién quieres que siga, con Eleonor o con Jonathan?

—¿Qué quieres? —preguntó con gracia—. ¿Reunir en el infierno a mi familia con la tuya? ¿Qué? ¿Aaron y Allison no sobrevivie...?

Sentí que mis venas iban a explorar de ira y lancé mis manos a su cuello para cortarle el flujo de aire. A ver si así le quedaba claro quién estaba en las manos de quién.

Su vida dependía de mí. De mis movimientos. De cuánto presionaba. Siempre había alardeado de su capacidad para doblegar a los demás con dolor y miedo, quebrando y manipulando la voluntad de las personas a su antojo. Pero ahora era él quien estaba al borde, arañando con desesperación sus límites.

Se retorció y comenzó a jalar aire como un loco mientras mis dedos le apretaban el cuello casi en un afán de rompérselo.

—Vuelve a decir una maldita cosa de Aaron o de Allison y te juro que voy a hacer que te tragues cada palabra mientras mato a tu mujer.

Las palabras quedaron suspendidas en el aire. No hubo titubeo, no hubo ni una maldita duda: era una jodida amenaza. Él podía jugar con su vida todo lo que quisiera porque, en silencio, anhelaba morir para poder detener todo lo que le estábamos haciendo. Ni siquiera había tenido un descanso de más de dos horas. Si no lo estaba golpeando Connor, lo estaba haciendo yo. Pero por más que quisiera creerlo, por más que se aferrara a la idea de que no iba a lastimar a su mujer o a su hijo porque eran inocentes, no podía estar seguro. Nada se lo aseguraba.

Su cuerpo estaba tan jodido que estaba seguro de que su cabeza ya estaba comenzando a perderse en su dolor. Dicen que cuando estás al borde de la muerte, no puedes dejar de pensar en lo que fue tu vida, en las personas que quisiste y dejarás. Y Jaden ya estaba más muerto que vivo.

Y ese recuerdo constante de su familia, y de que la iba a dejar a su suerte, iba a ser su tortura hasta el final. Él lo sabía. No podía arriesgarse a tirar de las cuerdas sin sufrir las consecuencias, porque si las había, iban a darle donde más le dolía.

Hacía tres días casi lo mataba en un ataque de cólera que había tenido. Me sentía inestable, y él sabía que no podía arriesgarse a que volviera a caer ahí, porque desconocía cómo iba a reaccionar esta vez. Para Jaden, los genes lo permeaban todo, la forma en que nos criamos, en que vemos el mundo, en lo que nos convertimos al alcanzar y quebrar nuestros propios límites.

Yo sabía que nunca lastimaría a alguien inocente por placer, sin embargo, en algún lugar de su cabeza distorsionada, Jaden creía que, en cualquier momento, me iba a convertir en él. En Amelia. En lo que "había en mi sangre".

Y si lo creía entonces debía comenzar a considerar seriamente mis amenazas. Su vida y la de su maldita familia pendían de un hilo. Una palabra podía joderlo todo.

Mis manos abandonaron su cuello y ni siquiera le di tiempo a que sus pulmones tomaran el aire que buscaban con desesperación. Mi puño se lanzó con tanta violencia sobre su rostro que sentí que se me habían jodido los nudillos con ese golpe.

No me detuve.

Su rostro se contrajo de dolor con cada puñetazo que le daba. Uno tras otro, provocando que la habitación se llenara con los sonidos de su cráneo a punto de quebrarse por la fuerza de mis golpes.

Quería matarlo. Quería joderlo hasta que no pudiera ni siquiera ser alguien funcional.

La sangre que escurría por su cara se volvió una cascada. Por un momento, dejé de sentir que mi cuerpo y mi cabeza me pertenecían. No podía detener cada maldito golpe, nunca iba a ser suficiente, Jaden merecía más. Merecía convertirse en nada mientras estaba vivo.

Le di un golpe en la mandíbula y solté un gruñido de desesperación y furia cuando sentí cómo Connor tiraba de mí con fuerza hacia atrás, haciéndome trastabillar.

—No puedes matarlo —me advirtió—. Aún no.

—Ya lo sé —grité—. No iba a hacerlo.

Me tensé, no sé si anhelante o desesperado, cuando Connor se acercó a Jaden y le checó el pulso.

—Está vivo —masculló—. Pero casi lo matas, deb...

—Bien —corté su sermón de siempre sobre no matarlo. No aún.

No dije nada más, no quería hablar. Debía calmarme antes de ir al hospital. No podía ir así. Miré mis manos ensangrentadas y le eché un último vistazo al cuerpo flácido de Jaden. Su cabeza jodida y bañada en sangre caía hacia atrás. Estaba inconsciente.

* * *

Odiaba el hospital.

Odiaba tener que adentrarme por los pasillos para llegar a su habitación.

La luz era demasiado clara. El olor a antiséptico era tan fuerte que sentía que me quemaba las fosas nasales. El silencio parecía el de un sepelio. Y el ruido punzante, agudo y constante de algún monitor era lo único que demostraba que el lugar no estaba abandonado.

Ese maldito sonido me torturaba la cabeza. De pronto podía ser constante, a veces largo y después volvía el silencio.

Respiré con fuerza cuando abrí la puerta de la habitación. No me gustaban estas condicio...

—¡Esa gelatina era mía! —la voz de Aaron me dejó con medio paso al aire.

Me detuve para ver la escena frente a mí. Dios. Siempre era lo mismo cuando se trataba de las gelatinas.

—¡No es cierto!

—Estaba de mi lado.

—No, de tu lado estaba la de naranja. La mía era la de limón.

—No, no, la mía era verde. Yo vi cuando la enfermera la puso ahí.

—No, yo no sé. La de limón es mía. Y ya me la estoy comiendo, ven a quitármela y te acabo de rematar, coladera.

—¡Allison!

Aaron se giró para verme. Estaba enfadado y apuntó con el índice hacia Allison, que se había sentado en el borde de su cama con media cucharada de gelatina en la boca.

—Dile a tu saco de boxeo que me dé mi gelatina —me dijo, molesto—. La mía era la de limón y ya se la está comiendo.

—Dejen de...

—¡No me llames saco de boxeo! —me cortó Allison, indignada, viendo a Aaron con el ceño fruncido.

—¡Si tú me llamas coladera, yo te voy a llamar así!

Qué apodos tan horribles se habían puesto. Había empezado Aaron, pero al ver que Allison también le puso un apodo igual o peor, ya no le dio tanta gracia.

Allison rodó los ojos, restándole importancia al asunto, y se metió una cucharada de gelatina en la boca. Casi se la estaba restregando en la cara. Bueno, no casi, la sonrisa que le lanzó mientras clavaba la cuchara en su gelatina confirmaba que lo estaba haciendo.

Y eso pareció indignar más a Aaron, que le puso mala cara hasta que vio la otra gelatina en la mesita y la tomó con una sonrisa maliciosa.

Ay, no.

Conocía esa sonrisa. Era la segunda vez que la veía en esta misma situación y sabía a dónde iba a parar. Así que apresuré mis pasos y me abalancé para cerrar la cortina que separaba sus camillas, justo a tiempo para ver cómo un trozo de gelatina manchaba la cortina.

—¡Eiden!

—No van a volver a pelear con las gelatinas —le advertí—, porque el que lo tiene que limpiar después soy yo porque ustedes están cansados.

Hacían desastres y después se excusaban en sus estados de salud para no arreglarlos.

—Uy —soltó Aaron—. Qué delicado.

Rodé los ojos y le lancé una mirada de reproche a Allison.

Ambos estaban bien.

Esa noche en que los dos entraron en *shock* por la toxina, los sometieron a una cirugía y pasaron la noche en revisión. Estuvieron en coma inducido por dos días mientras se estabilizaban y apenas hacía menos de cuarenta y ocho horas Allison había despertado. Aunque estuvo sedada por un par de horas más para que su cuerpo se acoplara poco a poco. Aaron se había despertado hacía treinta y seis horas. Los habían trasladado a la misma habitación, sólo dividida por una cortina corrediza. Todavía seguían débiles. Se veían un poco pálidos y no podían moverse mucho. Bueno, cuando les convenía, porque en otras ocasiones se les olvidaba el dolor y parecían niños pequeños peleando hasta por el control de la tele.

Les habían permitido caminar dentro de la habitación para que sus cuerpos no se entumecieran y, según la enfermera, para que no se hicieran flojos.

Sin embargo, ambos se aprovechaban de Samantha, Jess, Nathan y de mí para tenernos de sirvientes para cualquier cosa que quisieran.

Sí, fui a las tres de la madrugada a conseguir un chocolate para Allison a un supermercado porque la señorita quería de una marca en especial.

Y Aaron me mandó una hora después por un paquete de galletas.

No se movían para nada más que para ir al baño y pelearse las gelatinas que dejaba la enfermera en la mesita de en medio que compartían. La de limón era su favorita, pero la enfermera siempre traía sólo una de ésas, hasta parecía que lo hacía a propósito.

Me crucé de brazos y Allison me lanzó una sonrisita.

—¿Qué te dije? —le reclamé.

No suavicé para nada mi expresión pese a que me dedicó una sonrisa inocente. Sus mejillas se habían enrojecido levemente por lo avergonzada que estaba.

—Que ya no me parara a pelear la gelatina con Aaron.

—¿Por qué?

—Porque a veces nos ponemos agresivos y nos empujamos.

—¿Y qué te encontré haciendo?

—Peleándome con Aaron —susurró, jugando con la envoltura de su gelatina—. ¡Pero sí era mía!

—¡Falso!

—¡Cállate, Aaron! —le gritamos al unísono.

—Te pudiste haber lastimado —la regañé, acercándome a ella—. Apenas y puedes moverte bien.

Ella abrió la boca indignada.

—¡Sí puedo moverme!

—Ayer tuvieron que anestesiarte porque no soportabas las heridas de tu espalda.

Hizo una mueca de desagrado. No le gustaba que le recordara eso y a mí tampoco me gustaba recordárselo, pero debía entenderlo. Jaden no sólo la había cortado, el bisturí con el que lo había hecho estaba bañado en veneno. Y eso le había causado quemaduras.

—Eso fue en la mañana —susurró, agachando la cabeza y dejando caer sus hombros con pesadez—. Ya no me duele mucho.

Hizo una pequeña mueca de dolor por la tensión de la piel de su espalda, y a pesar de que intentó ocultarla, sí me percaté de ella. No me gustaba verla así.

—Ven —la tomé de la parte trasera de sus rodillas y abrí sus piernas para meterme entre ellas.

No podía abrazarla con libertad. Tenía miedo de lastimarla; todo su cuerpo estaba lesionado. Apenas estaban disminuyendo los golpes de su rostro. Su ojo izquierdo seguía de un color entre verdoso y amarillento. Las pequeñas cortadas estaban cicatrizando. Tenía moretones más pequeños en toda la cara. No la había revisado detenidamente, pero sabía que estaba malherida.

Por más que intentara negarlo u ocultarlo no podía evitar demostrar que estaba en proceso de curación y que mucho de su cuerpo seguía sin sanar. Se quejaba, hacía muecas, y cuando creía que nadie la veía, sollozaba o lloraba.

Tomé su nuca y, con suavidad, la estreché contra mi cuerpo para mantenerla segura. Su reacción fue inmediata y me abrazó, hundiéndose en mi pecho. Era ella la que me abrazaba, eran sus brazos los que se aferraban a mi espalda y me pegaban a ella como si tuvieran una cinta superadherente.

Yo sólo estaba ahí, sin la capacidad de hacer nada... No podía quitarle el dolor, no podía abrazarla, no podía hacerla que olvidara todo lo que había pasado, no podía hacer nada más que esperar a que se recuperara. Y eso dolía como si me estuvieran martillando el corazón.

Cerré los ojos con fuerza, enojado conmigo mismo, cuando un impulso estúpido me hizo querer pasarle los brazos por los hombros para sentirla más cerca. No podía. No sin lastimarla. Tal vez no tenía una herida ahí, pero sí le dolía el cuerpo.

—No me gusta cuando te vas —murmuró, separándose de mí y mirando de reojo mi mano en su hombro. La quité deprisa cuando noté que se veían las marcas moradas en mis nudillos—. Ya no te vayas.

Sonreí, acariciando sus mejillas.

—Ya no me voy a ir.

—¿Lo prometes?

—Sí, pero...

—No —la muy malvada sacudió la cabeza, divertida, cuando notó adónde quería llegar con mi "pero".

—¡Allison!

—No te voy a dar un beso.

Por el amor de Dios. Eché la cabeza hacia atrás y solté un bufido cansado. ¿Alguien podía detener este sufrimiento?

—Ya pasaron dos días —dije de mala gana.

—Te dije que iba a ser una semana —me recordó—. No es cuando tú quieras.

—Estabas más drogada por los sedantes que nada. No te iba a besar así.

Enarcó una ceja y se separó completamente de mí para meterse en la cama. Sus movimientos eran lentos y pausados. Sonreí cuando tomó su mantita y se acostó de lado, tapándose hasta sólo dejar sus ojos descubiertos.

Ahora ésa era su forma de quitarse el frío. Cubrirse como si no hubiera un mañana y quejarse de que odiaba los hospitales. Antes yo la hubiera abrazado, pero en este momento no se podía.

—Sabes bien que no es únicamente por eso —me dijo, observándome detenidamente.

—Ya habíamos hablado de eso —intenté quitarle su mantita, pero la apretó con fuerza—. A ver, déjame meterme contigo en la cama.

Negó con diversión.

—Ya tengo con quien dormir. Y, sorpresa, no eres tú.

Minni, maldita roba-camas.

Allison no me dejaba besarla porque:

Miré con ternura a Allison cuando me pinchó un cachete, haciendo un sonido de pof, pof con sus labios.

Estaba en la cama y yo estaba sentado en una silla a su lado. Me dolía el maldito trasero de estar ahí, pero verla dormir era tranquilizante y también… divertido. Le habían bajado la dosis de su sedante. Estaba consciente, aunque un poco perdida. Un poco demasiado, a decir verdad.

—¿Me das un beesooo? —me clavó un dedo en el cachete y le dio vueltitas—. Por faaavoor.

—¿Quieres un beso?

—Ajá. Tuyoooo. Me gustan tuuuus besos.

Sonreí con diversión por la forma en que arrastraba las palabras como si le costara decirlas o de repente se le olvidaran y no pudiera acordarse bien de ellas.

—Entonces ¿quieres un beso mío?

—Síííí.

—Bien.

Sonrió, animada, y me acerqué a ella para plantarle un beso suave en la frente. Cuando me separé para verla, tenía una expresión amarga.

—¿Ya? —me soltó entre indignada y enojada—. ¿Eso es todo?

Me aguanté la risa y asentí seriamente, dándole un golpecito en la nariz.

—Querías un beso. Y te di un beso.

—¡En la boca! —refunfuñó, alzando las manos para dejarlas caer dramáticamente—. Quería un beso en la boca.

—No especificaste.

—Bueeeenooo. Ahora quiero un beso en la boca. Aquí —no pude evitar reírme abiertamente cuando se apuntó la nariz y después frunció el ceño—. Aquí —ahora sí se apuntó la boca—. Un beso aquí.

No iba a darle un beso así, media inconsciente. Creo que si le pedía que me dijera su nombre, no se lo iba a saber.

Su expresión indignada y molesta por no obedecerla me hizo sonreír. No daba miedo, daba gracia. Parecía una niña pequeña a la que no le querían dar un dulce.

—Después —tomé su brazo y arreglé la manga de la camiseta de manga larga que tenía por debajo de su bata mientras ella me miraba de mala gana—. Ahorita debes descansar.

—Pero si sólo es un beso, no un maratón —frunció el ceño—. ¿Ya no me quieres?

—Sabes que sí.

—Entonceees, daaaameeee un beso.

—Después.

—¡Eiden!

—Allison…

—Dame un besoooo.

—Después.

—Ahorita...

—Después te doy todos los que quieras.

—Pero yo lo quiero ahorita —chilló.

Yo también quería besarla, demasiado, abrazarla, lo que fuera con tal de sentirla más cerca, pero quería que estuviera consciente y que habláramos de lo que teníamos que hablar antes de hacer cualquier cosa.

Suspiré, dejé su mano sobre la cama y tomé su manta para cubrirla cuando noté cómo sus párpados comenzaban a cerrarse por más que intentara mantenerse despierta.

—Te extraño —susurró.

Sentí un nudo en mi garganta ante sus palabras decaídas. El tono de su voz era vago, triste y cansado.

Acerqué mi mano a la suya, al notar que la estaba buscando.

—Estoy aquí —le aseguré.

—Extraño tus besos.

—Allison...

—Por favor.

—Cuando estés consciente —intenté suavizar mis palabras para que entendiera—. Ahora estás técnicamente ida.

—Estoy consciente.

—¿Cuánto es cinco más diez?

Enarqué una ceja y me miró como si me hubiera salido una tercera cabeza. Así es, no sabía ni...

—¡Veinticinco! —exclamó a los segundos—. ¿Ya ves?, ahora dame un beso.

Sacudí la cabeza, divertido.

—No son veinticinco.

—Eiden... —me lanzó una miradita de súplica—. Uno pequeñito, aunque sea.

—Después.

—Después yo no voy a querer —bostezó, cubriéndose hasta los hombros con su manta—. Así que es ahora o nunca.

Su cuerpo aún seguía muy cansado, más por los sedantes, y eso hacia que de repente sólo cediera ante el sueño por más efusiva que estuviera, bueno, eso dentro del rango que le era posible estando así de perdida.

Llegaba a sus picos de fuerza, sin embargo, de repente caía.

Le di un beso en la mejilla y soltó una especie de murmullo antes de que se inclinara un poco para regresarme un pequeño beso en mi mejilla.

—Te quiero —dijo de forma apenas audible, cayendo en su pequeño sueño.

—Yo también te quiero.

Pensé que lo iba a olvidar cuando ya estuviera cien por ciento consciente. Pero al parecer no había olvidado nada. Absolutamente nada. De eso, ni de lo otro.

Cuando despertó del coma inducido, estaba molesta, triste y dolida conmigo. La encontré llorando y me reclamó por no haberla dejado con los brazaletes cuando me lo pidió. No pude ni siquiera consolarla porque no me lo permitió, no quiso verme durante todo ese día.

Fue hasta la noche cuando logré que me dejara verla. Y no hablamos, ninguno lo hizo, al menos no con palabras. Sabíamos que no había sido fácil para ninguno de los dos. Actuamos impulsados por nuestras emociones, por el momento, por la desesperación y por ese sentimiento asfixiante de pérdida.

No podía exigirle que me entendiera porque sabía que, en su posición, yo hubiera estado igual de molesto y dolido si no me hubiera hecho caso. Y no podía pedirle que me perdonara porque ambos sabíamos que ella me había advertido que eso no me lo podía perdonar.

Esa noche ella sólo se abrazó a mí. Y lloró. Lloró buscando sanar ese sentimiento de dolor y pérdida. Ese sentimiento de saber que, en algún punto, ése pudo haber sido nuestro final. Lloró hasta que se vació, hasta que no le quedó nada. Lloró sabiendo que no podía perdonarme por haber arriesgado tanto por ella.

Lloró al entender que, de alguna manera, algo del otro se había clavado en nosotros con tanta profundidad que ambos sabíamos que ella también hubiera hecho todo eso por mí.

Lloró hasta que no pudo más. Hasta que el sentimiento se marchitó. Hasta que de repente sólo estaba en mis brazos. Hasta que los sentimientos del otro nos consumieron.

Al día siguiente había estado mejor. Sin embargo, no me dejó besarla. Uno, porque yo no había querido cuando estaba sedada y era su venganza; y dos, porque era mi castigo por no haberle hecho caso. Sí, su pequeño cuerpo de repente se endemoniaba y se volvía vengativo.

Al principio era divertido; después ya no. Llevaba cuatro días sin besarla. A veces se me olvidaba que no me dejaba e iba con toda la naturalidad del mundo a hacerlo y terminaba enganchado en su mejilla por la tremenda volteada de cara que me daba.

Oh, y no me dejaba dormir con ella, porque Minni se había robado mi lugar.

Ya desistiría. Pronto, muy pronto.

* * *

Allison Hallen

Estúpido frío.

Estúpido hospital.

Estúpido cuerpo que me dolía.

Me arropé con ganas y me hice bolita en mi cama, camilla o como se le pueda llamar a ese colchón feo e incómodo.

Apenas estaba procesando todo lo que había ocurrido. Había sido mucho, para mi cuerpo y para mi mente. Me sentía lastimada en todos los sentidos.

Y no sólo era por lo de Jaden, sino por lo de antes, por lo de Roberts. No había tenido tiempo de procesar mis emociones. Y necesitaba hacerlo. Con calma. Sin embargo, ahora estaba alejándome de todo eso. Mi cabeza había tomado la salida fácil y se estaba evadiendo de lo que había sufrido. Quería sanar mi cuerpo para después sanar mi cabeza con un poco más de fuerza.

Le lancé una miradita a Eiden cuando se alejó para tomar una silla y colocarla al lado de mi camilla.

—¿Ya cenaste? —me preguntó.

—No tengo hambre.

—Debes comer.

—La comida aquí es horrible. No sabe a nada —murmuré—. Además de que dan mucha, me llené con el caldo de la comida.

Eso era verdad. La comida no sabía a nada. Era como comer agua con sal. Me la comía sin ganas, sólo para no pasar hambre.

Eiden me miró, escudriñándome de arriba abajo para ver si decía la verdad. Al final soltó un resoplido mientras tomaba el resto de gelatina que había dejado.

—¿Van a venir Jess y Nathan hoy?

—Sí, Jess dijo que iban a venir en la tarde.

Abrí la boca cuando me ofreció una cucharada de gelatina. Al principio me molestaba que me tratara así, como si no pudiera hacer nada. Aunque a veces era verdad, no podía hacer nada, pero bueno, me hacía sentir medio inútil, sin embargo, ahora ya lo dejaba.

Bueno. ¿Inútil? No tanto así. La verdad me aprovechaba de la situación. Yo estaba cansada, él no.

—Por cierto —recordé una pequeña cosa que no me había gustado—. No tenías por qué dejarle el ojo morado a Nat...

—Se lo merecía —me cortó—. Le pedí una sola cosa y no la hizo.

—Sí la hizo, sabes que no fue su culpa. Yo quise ir sola... y él intentó seguirme, pero pues... me le perdí.

—¿Te le perdiste? —preguntó con ironía—. Mides la mitad que él, ¿en serio no pudo alcanzarte?

—Corro rápido —sonreí con diversión, pero a él no pareció hacerle ni la más mínima gracia. Solté un resoplido—. Igual, no me gusta que hagas eso.

—Dejaré de hacerlo sólo si me das...

—No te voy a dar un beso.

No me había querido dar un beso porque, según él, estaba muy sedada. No lo estaba. Hasta me preguntó no sé qué rayos y le contesté bien.

Y por eso mi venganza era no besarlo por una semana. Ni dejarlo dormir conmigo. Minni era una buena sustituta. Sólo se hacía bolita a mi lado.

Lo miré seriamente.

—Y no, igual no lo vas a volver a hacer. No está bien andar golpeando a la gente así como así.

—No fue así como así, tenía una razón —puso los ojos en blanco—. Da igual, no pienso volver a pedirle nada.

—En lugar de que le agradezcas por preocuparse por mí, lo golpeas. Me trajo un peluche —le señalé el oso de peluche que estaba a mis pies sobre el colchón, junto a los que Eiden me había traído de Bob Esponja. Los teníamos en la cabaña, pero los dejó aquí para que me sintiera más cómoda.

Eiden exhaló con ironía y masacró a mi pobre gelatina, clavándole la cuchara. Había peleado a muerte con Aaron por ella, más le valía que la tratara bonito.

—Se lo merecía porque debía preocuparse por ti y no te cuido bien —dijo de mala gana—. Ni yo, maldita sea, nadie lo hizo. Y ahora...

—No soy un bebé. Puedo cuidarme so...

—No, no puedes.

—¡Eiden! —lo regañé—. Claro que puedo.

—Sí. Claro —rodó los ojos—. Mejor come tu gelatina.

Detuve su mano, que ya llevaba otra cucharada en el aire.

—No estoy bromeando. Sé que después de esto vas a querer protegerme de todo, pero no es necesario. Y también quiero que entiendas que no fue tu culpa. Ni de Nathan, ni de Aaron. No fue culpa de nadie lo que me pasó.

—No quiero hablar de eso, Allison, no ahora. Aunque trates de quitarme culpa, eso no me exime de lo que pasó.

—No se trata de echar culpas —me senté en la cama, ignorando el dolor de mi cuerpo para poder quedar frente a él—. Para mí, nadie más que Jaden es culpable de esto.

—Pero…

—Por favor, no te sientas culpable. No lo eres. Nunca lo serás para mí, pero… Jaden me dijo algo y quiero saber si…

Apreté los labios sin saber cómo decirlo. Era consciente de que mencionar el nombre de Jaden tensaba a Eiden. No sabía cómo preguntárselo ni si él se imaginaba qué podría haberme revelado Jaden, pero realmente necesitaba sacarlo. No quería otra barrera entre nosotros y esta información parecía tener todas las características para que Eiden levantara una. Su pasado, Jaden y lo que él creía que yo iba a suponer.

Tomé sus manos y pasé saliva, buscando las palabras adecuadas.

—Jaden me contó lo de Amelia y tu relación con ella —pronuncié con voz suave.

Por el gesto que hizo, definitivamente no se lo imaginaba. No lo dejé deducir nada, ni permití que su cabeza se malviajara suponiendo la infinidad de reacciones que yo podría tener. No lo dejé lastimarse a sí mismo. Amortigüé todas mis palabras de golpe:

—Y quiero que sepas que no me importa. En ningún sentido; realmente no me importa nada. Te lo dije cuando supe la verdad sobre Jaden y lo que los había obligado a hacer, y ahora quiero que entiendas que, de igual forma, eso no va a cambiar en nada lo que pienso de ti.

—¿No temes que algún día simplemente... pase? —por el tono de su voz, deduje hacia dónde quería llegar. Ésa era su manera de protegerse. Suponía lo peor.

—¿Que pase qué? —inquirí, invitándolo a abrirse conmigo para dejar todo en claro y en paz.

Hizo una pausa, apretando los labios.

—No lo sé, que... un día todo lo que Jaden te dijo sea real.

—¿Cómo sabes lo que me dijo?

Bufó, no molesto, sino cansado o resignado.

—Porque es lo que me ha dicho a mí desde niño. Lo que nunca se ha cansado de repetirme... Que algún día terminaría como Amelia, como Erick, como él.

—¿Tú crees que vas a terminar como ellos?

—No —se apresuró a decir—. No soy como ellos.

Hice una pausa y tiré de él para que se pusiera de pie. Quería tenerlo más cerca.

El nudo en mi garganta parecía hecho de espinas. No me gustaba poner a Eiden en esta situación porque, aunque lo conocía bien, también sabía que había una parte de él que no sólo me ocultaba a mí, sino a todos. Esa vulnerabilidad, esa pequeña porción que no quería saber nada de su pasado porque le dolía.

Le pedí con la mirada que se sentara a mi lado y entrelacé nuestras manos.

Me iba a salir un poco del tema y esperaba que entendiera a dónde quería llegar con ello.

Estuvimos unos segundos en silencio y finalmente solté un largo suspiro, dejando caer mi cabeza en su hombro.

—Mi mamá no me apoyó cuando más lo necesitaba. Bueno, no sólo no me apoyó, sino que no le importó lo mal que estaba, y me dejó hundirme. Mi papá no supo cómo ayudarme y simplemente intentó creer que todo estaba bien. Mi... mi propio tío me vi...

—Lo sé —me cortó con suavidad—. Lo entiendo.

Había dicho la palabra una vez, pero, a pesar de eso, me seguía costando trabajo. Seguía siendo difícil retroceder y asimilar lo que eso había significado. Además, creo que entendía que, por más ayuda que tuviera, nunca iba a ser fácil hablar de ese momento.

—Perdón, todavía me cuesta decirlo.

—No te disculpes por eso.

Asentí con la cabeza. Debía de romper ese mal hábito que tenía de disculparme por cosas que no debía, que no podía controlar y que no eran mi culpa.

Respiré con fuerza para poder continuar.

— Yo no sólo comparto sangre con ellos. Me crie con mi madre, con mi padre y... en algún punto, llegué a normalizar su falta de afecto. Pensé que era normal que se deslindaran de su deber de apoyarme. Pensé que, más bien, yo era incapaz de afrontar mi vida. Que era una inútil por no poder vivir a pesar de lo mal que estaba.

Algo dolió en mi pecho ante mis palabras. Así me había sentido porque me había criado en un hogar donde el amor, el apoyo y el bienestar psicológico no eran importantes.

Donde podía tener un plato en la mesa, pero un abrazo era más caro que eso. Donde podía reprocharme por no tener una calificación perfecta, pero no podía llorar con nadie si me sentía rebasada por el estrés que eso conllevaba. Donde una llamada de mi padre debía ser suficiente, y lo era hasta que me di cuenta de que ponerle un curita a una herida enorme no solucionaba nada.

Me acostumbré a recibir migajas y aferrarme a ellas tanto que en algún punto creí que eso era todo lo que merecía y después... simplemente creí que era la mayor riqueza. Y no me di cuenta de que sólo eran eso, migajas. No podía recogerlas y querer vivir de ellas. Era imposible.

Pero durante ese tiempo creí que era normal. Creí que yo estaba bien y que era una inútil cuando me quebraba.

Me estaba aferrando a nada y me asfixiaba pensando que, en realidad, era todo.

Me relamí los labios, reconecté con mis palabras, aclaré mi cabeza y continué:

—Pensé que era normal que mis propios padres no me miraran y me ayudaran, y no me di cuenta de que no lo era hasta que estuve sola, lastimada y no pude levantarme. Ahora sé que no es normal. Y también sé que por más que mis padres sean así, que las personas que llevan mi sangre no me apoyen y, de alguna manera, me hundan y me dañen... Sé que nunca sería como ellos y que, si tuviera un hijo, daría mi vida para no hacer lo que ellos hicieron conmigo.

Hice una pausa y volteé a ver a Eiden. Él no me estaba mirando; tenía los ojos clavados al frente, perdidos en la nada. Lo único que me aseguraba que me estaba escuchando era la forma en que su mano se sostenía y aferraba a la mía mientras su pulgar trazaba pequeños círculos en el dorso de ella.

Dejé caer de nuevo mi mejilla en su hombro y seguí:

—Yo... sé que no puedo comparar mi experiencia con lo que tú sientes respecto a las personas con quienes compartes sangre. Sé que no puedo comparar las dos situaciones. Sé que son distintas y sé que cada uno lo afronta de maneras diferentes. Pero tú no te criaste con ellos, tú siempre supiste que nunca querías ser como ellos, que su mundo estaba mal, que ellos estaban mal. Tú luchaste para salir de eso y siempre te... te lastimas porque odias que ése sea tu pasado... Y no, no tengo miedo de que algo "pase" —respondí su pregunta—. Sé quién eres y sé quién quieres ser... ¿Puedes confiar en mí? ¿Puedes creer en mis palabras?

Esperé su respuesta con calma. Mi cuerpo estaba tan tranquilo que podía jurar que lo único que estaba en mis oídos era mi corazón acelerado.

—Sí —murmuró finalmente—. Puedo confiar en ti.

Sonreí e hice una pequeña pausa antes de lanzar mi otra pregunta. Curiosidad o no, temía la manera en que podía afectarlo en un futuro.

—Jaden también me dijo lo de los padres de Samantha y Aaron, y... que... ellos no sabían...

—Lo saben —me cortó, anticipándose a mis palabras—. Aaron y Samantha lo saben.

Asentí con la cabeza y dejé escapar un suspiro que no sabía que estaba conteniendo. Si ellos conocían la verdad significaba que eso no había influido en su relación.

—¿También estás bien con eso? —me atreví a preguntar—. Quiero decir, tú... ¿Estás bien? ¿Tú y ellos lo tomaron bien?

—Sí —susurró. Su voz se escuchaba perdida, como si se esforzara por no regresar a esos momentos—. Cuando me enteré, no lo tomé bien. Jaden había llegado con sus estúpidos recortes de periódicos a mostrarnos la verdad sobre nuestras familias. Ni siquiera sé qué quería lograr con eso. Pero me sentí culpable, pensé que ellos me odiarían a mí, pero no, no fue así. Ellos... sólo... Aaron y Samantha estuvieron ahí y... y siguieron ahí como si nada hubiera pasado —soltó una risa triste—. Aaron me hizo recordar lo que me había prometido cuando éramos pequeños y, ese día, Samantha me prometió lo mismo...

—¿Qué te prometieron? —pregunté suavemente.

—Que nunca iban a dejarme... —hizo una pausa y sentí su mirada en mí por unos segundos antes de que volviera a mirar al frente. No se la devolví para no distraerlo, pero de pronto alzó una mano y me acarició la mejilla lentamente. Yo acaricié su mano en un gesto reconfortante mientras él seguía y yo lo escuchaba—: Un día intenté escalar un árbol por diversión, me caí y me lastimé el brazo... Aaron me regañó porque era la segunda vez que me caía del árbol. No estaba de humor, realmente estaba molesto, y me dijo que estaba cansado de que nunca le hiciera caso y de que me portara mal.

"Era un niño y me espanté de que fuera a abandonarme por eso, así que en la noche fui a su habitación y le pedí que no lo hiciera. Le dije que ya no me iba a portar mal, que ya no iba a desobedecerlo, pero que no me dejara... porque lo quería mucho y no quería volver a estar solo.

"Bueno, creo que le dije eso —sonó un poco más relajado y menos serio, frío, distante. El recuerdo de ese momento no era tan amargo. Su infancia con ellos, con Aaron y Samantha, parecía suavizar todo—. Estaba llorando mucho, ni siquiera yo entendía lo que le decía entre tantos sollozos y balbuceos. Pero él me dijo que estaba bien, me pidió perdón por haberme regañado y me prometió que nunca me iba a dejar. Yo le dije que las promesas nunca se debían romper y él me dijo que nunca lo haría.

—¿Por eso para ti las promesas son tan importantes?

Asintió con la cabeza ligeramente y se relamió los labios.

—Nunca la rompió, aunque por un tiempo creí lo contrario, sin embargo, ahora sé que no lo hizo. Nunca me dejó, siempre ha estado ahí, siempre que ha podido. Aaron y Samantha siempre han estado conmigo.

—Y tú con ellos —le recordé.

—Sí —murmuró—. Siempre he tratado de estar para ellos.

Estuvimos en silencio por un rato. Cada uno, a su manera, desprendiéndose de lo que circulaba por su cabeza. A veces sentía que las cosas debían ser así. No siempre es necesario decir y hablar. Las palabras muchas veces sobran. El silencio es como esa calma liberadora que se necesita para entender las emociones y los sentimientos que, en algún punto, quedaron atrapados entre palabras y oraciones.

No sé qué pasaba por la cabeza de Eiden. Quizás estaba tratando de asimilar la realidad del momento. A mí también me pasaba a veces. En ocasiones, me embargaban los sentimientos, pero eso no era tan doloroso como cuando los recuerdos volvían, agolpándose y queriendo hundirme. Algunos días sí lo lograban. En otros, apenas podía mantenerme a flote, pero lo hacía.

Quizá los recuerdos no lastiman de forma física, pero claro que pueden destrozar y, en ocasiones, de peores maneras. Es fácil mirar una herida, reconocer el dolor, identificar la causa y tratarla hasta curarla. Sin embargo, el dolor emocional puede llegar a ser tan inefable… Sabes que está ahí, lastimándote, pero a veces no puedes explicarlo.

Desconoces su origen. Si está en la cabeza, el corazón, el pecho, el inconsciente o el alma. No sabes cómo curarlo, y el miedo a que otros no te entiendan te hace tragártelo y acumularlo. Ese dolor es peor aún. Ese que se queda con nosotros, que está enterrado en nuestras vidas, aquel que no sabemos cómo curar y nos lastima hasta que somos capaces de entenderlo, afrontarlo y finalmente pedir ayuda para poder eliminarlo.

De pronto, noté cómo Eiden dejaba de aferrarse con tanta fuerza a mi mano y comenzaba a jugar con mis dedos de forma distraída. El silencio se volvió casi un pulso extra en mi oído que me ponía los nervios de punta, pero esperé un poco más sólo para darle la libertad y el espacio para que fuera él quien continuara.

—Gracias —susurró a los segundos—. Por estar conmigo a pesar de todo y por quererme...

Sonreí, girándome para verlo.

—Nunca te voy a dejar —afirmé, sintiendo que esas palabras se convertían en un recordatorio infinito. Tal vez no se lo había dicho de esta forma, pronunciando cada letra para que no le quedara duda. Pero estaba segura de que él siempre lo supo.

Todo cambió desde esa noche en la que las verdades salieron a la luz. Desde esa noche en la que nos desarmamos entre nosotros. En la que conocimos las partes más lastimadas del otro. En la que nuestros labios develaron nuestro dolor del alma y en la que mostramos nuestros cuerpos abiertamente.

Esa noche conocimos nuestras heridas y cicatrices. Escarbamos en ellas. Vimos la historia detrás de la piel lastimada.

Esa noche todo dolió. Cada palabra, cada recuerdo, cada momento. Fue como reabrir todo. Una herida mal cicatrizada. Una herida que sólo nos habíamos forzado a cerrar de forma superficial para no sentirnos tan débiles y hundidos. Una herida que, en ese momento, decidimos que era hora de comenzar a sanar desde adentro. Desde su historia, no desde su dolor.

Liberé mi mano de la suya con suavidad para llevarla a su barbilla. Sentí su mirada penetrante en la mía, con ese brillo que siempre lanza destellos por mi cuerpo. Mirarlo a los ojos siempre sería entender los mil sentimientos que no éramos capaces de decirnos con palabras.

Aunque todavía había algo que tenía que decir con ellas:

—Prometo que nunca voy a dejarte.

—Una promesa nunca se rompe —murmuró.

—¿Crees que algún día la voy a romper?

Él negó con lentitud como si sólo lo hubiera dicho para recordarme lo que significaba eso. La promesa que le estaba haciendo. Ya no era un juramento, era una promesa.

Era un *para siempre* sin derecho a ser roto.

De cualquier modo, nunca ha estado en mis planes romperlo.

—Entonces, comienza a hacer un espacio en tu vida para mí.

—Siempre has tenido un espacio —sonrió—. Desde que te vi por primera vez, siempre has tenido un espacio aquí —señaló su cabeza—. Y aquí —señaló su corazón—. Eres difícil de sacar y de olvidar. Hasta involuntariamente eres entrometida en ese aspecto.

—No es tan fácil liberarse de mí.

Sonreí como tonta cuando noté cómo todo su cuerpo se relajaba y me tomaba de la mano para tirar de mí hacia él con sutileza. No me costó mucho entender qué quería y me apresuré a abrazarlo. Se sentía bien hundirme en su calor, en ese aroma suave que contrarrestaba el olor a antiséptico de la habitación. A su lado y entre sus brazos, todo se sentía cálido, en calma.

Cerré los ojos, sintiéndome más tranquila en el momento en que reposó su barbilla en mi cabeza y enredó una de sus manos en mi pelo para acariciarme el cuero cabelludo. Me gustaba que hiciera eso. Era muy relajante.

—Tienes razón en algo —soltó de pronto.

Tragué saliva, ya sólo quería abrazos y cariñitos, no hablar de cosas tristes. Eché mi cabeza hacia atrás y, sin dejar de abrazarlo, reposé mi barbilla en su pecho.

—¿En qué?

—En que no es fácil librarse de ti.

—¿Por qué lo dices? —entrecerré los ojos cuando noté la sonrisa divertida y maliciosa que tenía en la cara.

—En que ni la muerte lo logró.

Mira nada más.

Abrí la boca, indignada, y le di un golpecito en el hombro.

—Todavía no puedes hacer chistes de eso.

—Pero si tú haces bromas con Aaron, se llaman coladera y saco de boxeo.

—¿Has estado a nada de morir?

—No, pe...

—Shh, shh —lo corté de forma dramática—. Si no has estado al borde de la muerte, no puedes hacer chistes ni bromas.

—¿Quién dice? —enarcó una ceja.

—La ley de los moribundos. Es una falta de respeto a los de nuestra especie.

—Falta de respeto fue todo lo que me hiciste sufrir por estar ahí media muerta. Los debería de demandar a ambos, a ti y a Aaron, por todo el daño psicológico que me causaron.

—Que mira que para mí fue como echarme una siesta —bromeé.

—Sí, claro, para ti. Me vas a tener que compensar eso.

Enarqué una ceja, me separé de él y me crucé de brazos. Sí, estar al borde de la muerte no me quitó las ganas de hacer dramas.

—¿Que esté viva no es la suficiente recompensa? —espeté, muy indignada.

—No.

¿Qué?

—O sea sí —se retractó de golpe—. Pero...

—No, pues mejor me hubieras asfixiado mientras dormía si ya no me querías.

—¡Allison! —me regañó—. No quise decir eso.

—Es lo que dijiste —dije sin gracia, lanzándole una mirada mordaz.

—No dije eso.

Le di un manotazo cuando intentó agarrarme la mano y negué con la cabeza muy digna y dolida.

—Que estés viva es la segunda mejor cosa que me ha pasado en la vida... —sonrió, y por la forma en que lo hizo, supe que lo que iba a decir a continuación iba a ser una...—: La primera fue que me hicieras una paja.

—¡Eiden! —le tape la boca deprisa con una mano. Dios, qué vergüenza—. Aaron está a un lado.

—No está escuchando —soltó, divertido, quitándose mi mano.

—¡Sí, sí estoy escuchando!

Mierda. Apreté los ojos cuando la voz de Aaron sonó del otro lado de la cortina.

—Pero poquito porque me tapo los oídos para no ser tan chismoso. Y hablen más bajito que ya me quiero dormir.

No puede ser. Me tapé la cara con las manos, avergonzada. Esperaba que no hubiera escuchado lo último.

—Perdón —le dije en un susurro apenas audible y después me giré con mala cara hacia Eiden—. Y tú deja de reírte.

Hizo una mueca, intentando no reírse. Genial, le daba gracia exponer nuestra intimidad.

Imbécil.

—No es divertido —le apunté con un dedo de forma acusatoria.

—Nunca dije que lo fuera.

—Entonces deja de querer reírte.

—Es una risa nerviosa —dijo, divertido. Casi le explotaban las mejillas por aguantársela.

—Qué pésimo mientes —bufé.

—No miento. Sí es una risa nerviosa.

—¿Y qué rayos te da nervios?

—Es que me acabo de acordar de ese momento y ya se me puso dura.

—¡Ya! ¡Eiden, por Dios, deja de...! Agg.

Me callé, para no exponerme yo sola. Mejor hacía mi papel de indignada.

Me crucé de brazos y volteé la cara para no verlo. Ni a él, ni a su ajá. Porque no mentía, el cabrón.

—Ya no hagas dramas —soltó y quité mi brazo de forma brusca cuando me quiso tocar.

Maldita sea, me dolió hasta el alma, pero me contuve y no hice ni una mueca.

—Allison...

No le respondí.

—Cariño... Sabes que era broma. Lo mejor que me ha pasado es conocerte y lo segundo es que estés viva.

—O sea que si no nos hubiéramos conocido no te importaría que estuviera viva.

—¡No dije eso!

—Así sonó.

—Es que me pones nervioso —chistó—. Lo mejor que me ha pasado es que estés viva y lo segundo es conocerte.

—Mentiroso —mascullé—. Ya lo dices sólo bajo presión.

—¡No es mentira!

Silencio. Del feo, no del bonito.

Lo escuché bufar y, cuando pensé que iba a desistir (ya iba a hacer otro drama por eso), sentí cómo sus dedos tomaban mi barbilla para hacerme verlo.

Lo miré de mala gana.

—Lo siento —pronunció con suavidad.

Hacía veinte segundos no podía ni hablar de la risa y ahora tenía la voz más dócil del mundo. Qué buena capacidad tenía para hacer eso.

—¿Por qué? —mascullé.

—Por andar diciendo que me gusta que me hagas pa...

—¡Eiden!

Le di un manotazo y él se echó a reír.

—Ya. Ya —dijo entre risas, poniéndose serio—. Lo siento por decir estupideces cuando pueden escucharnos.

—¿Sólo cuando pueden escucharnos? —enarqué una ceja.

—Sí, y no te hagas que no te gustan mis estupideces.

—Bien —sonreí—. Únicamente en privado.

—Y ya que estamos de acuerdo, ¿me das un beso?

—No.

—¡Allison! Un beso pequeñito, aunque sea.

—No.

—¿En la mejilla? —suplicó, con un suspiro de resignación.

Rodé los ojos, divertida, y le eché los brazos al cuello para darle un beso sonoro en la mejilla.

—Otro —puso la otra mejilla y se lo di sin chistar.

—Ya, que sigo enojada.

—Un beso en la boca te haría sentir más feliz.

Me separé de él.

—No creo.

—Yo creo que sí.

—Mmm.

No pude evitar esbozar una sonrisita cuando me plantó un beso en la comisura de los labios. Sus manos se deslizaron por mis mejillas. Por un momento, sentí que iba a caer, porque ya quería besarlo. Esto de hacerlo sufrir a él también me hacía sufrir a mí…

—¡Hola, familia!

Nos giramos de golpe cuando la voz de Jess resonó en la habitación. Eiden apretó los ojos, irritado.

—¿Nos acaba de llamar "familia"? —dijo con una mueca extraña.

—Sí, y nos trae comida de la buena a mí y a Aaron. Y Samantha está bien con eso. Creo que están retomando su amistad, así que no te quejes.

La puerta de la habitación había quedado del lado de Aaron, así que no podía vernos porque la cortina nos tapaba. Eiden soltó un suspiro largo. Era muy dramático, parecía que lo estaba obligando a convivir con su peor enemigo.

—Vale —se giró para verme—, pero me sigue cayendo horrible.

—Sólo no seas grosero y todo estará bien.

—Bien —se encogió de hombros—. No seré grosero.

Me percaté de la posición en que estábamos. Aún tenía sus manos en mis mejillas y nuestros rostros estaban muy cerquita.

Mmm.

Volteé la cara deprisa al notar que quería retomar el momento de hacía unos segundos.

—Te dije que no —la sensatez y mi espíritu vengativo volvió.

—Allison. Ya, por favor —hizo un puchero—. Aunque sea uno corto.

—Nada —negué—. Y tápate.

Me quité sus manos de encima y le puse una almohada en la entrepierna justo a tiempo para cuando la cortina se recorrió.

Ya teníamos suficiente con exponernos con Aaron. No necesitábamos avergonzarnos más o que pensaran que estábamos haciendo otra cosa.

Sonreí y extendí mis brazos para recibir a Minni, que sólo se separaba de mí cuando Samantha se la llevaba por las tardes al irse a descansar.

Sin embargo, esa sonrisa se fue esfumando a lo largo de toda la tarde. Por momentos sentía un pequeño malestar que surgía de alguna parte de mi pecho al mirar a mi alrededor y recordar que ni mi madre ni mi padre habían venido a visitarme.

No estaban aquí en Linston. Habían viajado a Ohio aquella noche como papá me había dicho. La sangre que habíamos donado él y yo se había extraviado y no lograron estabilizarlo como querían en un principio para que llegara con vida a Ohio. Murió en el camino.

Sin embargo, ellos se habían quedado una semana y ahora seguían ahí. Había recibido una llamada diaria de papá, pero claramente no le había contado mi condición.

Y a pesar de sentir ese vacío de su parte, la falta de su presencia, me calmaba ver a mi alrededor.

Aaron en su camilla con Samantha a su lado. Eiden junto a mí en la camilla. Minni hecha una bolita entre mis piernas. Jess y Nathan en un pequeño sillón que estaba en la habitación.

No estaba sola. No como la última vez que estuve en un hospital.

Jess había traído para Aaron y para mí sopa de verduras que había hecho su mamá. La relación entre Samantha, Nathan y ella había mejorado un poco más. Supongo que la situación los forzó a eso, pues convivían en el mismo espacio. Jess y Nathan venían a verme cada que podían y a veces se quedaban hasta muy tarde. Y Samantha pasaba aquí todo el día y la noche junto a Eiden, a excepción de un par de horas que iba a su casa a bañarse y descansar mejor, en una cama decente.

Las horas pasaron tranquilas, entre bromas de Nathan y de Aaron. Tenían un humor un tanto parecido. Y, oh, sorpresa, Eiden se reía de lo que decía Aaron, pero miraba con cara de querer volarle la cabeza a Nathan cada vez que él decía algo divertido.

También algo había cambiado entre Eiden y Aaron con respecto a su relación. Ahora Eiden era un poco más atento con él. A veces sólo se sentaba a su lado y se quedaba ahí, haciéndole compañía. Bromeaban más entre ellos, hablaban más. Eiden le ayudaba a arreglarse para dormir, y siempre le traía sus jugos favoritos cuando se los pedía. Fuera la hora que fuera.

Supongo que sentir que lo estaba perdiendo le hizo entender que a veces debemos de soltar algunas cosas, por más difícil que sea, porque de repente puede que sea demasiado tarde.

Jess y Nathan se fueron durante la noche.

Y mi humor decayó de golpe.

No me gustaba la noche. Porque, de repente, todo el lugar se sentía vacío y solo, y porque mi cuerpo se sentía cansado. Los picos de adrenalina que sentía por los sedantes que me daban en la mañana para controlar los dolores bajaban casi en su totalidad.

Reece me ofreció suministrarme un poco más en la noche, pero me negué. No quería crear una dependencia y que mi cuerpo se acostumbrara a ellos, porque temía que después tuvieran que ponerme cantidades mayores.

Era un poco extremista, lo sé. Sin embargo, también odiaba los efectos secundarios. Prefería estar más consciente y en un futuro no empeorar las cosas.

El proceso para que mi cuerpo se sintiera con la misma energía de antes iba a ser largo.

Me quité la mantita que me cubría y la dejé a un lado. Eiden se apresuró a venir a mí. Estaba en el sofá, leyendo un poco de una revista sobre medicina.

—Me quiero bañar —le dije, tomando su mano para sentarme.

—Reece dijo que no podías hacerlo aún —me recordó—. Podrías lastimarte y las heridas de tu espalda no se pueden mojar, se pueden infectar.

—Lo sé, es que no me voy a bañar en sí —expliqué—. Dijo que podía usar toallitas para "bañarme".

Frunció ligeramente el ceño.

—O sea, ¿como un bebé?

—Ajá —asentí—. Pero aquí no hay toallitas por el presupuesto, por eso voy a usar servilletas.

Hice una mueca de dolor cuando me moví porque sentí como si me hubieran pinchado con muchas agujas el abdomen. Por suerte, Eiden no me vio porque estaba en cuclillas colocándome las pantuflas. Cada que veía un mínimo gesto de dolor en mi rostro, insistía en que dejara que me pusieran más sedantes. Siempre me negaba. Y a él no le gustaba, pero lo aceptaba.

Me sostuvo de la mano hasta llegar al baño que estaba en la habitación. El cubículo estaba del lado de Aaron, así que saludé a mi vecinito de muerte. Sí, así nos decíamos. Y cuando entré, le di un empujoncito a Eiden para que se saliera porque quería quedarse adentro conmigo.

Y no. Eso no. No quería que me viera.

Yo me había visto una sola vez sin bata y me había echado a llorar.

Tenía moretones en todo el abdomen y parte de mi pecho. Eran morados, verdes y amarillos. Mis piernas y mis brazos también tenían algunos. Mi espalda estaba vendada y las heridas y moretones de mi rostro apenas estaban sanando.

Estar desnuda me hacía sentir expuesta y vulnerable. Todo volvía. El dolor era prácticamente instantáneo, como si estuvieran lastimándome en ese momento.

Me quité la bata y después la camiseta de manga larga que Eiden me había conseguido para que tapara las cicatrices de mis muñecas. Por más que me esforcé en ignorar cada herida de mi cuerpo, cada dolor, no pude. Me quebré al ver mi cuerpo así. Sin nada más que moretones.

* * *

Me quedé al lado de la puerta por si necesitaba algo.

No me gustaba que estuviera sola. Podía accidentarse o lastimarse; aún estaba débil.

Mientras esperaba, recordé algo y me alejé de la puerta.

Metí la mano en el bolsillo de mi jersey y encontré el papel doblado que me había dado Connor. Era una carta o algo así para Aaron. Ahora les servía de mensajero a estos dos.

—¿Qué es? —me preguntó Aaron apenas la tomó.

—Connor me dijo que te la diera.

La miró por unos segundos y la dejó a un lado para verme a mí.

—Jaden está...

—Vivo —completé su oración.

Asintió ligeramente. No podía evitar notar su expresión cansada, decaída y ansiosa por esta situación. Estaba igual o peor que yo; ambos queríamos terminar con esto lo más pronto posible.

Las cosas se habían salido de control de la peor manera y ahora Aaron debía esperar para ponerle fin a esto.

Para mí era cansado, pero todos estaban bien. Y eso compensaba cualquier espera.

—Deberías de dejar de ir a verlo —Aaron me sacó del hilo de mis pensamientos—. No te hace bien y puede que un día se...

—No lo voy a matar —lo corté al ver la forma en que miraba mis manos, especialmente mis nudillos—. Sé que eso es tuyo.

Apretó los labios por la forma en que lo dije. Casi como si fuera un reproche. No lo era, no en su totalidad. Sólo estaba demasiado ansioso por acabar con Jaden y librarme de todo, al igual que Aaron.

—¿Qué tienes con Connor? —intenté evadir ese tema, no quería hablar de Jaden con Aaron—. ¿Estás saliendo con él?

—No —negó con diversión y enarcó una ceja—. ¿Por qué?

—Pues te envía cartas. Una manera un poco antigua de comunicarse teniendo mensajes de texto, pero bueno...

Sonreí en cuanto él lo hizo mientras desdoblaba la hoja. En la noche, su humor decaía mucho. Decía que era como un carro que estaba en marcha todo el tiempo, así que su gasolina se agotaba y necesitaba dormir para reponerla. Por eso apenas hablaba.

Su rostro se contrajo en una mueca de extrañeza apenas vio el contenido de la hoja.

—Qué rara forma de ligar tiene Connor, entonces —se burló—. Es un poema sobre la muerte. Le gusta escribir y a veces me muestra lo que hace.

—¿La muerte? —fruncí el ceño—. Eso es...

—No romántico, de eso estoy seguro. La próxima vez que lo vea voy a cargar una pis... —se quedó callado de golpe. Lo estaba leyendo en su cabeza, supongo—. Olvídalo, es una analogía.

—¿De qué? ¿De cómo te mueres o qué? Porque eso sigue estando raro.

Sacudió la cabeza, divertido, y me dio el papel.

En efecto, al parecer a Connor le gustaba escribir. La muerte era el tema principal. Resultaba extraño al principio, pero, cuando entendías lo que significaba, dejaba de serlo.

—Es bonito —le devolví el papel—. Pensaba ir a la tienda que está cerca a comprar algunas cosas, ¿quieres algo?

Lo pensó unos segundos y finalmente asintió.

—Unas galletas Oreo.

—Ahora vuelvo, entonces. Descansa.

—Si cuando regreses estoy dormido, déjalas sobre la mesita.

—Bien.

—¡Y cómprale unas a Allison, para que no se quiera comer las mías!

Me reí y cerré la puerta para correr hacia la tienda y volver lo más rápido posible.

* * *

Tomé las toallitas húmedas entre mis manos junto a los dos paquetes de galletas. Cuando volví, Aaron ya estaba dormido y roncando, así que dejé sobre la mesa su paquete de galletas y el de Allison sobre su cama. Tal vez quería un par antes de dormirse.

Toqué la puerta del baño un par de veces para llamar a Allison.

—Compré toallitas húmedas —le avisé.

Ya me había dicho que su piel era muy sensible y que prefería usar toallitas por eso.

Fruncí el ceño y volví a tocar la puerta al no recibir respuesta alguna.

—¿Cariño? ¿Estás bien?

De nuevo, no hubo respuesta. Ese silencio me hizo pensar lo peor.

Si no contestaba era porque no podía. Ella lo haría. Mi voz era audible, a pesar de que no la llamaba en voz tan alta para no despertar a Aaron. Además, los toques en la puerta debían de alertarla de que estaba ahí. Finalmente, pesé a que no quería invadir su privacidad, tomé el pomo de la puerta porque los nervios empezaron a golpetear en mi garganta.

—Voy a abrir la puerta —le avisé.

Giré el pomo lentamente, deseando que hubiera una respuesta al otro lado antes de que cediera por completo.

No lo hizo. La maldita puerta no cedió y, más bien, emitió un sonido pausado cuando rebotó en mi mano porque estaba cerrada con seguro. En un momento irónico y estúpido volví a tratar de abrir esta vez con más fuer...

Me quedé quieto. El silencio se rompió con un sonido casi inaudible, que reconocí al instante.

—¿Estás bien? —le pregunté.

Me sentía un idiota cuando hacía esa pregunta en momentos en los que evidentemente nada estaba bien. Sin embargo, una parte de ti espera el alivio de que no todo esté tan mal como para preocuparse en exceso.

Al no haber respuesta, volví a tratar de abrir la puerta, aunque sabía que el pomo no cedería. Era una manera de mostrar mi presencia.

—¿Puedes abrir? —le pedí—. O sólo dime si estás bien.

Sentí mis dedos hormiguear de impotencia al no recibir respuesta. Si no decía nada, iba a tener que buscar la manera de abrir la puer...

—Estoy bien —susurró a los segundos y el aire entró a mis fosas nasales en una inspiración tranquilizadora. Su voz apenas y se escuchaba, pero reconocí el tono apagado y ronco de cuando lloraba.

—¿Puedes abrirme? Traje toallitas húmedas.

Hubo un breve silencio antes de que la puerta se abriera ligeramente y su mano se asomara.

Lo dudé un poco, quería asegurarme de que estuviera bien. Podía empujar la puerta y entrar, mi fuerza era mayor, pero me negué a hacerlo y sólo le entregué las toallitas.

Nuestras manos se rozaron y sostuve la suya entre la mía.

No dije nada, sin embargo, me fue inevitable no acariciar el dorso de su mano y bajar hasta su muñeca, en donde tenía marcas moradas y verdes sobre sus cicatrices antiguas. La sostuve con cuidado, con miedo a romperla, y dejé caer mi frente en la puerta.

—¿Puedo entrar? —le insistí en un último intento—. Únicamente quiero asegurarme de que estás bien.

—No... no quiero que me veas así.

—Te he visto desnuda —le recordé en un intento por sonar divertido, pero fallé.

Sabía que no lo decía por eso.

De pronto, sentí una fuerte opresión en el pecho. Sólo estaba consciente de su mano cálida bajo la mía. Todo lo demás se limitaba a mi respiración pausada y hermética entremezclada con la de Allison, que se escuchaba porque estaba sollozando.

Pasé la yema de mis dedos por toda la piel de sus manos y jugué con sus dedos. Se sentía raro que ése fuera el único contacto que me permitiera tener con ella. Era como si hubiera levantado una barrera física entre los dos. La sentía, y sentía el dolor a través de sus dedos, que estaban temblando, de su voz rota y de su respiración entrecortada por los sollozos que estaba intentando reprimir, pero no me dejaba ver más allá.

—No es por eso, es que... yo... no lo sé... —soltó un largo suspiro—. Me siento... rota, Eiden. Y no quiero que tú también me veas así.

—Sabes que nunca te voy a ver así.

—No hay una parte de mi cuerpo que esté libre de un maldito moretón —sollozó—. Ninguna.

—Eso no significa que estés rota. Sólo son moretones. Sanarás, sólo dale un poco de tiempo.

—Pero me siento así.

—Déjame ayudarte a que ya no te sientas así.

No respondió, pero me despegué de la puerta cuando la abrió un poco más y sus dedos tiraron de mi mano.

Desde que supe que estaba lastimada, comencé a prepararme mentalmente para verla. Ver sus moretones, su cuerpo herido y vulnerado, pero de ninguna manera fue suficiente para la escena que se reveló ante mí.

Sentí cómo el aire abandonó mis pulmones y un dolor profundo se instaló en mi estómago para después expandirse en un latigazo hasta mi pecho cuando la vi parada frente a mí.

Miré el miedo y la inseguridad en sus ojos al mostrarse así. Sólo llevaba su ropa interior. Su piel pálida estaba cubierta por grandes manchas color púrpura-verdoso.

Realmente quise darme la vuelta e irme. Tal vez a matar a Jaden de una vez por todas. Se me secó la boca de golpe. Las sensaciones de mi cuerpo me hicieron apretar los puños con tanta fuerza que mis nudillos se volvieron blancos.

¿Cómo mierda había permitido esto?

El maldito instinto primitivo de matar a la persona que había lastimado a la mujer que amaba estalló en mi cuerpo, me hizo querer... matarlo con mis propias manos. Reventarle la cabeza a golpes hasta que agonizara. Hasta que sintiera lo que ella había sentido. Hasta que su dolor se revirtiera y ella sanara.

La escena desató una ira que bullía en mi interior, ansiosa por estallarle a Jaden en la cara. Sin embargo, eso no era nada comparado con el dolor que me causaba. Un dolor tan profundo que se sentía como si algo se clavara en mis músculos, en mis huesos. Su propio dolor perforaba mis entrañas al verla tan lastimada, insegura y asustada.

Aparté la mirada y respiré hondo. Necesitaba calmarme. Por ella.

Me esforcé de maneras que no creí posibles para encontrar cordura en mí. Y a pesar de la presión asfixiante que sentí en la garganta por el nudo que ya crecía en ella, sonreí lo más honestamente que pude. No iba a hacer nada, más que intentar mejorar esto para ella.

Me acerqué y la tomé de las mejillas, pasando mis pulgares por sus pómulos y retirando mechones sueltos de su cara.

—Te prometí que todo iba a estar bien, ¿recuerdas?

Asintió lentamente con la cabeza.

—Y lo voy a cumplir. Todo va a estar bien. Vas a salir del hospital. Te vas a curar. A partir de ahora todo va a ser más fácil, pero necesito que me ayudes en algo.

—¿En qué? —su voz tembló y contuvo cualquier sollozo que quisiera liberar.

—Necesito que seas fuerte durante este proceso. Sé que lo eres, lo eres y mucho, y está bien que de repente sólo quieras bajar la guardia y dejarte caer para después levantarte, pero necesito que no te lastimes pensando cosas negativas.

—¿Ya me viste? Es como si... mi cuerpo... estuviera...

—Tienes moretones. Van a sanar, se van a borrar de tu piel. El tiempo eliminará esas heridas.

—¿Y las otras?

Sonreí con tristeza.

—Ésas tomarán más tiempo —le aseguré—. Y vas a necesitar más ayuda, pero también sanarán. Debes de tener paciencia, sabes que no va a ser fácil.

—Estoy cansada de que nada sea fácil.

Asentí con dolor; la entendía perfectamente.

—¿Recuerdas lo que te dije cuando me contaste que estabas cansada y que ya no podías más?

Pasé mi pulgar por su labio inferior. Le temblaba, así que intenté calmarla, pero al mismo tiempo le di un poco de espacio para que hablara.

—Sí —respondió en voz baja—. Dijiste que estaba bien si estaba cansada, pero que sí podía.

—No puedo hacer nada para que todo sea más fácil, pero necesito que recuerdes esa frase cada vez que te sientas cansada de todo. Va a ser difícil y cansado superar todo esto, pero estoy seguro de que valdrá la pena al final... ¿Recordarás eso?

—Lo intentaré.

Sonreí.

—Bien, yo intentaré recordártelo todos los días.

Asintió un par de veces y le di un beso en la frente antes de separarme de ella para tomar las toallitas que había dejado sobre el lavabo.

Tomé aire con fuerza. La sensación de dolor no se iba de mi cuerpo, por más que lo deseara. El dolor mental era un mierda cuando se lo proponía y éste se había instalado en mis hombros como un peso extra.

Allison tomó mi brazo con sus manos y dejó caer su cabeza en mi hombro, abrazándose a mí. La miré de reojo y sonreí.

—Traje con olor y sin olor —le dije—. ¿Cuál prefieres?

—Sin olor —murmuró—. Las que tienen olor contienen alcohol y me irritan.

Tomé ese paquete y saqué una toallita. En realidad, sí tenía un olor, pero era demasiado tenue. Sólo era posible identificarlo en un baño tan limpio como éste.

Miré de reojo a Allison, que se pasó las manos por la cara antes de soltar un suspiro como si estuviera tomando valor para afrontar la situación. Sabía que le era difícil verse así. También para mí lo era. Pero no podía torturarse tanto. Le iba a causar más daño.

Me giré hacia ella y con la mirada le pedí permiso para comenzar. Cuando asintió, le pasé la toallita por el cuello. No sabía por qué quería bañarse, o como se le llamara a esto, si ni siquiera estaba sucia. Se la pasaba en la cama, el lugar estaba fresco, no sudaba.

—Ese día hablé con Hellen.

Fruncí el ceño ante sus palabras.

—¿Con Hellen?

—Sí, cuando tú fuiste al lago con Aaron, hablé con ella.

—¿Sobre qué?

—Hace meses me había propuesto comenzar a tomar terapia, pero con una psicóloga con la que pudiera abrirme mejor, por no ser de mi familia.

—¿Y aceptaste? —le pregunté.

—En ese momento no, pero hace un par de días le llamé y le dije que quería hacerlo. Quiero intentarlo.

Esbocé una sonrisa en cuanto noté cómo su tono de voz se suavizó al darme la noticia. Un brillo especial relucía en ella y en sus ojos. Era un paso enorme, le había costado mucho trabajo abrirse con Hellen y conmigo, pero nosotros no podíamos ayudarla tanto como queríamos. Sólo podíamos apoyarla, pero en realidad necesitaba a alguien con quien abrirse sin miedo a nada y que le ayudara a sanar desde dentro.

—Estoy muy orgulloso de ti. Por ser fuerte. Sé que esto es difícil para ti.

Su mayor miedo era hablar y recordar, por eso no lo hacía. Por eso y porque había bloqueado demasiado su dolor.

—Hellen me dijo que sería a mi ritmo, que no necesariamente debía de hablar de eso, que podía sólo... ir soltando lo que sentía poco a poco... Y pues —jugó con sus manos, nerviosa—... también estaba pensando en otra cosa.

—¿En qué?

Lancé la toallita al cesto de basura y tomé otra, regresando deprisa para verla. Tenía una sonrisita, así que supuse que no era nada malo. Seguí limpiando su piel, frotando suavemente su abdomen en forma de pequeños círculos.

—En que tal vez hable de ti con ella o él, espero que sea una ella porque me voy a sentir más segura. Y buenoooo, sería raro porque no sabría cómo referirme a ti.

Enarqué una ceja con una mueca de extrañeza.

—Me llamo Eiden. ¿Sí te acuerdas de que dormimos juntos? ¿De que te casaste con...? ¿Qué? —me encogí de hombros con diversión cuando me lanzó una miradita recelosa.

—No me refiero a eso —me dijo, frunciendo el ceño—. Me refiero a que... ya sabes...

—Eh... no.

No. Realmente no la había captado.

—Bueno... Uh... tú y yo somos... pues... ya sabes...

—Esposos.

—Ajá —pareció aliviada—. Pero sería raro decir eso.

—¿Te avergüenzas de mí? —me hice el indignado, aunque me daba gracia la situación, no sabía por qué.

Pareció asustada por un momento y comenzó a negar con la cabeza frenéticamente.

—No, no. Sólo digo que sería extraño, ¿sabes?... sería como... raro.

—Pues dile que soy tu... amigo.

—Estaba pensando en otra cosa.

—¿En qu...?

Me quedé congelado con una mano sobre su cuerpo cuando se giró, dándome la espalda, y se acercó a la esquina del lavabo para tomar las flores de un pequeño jarr...

Oh, Dios. Era un estúpido. Ella quería que yo...

—Creo que aquí debería de ir un discurso bonito, pero no tengo nada, así que dejaré que fluya —me vio, nerviosa, y suspiró antes de seguir—. Nuestro comienzo creo que fue un poco catastrófico, o mucho, a decir verdad. Fue como un torbellino que arrasó con todo a su paso, pero entre todo ese caos nos encontramos y eso trajo un nuevo caos para ambos, uno con bordes y piezas incompletas que supimos encajar en el otro para al final completarnos. Con el tiempo juntos, he descubierto muchas cosas de ti. Descubrí que me gusta mucho tu sonrisa, esa que llega a tus ojos y hace que brillen. Me gustan los hoyuelos que se dibujan en tus mejillas y la forma distraída en la que caminas, llamando la atención de todos a tu alrededor sin darte cuenta. Conocerte es una de las cosas más magníficas que me han pasado, y conocer cada pedacito de ti lo es aún más. Sé que cuando algo no te gusta, aprietas los labios y tensas la mandíbula. Cuando estás estresado, tus hombros se ponen más rígidos. Cuando estás feliz, no puedes evitar sonreír, aunque a veces trates de ocultarlo. Incluso así, el brillo de tus ojos azules te delata. Cuando algo te avergüenza, tratas de huir del lugar o, en su defecto, encorvas los hombros como si quisieras pasar desapercibido. Cuando no entiendes algo, te gusta analizarlo mucho. Te concentras en ello, frunces las cejas o muerdes tu labio inferior, tu mirada se pierde en lo que estés haciendo y de repente entrecierras los ojos, ladeando la cabeza, como si eso fuera a darte otra perspectiva de las cosas.

"Tal vez al principio hiciste eso con los sentimientos que tienes por mí, analizarlos mucho sin parar. No lo sé, pero lo que sí sé es lo que sentí yo, y fue como si algo en mi pecho se calentara y se expandiera por todo mi cuerpo. Al comienzo me asustó sentirlo y quise detenerlo, pero después no pude evitar hacerlo y sólo dejé que siguiera porque me gustaba sentirlo. Más adelante me permitiste compartir todo eso contigo y te lo agradezco. No quiero separarme de ti nunca y sé que será así, que podremos seguir dándonos este amor que de alguna manera es tanto que se escapa de nuestras manos. Y me gustaría seguir conociéndote, conociendo hasta el más mínimo detalle de ti, si así me lo permites.

Allison me extendió las flores, ofreciéndomelas con una sonrisa nerviosa. En ese momento sentí que mi corazón estaba a punto de salir de mi cuerpo saltando hacia ella.

—¿Quieres ser mi novio?

Hizo una pausa, carraspeando.

—Eso no quiere decir que ya no seamos esposos, podemos seguir siéndolo, pero sería raro decirle eso a la psicóloga, o a mi tía. Apenas tenemos dieciocho años y creo que se espantaría... Yo no estoy espantada, pero si Hellen le dice a mi papá, pues ya sabes, sería raro... Si no quieres, no, eh, sólo lo pongo como una opción. Quería hacerlo formal —me miró demasiado asustada—. Estoy muy nerviosa. ¿Puedes decir algo?

Me ahorré el palabrerío, agarré las flores y las dejé a un lado para poder tomarla de las mejillas y besarla.

Noté que el gesto la había tomado por sorpresa, pero sus labios se apresuraron a corresponderme. La besé como si fuera mi oxígeno en ese momento y ella se sostuvo de mis brazos con fuerza para equilibrarse. Me abrí paso por sus labios, saboreándolos.

Besarla después de sentir que la estaba perdiendo fue casi como respirar aire puro de nuevo. Porque no la había perdido, la tenía aquí, conmigo. Segura. En mis brazos. Así como ella tenía mi seguridad en sus manos.

—¿Eso fue un "sí"? —me preguntó, separándose de mí.

—Sí —sonreí—. Ahora eres mi novia. Y mi esposa. No te vas a librar de eso tan fácil.

—Ten por seguro que es algo que no quiero hacer.

—Ni yo —murmuré—. Nunca.

Su sonrisa se ensanchó y bajó su mirada a mi pecho. Sus pestañas revolotearon sobre sus ojos y sentí que mi corazón se aceleraba al verla tan serena.

Definitivamente siempre iba a ser ella. No había duda. Nunca la tuve. Mi corazón estaba a punto de salirse de mi pecho sólo por tenerla enfrente, calmada, tranquila, entre las paredes blancas de este pequeño lugar que ahora estaba lleno de su aroma.

Tomó mi mano y la guio hasta su pecho, justo en su corazón. Noté que latía igual de acelerado que el mío y extendí mis dedos para acariciar su piel. Definitivamente la poca serenidad que tenía en mi cuerpo explotó cuando colocó su mano libre sobre mi corazón.

Nuestros corazones estaban latiendo con demasiada fuerza.

Yo sentía el suyo. Ella sentía el mío.

Me miró a los ojos.

El negro de sus ojos brillaba con intensidad y estaba seguro de que el azul de los míos también destellaba.

De pronto, unas dulces palabras abandonaron sus labios. Las pronunció con voz calmada y firme:

—Te amo, Eiden.

Sonreí. Ésta era la manera en que quería que nos dijéramos todo esto. Consciente. Sin miedo. Sin nada más que este sentimiento revoloteando en el aire.

Allison no sólo era la persona a la que amaba, era la esperanza que había buscado. Sí, esa luz al final del túnel. Y ahora sabía que había más camino. Mucho más.

Mi respuesta fue la única que podía dar. La que sentía con el corazón, con el alma, con mi vida:

—Te amo, Allison.

15

Sanación

Primera parte

Dos meses y varios días después

(14 de diciembre de 2021)

Allison Hallen

Sabía que no sería fácil.

Pero quería hacerlo.

Quería esa libertad. Quería sanar este dolor que era tan conocido y a la vez tan desconocido.

Y aunque por un momento quise hacerlo a un lado, ignorarlo, evadirlo, no para que desapareciera —porque sabía que en algún momento regresaría—, sino para poder reunir todas mis fuerzas por si las cosas no salían de la manera en que deseaba, sabía que enfrentarlo sería lo más sano para mí.

Necesitaba dejar de suponer lo que pasaría si lo soltaba. Dejar de arrastrar ese peso que me estaba estancando.

Una parte de mí me pedía que no lo hiciera. Que me detuviera. Que reconstruyera un poco de la confianza que había perdido en las personas más cercanas a mí para después tocar esa puerta que se había mantenido tanto tiempo cerrada.

Esa parte tenía miedo. Estaba asustada. Quería ralentizar el tiempo. Quería sumergirse en una cama, hacerse bolita y dejar todo atrás para después volver fuerte y sin tanto dolor a afrontar eso. Ese miedo.

Ese miedo de decirle a mi padre lo que había pasado.

Sólo quería esperar más tiempo para decírselo.

Y esa parte, esa parte que a veces se encerraba y pensaba que eso era lo mejor, se asustaba más al imaginar qué pasaría si él no le creía. Si al igual que Tara sólo... la ignoraba y fingía que no había pasado nada.

¿Y si volvía a derrumbarme?

¿Y si todo lo que había logrado se rompía?

Entonces volvía a este punto. A esta parte que había intentado silenciar por mucho tiempo.

La otra parte, la que me gritaba con fuerza que lo hiciera, que no esperara más tiempo, que lo sacara, que ya no me atormentara con un dolor que me estaba dañando, se escuchaba como un murmullo ruidoso en mi cabeza. Esa voz me pedía que dejara de torturarme con los mil escenarios que imaginaba sobre lo que podría ocurrir o no.

Hellen me dijo que decidiera lo que me hiciera sentir más cómoda. La llené de preguntas: ¿qué era lo mejor? ¿Qué pasaría si no me creía? ¿Y si sí me creía? ¿Cuál era su experiencia al respecto?

A veces, su respuesta variaba en palabras, sin embargo, en esencia era la misma y siempre buscaba tranquilizarme:

—*Cuando alguien es víctima de un suceso tan traumático como una violación, reacciona de diferentes maneras. Sin embargo, hay varios sentimientos que predominan, entre ellos el miedo, la vergüenza y la culpa, los cuales pueden tener distintos matices.*

"Puedes tener miedo a tu entorno, miedo a que se repita, miedo a que nadie te crea, miedo a lo que siga, miedo a una infinidad de cosas. Te puede dar vergüenza hablar, exponer que tu sexualidad fue vulnerada y agredida, externar lo que pasó porque tienes miedo a cómo te van a mirar, a tratar, e incluso sientes que te pueden juzgar. También surge la culpa, te preguntas si fue tu culpa, que si no hubieras hecho esto... tal vez no hubiera pasado aquello, que fue tu culpa por no haberte dado cuenta de que iba a pasar, etcétera.

"Son sentimientos erróneos y dañinos que se integran a tu entorno. Son difíciles de afrontar, unos más que otros, pero no imposibles. Lo primero que se recomienda es que la persona verbalicé lo que le pasó para después conocer todo lo que eso le ocasionó y a partir de ahí tratarlo.

"Si me pides que te recomiende qué es lo mejor, te puedo decir que no hay una decisión que esté cien por ciento mal. Estás afrontando esos tres sentimientos: miedo a hablar, la vergüenza a exponerle a alguien como tu padre lo que te ocurrió y un ligero sentimiento de culpa por no haberlo hecho antes.

"Puedes esperar para hacerlo. Ahora que has decido hablar en terapia sabes que no estás sola, sino que me tienes a mí y a otras personas en quienes puedes apoyarte.

O puedes hacerlo ahora. Tu padre puede ser un enorme apoyo y, además, el comienzo de la sanación de tu núcleo familiar.

"Elige lo que te haga sentir segura. Sabes que yo voy a estar para ti. Como tu tía, sabes que siempre lo voy a estar.

Sus palabras habían logrado esclarecer algunas cosas, pero, a pesar de eso, era difícil y confuso tomar una decisión. Había tantas ideas en mi cabeza que elegir era casi como una batalla campal que dejaba todo su daño en mí. Cada cosa tenía sus propios dolores y pesares.

Mi mayor miedo de hablar era recordar. Las palabras salían de mi boca, sin embargo, mi cabeza lo sentía todo. Recuerdos. Por más que quería crear esa barrera entre mi boca y mi cabeza, no podía. En mayor o menor medida, regresar siempre era doloroso. A ese lugar, a ese día, a esa noche, a ese momento, a ese mar de sensaciones que me habían golpeado con tanta fuerza que terminaron derrumbándome.

Mi mayor miedo de buscar apoyo no era no encontrarlo, sino que me causara más pesar y más dolor que alivio, tal como había ocurrido con Tara. Revivo esa escena en mi cabeza y aún duele como la primera vez. Ese nudo en mi garganta que parecía asfixiarme. Ese dolor en mi pecho que sentía que me iba a consumir. El mar de lágrimas que parecía ahogarme…

Todo de ese momento era doloroso y nunca iba a dejar de serlo.

Di vueltas en mi cama durante semanas y pasé días completos intentando encontrar una respuesta, una elección que me hiciera sentir segura y no me asustara tanto. Pero finalmente concluí que nunca iba a poder tomar una decisión sin el miedo a que la otra opción fuera la mejor.

Debía de tomar una elección y afrontarla.

Así que lo hice.

Miré mis manos, ansiosa. Sentía cómo los nervios palpitaban en mi garganta, formando un nudo. No estaba segura de si iba a poder hablar con claridad, probablemente acabaría llorando. Incluso ya desde este momento las lágrimas ardían en mis ojos a causa de la opresión que sentía en el pecho sólo de pensarlo.

—¿Estás segura de hacer esto? —me preguntó Hellen, haciendo que desviara mi atención hacia ella—. No te sientas presionada. Está bien si quieres esperar hasta que te encuentres mejor.

La miré por unos segundos, inhalando con fuerza por mi nariz, disfrutando de la paz que me daba su presencia. Su cabello castaño en una coleta baja. Su nariz respingada. Sus ojos color avellana. Su mirada, esa que, en un punto, me había quebrado con sólo verla, pero que había sido la única que había estado para mí cuando más lo necesité.

—Estoy bien. Sí quiero hacerlo —le aseguré con una pequeña sonrisa.

Estábamos sentadas en el sofá principal de la sala de mi casa. Y aunque el lugar no era tan grande, yo me sentía pequeña y expuesta. La espera me estaba poniendo tan nerviosa que sentía que mi corazón se iba a salir de mi pecho.

Era la segunda vez que lo intentaba en esta semana. En la primera no fui capaz de hacerlo, desistí justo antes de que papá llegara. Era como estar en el borde y no saber si mi siguiente paso sería hacia delante o hacia atrás. Era un volado entre tocar fondo o estabilizarme más. La sensación era demasiado abrumadora.

Los últimos dos meses habían sido así, abrumadores, con más bajos que altos.

Cuando papá llegó de Ohio junto a Tara hace más de dos meses, todavía tenía moretones en la cara. Eran los únicos que no podía ocultar, ni siquiera con exceso de maquillaje. Les dije que me había caído de las escaleras, pero que no había sido nada grave. Por suerte, me creyeron.

Me costó mucho trabajo recuperarme físicamente de lo que había pasado. Tuve que ir en varias ocasiones al médico para revisiones.

El veneno me había lastimado el estómago y durante la primera semana me fue difícil ingerir comida con naturalidad sin sentir un ardor profundo o ganas de vomitar.

Estuve durante un par de semanas medicada y yendo a la clínica. Además de que me costaba moverme con total libertad.

Regresar a clases la primera semana fue como ir al infierno. Eiden, Jess, Nathan o quien estuviera más cerca de mí debían de ayudarme con mis cosas. No se separaban de mí para nada, porque notaban lo cansado que se me hacía en algunas ocasiones caminar. Tuve que hacer las tareas y los trabajos de los días que estuve ausente y después recuperar el hilo de las clases.

Por momentos me sentía tan agobiada por todo que me tiraba en la cama y únicamente me quedaba ahí. Quería hacer algo rápido y mi cuerpo se cansaba, me daban náuseas, malestares, dolores, y eso me hacía sentir impotente.

En lugar de apresurarme para hacer eso que quería hacer, me venía abajo.

Me quedaba en mi cama, porque quería recuperar fuerzas, pero terminaba sintiéndome casi inútil. Me tenía que repetir una y otra vez que no era yo, sino mi cuerpo y mis circunstancias hasta que lograba calmarme. Eiden entraba a mi habitación, se metía a mi cama, me abrazaba con cuidado de no lastimarme y se quedaba a mi lado. En silencio, besándome, acariciándome, tranquilizándome para que dejara de sentir que mi cuerpo y mi cabeza se estaban desgastando.

Emocionalmente me había costado recuperarme de todo lo que había pasado. Mi primer error fue no querer hablar de nada. Ni del daño que me había causado lo de Jaden, ni de lo que sentí cuando supe lo que le había ocurrido a Roberts.

Al principio lo disfracé con querer hacerlo hasta que me sintiera completamente bien tanto física como emocionalmente, sin embargo, después me di cuenta de que lo estaba evadiendo porque pensaba que el tiempo lo borraría, aunque poco a poco fui tomando las riendas de la situación.

Digerí a mi manera tanto mi cercanía con la muerte como mi sentimiento extraño frente al fallecimiento de Roberts. Mi problema era que no sentía lo que pensé que experimentaría ante esa situación. Quería estar feliz por lo que le había ocurrido, pero no, no lo estaba de esa forma desmedida en la que llegué a creer que lo estaría.

Me costó mucho entender lo que sentía, sin embargo, al final logré hacerlo tras un proceso pausado y natural.

Comprendí mi sentir. Podía odiar a Roberts, detestarlo y haber deseado su muerte una y otra vez por todo el daño que me había causado, sin embargo, una parte de mí no podía alegrarse con plenitud del dolor ajeno. Del dolor que él había dejado tras su muerte. A mi madre, a sus padres, a su esposa. Y aunque eso me dejaba un pesar, no me sentía triste por ellos ni mínimamente por él. No lamentaba su muerte, al contrario, me daba paz saber que ya no estaría aquí, que ya no le haría daño a nadie más. Era lo que se merecía. Lo que al final había obtenido por el daño que había hecho, que me había hecho. Ese día, después de llorar, me di cuenta de algo: lloraba por saber que mi cuerpo y mi mente volverían a tener paz. Lloraba por la niña que, desde el momento en que todo pasó, no dejó de temer que un día ese evento traumático se repitiera.

Sentía un peso enorme menos en mi espalda. Como si un miedo que no sabía que se había encarnado en mí se hubiera desvanecido.

Era una tranquilidad que me invadía y que suprimía todas esas sensaciones y malestares que aparecían de vez en cuando por cosas tan triviales que para mí habían dejado de serlo. Como cuando abría la puerta de mi casa y, en el fondo, tenía miedo de que fuera él quien estuviera al otro lado. O como cuando me quedaba sola y temía que de pronto alguien llegara y me lastimara. Incluso había llegado a temer escuchar su voz o cualquiera semejante.

Aunque esos temores y esos pesares no se habían desvanecido en su totalidad, sabía que podría afrontarlos con calma, con terapia.

Lo que pasó con Jaden sólo lo hablé con Eiden hasta un mes después de que ocurrió. Creo que se cansó de que no quisiera hablarlo. No se había molestado conmigo, pero sí le causaba pesar mi situación.

Estaba bien. O al menos yo me sentía así. No pensaba que me había impactado con mucha fuerza. Había sido poco tiempo, así que creí que las secuelas habían sido más físicas que psicológicas, sin embargo, no podía dormir con la luz apagada, no me gustaba quedarme en lugares muy oscuros, me espantaba con sonidos bruscos e hiperventilaba cada que recordaba lo que me había hecho.

Era como si el dolor regresara, los golpes, las cortadas, el lugar... Mi cuerpo... se sentía roto.

Por más que intenté creer que se pasaría con los días, no fue así, o al menos no a la velocidad que yo quería. Eiden intentó no presionarme para hablar hasta donde pudo, pero un día sólo me lo pidió, me pidió que le contara qué había pasado, a él o a alguien más.

Lo hice con él porque me resultaba más fácil. Y tal como esperé, hablar de eso se sintió como una catarsis de emociones dolorosas y abrumadoras.

Recordar lo que había pasado era doloroso. Y lo siguió siendo cuando lo hablé con Laurie, mi psicóloga. Ella era la esposa de Reece —cuyo hermano, Connor, era muy amigo de Aaron—. Trabajaba en un consultorio privado. Iba a verla, según ella a charlar, no a consultas. No podía verla como una paciente, ya que, por vivir con mis padres, seguía bajo su tutela y necesitaba el consentimiento de alguno de ellos para hacerlo. Así que las ironías de la vida me volvieron a colocar en la misma posición.

No fue tan difícil abrirme con Laurie. No me sentía expuesta ni avergonzada por esa herida. En realidad, no quería hablarlo porque esperaba que pasara solo, como si deseara que esa frase de "El tiempo lo cura todo" compensara las secuelas de lo que había vivido.

Obviamente, el tiempo no curó nada. Y tuve que comenzar a buscar la manera de hacerlo.

Como en este momento. Que estaba afrontando la herida más profunda que tenía...

Dejé caer mi cabeza en el hombro de Hellen y tomé una respiración profunda cuando sus manos se posaron sobre las mías, porque no dejaban de moverse con inquietud. Estaba nerviosa y no podía controlar esa sensación.

—No he pensado en que va a pasar si él no me apoya —murmuré. Las palabras salieron bajo la presión del nudo que se me había formado en la garganta, sin embargo, en este momento prefería eso al silencio denso que se arremolinaba entre nosotras por la cantidad de emociones que sentía—. Sé... sé que va a ser algo malo, que me va a doler, pero... ¿Y después? ¿Qué va a pasar después?

—¿Crees que él no te va a apoyar? —me preguntó con suavidad.

—No lo sé —respondí—. Tara no lo hizo.

—Tara no es Oliver y Oliver no es Tara. No van a reaccionar igual.

—Pero ninguno estuvo cuando los necesité —susurré y me costó mucho pronunciar esas palabras. Decirlo en voz alta era como recordármelo. Ninguno estuvo.

Respiré con fuerza y apreté los ojos. Me tensé cuando tomó mi barbilla, haciendo que la viera.

No quería verla a la cara. Su mirada era de esas que podían desarmarme por completo. Me transmitía paz, calma, y me recordaba que ella había sido la primera persona en escucharme, en quedarse a mi lado, en buscar la manera de ayudarme cuando nadie más lo hizo. Y toda esa paz me hacía querer llorar.

Sentía una mezcla de emociones contradictorias que hacían que mi cuerpo buscara sacarlo todo. Por un lado, me sentía desprotegida por estar tan vulnerable, pero por otro lado me sentía protegida porque sabía que no debía tener miedo por ello. No con ella.

—Oliver es mi hermano —pronunció, no sabía cómo podía mantener la voz tan apacible y serena—. Y a pesar de que lo quiero, sé que no ha sido un buen padre contigo. El problema es que él cree que sí. Porque priorizó otro tipo de bienestar para ti, sin darse cuenta de que dejó de lado uno más importante. Te dio estabilidad material —señaló el lugar a mi alrededor.

La casa que papá había comprado apenas recibió su transferencia a Linston. Todavía recordaba cuando había tocado la puerta de mi habitación con un pequeño fólder lleno de imágenes de casas para que escogiera una. Ésta me había gustado y con la remodelación había quedado mucho mejor.

—Pero se le olvidó darte este tipo de estabilidad —bajé la mirada hacia su dedo cuando presionó mi pecho, justo en mi corazón. Mi labio inferior tembló—. Oliver te quiere mucho, sin embargo, su manera de quererte y demostrarlo no ha sido la mejor. No ha sabido ser un buen padre en todo el sentido de la palabra.

—Él siempre me preguntaba si estaba bien. Desde que ocurrió ese... incidente. Siempre lo hacía. Y nunca le dije que estaba mal. Tal vez si yo le hubiera dicho la verdad en ese momento, hub...

—Y tal vez si él te hubiera prestado más atención, ni siquiera tendrías que habérselo dicho porque él lo habría notado —me cortó, ironizando con mis palabras—. Y tal vez si hubiera dejado de preocuparse tanto por su trabajo, habría notado que había dejado una ausencia en su casa. Y tal vez si Oliver hubiera conseguido otra mujer no tendrías una mamá como Tara. Tal vez esto, tal vez aquello. No podemos vivir de los tal vez, no existen. Y no podemos torturarnos así. Tú ahora estás aquí, afrontando lo que pasó, queriendo decírselo a él.

—¿Y si prefiero dar la vuelta y ya no hacerlo?

—Entonces damos la vuelta y no lo haces. Ni tu papá ni nadie más es la verdadera razón por la que quieres comenzar a sanar todo el daño que te dejó lo que pasó. Eres tú. Y tú eres muy fuerte.

—¿Lo crees? ¿Crees que soy fuerte?

Enarcó una ceja.

—¿Lo dudas?

Lo pensé unos segundos y negué con la cabeza.

—No —musité. Apenas y podía creer en mis palabras. Me costaba asimilarlo.

Hellen me dedicó una pequeña sonrisa cálida y yo se la devolví, o al menos eso intenté.

—Pase lo que pase, sabes que no estás sola. Si Oliver no te apoya, me tienes a mí. Y esta vez realmente no te voy a dejar pasar esto sola en ningún sentido.

—Gracias.

—Gracias a ti, por dejarme ayudarte.

Asentí un par de veces con una sonrisa que terminó pareciendo un puchero porque mi labio inferior no dejaba de temblar. Permití que Hellen me estrechara por los hombros y me pegara a su cuerpo en un abrazo suave.

Me hundí en ella y en su calidez. No sabía lo que iba a pasar, pero sabía que, aunque doliera, debía de seguir. Ya me había detenido por mucho tiempo. No podía hacerlo más.

Estuvimos en silencio un tiempo corto. Hasta que la puerta se abrió y una silueta se movió por el pasillo. Hasta que papá apareció con una sonrisa que se apagó en sus labios al verme. Hasta que mis sollozos fracturaron el silencio, porque no pude evitar sentir cómo cada emoción que antes creí agonizante parecía incrementarse sin cesar.

Ese día me senté ahí. En el sofá. Papá se sentó a mi lado. Hellen sostuvo mi mano cuando comencé a clavarme las uñas en las palmas para buscar concentrarme en algo más que mi dificultad para hablar. Ella estaba ahí, apoyando en silencio algo que sabía, pero que yo jamás había sido capaz de decirle con certeza.

Ese día, como uno de hacía tres años, tenía a uno de mis padres al lado. Como hacía tres años, no fui capaz de decirlo, no en un principio. Lloré tanto que creí que en algún punto iba a perder la conciencia.

Fue difícil. Fue difícil verlo sentado a mi lado. Verlo esperar por palabras que me estaba costando pronunciar. Verlo intentar entenderme y recibir en cambio silencio. Ver la desesperación plasmada en su rostro.

Y fue difícil decirle lo que había pasado.

Cómo una noche de hacía tres años, todo se había derrumbado para mí. Cómo esa persona que él había dejado entrar a su casa, una y otra vez, había sido la causante de todo.

Todavía recuerdo cómo fue pronunciar cada palabra. Cómo cada sílaba dolía al salir de mi boca. Cómo no fui capaz de verlo a la cara.

Cómo el silencio invadió el lugar después de habérselo dicho. Profundo y tortuoso. En ese momento sentí como si mi corazón se estuviera rompiendo y cada trozo se clavara en mi pecho.

Por segundos no dijo nada. Temí lo peor. Quise pararme e irme. Hundirme en mi cama hasta que el dolor se apagara. Ya sentía todo viniéndoseme encima, una neblina oscura que parecía querer envolverme con sus garras llenas de dolor y arrastrarme hacia las sombras.

Pensé en tantas cosas que, cuando unos brazos me rodearon con fuerza y me estrecharon contra un cuerpo que estaba tan agitado como el mío, sólo cerré los ojos. Los cerré mientras escuchaba cómo la voz de papá se quebraba en una súplica, cómo sólo era capaz de pronunciar una palabra como si fuera la única adecuada para ese momento.

Encajé mis manos con fuerza en su espalda y sólo me centré en el "Perdóname" repetitivo que pronunciaba entre sollozos.

Y en ese momento sentí cómo algo se vaciaba y liberaba de mi pecho.

La neblina se alejaba, las sombras se iban. La oscuridad se volvía algo distante, y aunque aún la veía y sabía que había cosas por sanar, estaba segura de que podría hacerlo.

Lo lograría, sanaría esto, porque era fuerte.

***

(2 de febrero de 2022)

Eiden Blaken

Era extraño.

Nunca había imaginado qué pasaría cuando todo acabara. Cuando las cadenas que me aprisionaban las manos, los pies, el cuerpo entero, se eliminaran. No lo había visualizado a plenitud.

Sabía que habría un futuro por delante, sin embargo, por alguna razón todo se veía grisáceo.

En el comienzo de todo así se sentía. En el comienzo no podía ni imaginar la cantidad de cosas que pasarían en el medio. La forma en que eso me cambiaría.

Ahora todo se veía tan distinto.

Llevar al extremo cada emoción, cada sensación que había reprimido dentro de mí, me hizo tomar una bocanada de aire tan revitalizante que no podía ni imaginarme volviendo a ese lugar sombrío en donde había llegado a estar.

Me ahogaría si volvía a ese punto. Había aprendido a sobrevivir sin aire, pero apenas mis pulmones sintieron de nuevo cómo entraba no pudieron evitar aferrarse a él.

Todo lo que pasó me hizo abrazar sentimientos que no quería.

Pero también empecé a entender que podía tener otra oportunidad, aunque, por desgracia, por más que mirara las cosas con otros ojos, mi pasado se había aferrado a mis hombros y me estaba costando sacarlo de ahí. Parecía un humo negro que nublaba mi visión, aquello que quería hacer, el camino que me estaba esforzando por construir.

Los colores vívidos se teñían de ese humo negro y por más que me empeñaba en quitarlo, se expandía cada vez más.

Sin embargo, no podía permitir que eso pasara.

Merecía otra oportunidad y lucharía por ella.

Así fuera difícil, así el camino estuviera lleno de obstáculos y me dolieran los pies por seguir. Lo haría. Nada me detendría. Llegaría hasta ese lugar en donde me sentiría libre y ningún peso aprisionaría mis tobillos ni me haría caer.

Lo lograría, sanaría esto, porque era fuerte.

* * *

—¿En qué piensas?

La voz de Connor entrando al balcón me distrajo del pequeño momento de tranquilidad en que estaba. Me gustaba venir aquí. El aire corría por las noches con más fuerza y podía ver el cielo incluso sin la necesidad de alzar mucho la cara.

—No lo sé —le respondí.

—¿No lo sabes o no quieres decírmelo?

Sonreí y me giré para verlo de frente.

Tener que convivir con él todos los días me había hecho conocerlo. Castaño, ojos cafés, mi misma estatura a pesar de ser cinco años mayor que yo —que, por cierto, no los aparentaba—. Cuando lo vi por primera vez, pensé que era de la misma edad de Aaron, pero para mi sorpresa no era así. Incluso acababa de terminar su último año de Psicología.

Siguió los pasos de la esposa de su hermano, Reece. La consideraba casi como una madre. Por lo que sé, después de la muerte de sus padres, Laurie fue la que más estuvo con él. Reece era amigable, pero no se veía nada afectuoso.

Bueno, eso era lo que sabía respecto al vínculo que tenía con Laurie, aunque al parecer era más fuerte y profundo, pues tenía que ver con su infancia.

No sé qué ironías de la vida lo vinieron a poner junto a Aaron. Tampoco sé cómo o por qué mi hermano terminó contándole todo lo de Jaden, pero, por lo visto, Connor no era tan distinto a nosotros. A veces parecía no sólo entendernos, sino que en verdad sentía nuestra situación.

Connor enarcó una ceja, esperando mi respuesta, y yo esbocé una sonrisa ladina.

—No quiero que me psicoanalices o que hagas algo de tus cosas raras —respondí—. Ya tuve suficiente con lo de hoy en la mañana.

—Eso no fue un psicoanálisis. Fue un consejo. Uno muy bueno, por cierto.

—"No deberías masturbarte tanto porque puede ser dañino" —imité su voz de forma burlona y amarga—. Qué pasada de consejo, ¿ehh?

—Llevabas veinte minutos en el baño y no se escuchaba la regadera.

—¡Estaba arreglando el lavabo que tú jodiste!

—No lo jodí. Se jodió solo.

—Sí, claro, llamémoslo así. ¿Sí sabes que hay camas para hacer eso?

—¿Por qué eres tan aburrido? —canturreó, rodando los ojos—. Eso se puede hacer donde sea.

Lo miré de mala gana.

—Sí, donde sea, pero por lo menos deberías de fijarte si los va a soportar.

—Bueno, pero eso no quita que el momento estuvo bueno.

Rodé los ojos por su cinismo.

La noche anterior, Connor había llegado con alguien de una fiesta. Lo descubrí porque había bajado a tomar agua y, al pasar por el pasillo del baño, lo único que se escuchaban eran gemidos. Y hoy en la mañana el maldito lavabo estaba chueco. Intenté arreglarlo y lo primero que me topé al salir del baño fue a un Connor con cara de resaca que me dijo que no me masturbara tanto.

Ah, y después de que lo mandé a la mierda, siguió. Se puso a explicarme los pros y los contras de hacerlo. No, y eso no fue lo peor: lo peor fue que lo hizo mientras todos desayunábamos.

Ahora que me acordaba y lo tenía enfrente me daban ganas de darle un golpe.

Connor me miró con gracia. Sí, sí que quería golpearlo.

—Pero igual —dijo, encogiéndose de hombros—, mis consejos son muy buenos.

—Algunos.

—La mayoría.

—Diría que la minoría.

—Pero ésos son muuuy buenos.

Hice una mueca de resignación, porque eso era verdad.

—No puedo negarlo —podía ser un cabrón molesto en algunos sentidos, sin embargo, si necesitabas un consejo, él era el indicado—. Deberías cobrar por ellos y juntar el dinero para arreglar el lavabo chueco.

Desestimó mi comentario con la mano como si no fuera la gran cosa.

—Que se quede así de recuerdo. Aparte las personas no cobran por los consejos.

—Las personas no dan buenos consejos como tú —solté sin siquiera pensarlo mucho y me arrepentí al ver su sonrisa arrogante.

—¿Y ahora qué te picó que me estás halagando? —soltó, viéndome con cierta diversión—. ¿No hace una hora me habías mandado a la mierda por comerme tu crema chantilly?

¿No podía tomar mi halago y callarse?

Y sí, hacía no más de una hora lo mandé a la mierda de lo enfadado que estaba al no encontrar mi crema chantilly donde siempre la dejaba, incluso azoté la puerta del refrigerador cuando me di cuenta de que se la había acabado. Estaba que quería romper algo. Por ejemplo, la sonrisa que tenían Connor, Aaron y Samantha en la cara cuando me preparé un pan con mermelada porque mi maldito chantilly no estaba.

—Primero, no te estoy halagando a ti —aclaré. Que tampoco se creciera—. Estoy halagando tus consejos. Y segundo, sabes que esas cremas no las venden aquí. Las venden en la maldita ciudad.

—Sobrevivirás, no seas dramático —bufó—. Pero no me has dicho qué haces aquí.

Y… volvíamos a lo mismo.

—Siempre vengo aquí.

—En las noches, sí —pronunció como si apenas lo recordara—. ¿Por qué?

Enarqué una ceja.

—Muchas preguntas, ¿no?

—Pocas respuestas, ¿no? —me imitó con el mismo tono irónico.

Resoplé, dejando salir el aire que estaba aguantando, me di la vuelta de nuevo y reposé mis brazos en el borde del balcón. Él imitó mi acción.

Necesitaba decírselo, a ver si me ayudaba.

—¿Crees que hice lo correcto? —le pregunté, dubitativo.

—¿Por qué lo dudas? —su voz era tan malditamente seria que me hacía sentir en un interrogatorio.

Y era eso precisamente lo que me había mantenido estable durante todo este tiempo.

—Quiero estar para ella —musité.

—Lo estás.

—Más cerca.

—La cercanía no es sólo física, Eiden.

—Lo sé. Es sólo que…

—Estás para ella —me cortó—. Y tus razones para alejarte, por lo menos de esa forma, fueron válidas y saludables para ambos. Ella las entendió.

—Eso no quita que quiera estar físicamente para ella. Está yendo a terapia y sanando y...

—Tú también —me cortó con suavidad, apagando mis palabras y ese pensamiento que a veces solía surgir, como esta noche—. Tú también estás sanando. ¿O ya olvidaste por qué decidiste alejarte de ella durante este proceso?

Negué con la cabeza, soltando una exhalación pesada.

—No —pronuncié, resignado—. No lo he olvidado.

Ésta era la razón por la que recurría a él muy a menudo. Era bueno escuchando, hablando, aconsejando. Casi siempre tenía las palabras correctas. Y, de alguna manera, era a él a quien me acercaba para hablar de cómo me sentía.

Con Aaron tenía la confianza para hacerlo, sin embargo, Connor sabía separar las cosas y detener aquellos impulsos que me nacían más del corazón que de la razón.

En ese punto, Aaron sólo me habría dado una palmadita y me habría dicho que siguiera a mi corazón. Y definitivamente mi corazón estaba con ella.

—Cuando estés bien y no desconfíes de ti mismo, vas a volver con ella. Eso es lo que querías, ¿no?

Asentí con la cabeza.

—Entonces deja de atormentarte con eso.

—No puedo —murmuré—. Puedo estar bien una semana, pero de repente sobrepienso mi decisión.

Lo escuché bufar y miré de reojo cómo se giraba para verme. No tuve el ánimo suficiente para hacer lo mismo. Sin el contacto visual podía hablar mejor, lo había descubierto a base de miles de palabras que no dije por ese temor a que me juzgaran.

—Somos humanos, Eiden, tendemos a sobrepensar las cosas. Sólo debemos de priorizar y ordenar lo que realmente importa.

—No es tan fácil como decirlo.

—No, no lo es, pero sí es lo más sano. Hoy lo sobrepiensas, pero después te vas a percatar de que fue lo mejor y seguirás con tus planes. Será así por semanas. Lo sobrepensarás, luego te resignarás, y durante ese ciclo llegará el día en que, sin darte cuenta, avanzarás lo suficiente hasta lograr la estabilidad que estabas buscando.

—¿Y cuándo sabré que lo logré? —me giré para verlo, irritado—. Han pasado dos meses y sigo teniendo miedo de mi pasado. De alguna manera, me sigue aterrando regresar a la vida que tenía antes con Jaden. Las pesadillas continúan, tengo pensamientos negativos con respecto a la vida, a mis experiencias, a lo que he hecho, a que eso me atormente por el resto de mi vida.

—Esos miedos nunca se irán.

—Puta madre, qué buen consejo —solté de mala gana, dándome la vuelta para irme.

Ya estaba cansado de esto.

Hacía dos meses, después de que Allison comenzara a ir a terapia, decidí hacer algo por el bien de los dos. Por el mío.

No lo iba a ocultar. Haber vivido lo que viví de niño y de adolescente con Jaden me marcó. Pensé que podría salir ileso de eso, sólo con heridas físicas, marcas, cicatrices. Pero no fue así.

Por más que mirara las cosas desde otra perspectiva y que quisiera seguir adelante, a veces sólo me sumía en el miedo, me encerraba en mi habitación y... no podía adaptarme a vivir esta vida normal sin Jaden. Se escucha asquerosamente deprimente, pero no sabía vivir en estabilidad. Había vivido mucho tiempo en un contexto totalmente opuesto.

De pronto, el pánico y la ansiedad se apoderaban de mí cuando pensaba que iba a volver a la vida tan horrible que llevaba y eso iba a destruir el presente que estaba construyendo.

Y estar cerca de Allison incrementaba esa sensación. Ella estaba saliendo por completo de su pozo oscuro, había comenzado a ir a terapia, tenía una mejor relación con su padre y su madre había dejado de ser esa presencia destructiva y negativa con la que tenía que lidiar en su propia casa después de que su papá la corriera.

Estaba bien.

Pero yo no.

Yo me sentaba al borde de mi cama sin poder dormir, pensando, atormentándome. A veces, cuando lograba conciliar el sueño, despertaba con pesadillas acerca de Jaden, de las formas en que me había torturado, y sufría ataques de ansiedad al imaginar que volvía a todo eso.

Por un momento, pensé que estaba enfermo por no poder vivir con normalidad. No quería regresar a todo ese sufrimiento, pero tampoco podía avanzar de forma saludable. No sin pensamientos dañinos.

No sin aceptar que lo que había vivido era parte de mi pasado, y que tenía que dejarlo ahí.

El recordatorio viviente y persistente de que Allison estaba conmigo en su propia lucha me pesaba demasiado. La miraba y sabía que quería un futuro con ella, pero esos pensamientos y miedos teñían todo de un color oscuro, como si ella fuera la luz y la oscuridad de mi pasado quisiera engullirla.

Mi punto de quiebre fue aquella noche en la que desperté de una pesadilla y no pude conciliar el sueño después. Allison estuvo toda la noche a mi lado, acompañándome y tratando de alejar todas esas sensaciones abrumadoras. Pude volver a descansar hasta la mañana siguiente y ella, por el desvelo, se quedó dormida conmigo.

Ese día tenía consulta con su psicóloga, pero no fue porque no quería dejarme solo.

No podía permitir que esto pasara de nuevo. No podía lastimarla de esta forma.

Así que un día lo decidí. Me costó demasiado, y por demasiado me refiero a semanas de estar pensándolo, hasta que entendí que era lo mejor. Le dije a Allison que me iría. Un tiempo. Necesitaba esta distancia, más que nada física. Verla todos los días a mi lado me hacía sentir que no estaba haciendo nada por asegurarnos un futuro sano. A mí y a ambos.

Necesitaba que cada uno sanara y se priorizara. No quería que ella me dedicara una energía que bien podía emplear en ella. No quería que, por tratar de ayudarme, su proceso se retrasara, porque, aunque deseaba tenerla a mi lado, sabía que mi dolor podía herirla. Verme mal, verme triste, la haría volcar su atención en mí, cuando necesitaba usarla para cuidar su propia salud mental.

Seguíamos hablando día y noche sin cesar por mensajes, sabíamos cómo estaba el otro, nos ayudábamos y apoyábamos a la distancia, pero estar separados físicamente hacía que no rompiéramos nuestros propios procesos y esfuerzos por darnos más de lo que nos dábamos a nosotros mismos. Amaba nuestro amor, pero debíamos amarnos y sanarnos a nosotros primero para que ese sentimiento no se viera empañado por nuestro dolor y pasado.

Quería sanar sin intervenir en su sanación. No quería que ninguno de los dos se atascara en su propio camino por querer ayudar al otro. No quería que ella se acercara a mi oscuridad queriendo llenarme de su luz. Quería que cuando ambos estuviéramos juntos, no tuviéramos miedo de hundirnos y no hubiera oscuridad que pudiera manchar nuestro amor.

No quería teñir el comienzo de su luz con el final de mi oscuridad.

Por todo ello, Aaron, Samantha y yo decidimos mudarnos a un pequeño pueblo al sureste del estado. Nos alejamos de todo lo que significaba Linston para nosotros. Era un lugar en donde habíamos sufrido mucho, pero queríamos volver sanos para que los buenos momentos que vivimos como familia prevalecieran sobre los malos. Si Allison no estuviera en Linston, probablemente no volveríamos, pero ahí estaba y, después de esto, no pensaba separarme de ella nuevamente. Era todo para mí y quería volver con ella para crear un hogar sano entre los dos. Además, mis hermanos también estaban cómodos con la idea de regresar a casa, donde vivimos por tanto tiempo y pasamos buenos momentos. Aparte ellos apreciaban mucho a Allison, su amistad era muy grande. Ella era un corazón puro y, aunque no se diera cuenta, traía alegría a los demás.

Los tres, Aaron, Sam y yo, pensamos en ir a terapia, pero después desistimos, aunque decidimos hacer algo más. No tomamos el camino recto, preferimos un atajo.

Lo que habíamos hecho —matar— podía quebrantar la moral de muchas personas. Y eso era lo que principalmente nos pesaba y atormentaba, y lo que necesitábamos sacar.

Así que recurrimos a nuestra última esperanza o, más bien, la última esperanza de Aaron, específicamente. Yo estaba bien con buscar la manera de llevar mi proceso. Sólo necesitaba paz, encontrarme en el lugar en donde me había perdido, pero Aaron no lo veía así. Dijo que necesitábamos ayuda de verdad.

Connor.

Con él no había secretos ni tapujos, lo sabía todo. Llamaba "charlas" a sentarse con nosotros en la terraza y escucharnos hablar y sacar hasta la cosa más difícil que nos pesaba para después darnos un "consejo".

¿Era ético?, no.

¿Era lo correcto?, probablemente no.

¿Era una persona adecuada?, no en parte, aunque desde otra perspectiva sí lo era.

¿Teníamos otra opción?, no.

Era la única persona a la que nos abrimos sin miedo. Nunca nos juzgó porque tiempo después sabría que él había vivido algo similar.

Así que sí. Ahora ésta era mi vida y mi forma de afrontar lo que había sido de ella.

Connor sostuvo mi brazo al notar mi intención de querer irme. Me acababa de decir que al parecer nunca iba a superar nada. Quería dormir; mi cabeza estaba muy confundida.

—El que diga que nunca dejarás de tener esos pensamientos negativos no significa que con el tiempo no aprenderás a vivir con ellos. Todo lo que viviste es parte de ti. No puedes borrar tus pensamientos ni tus recuerdos.

—Esto es agotador —espeté—. Siento que no avanzo.

—Sí lo has hecho.

—Sigo teniendo pesadillas, sig...

—Ayer pudiste hablar de ello sin que te lo pidiera. Lo que pasaba en el sótano.

—Me lo habías pedido antes —recordé.

Aaron le había contado sobre eso. Al fin y al cabo, nuestras historias se entrecruzaban.

—Te lo pedí y te negaste. Sólo me dijiste que las agresiones ahí eran peores.

Lo miré con el ceño fruncido. Se lo había dicho porque quería sacarlo, contárselo a alguien. Antes no lo hacía porque me era difícil recordarlo.

Al ver que no respondí, porque sinceramente no sabía qué decir, siguió:

—Esto es un proceso. Lento, que no va a ser fácil. Probablemente pasen años para que puedas sentirte completamente estable. Y eso no significa que al fin todo va a ser color de rosa. Lo que viviste es y siempre será algo que de alguna manera te va a doler. La diferencia es que te dejará de afectar lo suficiente como para estancarte en la vida.

—Entonces ¿debo de esperar otros tantos malditos años para estar bien? —solté, irritado ante la idea—. Ya me quitó más de la mitad de lo que llevo viviendo, ¿no es suficiente?

—Deja de ver esto como un punto de inicio y un punto final. No te vas a despertar un día y de repente dirás: "Ya estoy bien. Ya nada me afecta".

—Entonces ¿qué hago?

—Vive.

Fruncí el ceño y él negó con una diversión absurda.

—Eiden, sólo vive este proceso.

—No sé cómo vivirlo.

—No pienses en cómo hacerlo. Sólo hazlo. Avanza y decide qué quieres hacer conforme lo vayas sintiendo —pronunció con seriedad—. No sientas que debes estar completamente sano o bien para dar pasos en tu vida. No detengas tu vida, vívela a pasos pequeños. ¿Quieres volver a Linston con Allison? En un mes hazte la pregunta de si estás listo para hacerlo. No te preguntes si ya sanaste, pregúntate si ya te sientes capaz de estar con ella sin que tu entorno te afecte. Es más, háztela en quince días, en dos meses, en tres meses. Sabrás que es el momento cuando no dudes ni te atormentes con la respuesta.

Lo miré por unos segundos, procesando sus palabras. Una parte de mí se irritaba y sentía que no podía más, quería que todo avanzara más rápido, saltarse pasos, evitar ciertas cosas. Y definitivamente sobrepensar hacía que todo fuera peor porque me paralizaba.

Hablar con él podía ser así de difícil, porque tomaba la realidad y te la lanzaba en la cara. Y la maldita realidad podía ser pesada y dolorosa, pero era lo que era, y era lo que había que afrontar.

Debía acostarme en mi cama y digerir cada palabra hasta entenderla y aceptarla. Era lo que me quedaba si quería hacer esto bien.

Me pasé la mano por la cara y resoplé con cansancio.

—Pensé que todo esto sería más fácil.

—Lo siento. Pero no lo es.

Asentí, resignado. Definitivamente no lo era. Y cada día que pasaba y me sentía inútil por no poder estar bien, lo demostraba. Era frustrante.

Connor me dedicó una sonrisa de ánimo y me dio una palmadita en el hombro.

—A todo esto, venía a avisarte que dice Samantha que ya está la cena. Hizo lasaña o algo así.

—Se le quemó, ¿verdad?

—Sí —asintió con un gesto de resignación—. Pero únicamente la parte de abajo. No te comas eso.

—Vale. Dile que voy, ahora bajo.

—No tardes si no quieres que te deje la parte de abajo.

Asentí con media sonrisa y se dio la vuelta para salir.

Me quedé todavía unos minutos más en el balcón. En silencio. En blanco. Sin pensar. Sintiendo cómo el aire golpeaba mi cara.

La noche estaba oscura, pero la luna la iluminaba.

Me quedé hasta que lo consideré necesario. Hasta que sentí que la parte de mí que venía aquí a despejarse y a calmar todo el cansancio del día se tranquilizaba en el silencio.

Segunda parte
(16 de diciembre de 2021)

Allison Hallen

Asomé la cabeza por la puerta de mi habitación. No sabía qué estaba ocurriendo abajo, pero se escuchaban voces. Podía jurar que estaban discutiendo. Por momentos, los murmullos se volvían palabras más claras. No había logrado unirlas para entender de qué estaban hablando, pero estaba segura de que no se escuchaban felices.

Tal vez eran papá y Hellen. Ella se iría por la noche, era su último día aquí. Aunque no encontraba razón para que estuvieran discutiendo.

No había nada, a menos que fuera por eso. No podía ser.

Mi pecho sintió un malestar al imaginar que podía ser por mí. Papá le reclamó a Hellen por no decirle antes lo que yo estaba viviendo.

Le pedí que no lo hiciera, que no era su culpa, que yo misma fui quien se lo había pedido. Muchas veces tuve miedo de que ella se lo dijera a papá, que le echara algo en cara a Tara, pero nunca lo hizo. Y eso siempre se lo agradecí inmensamente.

Hellen dijo que no podía traicionar la confianza que yo le había dado. Quería ayudarme, no hundirme más. Y es que la única cosa que le repetí sin parar ese día fue que no le dijera a nadie. No quería tener que abrir una herida a la fuerza. No estaba lista, sentía vergüenza y muchas cosas además de miedo.

Y todo eso sentí un día antes, cuando hablé con papá.

Todavía me daban ganas de llorar al recordar cómo se quebró.

Le dije cuándo fue, quién fue, cómo Tara me ignoró y cómo Hellen me ayudó. Y sí, le dije que las cortadas en mis muñecas no fueron un accidente como Tara le dijo. Eso último creo que fue la gota que derramó el vaso de su paciencia.

Él lo había presenciado, lo había visto, pero lo había dejado pasar. Me pidió perdón tantas veces que creo que esa palabra se me había clavado en alguna parte del pecho.

Pensé que le agradecería a Hellen por haber estado conmigo, pero no lo hizo, sólo le dijo que tuvo que habérselo contado a él para poder ayudarme. La respuesta de Hellen fue tan clara que papá al final lo entendió:

"No, no tuve que hacerlo. Si ella confió en mí para hablar, no tenía ningún derecho para hablarlo contigo si Allison no quería".

Pero no creía que estuvieran discutiendo por eso.

Pensé en meterme de nuevo a mi habitación, pero no pude, así que salí. Únicamente quería cerciorarme de que todo estuviera bien. Con la mano en el pecho y con pasos lentos y silenciosos, bajé por las escaleras.

Me detuve en el borde al identificar de dónde provenían las voces. Era de la oficina de papá. Me sorprendió, pero eso me tranquilizó. Nunca traía trabajo a casa, pero podía ser eso. Tal vez estaba con un socio de la constructora.

Estuve a punto de darme la vuelta para volver a mi cuarto y hundirme en mi cama porque me sentía cansada cuando el tono de voz familiar llegó a mis oídos. Una voz femenina que reconocí al instante.

—Ésta también es mi casa.

—No me importa, Tara. Ya hice tus maletas. Busca otro lugar, pero aquí no vas a vivir. Y agradece que Roberts esté muerto, que si no, yo lo hubiera matado con mis propias manos.

—¡No me voy a ir! No por esta estupidez. ¿Cómo rayos sabes que está diciendo la verdad?

Me quedé perpleja durante unos segundos mientras intentaba digerir las palabras de ambos.

Papá le contó todo lo que había pasado. Lo que yo no había podido relatarle con claridad, porque, además, cuando lo intenté, sólo me dio una cachetada por "mentir". Se lo dijo todo, incluido que fue Roberts, su hermano. Ahora Tara lo sabía todo, pero, al parecer, eso no cambiaba nada.

Ni siquiera eso la hizo cuestionarse si lo que yo le había intentado decir era verdad.

Mi corazón empezó a latir más lento debido a sus palabras y sentí cómo algo se rompía en mi pecho.

¿Por qué rayos había partes de mí que ella podía seguir rompiendo?

A veces sentía que no había nada más que ella pudiera romper. Ya había roto demasiado, pero siempre había más, porque yo sí quería a mi mamá o la ilusión de lo que esa palabra conllevaba.

La puerta estaba semiabierta, así que pude ver cómo una fuerte mano le impactó la cara, arrancándole un quejido brusco, en cuanto pronunció eso.

—Ni siquiera eres una mala madre, Tara —le soltó Hellen—, porque no pudiste ni llegar a ser una madre.

—Soy su madre y la conozco —espetó con desdén, ignorando el enrojecimiento de su mejilla—. Sé que siempre le ha gustado llamar la atención. Probablemente hizo una estupidez con algún chico, después le dio vergüenza lo que pasó y quiso disfrazarlo, inventando eso.

Ése era el pensamiento de Tara. No sabía si en ese momento sólo deseaba defender a su hermano o si simplemente no había más para ella que su verdad.

Sentí cómo las lágrimas empezaron a escurrir por mis mejillas. Me estaba rompiendo con cada palabra, pero aun así levanté los trozos y me limpié las mejillas.

Tara estaba aquí y también quería que aquí terminara todo.

Me tembló el alma, la mano cuando abrí la puerta y los pies cuando entré a la oficina. No sabía de dónde estaba sacando fuerzas o valentía, pero la encaré. Me paré justo frente a ella.

—¿Me quieres? —le pregunté, sin más, sólo quería que me dijera si lo sentía o no.

—Allison, sal. Tara y yo...

—No —negué ante la petición de papá sin voltear a verlo.

Miré a la mujer frente a mí. Con esa elegancia y aire de superioridad que siempre desprendía. Con ese gesto que parecía inmutable.

—¿Me quieres? —volví a preguntar—. ¿Alguna vez me quisiste?

—No sé qué tiene que ver eso —Tara me miró, ceñuda—. Deberías de dejar de querer jugar tu papel de víctima y decirle a Oliver lo que realmente pasó.

—¿Lo que realmente pasó? —le dije con la voz quebrada—. ¿Sabes qué pasó?

—Sí, y ya deja de...

—Tu hermano me violó —la corté con tanto dolor que sentí que no había un umbral más alto que ése—. Roberts me destruyó la vida.

—Sabes que eso es men...

—En tu casa —seguí. No sabía cómo lo estaba haciendo, pero lo estaba soltando. Quería que lo supiera de mí. Quería que viera a su hija y lo rota que se había llegado a sentir. Quería que me creyera—. En el sótano, cuando tenía quince años. Me acorraló. Me tomó a la fuerza a pesar de mis forcejeos para que me soltara. Me estampó la cara con tanta violencia en la pared que no pude ni moverme del dolor por segundos, me bajó los pantalones de la pijama y me violó. Lloré y le pedí que parara hasta que no pude ni siquiera existir del dolor. ¿Y sabes lo que sentí, Tara?

No esperé su respuesta. No sabía ni qué iba a decir. Sólo la vi abrir la boca, pero las palabras ya salían de la mía sin ser procesadas, sin darme la oportunidad de que dolieran antes de pronunciarlas.

—Que me estaba matando en vida. Eso sentí cada segundo.

Me dolió decir todo eso, pero más me dolió el hecho de que no mostrara ningún tipo de aflicción, de pena, incluso habría soportado su lástima, pero nada. Mis palabras no le importaron en lo más mínimo; más bien, le molestaron.

Negó con la cabeza, dando un paso hacia mí de forma amenazante.

—Deja de mentir —me espetó.

Aparté la mirada. Sentía que el aire me faltaba al escucharla.

—No me quieres —le dije con la tristeza desbordándome—. Y no entiendo por qué. Soy tu hija. Por lo menos me ves como eso, ¿no?

Su cara no se inmutó ni un segundo.

—Que seas mi hija no te da derecho a mentir y no va a hacer que te crea. Roberts es mi hermano. ¿Por qué no me lo dijiste desde el principio? Te pregunté qué había pasado y no me lo contaste. ¿Cómo querías que te ayudara?

—Me llevaste al hospital —le recordé—. Te dijeron que tenía signos de una agresión sexual y en tu maldita cabeza yo busqué que entendieras eso.

—Cuando las personas no dicen algo es porque sienten vergüenza. Y tú te avergonzabas de lo que habías hecho —excusó o quizás ésa era su verdad.

Volví a limpiarme las mejillas, ya no podía detener las lágrimas. Decírselo a ella dolía más. Porque una parte de mí esperaba que me creyera. Que se diera cuenta de lo asquerosas que eran sus palabras, pero no era así.

Di un paso adelante y ella sólo alzó el mentón.

—No lo dicen porque no puedan, sino porque les duele hacerlo, porque por personas como tú —la señalé con ira—, se avergüenzan de que las culpen y las juzguen en lugar de apoyarlas. Porque por personas como tú, personas como yo tienen que vivir en las sombras.

Esperé una reacción mínima, y la obtuve: fue una negación rotunda más molesta e indignada.

—Sólo di que te acostaste con un chico y se le pasó la mano, que te dio vergüenza que te tratara como puta y que te gustara.

—¡¿Estás escuchando lo asquerosas que son tus palabras?!

—¡¿Y tú estás escuchando lo estúpida que te oyes mintiendo?!

—¡No miento! —sollocé—. ¡Desearía que todo fuera una mentira! ¡Y te juro que daría mi vida por no tener que sentirme sucia cada que recuerdo lo que pasó! ¡Daría mi vida con tal de no llorar todas las noches por no ser capaz de olvidar lo que pasó en el maldito sótano!

Sentí que mi pecho se comprimía por mi corazón acelerado y por mis respiraciones agitadas.

Por favor, sólo necesitaba que dejara de romperme.

Pero no se detuvo.

Me miró con la mueca más clara de asco que pudo mostrar.

—Deja de inventar todo esto —me señaló—. ¿Por qué hasta ahora dices que fue Roberts? ¿Por qué ahora que está muerto y no puede defenderse?

—¡¿Defenderse de qué, Tara?!

—De tus mentiras.

—Y sus mentiras si las hubieras creído, ¿no? —solté con una risa irónica; el dolor se mezclaba con todo—. Pensé que no eras capaz de querer, pero ahora me doy cuenta de que sólo no fuiste capaz de quererme a mí. Y ahora lo entiendo, entiendo que tener una hija no estaba en tus planes, que tu vida es tu trabajo. Entiendo que nunca te molestaste en criarme, y tal vez eso hizo que nunca me tuvieras cariño y sólo fuera una extraña en tu casa. Pero, Tara, eso no te daba ningún derecho a deshumanizarme y no ayudarme por más que te lo pedí.

—Sí te crie. Me preocupé por darte todo —soltó, indignada. Parecía que eso había sido lo único que había captado de todo lo que le había dicho—. Que seas una malagradecida es otra cosa.

Negué con la cabeza, no podía creer lo que decía.

—No. Eso no es criar. Sólo era una extensión de ti de la que no podías deshacerte, ¿pero sabes qué?, da lo mismo. Ya no importa.

—Claro que importa —me cortó, furiosa—. Yo no crie esta mierda de hija que tengo. Si no dices la verdad ahora mismo...

—¿Qué? ¿Me vas a pegar?

Hice una pausa, dolida por sus palabras, y tomé una bocanada de aire que me infundió valor para lo que iba a decir:

—No me importa lo que hagas. No me importas —ni siquiera llegué a sentir en verdad esas palabras porque, a pesar de todo el odio que le tenía, ella sí me importaba—. No te necesito, nunca lo hice. No me importa que me creas o no. No va a cambiar nada. No va a cambiar lo que sentí por ti cada día de mi vida estos últimos tres años.

Apreté los labios y sonreí en una mueca amarga.

No iba a rogarle que me creyera, que me quisiera, que, por una vez en su vida, me viera como alguien a quien cuidar.

Ya no podía hacer eso.

—Yo sí te quiero —le aseguré—. Demasiado. Y deseo que te vaya bien en la vida. Que seas feliz porque yo también voy a intentarlo. No te deseo nada malo y por eso, por más que te quiera y quiera que me creas, deseo que en tu cabeza jamás te des cuenta de la forma en que me dañaste porque te juro que, si algún día te arrepientes, no te voy a perdonar y sé que eso te va a lastimar —le sonreí, lo hice con sinceridad, y sentí mis palabras—: Te quiero, mamá.

Vi sus labios tensarse en una línea fina y sentí cómo la última parte de mi corazón que la quería se fragmentaba. Ni siquiera podía respirar bien. No sentía la mitad de mi cuerpo, sólo mi pecho, que dolía demasiado; mi cabeza, que sentía como si la estuvieran martillando; y mi garganta, que me estaba sofocando.

Los fragmentos de mi corazón se volvieron polvo cuando abrió la boca:

—Yo no —respondió sin una pizca de sentimiento—. Yo no te quiero.

Asentí, no quise expresar nada más, creo que con el simple hecho de ver cómo las lágrimas llenaban mis ojos bastaba.

Me di la vuelta. Necesitaba salir de ahí. Me estaba rompiendo a pedazos y no me veía capaz de reconstruir nada de mí en ese momento.

Escuché la voz de papá, lejana. La de Hellen como un murmullo cuando se posó a mi lado. Pero no me giré a ver nada. Seguí, avancé como pude. Mis pies temblaban, tanto que sentí que no iba a llegar hasta mi habitación, que me iba a caer en algún punto.

No podía. Mi mamá me acaba de decir que no me quería, justo después de que le dijera que yo sí la quería a pesar de todo.

Apenas cerré la puerta de mi habitación, me tiré al lado de mi cama y me abracé con fuerza. Sentía que mi pecho se iba a romper por la violencia de mis respiraciones. Intenté contenerme, pero cada vez era peor. Lloraba por un dolor que me había estado tragando y consumiendo durante años.

Desde siempre. Desde que noté que Tara no era igual a las otras mamás. Desde que tenía cinco años y le pedí a Santa Claus en una carta que mi mamá me abrazara como las otras mamás abrazaban a sus hijos y a la semana encontré la carta en el bote de basura de su oficina. Por supuesto, el abrazo nunca llegó.

Desde que tenía ocho años y, mientras ella estaba en la oficina, fui y le pedí que me diera un beso para dormir y lo único que recibí fue su mano en mi cara, alejándome. Siempre la excusaba, siempre pensaba que yo era muy molesta y a ella no le gustaba eso, que su forma de darme cariño era distinta.

Pero es que nunca me daba cariño.

Coloqué ambas manos en mi pecho y cerré los ojos. Tal vez y si sacaba todo en este momento después ya no dolería. Tal vez en algún punto dejaría de quererla.

—Allison...

Sentí cómo papá se tiraba a mi lado y me abrazaba. No pude devolverle el abrazo. No podía hacer más que llorar.

—Allison, mi niña. Ya todo va a estar bien. Lo prometo, ella se va a ir, no vas a tene...

—No me quiere —fue lo único que pude sollozar—. Nunca me quiso y... yo... yo...

—No mentías cuando decías que no la necesitas. Nunca la has necesitado.

—Pero me duele mucho.

—Está bien, está bien. Sé que te duele, pero no puedes dejar que te siga haciendo daño.

¿Más?

Si ya no había nada que pudiera dañarme. Ahora sí, ya no había nada. Había roto cada gramo de mi corazón, cada pedazo, cada parte de mí que se aferraba inconscientemente a ella. Se había roto hasta lo último, ese último fragmento que se aferraba a la ilusión de su cariño.

No recuerdo cuánto tiempo lloré, pero fue mucho, tanto que por un momento quise seguir haciéndolo incluso cuando ya no podía. Sólo me acosté en el suelo, con mi cabeza en el regazo de papá, y cedí a mis ojos pesados, a las palabras de papá, que me prometían que ya todo iba a estar bien.

Y le creí. Esta vez sí le creí. Esta vez era distinto.

Ya no había más que clavar. El puñal estaba enterrado hasta el fondo y no podía dejarlo ahí. Necesitaba sacarlo ahora mismo, detener el sangrado, curar la herida y esperar que sanara por completo. Al final, sólo quedaría el recuerdo. Como una cicatriz, ya no iba a doler. Sólo sería eso, una cicatriz.

* * *

(21 de marzo de 2022)

Eiden Blaken

No podía respirar. Tampoco podía moverme, sentía un peso extra encima de mi cuerpo.

Ya iba a pasar. Ya iba a empezar.

Cerré los ojos, tal vez así dolería menos. ¿A quién quería engañar? Siempre dolía lo mismo. Cada día, cada noche, cada segundo en el que pasaba, dolía. Cuando no era de forma física, era de otra forma.

La tortura de la espera era capaz de devorarme los sesos.

En cualquier momento. Únicamente quedaba esp...

Aspiré aire de forma brusca en el momento en que sentí cómo un dolor lacerante me atravesaba la piel. Una. Dos. Tres. Cuatro. Cinco veces.

"Detente". No fui capaz de pronunciar esa palabra.

Me dolía demasiado.

Abrí los ojos para mantenerme consciente y no desmayarme. No podía dejar que pasara. Eso iba a ser peor.

Sentí cómo se formaba un nudo en mis entrañas al ver que las sábanas se llenaban de un rojo oscuro y penetrante.

Sangre, mucha sangre.

Ya no podía, mis ojos no eran capaces de mantenerse abiertos.

—¡Eiden!

Abrí los ojos de golpe y me recompuse en la cama con el corazón acelerado. Ni siquiera me di el tiempo de mirar a mi alrededor antes de llevar mis manos de forma desesperada a mi espalda, para pasarlas una y otra vez por mi piel, y sentir los relieves de mis heridas.

No. No. Mierda. De nuevo no.

Si no detenía la sangre, iba a quedar inconsciente y Jaden se iba a enojar. Después sería peor. Más tiempo. Más dolor. Más todo, ya no podía...

—Está bien. Está bien.

Permanecí quieto, todavía perdido, cuando unas manos me tomaron de la cara con fuerza, obligándome a apartar la vista de una sangre inexistente que sentía en mi espalda.

—Estás bien. Sólo fue una pesadilla, estás bien.

Parpadeé varias veces, acoplándome a la luz de la habitación.

Allí nunca había demasiada luz, siempre estaba sombrío, fúnebre, así me hacía sentir aquel lugar. ¿Dónde estaban las paredes grises y los focos viejos y anaranjados...?

Miré a mi alrededor con demasiada rapidez, capturándolo todo. Las paredes beige, los muebles rústicos, el pequeño taburete lleno de mis cosas, la mesita de noche en donde tenía... Era mi habitación. No estaba en el sótano.

Me sentí tan desorientado que por un momento ni siquiera reaccioné ante la situación. Sólo sabía que mi corazón latía con demasiada fuerza en mi pecho y que la espalda me hormigueaba.

Tuve una pesadilla. Otra vez. Como la noche anterior y la anterior. Tal como llevaba pasando desde hacía meses, sólo que esta vez se sintió más real.

Seguramente había ocurrido porque, durante la mañana, justamente hablé de uno de esos días con Connor, con demasiados detalles. Me dormí con el maldito recuerdo de mis palabras.

Era la misma pesadilla de siempre. Yo de diez años. En un lugar oscuro, boca abajo sobre una cama que sólo tenía una sábana blanca. No veía nada, todo estaba oscuro. Estaba asustado, pero no lloraba. Ya sabía lo que iba a pasar. No quería, pero no podía detenerlo.

Únicamente permanecía ahí, sin poder moverme, sin poder gritar, sin poder hacer nada más que sentir cómo de repente un dolor profundo me atravesaba la piel de la espalda para luego quedar en un charco de sangre.

Me pasé la mano por la frente y limpié mi sudor. Odiaba esto. La transición entre la pesadilla y la realidad era como quedar varado en el limbo.

—¿Estás bien?

Lo pensé unos segundos y tragué hondo mientras le asentía a Aaron, que me miraba con detenimiento y preocupación.

—Sí, sólo fue una pesadilla. No fue nada.

Si había venido a mi habitación, seguramente era porque había emitido algún maldito sonido mientras soñaba. Su cuarto estaba al lado del mío.

Aaron me miró un par de segundos, y esperé a que apagara la luz y se fuera tras comprobar que estaba bien. Probablemente no iba a poder volver a dormir, apenas y había conciliado el sueño hacía unos minutos.

Me costaba demasiado poder dormir, y a veces, inconscientemente, deseaba que así fuera para no tener que revivir esos momentos.

Hice una mueca de extrañeza cuando noté que Aaron no se iba y que, en cambio, se adentraba en mi cama.

—Estoy bien —le repetí.

—No sé cuál sea tu concepto de bien, pero estoy seguro de que el mío no es éste —me señaló—. Estás sudando y ni siquiera puedes respirar bien.

Bajé la vista a mi pecho, que subía y bajaba a toda prisa.

—No es nada —le aseguré.

—Deja de evadirlo.

—No evado nada.

—Entonces no digas que no es nada. ¿Ya hablaste de esto con Connor?

—Sí, ya —le respondí de mala gana al verlo ir a mi clóset, sin ninguna discreción—. Dijo que pasarían eventualmente.

—¿Y están pasando?

Negué con la cabeza y tomé en el aire la toalla que me lanzó. La usé para limpiarme el sudor de mi pecho y mi cuello. Parecía que acababa de correr un maratón, aparte de que sentía un cosquilleo incómodo por toda la espalda. No recordaba haber tenido tantas pesadillas desde que tenía diez años, pero en los últimos meses se habían incrementado.

Lancé la toalla a un lado de mi cama e hice una mueca de preocupación al ver que Aaron no se iba.

—Ya estoy bien —le dije. Esta vez no lo hice molesto—. Sólo voy a intentar dormir de nuevo. Perdón por levantarte.

Él no podía hacer nada. Connor apenas y me ayudaba dándome consejos para disminuir las pesadillas.

Me le quedé viendo por unos segundos, esperando a que se fuera, pero no lo hizo; en cambio, me miró con los brazos cruzados. No sé qué esperaba con eso. Yo quería que se fuera. Quería quedarme solo. Me sentía expuesto con esta situación. Estuve a punto de pedirle que saliera de mi cuarto hasta que lo noté.

Sus ojos estaban rojos y no tenía pinta de haberse levantado hacía unos segundos. Y lo sabía porque me había parado varias veces frente al espejo durante las noches en que no podía dormir sólo para ver qué tan jodido me veía.

—No puedes dormir, ¿cierto?

Negó con la cabeza y, en ese momento, bajé la guardia. Sabía que cada uno estaba atravesando por sus cosas. A su manera, claro, pero jamás había vivido el proceso de ellos. Conocía mi dolor, así que era el único que me dolía con plenitud. No conocía el de Samantha o el de Aaron o cómo estaban afrontándolo.

Me acomodé sobre la cama y dejé caer mi espalda en la cabecera cuando Aaron se sentó en el borde de ella.

—¿También tienes pesadillas? —le pregunté.

—No muchas. Mi problema es que no puedo dormir. Nada.

—¿Ya le dijiste a Connor?

Exhaló con gracia al notar que retomé su misma pregunta. No sabía qué otra hacer, sinceramente.

—Ya. Se lo dije hace una semana. No creí que fuera tan importante, pensé que sólo era estrés.

—¿Y ha mejorado?

—Sí, bueno, ahora puedo dormir una hora por mucho —hizo una pausa y se encogió de hombros—. Supongo que es un avance.

Había notado que tenía ojeras cada vez más grandes. Lo pasé por alto, creyendo que era por todo el estrés de lo que estábamos atravesando. No sabía que estaba así de mal.

Me relamí los labios, sin saber qué decir con certeza.

Me costó mucho hablar con Connor de mis pesadillas, al principio sólo las mencioné, no le dije lo que pasaba en ellas. Principalmente porque no quería hablar mucho de eso.

Me había acostumbrado a bloquear las cosas como si fueran pequeñeces que con el tiempo iban a pasar.

Únicamente las soltaba cuando me estaba asfixiando en ellas. Y la constancia de las pesadillas se había vuelto una tortura.

Ya no sólo era la sensación asfixiante durante ellas, ni cuando me levantaba o cuando me regularizaba, sino que se había vuelto una presencia que prácticamente cargaba todo el día. Hasta cuando cerraba los ojos, ahí se reproducían.

Apreté los ojos, tragando hondo, y vacilé un par de veces antes de soltar lo que iba a decir.

—En mis pesadillas... —hice una pausa. No sabía por qué quería decírselo, pero quería hacerlo—. Estoy en una cama, acostado boca abajo y siento cómo me cortan la espalda. No sé quién lo hace, sólo sé que duele y que hay mucha sangre.

Aaron asintió, mirándome en silencio, y después agachó la cara.

Ya habíamos hablado de lo que había pasado hacía casi dos años, después de lo que ocurrió con Daniels. Bueno, en realidad no lo hablamos, sólo se disculpó. No había mucho más que decir. No había mucho que explicar. Sabíamos lo que sentíamos y había pasado en ese momento. Y no sabía cuánto había esperado esa disculpa hasta que salió de sus labios. Ahora nuestra relación había mejorado muchísimo.

Noté el nerviosismo de Aaron, pero me quedé en silencio al ver que quería hablar.

—Es un cuarto oscuro —soltó en voz baja, aún sin mirarme—. Tengo un arma en la mano y le disparo a alguien. No sé a quién, no hasta que me acerco y lo veo... —apretó los labios, afligido y adolorido por las palabras que estaba a punto de decir—... es Daniels.

Siempre iba a ser él. El auge de su dolor era él y era algo que probablemente siempre le iba a pesar a Aaron. Me dolía ver cómo aun después de tanto tiempo ésa seguía siendo su mayor tortura. Aaron lo amaba y perderlo lo rompió. Le estaba costando mucho armar todo lo que se había roto tras su partida.

Beber fue su primer método de escape. Lo fue dejando poco a poco, después sólo lo hacía en fechas que no podía aguantar. A veces se distanciaba; otras, intentaba mantenerse rodeado de personas para no sentirse solo y que todo se abalanzara sobre él.

—Connor dijo que era buena idea hablar de ello —murmuré—. De las pesadillas. Afrontarlas, ya que en parte son recuerdos o formas distorsionadas que tenemos de ver la realidad.

—Es difícil hablar, se siente como si las pesadillas fueran casi reales, pero sabes que no lo son y decirlo...

—Las vuelve reales —terminé por él.

Asintió con la cabeza al ver que lo entendía.

—Se rompe la distancia entre lo que es un sueño y lo que es real; y se terminan mezclando...

Hizo una pausa y noté la aflicción en sus ojos. Le debía de estar afectando mucho para que dejara relucir tantas emociones, porque siempre era él quien parecía colocarse el escudo de fortaleza para tranquilizarnos a mí y a Samantha.

—Pasarán —dije, para él, para mí. En verdad necesitaba creerlo—. Connor dijo que el hecho de estar hablando constantemente de lo que pasó hará que surjan más pesadillas, pero que con el tiempo ya no nos afectará. No tanto.

—Eso espero —asintió con la cabeza.

—Sí —murmuré, aún confundido por esta situación—. ¿Sabes si Samantha...?

—Creo que no. Sólo a veces le cuesta dormir, pero no más.

Sentí alivio por eso. A Samantha le caía muy bien Connor. Se le había hecho fácil hablar con él desde un principio.

—Creo que voy a intentar dormir —me avisó Aaron, poniéndose de pie—. Haz lo mismo, que te ves del asco con ojeras.

Rodé los ojos con diversión y esperé a que apagara la luz y saliera para volver a acomodarme en mi cama. Intenté concentrarme en otra cosa para buscar conciliar el sueño.

Usualmente me acostaba sabiendo qué pasaría si me dormía, pero esta vez intenté seguir el consejo de Connor. Me concentré en otra cosa.

Sonreí cuando, de forma inconsciente, llegó a mi cabeza un recuerdo fugaz, y de ahí surgieron otros más muy similares. Extrañaba la voz de Allison, su risa, sus jadeos, sus pequeños suspiros. La extrañaba.

* * *

(14 de julio de 2022)

Los últimos cuatro meses habían sido un completo sube y baja de emociones.

Pensé que cuando lograra estar bien, ya todo comenzaría a ir hacia arriba, pero estaba muy equivocado. A veces todo parecía ir bien, y de repente caía.

Y es que al principio, cuando comencé a hablar con Connor, todo estaba de la mierda, así que si me sentía mal o me caía, era normal. Me frustraba no avanzar, sin embargo, en cierta medida entendía que debía seguir intentándolo.

Pero en estos últimos cuatro meses llegué a sentirme bien, así que sí, se sentía horrible y más frustrante hundirse en la nada de nuevo.

Alguien dele un Nobel a la persona que inventó la frase: "Cuanto más alto se sube, más duele la caída". Y de paso una patada por retratar una realidad tan jodida.

El primer mes de esos cuatro fue una completa tortura.

Sentía que estaba comenzando todo de nuevo, que era un ciclo interminable. Los pensamientos dañinos regresaban, las pesadillas se volvían demasiado realistas, la ansiedad de volver a todo ello era como hundirme en un pozo oscuro y echarme tres toneladas de arena encima.

Llegué a mandar varias veces a la mierda a Connor, aparte de que me negaba a volver a hablar con él y me encerraba en la habitación por días.

Me sorprendía la paciencia que tenía para no mandarme al diablo y, más aún, que siempre me convenciera de hablar de nuevo. Supongo que conocía el proceso por el que pasaba durante esos días en mi habitación y sabía abordarme en el momento más vulnerable.

Días buenos, días malos. Todo el primer mes se trató de eso. De levantarme, de caerme, de enojarme, de frustrarme, de cansarme, y finalmente de volver a levantarme.

Aaron y Samantha miraban todo de lejos. No se metían, pero estaban de alguna manera apoyándome. Se preocupaban porque comiera, porque a veces ni siquiera tenía apetito.

Intentaban hacerme pasar el día con ellos. Lo que fuera con tal de mantenerme ocupado. Nunca lo lograban, no si estaba atravesando una mala racha durante esos días. Pero siempre terminaba agradeciéndoles que lo hicieran.

Con ellos era lo mismo. También tenían sus días malos y buenos. También se encerraban en su habitación y tampoco querían saber nada de nadie. Parecía que al final era una cadena de apoyo. Si estábamos bien, intentábamos estar para el otro; si no, cada uno afrontaba lo que le tocaba.

Los tres teníamos miedo de regresar a nuestra mala vida.

Los tres habíamos vivido mucha violencia y traumas de pequeños, y habíamos hecho muchas cosas que intentábamos afrontar. De forma inconsciente, todo eso había desencadenado un miedo a nuestro alrededor demasiado dañino. Desconfiábamos hasta de nuestra sombra.

Era el mismo dolor, pero con distintos matices. Algunas cosas resultaban más dolorosas para unos que para otros, pero ahí estábamos.

Lo pasábamos de distinta manera. Cada uno lo intentaba a su modo.

Un día hablé con Connor sobre lo que pensaba de haber presenciado y a su vez ocasionado tantas muertes.

No le iba a mentir, no iba a decirle que sentía mucho remordimiento, que sentía que había lastimado a personas que no se lo merecían —porque en realidad sí se lo merecían—, pero sí le dije que muchas veces me sentía sucio por eso. A veces me lavaba las manos muchas veces al día porque veía sangre en ellas y me picaban.

Muchos creerían que el origen de mis más grandes traumas era haber matado, pero no era así; más bien, lo consideraba un daño colateral de lo demás.

En mi consciente sabía que estaba mal, y que jamás lo hubiera hecho sólo porque sí, sin embargo, cada que sentía remordimiento recordaba qué tipo de personas habían sido y entonces el sentimiento se esfumaba.

Pensaba en Allison. En cómo me había dicho que se había sentido cuando eso que la lastimó pasó y cómo realmente la afectó.

Lo que en verdad me había impactado era todo lo que habíamos pasado para llegar a eso. La fuerza de coacción física y emocional que Jaden había usado.

En ocasiones, incluso podía escuchar su voz a un lado de mi oreja. Me decía que disparara. Reproducía en mi cabeza la escena de Samantha en el regazo de alguien y yo sólo estaba ahí. Era el único que podía detenerlo. Y quien al final lo hacía...

A veces me acostaba en la cama y miraba al techo, mientras pensaba qué habría pasado si nunca hubiéramos salido de esa situación. Ahora Jaden estaba muerto, pero, si no lo estuviera, ¿dónde estaríamos nosotros?

Los dos meses siguientes fueron... muy neutros.

Me había propuesto comenzar a expresarme mejor con Connor, hablar más, intentarlo más. Poco a poco fui soltando cosas que al principio no decía. Incluso le enseñé las marcas de mi espalda. No me gustaba que las vieran, pero lo hice. Le conté cómo me hice la más grande. La que subía de mi cintura hasta debajo de mi nuca.

Hablé de lo que pasaba en el sótano, sin guardarme a nada. Sin limitar las sensaciones que todavía me producía estar en cuartos pequeños con luces amarillentas y opacas.

Esperé que ese día las pesadillas fueran peores. Cuando hablaba de temas relacionados a mis pesadillas, éstas empeoraban. Por suerte no fue así. Busqué concentrarme en pensar en otras cosas, en cosas buenas. Me sacaba a mí mismo de ese limbo a donde me mandaban los recuerdos y me regresaba al presente, a los buenos momentos.

Ésos eran los días buenos. Cuando podía lograr no pensar demasiado en el pasado.

Sin embargo, todo se arruinaba con los malditos días malos. Era el mismo proceso. Levantarme, caerme, enojarme, frustrarme, cansarme, y finalmente volver a levantarme.

Sólo que la diferencia era que esta vez no era Connor el que venía a buscarme, el que me seguía hasta que regresaba: era yo el que lo buscaba.

Las pesadillas dejaron de ser constantes, unas semanas más, otras menos, pero ya no eran todos los días.

Los pensamientos dañinos siguieron llegando, pero los afrontaba o al menos eso intentaba. Ya no me dejaba tirar por ellos. Hablaba con Connor, le decía lo que sentía, sin esperar a que él me preguntara cómo iba procesando todo eso. Me ayudaba escuchándome, dándome herramientas para afrontar la situación, para que entendiera no sólo mi mente, sino mi cuerpo. Para que comprendiera que ya no iba a volver a ese lugar, que había salido. Que había sido un superviviente al igual que mis hermanos.

Creo que este último mes fue el mejor de todos. Definitivamente lo fue: hubo pocos días malos en comparación con los buenos. En los buenos también me sentía un tanto perdido, un tanto obstruido, pero no dejaba que todo se amontonara y creciera, no me quedaba esperando a que me afectara y me demoliera, ponía un pie delante del otro e intentaba seguir.

Realmente, nunca iba a desaparecer nada de esto. Como había dicho Connor, los pensamientos y recuerdos iban a seguir en mi cabeza. Tal vez en un futuro ya no surgirían los pensamientos dañinos, sobre todo cuando entendiera que ya nada podría regresarme a lo que había vivido, pero los recuerdos, ésos no iban a irse, aunque entendía que el proceso de avanzar se trataba de eso, de dejarlos atrás y entender que ya no podrían alcanzarme y lastimarme. De comprender que sólo estaban ahí porque eran mi pasado y no porque fueran a dañarme, eso ya no era posible.

Me faltaban meses, años, mucho tiempo para realmente poder afrontar todo lo que me había pasado, pero haber logrado mantenerme en pie a pesar de todo en lugar de sólo dejarme vencer ya era un gran avance para mí y una muestra clara de que estaba sanando.

Hablar con Connor ya no era un desahogo, era una forma de gestionar lo que sentía, de observar mi propio progreso.

Le agradecía infinitamente que siempre me escuchara. Que fuera paciente conmigo, que me dijera lo que necesitaba escuchar o que me regresara a la realidad que me gustaba evadir, pero que debía afrontar.

Por cierto, había comenzado a hacer ejercicio desde hacía varias semanas. Me servía para desestresarme un poco. Un día hacía pesas, al siguiente me ponía a entrenar boxeo o sólo salía a correr. Lo que fuera que me mantuviera ocupado y me hiciera sentir bien.

Los chicos también se desestresaban con sus cosas.

Samantha se había enganchado con aprender a cocinar. La primera semana huimos de ella, se le daba fatal, sin embargo, después comenzó a ir a un curso y las cosas mejoraron. O por lo menos ya no se le quemaba lo que preparaba.

Siempre nos preparaba un postre distinto, un plato distinto. Todavía me dolía el estómago por el estofado picante que había hecho hacía dos días para después darnos un postre superfrío. Creó un maldito revoltijo en nuestras panzas.

Aaron también hacía ejercicio. Él era más de boxeo, más de entrenamiento de fuerza que de resistencia. Eso o se sentaba a ver una serie; si se enganchaba, era un hombre perdido.

Ah, y con Connor, eran puras fiestas o por lo menos iba a todas las que se hacían en el pueblo. Era muy amigable y sociable, a comparación de nosotros, que no salíamos mucho.

—¿Qué hacen?

Me quité un audífono para ver con el ceño fruncido a Aaron y Samantha, que estaban en la puerta de la casa.

—Vamos a acompañarte —dijo Aaron.

—Voy a correr.

Aaron no era de correr, prefería el boxeo. Su rendimiento era de cinco minutos antes de terminar hecho una bola de jadeos. Y Samantha era peor, era sólo de yoga.

—Por eso —sonrió Samantha—. Vamos a correr contigo, a menos que no quieras.

—Más bien, vamos a correr atrás de ti, así que puedes ignorarnos —Aaron me dedicó una sonrisita.

—Ustedes odian correr.

—Odiamos existir y lo hacemos —Aaron rodó los ojos con obviedad—. No seas exagerado, expande tus horizontes, prueba cosas nue...

—Lo obligué a venir —lo cortó Samantha con un gesto de hartazgo—. No quería.

—Sí, me obligó a venir —soltó resignado—. Yo tenía planeado tirarme a comer y ver una serie.

—Expande tus horizontes —le animó Samantha dándole un golpecito en el hombro y se giró a verme, muy seria—. ¿Ya nos vamos?

A ver, no tenía problemas con que vinieran conmigo. De paso igual y se perdían en el camino y ya no tenía que soportar sus gritos matutinos por quién se había acabado el agua caliente de la ducha, pero...

—Si se atrasan, no los voy a esperar —les advertí—. Ni me voy a detener por ustedes.

Rodaron los ojos con diversión.

—Si sólo vamos a correr. Ni que fuera tan difícil, no seas tan engreído.

Hice una mueca divertida. Ya veríamos.

A los minutos ya estábamos subiendo por un sendero abierto que estaba a las afueras del pueblo. Escondí mi sonrisa al mirar cómo se hicieron señas entre ellos apenas vieron que el primer tramo era una subida.

Esperaba que hubieran calentado bien si no querían terminar con una lesión. Tenían buena condición en algunas cosas, pero el rendimiento en largos periodos no era lo suyo.

Me coloqué mis audífonos y reproduje la primera canción que salió en mi móvil. "Swim" de Chase Atlantic. Entonces comencé a trotar, buscando mi ritmo.

Correr me hacía sentir que drenaba todo el estrés. La música, el aire, todo era un buen conjunto.

Llevaba una buena semana, estable, sin tener tantos pensamientos dañinos.

Era extraño, pero seguir mi rutina me proporcionaba mucha seguridad y confort. Me sentía estable. Hacía lo que me gustaba sin preocuparme por mucho más. Ejercicio, hablar con Connor, afrontar la realidad con pasos más lentos y seguros, que rápidos y torpes. Todo estaba bien.

Era una vida normal que estaba siguiendo desde hacía semanas, así que cada vez la aceptaba más y eso hacía que pudiera llevarla sin temor a que mágicamente algo la trastocara.

Sin embargo, la mayoría del tiempo la sentía incompleta. Lo único que me ayudaba a sobrellevar la ausencia de Allison era saber que estaba bien. Hablaba por mensajes con ella todos los días. Nos contábamos cómo estábamos, cómo nos sentíamos, cosas triviales. No había llamadas o videollamadas, porque… no iba a poder contenerme a volver si escuchaba su voz. Cada que veía una foto que me mandaba, de ella o de Minni, me tenía que recordar por qué estaba haciendo esto para no correr a Linston y abrazarla.

Lo estaba haciendo por nosotros. No iba a dejar que nada empañara nuestra felicidad, y si esta pequeña separación física era necesaria, la tomaría para después regresar y estar en mi mejor versión con ella.

Y aunque no lo notara o afrontara como en ocasiones pasadas, sabía que la vida seguía moviéndose hacia delante y que poco a poco me estaba arrastrando en ese avance. Sólo esperaba que, en algún punto, ese avance me acercara lo suficiente a ella.

Fruncí el ceño cuando me di cuenta de que no tenía a nadie al lado. Me venían siguiendo el ritmo hacía un minuto… ¿O había pasado más tiempo? De pronto, me giré y vi a dos personitas a la distancia. Tuve que entrecerrar los ojos y enfocarme mucho para alcanzar a verlos.

Les dije que correr no era lo suyo, pero ahí estaban de necios.

Sacudí la cabeza y saqué mi celular. Sonreí cuando vi la imagen que me había enviado Allison. Eran ella y Minni con gorritos azules.

Cariño ❤: En tu honor 💙

No me tardé nada en responder:

Eiden: Se ven hermosas. Cómprame uno, para que, cuando vuelva, lo use.

Sticker de un gatito sonriendo

La imagen de un gatito blanco con un gorrito igual me hizo fruncir el ceño. Ah, ese gato. El amiguito de Minni.

Cariño ❤: Se lo robó 😳

Eiden: Quítaselo 🖕

Cariño ❤: Es un gatito, déjaselo. Luego te compro uno.

Modo drama: activado.

Eiden: Ya lo quieres más que a mí, ¿verdad?

Cariño ❤: ¡Es un gatito, deja al pobre gatito!

Eiden: 👍

Cariño ❤: ¡Eiden!

Eiden: Déjame, estoy triste.

Cariño ❤: Ya se lo quité -_-

Eiden: A ver, envía evidencia 👀

Cariño ❤: No 🖕

Eiden: ¡Mentirosa!

Me reí para mis adentros.

Cariño ❤: Anda, deja que tu pobre esposa use gorritos a juego con su gatita y el gatito del vecino.

Mi sonrisa se amplió al instante cuando me envió una foto suya con carita triste y los dos gatitos.

Sabía convencerme fácilmente hasta por mensaje.

Eiden: Bieeen.

Cariño ❤: ¡Yuju! Te amo 💙💙💙💙💙💙

Eiden: También te amo, pero me compras un gorrito igual.

Cariño ❤: Ya te lo compré 💙

Eiden: Te envío mensaje luego, que salí a correr y Aaron y Sam vienen conmigo. Bueno, se quedaron.

Me tomé una foto en ese instante y se la envié.

Cariño ❤: ¡Suerte, corre mucho! Y no tortures a Sam y a Aaron. Desde aquí te apoyo. Te diría que imaginaras que corro contigo, pero lo veo imposible. No corro ni aunque me persiga un zombie.

Eiden: Floja.

Cariño ♥: Culpable.

Eiden: Cuando regrese, saldremos a correr juntos.

Cariño ♥: Adióósss, se me descarga el celular.

Rodé los ojos, Allison y la actividad física eran enemigas a muerte.

Eiden: Iremos, aunque sea a dar una vuelta por la cuadra.

Me dejó en visto, pero le envié otro mensaje.

Eiden: No me ignores, chantajista.

Visto.

Eiden: Está bien, no iremos a correr.

Cariño ♥: Jejeje. Te amo, y ya vete a correr. Ejercita esos músculos para tu novia ♥

Cariño♥: Todo tuyo, cariño ♥

Guardé mi celular y nuevamente volteé para ver dónde estaba el par que según venía a correr conmigo.

Venían atrás, caminando. Con razón no habían avanzado ni un poquito.

Los iba a ayudar. No iba a ser tan mal hermano. Creo que Samantha ya estaba a dos pasos de desmayarse. Y Aaron parecía ave recién nacida por cómo hiperventilaba.

—¡Hay una tienda a unos diez minutos! —les grité.

Por suerte alcanzaron a escucharme y ambos se detuvieron todos acalorados y rojos. Uy, se veían fatal. Correr no era tan difícil, únicamente era mover los pies, adoptar un ritmo, seguirlo y ya.

—¡Compra agua y te esperamos aquí! —soltó Aaron en un jadeo—. ¡En la orillita, donde no pega el maldito sol!

Mmm.

—¡¿Qué dijiste?! No te escuché.

—¡Que compres agua!

—¡¿Que los espere allá?!

—No, no, que...

Sonreí maliciosamente y me volví a colocar los audífonos.

—¡Vale! ¡Los veo allá! ¡Se apuran!

Ni siquiera esperé una protesta, aunque creo que sí alcancé a escuchar el gritito molesto de Samantha. Ni modo. Me di la vuelta, reproduje otra canción y seguí.

Cómo amaba correr.

Cuando llegué a la tienda, me metí por los pasillos y fui directo al área de bebidas. Tomé tres botellas de agua y me puse a elegir una bebida energética.

Tal vez ya estaban deshidratados. Fruncí el ceño cuando pensé en eso. Mejor dos bebidas energéticas.

Últimamente estaba siendo mejor hermano.

También tomé un par de chocolates de unos estantes cercanos a la caja y pagué deprisa para salir y toparme con dos almas en pena que estaban sentadas en la banqueta, aireándose con una mano de forma dramática.

Pobrecitos.

Me coloqué a su lado y abrí una barra de chocolate mientras los miraba con cara de decepción.

—Sí traen dinero, ¿verdad? —le di una mordida a MI chocolate—. Porque el agua aquí es cara.

—Sí, mira —Aaron hizo una seña de meterse la mano al bolsillo y solté una risotada cuando sacó su dedo de en medio con cara enfurruñada—. Idiota.

—¡Yo no te obligué a venir! No te desquites conmigo.

—Debería estar comiendo palomitas mientras veo una película, no aquí, muriéndome de insolación.

—Es que creí que sería más fácil —bufó Samantha con una mueca—. Tú sólo sudas y yo ya no siento mis pulmones.

—Porque tengo buena condición y ustedes no.

—¡Sí tenemos buena condición! Sólo que hoy no era nuestro día.

—La verdad nunca es mí día —soltó Aaron con una mueca amarga—. La última vez que corrí fue cuando tenía diez años y fue por seguir el carro de los helados.

—Y ni lo alcanzaste —le recordó Samantha—. Te caíste a medio camino.

Soltamos una risotada por eso. Bueno, Samantha y yo, porque Aaron nos miró con mala cara. Y es que ese día había sido verdad, regresó enojado y con un raspón en la rodilla.

—Te recuerdo que fue porque tú querías un helado y me hiciste un berrinche.

Samantha negó, dramáticamente, casi se le salía la cabeza.

—Ehh, estamos hablando de que te caíste, no del helado. No me culpes de tus pies flojos.

—¿Pies flojos? —la miró de mala gana, indignado, enfadado, a punto de lanzarle una piedra en la cabeza. Le estaba martillando su ego atlético, que mira que él mismo podía criticarlo a morir, pero otros no. Eso no.

Me senté a un lado de la banqueta.

—Sí —Samantha levantó el mentón—. Tienes los pies flojos, siempre te caías de chiquito.

—Claro que no.
—Claro que sí.
¡Eso! Que no se dejara ganar.
—Claro que no. El que siempre se caía era Eiden.
—Ah, sí es cierto.
Espereen...
—Yo no me caía de chiquito —me defendí.
—Sí, eras el más hiperactivo de los tres —me recordó Aaron con diversión—. Te subías a los árboles y te caías, te la pasabas corriendo por todos lados y de repente se escuchaba un golpe y ya sabíamos que eras tú.
Abrí la boca, indignado, pero la cerré con el ceño fruncido cuando Aaron se acercó a mí y me tomó del brazo, alzándolo y dejando al descubierto una cicatriz que tenía ahí.
—Te caíste de las escaleras.
Aparté mi brazo de mala gana.
—Fue porque me acababa de despertar —alegué—. Estaba sonámbulo.
—Fue porque no querías bañarte y te perseguí por toda la casa.
—Aparte de tener los pies flojos, sucio desde chiquito —Samantha negó con la cabeza—. Eres el adoptado.
—No estaba sucio. Era de noche y hacía frío.
—¡Eran las tres de la tarde! —alegó Aaron.
—Y hacía frío.
—No hacía frío —me miró con una ceja enarcada—. Veinte minutos antes estabas sentado enfrente del refrigerador porque, según tú, te estabas muriendo del calor.
—Y por eso después tenía frío.
—Ya admite que eres un sucio —Samantha intervino, seria—. No te vamos a juzgar. Te queremos.
—¡No soy un sucio!
—Que no te dé pena —ahora fue Aaron quien me dio una palmadita en el hombro. Qué cabrones los dos. Como no podían solitos, se venían los dos juntos—. Todos en algún momento de nuestras vidas no nos hemos querido bañar.
—Hacía frío, no era por otra cosa.
—Está en etapa de negación, déjalo —soltó Samantha—. En algún punto lo acepta...
—Jódanse.
Les lancé una mirada fulminante con la cara seria. Luego me paré de mala gana, tomé mis botellas y mis chocolates y me di la vuelta para irme. Se

podían quedar. Los dos. Más les valía que no se perdieran, porque no iba a volver por ellos.

No sabía cómo recordaban todo. Siempre lograban sacarme de quicio, juntos. Parecía que vivían para eso.

Y no, no era que no me quisiera bañar por sucio. No quería hacerlo porque ese día tenía unas marcas de un agarrón en los brazos y no quería que Aaron las viera, porque se enojaba y se ponía triste, y eso a mí no me gustaba. En esos momentos, la violencia de Jaden apenas comenzaba.

Mientras caminaba sin voltear a verlos —ojalá sí se perdieran. No, mejor no, porque luego tendría que salir a buscarlos—, recordé algunos momentos de niños. A veces olvidaba que no todos mis recuerdos en Linston, en casa, eran malos.

Los primeros años ahí fueron los mejores. Escapábamos de nuestra realidad como lo que éramos: niños.

Samantha se la pasaba dando saltos detrás de Aaron o de mí, preguntando cualquier cosa. A mí me gustaba correr, saltar, jugar por toda la casa. Y a Aaron parecía gustarle ver películas, dibujos animados, o lo que fuera que lo entretuviera. Eso cuando no tenía que andar detrás de mí para que no me cayera.

Incluso, tenía buenos recuerdos del sótano. Antes de que Jaden lo usara para lastimarnos, era nuestro lugar de escondite. Cuando estábamos tristes, íbamos ahí, y, de alguna manera, siempre terminábamos encontrándonos los tres en él. Era como nuestro lugar seguro.

Sin embargo, al final dejó de serlo y nosotros mismos tuvimos que convertirnos en nuestro propio refugio. Me alegraba que cada uno estuviera sobrellevando a su manera lo que habíamos vivido. Aaron ya no se veía tan cansado y Samantha cada vez se encerraba menos en su habitac...

Salí del hilo de mis pensamientos en el momento en que alguien se enganchó en mi cuello. Por un momento me asusté, pero entonces noté que era Aaron, que me estaba revolviendo el cabello.

—Quítate, que estás sudado —me quejé con una mueca de asco.

—No hagas drama.

—Cállate —lo ignoré, apartándolo.

Seguía enojado.

—Vives de drama —se quejó Samantha, apareciendo a mi lado—. No sé cómo te soportamos.

—Yo los soporto a ustedes. No quieran hacerse las víctimas.

—Fuiste tú quien nos dejó a media carretera a punto de morir de insolación —me miró, reprochándomelo.

Negué con la cabeza. Nadie me quitaba mi mérito de buen hermano.

—Les enseñé una lección —la corregí—. Lección del día: no hagan algo que no pueden, porque les traerá consecuencias. No tienes resistencia, no quieras correr como alguien que sí.

—Licciin dil dia —soltó Aaron, de mala gana—. El no tener a Allison te pone bien imbécil, ¿verdad, Sam?

—Así es —asintió con la cabeza rápidamente—. Pobre de ti, a este paso vas a terminar solo, amargado, sin novia y hermanos.

—Mejor solo que mal acompañado.

—Uyyy —soltaron al unísono.

¿"Uy" qué? ¿Ahora qué? Este par sacaba cada cosa hasta de lo más mínimo.

Los miré con el ceño fruncido. Ni siquiera había dicho nada malo, pero ellos ya parecían estar al borde del drama mientras negaban con un falso, muy falso, dolor.

—¿Qué? —les espeté—. ¿Ahora qué?

—Nada, nada —Samantha se hizo la desentendida—. Ojalá Allison no se entere de lo que dijiste.

¿Qué dij...? Ah, mierda. No.

Me giré para verlos de forma amenazante. No iban a causarme un problema con Allison. Me gustaba pelear un poco con ella, pero cuando podía tenerla cerca, porque podía contentarla de otras maneras. No por celular, porque únicamente me clavaba el visto hasta que la llenaba de mensajes.

—Si ustedes le dicen algo —les advertí—, me las van a pagar.

Ambos empezaron a reírse divertidos, burlándose de mi amenaza.

Estuve a punto de enfurruñarme aún más, pero en su lugar sentí un pequeño golpeteo en mi corazón al escuchar sus risas abiertamente.

A veces, sólo pasa. No eres consciente de algo hasta que lo escuchas con tanta claridad que no sólo se percibe como un sonido, sino como un sentimiento.

—Bueno, vale —Aaron fue el primero en dejar de reírse y me dedicó una sonrisa inocente—. No decimos nada, pero sólo si nos das agua.

Je.

Le extendí la botella y cuando lo vi sonreír, feliz, la aparté y me eché a correr.

—¡Nos vemos en la casa!

***

(24 de abril de 2022)

Allison Hallen

No era un buen día.

Estaba sentada en el borde de mi cama, viéndome en el espejo que tenía enfrente, sin muchas ganas de hacer nada. No quería pararme, ni bañarme, ni buscar ropa. No era un buen día, a veces me sentía así.

Me estaba yendo bien en terapia; muy bien, a decir verdad. Eran pasos lentos, pero me sentía bien con los resultados. Con el proceso que iba llevando.

A veces me costaba ir y hablar, sólo me quedaba callada viendo hacia un punto fijo, sin decir nada. Otras veces hablaba mucho, de todo lo que Laurie me preguntaba o de lo que yo quería sacar. Había días buenos y días malos. Aunque la mayoría eran buenos. A excepción de éste. No tenía ganas de hacer nada. Únicamente de dormir.

Ayer había ido a mi terapia y habíamos hablado de cómo me sentía. Me sentía bien. Después, la terapeuta me preguntó cómo me sentía hacía un año, hacía dos, hacía tres. Era difícil ver en retrospectiva todo. Era como si hubiera una línea divisora que marcara áreas blancas, negras y grises.

Creo que eso me estaba pasando factura este día. Lo hablaría con mi terapeuta en mi próxima sesión.

Ahora sólo dormiría o al menos lo intentaría. Me tiré en mi cama y me cubrí con mi manta porque tenía frío. Le había cancelado a Jess hacía veinte minutos. Lo hice por impulso y realmente lo agradecía porque me estaba esforzando mucho por no hacerlo, porque no quería cancelarle. Era una fiesta de una prima suya, no le caía bien, así que, de acuerdo con sus palabras, necesitaba apoyo moral.

Sin embargo, en ese momento, no podía apoyar a nadie. Y me esforcé mucho por animarme e ir con ella, pero al final no pude.

Era viernes, así que papá llegaría a las siete, más temprano de lo común, para que hiciéramos la cena y viéramos una película. De hacer la cena no tenía ganas, pero de ver una película sí.

Últimamente, papá estaba más tiempo en casa. Había dejado de lado su trabajo o por lo menos por las tardes.

Llegaba para que cenáramos juntos y conversáramos sobre nuestro día y sobre cómo me estaba yendo en la terapia. Luego, todos los viernes escogíamos una película. Esperen, no, olviden eso, yo escogía una película, porque él tenía mal gusto. Le gustaban puras películas ochenteras sobre gánsters. Yo prefería la comedia, así que veíamos una a excepción de los días en que papá ganaba y veíamos una película de su elección.

No fue nada fácil para él asimilar lo que ocurrió, ni cómo dejó pasar tantas cosas con respecto a lo que yo estaba sufriendo. Incluso hoy en día, de repente me abraza y me pide perdón.

Nunca lo culpé ni lo odié por nada, ya se lo había dicho en todas esas ocasiones. Me dolía lo que había pasado y el hecho de que tuve que velar por mí misma debido a su ausencia y la de Tara, pero no le guardaba ningún tipo de resentimiento. Ahora estaba aquí, y estaba bien con eso.

Por otro lado, Eiden se había ido hacía tres meses junto a Aaron y Samantha.

Él lo decidió así. Necesitaba su tiempo para sanar todo lo que había pasado y su mala manera de sobrellevarlo. Estar lejos de Linston y de la casa que fue su maldito infierno hecho a la medida le servía. Necesitaba alejarse de ese entorno tan doloroso para él. Eiden había decidido que nos separáramos para que él pudiera priorizarse y para que yo también me enfocara en sanar, y aunque debía de admitir que me dolió mucho, lo acepté. Lo entendía y estaba bien con ello. Yo misma sabía que alejarse de un lugar que te traía tantos recuerdos traumáticos era de gran ayuda; haberme ido de Ohio era el claro ejemplo. Porque salir de la maldita casa donde me había pasado aquello que me había lastimado tanto fue como respirar de nuevo después de estar asfixiándome en aquellas paredes llenas de recuerdos.

Al principio fue extraño; me había acostumbrado demasiado a su presencia. Los primeros días no podía dormir por las noches, me faltaba su calor y ese sonido que era capaz de tranquilizarme hasta en el peor de los momentos: el latido de su corazón.

Todo mejoró una semana después, cuando me llegó un mensaje suyo con un archivo de audio. El mensaje decía:

"Espero que te sirva para mejorar tus noches, cariño 🖤
P.D.: El médico del hospital me miró mal cuando le pedí esto, pero no importa, por ti vale la pena 🖤*"*

Era un audio de diez minutos completos en el que se podía escuchar el fuerte y constante latido de su corazón.

Casi me muero de un maldito infarto por la alegría de recibir aquel mensaje.

Las mañanas eran un poco más difíciles, a veces me levantaba y palpaba la cama, esperando encontrarlo a mi lado. No estaba. En cambio, estaba Minni, que se subía a mi cama y se acurrucaba a mi lado. Era una buena compañera.

Y por más que me doliera y causara nostalgia la ausencia de Eiden, intenté estar bien para mí y para ambos. Con el pasar de los días, me resigné a no verlo ni a escuchar su voz.

Lo decidimos así, principalmente Eiden. No llamadas. No videollamadas. Sin embargo, siempre hablábamos por mensajes sobre cómo estábamos y otras cosas. El primer mensaje que llegaba a mi celular era de él. El último también era suyo. Estaba conmigo, y yo estaba con él, al menos de esa forma.

Y, por cierto, su primer mensaje no era un "Buenos días". Era un recordatorio. Eran las palabras que me había dicho que me ayudaría a recordar todos los días. Cada día sin falta recibía:

Hola, cariño, recuerda que te amo mucho y que, a pesar de que no estoy contigo físicamente, estoy deseando con todas mis fuerzas que todo esté yendo bien para ti. Por favor, nunca olvides que las cosas a veces pueden ser difíciles y está bien si por momentos estás cansada y quieres tirar la toalla, pero tú eres capaz de levantarte, eres capaz de seguir adelante, mi pequeña luchadora.

Mi respuesta era instantánea y era mi propio recordatorio personal para él:

Hola, cariño, te amo mucho y te extraño de aquí a la luna. No puedo estar ahí contigo y darte el abrazo y el beso que tanto quiero, pero espero y deseo con todo mi ser que todo esté yendo bien para ti. Recuerda que a veces, aunque duele caer, la clave está en levantarse con más fuerza para poder seguir. No es fácil, pero es necesario, es de valientes y tú eres muy valiente, mi gran luchador.

Para ninguno estaba siendo fácil este proceso, pero estábamos ayudándonos mutuamente a la distancia, velando por el otro.

Él no podía afrontar con claridad lo que le había pasado y el entorno violento en el que se había criado sin tener pensamientos dañinos, y yo estaba luchando por afrontar todas las secuelas que me había dejado la violación y el entorno negativo en el que tuve que desarrollarme después de eso.

Los dos estábamos luchando y, aunque estábamos separados físicamente, nos apoyábamos en el camino; día con día, estábamos para el otro. Sus mensajes de texto siempre me hacían sonreír.

Tomé mi celular, que estaba en mi cama, y leí los mensajes que tenía.

Aparte de Jess y Nathan peleando a pesar de que estaban juntos en la misma fiesta (la íbamos a acompañar los dos, pero al final sólo fue Nathan), había un mensaje de Eiden que había llegado hacía menos de un minuto.

Cariño 🖤: Si por la noche te sigues sintiendo mal, podemos ver una película o un maratón de *Bob Esponja*.

Sonreí al leer su mensaje. Le había contado cómo me sentía, entonces me preguntó qué podía hacer para mejorarlo y le dije que hablar con él ya lo estaba haciendo. Cuando sus mensajes llegaban, sentía que mi pecho recibía una caricia.

A veces, también elegíamos una película y la comenzábamos a ver al mismo tiempo para sentirnos más cerca. Hablábamos de ella por mensajes, aunque muchas veces terminábamos tonteando en otra cosa y la película pasaba a segundo plano mientras hablábamos.

Allison: Minni y yo aprobamos la idea.

Tomé una foto rápida, sonriendo y levantando el pulgar, y dibujé una gatita al lado.

Allison: Minni está con su amiguito, pero en la noche ya va a estar aquí.

Cariño 💜: Ese gato 🙄

Allison: ¡Deja al pobre gato!

Cariño 💜: Mmm.

Allison: ¡Eiden! Cuando vuelvas vas a ver que lo vas a amar.

Cariño 💜: No lo creo.

Allison: Ya verás que sí.

Sticker de un gatito asintiendo

Cariño 💜: Mi corazón ya tiene dueña gatuna.

Allison: Minni no es celosa 🙄

Cariño 💜: Yo sí.

Me reí mandándole un sticker de una bolita amarilla volteando los ojos.

Cariño 💜: Cambiando de tema.

Cariño 💜: ¿Ya te he dicho hoy cuánto te amo?

Allison: Cinco veces, pero como que siento que me falta una.

Cariño 💜: Te amo, cariño 💜💜💜💜💜💜

Sonreí al ver la pantalla. Sentí que mis mejillas estaban a punto de reventar por lo grande que era mi sonrisa.

Allison: Yo también te amo 💜💜💜💜💜💜

Escuché que tocaban la puerta de mi habitación y alcé la cara de golpe. Un leve nerviosismo se instaló en la boca de mi estómago al saber quién era.

Texteé una respuesta rápida a Eiden.

Allison: Ya llegó mi papá, hablaré con él, nos mensajeamos luego.

Cariño 💜: Bien, te amo, no lo olvides, envíame mensajes, aquí estaré.

Allison: Lo sé, te amo 💜

Dejé el celular a un lado.

—Adelante —respondí con fuerza para que me escuchara.

Papá entró e hizo un gesto de sorpresa al verme.

—¿Qué haces aquí? —me preguntó, sentándose en el borde de mi cama—. ¿No tenías una fiesta con tus amigos?

—No quise ir.

—¿Por qué? ¿Te sientes bien?

—No —murmuré, y por algún motivo sentí cómo mi voz tembló—. No me siento bien.

Antes le hubiera dicho que sí.

Por un momento, me arrepentí de habérselo dicho, pero era eso o quedarme callada porque tampoco le iba a mentir diciéndole que estaba bien. Después no iba a poder hacer nada de lo que hacíamos a menudo y él se iba a sentir mal por no entenderme y yo también por hacerlo sentir así.

Papá permaneció callado por unos segundos y miré de reojo cómo se acercaba más a mí.

—¿Quieres que le llame a Hellen o a Laurie? —me preguntó, quitándome un mechón de la cara—. ¿O quieres hablar conmigo?

—Es que sólo no me siento bien. No es nada en concreto.

—¿Estás segura?

Asentí con un simple movimiento de cabeza.

—Está bien. Voy a preparar la cena y te la subo.

Lo pensé unos segundos. No tenía muchas ganas de comer, aunque sí tenía hambre. Y, siendo sincera, a papá no se le daba bien cocinar, menos solo. Juntos apenas y hacíamos algo decente, que no pasaba de pastas o comidas fáciles. Yo tampoco sabía cocinar, pero lo intentábamos. Por lo menos, la mitad no se quemaba.

—Puedes pedir una pizza —dije, deteniéndolo—. Y podemos ver la película aquí en mi computadora.

Él esbozó una pequeña sonrisa y asintió con la cabeza, un tanto animado.

—Pero yo escojo la película.

—¡No! —negué con la cabeza—. Tus películas son viejas y feas.

—Tampoco vamos a ver por quinta vez una película de Bob Esponja.

—Podemos ver un maratón de capítulos —sonreí—. O podemos ver *Alvin y las ardillas.*

—No voy a ver a ratitas cantando —puso los ojos en blanco—. Están mejor mis películas.

—Tus películas todavía están en blanco y negro.

—No todas —insistió—. Hay unas con buena calidad.

Lo miré con un gesto irónico. Eso mismo había dicho la última vez y parecían pixeles distorsionados.

—Igual están feas. Mejor apresúrate a pedir la pizza para que veamos un maratón de *Bob Esponja.*

—Pero...

—Y que sea de pepperoni con doble queso en la orilla.

Me dedicó una mirada incrédula y yo le regresé una sonrisita inocente mientras me sentaba en la cama y tomaba mi computadora de la mesita.

Yo iba a ver mi maratón de *Bob Esponja* con pizza de pepperoni y nadie me iba a detener.

—¿Algo más, señorita? —papá me miró con una ceja enarcada.

Me hice la que lo pensaba.

—No... Oh, sí. Helado de vainilla —hice una pausa con una sonrisa inocente—. Si no es mucha molestia.

—Bueno, pizza de pepperoni y he...

—Con doble queso, la pizza es con doble queso —le recordé.

Papá sacudió la cabeza, divertido.

—Muy bien. Pizza de pepperoni con doble queso y helado de vainilla. ¿No te vas a enfermar por todo eso?

—No. O no lo sé. No importa.

—Bueno, mientras prepara tus capítulos de la esponja con patas.

Solté una risotada mientras él salía, pero me quedé callada de golpe al ver quién entraba en su lugar.

—¿Hasta ahorita? —regañé a la gata que venía entrando muy campante—. Son las siete de la tarde.

—Miau.

—No me contestes —le apunté con el dedo y luego palmeé a mi lado—. Ven.

Minni siempre se desaparecía de las tres a las seis de la tarde. Ese gato del vecino era toda una mala influencia, pero por lo menos tenía la decencia de venir a buscarla y esperarla en la puerta de la casa. A veces se colaba y entraba. Mala influencia o lo que fuera, me caía bien. Bueno, a mí todos los gatitos me caían bien. Si pudiera adoptarlo, lo haría, pero tenía dueño.

Le hice otra señal a Minni para que se subiera a mi cama. Ella sólo me miró y soltó un maullido antes de dar un saltito para colocarse sobre mi regazo y frotarse contra mí antes de acurrucarse con un ronroneo final.

Era demasiado floja, aunque únicamente cuando le convenía.

Gracias a ella ahora siempre me levantaba temprano porque, por las mañanas, le gustaba salir a pasear por todo el vecindario. Y no quería ir sola. Así que, si no me levantaba para acompañarla, se ponía a rasguñar la puerta de mi habitación hasta que me despertaba y la sacaba a pasear.

Era todo un drama.

***

(30 de julio de 2022)

Los últimos meses habían sido un sube y baja de emociones.

La terapia, la escuela, el elegir una carrera universitaria, el tener que respirar. La vida era difícil, y yo era muy joven para preocuparme por todo eso.

Había avanzado tanto con muchas cosas en tan poco tiempo que me sorprendía de ello cuando me detenía a analizarlo.

Según Laurie, la manera en que Hellen me había ayudado resultó muy beneficiosa para sobrellevar la mayoría de mis secuelas.

Por ejemplo, ayer me di cuenta de que llevaba tres meses sin tener pesadillas, ni una sola siquiera. No eran recurrentes, pero de repente sí tenía una al mes, o dos, o tres. Ahora llevaba tres meses sin ninguna. Eso me animaba.

También llevaba un mes sin dormir con la lámpara de la mesita, o sin asustarme con ruidos bruscos y ya podía aceptar un poco mejor los abrazos desprevenidos que de repente me daban Nathan y Jess. Jess era un poco más abrazadora que Nathan, pero ambos tenían su forma de hacerlo. Jess me abrazaba de frente y por los hombros, estrujándome como si fuera masa para pizza. Por su parte, Nathan siempre aparecía a mi lado y me daba un leve abrazo de costado, tomándome por los hombros. Mis sentidos ya reconocían sus maneras de abrazar.

Ellos sabían que estaba yendo a terapia, no sabían las razones y tampoco preguntaban, pero me apoyaban a su manera. Muchas veces, Jess o Nathan me llevaban a las sesiones cuando no tenía ganas de caminar o papá no podía llevarme, porque el consultorio estaba algo lejitos. Eran un gran apoyo para mí. A veces se acercaban a mí de forma inesperada y me abrazaban diciéndome que me querían mucho. Lo decían con nostalgia y tristeza. Me costó un par de ocasiones entender que, de algún modo, se percataban del dolor que había arrastrado y necesitaban reafirmar que estaban ahí para mí.

La terapia abarcaba muchos temas, desde la forma en que afrontaba el daño que me había dejado la violación hasta cómo el tema de mi madre estaba afectando mi vida. Ahora era capaz de entender todos esos sentimientos que, en su momento, fueron un tornado que me destrozaba por dentro. Había tanto dolor dentro de mí. Miedo, vergüenza, culpa, ansiedad, pánico, ideaciones suicidas, inseguridades con mi entorno y conmigo misma…

Tuve que entender que no debía temerle al mundo, que no debía sentir vergüenza, que no había razón para bajar la cabeza. Sí, había vivido algo traumático, pero ahora lo estaba afrontando, estaba sanando.

Tuve que entender que nada había sido mi culpa, nada, ni la más mínima cosa. A veces, de forma inconsciente, me culpaba por haberlo dejado entrar a casa, por haber bajado ese día al sótano, por no haber luchado más, pero no, nada de eso era mi culpa. No podemos ir por la vida teniendo miedo hasta de respirar. No era mi culpa, yo era una víctima. Era su culpa. Su mente estaba podrida y era una mala persona. Él era el monstruo, no yo.

Tuve que aprender a afrontar la ansiedad y el pánico que tenía ante cualquier suceso que me regresara a esa noche. Tuve que entender que, por más que mi cabeza a veces quisiera rendirse, debía buscar la luz, la esperanza, aferrarme al hecho de que este proceso de sanación iba lento, pero que yo estaba aquí, avanzando y esforzándome por seguir de pie.

Tuve que aprender a abrazar a la niña de quince años que había sufrido y saber que lo que estaba haciendo era para poder ayudarla a ella y a la versión de Allison que ahora estaba construyendo.

Hablar de mi vida sexual fue complicado. Enfrentar que, en algún momento de mi vida, me sentí sexualmente rota, sucia, manchada y que llegué a creer que nunca sería capaz de tener algo con nadie, ya fuera por mi incapacidad o porque esa otra persona no iba a querer estar con alguien como yo, fue difícil, fue como sumergirme en un lugar oscuro al que no quería volver.

Sin embargo, ya no me sentía así.

Tener una sexualidad con Eiden me hizo entender que era capaz, que era una mujer que podía disfrutar de su placer. Aunque a veces fuera un poco difícil, había encontrado la manera de sentirme segura en sus brazos y de borrar esos pensamientos que me hacían tanto daño.

Como él lo había dicho: era mi dolor hablando desde mi trauma.

Un trauma que no debía encarcelarme en una vida de desdicha.

Aún recuerdo nuestro primer encuentro sexual, en el baño de la cabaña, cuando me hizo sexo oral. Cuando pasó, todo estuvo bien, sólo tuve que gestionar esas sensaciones placenteras y dejarme llevar, pero después me preocupé por haberlo hecho sin contarle lo que me había pasado. Sobrepensé demasiado. Mi miedo y mi dolor se apoderaron de mí y estúpidamente creí que tal vez no le gustaría estar con alguien así, con alguien como yo, sucia, como si mi suciedad pudiera alcanzarlo. Pero Eiden nunca me vio así, no vio mi trauma, vio a la mujer que era debajo del dolor, debajo de esas cadenas que la aprisionaban a esa noche de tortura.

Así, cuando hablé de eso, de cómo manejaba mi vida sexual, de cómo me hacía sentir, comencé a notar muchas cosas y recordar otras.

En realidad, Eiden y yo no habíamos tenido relaciones sexuales. Sólo lo habíamos intentado una vez. Y apenas se colocó encima de mí, ya estaba hiperventilando de los nervios.

Cuando le dije que no podía, me sentí avergonzada y me apresuré a pedirle perdón. Claro, a Eiden no le importó e incluso me regañó por disculparme.

Realmente me invadieron los nervios y el miedo a lo que pudiera pasar. Y es que mi cabeza ya se estaba adelantando a qué rayos pasaría si, en pleno acto, me asustaba, o si no me sentía cómoda y, por ende, Eiden tampoco. Me abrumé yo solita.

Sin embargo, Laurie me dijo que el hecho de que estuviera practicando otro tipo de actividad sexual con él no significaba que estuviera lista para hacer todo de una sola vez. Que lo tomara con calma.

Todo iba con calma.

Estaba segura de que nunca olvidaría lo que me pasó, ni la forma en que todo eso me dañó. No habría poder humano que pudiera borrar de mi mente los sucesos de esa noche, pero, al suturar y sanar esa herida, aprendería que ese dolor debía quedarse atrás, que aquello era mi pasado y no tenía por qué estar estancando mi presente y mi futuro.

Tara ya no vivía en Linston, había regresado a Ohio. Escuché a papá hablar con Hellen sobre eso por teléfono. No es que estuviera de entrometida, yo no soy así, sólo iba pasando por su oficina y escuché mi nombre y me detuve. Papá estaba feliz de que Tara se fuera.

Papá había evitado por completo ese tema. Por fuera fingía estar feliz con su partida, pero una parte de mí se preguntaba: "¿Tan fácil fue para ella dejarme? Irse de mi vida sin voltear atrás. ¿Qué hice mal?".

Nada. No había hecho nada malo. No era mi culpa que ella no fuera capaz de quererme. Y aunque me dolió aceptarlo, lo hice. Ella ya no formaba parte de mi vida y así estaba mejor. Tara sólo me hacía daño; sin palabras y con palabras sabía cómo lastimarme. Lejos de mí estaba mejor.

Los últimos meses, mi principal fuente de estrés había sido decidir qué estudiar. Siempre había dicho que quería estudiar psicología, sin embargo, no quería iniciar este año. Quería sentirme cien por ciento estable para hacerlo y no descuidar nada. Ni mis estudios, ni la terapia.

Así que ahora estaba en mi año sabático. Mi año de encontrarme, así lo llamó Hellen. Yo lo llamé de estar en mi casa sin hacer nada que me cansara como estudiar. Estudiar cansa.

Jess y Nathan tampoco habían entrado a la universidad este año, pero por razones muy distintas. Jess porque no sabía qué estudiar e iba a tomar un seminario para ello de casi medio año, y Nathan porque, por cabezota, perdió dos materias y no pudo graduarse.

La señora Dopkins lo reprobó. Así es. Nathan decía que él no había reprobado, que había sido ella quien le había puesto esa calificación porque, según él, le caía mal a la profesora. Y también perdió historia. No se le daban bien las fechas. Así que sus ganas de estudiar tendrían que esperar. Creo que tampoco había decidido bien a qué carrera entraría.

Estábamos muy jóvenes para esas elecciones.

Oh, y no le caíamos bien a la mamá de Jess. Creía que la malinfluenciábamos para no estudiar. Cuando íbamos a su casa, nos miraba feo.

Realmente fue una casualidad, porque no lo habíamos hablado entre nosotros. Yo fui la primera en decidir tomarme el año, y como papá se lo tomó a bien, se lo conté a Jess y ella me platicó que también ya tenía tiempo pensándolo, así que se animó a decírselo a su mamá.

No le causó ni una pizca de gracia. Ya después me contó que le hizo un drama diciéndole que qué sería de su vida si no estudiaba. Así es, su mamá exageró todo, pero ya después se le pasó.

Y bueno, Nathan perdió sus materias, no pudo revalidarlas en su primer extraordinario y ahora debía esperar unos meses para volver a intentarlo.

Sus papás le quitaron el coche como castigo. Sí, cuando por fin lo había arreglado, sus papás se lo quitaron por perder dos materias.

Al final, Jess y Nathan se habían vuelto un gran apoyo en mi vida.

Cuando no estaba en la escuela, en terapia o descansando en mi casa, estaba con ellos. Nathan era un escaparate de malas ideas, disfrazadas de divertidas. Todavía tenía un raspón feo en el pie, porque unos días antes se le ocurrió aprender a andar en patineta y, como no quería hacerlo solo, nos arrastró a Jess y a mí.

Qué raro era vivir en armonía, sin mucho de qué preocuparme.

Desde que habíamos salido de la cabaña y eso había terminado de la forma en que terminó, todo había sido distinto. A veces sólo necesitamos un par de sucesos que nos muevan con tanta fuerza que pongan a andar algo que se había mantenido estático durante mucho tiempo.

Sabía lo que había ocurrido con Jaden, no era necesario que nadie me lo dijera.

Al fin y al cabo, Eiden me había dicho lo que ocurriría. Lo harían ellos o él. Finalmente, fue él.

Se sentía como si el desenlace de su vida hubiera sido algo rápido. Y es que las cartas siempre habían sido así, movidas con calma para que, en un solo movimiento, terminara todo.

Caminé por el pasillo hacia mi cuarto. Venía de sacar a pasear a Minni. Ya había descubierto por qué le gustaba salir.

Siempre dábamos la vuelta por la calle y yo me sentaba en una banqueta por unos veinte minutos mientras ella desaparecía.

Sin embargo, hacía dos días, había tardado más y me preocupé. La busqué por las calles y la encontré en la parte trasera de la casa del vecino, sentada al lado de su amigo. Era un gato blanco. Al parecer, no veía con mucha claridad. Lo sabía porque varias veces se había quedado parado frente a la pared de la casa, en lugar de la puerta. Únicamente se daba cuenta de ello hasta que Minni se le acercaba.

No sabía su nombre, le tendría que preguntar al vecino, pero me daba miedo. Era un anciano malhumorado.

Dejé a Minni en mi cama y escuché que mi celular sonaba. Era una llamada entrante. Lo tomé sin ver quién era, porque creí que era Jess.

—Más te vale que sea algo importante porque ya me iba a volver a dormir. Y no, que no sepas cómo hacer un café no es importante, ni yo sé cómo ha...

—Cariño.

Me detuve en seco cuando escuché la voz al otro lado de la línea. Ésa no era Jess. Mi corazón se aceleró con fuerza.

—¿Estás cómoda con esto?

—Sí, sí —me apresuré a decir—. ¿Tú lo estás?

Escuché cómo Eiden soltaba una risa ligera al otro lado de la línea y el vello de mi nuca se erizó por completo. Había extrañado demasiado su voz y su risa.

—Te extraño —murmuramos al mismo tiempo y ambos reímos.

—Y quiero verte —agregó él.

—Hazlo hasta que te sientas bien, cariño.

—¿Tú te sientes bien para hacerlo?

—Sí. ¿Y tú?

—Creo que sí.

16

Cenizas

Cariño 🩶: Iré de picnic con los chicos y creo que no habrá señal, te envío mensaje cuando vuelva. Probablemente regrese al mediodía 🩶

Allison: ¡Disfrútenlo! 🩶

Releí los últimos mensajes de mi chat con Eiden y, cuando vi la hora, me mordisqueé el labio inferior, ansiosa. Eran de las nueve de la mañana y ya eran casi las cinco de la tarde.

¿Cuánto tiempo duraba un picnic?

Quizás estaba siendo un poco paranoica, pero desde hacía varios meses —nueve para ser exactos— éste era nuestro único medio de comunicación y Eiden nunca había pasado tanto tiempo sin enviarme un mensaje o responderme. Y cuando digo nunca, es porque realmente era nunca. Por las mañanas siempre estaba su mensaje o una llamada. Hacía un mes que me había llamado por primera vez en mucho tiempo, y desde entonces habíamos hablado por llamada y videollamada más seguido.

Eiden creía estar listo para regresar a Linston, pero en ese momento todavía era eso, un "creo". Yo estaba segura de que deseaba tenerlo de vuelta aquí, no tenía ninguna duda, pero él necesitaba estar seguro de volver, por su bien, por el mío y por el nuestro. Una de las cosas que lo frenaba un poco era el miedo a regresar a su antigua casa y sentirse muy agobiado ahí. Al parecer, Sam también tenía ese problema. Así que estaban trabajando mucho con Connor, pues necesitaban herramientas para gestionar ese sentimiento.

—Ya hazme caso.

Bajé mi celular y lo dejé sobre mi pecho cuando Jess me sacudió el brazo con insistencia. Estábamos tiradas en la cama desde hacía diez minutos.

—¿Qué decías? —le pregunté, centrándome nuevamente en ella.

Mejor me distraía con cualquier cosa antes de seguir torturándome con la falta de mensajes de Eiden.

—Que se me había ocurrido una idea —dijo, sonriente.

—¿Una idea mala o una idea buena? —enarqué una ceja, entre curiosa y alerta, porque, a veces, decirle sí a Jess y Nathan se sentía como firmar un pacto con un diablillo—. Porque comprar brownies en esa tiendita que huele raro para después ir a andar en bicicleta no entra en la categoría de buena.

—¡Ésa fue una magnífica idea!

—Sí, claro, mi papá no pensó lo mismo. Tuve suerte de que no me castigara por un año.

—No fue para tanto —Jess lo desestimó con un mohín y yo entrecerré los ojos.

—Le llamé diciéndole que nos habíamos perdido —le recordé—. Y nos encontró detrás de la casa.

—Igual, no fue pa...

—Nathan estaba tirado en el suelo, contando "monedas" que realmente eran piedras para pedir un taxi.

—Ay, eso no fu...

—Oh, oh, y tú estabas llorando —enarqué una ceja—. No, mejor dicho, moqueando por eso.

—¡En mi cabeza drogada eso fue horrible! —chilló, indignada.

—Imagínate cómo fue para mi papá encontrar a tres adolescentes en su patio, todos drogados por unos brownies.

Jess hizo un gesto de diversión y meneó la cabeza al recordar esa escena. Únicamente de acordarme me daba una vergüenza horrible. La idea tenía buena pinta cuando la sugirió Nathan, era sólo para pasar el rato. Pero creo que los brownies estaban demasiado cargados. Ni siquiera recuerdo si realmente salimos en las bicicletas y volvimos o si nunca salimos. La cosa era que nosotros ya nos imaginábamos en otro estado sin conocer a nadie cuando en realidad estábamos a unos metros de mi casa.

Unas horas después desperté y estaba en mi cama con Jess al lado. Casi la tiré de la cama de tantos manotazos que le di para que se levantara. Creo que todavía estábamos un poco idas, porque, al no ver a Nathan por ningún lado, nos pusimos como locas. Ya lo imaginábamos en medio de una calle todo desamparado, muriéndose de frío.

Al final resultó que la calle era el sillón de la sala y que estaba bien arropado con una mantita. Lo peor fue el regaño que nos dio papá. No sólo a mí, sino a los tres. No sabíamos ni dónde meternos.

—Bueno, entonces nada de brownies —concedió.

—Mejor dicho, nada de cosas que nos dejen tarados —le corregí—. No vaya a ser que esta vez sí nos perdamos.

—Vale —sonrió y me pinchó un cachete, divertida—. Entonces ¿sí aceptas mi idea?

—No me la has dicho.

La seguí con la mirada cuando se sentó y se giró para quedar boca abajo, apoyándose en sus codos. Una sonrisa se ensanchó en sus labios. Esbozaba esa sonrisita divertida cuando estaba tramando algo. Ya la conocía.

—Es una idea sorpresa —subió y bajó sus cejas provocativamente—. Que te va a encantar.

Sorpresa. Me quedé trabada con esa palabrita. Eso significaba que no me lo iba a decir, a menos que se le saliera por error, y vaya que con ella eso era fácil.

—¿El hecho de que sea sorpresa es bueno o malo? —enarqué una ceja—. Porque sospecho que es malo.

—¡Es buenísimo!

—Entonces, dime tu idea —quise presionar.

No me iba a ir tan a la deriva con Jess. Porque podía afirmar que sus ideas no eran tan buenas, ni las de Nathan, y para qué mentir, ni las mías. Entre los tres y nuestras ideas ya habíamos terminado drogados, perdidos, con muchos raspones y hasta en un supermercado perdiendo la dignidad después de que Nathan se pusiera a bailar en medio de un pasillo.

Jess me lanzó una mirada fulminante antes de poner los ojos en blanco.

—¿Qué parte de que es una sorpresa no te quedó clara?

—La parte de que no sé si es buena o mala. A veces siento que voy a terminar presa por su culpa. Soy muy joven para eso.

Vaya ironía la de esas palabras.

La verdad sí me apetecía salir a distraerme, aquí solita me estaba torturando horrible, imaginando lo peor de por qué cierto chico no me enviaba mensajes. Iba a terminar destruyendo mi celular si no veía un mensaje suyo. Sin embargo, tampoco me sentía con ánimos de pararme y hacer lo que ella quería.

Me sentía nostálgica, como si me faltara algo en el pecho, y eso era extraño. Era una sensación que de repente me asaltaba y se instalaba en mi corazón, haciéndolo latir muy rápido, para después dejar esa impresión de vacío cuando su ritmo disminuía.

No la había sentido hacía mucho tiempo. La última vez fue meses atrás, durante las primeras semanas después de que Eiden se había ido.

Era como si de repente se me olvidara que ya no estaba cerca y lo buscara. En mi cama, durante las mañanas, porque acostumbraba escabullirse por las noches, cuando mi papá dormía, para quedarse conmigo. En las voces que escuchaba a mi alrededor, pero que no sonaban a él. En las risas que no provocaban que me perdiera en aquel sonido tan melodioso que había aprendido a reconocer a metros de distancia. Lo buscaba y no lo encontraba, y darme cuenta de eso me dejaba un vacío.

Ni siquiera cuando Tara se fue me sentí así. Con ella, todo era distinto. Cuando me acordaba me dolía, me dolía pensar en cómo había terminado todo, pero su ausencia no me afligía, me había acostumbrado a ella desde que era una niña. No la buscaba y tampoco la esperaba, ya no.

Y ahora estaba sintiendo esa sensación de vacío y no me gustaba. Sabía que era pasajero, sin embargo, prefería no sentir eso. Y creo que el hecho de que Eiden no contestara empeoraba las cosas. ¿Por qué rayos no contestaba? Tal vez le pasó algo malo en el pic...

No. Aparté la idea, meneando la cabeza. Debía de dejar de ser tan negativa. Quizá sólo se quiso quedar más tiempo con sus hermanos.

Me coloqué de costado para ver a Jess, quien, sin darme cuenta, ya estaba metida en su celular. Fruncí el ceño en el momento en que ella lo hizo. Se veía molesta, e incluso apresurada cuando comenzó a teclear y mover sus dedos rápidamente sobre la pantalla.

Mmm.

Estuve a punto de preguntarle qué ocurría, pero ella alzó la cara y me sonrió, casi animada.

Qué cambio de humor.

—Entonces ¿sí vas a aceptar mi magnífica idea sorpresa? —dejó su celular a un lado—. Va a ser tan buena idea que al final del día me lo vas a agradecer, hasta vas a quitar esa carita de perrito apachurrado que tienes.

Hice un gesto de molestia por eso último.

—No tengo cara de perrito apachurrado —me quejé.

—Sí que sí. No dejas de ver el celular y poner cara triste cada que lo apagas. ¿Qué ocurre? ¿Es Eiden?

Dudé un momento y al final terminé asintiendo.

—Es que...

Me detuve en el momento en que la puerta se abrió, estruendosamente, chocando con la pared por lo fuerte que había sido azotada.

Vaya, eso fue... parpadeé un par de veces... muy, ah, sí, de Nathan queriendo hacer su entrada dramática. Torcí los labios en una mueca. Nathan había pateado la puerta para entrar porque venía con un buñuelo en cada mano.

Esta casa parecía campo libre para los saqueos de comida, pero ni siquiera podía quejarme, porque cuando iba a la casa de Jess o de Nathan, hacía lo mismo.

—Allison, ¿dónde compra tu papá los buñuelos? Le tengo que repone…

Su tono de voz fue disminuyendo apenas vio nuestras expresiones y pareció más interesado en el chisme que en otra cosa. Me hice a un lado cuando se lanzó en la cama, a mi lado, ávido de que le contáramos.

—¿Qué pasó? ¿Quién se murió? —me miró a mí y luego a Jess—. ¿Por qué tienen caras largas?

—No se murió nadie —bufó Jess, quitándole un buñuelo—. Ni tampoco ha pasado nada... que te importe, claro.

—A mí me importa todo —soltó, estirando su mano por encima de mí para recuperar su buñuelo—. Todo, sin discriminación. Un buen chisme no se le niega a nadie.

—Pero son cosas de mujeres.

—Oh, ¿están menstruando? Yo vi un documen...

—No. No es eso —solté, rodando los ojos y quitándole, esta vez yo, un buñuelo. Quería sentirme como en esas caricaturas en las que las personas sólo se ponían a comer con caras tristes—. Es otra cosa.

—Va. ¿Quieren que me vaya?

—Sí, al fin entendiste —Jess le dio un empujoncito en el hombro—. Anda, piérdete en la cocina unos cinco minutos.

—Piérdete tú —le respondió él con otro empujoncito.

—Tú eres el que estorba, no yo.

En ese momento, me hice diminuta en la cama, tanto que casi me pegué como estampa a ella porque Jess y Nathan empezaron a manotearse sobre mí.

Ya debía saber que no tenía que quedarme entre ellos. Siempre salían con sus peleas y yo terminaba en medio. Si tenía suerte, me llevaba un único manotazo antes de poder separarlos, y cuando no, también terminaba dándole manotazos a alguno. Así era la vida de una amistad de tres. O separas las peleas o te unes a un bando. Bueno, también puedes hacerte a un lado y únicamente ver, pero eso es complicado y un poco aburrido.

—Es que son cosas de mujeres y tú no eres mujer.

—Que me corra Allison, no tú.

—Allison no te va a correr porque no te quiere hacer sentir mal.

Bueno, al parecer, debía parar esto. Levanté mis manos, meneándolas y disipando sus manotazos. Nathan se detuvo primero con mala cara y Jess aprovechó para meterle un último manotazo toda victoriosa.

—Dile que se vaya, para que me cuentes lo que ibas a platicarme antes de que llegara... éste —lo señaló de mala gana—, que siempre anda de chismoso.

—Si tú también estás de chismosa. Hum. Nada más que Allison no quiere lastimarte y decirte eso.

Ay, no, no podía con tanto drama en mi vida. Sólo soportaba el de una persona sin remilgar, pero esa persona no estaba. Ya vería cuando me contestara, el dramón que le tocaría por no avisarme que tardaría mucho más de lo que me dijo. No era verdad… ¿a quién iba a engañar? Sabía que tenía una buena razón para no escribirme, porque él nunca fallaría con sus mensajes.

Lo conocía, era Eiden y Eiden era Eiden. Mi Eiden.

Incluso cuando no se sentía bien, me enviaba mensajes para contarme y que no me preocupara mucho por si dejaba de contestar mensajes por un par de minutos.

Lo conocía y por eso me preocupaba; además, sentirme nostálgica me ponía sensible y eso provocaba que resintiera mucho más su ausencia.

Eiden me hacía sentir que tenía la cabeza acolchonada con emociones que vibraban en sus puntos más altos. Lo extrañaba mucho. Y cualquier cosa me removía. Esta situación me hacía sentir un pequeño nudo en la garganta, porque el que no contestara me recordaba que no estaba. Que no había otra manera de tenerlo cerca, más que ésa.

No era su tono de voz el que hacía eco en mi cabeza y me ponía feliz. Era un maldito sonido predeterminado de mi celular.

No era la forma que tenía de pronunciar las palabras, la manera en que cada sílaba se envolvía en sus labios y salía con una apacibilidad encantadora que me hacía sentir un aleteo en el pecho. Eran unas cuantas letras sin sonido que no eran nada más que eso, un mensaje de texto.

—Allison —me giré hacia Jess cuando me llamó—. Dile que se vaya.

Ay. La miré con una mueca de ayuda, no podía ponerme en esa situación, pero a ella le importaba más demostrar su punto que otra cosa. Lo malo era que el ego de los dos era enorme.

Estaba entre la espada y la pared. O mejor dicho entre Jess y Nathan, que me miraban a cada lado. Yo todavía estaba acostada en la cama boca arriba y ellos estaban semisentados a mis costados con sus ojos clavados en mí. No me sorprendería si de repente les salía un rayo láser y me perforaban la cabeza. No me gustaba que me vieran tanto, ni tan cerca, ni tan intensamente.

—Ya —dijo Nathan a regañadientes, arrastrándose por la cama para salir—. Ya decía yo que no debía de entrar en una amistad de tres, siempre hay uno al que no quieren. Pero vale, qué más da... Me voy a tu nevera, ahí por lo menos sí me quieren. Es recíproco... No como aquí.

—Tampoco hagas tant...

Jess se quedó con media oración en la boca cuando Nathan levantó su mano, muy indignado y dolido, poniéndola delante de ella.

—Cállate —le espetó—. No me hables, terminamos nuestra amistad de aquí hasta que necesite que me des un aventón en tu carro.

Rodé los ojos con diversión. Bien, necesitaba de su forma de ver las cosas para no agobiarme tanto. Con Jess sola esto iba a ser más serio y no quería terminar peor.

Tiré del borde de la camisa de Nathan, haciendo que se volviera a sentar de un sentón.

—¿Qué? —me miró, todo indignado.

—Quédate, necesito tus sabias palabras. ¡De los dos! —aclaré deprisa antes de que Jess se quejara.

Ella se quedó con la boca abierta y la cerró de golpe. Ya venía el reclamo, pero había logrado salvar la situación a tiempo.

A Nathan ni siquiera tuve que repetírselo dos veces. Hizo una mueca, aún molesto, pero con lentitud se lanzó de nuevo a mi lado y recargó su mejilla en la palma de su mano para verme con atención. Por su parte, Jess hizo lo mismo, no sin antes lanzarle una mirada agria a Nathan, quien le sacó la lengua.

Cuando dejaron de destilar sus rabietas, pusieron toda su atención en mí. No me gustaba ser el centro de atención, sin embargo, ahora era yo quien iba a hablar.

Miré el techo unos segundos, dudosa de platicarles, y al final solté un suspiro sonoro.

—Es que, esta mañana, Eiden me dijo que iba a ir a un picnic con sus hermanos y que llegaba al mediodía, pero no he tenido ningún mensaje suyo...

—Y ya son la cinco de la tarde —Nathan miró su reloj—. De seguro ya se lo comió un oso.

—¡Nathan!

—¿Qué? —abrí los ojos de golpe—. ¿Creen que...?

—¡No! —volvió a chillar Jess dándole un manotazo a Nathan—. ¡Claro que no se lo comió un oso!

—Se cayó en una piedra... ¡AAAHH! ¡No me jales el cabello!

—¡No digas burradas!

—¡Sólo propuse ideas!

—¡Tus ideas apestan!

—¡Son mejores que las tuyas, que ni existen!

—¡Es darle ánimo, no decirle que su novio está muerto!

—¡Agg, no dije que estuviera muerto! ¡Puede sobrevivir!

—¡Oigan, ya! —chisté, sentándome en la cama—. No digan que alguien se murió, que estoy muy paranoica.

—Ehhhh, oh, puede que simplemente no quiera contestar y ya —dijo Nathan rápidamente.

—No le hagas caso —masculló Jess—. Por eso está soltero, proba...

—¡Ey, estoy tratando de aportar ideas! ¡Que si digo que se lo comió un oso, que si no!

—Pues lo que piensas no ayuda. ¡Di cosas buenas!

—¡Fue lo único que se me ocurrió!

—Pues qué cosa tan mal...

—Él no haría eso —murmuré sin pensar lo que decía, sólo lo sentí.

Alterné la mirada entre ambos. Jess y Nathan guardaron silencio y me contemplaron.

—Eiden no me dejaría de contestar porque "no quiere hablar". Él no haría eso. La verdad es más probable que se lo coma un oso.

Sabía que no lo haría. Sabía que estábamos bien. Sabía que nuestros dramas y supuestas peleas no pasaban de berrinches sin sentido. Sabía que Eiden me quería. Lo sabía, en ese aspecto no tenía ninguna duda. Más bien, me preocupaba que le hubiera pasado algo.

Noté cómo en la cara de Nathan se dibujaba una mueca burlona y después giré hacia Jess, que le estaba lanzando una mirada asesina. La intentó disimular cuando la vi y, por su parte, Nathan pareció hacer un mohín de disculpa.

Mmm.

—Bueno, ya pensándolo mejor —soltó Nathan, ya con un tono más serio—, si hablamos de Eiden, aquí sólo hay una opción: se le rompió el celular y no puede enviarte mensajes. ¿Has checado el cielo? Tal vez te está mandando señales de humo. Conociéndolo, el pobre ha de estar muriéndose de la tristeza como tú buscando otra forma de llamarte.

No pude evitar suavizar mi cara triste. Sus palabras me animaron un poco. Tal vez sólo se le descompuso el celular o se le perdió y yo ya estaba haciendo todo un drama, preocupándome por cosas sin sentido. Yo ya hasta lo imaginaba en la panza del oso. Era una dramática. Perdón, siempre imaginaba lo peor.

—Sí saben que si no hablan un día no va a pasar nada malo, ¿verdad? —me dijo Nathan—. No se va a acabar el mundo.

—Ya sé —le dije—. Pero nunca habíamos estado sin hablar tanto tiempo.

—Sólo han sido unas horas.

—Y eso es mucho tiempo.

—No tanto.

—Y ésa es la razón por la cual estás soltero —le dijo Jess.

—Tú también estás soltera —le chistó él, con el ceño fruncido.

Rodé los ojos. De nuevo, otro palabrerío. Su deporte favorito era pelear. Lo practicaban de dos a tres veces al día, aunque se les pasaba a los diez minutos. No sabía cómo llevaban tantos años de amistad.

—Pero porque quiero, tú por imbécil.

—Ajá, así vamos a llamarlo.

—Da lo mismo —Jess lo desestimó con una mano—. Estamos hablando de Allison y Eiden. Y si él no le envía mensajes en varias horas es porque probablemente le pasó algo o está haciendo algo importante, no es un patán como tú, que nunca contestas. Tal vez se haya quedado más tiempo en el picnic ese que dijiste, Allison.

—¿No que no estábamos hablando de mí? —Nathan le lanzó una mirada agria antes de poner los ojos en blanco y mirarme—. Aunque sí, lo más probable es que esté... tal vez... ocupado. Haciendo algo...

—¿Algo? —fruncí el ceño.

—Ajá. Algo —sonrió Nathan y noté cómo sus ojos se iluminaban con cierta diversión—. Alguito muy importante como...

Me encogí en mi lugar cuando una mano salió disparada hacia Nathan para darle un golpe en la cabeza. Uff, pobre de él, vaya que Jess tenía la mano pesada.

—Ya cállate, boca suelta —lo regañó Jess, mirándolo como si fuera el problema más grande de su vida.

—Ay, pero si no dije nada —se quejó.

—Ni diji nidi —Jess le puso mala cara, imitando su voz con un tono burlón—. Ilgi, Ilgiiti.

Mmm. ¿Qué era todo eso? ¿Qué tenían los dos? Desde que habían llegado estaban extraños.

Cuando ellos pensaban que yo no los estaba viendo, se lanzaban miraditas, golpes y pellizcos, y dejaban a medias varias palabras. Algo se traían; eran pésimos disimulando.

—Ya. Okey —Nathan alzó las manos en señal de rendición—. Bueno, no digo nada más.

—Más te vale.

—¿Qué traen ustedes dos? —les pregunté, entrecerrando los ojos—. Llevan rato extraños.

—¿Nosotros? —bufó Jess—. Para nada, puf, ¿qué traeríamos nosotros? Si nunca traemos nada.

—Ajá —se apresuró Nathan a hacerle segunda—. Sólo estamos aquí, visitándote y animándote y con ganas de salir.

—Oh, oh, sí, salir —Jess se alborotó—. Veníamos con ganas de salir. Ajá, sí, muuuuchas ganas.

Definitivamente traían algo. Ya estaban en su etapa de darse el avión. Y no me gustaba porque, cuando algo tramaban los dos, yo terminaba en medio, teniendo que hacerles segunda. Eran muy peligrosos cuando se unían.

Jess se puso de pie de un saltito y me miró con una sonrisita mientras se alisaba la ropa.

—Vámonos.

—¿Vámonos? —hice una mueca de extrañeza—. ¿A dónde o qué?

—Te dije que tenía una idea sorpresa.

Me volví a acostar en la cama.

—Y yo te dije que me dijeras cuál es.

—Ay, Allison —Nathan también se puso de pie, a su lado—. Es sorpresa. Si te dice, ya no va a ser sorpresa.

—¿Tú sabes cuál es? —enarqué una ceja—. Y si él sabe, ¿por qué yo no?

—Pues porque la sorpresa es par…

—Porque él se enteró sin querer —Jess le metió tremendo codazo.

—Ah, sí —se sobó el brazo con una mueca—. Ya sabes, soy chismoso, pero anda, vamos por la sorpresa.

Los miré por unos segundos, de arriba abajo, analizando sus expresiones a ver si podía averiguar algo.

Algo. Algo. Algo. Alguito.

Nop, lo único que obtuve fueron dos sonrisitas muy maliciosas. A ver, era una sorpresa. La cosa era... ¿sorpresa buena o sorpresa mala? Con ellos hasta las buenas podían terminar en malas.

—¿Me van a reponer los dos botes de helado que se comieron ayer? —les reclamé—. Porque si ésa no es la sorpresa, no quiero nada.

Negaron rodando los ojos y cuando vi cómo Jess se posicionaba para acercarse a mí, me alarmé. Ya conocía su técnica de arrastrarme hasta levantarme, y, siendo sincera, mi fuerza no era nada comparada con la de ella, mucho menos en estos momentos. Si le daba la oportunidad de intentarlo, lo iba a lograr.

Así que no lo pensé ni dos segundos: me di la vuelta, tirando conmigo de un borde de la colcha de la cama, y como pude me enredé en ella hasta quedar envuelta por completo. Hundí la cara en la almohada y me tapé, dándole la espalda. De aquí no me sacaba nadie. A menos que me dijeran para qué y eso fuera bueno. Si no, no.

—¡Allison!

Sentí cómo alguien comenzaba a tirar de los bordes de la colcha que me cubría y solté un gruñido contra la almohada.

—¡No me voy a ir de aquí! —protesté con un tono entre arisco y flojo—. Y tengo sueño, me voy a dormir.

—¡Son las cinco de la tarde!

—¡Es mi siesta de mediodía! —exclamé.

Y era verdad, siempre tomaba una siesta a esta hora, pero al parecer ahora no iba a poder ni de broma. Jess me removió con insistencia, meneándome de un lado al otro.

—¡No seas floja! Sólo vamos a salir un ratito.

—¡Pero no me dicen a dónde! —refunfuñé, terca.

—¡Porque es una sorpresa! —refunfuñó Jess, tirando con insistencia de la colcha—. Anda, vamos.

—¡No! —negué con la cabeza—. De aquí no me sacan a menos que sea a la fuerza.

Hubo un breve silencio durante el cual pensé que ya se habían rendido.

Por fin podría tirarme en mi cama a dormir para después despertarme a comer helado y esperar a que mi novio, con serios problemas de abandono hacia mí y su hija gatuna, me contestara.

O al menos eso creí, porque apenas me moví para ver por encima de mi hombro, sentí cómo la colcha salía desprendida de mi cuerpo y cómo de repente me movían.

No pude hacer ni un solo movimiento más antes de ver cómo todo giraba y se ponía de cabeza. Ah, no, que la que estaba de cabeza era yo. Nathan me había echado a su hombro y ahora mi cabeza colgaba en su espalda. No tuve que haber dicho eso último. Se lo tomaban muy literal.

—¡Bájame! —me retorcí, golpeando su espalda—. No voy a ir a ningún lado si no me dicen a dónde.

—¡Es una sorpresa! —sentenció, serio—. Ya, no seas enfadosa.

—No me gustan las sorpresas, las suyas siempre terminan mal.

—Ésta no.

—Mmm, no me importa. Bájame.

—Cuando salgamos.

—¡Ahora!

—Ahora que salgamos.

—Que no, que aho... ay.

Me callé cuando le asesté un golpe en las costillas y él se movió, haciendo que su hombro se clavara en mi estómago.

Iba a vomitar. Acababa de comer hacía media hora, mi pobre estómago no había digerido nada y el que me estuviera moviendo me revolvía todo.

Intenté moverme unas cuantas veces más para hacer que me soltara, pero desistí cuando noté que no estaba logrando nada. Aparte ya me estaba cansando. Me dolían los brazos y la cabeza se me estaba calentando. La sangre se me había subido, ¿o bajado?, a la cabeza, porque técnicamente estaba bocabajo.

No me quedaba de otra más que resignarme.

Sí, hasta para quejarme me daba pereza. En ese momento, ya todo me daba igual. Por lo menos no iba a caminar.

Dejé caer mis brazos, resignada, y quedaron colgando junto a mi cabeza.

—Por lo menos traigan mi celular y mis zapatos... ah, y un jersey por si me da frío —pedí, viendo a Jess, quien asintió y se apresuró a regresar a mi habitación mientras Nathan me llevaba sobre su hombro.

Comenzamos a bajar las escaleras y apreté los ojos un par de veces.

—¿Puedes bajar más despacio? —me quejé—. Voy a vomitar. O bájame para que camine solita.

—Estoy bajando despacio y no, no te voy a bajar.

—¿Por qué? —dije con una mueca de disgusto—. Ya me resigné a que me van a llevar. Aparte me daría flojera subir de nuevo las escaleras.

De pronto, se detuvo un poco y alcé la vista. Se había quedado pensativo. Probablemente a él también le estaba dando flojera llevarme en el hombro.

Si fue así, no le importó, porque retomó la marcha segundos después.

—No me voy a arriesgar.

Rodé los ojos y miré hacia el suelo por un momento hasta que una idea me cruzó por la cabeza. Entre Nathan y Jess, Nathan era más susceptible a...

—Te doy cinco dólares si me bajas —hice una pausa, pensándolo mejor—. Y diez si me regresas a la habitación.

—No acepto sobornos.

—Veinte.

No dijo nada. Se lo estaba pensando. Claro que iba a funcionar, era Nathan. Él siempre...

—No.

Bien, eso no era normal.

—Son veinte dólares —le insistí—. Puedes comprarte tres botes de helado.

—Prefiero mantener mi integridad.

—Jess no te va a hacer nada —lo alenté.

Tal vez le soltaría un manotazo y le diría una que otra grosería, pero claramente no le iba a decir eso. Si se apresuraba a correr, probablemente ni lo alcanzaría.

Nathan chasqueó la lengua y levanté la cabeza para verlo. Nos habíamos detenido justo en la entrada de la casa.

—No es por Jess, es por...

—¡Ya vengo! ¡Ya vengo! ¡Y con Minni!

Rayos.

Giré la cara y vi que Jess venía muy animada, bajando los escalones de dos en dos con una sonrisita. Traía las manos llenas. Mis zapatos, mi celular y un jersey negro en una mano, mientras en la otra traía a Minni, que se venía retorciendo en sus brazos.

—¿Por qué traes a Minni? —le pregunté, frunciendo el ceño—. Estaba dormida, no le gusta que la despierten.

—Ya me di cuenta.

Levantó un brazo: tenía un rasguño. Minni era un poco quisquillosa con sus horas de sueño. Le gustaba interrumpir las de los demás, pero si alguien interrumpía las suyas, se enojaba.

—No piensas traerla con nosotros, ¿verdad?

Por la sonrisa que tenía deduje su respuesta y definitivamente su animado asentimiento me lo confirmó.

—Hasta le puse su gorrito negro —sonrió, mostrándomelo—. El que se robó del vecino de enfrente.

Me acomodé mejor en el hombro de Nathan para lanzarle una mirada indignada y fulminante.

—No se lo robó —espeté, al ver que le levantaba tal calumnia—. Copito se lo regaló.

Así se llamaba el gato del vecino, su amiguito.

—Ajá —enarcó una ceja—. Un gato le regaló un gorrito a otro gato. Muy normal.

—No tienes gatos, no puedes opinar.

—Allison tiene razón —Nathan concedió, girándose para verla. De pronto, vi la puerta que segundos antes estaba atrás de mí—. Sólo tienes a tu ratita fea.

Solté una risotada cuando escuché el quejido incrédulo que soltó Jess.

—Es un chihuahua. No una ratita, imbécil.

—Y no está feo —lo defendí—. Está chiquito como una ratita, pero no está feo.

Jess había adoptado a un chihuahua muy chistosito. Se lo había robado a su vecino. Él no lo cuidaba, así que un día que estaba lloviendo y lo había dejado afuera de su casa mojándose, Jess se lo llevó para la suya. Su vecino no dijo nada, parecía que ni le importaba, por tanto, ahora era de ella.

Se llamaba Didi. Y cuando tenía mucho frío, se metía en los zapatos de los demás, excepto en los de Nathan, los de él los mordía porque no le caía bien.

Moví la cabeza cuando vi pasar a Jess a mi lado, directo hacia la puerta. Había olvidado que me estaban sacando de la casa.

—Exacto. Sólo está chiquito —dijo Jess—. Pero estábamos hablando de Minni y el gorrito que le regaló su amiguito. Ya nos quedó claro que no se lo robó.

Le saqué la lengua al notar la ironía con que lo decía. No se lo había robado. El que se había robado era rojo y lo devolví... aunque después se lo volvió a robar. De repente Minni llegaba con cosas que no sabía ni de dónde las había sacado. Le gustaban los gorritos, por eso le compraba algunos y también compraba tres extras para su amiguito, para Eiden (cuando volviera) y para mí. Todos íbamos a combinar.

—¿Y por qué la llevas? —regresé al tema principal. Ya me estaba mareando por la mala postura en la que estaba—. Déjala fuera de tus sorpresas raras, yo soy su rehén, no mi pobre gatita.

—No son ideas raras —puso los ojos en blanco—. Y sólo la llevo para que no se quede sola.

—Dejaste sola a tu ratita —le recordó Nathan.

—No se quedó sola, la cuida mi mamá. Y aquí no hay quien cuide a Minni.

Lo pensé por un momento, casi nunca la dejaba sola, ni ella a mí. Había descubierto que no le gustaba estarlo. Antes, cuando regresaba de la escuela, siempre la encontraba en la puerta esperando a que llegara. Meneaba la cola con alegría y no se despegaba de mí hasta que salía con Copito.

Creo que eso se debía a que había pasado demasiado tiempo sin mucha compañía cuando estuvo en la cabaña. Habían sido casi dos años. Ahora tenía que dormir sobre un jersey de Eiden o una camisa suya para poder descansar en su cama, si no, se iba a una esquina y se acurrucaba ahí.

—Copito la va a estar buscando cuando venga por ella —dije—. Minni se pone triste si no lo ve.

Ya casi era la hora para que salieran. Probablemente ya estaba afuera esperándola. En la puerta, o en la pared, si se había confundido otra vez.

Hice una mueca de disgusto al darme cuenta de que Jess me ignoraba y abría la puerta. Sonrió y bajé un poquito la mirada. Ahí estaba Copito, lamiéndose una pata muy campante y despreocupado.

—¡Reunión familiar! —soltó ella, agachándose y tomándolo entre sus brazos. Copito no hizo ni un sonidito de protesta—. Ya vámonos, Nathan.

Negué con la cabeza, viéndola.

—No, yo no quiero sa...

—Que nos vamos, dije.

—Per...

—¡Vámonos!

—Que hast...

Mi protesta se quedó atascada en mi boca cuando Nathan se dio la vuelta y comenzó a andar.

Casi podía imaginar la escena desde otra perspectiva. Jess al frente con un gato en cada brazo y con las manos ocupadas por mis cosas, mientras Nathan iba detrás de ella conmigo en su hombro. Cualquiera que hubiera pasado y nos hubiera visto o bien se alarmaba, o bien se carcajeaba, no había término medio, porque definitivamente habría sido difícil ignorarnos.

Pensé en alegar, moverme, patalear, pero apenas puse una mano en la espalda de Nathan e intenté levantarme para lograr moverme con más libertad, sentí cómo las ganas se me iban y cómo un pequeño tirón jalaba mi pecho, como diciéndome que no lo hiciera, que dejara que pasara.

Fue un tirón diminuto, casi tan pasajero como un viento fresco que se desliza entre las hojas, moviéndolas para después dejarlas sólo así, quietas.

Quieta.

Me quedé quieta por unos segundos, aún con la sensación del pequeño tirón. En mi cara se dibujó una mueca de extrañeza porque en ese momento no fui capaz de entenderlo con claridad. Se sintió como... como un latido repentino, fuerte, ansioso, casi como si mi corazón quisiera salirse corriendo de mi pecho.

La diversión de hacía unos momentos se vio empañada por eso. De pronto, sentí que se llenó el vacío de mi pecho con el rastro caliente y desconcertante que dejó a su paso ese jalón diminuto.

¿Por qué había sentido eso?

—Creo que se le subió mucha sangre a la cabeza.

Salí de mi pequeño torbellino de sensaciones y pensamientos cuando sentí que mi espalda ahora reposaba en una superficie mucho más cómoda que la que antes había sentido en mi abdomen. Por un momento había olvidado la situación.

—Creo que sí, tiene la cara roja y se ve... medio ida.

—Allisooooon.

Mmm. ¿Por qué estaban gritando? Parpadeé un par de veces y fruncí el ceño, dándole un manotazo a Nathan, que me estaba chasqueando los dedos justo en la cara. Un poco más y me sacaba un ojo.

—¿Qué? —dije, viéndolos con el ceño fruncido.

—Que te quedaste medio perdida —me dijo Jess—. Nathan ya estaba asustado.

—Pensé que te habías ido para el otro lado por tener la cabeza tanto tiempo colgando.

Sacudí la cabeza, divertida, y miré a mi alrededor. Estábamos en el coche de Jess, bueno, más bien yo lo estaba, porque ellos aguardaban en la puerta.

—¿Vamos a ir en coche? —les pregunté.

Ambos asintieron y me acomodé mejor para que Jess pudiera meter a Minni y a Copito.

Ya estaba más que resignada a esto, aparte de que algo en mi pecho me pedía que lo hiciera. Ese tironcito.

Jess me extendió mis cosas y yo las tomé, apresurada. Aunque quise, no pude evitar desbloquear mi celular. La pantalla se iluminó un segundo después y vi mis mensajes de nuevo. Ni siquiera había cerrado la aplicación.

Una mueca de tristeza apareció en mi rostro y no pude quitarla, por lo menos no tan rápido como hubiera deseado. Nada. Seguía sin haber nada. Lo mismo de hacía unos minutos. Lo mismo de hacía unas horas.

Suspiré. Debía de dejar el celular a un lado y no atormentarme tanto con eso. Ya en la noche le llamaría a él o a Aaron o a Samantha, alguno debía contestar. Creo que tenía el número de Connor también, así que, si ninguno contestaba, lo llamaría a él. Y si no, me comunicaría con la policía, porque ya sería mucho tiempo sin saber de ellos.

Alejé esos pensamientos por un momento y me acomodé en el asiento, dejando un poco más de espacio frente a mí para que los dos gatitos, que ya se habían subido a mi regazo, pudieran estar más cómodos. Aunque, en realidad, ya se veían bastante cómodos, a pesar de ser una enredadera de patas. Estaban muy juntitos, casi abrazaditos.

Sonreí y tomé una patita de Copito que se había deslizado fuera de mi regazo para subirla y acomodarla. Iba a terminar llena de su pelaje, pero la verdad no me importaba.

Durante varios segundos estuve contemplándolos y asegurándome de que no se fueran a caer de mi regazo, pero después me distraje cuando alcé la vista un tanto apresurada al escuchar un fuerte carraspeo que sonó a mi lado.

Ay.

Comencé a negar con la cabeza, entre asustada y extrañada.

—¿Y eso para qué es? —les pregunté, toda incrédula.

Jess me dedicó una sonrisita, Nathan se contuvo con diversión y yo puse mala cara.

—Es una sorpresa —Jess se acercó más, cubriendo toda la puerta con su cuerpo—. Así que no puedes ver.

Vale. Parpadeé unas cuantas veces para ver si la venda negra que tenía en las manos de repente se esfumaba.

—No —fruncí el ceño—. Era una idea sorpresa, no una “sorpresa”.

—Es lo mismo.

Intenté retroceder, pero mi espalda ya estaba tocando el límite del asiento; además, ya no podía moverme más por el peso extra que tenía en el regazo.

—No. No es lo mismo. Voy a ir con ustedes, pero sin eso, si no, mínimo quiero que me digan a dónde vamos.

—¡Sorpresa!

—¡Jess, me estoy asustando!

No me asustaba estar vendada, servía que la luz no me molestaba y así me dormía un rato mientras ellos me llevaban a donde estaba su gran idea sorpresa, pero ése era el problema, que no sabía a dónde íbamos.

Y luego a Nathan se le ocurrían unas ideas un poco extremas. No quería que, cuando me quitaran la venda, estuviera en la punta del estado viendo el maldito atardecer desde la cima de una montaña. Probablemente uno de los tres se caería, se llevaría a los otros en el camino y todos terminaríamos rodando cuesta abajo.

Ay. Creo que hacía unos días había dicho que quería ir a ver el atardecer.

Nathan asomó la cara por la puerta y me lanzó una miradita con los ojos entrecerrados.

—¿Acaso no confías en nosotros?

—No —negué con la cabeza—. No quiero terminar en otro estado sin darme cuenta.

—Qué exagerada —Nathan negó con la cabeza, un poco indignado—. No confiar en tus amigos está muy mal de tu parte.

—Discúlpame, pero sacar a tu amiga a la fuerza de su casa, meterla a un coche y vendarla es muy secuestrador de su parte —enarqué una ceja—. Les daría una patada y correría si no fuera porque...

—Porque nos quieres mucho —me interrumpió, poniendo los ojos en blanco—, confías en nosotros y... además te da flojera alzar los pies para lanzar una patada y después correr.

Arrugué la nariz, de mala gana, porque tenían razón. Al menos en casi todo. Nathan sonrió, divertido, y se hizo a un lado para que Jess pudiera entrar más al coche.

Debía conseguir amigos más normales, cuyas sorpresas fueran cosas como, qué sé yo, regalarte un cachorrito.

Puse una mano delante para impedir sus intentos de colocarme la venda.

—No te vamos a secuestrar —rodó los ojos—. Es únicamente para que no se arruine la sorpresa.

Lo pensé unos segundos y la miré, escudriñando sus facciones. Lucía apresurada, insistente, pero un tanto divertida. Qué mezcla tan extraña. Y todo eso indicaba que la idea la animaba. No podía salir mal, ¿cierto?

Más les valía que todo saliera bien. Mi corazón comenzó a latir muy rápido, como si se hubiera encendido. No entendí por qué, pero lo hizo. No fue miedo, ni extrañeza, fue una emoción fusionada con un ligero nerviosismo que me recorrió la espina dorsal con un cosquilleo.

Bajé mis manos lentamente para permitirle acercarse a mí, pero sin quitar mi ceño fruncido, casi como a modo de amenaza para que no se les ocurriera hacer nada raro.

Dios, que la sorpresa fuera algo bueno, no quería terminar involucrada en alguna locura.

Doble ironía del día.

Jess me puso la venda y todo se obscureció. Para no sentirme tan nerviosa, bajé mis manos para entretenerlas acariciando a Minni y a Copito.

—Más les vale que cuando abra los ojos haya una heladería frente a mí o algo así —les advertí, apuntándoles con el dedo, o al menos eso creía, porque no sabía dónde estaban exactamente.

Los dos soltaron una risita que se fusionó con el sonido del motor en marcha. Me acomodé para no caerme porque a veces Jess conducía muy rápido.

—Ya será tu decisión si te quieres comer la sorpresa —murmuró Jess, divertida.

Vale, ¿y eso qué significaba? No me lo iba a decir, así que ni siquiera hice el intento de preguntar.

Vaya que con esto me iba a distraer de Eiden y su ausencia. O al menos eso pensé, porque, apenas eché la cabeza hacia atrás, sentí cómo un pequeño recuerdo suyo me atravesó y después me invadió otra sensación más profunda, haciendo que las emociones florecieran en mi piel como si una suave calidez me recorriera.

Ya ni siquiera pude quitar la imagen de Eiden de mi cabeza durante todo el camino.

Lo malo era que cada vez su imagen se volvía más realista, más colorida, más vívida, más sensorial. No podía apartarla por más que lo intentara. No podía pensar en otra cosa que no fuera él. Y, en algún punto, esa sensación de saberlo tan lejano se calmó con cautela, despacio, como si una serie de brochazos coloridos, pronunciados, fuertes y aleatorios sobre un lienzo blanco se volvieran pinceladas suaves con formas definidas, cada una de un color. De pronto, esa lejanía abrumadora se convirtió en una cercanía tranquilizadora.

No lo había sentido así en todos estos meses. Tan real. Hoy sentía que podía extender mi mano y alcanzarlo.

***

El olor a tierra mojada volvió a filtrarse por mis fosas nasales cuando una ligera brisa me desacomodó un mechón de cabello. Soplé un poco para apartarlo de mi cara.

—Ya me cansé —repetí por quinta vez en menos de diez minutos.

La venda seguía presionándome los ojos. No veía nada, sólo negro, y ya llevábamos caminando un largo rato.

—Ya casi llegamos —me dijo Jess.

—Eso dijiste hace como cinco minutos.

—Y si lo vuelves a preguntar en otros cinco, vas a tener la misma respuesta.

—Eso no ayuda —me quejé con un bufido dramático—. Ya me quiero quitar la venda, así no puedo avanzar rápido.

—Cuando lleguemos, te la quitas.

—Es lo mismo que dijis... —hice un mohín, exasperada—. Ya, ya sé cuál será tu respuesta.

Escuché su risa divertida y suspiré.

Me dolían los pies y las manos por aferrarme con tanta fuerza a su brazo, que me guiaba. Ya me había llevado un par de tropezones y golpes en los hombros porque, no me lo habían dicho, sin embargo, estaba segura de que estábamos en el bosque. Y allí había algunas áreas con árboles muy juntos.

Prácticamente lo supe antes de entrar en él. Desde que el coche se estacionó y percibí ese aroma familiar. Había estado días sumida en este olor tan rústico, aunque tan fresco, que mi corazón se aceleró apenas puse un pie dentro y sentí cómo la tierra se aplanaba bajó mis pies.

No supe cómo reaccionar y mis mil preguntas de hacia dónde íbamos siguieron sin ser contestadas. Ya ni siquiera preguntaba con esperanza, preguntaba sólo por preguntar y para rellenar todos los silencios que a veces se formaban, aunque de vez en cuando también se veían interrumpidos por el sonido de un celular.

No era el mío, porque lo tenía en el bolsillo y vibraba cuando entraba cualquier mensaje o llamada. Y desafortunadamente no se había movido ni un milímetro.

Dejé que me guiaran hacia donde ellos quisieran.

No sé cuánto tiempo llevábamos caminando, aunque ya nos habíamos metido mucho en el bosque; demasiado, a decir verdad. Probablemente querían acampar en algún área, pero no entendía cuál era la necesidad de que yo no viera.

—¿Dónde está Nathan? —pregunté de pronto.

No lo había escuchado hablar en un buen rato.

—Por acá.

Giré mi cabeza hacia donde creí que estaba.

—Los primeros minutos no parabas de hablar y ahora no emites ningún sonido —enarqué una ceja—. ¿Qué haces?

—Comer. Me robé unos buñuelos de tu casa.

Claro, qué más podía hacer en medio de la nada.

Me reí un poco y alcé mi pie. De repente solté un quejido porque me golpeé con un tronco. Ya ni me quejaba con Jess; probablemente ella también se había pegado con el mismo tronco porque era demasiado despistada y quejumbrosa.

—¿Sabías que comer mientras caminas puede ser malo? —le dije a Nathan.

—Caminar mucho sin haber comido también es malo.

—Pero si te comiste como tres buñuelos antes de salir —solté con diversión.

—Esos tres buñuelos se agotaron en los primeros cinco minutos en que caminamos, necesitaba recargar energía.

Negué con diversión. Qué se le podía hacer, comía como si nunca se llenara.

—Trajiste más buñuelos aparte de ésos, ¿verdad? —hice una pausa, con una ceja enarcada—. Porque yo también tengo hambre y no estoy segura de poder sobrevivir a volver por el mismo camino sin haber comido nada.

Esperé su respuesta, tal vez una sarcástica, divertida, o una afirmación, porque realmente tenía hambre. Sin embargo, no obtuve nada. Sólo silencio. Y más silencio cuando Jess se detuvo y por consiguiente lo hice yo. Me quedé parada, la punta de los dedos de mis pies hormigueó ante la profundidad del silencio y ante la necesidad de avanzar o retroceder.

—¿Nathan? —giré la cabeza hacia donde supuse que estaba, y me volví, nerviosa, cuando la mano que estaba sosteniendo se desprendió de mi tacto—. ¿Jess?

No hubo respuesta. El silencio se prolongó en mis oídos entremezclado con el leve golpeteo del viento en las ramas de los árboles, con el grillar agudo y constante de los grillos, con la naturaleza a mi alrededor, que no podía ver, pero que podía escuchar tan cerca y lejana a la vez.

Tragué hondo y levanté las manos; quería palpar algo.

—Me voy a quitar la venda —avisé con la esperanza de que eso los hiciera hablar o aparecer.

Cuando no obtuve respuesta, llevé una mano a mi cara con firmeza. Mis dedos se engancharon a la tela, pero antes de que pudiera tirar de ella, una mano me detuvo.

—No es divertido —repetí, intentando tirar de mi mano—. Ya me quiero quitar la venda.

No sabía si era una broma o sólo era parte de su "sorpresa", pero no me parecía gracioso. Más les valía que esto fuera algo muy bueno, porque si no, no les iba a hablar en un buen tiempo.

Intenté tranquilizarme, respiré con calma y me repetí que la persona al otro lado era Jess o Nathan para no terminar engullida por una angustia más potente que me desequilibrara.

La mano que me había detenido se deslizó con lentitud hasta mi muñeca y mi cuerpo reaccionó ligeramente. Sentí un cosquilleo que, de alguna manera, me resultaba familiar. Uno que no había sentido hacía mucho tiempo de esa forma tan real, y no sólo como un recuerdo grabado en mi piel.

Levanté la vista, porque sentía y sabía que la persona era más alta que yo.

No era Jess.

No era Nathan.

No eran ellos. Porque su aroma no era suave como éste, a loción masculina mezclada con menta. Además, su olor no se mimetizaba con el del entorno, creando uno tan así. Tan armónico, ligero, fresco, reconocible.

Hubo mucho silencio. Mucho. Y a diferencia de hacía unos segundos, no era la naturaleza la que lo acompañaba. Era mi respiración. Sentía cómo mi pecho subía y bajaba, cómo se aceleraba mi corazón bajo mis costillas, cómo fluía la sangre por mis venas.

Todo mi cuerpo había reaccionado y, en cuanto la mano se deslizó un poco más abajo para tomarme del antebrazo, no necesité más para entender. Los anillos metálicos de sus dedos y el alambre rugoso y desnivelado en torno a su dedo anular mandaron un chispazo sobre mi piel.

Me había tocado tantas veces y de tantas maneras que no tardé en reconocerlo.

Todo se sintió con tanta fuerza que quise llorar en ese instante. Mi labio inferior tembló sin poder contenerse ante la avalancha de emociones que estaba sintiendo.

No supe qué decir ni cómo reaccionar, porque no podía hacer lo que quería con toda claridad porque la venda no me dejaba ver. Quería quitármela, pero no fui capaz de moverme. Me quedé paralizada y a la espera de que él lo hiciera.

Entonces, ese impulso de despojarla de mis ojos se desvaneció convirtiéndose en un picor que se extendió por mis dedos de forma ansiosa.

No sabía por qué él estaba haciendo las cosas así, ya que, de todos los escenarios que había imaginado, éste no figuraba, sin embargo, dejé que todo fluyera. Con cada fibra de mi cuerpo estaba temblando, deseosa de que llegara ese punto final, ese momento que terminara con mi espera. No obstante, confié en él ciegamente —literal— y dejé que todo fuera como él quisiera.

Abrí la boca y únicamente fui capaz de formular una palabra:

—Hola —dije con la voz quebrada por las mil emociones que estaba sintiendo.

No hubo respuesta. En cambio, esa mano, cuyo tacto reconocí como si no llevara meses sin sentirlo, tomó con suavidad la mía y la guio para que me apoyara en su brazo. Lo tomé deprisa, chocando torpemente mis dedos con su piel, para luego aferrarme a él.

Me estaba latiendo el corazón con tanta fuerza en ese momento que podía escucharlo en mis oídos y sentirlo en mi garganta. Creí que estaba soñando, pero no era así porque lo sentía, real, caliente, de carne y hueso, aunque no lo viera.

Sonreí de inmediato cuando acaricié suavemente su piel. Se sentía igual. Cálida y reconfortante. Y estaba tan embelesada en eso, en sentirlo, que di un respingo, desconcertada, cuando noté un tironcito en mi mano y cómo su brazo se desprendió ligeramente de mis dedos.

Me costó unos segundos entender la situación, pero, cuando lo hice, seguí sus pasos y avancé.

El frío del exterior y la brisa que de pronto se filtraba entre nosotros mantenía mi cuerpo fresco. Necesitaba eso para no fundirme en el calor y las mil emociones que me estaban desbordando y quemando la piel.

La verdad es que no podía creerlo. Por mi cabeza pasó que quizá sólo era un sueño y que despertaría en cualquier instante. Pero sabía que no era así: su presencia era tan real como lo había deseado durante todos estos meses.

Mis pies chocaron con algo y me detuve, relamiéndome los labios. Tal vez era un tronco.

Los alcé para poder saltar lo que fuera que se hubiera interpuesto, pero me di cuenta de que no era un tronco, sino un escalón. Y después de eso no necesité más, porque sabía que eran tres escalones más hasta llegar a un sitio plano y seis o siete pasos para estar frente a la puerta.

Cuando nos detuvimos, escuché el tintineo de unas llaves y, a los segundos, la puerta abrirse.

Todo era tan familiar que, a pesar de no ver nada, lo recordé y la imagen se pintó en mis ojos de inmediato. Seguimos avanzando, paso a paso, lentamente, porque por más que recordara dónde estaba cada cosa, yo misma sabía que era torpe. Me golpeaba los dedos de los pies con las patas de los sofás viendo, así que ahora, sin ver, podía terminar de cabeza.

Ya sabía a dónde íbamos. ¿A dónde más si no era ahí?

Otra puerta se abrió y alcé la vista en dirección a él.

Tal vez me estaba viendo o estaba viendo el camino, no lo sé, pero yo me quedé unos segundos imaginando su rostro a través de todo.

Podía imaginarlo de la forma más realista que quisiera, sin embargo, nada se podía comparar con él.

Pasaron unos segundos y retomamos el camino. Mis pies chocaron con la cama y me detuve enseguida. Después sentí cómo su brazo se alejaba. Pasé saliva, un poco perdida, pero luego lo sentí en mi espalda, cubriéndome por completo. Su calor y su aroma me envolvieron.

Permanecí quieta por unos segundos, aunque los sentí eternos porque estaba nerviosa. De repente pegué un respingo porque me tomó totalmente desprevenida cuando puso una mano en mi vientre y con la otra me liberó de la venda.

En ese momento quise alzar la cara y girarme por completo hacia él, sin embargo, apenas lo intenté me tomó del mentón con suavidad y me lo impidió, haciendo que enfocara mi vista en lo que estaba sobre la cama frente a nosotros.

Eran dos cajas de madera. Deduje lo que quería, así que sin pensarlo me incliné para tomar la que estaba más cerca de nosotros.

Cuando la tuve entre mis manos, la repasé con mis dedos y recorrí la imagen que tenía tallada en la superficie. Era una luna encapsulada por una constelación: la constelación de la Osa Mayor. Sonreí al entender el significado y abrí el brochecito de la tapa para descubrir qué había dentro.

Era un papel doblado. Una carta.

La tomé con cuidado y dejé la cajita de nuevo en la cama.

En ese momento, todo se sentía sublime, como una brisa ligera entre nosotros, cálida y reconfortante.

Sólo éramos nosotros dos, como tantas mañanas, tardes y noches de hacía un año, cuando el miedo y la incertidumbre acechaban nuestras cabezas por lo que pudiera pasar en cuanto el tiempo se acabara, aunque a nosotros nos gustaba ignorar todo eso cuando nos metíamos a la cama y sólo éramos nosotros. Había olvidado lo segura que se sentía esta habitación, era como si en ella nada pudiera alcanzarnos.

Su mano presionó mi vientre, pegándome más a él. Su cuerpo me cubrió por completo. Su pecho estaba sobre mi espalda y su mano acariciaba mi abdomen con lentitud sobre la tela.

Cuánto había anhelado eso, que me tocara de nuevo, con esa calma y suavidad. Bajé una mano para entrelazar mis dedos con los suyos mientras él dejaba caer su frente en mi sien y su respiración me acariciaba la mejilla.

Si me giraba un poco, podría ver su perfil, pero no lo hice, únicamente lo escuché respirar tan cerca y caliente en mi oído que tuve que obligarme a no reaccionar de otra forma.

Desdoblé el papel mientras sus manos seguían acariciando mi abdomen y su respiración me golpeaba con suavidad. Ni siquiera necesité mucho para saber que una parte de él también se estaba conteniendo.

Concentré mi atención en las letras plasmadas en la hoja y leí con calma lo que estaba enmarcado en su caligrafía:

Te amo.

Te lo he repetido tantas veces que estoy seguro de que nunca podrías olvidarlo, pero cada que lo digo no es para recordártelo, sino porque las palabras salen de mí sin poder detenerlas, se deslizan por mis labios sin ningún tipo de filtro cuando mi cuerpo se llena de ti y siente la necesidad de decírtelo, de desbordarse.

Te amo.

Son sólo dos palabras, sin embargo, lo dicen todo.

Te amo.

Amo la forma en que sonríes y amo la forma en que eso me hace sentir. Como si con sólo verte hacerlo ya no necesitara nada más para saber que todo va a estar bien.

Amo la forma en que te ríes, y amo la forma en que ése se ha vuelto mi sonido favorito.

Amo la forma en que tus cejas se fruncen cuando no entiendes algo y amo la forma en que eso me hace desear tomar tu mano y guiarte hasta que lo entiendas.

Amo la forma en que tus ojos se cierran cuando el placer te invade y amo saber que soy yo quien lo provoca.

Amo la forma en que besas, con tanta calma, con tanta suavidad, como si quisieras atesorar el momento para siempre, y amo que gracias a ti puedo sentir de más con un simple roce de labios.

Amo tu forma de ver el mundo y amo cómo me has hecho ver el mío.

Amo todo de ti, de tu alma bondadosa y de tu corazón tan puro, de tus ganas de avanzar y nunca detenerte hasta que hayas logrado aquello por lo que luchas. Amo tener un espacio entre tu corazón y tu alma, y deseo cuidarlo con toda mi vida al lado de ti, para así poder seguir cada paso que des y nunca volver a dejarte ni por un segundo.

Amo que seas tú y amo la forma en que me has hecho ver que sin ti no hay nadie ni nada más; como si tu existencia fuera mi razón de ser.

Amo tenerte y amo que me tengas.

Amo amarte y amo que me ames.

—Te amo, Allison.

Cerré los ojos cuando su voz sonó en mi oído y un par de lágrimas se deslizaron por mis mejillas sin que yo pudiera detenerlas.

Cuánto había extrañado eso, escucharlo, a mi lado, sin distancia, con cada nota que caracterizaba su voz.

Me di la vuelta. Sus manos se deslizaron para permitirme hacerlo y se posaron lentamente en mi cintura, tomándome con cuidado, acariciándome con sus pulgares.

No alcé la cara por completo, aunque quería hacerlo. Me permití recorrerlo lentamente. Lo primero fue su pecho. Posé una mano ahí, justo a la altura de su corazón, y me quedé unos segundos viendo cómo subía y bajaba y cómo sus latidos frenéticos golpeteaban la palma de mi mano.

Después subí con calma, viendo cómo mi mano tocaba lo que hacía mucho quería acariciar. Cuando llegué a su cuello, sentí como si los latidos de mi corazón me quemaran el pecho.

Mi vista recorrió su cuello bajo mi mano y no pude evitar acariciarlo. Después subí la mano a su mandíbula, que era el marco perfecto de su rostro, y mis dedos bailaron sobre su piel.

Luego pasé mis dedos por sus labios, por su labio inferior, por el superior, por el borde. Su respiración irregular y caliente acarició mi piel. No quise detenerme más ahí, porque quería besarlo, pero también quería terminar de contemplarlo, de asegurarme completamente de que era él.

Así que subí la vista y me encontré con un par de ojos azules que estaban brillando con tanta fuerza que sin duda supe que no había nada más que pudiera desear en ese momento, sólo tenerlo a él.

—Yo también te amo, Eiden —respondí.

Y no necesitamos nada más. El momento se selló cuando yo me puse de puntitas y él se inclinó. Nuestros labios se unieron, necesitados y ansiosos; era claro cuánto habíamos querido esto. Lo besé con desesperación, con el anhelo de cada día que lo extrañé, y me dejé llevar por el éxtasis de nuestra unión.

Eiden se inclinó sobre mí, acunando mi mejilla con una mano y deslizando la otra hasta colocarla en la parte baja de mi espalda. Mi cuerpo se arqueó en respuesta y me puse de puntitas para disfrutar cada roce suyo.

Lo sentí respirar de forma pesada cada que nos adueñábamos de la boca del otro con esos choques que se sentían más necesitados que los anteriores. Como si quisiéramos asegurarnos, una vez más, de que este beso no era como el último que nos habíamos dado. Éste no sabía a despedida, sabía mejor, más dulce, caliente, efusivo. Sabía a lo que era: un reencuentro.

Lo besé como si fuera indispensable para mí. Su pecho se pegó al mío, subiendo y bajando con fuerza, y deslicé mis dedos de su nuca a sus hombros, enroscando su camisa y atrayéndolo más hacia mí.

Sentía que aún había un espacio entre nosotros cuando en realidad no era así. Lo quería más cerca, pero parecía que no podría obtenerlo, porque nunca iba a ser suficiente.

Nunca iba a tener suficiente de él.

Jadeamos al sentir que el oxígeno se desvanecía entre nosotros. Deslicé mis manos a su pecho y las dejé ahí cuando nos separamos. Sus dedos tomaron mis mejillas y las acariciaron.

—No te imaginas cuánto te extrañé —murmuró.

—Lo puedo imaginar porque te he extrañado con la misma fuerza —respondí.

Él me sonrió al instante y se inclinó para dejar un pequeño beso en mis labios antes de tomarme de los muslos e impulsarme para que yo pudiera envolver mis piernas en su cintura.

Me gustó la forma en que mi propio cuerpo reaccionó ante la sensación. Fue familiar, casi podía jurar que mis músculos aún tenían grabado cada movimiento que Eiden provocaba en mi cuerpo.

Dejé caer mi frente en la suya y me sujeté de su cuello mientras él se inclinaba hacia la cama. Creí que me iba a dejar ahí, pero sólo tomó algo y después comenzó a andar. No me importó; en ese instante, podía llevarme a donde él quisiera y yo iba a seguirlo.

—¿Te gustó mi carta? —me preguntó mientras hacía malabares para poder sostenerme a mí y lo que llevaba en la mano.

Sí, el malabar era sostenerme el trasero con fuerza.

—Sí —sonreí—. Mucho. ¿Desde cuándo eres tan romántico?

Bromeé con eso último sólo para molestarlo, y sentí un pequeño aleteo en el pecho al ver su indignación fingida.

—Siempre soy romántico —bufó, divertido—. Te mandaba muchos mensajes románticos todos los días.

—Oh, sí. Como el "te quiero" de hace dos días —dije con sarcasmo.

—Exacto. Ése fue muy romántico. Y también el siguiente, ése fue más.

Le di un golpe en el hombro por su cinismo.

—¿Qué? —sonrió, lanzándome una mirada provocativa—. Era verdad.

—Te dije que sólo me enviaras ese tipo de mensajes cuando estuviéramos conversando. Que luego Jess toma mi celular para ver imágenes.

En ocasiones, me mandaba mensajes recordándome ciertas cosas un poco sugerentes y me hacía querer darle un golpe por la facilidad con la que las decía.

Por él y su mensaje recordándome nuestro último encuentro en el baño de su habitación no había vuelto a prestarle mi celular a Jess.

Ella estaba viendo fotos de tatuajes porque su celular se había descargado y terminó sabiendo la forma en que yo terminé hincada.

Ahora, cuando se acuerda, hace chistes.

—Era muy temprano, pensé que eras tú —se excusó—. Aparte por eso envié primero uno para asegurarme.

—Y por eso ese "te quiero" deja de ser romántico.

—Pero era de doble uso.

Puse los ojos en blanco.

—No era de doble uso. Porque querías decir una sola cosa con ambos mensajes.

—Mmm, aunque si lo ves bien, también es romántico.

—¿Qué tiene de romántico "Te quiero... ver las tetas, las extraño"?

Echó la cabeza hacia atrás, divertido, y yo lo sujeté de las mejillas.

—¡Todo! ¡Todo eso es romántico! Aparte no sólo estaba el "te quiero", sino también "extraño" —negó con diversión—. Triple uso, eso significa que…

—Eres un pervertido que me quiere ver las tetas.

—Te quiero ver las tetas románticamente —soltó, divertido.

—Eso no es romántico. No hay forma de que eso sea romántico.

—Claro que sí. Quería darles besos y no metérmelas comple...

—¡Eiden! —lo callé deprisa, viendo alrededor—. No digas eso. Nos pueden escuchar.

No me había percatado completamente, pero ya estábamos saliendo de la cabaña.

—No hay nadie —sonrió con diversión—. Jess y Nathan ya se fueron.

Oh, cierto, Jess y Nathan. Por un segundo ya me había olvidado de ellos. Al final sí fue una buena idea su sorpresa. Aunque qué mal se les daba ocultar sus intenciones y a mí adivinarlas.

Solté el cuello de Eiden mientras él me bajaba para que me sentara en un escalón afuera de la cabaña.

—¿Qué vamos a hacer? —le pregunté al tiempo que miraba con curiosidad lo que tenía en las manos.

En ese momento, yo quería ir a la cama y acostarme con él para no dejar de besarlo durante un buen rato, pero parecía que Eiden tenía otros planes.

Lo miré mientras abría la otra caja de madera que estaba en la cama e inmediatamente la reconocí. Era la caja de los recortes. La que había encontrado debajo del clóset hacía unos meses con todos esos recortes de periódico. Eiden ya sabía que la había visto porque se lo había dicho. Y me explicó lo que era aquello: copias de lo mismo que Jaden me había mostrado, con noticias sobre la muerte de sus padres, los de Sam y los de Aaron, por eso cada bolsa tenía las iniciales de sus nombres o, por lo menos, los que tendrían si no tuvieran el Blaken. Jaden se las mostró a cada uno cuando quiso manipularlos para intentar fracturar su relación de hermanos, pero no lo logró. Eiden jamás se deshizo de ellas, ya que... de alguna forma se sentía mal con Aaron y con Samantha por hacerlo. No quería tirarlas como si no significaran nada, pues, en realidad, atestiguaban lo mucho que les habían arrebatado.

Eiden había estado intentando desprenderse de todo lo que lo relacionara a los apellidos de las personas que le dieron la vida. Y aunque había algo que siempre quiso evadir, al final no lo hizo. Eso fue lo único que dejó que permaneciera en su vida.

Las empresas inmobiliarias de Erick.

No lo hizo por él, sino por Aaron y Samantha. Para poder asegurarse de que tuvieran un futuro sin preocupaciones. Legalmente, su tía pasó a tener el poder absoluto de las empresas después de que Eiden reconoció el apellido Blaken como el único legítimo y borró legalmente cualquier registro que tuviera con el Devil. No conocía a su tía, pero parecía alguien decente a diferencia de su hermano, porque se ofreció a darle a Eiden el cincuenta por ciento de las ganancias de las empresas. Eiden aceptó porque de alguna manera necesitaba asegurarse de que Aaron, Samantha y él pudieran estudiar la universidad y seguir con sus vidas.

Sabía que Eiden sentía culpa. No debía, porque él no era culpable de lo que sus padres hicieron y sus hermanos nunca le echaron nada en cara. Eiden los amaba, por eso necesitaba velar por ellos. Aaron lo había hecho por años desde que eran niños, ahora necesitaba quitarle un poco de ese peso.

—Connor dijo que era bueno eliminar algunas cosas de forma un poco más simbólica y otras de forma física —se inclinó, dejando la caja en el suelo.

Los recortes de periódico ya estaban fuera de sus bolsitas de plástico y había un par de cosas más. La carta que Erick le había dejado a Eiden. Nunca supe qué decía, pero sabía que él la había leído antes de irse. También había un acta de adopción; el papel amarillento y la franja azulada que indicaba el registro la delataban.

—¿Quieres deshacerte de algo? —me preguntó, ofreciéndome una hoja blanca y un lapicero—. Bueno, si estás lista y crees que puedes hacerlo.

Lo pensé unos segundos. Deshacerme de algo. Realmente eran muchas cosas, aunque de algunas ya me había encargado. Tal vez esto lo volvería más real.

Asentí, pasando saliva y tomando lo que me ofrecía.

Él también tenía una hoja, así que ambos nos pusimos a escribir. Mi corazón se sintió pequeñito ante esa acción. Escribir y dejar ir.

Dejar ir de forma simbólica y también física eso que dolía.

Cuando ambos terminamos de escribir, pusimos las hojas en la caja.

Por segundos, observamos cómo sólo estaban ahí. Eran hojas, papel, cosas sin tanta importancia, pero se sentía como mucho más. Porque no se trataba de lo que estaba escrito, sino de lo que significaba.

—Voy a prenderle fuego —me avisó, sacando un encendedor—. ¿Quieres poner algo más?

—No, creo que n... espera.

—Te espero —sonrió y apagó la flama.

Quería dejar algo más.

Metí la mano en el bolsillo de mi jersey y saqué mi celular, quité la funda deprisa y saqué una florecita pequeña y marchita que estaba ahí.

—La robé de la oficina de Tara hace unos años —dije sin poder evitar el tono decaído en mi voz—. La conservé todos estos años, pero creo que ya no sirve más, ya se pudrió.

—Deja que se queme, entonces —me señaló la caja—. Nada vuelve una vez que se quema.

Asentí con la cabeza. Era lo último que conservaba de ella, de esa forma, como un recuerdo. La había robado cuando tenía como ocho años para tenerla conmigo. Mi yo de ocho años se conformaba con eso. Mi yo de ahora no quería conformarse con nada.

La dejé sobre la caja y Eiden volvió a sacar el encendedor. Vi cómo la llama se encendía para después prender en fuego los papeles.

No pude dejar de ver las llamas ardiendo y, sobre todo, volviéndose cenizas poco a poco.

El pasado de sus padres y los padres de sus hermanos volviéndose cenizas.

Todo lo que empezó Jaden y ocasionó en Eiden volviéndose cenizas.

La hoja en donde estaba eso que tanto quería soltar él volviéndose cenizas.

Esbocé una media sonrisa cuando mi hoja comenzó a quemarse.

Mamá.

Roberts.

Jaden.

Volviéndose cenizas.

Ahí se quedaba todo. O, por lo menos, ahí intentábamos dejarlo.

Miré cómo se fueron apagando poco a poco las llamas y dejé caer mi cabeza en el hombro de Eiden mientras él tomaba mi mano, entrelazando nuestros dedos. De pronto, los gatitos se acercaron a nosotros. Minni acariciando la pierna de Eiden y Copito sentándose a mi lado.

Era raro ver cómo el fuego podía acabar con algo de esa manera. Lo consume en sí mismo. Las llamas se extienden y, poco a poco, todo se va desvaneciendo, no queda nada más que cenizas, como si nunca hubiera estado un objeto ahí, como si en algún momento no hubiera sido algo material que parecía imposible de desaparecer.

Muchas veces, así es el dolor, como un objeto que quiere ser quemado y al que nosotros deseamos fervientemente eliminar. Sin embargo, suele parecer imposible, aunque no lo es y lo sabemos, por eso de forma inconsciente o consciente nos aferramos a lanzarlo más al borde de la llama, a expulsarlo de nosotros y ponerlo al alcance del fuego, con el anhelo de que una llama lo suficientemente fuerte lo tome y lo consuma. Y son todos esos momentos, esos esfuerzos, esos días en donde lo intentas, los que se acumulan y finalmente lo logran.

El dolor se consume, se elimina hasta reducirse a algo pasajero.

Me giré hacia Eiden y me incliné para darle un beso en la mejilla y después otro y otro y otro. No podía creer que estaba aquí, tan cerca de mí.

Él se giró con una sonrisita y me plantó un beso en los labios.

—Vamos a la cama —me propuso—. Extraño dormir contigo.

No pude evitar sonreír, pero antes de que pudiera aceptar, recordé algo y alejé mi mano de la suya, dándole un manotazo.

—No, porque me asustaste por no enviarme mensaje en toda la tarde.

—Pero era porque...

No lo dejé ni alegar y me puse de pie rápidamente para meterme a la cabaña.

Solté una risotada cuando me imitó, queriendo alcanzarme, pero yo ya iba hacia la habitación para encerrarme. Estuve triste por su culpa la mayoría del día, no se iba a librar de eso tan fácilmente.

—Dormirás en el sofá —le avisé y justo cuando intenté cerrar la puerta de la habitación, me tomó de la cintura, atrayéndome hacia él.

No opuse resistencia y dejé que me guiara al interior de la habitación.

—Sigues siendo igual de dramática —me dijo al oído.

—Pero así me amas —murmuré cuando me dio la vuelta y me tomó de las caderas para dejarme caer con suavidad en la cama.

—Eso sin duda —sonrió antes de besarme.

Capítulo final

Primera parte
Personas correctas

Varios meses después...

—¡Salta!

Ay, mierda.

—¡Salta, Allison!

Mal momento para llamarme Allison. No, mal momento para ser su Allison.

Miré hacia abajo, conteniendo la respiración cuando un escalofrío subió por mi cuerpo como espuma al sentir la punta de mis pies rozar el filo de la roca en donde estaba. La altura me iba a hacer vomitar. Todo lo que tenía que ver con grandes alturas me provocaba miedo, un miedo feo, y el hecho de que sabía que tenía que lanzarme yo solita hasta allá abajo hacía que se me helara la piel.

—Anda, Allison. Sólo faltas tú —Aaron me apuntó con un dedo, que a esta altura se veía diminuto, y después señaló el agua—. Tú, aquí, ahora. O voy a subir y aventarte.

—¡Eiden tampoco se ha arrojado! —grité de malhumor.

—¡Porque está esperándote para hacerlo!

Me mordí el labio inferior y miré sobre mi hombro. Mechones de cabello se alborotaron a mi alrededor cuando el aire me golpeó, impidiéndome ver con claridad. Me tuve que haber hecho una coleta, ahora mi cabello era un puñado de hebras rebeldes revoloteando por todas partes. Agg. Con un gesto molesto, retiré mi cabello, colocándolo detrás de mis orejas, pero sonreí de inmediato cuando lo vi.

Eiden tenía una ligera sonrisa en los labios. Estaba viéndome a un poco más de un metro de distancia. No lo había dejado acercarse porque sabía que me iba a poner más nerviosa. Ya tenía suficiente con mi miedo a las alturas, no quería fusionarlo con Eiden alterándome con su sola presencia. Aunque, más que nervios, era que si se acercaba, me iba a distraer. Seguramente iba a querer besarlo, ¿y qué tal si en un momento, pam, pisaba mal y me caía? No, qué horror. Era muy despistada y Eiden muy calenturiento.

Ujum. Sólo él, no yo.

Lo contemplé por unos segundos. Tenía un bañador color negro y estaba sin camisa. Sus músculos se veían perfectos bajo sus brazos cruzados. Él ya había estado en el agua, así que su cabello estaba mojado y se veía más negro y reluciente.

—Si no quieres, no lo hagas, cariño —me dijo con calma, dedicándome una mirada condescendiente.

Lo pensé unos segundos, pero rápidamente me apresuré a negar con la cabeza antes de que los nervios me comieran viva y perdiera mi valor.

—Sí quiero hacerlo, sólo me da un poquito de miedo.

Era mi última oportunidad.

Veníamos al lago cada fin de semana: a veces sólo Eiden y yo; otras, se unían Aaron, Samantha, incluso Jess y Nathan. Y éste era el último día que pasaríamos aquí, al menos por un buen tiempo, y más aún, todos juntos.

Mañana por la mañana, Eiden y yo nos mudaríamos para estar cerca de las universidades a las que habíamos entrado. Yo iba a estudiar Psicología y él se había decidido por Medicina Veterinaria. No se le daban muy bien los humanos, así que se había ido por los animales.

Las universidades a las que habíamos aplicado estaban en el mismo estado y ya habíamos buscado un apartamento allí. Viajamos el mes pasado para verlo y era hermoso. Estaba en un edificio muy cercano a nuestras escuelas. Aaron y Samantha también rentaron un apartamento en el mismo edificio, así que no nos íbamos a separar tanto.

A ellos les convenía un poco menos porque la única preparatoria cercana estaba como a media hora, entonces les quedaría un poco lejos.

Después de que volvieron a Linston, retomaron su año escolar perdido. Eiden terminó tercero, Samantha segundo y Aaron primero de preparatoria, porque iba tan atrasado que nunca había comenzado la preparatoria. Sacrificó su propia educación y se echó en el hombro más responsabilidades con Jaden con tal de que Eiden y Samantha no dejaran de estudiar. Eran los tres o sólo él, y claramente prefirió cargar todo el daño antes que perjudicar a sus hermanos.

Pero ahora podía hacerlo. Ya no tenía nada más de qué preocuparse.

Hablando de preocupaciones, yo tenía una delante.

Puse toda mi atención en el problema, miré hacia abajo de nuevo y respiré de forma lenta, preparándome mentalmente para lo que estaba a punto de hacer. Aaron, Samantha, Nathan y Jess estaban viéndome con sus caras juzgonas. Desgraciados, claro, como ellos no tenían miedo.

Ésta era mi única oportunidad para que Aaron no se la pasara burlándose de que me daba miedo lanzarme; antes de tirarse, el muy desgraciado había dicho que yo no era capaz de hacerlo. Claro, lo dijo en voz bajita para que Eiden no lo escuchara porque, si no, le habría metido un buen puñetazo.

—No mires hacia abajo, te estás llenando de más pánico. Hazlo sin pensar.

Me giré hacia Eiden con una mueca de miedo.

—¿Y si me empujas? —le sugerí—. Así no lo voy a pensar.

—Te puedes lastimar si no estás preparada para la caída.

—Entonces ¿qué hago? —solté un suspiro pesado—. Tengo miedo, ¿y si caigo mal y me quiebro algo o si me resbalo antes de saltar y me rompo la cabeza contra la pie...?

Corté mis palabras con un pequeño jadeo cuando Eiden se acercó a mí en dos zancadas largas y rápidas y me tomó de las mejillas, haciéndome que lo viera. Mis mejillas se calentaron en el lugar en donde su piel se unió a la mía y una oleada de pequeñas sensaciones placenteras disolvieron los nervios que se habían apoderado de mi cuerpo.

—Cálmate —acarició mi mejilla con un toque delicado e involuntariamente dejé caer mi cabeza en su mano—. Yo soy el pesimista de los dos, no tú. No te vas a romper nada.

—Pero si...

—Shhh —colocó un dedo en mis labios, silenciándome—. Cálmate.

—No me calles así —protesté en un puchero.

Ésa no era la forma correcta de callarme, de callar a su novia-esposa, y él lo sabía.

Eiden sonrió y sus hoyuelos aparecieron en sus mejillas. Enseguida se inclinó y me dejó un beso corto y suave sobre los labios.

Quise retenerlo más, intensificar el beso, sin embargo, él se separó deprisa.

—¿Mejor? —preguntó con una ceja enarcada.

Claro que no, casi, pero no.

¿Un besito? Quería que realmente me besara. Como él sabía hacerlo, con esa intensidad que hacía que mis piernas flaquearan, que la punta de mis dedos hormigueara por la necesidad de tocar cada rincón de su cuerpo, que mi vientre se calentara y mi respiración se fusionara con la suya de una forma casi dependiente.

Sus ojos brillaron con una diversión que ambos reconocíamos. Nos retamos, quería que yo lo hiciera, pero yo también quería que él lo hiciera. Fue él quien no me calló como debía desde el principio, no yo.

—Aún no me convence —negué con una mueca y me relamí los labios haciendo que su atención se desviara a mi boca.

Sabía cómo provocar a Eiden tan bien como él sabía hacerlo conmigo, y, siendo sincera, con él era fácil. Un día me había dicho que había una cosa con la que no podía vivir por más de veinticuatro horas y cuando le pregunté qué era, me dijo: "Besarte".

—Lo digo en serio, puedo estar sin comer, sin tomar agua, sin dormir, pero si no te beso, me muero.

—Estuvimos varios meses sin besarnos —le recordé.

—Sí, y definitivamente cada día me repetía que, cuando te volviera a tener cerca, no pasaría más de un maldito día sin besarte.

¿Cómo es que sobrevivimos tanto tiempo lejos? Me hacía esa pregunta todos los días. Ahora no podía imaginarme algo así. Al igual que él, para mí un día sin verlo era una tortura.

Su mirada en mis labios se volvió intensa, sus pupilas se dilataron y sus manos en mis mejillas bajaron en una caricia hasta mi nuca para tomarme con ligereza, como si únicamente quisiera tener ese gancho en mí, como si estuviera probando qué tan capaz era de resistirse a acortar la distancia.

Oh, habíamos jugado este juego muchas veces, él se resistía y yo también. Uno debía ceder e iba a ser él, sólo necesitaba un empujoncito.

Elevé mis manos y rodeé su cuello con mis brazos sin acercarme totalmente; nuestros cuerpos aún mantenían un par de centímetros de distancia. La tela de mi blusa rozaba sus músculos y su calor se sentía como un halo a mi alrededor.

Oh, Dios, iba a terminar perdiendo yo.

No, no. Eso no. Tenía mucha fuerza de voluntad.

Tiré de él un poco hacia mí. Lo tomé desprevenido, así que una de sus manos se deslizó hacia abajo para poder sostenerse, pasó por mi hombro y sonreí cuando de forma instintiva, como si de un imán se tratara, bajó aún más hasta tomarme de la cintura. Sus dedos se ciñeron con fuerza a ella.

Y lo único que necesité fue volver a relamerme los labios para que él cediera.

Ni siquiera tuvo que pensarlo dos veces antes de estampar sus labios en los míos.

Mi cuerpo entero vibró en una oleada placentera ante la forma en que sus labios atraparon los míos con posesividad. Cerré los ojos sin poder controlar nada, sólo dejándome envolver por el momento. A excepción de un par de veces en que yo lo había hecho, Eiden siempre había dominado nuestros besos, y eso me gustaba de una manera que no podía explicar. Mi cuerpo simplemente se desconectaba de mi mente y tomaban rumbos muy diferentes. Me hacía masilla en sus manos y cada acción y movimiento era sólo para poder amoldarme a él.

Nuestras respiraciones se tornaron jadeos y me obligué a ponerme de puntitas cuando deslizó su mano hacia mi espalda baja, presionando y uniéndonos con más fervor, haciendo que mi espalda se arqueara contra su cuerpo y mi pecho quedara en el suyo. Ahora ningún espacio nos separaba.

Estaba tan sumida en él y en el momento que por poco se me olvidaba todo, dónde estábamos, quiénes estaban y qué iba a hacer. Sin embargo, en cuanto sentí cómo una de sus manos se deslizaba hacia mi trasero, reaccioné.

Mucho espectáculo.

Deslicé mis manos con lentitud por su cuerpo, disfrutando del recorrido, y justo cuando llegué a su pecho, lo empujé con delicadeza. Eiden gruñó contra mis labios en una protesta, pero de igual manera se separó.

Tenía los labios hinchados, sus pupilas parecían a medio camino de estallar y ni hablar de su respiración, porque su pecho subía y bajaba de forma acelerada. Sin embargo, estaba segura de que yo estaba igual o peor. Mis mejillas casi quemaban de lo calientes que estaban.

—Tramposa —me sonrío y sus hermosos hoyuelos aparecieron—. Sabes que no puedo resistirme a ti.

Me coloqué de puntitas y le robé otro beso rápido en los labios, aprovechando esos pequeños segundos para amortiguar la vergüenza que estaba sintiendo por el espectáculo que habíamos dado.

—Ni yo a ti —le dije separándome de él con una sonrisa un tanto boba y avergonzada por el momento que habíamos tenido—. Pero nos están viendo.

Estaba dándoles la espalda a los chicos, así que giré un poco la cabeza para mirar sobre mi hombro y volteé hacia abajo. Ahí estaban. Samantha parecía muy entretenida mirándose las uñas. Jess estaba viendo el agua y Nathan estaba limpiándose una pelusa imaginaria del pecho. Ninguno nos veía, a excepción de...

—¡Malditos ninfómanos! —Aaron nos apuntó con el dedo y negó con la cabeza de forma dramática—. Cinco segundos es lo único que les pedimos, cinco segundos en donde no estén encima del otro pasándose el chicle y toqueteándose. ¿Es mucho pedir?

—¡Sí! —gritamos Eiden y yo al unísono.

Nos echamos a reír y me giré para ver a los chicos por completo. Ahora nos observaban con una ligera sonrisa divertida, a excepción de Aaron, que estaba viéndonos mal, con el ceño fruncido.

—¡Sinvergüenzas!

—Consíguete a alguien y no molestes —bufó Eiden.

—Tengo a alguien.

—Tu mano no vale.

—Ey —chistó, levantando una mano—. Ella está indignada.

—Lo superará.

Aaron le sacó el dedo de en medio y Eiden iba a hacer lo mismo, pero alcancé a darle un manotazo antes de que alzara el dedo.

—No seas grosero —lo regañé.

Puso los ojos en blanco y antes de que pudiera regañarlo por eso, jadeé cuando me tomó de la cadera y me acercó a él de forma inesperada. Mi cuerpo se pegó a su pecho y un pequeño hormigueo se deslizó por mi espina dorsal cuando se inclinó hasta mi oído. Sentir su respiración en esa zona me erizó el vello de todo el cuerpo.

—Él empezó. No fui yo.

—Bueno, no importa, eso no significa que debas ser grosero —lo miré sobre mi hombro, tenía la mirada fija en mí y sus dedos apretaban ligeramente mi cadera—. ¿Y si mejor me ayudas a lanzarme? Todos se han lanzado menos yo.

—Te ofrecí que nos tiráramos juntos, pero te negaste.

—Es que quiero hacerlo sola para demostrar que sí puedo. Todos lo han hecho solos, excepto yo.

—Tú tienes un novio que quiere lanzarse contigo. ¿Por qué hacerlo sola?

—Porque Aaron no deja de burlarse de que supuestamente tengo miedo. Me llama miedosa.

Y no es que fuera mentira, sí era miedosa, pero no me gustaba que me lo dijera. Era muy pesado cuando empezaba de burlón.

—Sólo ignóralo, o dale un puñetazo en la cara, o puedes dejar que yo lo ha...

—No —lo corté, girándome para verlo—. Nadie va a pegarle a nadie.

Pensaba que eso de pelearse era únicamente cosa de la mala relación que tenían. Aunque al parecer no era sólo eso, porque ahora se llevaban bien. Hablaban y bromeaban sin ningún tipo de problema. Eiden ya no le rehuía a Aaron y Samantha misma había dicho que su relación era igual a la que tenían hacía años, antes de que *eso* pasara.

Sin embargo, se manoteaban a cada rato a la menor provocación. Supongo que era cosa de hermanos.

—Entonces ¿vas a seguirle el juego y a lanzarte sola? —me preguntó Eiden con una pizca de ironía.

Asentí con la cabeza.

—Y también porque quiero demostrarme que puedo hacerlo —me puse de puntitas para darle un beso en la mejilla—. Anda, ayúdame. La última vez que me lancé, caí de panza y me dolió todo el cuerpo como por una semana.

Soltó una risotada, divertido, y fruncí el ceño de mala gana.

—¡No te rías! ¡Fue tu culpa!

—Claro que no.

—Tú me dijiste qué hacer.

—Y tú lo hiciste mal —hizo una mueca reprobatoria—. Muy mal, a decir verdad.

—Lo hice bien, no seas chismoso. Tú eres un pésimo maestro. Así que... te estoy dando la oportunidad de que corrijas tu error.

Me observó por unos segundos con una ceja enarcada, y poco a poco una sonrisita se fue dibujando en sus labios.

—Está bien —suspiró, divertido—. Pero que conste que esta vez no va a ser mi culpa si te lastimas.

—La culpa siempre es del maestro, no de la alumna.

—Pues la alumna es muy indisciplinada, porque no sigue las instrucciones.

Puse los ojos en blanco.

—Deja de buscar pretextos y enséñame a hacerlo bien —coloqué un dedo en su pecho y lo giré un poquito—. Que si me lastimo... Probablemente, ya sabes... no vamos a poder hacer nada de *eso* hoy.

—Eeeyyy, alto ahí, una cosa no tiene nada que ver con la otra.

—Yo sólo digo —me encogí de hombros—. Con éste ya serían tres días y ya sabes que mi cuerpo tiene un umbral del dolor muy bajo, así que quizá puede que la racha sin sexo se extienda hasta dentro de ¿qué? Una o dos sema...

—No, no, no.

Casi me fui de boca cuando me tomó de la mano y me arrastró hasta el filo de la piedra.

—A ver —se colocó en mi espalda—. Vamos a hacer que hagas el mejor clavado de tu vida sin lastimarte ni un pelo.

Solté una pequeña risa y eché la cabeza hacia atrás para verlo. En ese momento estaba muy tentada a volver a besarlo, pero resistí el impulso. Lo llevaba resistiendo todo el día. No, no todo el día. Dos malditos días de tensión se habían acumulado en mi cuerpo. Les juro que, si no tuviera nada de pudor, en lugar de estar aquí comiéndome los nervios para poder lanzarme, estaría con Eiden en algún lugar privado, haciéndolo.

No habíamos tenido sexo en dos días por culpa de la mudanza y toda la cuestión de empacar. Lo dejamos para el último momento porque creímos que no sería la gran cosa, pero, maldición, no fue nada fácil.

¿Por qué no podía meter todo en una caja y ya?

Ropa en una caja, cosas líquidas en otra caja, cosas frágiles en otra; además, debes envolverlas para que no se rompan y eso es taaan tedioso. Y para Eiden era el triple de trabajo, porque estaba ayudando a Sam y a Aaron, que se querían llevar media casa y estaban haciendo un desastre. Todo el ajetreo nos tenía perdidos. En la noche ya únicamente preferíamos acostarnos y acurrucarnos para dormir antes que hacer otra cosa. Bueno, ayer en la noche lo intentamos, pero nos quedamos dormidos a medio camino.

Apenas hoy por la mañana nos habíamos desocupado, sin embargo, los chicos planearon venir al lago por última vez y no tuvimos tiempo para estar a solas.

Eiden me regresó la sonrisa, inclinándose para darme un beso en la mejilla.

—¿Ya ves cómo funcionas bien con un buen incentivo? —dije y le di un codazo juguetón en las costillas—. Si todo sale bien, hacemos lo que me propusiste hace una semana.

Me lanzó una mirada dubitativa con los ojos ligeramente entrecerrados.

—¿Qué te propuse? Recuerdo haberte propuesto muchas cosas.

Tenía una expresión confusa que me hizo sentir cómo un leve calor subió por mi cuerpo y se acentuó en mis mejillas. No sabía por qué, pero me daba un poco de vergüenza decir algunas cosas en voz alta cuando había personas a nuestro alrededor. Sentía que podían escucharnos, como si de repente pusieran un megáfono enorme en mi boca y pudieran oír en el rincón más lejano hasta la última sílaba, así la susurrara. Tal vez era un poquito exagerada, pero era lo que sentía. No quería que nos escucharan. Los besos estaban bien, pero lo otro se me hacía muy íntimo. Cuando estábamos solos, ya no tenía ningún problema.

Tomé un mechón de mi cabello y lo deslicé detrás de mi oreja. Cómo decirlo sin decirlo. Si estuviéramos solos, lo diría, bueno, no, ni siquiera se lo diría, ya lo estaríamos haciendo.

Eiden esbozó lo que podía describir como una sonrisa apacible y deslizó su mano por mi mejilla, capturando el mechón que había apartado de mi cara hacía unos segundos. Jugó con él, esperando serenamente mi respuesta, y yo comencé a pensar en cómo decírselo mientras los nervios golpeteaban mi garganta. Al final sólo balbuceé algo:

—Ya sabes, *eso*. Tú, yo, ajá... Aquí.

—¿Tú, yo... aqu...? —hizo una pausa y en menos de dos segundos todo su rostro se iluminó en cuanto comprendió mi insinuación—. Oh, oh, *eso*.

—Sí —sonreí, aliviada y contenta de que lo entendiera—. *Eso*.

—Eres muy buena dando incentivos —me lanzó una mirada que escondía muchas cosas que mandaban pequeñas ondas vibrantes a distintas partes de mi cuerpo—. Espero que esta vez seas igual de buena siguiendo las instrucciones.

—Soy buena siguiendo instrucciones.

—Lo sé, cariño, lo sé —se inclinó un poco hacia mi oreja y el vello de mi nuca se erizó por completo cuando sus labios se posaron detrás de ella. Cerré los ojos ante la sensación de su respiración ahí y apreté mis manos ante la aún mejor sensación de sus labios succionando y besando mi piel sensible—. Hazlo igual que en la cama y todo saldrá bien.

Cinco minutos después de varias quejas, manotazos y retrocesos, ya estaba lista para lanzarme, o bueno, algo cercano a eso.

Tenía los ojos cerrados. Respiraba con calma, inspirando y soltando el aire de forma lenta para intentar eliminar los nervios. Mis manos estaban sobre mi cabeza y ya sabía en que ángulo me debía inclinar para que mis manos fueran las primeras en entrar en contacto con el agua y no mi panza.

—¡Tú puedes! —me animó Jess—. ¡Si lo haces bien, te compro un helado de chocolate!

—Pero le gusta el de vainilla —gritó Nathan.

—A mí no.

—Es para ella, no para ti.

—Y eso significa que yo me lo voy a quedar después, dahh.

—Agg, pero no me des.

—Pues cállate.

Solté una pequeña risa que terminó en suspiro por los nervios.

—Sólo debes de inclinarte en el ángulo que te dije y dejar caer primero tus manos, ¿vale?

Asentí con la cabeza ante las palabras de Eiden.

—¿Ya estás lista?

Negué con la cabeza.

—Bien, aquí voy a estar hasta que estés lista. Tómate todo el tiempo que necesites.

Volví a asentir, no podía decir nada. Se me había secado la boca. Únicamente necesitaba aprovechar cualquier momento en que mis nervios bajaran para lanzarme.

Eiden seguía detrás de mí. Sus manos estaban sobre las mías como si quisiera asegurarse de que no fuera a cambiar de posición. En ese punto ya no sentía los brazos y lo agradecía. Habíamos practicado un par de veces, sólo que no podía hacer la parte final. La de lanzarme.

—¡Están tardando mucho! —di un respingo por el chillido de Aaron—. Ya me hice viejito. Apúraaate.

—Shhh, cállate —lo regañó Samantha—. No ves que está nerviosa.

—Ahh, ¡no estés nerviosa! ¡Sólo tírate!

Ojalá fuera así de fácil. Apenas hacía dos meses había aprendido a nadar más o menos bien, algo decente, a decir verdad. Le pedí a Eiden que me enseñara, y aceptó a cambio de que también me diera un par de clases más de defensa personal.

Fue un trato injusto. Me cansaba en ambos. El ejercicio y yo éramos enemigos a muerte. Sin embargo, Eiden estaba obsesionado con que quería que supiera defenderme bien. Se podía decir que ahora lo hacía, un poco; sabía quitarle cualquier arma a alguien, golpear, herir y romper un brazo. Eso último me lo enseñó Aaron. Se inmiscuía cuando Eiden y yo estábamos practicando en el gimnasio de su casa. Lo único bueno de todo era que después Samantha preparaba galletitas.

Y de nadar… pues sabía lo práctico; claramente, los clavados no habían sido parte de las lecciones.

Tomé una respiración honda y me preparé mentalmente para lo que iba a hacer.

—Cariño, está bien si no quieres hacerlo. No quiero que te lastimes, estás muy nerviosa.

—Sí puedo —murmuré, encontrando mi voz—. Ya, creo que ya estoy lista.

—¿Segura? —el tono en su voz era claramente dudoso.

No podía enojarme porque dudara de mí, sabía muy bien que lo hacía porque no quería que me lastimara.

—Sí —aseguré—. Segura. Sólo cuenta hasta tres y suéltame. Y yo me voy a lanzar.

—Bien. Pero antes voltea la cabeza un poco.

Abrí los ojos y el sol me golpeó de lleno en la cara. No me molesté en cubrirme, aunque, más bien, fue porque no podía moverme. Eiden seguía sujetando mis manos sobre mi cabeza para mantenerme en la posición en que debía lanzarme. En su lugar, volteé un poco para poder verlo de reojo. Los rayos de luz rebotaban sobre su cabello negro, haciéndolo brillar, y sus ojos parecían de un azul más suave. Los nervios me hacían susceptible a cualquier estímulo, intensificándolo al máximo.

—¿Realmente estás segura? —me cuestionó con una pequeña sonrisa.

—Realmente estoy segura —asentí, devolviéndole la sonrisa.

O eso intentaba. Cuanto más me lo creyera, mejor. Eiden me plantó un beso en la mejilla y yo regresé mi vista al frente. No cerré los ojos, los mantuve abiertos.

—Uno.

Cogí aire por la boca, reteniéndolo en mis pulmones.

—Dos.

Dios.

Solté el aire por la nariz.

—Dos y medio.

Volví a tomar aire y esta vez lo retuve como si fuera un tesoro bajo llave. Aguantar la respiración no era mi fuerte, pero no podía fallarme bajo el agua.

—Si te lastimas, voy a culpar a Aaron y él que no va a poder moverse en una semana va a ser él —hizo una pausa y suspiró—. Tú puedes, te amo, cariño... Tres.

No lo pensé mucho. Apenas Eiden me soltó, flexioné el abdomen y dejé caer mi cuerpo. Fue como si tuviera unas cuerdas alrededor de mis muñecas que tiraran de mí. Hacía un segundo, mis pies estaban sobre material sólido; al siguiente, el aire me erizó el cuerpo; y al final, el agua me rodeó en su infinitud y me engulló.

Los sonidos se volvieron nítidos a mi alrededor y antes de que mi sistema se pusiera en marcha para sacarme a flote, unos brazos me envolvieron por la cintura y me sacaron a la superficie.

—¡Ya ves que no era tan fácil! —la voz de Aaron fue lo primero que escuché.

Agg. Me había entrado agua en los oídos y el cabello se me había pegado a la cara. Intenté apartarlo un tanto desesperada, pero unas manos me detuvieron y comenzaron a hacerlo por mí.

—Está bien, yo te ayudo —la voz de Eiden sonó cerca de mí y en ese momento me di cuenta de que seguía sujetándome de la cintura.

—¡Lo hic...!

Me detuve, jadeando por la falta de oxígeno, aunque eso no me impidió sentir que la felicidad revoloteaba en mi cuerpo. Lo había hecho. Y no me quebré nada. Ni me lastimé. Me dolían un poco los brazos y los sentía entumecidos, pero por lo demás estaba perfecta.

Comencé a mover mi cabeza buscando a Aaron, y cuando lo encontré a unos metros de nosotros, le apunté con el dedo.

—¡Lo hice! ¡Viste que no soy una miedosa!

—Tardaste mucho, así no vale —negó con la cabeza—. Tengo hasta canas de tanto que te esperamos.

Le intenté salpicar agua en la cara, pero estaba lejos, así que, de la forma más madura posible, le saqué el dedo de en medio.

—Cállate, envidioso —le espeté de mala gana. Nada ni nadie me iba a quitar mi felicidad de haberme lanzado—. Tú querías que me lanzara y lo hice.

—También te ayudó Eiden, no va...

—Envidiosooo —me giré con una sonrisita hacia Eiden, que seguía sujetándome de la cintura—. Dile que ya no sea envidioso.

—Deja de ser un envidioso —le dijo Eiden.

—¡No te pongas de su lado! —le reprochó.

Me reí, contenta, y rodeé los hombros de Eiden con mis brazos. Él me miraba con una ligera sonrisa. Tenía el cabello humedecido por el agua, y pequeñas gotitas perlaban su piel y se deslizaban por su cuello hasta desvanecerse en su clavícula.

Una satisfacción placentera recorrió mi cuerpo al verlo así y no pude evitar tomarlo de las mejillas y comenzar a besarlo por toda la cara. Las mejillas, la frente, los ojos, me detuve más tiempo en sus labios, dándole besos rápidos.

—Ése fue el mejor clavado que has visto en tu vida, ¿verdad? —le pregunté entusiasmada, aprovechándome un poquito de su amor por mí, porque sabía muy bien cuál iba a ser su respuesta.

—El mejor que he visto en toda mi vida —sonrió.

—Quiero hacerlo de nuevo. No, mejor no. Ya fue mucho esfuerzo por hoy, debo recuperar energía.

—Claro que sí. Tienes... —fingió ver la hora en el reloj inexistente de su muñeca y elevó una ceja—. Cinco horas aproximadamente, es decir, de aquí hasta que se vayan los demás para recuperar energía. Yo ya cumplí con mi parte del trato.

Ups, lo que había dicho antes de arrojarme…

Le sonreí, puse un dedo en su cuello y recorrí suavemente su piel.

—Pero quiero estar arriba.

Lo dije despacio para que nadie nos escuchara, Aaron era muy bueno captando palabras con doble sentido y haciendo un drama con eso, y Nathan siempre le hacía segunda. Ese par era el talón de Aquiles para Eiden. Si estaban en una habitación juntos, se divertían sacando de quicio a Eiden.

A veces sí era divertido verlo intentar mantener la calma y después simplemente lanzarles lo que tuviera cerca para que se callaran.

—Sabes que no tengo ningún problema con eso —me tomó del mentón y me hizo mirarlo—. Me gusta la vista.

Mis mejillas se calentaron ante el recuerdo exacto de "la vista". La primera vez que estuvimos en esa posición me pidió explícitamente después de que termináramos que me quedara así por unos segundos más. Al principio no lo entendí, pero después sí.

Eiden soltó una risa suave mientras dejaba caer su frente en mi sien y rozaba la punta de su nariz en mi mejilla. Por esa simple acción, sentí como mi vientre se calentaba y cosquilleaba.

—Me gusta cuando te sonrojas —murmuró, dejando un beso en mi mejilla y después separándose un poco para verme.

Me dedicó esa mirada suya, tan apacible y tranquilizadora, que se enmarcaba bajo sus pestañas. Era como una caricia directo al alma.

Carraspeé un poco, para concentrarme en sus palabras.

—Mejor dicho, te gusta hacerme sonrojar —protesté.

Él sonrió, divertido.

—Bueno, sí —me concedió—. Te ves preciosa.

—Sólo me veo roja como un tomate.

No podía controlar eso; aunque lo intentara, sabía que era algo imposible. Nunca me iba a acostumbrar a sus cumplidos, me hacían sentir esas mariposas en el estómago de las que tanto había escuchado y únicamente podía sentir con él.

—No te ves como un tomate. Te ves como una fresa.

—¿Y cuál es la diferencia? En ambas soy una fruta.

—Que no me gustan los tomates, pero las fresas sí.

Enarqué una ceja.

—A mí no me gustan las fresas, no quiero ser una fresa.

—Entonces ¿quieres seguir siendo un tomate? —hizo una pausa y su entrecejo se frunció ligeramente—. Y no seas chismosa, sí te gustan las fresas.

Sí, me encantaban. Eran mi segunda fruta favorita. Pero podía hacerme la tonta. Sonreí inocentemente, encogiéndome de hombros.

—No me acuerdo, nunca dije eso. No son tan buenas.

—Sí lo dijiste. No mientas.

—¡No miento! —mentí descaradamente.

—Allison... —me lanzó una miradita de reproche.

—Eiden...

—No me mientas, sabes que no puedes hacerlo. No conmigo.

—Ash. No miento. No me gustan las fres...

—Hace tres semanas, no, cuatro, hoy se cumplen cuatro semanas exactamente —me cortó, viéndome y divagando un poco como si estuviera recordándolo todo—. Fuimos al supermercado porque querías hacer galletitas rellenas de mermelada de fresa, y cuando te propuse hacerlas de durazno porque ésa es tu fruta favorita, dijiste que no, porque en el tutorial que viste habían usado fresas. Y que al final no importaba porque era tu segunda fruta favorita.

Cuando terminó, yo estaba boquiabierta. ¿Cómo recordaba todo eso? Sí, hacía un mes quise hacer galletitas de fresa, no encontré ningún tutorial de galletas de durazno, que sí es mi fruta favorita, y las de fresas se veían bonitas, así que opté por ésas.

Una pequeña sonrisa se dibujó en mis labios. Podía mentirles a otras personas, pero a Eiden no. Tenía una facilidad para deducir cuando lo hacía. No es que ocurriera a menudo, más bien, nunca, tal vez con cosas triviales como éstas, sólo por llevarle la contraria. No con nada importante, pues sabía que podía confiar ciegamente en él. Y aunque al principio, hacía meses, mentía sobre cómo me sentía en días en los que la estaba pasando mal porque no quería agobiarlo, descubrí que eso era más agobiante para él. Eiden lo notaba aunque no se lo dijera, y ahora él se había vuelto mi pequeño mundo en el que me quería encerrar para que todo fuera menos pesado para mí.

—Nunca olvidas nada de lo que digo, ¿cierto?

Negó con la cabeza.

—Nada que sea importante para ti, cariño.

Nada que sea importante para mí.

—Entonces sabes que te amo muuucho. Así —estiré mis brazos, divertida—. Así de mucho te amo.

Era claro que lo sabía, no había día en que no se lo dijera. Me hacía sentir completa diciéndoselo, era como ponerle la cereza al pastel a cualquier cosa que le dijera, era como él lo había dicho hacía casi un año: *Son dos palabras que lo dicen todo.* Era como tomar un puñado de emociones, sentimientos y verdades y colocarlos en cinco letras. En dos palabras. En una simple frase.

Eiden asintió con la cabeza.

—Yo también te amo mucho.

—Bien, nuuunca lo olvides.

—Nunca. Tus "te amo" están guardados bajo llave en una sección de mi cabeza que se llama "Te amos de Allison". Ahí están los recuerdos de cada vez que me lo has dicho.

—Yo también tengo todos tus "te amo" guardados.

—¿Entre todos tus recuerdos?

—No, tengo una sección que se llama "Te amos de Eiden".

Él sonrió y me dio un beso en la mejilla. Cuando nos separamos, mis ojos se detuvieron en los suyos. Unas palabras cosquilleaban en mi boca, ansiosas por salir. Me relamí los labios. Estaba asimilando una verdad que no había admitido en voz alta.

—Eres lo más importante en mi vida, ¿lo sabes?

Me miró por unos segundos, sin decir nada; sus ojos escudriñaron lentamente mi rostro. Nunca se lo había dicho. No había forma de que lo supiera. Yo misma estaba admitiéndolo hasta ahora. Aunque en el fondo sabía que debía de sospecharlo. Quizás una parte de él, aunque no fuera consciente, ya se había dado cuenta.

Tenía veinte años; para muchos, un pedazo de vida infinitamente pequeño. Sin embargo, había vivido más de lo que yo misma había imaginado para esta cantidad de años.

La mayoría diría que considerar a una persona como algo elemental, como algo tan importante para tu vida, está mal. Debería de preocuparme por mis estudios, por mi futuro, por mi estabilidad, por mí. Sin embargo, Eiden abarcaba dos de esos aspectos fundamentales. No me imaginaba un futuro sin él y Eiden me daba estabilidad, la que más necesitaba, de la que más había carecido.

Ahora, mi felicidad era lo único que me importaba.

Estaba bien, había armado trozos de mí que hacía dos años estaban rotos. Me había costado tanto, tanto poder ser lo que era ahora que no me iba a detener a buscar lo que hacía felices a otras personas más que a mí.

Y Eiden me hacía feliz.

Seguir adelante con él me hacía feliz.

Quería un futuro con él, y eso me hacía feliz.

Estaba construyendo una vida, sin miedos, sin dolor, sin baches, sin rupturas. Estaba viviendo, no sobreviviendo.

Y la persona que tenía delante ahora mismo me había ayudado a mantenerme en pie. *Él más que nadie.*

Eiden abrió la boca y, al principio, soltó un simple:

—Lo sé —sin embargo, en ese momento noté que su mirada decía más. Me observaba de una manera que me encendía el corazón, como si algo dentro de él se hubiera detenido y ahora lo estuviera procesando—. Lo sé —repitió a los segundos—. Lo sé, cariño.

Eres lo más importante en mi vida, eres la persona más importante para mí, sí, incluso más que mi padre.

No dije eso. No podía decirlo en voz alta. Sentía como si estuviera lastimando a mi papá. Y lo amaba. Lo había perdonado por su ausencia. Por todo. Sin embargo, ahora veía a futuro y la persona que estaba en él, que había estado desde que nos conocimos, intentando a veces enmendar algo que no había roto, era Eiden. Porque si veía el pasado, me dolía. En ocasiones, hay cosas que simplemente no se pueden reparar por completo. Hay cosas que se quiebran y durante su reparación, faltan trozos. Un trozo de mi infancia y adolescencia no estaba. Un trozo en donde mi papá debía figurar no estaba.

Sin embargo, siempre iba a ser una persona a la que iba a amar con todo mi ser. Siempre, porque mi papá fue mi único padre. Lo amaba como la niña que lo tuvo, y como la niña que lo perdió; lo amaba como la adolescente que lo necesitó y que al final lo tuvo, porque él sí se esforzó por reparar los errores. Él sí lo intentó, a diferencia de Tara, que nunca lo hizo.

—Eres la persona más importante en mi vida —me limité a decir eso. Quería que en verdad lo entendiera y sé que así fue.

Deslizó su mano por mi espalda y me atrajo hacia él. Sus brazos me rodearon y me hundí en su abrazo. Hundí mi rostro en la curvatura de su cuello, escondiendo la pequeña lágrima que había brotado de mi ojo sin mi permiso.

—Tú también eres la persona más importante en mi vida —dijo, acariciando mi espalda—. Complementas mi vida como si fueras algo que, si no está, me impidiera funcionar.

—Vamos a estar juntos siempre, nunca nos deberemos de preocupar por eso. Es imposible que vea un futuro sin ti.

—Vamos a tener un futuro juntos.

—¿Hasta viejitos? —lo miré con una sonrisa.

—Hasta viejitos y si hay más, allí también.

Ambos habíamos avanzado mucho.

Desde que Eiden había vuelto hacía unos meses, nuestra relación había sido más estable y sana. Los cimientos que estábamos construyendo eran fuertes, aunque aún tenían un par de grietas, un par de rasgaduras que a veces parecían querer extenderse porque seguíamos sanando cosas que sabíamos que, incluso en un par de años más, nos iba a doler ver en retrospectiva.

Ver un camino doloroso que ya dejaste atrás a veces no es tan satisfactorio como deseamos. Es grato saber que ya no estás ahí, pero siempre vas a sentir un dolorcito pasajero en el pecho por saber que forma parte de ti.

En diez años, tal vez esas grietas ya no estén, o estén tan hundidas en otros recuerdos buenos que ya no van a poder salir a flote con tanta facilidad. Y aunque ahora estaban ahí, eran pequeñas, no rompían, ya habían dañado mucho, ya sólo estaban cerrándose, poco a poco, con calma.

Nosotros éramos más fuertes que ellas. Siempre lo fuimos, aunque no lo creíamos.

Durante este último año, yo seguí yendo a terapia. Al principio, tres veces a la semana, después dos y en estos últimos tres meses una vez a la semana. Laurie no me había dado de alta, sin embargo, decía —y yo también lo sentía— que ya estaba lista para dejar de asistir. Habían sido dos años, dos años que lograron mucho en mí. Que me ayudaron a enfrentar miedos que me estaban estancando y lastimando. Si todo seguía como hasta ahora, en estos últimos meses me daría de alta. Mantendríamos las sesiones en línea, por mi mudanza a otro estado.

Eiden mantenía sus "terapias" con Connor en línea, ya que él estaba en California. Un par de veces, cuando lo consideraba necesario, Eiden viajaba hacia allá o a veces Connor venía a saludar. Era muy agradable. Me caía bien, era quien había ayudado a Eiden y quien seguía haciéndolo. Eiden estaba sanando todo lo que su infancia y adolescencia le habían dejado, todo el daño y temor que Jaden le había incrustado.

Me quedé abrazada a él unos segundos, o minutos, no lo sabía con exactitud. Perdí un poco la noción del tiempo, escuché unas risas de fondo, un par de insultos y conversaciones triviales hasta que de pronto no se escuchó nada.

De momento no le tomé importancia, aunque ellos eran como niños: cuando no escuchabas ruidos, era preocupante. Tal vez ya se habían ahogado entre ellos. Estaba a punto de separarme un poco de Eiden para ver qué había propiciado el cese de los sonidos, cuando sentí cómo algo nos tiraba hacia abajo.

¿Qué rayos?

El agua nos cubrió por completo y Eiden me soltó, moví mis manos para impulsarme hacia la superficie y por suerte salí a flote a los pocos segundos.

Giré mi cabeza para ver qué había pasado y bufé al ver salir a la superficie a Eiden y enseguida a Aaron con una pequeña sonrisa burlona.

—¡Imbécil!

—Ya dejen de estar de tortolit... ahh.

Eiden no lo dejó terminar antes de abalanzarse sobre él. Aaron intentó huir, pero apenas se movió cuando Eiden ya lo había hundido hasta el fondo.

—¡Perros y gatos! —exclamó Samantha—. ¡Al que pierda le pego, por baboso!

Negué con diversión, porque era verdad, y nadé hasta unirme a Sam, Jess y Nathan, que estaban a un par de metros de nosotros.

Cuando me coloqué a su lado, observé lo que ellos miraban. Eiden y Aaron intentando ahogarse entre ellos. Se oía feo, aunque no había mucho de qué preocuparse. Era una pelea de hermanos, ajá, así hay que llamarlo. Eran buenos nadadores y ellos sí sabían aguantar la respiración. Sólo intentarían sumergirse hasta que uno lograra zafarse del otro y pudiera escapar.

La cabeza de Aaron salía medio segundo a flote antes de que Eiden la tomara de nuevo y la empujara hacia abajo, y viceversa. A los segundos, eso ya era un manojo de brazos, manotazos, jadeos. Uh, creo que vi un puño.

Qué bueno que no tenía hermanos.

—¿No los deberían de separar? —preguntó Jess, ladeando un poco la cabeza—. Creo que Eiden ya le rompió el labio a Aaron.

Nathan bufó.

—No, no, déjalos. Es más, le apuesto diez dólares a Aaron.

—Diez a Eiden, nada más para llevarle la contraria a Nathan —Samantha elevó las manos y soltó una bulla—. ¡Vamos, Eiden, tú puedes! ¡Tú no, Aaron!

Aaron sacó la cabeza por medio segundo y la fulminó con la mirada.

—Maldita trai... —no pudo terminar su oración, o lo hizo, creo, debajo del agua.

—¡Lo siento! ¡Te quiero! ¡Pero también a mis diez dólares!

—¡Que pronto serán míos!

Samantha le dio un manotazo a Nathan.

—Igual ni te los voy a dar.

—¡Pero es una apuesta!

—¿Y? —preguntó Sam con una mueca de desinterés.

—Que si gana Aaron, me los debes de dar.

—Pues no te los voy a dar.

—¡Tramposa!

Samantha enarcó una ceja con una sonrisa falsa y esbozó una mueca que poco a poco se fue transformando en un chispazo divertido y socarrón. Venía una de ésas, sí, de ésas:

—Tramposa, pero no infiel —enmarcó cada sílaba y al final le tiró un beso con la mano—. Y si gana Eiden, yo sí quiero mis diez dólares.

Uh.

No pude evitar reírme de eso. Enseguida, Nathan me lanzó una mirada agria.

Le dediqué una sonrisita inocente. No era mi culpa que bromearan entre ellos con eso. Samantha, Jess, incluso Nathan. Nunca eran burlas tan fuertes, porque se notaba que no era un tema que quisieran sacar a relucir mucho, pero una frasecilla por acá, otra por allá, de dos para joder al otro, siempre salía. Ahora se llevaban bien. No eran mejores amigos, como parecía antes, pero hablaban y bromeaban.

—Lo siento —levanté las manos en señal de disculpa—. Pero sí dio risa.

—Qué chistosita me saliste —se giró con una mueca de disgusto hacia Samantha—. Y si no me das mis diez dólares, te los robo.

—Infiel y ratero, qué combo —se burló y al final suspiró—. Pero para que veas que yo sí soy una persona decente, te los voy a dar.

—¡Vaya! Qué decente, dar algo que prometiste.

Desvié un poco mi atención de su drama cuando noté que Jess estaba a mi lado, viendo cómo Aaron y Eiden seguían en su minipelea. Ya únicamente estaban divirtiéndose, porque ya no se veía que lucharan con tanta fuerza como al principio.

—¿Quién crees que gane?

—Por el amor que le tengo a mi novio, no pienso contestar eso —dije, divertida. A ver, que Eiden podía tener mucha fuerza, y eso nadie lo podía negar, pero Aaron le sacaba un par de centímetros.

Ella soltó una pequeña risa.

—En serio, ¿cómo convives con ellos dos? Siempre están peleándose.

—No siempre. Aparte, no son peleas reales, son peleas de hermanos.

—¿No es lo mismo?

Negué con diversión.

—Es que se divierten mientras discuten. Ya después, todo está bien. No tenemos hermanos, no lo entenderíamos —recité las palabras que me había dicho Eiden.

Realmente me alegraba ver este tipo de relación entre Aaron y Eiden. Sus minidramas y peleas, la forma en que lo arreglaban y cómo Eiden era más abierto con Aaron.

Hacía un par de días, Aaron le aplicó la ley del hielo a Eiden, todo lo contrario a lo que había ocurrido hacía un par de años. Sí, Aaron era amante del helado de menta, y Eiden, bueno, Eiden se lo comió. Tuvo que comprarle dos botes para que, cada que se lo topara, no lo ignorara.

La indiferencia de Aaron pegaba distinta. Él siempre estaba hablando, bromeando, intentando sacarte una sonrisa, así que cuando estaba serio, era un poco extraño y agrio. Por cierto, no lo había visto beber ni una sola vez en este último año. En una ocasión, me dijo que ése era su método para anestesiarse del dolor que sentía, así que supongo que ahora su dolor ya no era tan fuerte como para necesitar eso.

—Oye, creo que ya tardaron en salir.

Jess me sacó de mis pensamientos y me trajo de vuelta al presente con su voz aguda y un poco preocupada.

Mi atención se concentró en el lugar en donde los chicos estaban hacía menos de diez segundos. Ahora ya no había nada, sólo pequeñas burbujas que rozaban la superficie.

—Ya saldrán —dije, insegura—. Eso creo, deben de.

—¿Segura? No hay ningún movimiento.

Ay, no. Un ligero nerviosismo invadió mi cabeza cuando no vi nada durante otros dos, tres segundos. La superficie se había calmado, sólo había pequeñas ondulaciones naturales.

—Nathan —lo llamé, era el único que sabía nadar bien—. Creo que… ahh.

Todo pasó tan rápido que sólo pude soltar un chillido cuando unos brazos me envolvieron por atrás.

—Buu —Eiden besó mi oído.

—¡Me asustaste! —me giré para verlo. No me soltó, incluso me apretó más contra su cuerpo—. Pensé que te habías ahogado. ¿Y Aaron?

—Hundiéndose en el fondo del agua —me dedicó una sonrisita—. Soy un héroe nacional.

—Ya quisieras. Aquí sigo —Aaron apareció nadando desde donde se habían desaparecido hacía unos segundos—. ¿Dónde está la vil traidora?

Aaron nos recorrió con la vista a todos, fingiendo no ver a Samantha, que estaba intentando esconderse detrás de Nathan. Su melena roja era muy llamativa como para pasar desapercibida.

—Se murió —murmuró Samantha, fingiendo una voz aguda.

—Ahorita voy a volver a matar a la muerta.

Me aparté deprisa y dejé que Eiden me arrastrara lejos del camino de su hermano cuando nadó a toda prisa hacia la futura difunta, aunque poco duró nuestra suerte, porque Sam se nos abalanzó y Aaron comenzó a nadar hacia nosotros.

—¡Protéjanme!

—Nadie te va a proteger.

Aaron trató de acercarse y yo le lancé agua con una sonrisita.

—Shu, shu —le dije—. No la molestes.

—¡No la apoyes!

—¡Eiden! —pegué un chillido cuando me quitó del camino.

—Déjala pagar sus deudas.

—¡Traidor, había apostado por ti! —Samantha abrió los ojos de golpe cuando Aaron la atrapó—. ¡No me hundas!

—Mmm.

—¡Aaron, sabes que no se me da contener la respiración!

Les lancé una miradita a los dos y me reí cuando Aaron la soltó y sólo le lanzó un poco de agua.

—Está bien, te perdono.

—Gracias —lo abrazó, divertida—. Tú sí eres un buen hermano.

—¡Ey! —chistó Eiden—. Yo también lo soy.

—¡Me dejaste a mi suerte!

—¡Porque sabía que no te iba a ahogar! —le sonrió inocentemente.

—Vale, pues —puso los ojos en blanco—, pero Aaron va arriba en las estadísticas.

—Cuando se te pierdan los macarrones y me preguntes dónde están porque te los escondió Aaron, te recordaré esto.

—¡Empatados! ¡Están empatados! —le dio un abracito—. Ya mejor hay que hacer lo que íbamos a hacer antes de que se pusieran a tratar de ahogarse, que a este paso me dejarán hundida a mí.

—¡La apuesta de quién paga la cena! —gritó Jess, nadando alegremente al lado de nosotros.

Fruncí el ceño y me separé de Eiden para colocarme a su lado.

—¿Qué apuesta? —inquirí, curiosa.

No habían mencionado nada o, al parecer, no me había dado cuenta.

Aaron esbozó una pequeña sonrisa.

—Bueno, mientras ustedes estaban como tortolitos, decidimos hacer una carrera de aquí a allá —señaló el borde de la piedra que estaba incrustada en la arena—. El último en llegar debe pagar la cena de todos.

—Nosotros vamos a pasar la noche en la cabaña —dijo Eiden con el entrecejo fruncido.

—¿Y? ¿Acaso nosotros no vamos a comer por eso o qué?

Samantha soltó una risa divertida que hizo que Eiden la fulminara con la mirada.

—Pues que no vamos a pagar su cena, porque ni siquiera nosotros vamos a cenar si uno de ustedes pierde.

Nosotros íbamos a pasar la noche en la cabaña. Habíamos traído unas cuantas cosas como macarrones, pan, y así para poder comer. Suponía que los chicos se irían directamente a la casa de Aaron, Samantha y Eiden, ya que usualmente pasaban los sábados por la noche en mi casa. Y si yo no estaba, creía que elegirían la casa de ellos, que estaba al lado.

Aaron negó con la cabeza dramáticamente.

—Eso se llama egoísmo —le dijo a Eiden con una mueca de indignación—. No seas egoísta.

—¡No! Eso se llama ser aprovechado. No seas aprovechado.

—¡No soy aprovechado! También es para divertirnos. No seas amargado —Aaron me lanzó una miradita—. Allison, convéncelo. Usa tus poderes en él.

Resoplé con diversión y le eché un vistazo a Eiden.

—Anda, va a ser divertido —me acerqué a él—. Ya sé que voy a perder, pero igual va a ser divertido.

Arrugó la nariz, no muy convencido.

Era una pésima nadadora a comparación de los demás. Nunca habíamos hecho una carrera todos juntos, pero sabía que eran mejores nadadores que yo a juzgar por lo que había visto.

Probablemente, ellos llegarían y a mí me tomaría otro medio minuto alcanzarlos. Sería como esas carreras en las que un niño se quedaba al final y todos se reían de él.

—¿Segura? —elevó una ceja, dubitativo—. ¿No dijiste que estabas muy cansada?

—No, eso fue para los clavados —besé su mejilla—. Ya, anda, vamos a divertirnos.

Lo pensó unos segundos, pero al final suspiró y asintió con la cabeza. Era difícil que se negara a algo cuando se lo pedía.

—Vale —musitó.

Todos aplaudieron a nuestro alrededor y yo volví a besar la mejilla de Eiden con una pequeña sonrisa. Él sonrió ampliamente y, antes de que me separara, me tomó de las mejillas y me besó en los labios.

—Ya, la reina decretó —Sam elevó las manos, divertida—. Pónganse en posición. Y recuerden que no se vale jalar pies, atacar al otro, ¿sí? Va para ti Aaron. Ni empujar bajo el agua. El que lo haga pierde automáticamente. ¿De acuerdo?

—¿Podemos pate...?

—No —cortó Jess a Nathan—. Tampoco patear.

Se encogió de hombros.

—Sólo preguntaba.

—Entonces ¿están todos de acuerdo? —volvió a preguntar Samantha.

Todos asentimos con la cabeza.

—¡De acuerdo!

Nos colocamos en nuestras posiciones. Eiden estaba al borde de la fila irregular que habíamos hecho. Yo estaba a su lado, Jess al mío, y después estaban Nathan, Samantha y finalmente Aaron.

Aún me dolían los brazos por el tiempo que había estado intentando aventarme el clavado, así que eso empeoraba todo. Pero no me molestaba; al menos lo intentaría.

—A la de tres —anunció Aaron—. Uno, dos, que gane el mejor —hizo una pausa y soltó el número final con un pequeño grito—: ¡Tres!

Me sumergí en el agua e impulsé mi cuerpo a manotazos bajo ella. Mis sentidos se confundieron un poco y tuve que sacar varias veces la cabeza para ver qué tan lejos quedaba la meta.

Nadé lo más rápido que mi cuerpo me permitió. Mis brazos se cansaron en un punto, pero los forcé hasta que, al cabo de unos segundos más, ya estaba llegando y tocando la piedra.

Saqué la cabeza y me puse de pie tosiendo para recuperar el aliento. Creí que había llegado al final. Realmente pensé que era imposible que le hubiera ganado a alguno, pero para mi sorpresa no fui la última.

Eiden tocó la piedra en el último momento y salió a la superficie con una mueca de enojo.

—Bueno —miró a todos—. Les voy a pagar la cena, sanguijuelas.

—¡Pizza y hamburguesas gratis de cena! —agitó Aaron.

—¡Y alitas! —agregó Samantha.

—¡Con pancitos de ajo! —siguió Jess.

—¡Y que ponga los helados! —añadió Nathan—. Ya que está tan dadivoso.

Eiden puso mala cara al escuchar las exigencias de todos. Dios, pobre de él y su bolsillo. Bueno, tenía un bolsillo gordo ahora, no podía quejarse tanto, aunque sabía que sólo lo hacía para asegurar el bienestar de sus hermanos. Ellos siempre iban a ser una prioridad para él. No había manera de negarlo.

—Es cena, no comida para una semana —se quejó Eiden, soltando un bufido—. Pero vale. Después les doy el dinero.

Todos festejaron mientras él se escabullía hacia mí. No podía creer que había hecho eso. Era imposible que yo no hubiera quedado al último.

—Te dejaste ganar —murmuré cuando se acercó a mí.

Negó ligeramente con la cabeza.

—No mientas.

—Me lastimé el pie a medio camino —sonrió—. Nunca te mentiría. No por una causa mayor.

—¿Cuál es la causa mayor?

—Defender tu honor, tu bolsillo y verte feliz. No te gusta perder.

Durante unos segundos lo miré con una mueca de indignación. No, no me gustaba perder, pero eso tampoco era una *victoria justa*. Abrí la boca para soltar un alegato, pero no pude decir ni hacer nada más porque me tomó de la cintura con ambas manos y me pegó a él para besarme.

Su sabor invadió mi boca, debilitando todas mis defensas, mientras su lengua se hundía en mi boca y jugueteaba con la mía.

—Regálame una sonrisa —me pidió entre el beso.

—Pero no vuelvas a dejarte ganar.

—No prometo nada. Si eso te hace feliz, entonces tendré que mejorar mis técnicas para que no te des cuenta.

Intenté no mostrarlo, pero sus palabras dibujaron una pequeña sonrisa en mis labios. Él sonrió entre nuestros besos. Antes de separarme, le di un beso suave.

—Pero en verdad esfuérzate para que no me dé cuenta, porque si no, me voy a poner triste.

—Lo juro —se llevó una mano al pecho, divertido—. De aquí en adelante practicaré mis habilidades.

—Más te vale —le dije, dándole un beso justo debajo de su oreja. Sonreí cuando vi que sus mejillas se enrojecieron—. Ahora vamos con los demás.

Me tomó de la cintura, plantándome un beso en el mismo lugar donde yo lo había besado. Mis mejillas también se enrojecieron al instante.

—Vamos con ellos, cariño.

Pasamos todo el resto de la tarde entre risas, bromas y clavados en los que claramente yo no participé. Capturé cada momento y lo grabé en alguna parte de mi memoria y corazón. Los bufidos de Eiden. Las bromas de Aaron. Los comentarios sarcásticos de Nathan. La risa de Samantha. La encantadora sonrisa de Jess.

Me empapé de ellos hasta el final, más de lo que había hecho en este último año. Nunca iba a ser suficiente. Les había abierto un hueco de mi corazón a cada uno y les había dado el pedazo que ya no necesitaba porque su presencia en mi vida lo suplantaba.

Cada uno había estado conmigo y estaba segura de que así seguiría siendo.

Todos formaban parte de mí. Y cada uno de ellos era tan especial que nunca los iba a poder olvidar.

Aaron nunca iba a negarte una broma capaz de arrancarte una buena risa.

Samantha nunca iba a negarte un abrazo.

Jess nunca iba a negarte un consejo.

Nathan nunca iba a negarte un intento de hacerte olvidar un mal rato.

Eiden nunca iba a negarte un resoplido malhumorado acompañado de su dulce risa.

Y a mí nunca me iba a negar su amor, nunca más.

Cuando encuentras el lugar indicado con las personas indicadas, nunca te va a faltar nada. Ni aquí, ni ahora, ni en la Luna, ni en cien años. Encajas, sólo encajas de una manera que por más rara y extraña que sea, es perfecta.

* * *

Abracé mi cuerpo, tiritando, cuando el frío me envolvió y me puso la piel de gallina. Mis labios temblaban y mis dientes castañeaban, haciendo que mi mandíbula subiera y bajara de forma involuntaria.

El sol ya se estaba metiendo. Sus rayos reposaban en el agua y el cielo se había teñido de un color anaranjado cobrizo que le daba a la escena un toque sepia. *Hora de irnos*, gritaba por todas partes.

Ahora la única fuente de calor natural era mi propio cuerpo intentando adaptarse al clima. Detestaba el frío. No lo soportaba. Apreté mis dedos sobre mis brazos y me quedé quieta, viendo cómo los chicos salían del agua y comenzaban a alistarse para irse.

A ellos, el frío parecía no hacerles ni cosquillas.

—Te dije que habías olvidado algo.

Rodé los ojos ante el regaño de Eiden cuando se acercó a mí con una toalla y la colocó sobre mis hombros, atrayéndome hacia él. La fricción aterciopelada junto con su calor me hizo soltar un pequeño gemido complacido.

—Lo olvidé —confesé. Había preparado la mochila para el viaje y al parecer no metí ni ropa para cambiarme ni toalla para secarme—. ¿De dónde conseguiste ésta?

—¿Y mi toalla?

Oh. Negué con diversión al obtener mi respuesta de la voz molesta de Aaron, que se agitaba de un lado a otro, buscando la toalla que ahora me cubría cálidamente el cuerpo.

—Se la pedí prestada a Aaron.

—Ya veo —dije irónicamente—. ¿No conseguiste una para ti?

—Estoy bien —me aseguró—. Me voy a cambiar después, cuando los demás se vayan.

El frío me calaba los huesos y aunque sentí la necesidad de tomar los bordes de la toalla con mis propios dedos para que no se cayera, opté por algo mejor. Abrí mis brazos y los deslicé por el torso de Eiden hasta abrazarlo y pegarlo a mí aún más; necesitaba todo su calor. Mis dedos temblaron y se amoldaron a su piel desnuda mientras su calor arropaba mi cuerpo, que estaba en temperatura cero.

—Me estoy muriendo de frío.

—Necesitas cambiarte. Tengo un jersey y un short extra. Puedes usarlo.

Asentí con la cabeza contra su pecho.

Exprimí mi ropa para intentar quitarle un poco de humedad, pero seguía adhiriéndose a mi cuerpo de forma incómoda.

En este momento, un jersey grande y calientito sería una bendición.

—Ya nos vamos, chicos.

La voz de Aaron me hizo separarme un poco de Eiden para ver en su dirección. Todos estaban listos, con sus mochilas al hombro, donde habían traído sus toallas y cambios de ropa.

Me acerqué a Jess y le di un pequeño abrazo que me correspondió al instante, y después hice lo mismo con Nathan. A ellos no los volvería a ver después de que nos marcháramos mañana a California. Jess y Nathan tomarían caminos distintos al mío para continuar con sus estudios. Seguiríamos hablando, eso estaba claro, pero bueno, las cosas ya no serían como estos últimos dos años.

—Mañana iremos a tu casa para hacer una minidespedida —me dijo Jess con una sonrisa que no alcanzó a llegar a sus ojos. La tristeza se acentuaba en su voz.

—Y vamos a traer helado de vainilla —sonrió Nathan—. Y Jess va a hacer macarrones con queso.

—También puedes traer a Didi, para que se despida de Minni y Copito —ofrecí con una pequeña sonrisa.

Muchas veces, Jess traía a su perrito a casa porque lo quería mucho y no le gustaba dejarlo solo. Al principio, Minni y Copito le repelían, pero ahora convivían en el mismo espacio con normalidad. Era extraño, aunque su dinámica extraña funcionaba.

Nathan arrugó la nariz e hizo un gesto de advertencia.

—Pero eso sí, recuerda traerle comida para que no se coma mis zapatos.

—Lo hará, aunque le lleve comida. Lo hace porque le dices ratita fea.

—Yo no tengo la culpa de que sea una ratita fea —rodó los ojos en un gesto obvio.

—Entonces no tengo la culpa de que se coma tus zapatos —Jess lo desestimó con la mano y fijó su atención nuevamente en mí—. Como sea, mañana se irán por la tarde, ¿cierto?

—Seis de la tarde para ser exactos.

Habíamos planeado todo, y como viajaríamos en el carro de Eiden, decidimos recorrer medio tramo y pasar la noche en un hotel que estaba a mitad de camino, lo demás lo recorreríamos por la mañana. No quisimos hacer el viaje de corrido porque era cansado y Eiden era el único que sabía manejar de los dos, yo apenas estaba aprendiendo. Era lo mejor para prevenir un accidente.

Jess lo pensó unos segundos, asimilando el tiempo que tendríamos.

—También pasarás la mañana con tu padre, ¿cierto?

—Sí, estaré con él.

—Entonces por la tarde, ¿a las tres está bien?

—Sí —sonreí abiertamente—. Está perfecto.

—Entonces nos vemos. Diviértete con Eiden, pero de forma segura.

—Con condón para que entiendas —agregó Nathan.

Los tres nos reímos y los volví a abrazar. Aunque quería quedarme un poco más de tiempo con ellos, al final me separé y levanté la mano en señal de despedida hacia Aaron y Samantha.

—Adiós —me despedí—. Nos vemos mañana.

—Adiós. Cuídense —dijeron al unísono.

Los miré marcharse con una pequeña sonrisa triste en mis labios. Odiaba las despedidas. Ésta no era una, pero ya podía sentir el hueco en mi pecho, la amargura de abandonar el espacio seguro que había construido con ellos.

Cuando sentí unos brazos envolverme por atrás, ese pequeño hueco se disolvió. Debía seguir viendo hacia delante, era parte de la vida. Avanzar.

—Vamos a que te cambies, no te vayas a resfriar —me dijo Eiden, dejando caer su frente en mi mejilla y besando mi mandíbula.

Estuve a punto de dejar que me arrastrara con él, hasta que recordé nuestro trato. Me detuve y me giré para verlo. No lo pensé mucho, mis dedos bajaron hasta tomar las cuerdas de su bañador y comencé a tirar de ellas para aflojarlas.

—Tengo una mejor idea para calentarnos.

Capítulo final

Segunda parte
Gracias

—Gusanos vomitados para la señorita —Eiden deslizó un plato con macarrones con queso por la mesa y lo colocó justo frente a mí.

Enarqué una ceja con gracia al ver que los macarrones estaban ligeramente batidos. Algunos incluso no podían ni siquiera llamarse macarrones. Estaban en su punto o, más bien, en el punto que le gustaba hacerlos. Batidos y pálidos, como si fuera su forma de decirme que no eran ni mínimamente de su agrado.

—Comida que no es comida para el señorito —deslicé un plato frente a él con una pizza casera que había logrado armar con algunos ingredientes que habíamos traído—. Es mi primera pizza, así que no la critiques.

No era circular, ni cuadrada, era amorfa, pero lograba cumplir con los estándares de una pizza. La masa, la salsa de tomate, el queso y unas rebanadas de pepperoni que no eran pepperoni, sino jamón. Era un intento decente, esperaba que el aspecto se compensara un poco con el sabor.

Hacía unos días había visto un tutorial para hacer estas minipizzas y quise intentar prepararlas para él. Aquí en la cabaña no había horno, así que la estufa tuvo que hacer todo el trabajo. Creo que había quedado un poco plana y quemada de abajo, pero miren, era una pizza, nadie podía negarlo.

Miré atenta a Eiden cuando esbozó una pequeña sonrisa mientras tomaba el plato y lo examinaba con una mueca de curiosidad.

—Creo que se quemó de la parte de abajo, aunque no mucho —le advertí; si la probaba ya mentalizado, tal vez el sabor no le molestara tanto. Tenía un paladar exigente.

—¿En verdad la hiciste tú? —enarcó una ceja.

—Sí, me viste hacerla hace dos minutos.

—Es que está muy decente.

—¡Eiden! —le di un manotazo en el hombro—. Te dije que no la criticaras.

—No es una crítica —dijo inocentemente—. Dije que está decente.

—¿Pero por qué te sorprende? Si yo cocino bien.

Mentira, no cocinaba bien. Casi nunca lo intentaba sola porque todo me salía quemado o insípido. Únicamente sabía hacer pasta, que a veces salía color amarillo feo, macarrones y sopas. Comida práctica y simple.

—Es que nunca cocinas y me sorprendió.

Hice una mueca de indignación, tomé el plato, lo aparté y me puse de pie.

—Bueno, si no lo quieres, está bien, puedo hacer unos sándwiches.

No pude dar ni dos pasos antes de que me tomara de la cintura y me retuviera.

—No dije que no la quisiera —volvió a tomar el plato y lo dejó en su lugar—. A ver, la voy a probar.

—Está bien, pero ya te dije que no la critiques.

Me iba a volver a sentar en la silla a su lado, sin embargo, tiró de mi cintura para que me acomodara sobre su regazo. Mi jersey subió hasta un poco más arriba de mis muslos por el movimiento y mis piernas se cerraron al sentir una pequeña fricción placentera en mi cuerpo cuando me tomó del muslo y me pegó a él. Sólo tenía mis bragas y el jersey que me había prestado.

No me resistí de ninguna manera. Más bien, me acomodé, feliz de la posición y la cercanía que teníamos.

—Aquí estás mejor —me dijo con una pequeña sonrisita, palmeando mi muslo.

Su mano acarició mi piel pálida y sus dedos se aferraron a ella en un gesto posesivo que estoy segura de que ni él mismo notó. Tuve que poner mucha de mi concentración y fuerza de voluntad para no mantener mis ojos en su mano. Me gustaban mucho sus manos. En lugar de eso, sonreí, tomé su mejilla y lo besé.

—Ahora prueba mi pizza —insistí, acomodando el plato para que él pudiera tomarlo—. Es de pepperoni que no es pepperoni, pero, si te lo imaginas, puede saber a pepperoni. Y sólo tienes que usar un poco más de tu imaginación para que sepa bien.

—No necesito usar ningún tipo de imaginación; si la hiciste tú, va a estar buenísima. Todo lo que haces es perfecto.

—¡Hace menos de un minuto dijiste que apenas y se veía decente!

—No la vi bien. Pero mira —la señaló y tomó un trocito de jamón que estaba un poco mal cortado. Tampoco era circular: unos trocitos eran triangulares, otros cuadrados, otros no tenían forma alguna—. Está bonita, es como arte abstracto.

—Pues prueba mi arte abstracto.

—Ya voy, no te desesperes.

No podía. Estaba muy nerviosa. Él casi siempre me preparaba mis macarrones con queso, porque sabía que me gustaban, y yo también quería prepararle sus pizzas.

Eiden se rio suavemente y tomó un trozo para llevarlo a su boca. El queso fundido formó una hebra larga que se enrolló en sus dedos. Creo que eso era bueno, significaba que no estaba mal preparado o crudo.

Metió el trozo de pizza a su boca y yo mordí mi labio inferior, nerviosa. Sus labios se cerraron en un pequeño movimiento y formó una línea recta mientras masticaba.

¿Eso era malo o bueno?

—¿Está buena? —pregunté con una mueca de preocupación.

Asintió, aún masticando. No tenía ninguna expresión, su mandíbula se movía más de lo normal para masticar y sus ojos se cerraban en una pequeña mueca que no pude identificar.

—Está buena, sólo... que...

—¿Qué?

Hizo una pausa y volvió a masticar. Dios, qué le había dado de comer.

—Está un poquito chiclosa —dijo relamiéndose los labios y apresurándose a agregar—: Pero está buena, muuuy buena.

—¿En serio? —dije, contenta—. Del uno al diez, ¿qué tan buena está?

Lo pensó unos segundos.

—Veinte.

Aplaudí, divertida, y envolví su cuello con mis brazos.

—Te amo —hice una pausa, acunando sus mejillas entre mis palmas—. Eres mi mentiroso favorito.

—Pero...

Me aparté de él, negando con la cabeza, divertida, y tomando el plato con la pizza.

—Voy a hacerte unos sándwiches —le dije—. ¿En serio te la ibas a comer?

—No está taaan mal.

—Apenas y pudiste pasártela.

—Pero me lo iba a comer porque te amo.

—Ya veo por qué dicen que el amor mata —ironicé.

Soltó una carcajada, divertido. Era más que obvio que no le había gustado. Intentó disimular, aunque no fue suficiente. A veces su cara hacía pequeños gestos que no podían pasar desapercibidos, por lo menos no para mí.

Tiré la pizza a la basura e hice un gesto de asco cuando la pizza cayó volteada y la masa estaba negra de lo quemada que estaba. Ni yo me comería eso.

—Sólo necesitas practicar y ya —me dijo desde su asiento.

—Lo voy a intentar, pero vas a ser mi conejillo de indias para probarlas.

—Eso significa que voy a ser el primero en probar tu primera buena pizza —se encogió de hombros—. Por mí no hay problema.

Me apresuré a preparar sus sándwiches. Habíamos acordado preparar la comida del otro, así que él hizo mis macarrones y yo ahora iba a hacer sus sándwiches, porque claramente mi pizza fue un fracaso, sin embargo, la intención era lo que contaba. Ya sólo debía de mejorar el tiempo de cocción y esas cosas. Para la próxima, sí iba a conseguir pepperoni.

Preparé tres sándwiches, los corté en piezas triangulares y los coloqué sobre un plato en una forma armónica, algunos trozos de manera recta y otros acostados. Por lo menos sí sabía hacer sándwiches.

—Listo —volví a colocar el plato frente a él—. A comer.

Esta vez no esperé a que tirara de mí hacia su regazo. Me senté sobre él, acomodándome con los pies de lado para no interferir en su comida. En primera instancia, ninguno de los dos comenzó a comer. Nos miramos unos segundos a los ojos. Se sentía una extrema paz entre nosotros. Era gratificante, como si el mundo se detuviera por completo. Nada pasaba, solo él y yo.

Sus ojos recorrieron mi rostro, la tranquilidad se apoderó de nosotros. Podía escuchar y sentir su respiración, la leve forma en que su pecho subía y bajaba.

Un pequeño cosquilleo recorrió mi piel en el momento en que alzó una mano, llevándola a mi rostro, y acarició suavemente mis mejillas con las yemas de sus dedos, bajando hasta mi mandíbula, donde tomó un pequeño mechón de mi cabello y lo deslizó detrás de mi oreja.

—Eres hermosa —murmuró sin dejar de observarme—. No te lo digo mucho, ¿verdad?

—No es necesario —confesé—. Me lo demuestras todos los días y eso es suficiente.

Había tantas maneras en las que Eiden me hacía sentir especial, *hermosa*. Gestos pequeños de todos los días, su manía de despertarme siempre por las mañanas repartiendo besos por todo mi rostro. Su forma de mirarme cuando creía que no me daba cuenta. Su necesidad de acariciarme las mejillas que a veces parecía tan involuntaria, como si esa muestra de cariño estuviera programada en él.

Para mí, todo eso era suficiente y claro.

—Pero igual quiero decírtelo —agregó, recorriendo mi labio inferior con su dedo—. Eres hermosa. Te lo diré todos los días.

Un leve rubor encendió mis mejillas.

—Gracias —musité—. Tú también eres...

—¿Hermosa? —me cortó, divertido.

—No, eso no.

Negué con la cabeza, dándole un golpecito en su pecho y dejando mis manos sobre él. Únicamente llevaba un pants de algodón; su torso estaba desnudo. Su aroma a menta fluía en el ambiente.

—Eres guapo —dije—. Muuuy guapo.

—¿Ah, sí? —enarcó una ceja, arrogante—. ¿Te parezco guapo?

Puse los ojos en blanco.

—Sí, me pareces guapo. El chico más guapo que conozco.

—¿Sólo de los que conoces?

—Y de los que no conozco —agregué—. No me dejaste terminar.

Soltó una risa, divertido, haciendo que su pecho vibrara bajo mis manos.

—Estaba comenzando a ponerme celoso —dijo con un tono tranquilo.

Entrecerré mis ojos ligeramente, recordando algo.

—Nunca te he visto celoso —pronuncié las palabras, pero justo cuando terminaron de salir de mi boca, un recuerdo fugaz aterrizó en mi mente—. Oh, no, olvídalo, sí te he visto así.

—¿Con el chico del centro comercial? ¿El que te coqueteó en mi cara y te preguntó por qué una chica tan guapa estaba soltera? —soltó un resoplido como si eso fuera absurdo—. No estaba celoso. Sólo le di datos.

—"*Sí, está casada, aparta los ojos o te los saco*" —hice una imitación de sus palabras—. El pobre chico se fue asustado.

—¡El pobre chico le estaba coqueteando a mi esposa en mi cara!

Golpeé su hombro con dramatismo y él se rio, divertido.

—Tu esposa podía decirle que estaba casada sin que él recibiera una amenaza de muerte.

El chico no se veía con malas intenciones, realmente. Ese día Eiden había ido a comprar un par de helados y yo me quedé fuera del local esperándolo, porque estaba resfriada y no quería que el aire acondicionado me hiciera daño, ya me iba a arriesgar demasiado comiéndome una nieve. El chico se acercó y me preguntó eso, estaba a punto de decirle que no estaba soltera, pero Eiden se adelantó.

—Sólo le dije que le iba a sacar los ojos, no que lo iba a matar —desestimó el comentario con una mano—. No fue una amenaza de muerte.

—¡Es lo mismo!

—No es lo mismo —se quejó con un tonito de obviedad—. Y fue una metáfora, no le iba a sacar los ojos. Como mucho le habría dado un golpe o dos si seguía insistiendo y ya.

—Podía haberlo alejado sola —le reproché—. Y también podía haberle dado un puñetazo si seguía insistiendo. Sé dar golpes, ¿lo olvidas?

—Sé que puedes —dijo, tomando mi mano, que aún descansaba sobre su pecho—, pero también yo puedo ahorrarte el que malgastes tus palabras y tus fuerzas. Soy un novio-esposo muy complaciente... —hizo una pausa y sus labios bajaron acompañados de una pequeña sonrisa hasta estar a menos de un centímetro del dorso de mi mano—... en todos los sentidos.

—¿Así?

Sonreí, pasando un dedo con cautela por su pecho.

—Sí. ¿No me crees?

—Tal vez necesite un beso que me lo recuerde.

Sonreí y se inclinó para dejar un beso suave en mis labios. Pensé que eso sería todo, y ya estaba lista para pedir uno más, pero él siguió dejando pequeños besos.

—¿Ésos son suficientes?

—Tal vez.

—¿Tal vez?

Subí la mano y acaricié su piel hasta llegar a sus mejillas. Sus ojos me miraban con picardía.

—¿Puedo pedir un beso más largo?

—Todos los que quieras, cariño.

No necesité más, me incliné y lo besé. Mi acción fue recibida con una breve sonrisa que quedó ahogada con el roce de nuestras bocas mientras se unían en un vaivén que me descompensaba. Su sabor me invadió por completo. Como era costumbre, mis manos se deslizaron por su cabello, acariciándolo para mantenerlo contra mí. Mis caricias le arrancaron un suave gemido que flotó en el aire y se fusionó con uno mío cuando me tomó de los muslos y me presionó contra él. Sus dedos se aferraron a mi piel, que se sentía sensible y ardiente bajo su tacto.

Su calor me invadía por completo y dominaba cada parte de mi piel. Sin embargo, una parte de mí que nunca se iba a cansar de él necesitó más, así que mis dedos se deslizaron con cautela, y con el placer de sentir cada relieve de sus músculos, bajé por su cuello hasta llegar a su pecho. Su corazón estaba bombeando como loco, igual que el mío, que se desarmaba cada que su lengua jugueteaba con la mía.

Las comidas siempre terminaban con una sesión de besos, al principio, en el medio o al final. Y si las cosas subían de tono, podíamos terminar en algo más. La sola imagen de la cantidad de veces en que habíamos estado en esta posición y me había tomado contra la mesa o la barra de la cocina me hizo sentir una descarga eléctrica por todo mi cuerpo, que se acentuó en mi entrepierna.

Eiden siguió avanzando. La yema de sus dedos se deslizaron por mis muslos y dejaron un camino de caricias por mi piel. Él sabía lo que encontraría más arriba, la única tela que me cubría aparte de mi jersey. Cuando llegó a la parte final de mis muslos, justo en el inicio de mi cadera, me separé de él, jadeando, ruborizada y necesitada de oxígeno.

No podía besarme así y tocarme así. Mi cuerpo se hacía masilla y mi cerebro se calentaba ante tal cantidad de sensaciones.

Me miró a los ojos con una pequeña sonrisa arrogante al notar cómo estaba. Sus labios estaban húmedos y rosados, su pecho subía y bajaba de forma pesada y su maldito cabello desordenado lo hacía ver tan atractivo.

Dios, tú sabes que intenté resistirme. Deberíamos comer, si no, mis macarrones se iban a enfriar, pero no podía resistirme. Volví a inclinarme para besarlo y reanudar el momento que mi débil respiración interrumpió, sin embargo, antes de que llegara a sus labios, me detuvo con una mano.

¿Qué? Agg. No.

—Debemos comer —hizo un pequeño movimiento con su cabeza, hacia nuestros platos—. Se va a enfriar.

Definitivamente, a veces sentía que me podía leer la mente.

—Podemos comer después.

—No me gusta que te malpases.

—Una vez al año no hace daño —bromeé.

Él negó con la cabeza y yo quise chillar de la molestia en ese momento. Ya hasta estaba mojada. Lo miré ceñuda, pero entonces una idea cruzó por mi cabeza.

Mmm.

Me puse de pie y logré escabullirme justo cuando él iba a tomarme de la cintura para que no huyera. Le dediqué una sonrisita divertida mientras me detenía en la puerta de nuestra habitación. Se puso de pie, divertido, y cuando llegó a mí le clavé el dedo en el pecho.

—Me dio sueño, voy a dormirme. Cuando termines de comer, ya que no quieres que la comida se enfríe, puedes venir conmigo.

La comisura de sus labios se elevó en una sonrisa malditamente atractiva e incitante cuando se dio cuenta de lo que tramaba. A veces me gustaba provocarlo, así como él lo hacía todo el tiempo conmigo.

—Creo que también me dio sueño.

Enarqué una ceja.

—¿Sí?

—Sí —asintió y se inclinó más sobre mí. Por un segundo pensé que me iba a besar, pero sus labios se posaron en mi cuello y lo besaron con tranquilidad.

Solté una risita que se convirtió en un jadeo cuando me tomó de la cintura y bajó una de sus manos lentamente para atrapar mi trasero.

—¿Ni comer ni dormir entonces?

Se rio contra mi piel.

—Usemos la cama para otra cosa.

—Me encanta esa idea.

Me tomó de los muslos y sonreí cuando me impulsó para que envolviera mis piernas en su cintura. En ese momento, sentí cómo todo mi cuerpo se calentó ante la expectativa de lo que iba a pasar. Lo deseaba de formas en que no se podía imaginar.

Entramos a la habitación y a los segundos la luz se encendió. Unos pasos más y sentí el almohadón de la cama en mi espalda. Me depositó con cuidado sobre ella y desenvolví mis piernas de su cintura. Él se incorporó y quedó parado frente a mí. Me sentí vacía al instante; la ausencia de su cuerpo formó una capa fría sobre mi piel.

Se veía tan imponente a esa altura. No me estaba tocando, ya no, pero lo sentía. Su mirada sobre mí, sus pupilas dilatadas, sus ojos recorriéndome con tanto deseo.

Me relamí los labios y sonreí cuando se inclinó para besarme. El beso estaba lleno del deseo que sentíamos el uno por el otro. Mis manos subieron, acariciaron su pecho desnudo y llegaron hasta su nuca. Lo sujeté con fuerza contra mí mientras él me acariciaba los muslos con delicadeza. De repente ejercía la presión exacta para robarme algunos jadeos y gemidos.

Cuando nos separamos, yo ya estaba dispuesta a quitarme el jersey, pero Eiden me detuvo con una pequeña sonrisa incitante.

—Déjalo —apartó mis manos—. Yo lo voy a hacer.

Seguí sus movimientos, sus músculos se tensaron cuando se inclinó y me dio un beso en los labios para después bajar y tomar el borde de mi jersey y comenzar a subirlo. No lo hizo rápido. Descubrió poco a poco mi piel, sustituyendo la tela por sus besos.

Se tomó su tiempo. Le gustaba hacer todo tan despacio, jugar con mis límites, explorarlos con calma. Durante estos dos años que llevábamos juntos, habíamos explorado muchas áreas de nuestra sexualidad. Sabíamos lo que le gustaba al otro, sabíamos nuestros límites. Las formas de excitarnos. A él le gustaba lento, a mí también, aunque a veces me desesperaba y quería tomar todo a bocanadas grandes.

Nunca creí en la posibilidad de que pudiera sentirme tan liberada como deseaba al hacer esto. Nunca imaginé que mi sistema no le rehuyera, que mi cuerpo no tuviera miedo de lo que pudiera pasar, miedo de querer más y no poder hacerlo. Con Eiden siempre supe que era yo quien tenía las riendas de seguir o detenerse, y eso de alguna manera me llenaba de nervios. Nunca me presionó, nunca llegó a pedir más de lo que podía dar, nunca se molestó porque no pudiera darle algo que para mí era difícil.

Cuando pierdes el control de algo, cuando te quitan algo de forma dolorosa y en contra de tu voluntad, tienes miedo de nunca poder recuperarlo.

Tienes miedo de que sea algo que se rompió y nunca seas capaz de volver a armarlo.

Tenía miedo de nunca ser capaz de tener sexo.

Tenía miedo de no poder llegar a ese punto.

Tenía miedo de un recuerdo y de lo que sentí.

Tenía miedo de que fuera doloroso.

Tenía miedo de que no pudiera soportarlo y me quebrara, de que esto se volviera una tortura no sólo para mí, sino para Eiden.

Y realmente, cuando tuvimos nuestra primera vez, tuve miedo y nervios, pero Eiden siempre supo calmar mis miedos y hacerme sentir bien. Recuerdo ese día como si fuera una película que memoricé de principio a fin. Yo cuando tomé la decisión de hacerlo. Yo caminando de lado a lado en la habitación mientras lo esperaba. Cuando entró. Cuando me tocó. Cuando me besó. Cuando sólo lo estaba sintiendo.

Ahora no había miedo. No había nervios. No esperaba nada malo. Nuestra vida sexual era activa y la disfrutaba como nada en este mundo.

El sexo con él podía ser suave, intenso, duro, según como nos sintiéramos y quisiéramos. Las primeras veces apenas nos estábamos conociendo, nos tocábamos con miedo de hacer algo mal. Ahora era normal. Conocíamos y amábamos cada parte de nosotros.

Volviendo al momento, bajé la mirada, viendo cómo Eiden disfrutaba de desvestirme. Dios, quería esa prenda fuera ya, estaba ansiosa de que desapareciera. Y creo que mis pechos estaban igual de deseosos, porque se marcaban sobre la tela del jersey. Ni siquiera eso era capaz de taparlos. No eran grandes, tampoco muy pequeños, pero alcanzaban a verse como dos montículos. Y ni hablar de mis pezones, que estaban duros y sensibles.

Primero besó mis caderas. Después subió a mi vientre y ahí se detuvo un poco más, repasando cada rincón. Besos suaves, húmedos, pequeñas lamidas y succiones. Mis dedos estaban sobre su cabello mientras observaba la forma en que parecía rendirle devoción a cada parte. Cada parte de mi cuerpo estaba excitada y su calor se estaba fusionando con el mío.

Un pequeño gemido gutural salió de sus labios cuando noté su entrepierna rozar con mis muslos. Ya estaba duro.

Su respiración se aceleró aún contra mi vientre y dejó una lamida que ascendió hasta el centro de mi pecho. Desplazó por completo la tela de mi jersey y por fin lo sacó por mi cabeza, tirándolo a cualquier lado.

Por fin, maldición, gracias a quien sea. Sólo quedaban mis bragas, que ya estaban húmedas y deseosas también de desaparecer.

Mis pechos quedaron libres, y mis pezones estaban rosados y endurecidos. Exigían atención y Eiden siempre los satisfacía cuando los tenía enfrente. Ellos y yo lo sabíamos. Se deleitaba con la vista, con el tacto, con el gusto. Podía tener un orgasmo únicamente con él prensado a ellos.

Una corriente cálida me atravesó por completo. No estaba consciente de nada. Todo había desaparecido a mi alrededor y sólo existía Eiden, sus manos, su cuerpo, su mirada y la lujuria en sus pupilas dilatadas.

Lo había hecho tantas veces, pero nunca iba a poder dejar de sentir cómo mis mejillas hervían cuando miraba mis pechos. Usó ambas manos para masajearlos con cuidado, paseando sus pulgares por mis pezones. Mis senos cabían en sus manos a la perfección.

—Podría correrme con sólo ver cómo tomo tus pechos —aseguró con un tono gutural y lleno de deseo.

Mierda. Y como si eso no fuera suficiente para encenderme al cien por ciento, presionó mis pezones con sus pulgares y después tiró de ellos suavemente, provocándome una pequeña sensación que era más placentera que lastimera.

—Son los pechos más hermosos que he visto —volvió a amasarlos.

Mmm. Mi cerebro registró las palabras, sí, incluso entre todo el aturdimiento por el placer, me las ingenié para abrir la boca y decir algo:

—¿Sólo de los que has visto? —solté entre un pequeño jadeo—. ¿Y cuántos has visto, Eiden Blaken, aparte de los míos?

Soltó una pequeña risa ronca que sonaba amortiguada por el ambiente lleno de deseo que nos rodeaba.

—Y de los que no he visto —agregó—. No me dejaste terminar. Y sólo he visto los tuyos, nada más era para aumentarle suspenso a mi frase.

—Eso espero. Ya me estaba poniendo celosa.

—No te preocupes, cariño, únicamente es a ti a quien quiero tener así. Ahora, si me lo permites, necesito usar mi boca para algo más y así demostrarte qué tan complaciente soy.

Ni un segundo después su lengua ya estaba deslizándose por la piel de mis pechos. Acarició uno con su lengua, lamiendo la punta y jugueteando en pequeños círculos, arrancándome unos cuantos gemidos que no podía controlar. El sudor perlaba mi piel y la suya; mechones rebeldes de su cabello se adherían a su frente mientras seguía lamiendo.

Mi mano se enredó en su cabello para poder verlo trabajar sin ningún problema. La vista era fenomenal. Sus dedos aprensaron mi otro pecho, apretándolo y masajeándolo con roces suaves y fuertes, alternando entre cada borde, logrando un balance que nublaba mis sentidos.

Sus manos estaban por todas partes, en cada rincón de mis pechos, y cuando creí que si seguía así me iba a correr, metió uno por completo en su boca. El sonido de succión y desprendimiento reventaba por todo el lugar mientras succionaba y atrapaba mi pezón entre sus dientes para después tirar de él y aliviar la sensación de mi piel sensible con su lengua, delimitando la zona.

—Dios, Eiden... —cerré los ojos, echando la cabeza hacia atrás, y arrastré su nombre entre mis labios mientras el placer me desbordaba. A veces parecía que su nombre era la única palabra que podía pronunciar en momentos así. Dios, estaba tan llena de él que no podía pensar en otra cosa.

Mis ojos automáticamente regresaron a él. Necesitaba verlo para capturar el momento exacto en que dibujó una sonrisa en sus labios, aún contra mi pecho, mientras alzaba la mirada para verme. Sus ojos me recorrieron por completo y su mirada me prendió fuego desde dentro hacia fuera. Siguió chupando y jugando con mis pezones. Mis caderas buscaban su fricción al mismo tiempo que sentía cómo cada poro de mi piel se sensibilizaba. Cada succión, cada lamida, cada beso, por más pequeño que fuera, me estaba haciendo gemir. Mi pobre respiración era un desastre.

Después de succionar por última vez mis pechos, los liberó con un ruido sonoro, se reincorporó en la cama y quedó de rodillas.

Mi cuerpo estaba recostado frente a él, con las piernas ligeramente entreabiertas. La tela de mi ropa interior estaba mojada por la excitación, mis pechos estaban marcados con pequeños chupetes rosados y tenía los labios entreabiertos por mi respiración irregular. Era un desastre frente a él, pero me miraba como si fuera lo más perfecto que había visto.

Me tomó de las piernas y bajó mis bragas con la mirada fija en mí. Me dejó completamente desnuda; ya nada cubría mi cuerpo. Empezó a hacer lo mismo con el suyo. Miré embelesada cómo se puso de pie y se quitó sus pants. Su erección se marcaba en su bóxer. La tela aprisionaba su liberación.

Me relamí los labios, ansiosa, no podía controlarlo. Lo había visto una infinidad de veces y, en lugar de perder el interés, me hacía querer más. Me hacía ansiar tenerlo entre mis manos, entre mis piernas, dentro de mí.

Mi corazón bombeó con fuerza en mi pecho y mis dedos viajaron de forma hipnótica hacia los laterales de su bóxer. Un tirón y su miembro se liberó frente a mi cara. Estaba erecto y goteaba líquido preseminal de la punta. Mi sexo palpitó ante la idea de tenerlo de nuevo dentro de mí. Su tamaño era sorprendente, y más sorprendente la manera en que lograba deslizarse dentro de mí y causarme placer en lugar de dolor.

Levanté la cara para verlo a los ojos y lamí lentamente la punta, limpiando el líquido que goteaba. El ligero sabor salado invadió mi paladar y un gemido ronco retumbó por toda la habitación.

Me relamí los labios, lista para volver a meterlo en mi boca, sin embargo, sus manos viajaron a mi cabello y me detuvo.

Fruncí el ceño, intrigada ante su acción, pero una sonrisita se pintó en mis labios cuando me extendió un condón.

—Pónmelo —ordenó.

Lo tomé, abrí con cuidado la punta del envoltorio y con más cuidado aún me encargué de colocárselo. Mis manos se movieron por lo ancho de su miembro, bajando y apretando durante el proceso para aumentar la excitación del momento.

Cuando terminé, me puse de rodillas para quedar a su altura, tomarlo de la mejilla y besarlo. El beso fue hambriento, su lengua se enredó en la mía mientras me tomaba de la cintura y me empujaba hacia atrás.

Mi cuerpo cayó sobre la cama y él se quedó sobre mí, sin dejar caer todo su peso. Se posicionó entre mis piernas y un pequeño escalofrío placentero retumbó en mi cuerpo deseoso.

Estaba tan lista como él. Y aunque él no había tenido ningún tipo de estimulación previa como yo, podía sentirlo igual. Eiden se inclinó para besarme. Esta vez fue suave, con una mano en mi mejilla, acariciándome con ternura, y con la otra tomando su miembro y llevándolo a mi entrada.

Jadeé sobre su boca al sentir cómo en lugar de entrar en un solo toque, frotó la zona, expandiendo mi entrada y después deslizándose por mis pliegues. Su glande golpeaba mi clítoris con cada movimiento.

Sentí la necesidad de sostenerme de algo, porque una ola de calor estaba subiendo por todo mi cuerpo. Me aferré a sus hombros, mis uñas se encajaron en su espalda cuando ajustó su miembro en mi entrada y movió su cadera para introducirse de lleno en mí.

—No pierdes la costumbre de encajarme las uñas —soltó entre dientes con una respiración entrecortada cuando comenzó a moverse dentro.

Negué con diversión. No, no lo hacía, desde la primera vez había adoptado esa costumbre, porque me gustaba sentir cómo me aferraba a él, sentir cómo su cuerpo se estremecía en el momento en que mis uñas se clavaban en su espalda y cómo poco a poco esa sensación de tenerlo se fusionaba con el placer del que él me estaba proveyendo.

—Y tú no pierdes la costumbre de acariciarme el muslo —le susurré en un jadeo cuando empujó sus caderas más profundo, hundiéndose más.

Él negó con diversión. Sus hoyuelos se marcaban sobre sus facciones tensas y placenteras cada que su pelvis golpeaba la mía.

—Sabes por qué.

—Lo sé —le aseguré—. Y me gusta que lo hagas.

Me gustaba todo lo que hacía, pero eso en especial me generaba algo no únicamente placentero. No sólo me excitaba la manera en que su mano se aferraba a mi muslo para tomarme, para clavarse más profundo y deslizarse cuando necesitaba más y más.

Era mucho más que eso y él lo sabía. Yo lo sabía.

Se me escapó un gemido hondo cuando se inclinó para tomar uno de mis pechos con su boca. Parecía que nunca iba a tener suficiente de ellos. Mi espalda se arqueó al sentir sus labios inundar mi piel, ya sensible por todos los estímulos anteriores. De nuevo, sentí su lengua paseando y jugueteando con mi pezón. Cada toque, cada roce, cada palabra y cada acción nublaban por completo mis sentidos.

Se sentía bien, cómo entraba y salía llenándome con su tamaño, y cómo sus manos se daban el tiempo de tocar y su boca de besar y succionar.

Yo tampoco me detuve, me aferré a él, hundiéndome y besando su cuello, succionando y tirando de su piel, robándole tantos gemidos como podía. La habitación estaba repleta de nuestros sonidos, de sus gemidos, de los míos, del choque piel contra piel.

Eiden me miró por unos segundos después de haberse desprendido de uno de mis pechos y con la voz cargada, pesada y ronca, habló:

—Tócate, cariño —tomó una de mis manos y sin ningún tipo de pudor, las guio hasta su boca para chupar dos de mis dedos y luego llevarlos hasta mi sexo—. Usa tus dedos mientras yo estoy dentro de ti.

Mierda, mierda. Sí. No me detuve a procesar sus palabras, mis dedos solitos, sin requerir ninguna petición u orden adicional, encontraron ese punto que estaba tan necesitado y comencé a frotarlo. Mis fluidos ya rebasaban esa zona.

Siempre que lo hacíamos, a Eiden le gustaba estimular ambas zonas, dentro y fuera. Pero en esta pose, era difícil para él, así que en ocasiones lo terminaba haciendo yo. Antes no me masturbaba mucho, si no es que nunca. El sentimiento de culpabilidad no me dejaba. Tuve que mitigar eso. Y aprender a descubrir mi propia sexualidad, sin ningún tapujos ni miedos. Así fue como me permití descubrir las formas en que yo misma podía complacerme.

Mis dedos comenzaron a encontrar el punto placentero sobre todo el ajetreo. Frotaba sin presionar, con calma y pequeños golpes.

Cuando sentí cómo unas contracciones rondaban por mi vientre, busqué sus labios con desesperación y lo besé, aspirando cada gemido y gruñido que amortiguaba en mis labios, mientras seguía arremetiendo con embestidas más consecutivas y duras. Sus dedos estaban clavados en mis muslos para poder aferrarse y obtener más, más de todo, más rápido, más duro, más intenso.

Dejé una mano en su hombro y de forma mecánica dejé de estimularme cuando mis dedos comenzaron a tambalearse y sentirse desesperados por la sensación de derrocamiento sobre mi vientre. Necesitaba las dos manos para sostenerme: estaba cabalgando en una ola de placer que me dejaba aturdida hasta el tope.

Me sostuve de su cuerpo con demasiada fuerza y mis piernas se cerraron alrededor de su cintura, contrayéndose. Yo misma me empujé contra su cuerpo, porque quería que cada encuentro entre nosotros fuera más intenso y profundo.

Lo escuché gruñir y sus embestidas se volvieron más llenadoras.

Dejó caer su frente en la mía con la respiración entrecortada. Se deslizaba hacia afuera en su totalidad y volvía a hundirse hasta la empuñadura. Cada estocada tocaba ese punto en mí que me estaba arrastrando hacia el orgasmo.

En ese momento, no pude más, mi espalda se arqueó y sentí cómo los músculos de mi vientre se contraían y calentaban en un cosquilleo que recorría y estremecía todo mi cuerpo mientras mis dedos se apretaban con fuerza en su espalda.

—Eiden... —jadeé y gemí su nombre al sentir el orgasmo arrasando con mi cuerpo con tanta fuerza que no pude emitir ningún otro sonido más.

Él se clavó una última vez, profundo e intenso, y gimió mi nombre cuando alcanzó el orgasmo en un pequeño estremecimiento que me hizo sentir cómo un placer rápido me recorría de nuevo.

Nos quedamos todavía unos segundos con la respiración descontrolada, así, en esa pose. Él encima de mí, sin salir, mientras me contemplaba, acariciando mi mejilla y besándome todo el rostro, y yo debajo.

—Te amo, cariño —susurró tras dejar un pequeño beso en mi frente, que me hizo sonreír.

—Te amo, cariño —respondí, besando su mejilla.

Cerré los ojos unos segundos, relamiéndome los labios y pasando mi mano por su pecho, permitiéndole a mi cuerpo relajarse y bajar de la euforia del orgasmo. No había nada como verlo así, después de su propio éxtasis, cerrando y abriendo los ojos para mantenerse estable, con los labios entreabiertos, con la respiración irregular, con su pecho sobre el mío, con su calor cubriendo mi cuerpo, que estaba igual o peor que el suyo.

Subí la mirada para encontrarme con la de Eiden, que me estaba viendo, y no pude evitar sonreír cuando coloqué mi mano justo a la altura de su corazón, donde tenía un tatuaje que se había hecho hacía unos meses. *Una luna menguante con tres rasguños.*

Tenía dos significados. El que les contaba a todos: que era una representación suya de lo que había pasado y lo que había dejado atrás. Una luna nunca deja de brillar a pesar de todo. A pesar de la inmensidad de la oscuridad en la que se encuentre, sigue brillando. Aun cuando ha sido herida, como él, sigue brillando.

Y el segundo significado, aquel que conocíamos sólo nosotros dos. En nuestra primera vez, estuve arriba y mis manos necesitaron aferrarse a algo cuando lo sentí entrar, así que sí, mis uñas se encajaron en su pecho, dejando tres rasguños. Dijo que era una marca de que era mío.

Deslicé mi mano justo debajo de ese tatuaje y acaricié las letras que marcaban su piel con mi indiscutible caligrafía en tinta negra: *De Allison Hallen.* Yo también tenía tatuado *De Eiden Blaken* con su propia caligrafía debajo de mi clavícula. Ambos nos pertenecíamos, en cuerpo y alma. No había duda de eso.

Aparte de esos tatuajes, también se había hecho otro, al igual que yo. Sí, en ambas ocasiones casi vomité de los nervios por mi temor a las agujas, pero hice mi mejor esfuerzo y ahora también compartía un tatuaje con Eiden, Aaron y Samantha. Teníamos tatuada en la nuca la constelación de la Osa Mayor, encapsulando una luna, con una estrella y los rayos de un sol, mientras un gatito la tocaba. Fue idea de Aaron. Él mismo hizo el diseño.

Nunca le dimos un significado verbal, supongo que para cada uno significaba algo distinto. Para mí, era la representación de cómo logré encontrar un espacio con ellos, cómo encontré paz en personas que no llevaban mi sangre, pero sí estaban guardados e incrustados en mi corazón.

Cuando sentí que recuperaba un poco el aliento, deslicé mis manos a su espalda y comencé a acariciarlo ahí. Sentí los bordes de sus cicatrices ondular por mis dedos y lo miré a los ojos.

Al principio había descubierto que no le gustaba que tocaran sus cicatrices, por lo menos no de forma directa, no cuando el único objetivo era ése. Y lo entendía: el simple hecho de que miraran las mías me hacía querer encogerme y taparlas.

Cuando Jess, Nathan, Aaron y Samantha vieron por primera vez las cicatrices de mis muñecas, hicieron lo que todos harían: mirarlas por unos segundos, curiosos, y luego apartar la vista para que no me diera cuenta. Nunca preguntaron, pero estaba segura de que ellos sabían cómo habían llegado ahí.

Eran, para mí, una mirada directa al pasado. Ahí estaban, como testigos vivientes. No se iban. Y yo ya no quería seguir ocultándolas. Me desprendí del miedo de mostrarlas, me permití la libertad de que otros supieran que algo en mí, en algún momento, había llegado a su punto de quiebre, pero que había tenido la fuerza para mantenerme en pie hasta el final y que era una persona que había sobrevivido a pesar de todo.

Poco a poco, Eiden me permitió tocar sus cicatrices sin ningún tipo de reacción negativa. Nunca me dijo que no lo hiciera, sin embargo, su cuerpo se tensaba por segundos cuando lo tocaba para después reaccionar a mi presencia y tranquilizarse. Era el mismo proceso, sólo que cada uno lo vivía a su manera. Ese miedo helado de dejar que alguien intimara con ellas. Una mirada curiosa. Un tacto, una caricia.

Los dos teníamos tantas cicatrices en el cuerpo. Representaban tantas cosas que habíamos pasado desde hacía años. Todo el sufrimiento que había desembocado en nuestras pieles.

Nuestros cuerpos eran un testigo viviente de aquello.

Teníamos muchas marcas de batallas superadas; muchas cicatrices que, cuando las mirábamos, nos recordaban todo.

Mis muñecas, mi espalda, su espalda lastimada.

A veces podía recordar lo que era sentir ese dolor, la herida en carne viva y el sentimiento de su presencia en mí. Sin embargo, cuando miraba las cicatrices y pasaba mis dedos sobre ellas, veía que sólo era mi piel. No había profundidad. No había dolor. No había más que una piel que se esforzó en sanar y lo hizo, pero que jamás olvidó lo que había en el fondo y decidió dejar algo ahí como recordatorio.

Me recordaban lo que había pasado, pero también que había logrado avanzar.

Me recordaban todo el camino doloroso que había recorrido para estar ahora en uno mejor.

Me recordaban que, a pesar de todo, seguía de pie.

Las cicatrices que tenía en el alma formaban parte de quien era y las cicatrices que llevaba en la piel formaban parte de quien fui.

Con el tiempo, dejé de querer taparlas cuando me di cuenta de que no había nada que tapar. Fuera como fuera, las tenía y no se iban a ir. Eran mías. Me pertenecían. Era mi piel.

Ya no había más dolor. Ya no había nada que temer.

Eiden sonrió, me quitó un mechón de cabello de la mejilla que se me había pegado por el sudor y lentamente se deslizó fuera de mí. La sensación de abandono repercutió en mi sexo y palpitó todavía con pequeños residuos de mi orgasmo.

Me sentía en esa cima que tanto había querido alcanzar, que me había llevado hasta el tope y que ahora iba bajando lentamente. Las emociones después del sexo eran tan fuertes que, tras el subidón de energía que habíamos tenido, existía una pequeña descarga que necesitábamos calmar.

Era ese momento de tranquilidad que necesitábamos, esa necesidad de calmar todo lo que nuestros cuerpos habían hecho. Era gratificante, placentero y pacífico. Me sentía llena, sin el miedo a desbordarme.

Eiden se sentó a mi lado, se retiró el condón y lo depositó en el bote de basura que había al lado de la cama. Se volvió a acostar y pasó un brazo debajo de mi cabeza para tomarme de los hombros y pegarme a su cuerpo.

Me sentía cansada de una forma placentera. Era como una adicta al ejercicio que disfrutaba del dolor que le dejaba el trabajar su cuerpo por horas. No entendía cómo existían personas a quienes les gustaba eso, pero bueno, no podía opinar. No había levantado ni una pesa de dos kilos en toda mi vida.

Me acurruqué contra su cuerpo, colocando mi cabeza en su pecho, y él descansó su mano en mis hombros, acariciando mi piel como si quisiera darme tranquilidad. Mis manos se movieron sobre su pecho y mis nudillos se pasearon por su piel suave. Repasé sus tatuajes con los dedos, los relieves de sus músculos, y cerré los ojos cuando besó la coronilla de mi cabeza y dejó su respiración en ese punto.

Nos quedamos en esa posición por minutos, hasta que comencé a sentir algo en mi estómago.

—¿Eiden? —rompí el silencio, con la voz bajita.

—¿Mmm?

—No comimos.

—Tienes hambre, ¿cierto? —dijo con diversión.

Asentí contra su pecho y él soltó una risa divertida. Su corazón estaba latiendo contra mi oído y lamenté que mi estómago no soportara un poco más, porque ese sonido era mi favorito y no quería dejar de escucharlo.

—Ahora vuelvo.

Se separó de mí y salió de la cama. No llevaba nada de ropa, así que me deleité con la imagen de su cuerpo desnudo. A los minutos volvió haciendo malabares con cuatro platos de comida. Fruncí un poco el ceño, pero cuando vi a Minni y a Copito entrar por la puerta detrás de él, sonreí.

—Mira quiénes tuvieron la decencia de aparecer —dijo, dejando dos platos en el suelo—. Se desaparecen todo el día y vuelven en la noche a comer, como si esto fuera un hotel.

Me reí por el tono indignado que usó. Sólo él se podía indignar porque dos gatos no volvieran cuando él quisiera.

—No te rías —me reprendió—. Los malcrías. Hacen lo que quieren. Vuelven a la hora que quieren, no duermen si no les pones su manta en su cama y luego se la pasan por toda la casa gruñendo cuando andan de mal humor.

—Son gatos, cariño.

—Gatos malcriados. La culpa es de Copito, Minni no era así.

Enarqué una ceja con ironía.

Hacía tres meses, el dueño de Copito había fallecido. Como dije, era un señor de pocas amistades, un tanto gruñón, aunque si lo tratabas un poco más, te dabas cuenta de que era un señor lindo. Tenía a Copito desde hacía cinco años y era su único compañero. Sólo habíamos hablado con él un par de veces cuando buscábamos a Minni porque se había desaparecido. Siempre regresaba, pero a Eiden le preocupaba si tardaba en hacerlo y sabía que se iba a la casa del vecino.

En una de esas ocasiones, nos invitó a pasar. Bueno, no, Eiden insistió en entrar a comprobar que Minni no estuviera. El señor sólo nos miró con mala cara desde su mecedora. No nos agarró a bastonazos porque dijo, explícitamente, que no quería dañar su bastón.

Lo curioso fue lo que pasó antes de irnos. Nos dijo que, si un día le pasaba algo, más nos valía cuidar de su gato. Murió una semana después por un infarto al corazón.

El primer mes después de su muerte, Copito aún iba a su casa a dormir, después dejó de hacerlo con menos frecuencia, se acostumbró a nuestra casa y nuestra presencia. Eiden y yo lo cuidábamos, compramos una camita para que durmiera al lado de Minni, aunque a veces le gustaba acurrucarse a su lado o en ocasiones se acostaba en la cama, a nuestros pies. Por suerte, su ceguera era tratable y ya habíamos comenzado a ir al veterinario para prepararlo para una operación que pudiera permitirle ver de nuevo.

—No están malcriados. Ellos también necesitan su espacio. Están en su etapa rebelde. Déjalos.

—Bueno —se encogió de hombros con una mueca nada divertida—. Pues que su *espacio* les compre su comida y sus cosas.

Me reí y me lanzó una mirada fulminante.

—Ya, cariño —extendí una mano hacia él—. Mejor vamos a comer. Tengo hambre.

Mi estómago ya rugía.

Eiden me tendió el plato con mis macarrones y se sentó a mi lado.

—¿Los calentaste? —el tazón se sentía un poco caliente; con el tiempo que había transcurrido era imposible que se mantuviera a esa temperatura.

—Sí. Si calientes se ven del asco, fríos se ven peores.

Puse los ojos en blanco, metiendo una cucharada a mi boca.

—Pues saben deliciosos —lo apunté con mi cuchara—. Fríos y calientes.

—Eso pasa porque yo los hice.

—Claro, claro. ¿No quieres probarlos? Si tú los hiciste, deberías probarlos.

Nunca había podido hacer que los probara. Incluso llegué a pensar en ponérmelos en las tetas, pero no lo hice, por respeto a mis tetas.

Negó con la cabeza y le dio una mordida a su sándwich.

—Estoy bien con mis sándwiches en forma de triángulos, y no de gusanos.

—¡Es que ni siquiera los has probado! Si los probaras, cambiarías de opinión.

—No voy a meter algo asqueroso en mi boca —hizo un gesto de asco—. Sólo con verlos quiero vomitar.

—Agg —bufé—. Algún día haré que los pruebes.

—Algún día entenderás que eso está horrible y no seguirás comiéndolo.

Con una expresión de fastidio, metí otra cuchara de macarrones en mi boca. Podía convencerlo de hacer lo que fuera. Un día incluso lo hice bailar bachata en una pequeña pijamada que había organizado Samantha en su casa con todos los chicos. Pero que probara los macarrones parecía una tarea realmente difícil.

—No sabes de buena comida —lo miré con los ojos entrecerrados—. Tu comida favorita es la pizza. ¡Eso no puede ni siquiera llamarse comida!

—A más de la mitad de la población le gusta —resopló, divertido—. Y a ti te gusta.

—Pero no es mi comida favorita. No es saludable.

—Uy, habló la chica cuya comida favorita viene en una bolsa de plástico y una caja de cartón.

Negué con la cabeza, divertida. Sí, vale, no era la comida más saludable del mundo, pero no estaba llena de grasa ni te podía provocar un paro cardiaco.

—¿Te das cuenta de que vamos a vivir de eso, de comida instantánea? Ninguno sabe cocinar.

Hasta ahora comíamos ese tipo de comida o la comida que hacía Samantha, porque le gustaba cocinar y usarnos para que probáramos sus recetas. Y es que la verdad cocinaba muy bien.

Mi papá y yo a veces intentábamos cocinar un poco, pero, aun un año después, seguía siendo un desastre nuestra comida. Mejor comprábamos a domicilio. Pero viviendo ya juntos, Eiden y yo, en nuestro apartamento, no tendríamos a Samantha. Ninguno de los dos sabíamos cocinar buena comida, seríamos un desastre en una cocina. Y lo hemos sido varias veces, sólo que ahora no quemaría la estufa de papá, sino la nuestra.

Eiden se encogió de hombros, restándole importancia.

—Ya nos las apañaremos. Podemos comer muuucha pizza.

—Nos vas a matar —me reí.

—Pero moriremos felices.

—No, definitivamente no viviremos de pizza.

—Bueeeno —dijo, abatido—, tendré que aprender a cocinar. Samantha dice que puedes aprender mucho viendo tutoriales.

Esbocé una sonrisa.

—Nos dijo lo mismo entonces. Sólo que a mí para hacer galletitas.

Hacía unos meses le pregunté cómo hacer postres, me explicó algunas cosas, pero me dijo que con tutoriales bien explicados podía aprender más. Y es que la verdad se desesperaba un poquito explicando, porque se revolvía mucho.

—Yo aprendo a hacer postres y tú comidas —dije con una pequeña felicidad al saber que realmente estábamos yendo hacia ese camino.

Por fin íbamos a vivir juntos. Bueno, técnicamente pasábamos casi todo el tiempo juntos en nuestras habitaciones, pero esto sería más completo. Iba a ser nuestro apartamento, íbamos a tener nuestra habitación, nuestra cama, nuestra ducha, nuestra cocina, nuestra sala. Todo iba a ser de él y mío. Nuestro.

Estábamos dando un paso que se sentía como comenzar a formar algo mucho más sólido.

—Entonces, problema resuelto —dijo, ofreciéndome una sonrisa—. Tenemos nuestra vida arreglada de aquí hasta que nos hagamos viejitos.

—Perfecto —sonreí ampliamente y elevé una mano, colocándola cerca de él—. Dame esos cinco, mi futuro cocinero.

La diversión cruzó su rostro cuando vio mi mano levantada frente a él.

—¿Cuál dame cinco? —me tomó de la mano, tirándome hacia él—. Ven aquí.

Con una sonrisita, me acercó a sus labios para darme un beso. El beso fue suave e íntimo, no hubo ningún tipo de manoseo o insinuación. Sólo se mantuvo así hasta que se separó de mí, dejando un beso corto al final.

—Eso está mejor —me dio un golpecito en la nariz—. Ahora sigue comiendo, que ya te malpasaste lo suficiente.

Después de eso, seguimos comiendo. Intenté hacer que probara los macarrones como cada día que comíamos juntos, pero, como siempre, fue un completo fiasco. Incluso le dije que probara un macarrón solo o nada más el queso, pero se rehusó; era caso perdido, debería de darlo en adopción.

Cuando terminamos de comer, nos alistamos para meternos a dormir. Me puse la pijama, unos pantaloncillos cortos y una blusa de tirantes. Eiden dormía en bóxer. Siempre dormía así, aunque hiciera un frío horrible. Únicamente se arropaba y ya. Yo no podía. Me cargaba de tres suéteres para poder soportar un poco todo el frío.

Bostecé y me metí a la cama, tirándome encima de Eiden, que ya estaba recostado. Me sentía exhausta, eran pasadas las diez de la noche. Tenía un sueño un poco desequilibrado: podía dormirme muy noche algunos días, pero otros, ya estaba dando cabezazos a las nueve.

Minni y Copito siguieron mis pasos y se metieron en la cama de un salto, acomodándose a nuestros pies.

—Tengo mucho sueño —me apretujé contra Eiden, contenta de que él fuera tan manso y entendiera lo que quería con simples movimientos.

Así que no tuve que esperar mucho después de que moviera mi cabeza sobre su pecho, como si fuera un gatito frotándose, para que enredara su mano en mi cabello y acariciara mi cuero cabelludo, dándome un pequeño masaje.

Sin poder dejar de sonreír, comencé a trazar circulitos sobre su pecho. Me sentía llena de emociones. Era nuestro último día aquí, nuestra última noche. Vendríamos de nuevo, lo sabía. Pero el pequeño dolor en mi pecho al saber que ya no sería cada fin de semana, como habíamos acostumbrado, estaba dejando una muesca en mi corazón.

Extrañaría aquí, pero debía verlo como un paso más hacia delante.

Todo seguía avanzando. Estaba bien con eso. Muy bien. Ya no quería ver hacia atrás nunca más, no quería ver todo lo malo. Más bien, quería ver todo lo bueno que tenía enfrente.

Mis ojos comenzaron a pesar y mis dedos bajaron la velocidad. Aún podía sentir las caricias de Eiden, cada vez un poco más lentas, más suaves y pausadas.

Delimité cada músculo de su pecho y recorrí la tinta negra de sus tatuajes y el par de cicatrices que tenía. Cuando finalmente sentí que el sueño ya estaba por dominarme, levanté la cabeza y deposité un beso en su mejilla, el cual él me correspondió.

Era el *gracias* silencioso que ambos habíamos adquirido como costumbre. No había palabras, sólo una acción, un beso.

Gracias por estar para mí.
Gracias por seguir a mi lado.
Gracias por amarme.
Gracias por permitirme amarte.
Gracias por hacerme feliz.
Gracias por todo.

❥ Tatuaje que comparten Eiden, Allison, Aaron y Samantha:

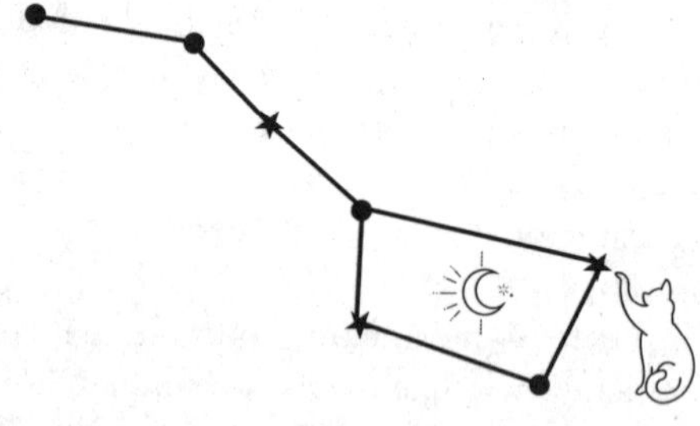

Epílogo I

Promesas

—Te espero afuera, cariño.

Mis labios esbozaron una sonrisa ante las palabras de Eiden. Su tono de voz calmado y apacible fue como un pequeño consuelo para mi pecho. Tenía muchas emociones nuevas martillándome el corazón.

Hoy era el día.

Eiden y yo nos mudaríamos a *nuestro* apartamento. Comenzaríamos una nueva etapa juntos, sólo él y yo.

Una etapa que, sabía, no tendría fin, sólo evolución. No había manera de que, después de esto, tomáramos un camino distinto. No lo queríamos, no podíamos. No sentíamos que pudiéramos funcionar bien sin el otro, éramos como una obra maquilada y diseñada para operar en sincronía.

Aunque, claramente, eso significaba que dejaríamos Linston.

La primera parte del plan me ilusionaba muchísimo, sin embargo, la segunda me ponía triste, porque sin saber cuándo o exactamente cómo, había desarrollado un cariño incondicional por este pueblo y, en especial, por las personas.

—Está bien, cariño —sonreí y me puse de puntitas para darle un beso rápido en los labios.

Quise pegarme un poco más a él, abrazarlo, que su calor apaciguara el pequeño dolor que estaba surgiendo en mi pecho, pero el momento no era el adecuado. Papá estaba a unos pasos y las manos de Eiden estaban ocupadas con Minni, que, al igual que yo, parecía no querer dejar esta casa.

Eiden tuvo que cargarla porque, por su propio pie, ella no quería salir.

Cuando me separé de sus labios, asentí con la cabeza, porque lo conocía y me estaba lanzando esa mirada dudosa, que reflejaba inseguridad ante mis emociones. Quería estar seguro de que no iba a necesitar un empujoncito para seguir adelante con nuestros planes o tal vez un pilar para no quebrarme tanto. Él sabía que odiaba las despedidas, los cambios y que, en este tiempo, con todo lo que había cambiado en mi relación con papá, me iba a doler dejarlo.

Su vista se desplazó lentamente por mi rostro y cuando se sintió seguro, me dio un último beso corto en los labios y salió por la puerta.

Sólo nos quedamos papá y yo. Las paredes color beige del pasillo cercano a la puerta principal de nuestra casa nos rodeaban con su calidez, en gran medida proporcionada por los leves rayos de luz que se filtraban hacia el interior. El aroma hogareño y familiar inundaba el espacio.

Hacía unos momentos, Eiden y yo habíamos pasado unos minutos en mi habitación para cerciorarnos de que no estaba dejando nada y también para volver a sacar a Minni, que se había ido a esconder ahí, sin embargo, la hora ya estaba llegando y el siguiente paso me estaba pisando los talones.

El duro momento de seguir avanzando. Dejar cosas atrás. Despedirse de lugares, de personas. De la casa que en dos años logró brindarme más calidez que aquella en la que viví por más de dieciocho. De personas que lograron quedarse en mi corazón y calentarlo con su presencia.

Tantos momentos, recuerdos, tantas cosas que era momento de no llevar como un recuerdo presente en la vida, sino en el alma.

Papá estaba en la puerta de la casa, listo para la despedida. Su rostro no era el más expresivo, pero su mirada estaba triste.

Pasamos la mañana juntos, hablamos de tantas cosas, pero creo que una parte de nosotros aceptó el hecho hasta ese momento. Las proyecciones de emociones a futuro jamás se igualan a las momentáneas, a cuando recibes su impacto y, por más que te sientas preparada, todavía son capaces de cimbrarte.

Y aunque sabía que no había quedado mucho que decir, nunca estaba de más recordar esas cosas que nunca quería que se olvidaran. Papá era experto en eso, en siempre recordarme aquello que él creía que iba a olvidar.

No supe cómo hacerlo. Cómo despedirme de él. Así que únicamente actué como el momento me lo pidió. Acorté la distancia y lo abracé. Su cuerpo se sintió cálido y reconfortante cuando sus brazos me rodearon y mi cabeza se hundió en su pecho, capturando su aroma.

No quería llorar, pero no pude evitarlo.

Sorbí por mi nariz y las lágrimas agolparon mis ojos mientras yo seguía intentando controlar mis sentimientos, lo cual resultó absolutamente catastrófico. Me dolían los brazos de lo fuerte que lo estrechaba; despedirme me estaba costando demasiado trabajo.

Me sentí como si hubiera retrocedido diez años, a cuando él comenzó a trabajar mucho y yo ya estaba resintiendo su ausencia. Me abrazaba a sus piernas con tanta fuerza para que no se fuera que creía que en algún momento lo iba a romper, sin saber que quien se estaba rompiendo era yo.

—Te quiero, mi niña —me estrechó contra él, besando la coronilla de mi cabeza—. Cuídate. No hagas nada que no debas. Y recuerda que me tienes aquí para cualquier cosa. Sólo llámame, o ven, o si quieres, yo puedo ir. Aquí voy a estar para ti.

Asentí contra su pecho sin soltarlo. El maremoto de emociones que estaba sintiendo me estaban lastimando mucho. No podía creer que debía dejarlo. No estaba resultando tan fácil como pensé que sería, aunque, siendo sincera, yo ya sabía que no lo sería, sólo que creí que podría controlar un poco mejor las cosas. *Me equivoqué.* Por más que su ausencia me marcó durante un tiempo, recuperarlo fue una de las mejores cosas de mi vida. Me consolaba pensar que esta distancia sólo era física, aunque no sabía si sería menos dolorosa o no. Esperaba que sí.

Respiré de nuevo de forma ruidosa y me separé de él, viéndolo a los ojos. Eran iguales a los míos, negros. Una ventana hacia mí misma. Siempre agradecí parecerme más a papá que a Tara. No sólo físicamente, sino de forma de ser. Tal vez fue porque desde niña conviví más con él y aprendí mucho, mientras pude. Papá se preocupaba por todos: por mí, por mamá, por Hellen, por mis abuelos, a su manera, pero lo hacía.

Limpié las lágrimas traicioneras que se habían escabullido por mis mejillas y abrí la boca, sin embargo, la volví a cerrar cuando el aire se me atoró en la garganta. Se me estaba formando un nudo, ya sentía la ligera quemazón.

Papá esperó pacientemente por mis palabras. Apretó mi hombro en un pequeño gesto de fortaleza y yo asentí con la cabeza para mí misma.

Era un paso al frente, no hacia atrás. Lo sabía.

Volví a respirar y sostuve el aire en mis pulmones para luego soltarlo con fuerza.

—Te quiero, papá —le dije con una ligera sonrisa. Era triste, sin embargo, representaba algo más. Un poco de felicidad, una que no estaba sintiendo en ese preciso momento, pero que sabía que sentiría después. Quería que él lo supiera.

—Yo también, Allison. Te quiero. Y sabes que, a pesar de que no fui el mejor padre y te hice mucha falta cuando más me necesitabas, siempre voy a estar para ti.

—Lo sé, papá —volví a abrazarlo; necesitaba sentir el confort de su presencia—. Graci... Gracias por volver a intentarlo. Por no dejarme, como Tara.

Me quise maldecir internamente por haber mencionado a Tara, ya no merecía ni que su nombre saliera de mis labios, pero estaba aturdida por tantas emociones que no pude controlar nada. Papá pareció percatarse de mi malestar ante ese nombre y me apretó con más fuerza.

—Gracias por dejarme volver a entrar en tu vida, mi niña.

Sollocé con más fuerza, mi pecho se comprimió por el dolor de sus palabras.

—Te voy a extrañar mucho.

Creo que la forma tan fuerte en que lo abrazaba decía más que mil palabras; además sentía que, si lo apretaba con suficiente fuerza, me iba a llevar un pedacito de él y esto no iba a doler tanto.

—Aquí voy a estar —me acarició el pelo con calma—. Sólo necesitas llamarme. Siempre voy a estar para ti.

Me limpié las lágrimas; me sentía abatida con todo esto.

—Voy a llamarte todos los fines de semana, y si no contestas, me voy a enojar —lo amenacé con cierta diversión—. Y debes de contestar los mensajes con un sticker también, porque luego tus respuestas son muy secas y pienso que estás enojado.

Soltó una pequeña risa suave.

—No te preocupes, así lo haré.

—Está bien —asentí con la cabeza—. Te quiero, papá.

—Te quiero —me dejó un último beso en la frente—. No lo olvides nunca.

—Nunca —repetí. Nunca lo iba a olvidar.

Me quedé en silencio un momento, estaba dando pasitos de bebé en esto. Hacía una hora, cuando metí mis últimas cosas al coche de Eiden, pensé que ya todo sería más fácil, pero me faltaban las verdaderas despedidas.

No era como si se estuviera muriendo alguien, sin embargo, sabía que era un jodido desprendimiento definitivo. No iba a volver a vivir con papá, nunca más. Jess y Nathan representaban mis amistades de adolescencia. Eran mis mejores amigos. Los estaba dejando atrás. Metafóricamente, claro, porque iban a seguir siendo mis amigos, pero en teoría no iba a ser como antes.

Mis pulmones volvieron a alimentarse de aire, y lo retuve con fuerza cuando papá se acercó al pomo de la puerta y lo giró. La imagen del exterior casi me hizo retroceder y volver a llorar abrazada a papá.

Malditas despedidas.

Pero, a pesar de eso, con todas las fuerzas del mundo, salí. Eiden estaba recargado en su coche, que estaba estacionado frente a la casa. Aaron y Samantha se encontraban a su lado. Y al lado de ellos, Nathan y Jess con Didi, su perrito chihuahueño.

Papá me dio un empujoncito en la espalda al ver que tardaba en salir.

—Odio las despedidas.

—Yo también —respondió—. Pero sé que vas con alguien que te quiere y te va a cuidar. Así que eso me consuela.

La relación de papá y Eiden era buena. Aunque al principio fue todo lo contrario, porque no lo conoció de la mejor manera. Lo encontró en mi habitación sin camisa junto a Aaron, que tenía un condón en la mano, y yo estaba toda desarreglada. No supe cómo explicarle las cosas o, más bien, no había manera decente de decirle que Eiden y yo queríamos intentar hacerlo y no teníamos condones, y que Aaron llegó justo en el momento, de chismoso, a ayudarnos a buscar uno.

Eso fue antes de que Eiden se fuera por esos meses en que estuvimos separados.

Después de eso, papá y Eiden convivieron, y ahora se llevaban bien. Incluso con Aaron y Samantha. A veces cenábamos todos juntos.

Sonreí temerosa cuando llegué al final de nuestro patio y Jess y Nathan se acercaron.

Casi me caí hacia atrás cuando Jess se abalanzó hacia mí y me estrechó con todas sus fuerzas. Le correspondí el abrazo, mi corazón latía con fuerza y mis manos la estrujaron. También le quería quitar un pedacito para llevarlo conmigo.

—Te voy a extrañar, Allis —sollozó, separándose y limpiándose la nariz, dejándola roja—. Tienes que contestar todos nuestros mensajes en el grupo. Y en privado, cuando Nathan ande de metiche. Voy a llamarte mucho, y si no contestas, voy a llamar a Eiden para asegurarme de que estés bien.

—Voy a contestar, no tienes que preocuparte —hice una pausa y, a pesar de su semblante lloroso, su mirada de desconfianza me hizo agregar con firmeza—: Todos, todos los mensajes, juro no dejar ni uno sin contestar.

—Ni uno —advirtió.

—Ni uno —aseguré.

—Incluso si estás dormida, debes de contestar.

—Pero...

—Allison...

—Bien, bien —levanté las manos en señal de rendición—. Incluso si estoy dormida voy a contestar.

—Me voy a enojar si no lo haces —me miró con sus ojos tristes—. Y cuídate mucho, por favor.

—Lo haré, pero júrame que tú también lo harás —le pedí—. Tú y Didi, cuídense mucho.

Ella sonrió y se llevó una mano al pecho.

—Lo juro.

—Espero que lo cumplas —le advertí y volví a abrazarla—. Gracias por permitirme ser tu amiga.

—Gracias a ti, por dejarnos entrar en tu pequeña fortaleza.

Me reí de eso, *mi pequeña fortaleza.* No era muy sociable, con Jess y Nathan fue fácil porque ellos sólo llegaron y se plantaron en mi vida, pero era evidente que con las demás personas era una muralla de silencios y de no saber qué decir. Además, no daba mi confianza tan fácilmente a desconocidos. Ahora prefería mi pequeño mundo, a esas personas que, de una u otra manera, el destino había puesto en mi camino y me hacían sentir segura.

Cuando Jess se hizo a un lado y Nathan se paró frente a mí, noté que no le salían las palabras, como si por primera vez desde que lo había conocido no supiera qué decir exactamente.

Me dedicó una media sonrisa; se notaba que éste no era su campo de batalla preferido.

—Sabes que, por cualquier cosa, voy a estar ahí, ¿verdad?

Asentí con la cabeza. Verlo sin tantas palabras y con una sonrisa abatida me dejaba un sabor amargo.

—Sólo llámame si necesitas algo —me dijo.

Asentí de nuevo, y como noté que estaba sobrepensando si hacerlo o no, di el siguiente paso y lo abracé. Me correspondió al instante.

—Cuídate —le dije—. Llámame para cualquier cosa. Estoy a una llamada.

Se rio suavemente.

—Cuídate mucho tú también.

Cuando vi su rostro, una pequeña lágrima se deslizaba por su mejilla. La apartó rápidamente.

—Los quiero, chicos —puse mucho esfuerzo en que mi voz se escuchara clara y no quebrada—. Los voy a extrañar. No hagan nada estúpido, porque ya no voy a poder estar cerca para recordarles que probablemente es ilegal o dañino.

Se rieron.

—Haremos el intento.

—Eso espero.

Habíamos pasado la tarde juntos, pero ésta era la despedida definitiva. Ya no los vería como antes. Me había acostumbrado a tenerlos cerca todos los días. Ellos iban a estudiar en el mismo estado, así que vivirían juntos, serían compañeros de habitación, era yo la que me desviaba del camino.

—Vengan aquí —extendí mis brazos, necesitada de otro abrazo. Ellos me apachurraron cuando me sostuvieron—. Los quiero, cuídense, por favor.

—Cuídate mucho, Allison —me dijeron al unísono.

No dije nada; me separé con el dolor en el pecho. Tenía los ojos inundados en lágrimas y tuve que apartar unas cuantas para poder ver con claridad.

—Contesten ustedes también los mensajes y llamadas o los voy a bombardear con cientos de ellos.

—Tú eres la que tarda en contestar, nosotros siempre estamos ahí.

—Lo sé —sonreí—. Gracias por estar.

Me quedé frente a ellos por un momento y los miré con una sonrisa triste. Grabé su rostro y tuve que apretar los labios con fuerza cuando todos los recuerdos me invadieron. *Dos años.* Dos años cerca, durante los cuales llenaron un vacío con su amistad y me demostraron que no todos los amigos se apartan cuando ven un poco más allá de ti.

Era el momento, me despedí con un movimiento de cabeza y seguí caminando. Iba a ir con Eiden, pero antes de poder hacerlo, alguien me tomó del brazo y me apretujó.

—¿Qué? —parpadeé, perpleja—. Aaron... Nos vamos a seguir viendo. Vamos a vivir en el mismo edificio.

—Déjame formar parte de este drama.

—Ya, quítate —gruñó Eiden a nuestras espaldas.

Aaron me soltó y le enseñó el dedo de en medio a su hermano con una ligera sonrisa amarga.

Su ocurrencia me hizo poner los ojos en blanco con cierta diversión.

—Cuídala —la voz de papá sonó a mi lado. Supe que no me estaba hablando a mí, incluso antes de voltear a verlo. Tenía la mirada clavada en Eiden con el ceño serio y el dedo índice levantado en una pequeña amenaza—. Si no la cuidas, voy a ir hasta allá y no va a quedar nada de ti cuando vuelva con mi hija.

Papá nunca amenazaba a nadie, bueno, únicamente cuando estaba molesto, realmente molesto. Sabía que esta amenaza no era real; él no desconfiaba de Eiden, lo había dicho unos minutos atrás.

Eiden no contestó, así que lo miré y me encontré con el hecho de que tenía su atención puesta en mí. La cantidad de emociones que había en él eran innumerables. Su mirada decía mucho, tenía ese destello de amor y cariño que hacía que brillara. El azul de sus ojos a veces parecía aclararse un poco más y tener un destello muy cristalino.

No pude contener la necesidad de abrazarlo. Me deslicé a su lado y lo rodeé con mis brazos, sintiendo cómo una ligera calma atenuaba toda la tristeza que me había invadido minutos antes. Él me pegó a su pecho y besó mi frente con suavidad.

—Lo haré —me sonrió y volteó a ver a mi padre—. No se preocupe, yo me encargaré de que esté bien.

—Cuídate tú también, entonces.

Se dedicaron un asentimiento de cabeza y papá se acercó para darme un último beso en la frente. No tuve las fuerzas para dejar de abrazar a Eiden: sabía con certeza que, si volvía a abrazar a papá, reiniciaría la despedida y sería como volver a pasar el filo en una herida que recién estaba cerrándose.

Papá se alejó un poco y nos observó. Su semblante era serio; parecía intentar dominar lo que realmente sentía.

—¿Lista para irte? —Eiden depositó con cuidado una mano en mi mejilla, captando mi atención.

—Sí, pero despídete —moví la cabeza hacia Jess y Nathan, que seguían al lado del coche—. ¿O ya lo hiciste?

Conocía a Eiden casi como la palma de mi mano. No era muy bueno expresando sus sentimientos, no con alguien que no fuera Aaron, Samantha o yo. Le costaba tanto que prefería evitarlo. Tal vez Jess y Nathan no eran sus personas favoritas, pero había convivido con ellos. Y a veces, aunque él lo ocultara, los consideraba amigos.

Me lanzó una miradita indecisa, pensé que saldría con una buena contestación pesada para evadirlo, pero en lugar de eso se encogió de hombros con un bufido y fue hacia ellos.

Acá entre nosotros, todos sabemos que ese bufido fue para fingir que no quería hacerlo, cuando claramente sí quería, ¿cierto?

Solté una pequeña risa cuando Jess lo abrazó y Eiden se quedó quieto con los ojos bien abiertos. Nathan se la tuvo que quitar de encima, mientras ella hipeaba.

—¿Estás triste? —la voz de Aaron distrajo mi atención de los demás.

—No, bueno, sí, sólo... no me gustan las despedidas.

—¿Quieres que te dé un abrazo? —soltó felizmente, extendiendo sus brazos.

No me atreví a negárselo, la última vez que lo hice me vio feo durante toda la noche. El descarado estaba sudado y quería que lo abrazara. No, iug, no lo iba a hacer. Pero para él fue casi como si lo hubiera apuñalado por la espalda, hubiera tomado su corazón, lo hubiera troceado y puesto en un asador y después me lo hubiera comido.

—Vale, pero no me apri...

Agg. Chillé cuando me apretó contra su cuerpo y me levantó del suelo por la fuerza con que lo hizo.

—Me estás sacando la comida.

—Es un abrazo de oso —me dejó en el suelo, revolviendo mi cabello—. Cálmate, Mamá Oso.

—Déjala, te va a dar un golpe de Mamá Oso —Sam sonrió a su lado—. ¿Ya estás lista?

—Sí, me pone triste, pero estoy más que lista.

Me dedicó una pequeña sonrisa condescendiente. A su lado, Aaron bufó ruidosamente.

—No deberías de estar triste, me voy a mudar cerca. Vas a tener a tu persona favorita al lado de tu apartamento.

—Ayer dijiste que te ibas a meter a robar comida a nuestro apartamento cuando te diera flojera cocinar. Eso no me pone feliz.

—A mí tampoco me pone feliz robarme su comida —chasqueó la lengua en un mohín de disgusto—, porque ambos son pésimos cocineros, pero me conformo.

—¿Te olvidas de que vas a vivir conmigo? —Sam le dio un golpe en el brazo, muy ofendida—. Sé cocinar.

—Sí, pero a veces cocinas muy picoso, me dan agruras, y como me da flojera cocinar, esos días tendré que visitar a Mamá Oso para que me alimente.

—No tengo la culpa de que no comas picoso.

—Deberías cuidarme, pero como no te preocupas por mí —me señaló con un gesto—, Allison lo hará.

—Eiden va a ser el cocinero de la casa —advertí—, así que, si él te da de comer, adelante.

Aaron se me quedó mirando con una expresión de incredulidad.

—¿Eiden? —preguntó, parpadeando, y al final soltó un pequeño sonido de desaprobación—. Mejor como lo de Sam, gracias.

Me reí, negando con la cabeza. Qué juzgón era, estaba segura de que Eiden podía cocinar perfectamente.

—¿De qué hablan?

Hablando del cocinero.

—De nada —sonreí, adelantándome a Aaron, que ya iba muy decidido a soltar algo que no debía.

Por un momento había olvidado el sabor amargo que tenía en la boca y el pequeño dolor que sentía en el pecho. Aaron era muy bueno intentando aligerar los momentos tristes, siempre tenía algo divertido que decir para sacarte una sonrisa.

—¿Ahora sí nos vamos? —me preguntó Eiden.

—Claro —sonreí.

Noté que presionaba su mano en mi espalda baja para guiarme hasta el coche. Dejé que lo hiciera y, aunque traté de evitar mirar atrás, terminé volteando.

Papá me observaba con una pequeña sonrisa. Jess lloraba desconsoladamente y Nathan la abrazaba con una mueca casi igual de triste.

Era extraño cómo el mundo podía moverse en tan poco tiempo. Cómo, sin darte cuenta, logras superar una barrera que siempre tuviste delante, que años atrás para ti era casi imposible. Siendo absolutamente sincera, hacía tres años no podía imaginar un buen futuro para mi vida.

Pensaba que probablemente terminaría la preparatoria como terminé la secundaria, sin amigos, sin ganas de seguir y dando un paso al frente de otro, sólo porque el mundo se estaba moviendo y yo no podía detenerme porque me iba a aplastar, y con el sentimiento de aplastamiento que tenía en el alma ya era más que suficiente.

Probablemente, estudiaría una carrera, sería una profesional y sobreviviría el resto del tiempo fingiendo que estaba bien.

Sería seguir un patrón que no encontraba placentero, porque algo, algo en mí, estaba muy apagado como para tener la fuerza de levantarse. Cuando estás en un lugar gris, es imposible ver colores a futuro. Sólo estás engullida en esa sensación de soledad. Sin embargo, a veces al destino le gusta mostrar la salida y la luz en las condiciones más extrañas.

Una pequeña sonrisa se dibujó en mis labios en el momento en que levanté mi mano y me despedí. Ahora tenía amigos, un papá que aprendió de sus errores e intentó y logró remediarlos, y a una persona que se convirtió en mi pilar y en mi futuro.

Todos me devolvieron el gesto, y como si esto fuera el final de una película cliché, nos despedimos. A pesar de la tristeza que nos causaba separarnos, sonreímos, porque cada uno a su manera estaba avanzando en su nuevo camino.

Subí al coche y a los segundos lo hizo Eiden, dedicándome una pequeña sonrisa.

—¿Lista?

—Contigo siempre. ¿Y tú? ¿Listo?

—Contigo siempre, cariño.

Sonreímos y nos inclinamos para encontrarnos en un pequeño beso.

—Pero primero tenemos una parada más.

—¿A dónde vamos a ir? —le pregunté.

—No seas entrometida.

—¡Oye! No me llames así.

Le di un manotazo en el brazo y él se echó a reír mientras hacía rugir el motor del coche y lo ponía en marcha. Lancé una mirada rápida a los asientos traseros sólo para asegurarme de que Minni y Copito estaban ahí.

—Ya lo sabrás —añadió.

—¿Y Aaron y Sam? ¿También vendrán?

Ellos irían detrás de nosotros en su coche, pero al parecer me equivoqué, porque negó.

—Ellos se irán directo al hotel.

—Mmm. ¿Saben a dónde vamos?

Cuando vi que lo dudó, pegué un chillido.

—¡Ellos saben y no me quieres decir a mí! ¡Oye! ¡Soy tu esposa!

—Lo sabrás —me dijo con una sonrisita—. Paciencia.

—¿Cuándo? ¿Ahora?

—No, en unas tres o cuatro horas.

—Eso es mucho —hice una mueca—. ¿No me quieres decir ahora?

—No y no estés de chismosa.

—¡Técnicamente, esto es un secuestro! Me llevas a quién sabe dónde. ¿O por qué llegaríamos tarde?

Desvió su atención del camino por un segundo y me dedicó una sonrisita resplandeciente, haciendo lucir sus hoyuelos.

—Bueno, cariño, estás siendo oficialmente secuestrada.

—Pero... —parpadeé, perpleja.

—Pero como soy un secuestrador decente, te traje macarrones. Están en el tupper de arriba.

Me apresuré a tomar el tupper color verde que estaba sobre la guantera. Hice una mueca hacia los macarrones y luego hacia Eiden.

—Los acepto —mascullé—. Pero soy un rehén molesto, que quede claro.

—¿No puedes ser un rehén feliz? —dijo, divertido—. Prefiero a los rehenes felices, antes que a los molestos.

Negué, abriendo el tupper y tomando la cuchara que estaba dentro. Agg, había puesto una cuchara. Cuando veníamos en coche no ponía tenedores porque decía que me podía lastimar.

—Prefiero que no me secuestren —fruncí el entrecejo y le apunté con mi cuchara—, pero no todos tenemos lo que queremos.

Me crucé de brazos y, en mi plan más indignado y dramático posible, me quité el cinturón de seguridad y me di la vuelta hasta darle la espalda.

—Ponte el cinturón, cariño. Te vas a lastimar.

—No —mascullé.

—Allison...

—Rehén molesto, ¿recuerdas?

No dijo nada por unos segundos y yo me metí una cucharada de macarrones en la boca. Ya sabía lo que estaba pasando por su cabecita. Estaba cien por ciento seguro de que desistiría porque lo hacía sólo por drama y no era tan tonta como para arriesgarme todo el viaje, pero yo lo conocía también y...

—Está bien, está bien —dijo, dándose por vencido—. Estás desecuestrada, pero ponte el cinturón, por favor.

—Ya ves —me puse el cinturón—. Ahora, ¿a dónde vamos?

Sacudió la cabeza.

—Eso sí no te lo puedo decir.

—¡Eiden!

—Allison…

—Le estás pidiendo a alguien entrometido, chismoso y curioso que no haga exactamente lo que debe hacer en honor a su ser.

Puso los ojos en blanco y yo le clavé la mirada, cruzándome de brazos.

—Voy a enojarme —le advertí.

—No te vas a enojar.

—¿Quieres ver?

No contestó, estaba conteniendo la risa.

—Bueno, entonces sí quieres ver.

Esta vez no me quité el cinturón, pero dejé el tupper de macarrones en la guantera y me volteé hacia la ventana, mientras ponía mi peor cara. A ver quién aguantaba más sin hablarse.

Pasó un minuto y nada.

Pasaron dos minutos y Minni y Copito ya se habían acostado en mi regazo. Pero Eiden no decía nada.

Pasaron cinco minutos y sólo se había quejado de que Aaron venía manejando muy pegado a él.

Pasaron diez minutos y ya me estaba enojando de verdad porque no se estaba rindiendo.

Pasaron veinte, sí, VEINTE minutos y no había dicho nada.

Mordí mi labio inferior, muy molesta e indignada, ni siquiera Minni ronroneando iba a lograr que me controlara cuando me volteara...

—Al diablo —la voz de Eiden rebotó en mi cabeza y no pude entender nada antes de sentir cómo pegaba un frenazo y mi cuerpo se iba hacia delante bruscamente. Por fortuna, me detuvo el cinturón de seguridad.

—¿Qué...?

Las palabras se quedaron atascadas en mis labios y en los suyos cuando me tomó de la nuca, me atrajo hacia él y me besó. La sorpresa me hizo trastabillar y no poder seguirlo, aunque el impacto de su boca se suavizó en un beso lento de inmediato.

—Confía en mí, ¿vale? Te prometo que te va a gustar.

¿Quién era yo para negarme?

Asentí con la cabeza y él sonrió mientras dejaba pequeños besos en mis labios.

—Y ya no estés enojada.

—No estaba enojada y sí confío en ti. ¡Pero no me puedo quedar con la duda!

—Debes hacer el intento. Valdrá la pena.

—Está bien, por ti haré el intento —decreté, llevando una mano a mi pecho—. Lo juro, no lo prometo porque es seguro que voy a seguir insistiendo, pero ya no me voy a enojar cuando no me lo digas.

Dejó un beso en mi mejilla y me dio un toquecito en la nariz.

—Te amo, chica entrometida y dramática.

—Te amo, chico malhumorado y dramático.

Se volvió a inclinar hacia delante, listo para besarme de nuevo, pero un maullido lo interrumpió.

Bajé la vista y vi a Minni. Lo observaba con una mueca molesta. Sí, escucharon bien, yo sabía cuándo esa gatita caprichosa —porque aunque Eiden lo negara, la mimaba demasiado— estaba molesta.

—¿Qué? —le dijo Eiden con una ceja enarcada—. ¿Me puedes dejar besar a mi novia-esposa?

—*Miau.*

—Dice que te disculpes por casi hacer que se estrellara en el parabrisas por frenar tan rápido —hice una perfecta traducción.

—¿Todo eso dijo?

—*Miau.*

—Ah, y quiere que agregue que también debes de disculparte con Copito, pero que él no te lo va a pedir porque está intentando ser un buen yerno y no hacerte enojar.

Apenas terminé de decir lo de Copito, su sonrisa se desvaneció e hizo una mueca de sorpresa.

—¿Yerno? —soltó con los ojos bien abiertos—. Son amigos.

Puff. Amigos.

Me eché a reír a carcajadas. Habíamos esterilizado a Minni hacía varios meses por su salud, de lo contrario, ya sería más que evidente el estatus de su relación y Eiden no tendría ninguna duda. Él me miró, claramente sorprendido e indignado por mi risa.

—Eiden, se la pasan juntos todo el tiempo, así como tú y yo.

—Sí, pero tú y yo somos… —se quedó callado cuando se dio cuenta de lo que iba a decir. Sus ojos se abrieron como platos.

Me reí.

—¿En serio todo este tiempo has creído que son amigos?

—Sí, creí que… eran amigos, muy amigos —dijo, viéndolos con gesto serio, y después apuntó a Copito—. ¿Crees que estemos a tiempo de tirarlo por la ventana?

—¡No! —lo miré de mala gana.

Él tenía una mueca de incredulidad en la cara. Estaba analizando la situación con amargura.

—Es que se pasó mi opinión por el culo —me dijo, y luego volvió a ver a Minni—. Yo no te di permiso de tener novio.

—*Miau.*

—No me contestes así.

—*Miau.*

—Ohh, ohh —chisté, divertida—. Dice que ella no te dio permiso de tener esposa.

Omitamos el hecho de que yo era la aludida en cuestión. Era dramática, y a veces me gustaba ver el drama en primera fila y meter un poco de mi cosecha para agrandarlo. Sabía que Eiden estaba bromeando, sin embargo, era divertido ver cómo Minni sí le contestaba. Incluso sus maullidos sonaban un poco más golpeados y a la defensiva.

—Yo no te tengo que pedir permiso —le sentenció, ganándose otro maullido.

—Dice que ella tampoco.

Me reí de nuevo. Sentí mis mejillas calientes cuando Eiden bufó y lanzó las manos al aire.

—Está bien, haz lo que quieras, pero… —levantó el dedo índice de forma amenazante—. Copito, si veo a Minni triste, te desadopto.

—Oh, no —salí al rescate del atacado—. Copito no se va a desadoptar. Él es *nuestro* gato, al igual que Minni.

No, no. Minni llegó primero, sí, para Eiden incluso muchísimo antes que para mí, pero ahora teníamos a Copito y era *nuestro*. Nosotros nos estábamos haciendo cargo de él.

Eiden me miró, claramente ofendido por haber apoyado al gatito blanco que hasta el momento no había dicho nada. Él era más como yo, le gustaba tirarse en algún sitio y no levantarse a menos que fuera muy necesario. Era muy flojo.

—Genial, ahora yo debo ceder a un par de gatos enamorados —dijo en un tono irónico y resignado—. Bien, no vamos a desadoptar a nadie y ellos pueden vivir su romance gatuno.

¡Aleluya!

Aplaudí, contenta y entusiasmada. ¿Ven cómo no es tan difícil doblegar a un chico? Quería inclinarme y besarlo mucho, pero ¿por qué? ¿Porque había aceptado no desadoptar a Copito? ¿Porque había aceptado la relación gatuna de Minni y Copito? No, no era eso. Era porque lo amaba como no tenía ni una jodida manera de explicar. Y se veía tan guapo ahí, con su camisa negra y su chaqueta de cuero, con su mano recargada en mi muslo. Oh, ¿cuándo llegó su mano ahí? No lo sé, pero sus anillos y las marcadas venas de sus manos eran muy atractivos, y sus ojos eran la cosa más hermosa que había podido contemplar en mi vida.

Definitivamente, necesitaba despertar cada día de mi vida constatando cómo cada parte de él era una pieza de un rompecabezas que se había ajustado para unirse a una pieza mía y formar una obra final.

Estuve a punto de ceder a esa oleada de deseos y llenarlo de besos, pero Minni soltó un maullido y me hizo recordar algo. Me puse seria, tal como lo ameritaba el momento.

Apunté hacia Minni con mi cabeza y le dije:

—Ahora debes disculparte con Minni por casi arrojarla contra el parabrisas.

Eiden no hizo ningún reproche y se inclinó para acariciar su cabeza, ganándose un ronroneo suave.

—Lamento haber frenado como un imbécil, no lo vuelvo a hacer.

—Ahora con Copito —sonreí.

Imitó su acción anterior, acariciando la cabeza del mencionado.

—Lamento haber frenado y casi hacer que te fueras al otro mundo —hizo una pausa—. Pero si lastimas a Minni, no lo voy a lamentar.

—¡Eiden!

—¡Tenía que hacerlo!

Agg. Puse los ojos en blanco, no tenía remedio.

—Bueno, ahora discúlpate conmigo y dame un beso.

Para eso sí pareció muy contento. Me dedicó una sonrisa feliz y se inclinó hacia mí, pero antes de que lograra unir nuestros labios, giré mi cabeza.

—Aquí —le señalé mi mejilla derecha. Se rio, pero sin ninguna protesta me dio un beso en la mejilla—. Ahora aquí —señalé mi otra mejilla. Esperaba que no sintiera lo calientes que estaban. Después de que me besara, lo miré a los ojos—. Ahora sí, aquí —apunté mis labios.

Tomó mis mejillas y, sin mucho preámbulo, besó mis labios con un toque superficial. Reconocí la suavidad de sus labios y pequeños chispazos florecieron por todo mi cuerpo, erizando mi piel. De pronto, con la misma delicadeza, tomó mi labio inferior y comenzó a succionarlo para después abrirme paso a una invitación.

El beso fue subiendo y regresando en un pequeño vaivén entre la suavidad y el desenfreno. Al separarnos, éramos más jadeos que nada.

***

—Cariño.

Algo acariciaba mi mejilla y lo aparté de un manotazo mientras giraba mi cabeza hacia otro lado para acomodarme mejor. Me dolía el cuello.

—Allison.

—¿Mmm?

—Despierta. Ya llegamos.

Esas tres palabras me hicieron reaccionar y recordar la situación. Veníamos en el coche y, al parecer, me había quedado dormida. Abrí los ojos con pesadez y confusión cuando mi visión se vio obstruida por mi cabello, que se había desacomodado y cubría mis ojos.

Lo intenté apartar, pero unas manos ya se estaban encargando de ello. Eiden quitaba mechones de mi cabello, ajustándolos detrás de mis ojeras.

—Amo tu cabello suelto, pero un día te vas a asfixiar con él.

—Es que no pensaba dormirme —excusé—. Si no, me lo hubiera amarrado.

Tenía pensado pasar todo el viaje despierta para poder acompañarlo, porque era un poco gruñón cuando manejaba por mucho tiempo. Me gustaba hablar con él para distraerlo y para que no le diera sueño. Estar tanto tiempo viendo la carretera podía aburrirlo o incluso marearlo. Aunque, al parecer, a la que la venció el sueño fue a mí.

Bostecé y me acomodé en el asiento para poder verlo. Estaba ligeramente inclinado sobre mí. Mis ojos aún estaban un poco somnolientos, querían cerrarse y volver a dormir, así que me costó un par de parpadeos y bostezos poder conectar con mi presente.

La única luz que nos iluminaba era el foco amarillento del techo del coche, nada natural. Mi vista se adaptó y Eiden retiró un último mechón de mi cabello. Sonreí dejando caer mi mejilla en su mano, y él me devolvió la sonrisa mientras me acariciaba.

—¿Llegamos? —le pregunté. Mi cuerpo se sentía muy tranquilo y liviano—. ¿Ya puedo saber dónde estamos?

—Sí, pero necesito que cierres los ojos.

Fruncí el ceño y me percaté de que ni siquiera me había tomado la molestia de mirar afuera, lo único que había visto era a Eiden y...

—No, no —inmovilizó mi cara con cuidado cuando notó mi intención de mirar por la ventanilla—. No seas tramposa. Cierra los ojos.

—Mmm —entrecerré los ojos—. ¿Para qué?

—Para que no veas lo que hay afuera —dijo con un tonito obvio.

—Pero quiero ver... ¿Qué hay afuera?

—Nada que no puedas esperar a ver —regresó mi cara a su sitio con una pequeña mueca divertida—. Así que, por favor, cierra los ojos o te voy a vendar.

—Está bien —suspiré, obedeciéndolo y cerrando los ojos—, pero que quede claro que sólo lo hago porque no puedo esperar.

—Claro, cariño —escuché su risa divertida retumbar por el lugar—. Vamos a salir del coche y te voy a guiar, no abras los ojos. Sostente de mí.

Un ligero nerviosismo me atravesó y me estremeció. No tenía ni la más remota idea de a dónde íbamos, no había sospechado de esto ni era muy buena haciendo conjeturas, así que, aunque hubiera notado una pista, no habría sabido de qué se trataba.

Asentí con la cabeza.

—Pero no me sueltes.

—No lo haré.

Segundos después, escuché el sonido de una puerta abrirse. Una suave brisa me alcanzó y di un respingo en mi lugar cuando percibí otro sonido, esta vez a mi lado. Realmente estaba comenzando a tentarme la idea de abrir los ojos, pero me contuve para no arruinar la sorpresa.

—Dame tu mano, cariño.

La extendí y él la tomó, entrelazando nuestros dedos. La forma en que embonaron me hizo sonreír.

—Empiezo a creer que me quieres dejar abandonada en algún sitio para deshacerte de mí —bromeé, intuyendo sus movimientos y dejando que me guiara con mayor facilidad.

—Cuando dijiste que no había manera de que me liberara de ti, tuviste que saber que era en ambos sentidos. No hay manera de que te libres de mí.

Me reí. Eiden siempre recordaba todo.

—Tampoco es que te lo vaya a poner difícil. Puedes estar a mi lado de aquí hasta que me muera y no tendría el más mínimo problema. Sería la mujer más feliz del mundo.

—Creo que le acabas de dar un nuevo propósito a mi vida.

—¿Cuál? —curioseé.

—Hacerte la mujer más feliz del mundo.

—Entonces, no me dejes nunca.

—Ni siquiera tienes que pedirlo, cariño, no hay manera de que te deje nunca.

Nunca. Era una palabra infinita. Podría enumerar muchas palabras así y todas podrían sonar aterradoras en distintas circunstancias, pero no con Eiden. Él siempre lograba hacer que fueran más emocionantes que aterradoras. Siempre alborotaba mis nervios para luego calmarlos y pintarlos de colores llamativos que hacían un contraste pacífico.

No lo podía ver, ya habíamos salido del coche y ahora caminábamos por donde sea que él me llevara, sin embargo, a pesar de la oscuridad, sabía que él estaba sonriendo. Yo también sonreía.

Llevaba un vestido corto de tirantes. Era de un tono de azul muy similar al de los ojos de Eiden, lo compré precisamente porque me recordaba a él. Era una prenda muy veraniega y, aunque durante el día hacía calor, de noche calaba el frío.

—¿Tienes frío?

Sonreí porque parecía que me había leído la mente.

—Un poco bastante.

—Traje tu chaqueta.

Se detuvo y me ayudó a colocármela. Aun con los ojos cerrados, sabía que había sonreído en cuanto estuve completamente cubierta.

—Nuestra chaqueta —no pude evitar decir al reconocer el tacto del cuero y el aroma flotando en el aire, tan cerquita de mí.

Soltó una pequeña risa, endulzándome los oídos.

—Te la regalé, pero es nuestra. Suena más bonito, así que sí, es nuestra chaqueta.

Era aquella que me había dado en la noche que nos dimos nuestro primer beso. Al principio nunca la usaba, pero ahora me gustaba ponérmela de vez en cuando. Me rehusaba porque olía a él y no quería que perdiera ese aroma, así que cada domingo la tomaba de mi guardarropa y se la ponía a Eiden para que yo pudiera usarla entre semana sin que su olor desapareciera.

Seguimos en silencio a partir de ahí, uno cómodo y tranquilo. Lo único que pude escuchar al principio fue el retumbar de mi corazón en mi pecho. Era un sonido suave. El que parecía estar comenzado a alterarse era el pulso de mi garganta, porque se elevaba y vibraba en mi piel cada vez más fuerte conforme íbamos avanzando.

Fuera de eso, todo era silencio. Tan pacífico que, gracias a eso, pude reconocer un pequeño sonido que se esparció a nuestro alrededor. Era un grillo que se escuchaba lejano y a la vez cerca. No pude identificar de dónde venía y poco a poco se fue apagando hasta dejar la noche en silencio.

Caminar con los ojos cerrados agudizó mis sentidos y me volvió más sensible a mi alrededor.

Mis dedos apretaban la mano de Eiden. Sentía cada uno de sus dedos entrelazados entre los míos, dándome ese soporte y confianza para que siguiera avanzando sin temor a caer.

Mis pasos eran erráticos. A pesar de eso, me di cuenta de que el piso no era duro, más bien, parecía como... pasto. Mis tobillos sentían el roce suave y desprolijo de hierbas que parecían moverse al compás de mis pasos. El olor era otro: era natural, una fusión sutil de tierra mojada, plantas y... No alcancé a atar cabos porque justo en ese momento Eiden se detuvo y, en consecuencia, yo también.

—¿Llegamos? —pregunté un poco ansiosa, la espera a veces no era mi fuerte—. ¿Ya puedo abrir los ojos?

—Eres muy desesperada.

—¿Eso es un sí? Eiden, me estoy poniendo nerviosa.

Hubo un pequeño silencio y yo mordisqueé mi labio inferior, sentía un subidón de energía recorrer toda mi columna vertebral.

—Está bien, ya puedes abrir los ojos.

Las palabras flotaron en el ambiente y aunque estaba desesperada por hacerlo, me tomó un par de segundos. Respiré hondo por la nariz y los fui abriendo lentamente. Al principio no entendí nada. Mi mente intentó procesar todo, pero fue mi corazón quien reconoció el lugar primero. En cuanto eso sucedió, sentí el destello de un latido rápido abalanzarse sobre mi caja torácica.

Giré mi cabeza hacia todos lados para llenarme de la escena y el paisaje frente a mí.

—Eiden... Esto es...

—¿Te gusta?

—Sí, sí, es...

No encontré las palabras para describir lo que estaba viendo. Mi corazón aporreaba mi pecho y mi respiración estaba atascada en mi garganta. Quería emitir un sonido entendible o una palabra decente para describir lo maravillada que estaba y así demostrarme a mí misma que no estaba bajo algún tipo de shock que me estuviera haciendo delirar.

¿Acaso esto era un sueño? No, no lo era. La mano de Eiden sobre la mía, sosteniéndome con fuerza, lo demostraba.

—Eiden... —giré la cabeza hacia todos lados, intentando buscar una palabra que resumiera todo lo que quería decir—. Es...

—Intenté encontrar un lugar que se pareciera. Creo que esto es lo más cerca que encontré —hizo una pausa y sus ojos se desplazaron de mí a su alrededor—. Podemos pasar la noche aquí y mañana por la mañana será como tú habías dicho que sería.

Como yo había dicho que sería. No necesitaba preguntar a qué se refería: desde que miré el lugar lo supuse. Seguía sin ser capaz de decir nada más que una infinidad de balbuceos que terminaban conmigo observando cada rincón, maravillada.

Estaba segura de que, de día, el lugar se vería igual de hermoso. Era tal y como lo había imaginado.

Estábamos en medio de la nada, como muchos dirían, pero yo en ese momento me sentía en medio de todo.

El césped se extendía por todo el espacio, adornado por pequeñas flores rosas, amarillas, rojas y blancas. Sin embargo, lo que más llamaba mi atención era el cielo, que estaba teñido de un azul oscuro. No era una noche cien por ciento negra, como era usual, sino una mezcla, brillante y reluciente, entre negro y azul.

Las estrellas centelleaban por todo lo alto y la luz de la luna brillaba con fuerza sobre nosotros. Creo que jamás la había visto brillar así.

Me giré hacia Eiden, que me observaba esperando una reacción de mi parte. Creo que el que estuviera mirando todo casi con la boca abierta de la fascinación no era suficiente respuesta para él.

—Es hermoso —dije finalmente—. Es igual a como lo imaginé. Es... —volví a ver el lugar y suspiré—: Es perfecto.

—Y es tuyo.

—¿Es mío? —pregunté sin entender por completo a qué se refería—. ¿Qué es mío?

—El prado es tuyo —explicó—. Lo compré.

¿Lo compró? ¿Dijo que lo compró? Lo miré atónita, como esperando que me dijera que era una broma, y después volví a observar el prado que se extendía a nuestro alrededor. Hacía unos meses, le había platicado de una conversación que había tenido con Hellen. Y... Oh, Dios, por eso unos días después me había pedido que le contara más detalles.

—Pero... ¿Cómo? ¿Cuándo? —parpadeé, confundida—. ¿No es una broma? ¿Cómo lo compraste?

—Hay zonas como éstas que pertenecen al estado, pero si quieres comprarlas, puedes hacerlo. Un amigo del padre de Connor facilitó todo. Sólo es mucho papeleo y esa mierda, ni siquiera estaba tan caro.

—Pero es enorme —exclamé.

—Entonces, eso significa que tienes un prado enorme —me sonrió.

—Pero...

—Pero nada —me interrumpió, acortando la distancia entre nosotros con tres simples pasos. Su cuerpo se elevó unos cuantos centímetros sobre mi altura y su calor serpenteó cerca de mí cuando tomó mi mentón para hacerme mirarlo a los ojos. Ni siquiera la oscuridad de la noche podía opacar el brillo de su mirada—. Es tuyo, quiero que sea tuyo. Desde que me hablaste de cómo te habías imaginado ese lugar y miré cómo sonreías al hacerlo, supe que necesitabas verlo realmente. Ya no debes de imaginar que estás en un lugar mejor cada vez que sientas que estás retrocediendo. No quiero que lo imagines, quiero que sepas que ya lo tienes. Tú eres dueña de este lugar, Allison. Sólo tú.

Mi corazón estaba dando saltos, como si quisiera salir de mi pecho. Eiden era muy detallista, pero esto... no lo sé, sentí como si directamente estuviera tomando mi corazón y estuviera sellando cualquier grieta en él.

Mi pecho se agitaba a causa de las emociones que sentía. No supe qué decir, mi labio inferior ya estaba temblando. No podría contener por mucho más tiempo mis ganas de llorar.

—Pero con una condición —me sorprendió que mi voz fuera tan clara—. Quiero que sea nuestro.

—¿Nuestro?

Asentí con la cabeza.

—Sí, tuyo y mío. Quiero compartir este espacio contigo, porque tú... —hice una pausa, relamiéndome los labios para encontrar las palabras adecuadas para lo que quería expresar—. Tú eres parte de esto, siempre has sido parte de este lugar. Tú has sido una de las razones más grandes por las cuales salí de ese lugar feo y quise estar en éste. Quiero que ahora sea nuestro. Quiero compartirlo contigo, quiero seguir compartiendo cada cosa de mi futuro contigo.

Se separó de mí, dejando una pequeña distancia entre nosotros, y mi cuerpo entero se sintió helado; claramente, el que llevara un vestido de tirantes que apenas me llegaba a las rodillas no ayudaba mucho.

—¿Cualquier cosa? —me preguntó—. ¿Compartirías cualquier cosa de tu futuro conmigo?

—¿Lo dudas? —enarqué una ceja—. Sabes que lo haría. Compartiría todo lo que sea mío contigo.

—¿Y tu futuro mismo?

Estuve a punto de decirle que sí, que no había manera de que eso no sucediera. No podía imaginarme un futuro sin él. Pero antes de que pudiera siquiera decir media palabra, él dio otro paso atrás y, sin decir mucho más, se arrodilló frente a mí.

En cuanto mis ojos capturaron la imagen y comprendí lo que sucedía, mi corazón se alteró. Mi pecho no fue capaz de contener todo lo que estaba pasando por mi cabeza.

Eiden y yo nos miramos. Supe lo que estaba pasando mucho antes de que siquiera pasara.

Cuando tomó mi mano, mis dedos temblaron, y él acarició mis nudillos en una muestra clara de calma.

Sin embargo, no podía tranquilizarme, no al notar la chispa que encendía sus ojos. Parecían entusiasmados, aunque serios y un poco nerviosos a la vez. Como cuando iba a decir algo importante. Lo conocía bien. Después de pasar tanto tiempo con él, podía identificar mucho de su forma de ser a través de sus ojos. Cuando se veían apagados, cansados, tranquilos, serenos, felices, emocionados brillaban distinto, aunque nunca perdían ese azul bonito que los caracterizaba.

Ahí, él hincado frente a mí y yo luchando para no llorar, Eiden habló:

—Sé que, hace dos años, todo fue demasiado improvisado. Sé que estábamos en un momento en que ambos teníamos miedo del futuro y yo no fui capaz de prometerte que todo iba a estar bien porque me aterraba no poder cumplirlo y lastimarte. No quería dañarte, no merecías más dolor en tu vida.

Hizo una pausa y respiró hondo; se notaba tan nervioso. Quise hacer algo para disminuir eso, pero no hallé mucha cordura en mí para actuar; estaba igual de nerviosa. Me encontraba en el lugar que para mí representaba seguir avanzando y dejar atrás todo lo malo, junto a la persona que me había ayudado a lograrlo. Se sentía tan perfecto e irreal.

Eiden respiró con fuerza y esta vez fui yo la que apretó su mano cuando noté que temblaba. Sabía que lo estaba intentando. Nunca lo había visto tan nervioso.

—Para mí fue perfecto —le aseguré—. Hace dos años, aunque haya sido improvisado, fue perfecto.

—Lo sé, cariño, para mí también fue perfecto porque estabas ahí. Pero ese día te juré que iba a esforzarme en dejar atrás aquello que me dañaba, que iba a esforzarme para que pudiéramos tener un futuro juntos. Y hoy... —mi mundo se detuvo a nuestro alrededor cuando metió una mano al bolsillo de su chaqueta y sacó algo—. Hoy quiero convertir ese juramento en una promesa.

Tomó una cajita negra e intentó abrirla con una sola mano, porque no quería soltar la mía, pero no pudo. Su mano temblaba y en ese punto ya no sabía si era por nervios o porque le era difícil semejante acción.

Verlo en esa pose frente a mí era hermoso, pero no dudé en flexionar mis rodillas para estar a su par. El césped rozaba mis rodillas y fijé mis ojos en él.

Soltó una risa que terminó en un suspiro frustrado cuando me vio arrodillada frente a él.

—Maldita sea —siseó, negando con la cabeza para sí mismo—. No sé por qué estoy tan nervioso, practiqué esto durante una semana.

—Está siendo perfecto —le aseguré, inclinándome hacia él y tomando sus mejillas para besarlo suavemente en los labios. Cuando me separé, le sonreí—. Déjame ayudarte.

Él no parecía dispuesto a soltar mi mano, así que con mi mano libre tomé la tapa de la cajita y la abrí. Al instante relucieron dos anillos plateados que parecían una tirita rugosa e imperfecta igual a las anteriores que teníamos. Sólo que éstas brillaban más y cada trazo imperfecto era prolijo y armónico.

—Quiero que mi juramento se vuelva una promesa —reiteró, tomando un anillo y dejando la cajita sobre el césped—. ¿Sabes por qué?

—Porque las promesas nunca se rompen —sonreí, recordando sus palabras, y subí la mirada para verlo a los ojos.

Azul y negro.

Jamás me iba a cansar de verlo a los ojos.

Las mismas chispas de hacía dos años las podía ver ahora. Más fuertes, más volátiles, más intensas. Percibía cada sentimiento en el aire. La seguridad, la tranquilidad, la calidez que nos cubrían como un manto fino. El amor profundo que ambos sabíamos que nunca íbamos a poder dejar de sentir.

Con una pequeña sonrisa, retiró mi anterior anillo y yo retiré el suyo. Ya estaban un tanto maltratados y había algunas zonas un poco más grises que blancas, sin embargo, los habíamos intentado cuidar lo más posible. Llevaban dos años acompañándonos. Dos años que estaban llenos de recuerdos, de momentos, de ganas de seguir y recordar que nos estábamos esforzando por lograr todo aquello que nos habíamos jurado.

El nuevo anillo que estaba entre sus dedos se sentía tan cerca de los míos que mi pulso amenazó con explotar.

—Con este anillo quiero prometerte tener una vida juntos, sin miedos, sin pasados que nos persigan y lastimen, sólo nosotros. Ahora ya no tengo miedo de no poder cumplirlo, tengo miedo de que no estés conmigo, porque no puedo imaginarme un solo día de mi vida sin ti. No puedo imaginarme despertando y no verte a mi lado, quiero que esto sea eterno, quiero que en un futuro formemos una familia y sonriamos al ver todo lo que hemos logrado de la mano del otro. Así que...

Hizo una pausa y se aclaró la garganta.

—¿Puedo tener el honor de que te vuelvas a casar conmigo?

Asentí con la cabeza varias veces, ya sin la necesidad de contener mis lágrimas, y me abalancé sobre él para abrazarlo.

—Sí, sí, sí.

—El anillo, cariño.

—Oh, oh —me separé de él y coloqué mi mano al frente—. Pónmelo antes de que te arrepientas.

Soltó una risa suave que enmarcó justo el momento en que deslizó el anillo en mi dedo. Encajó perfectamente. Y cuando yo tomé el anillo que le correspondía y lo coloqué sobre su dedo, supe sin lugar a dudas que había encontrado a la persona correcta.

—Nos declaro marido y mujer —sonrió.

—Ahora, besa a la novia.

Él se inclinó, colocando sus manos en mi cintura, y yo envolví mis manos en su cuello. Nuestros labios se unieron lentamente en un suave beso que me hizo sentir que mi mundo se fusionaba con el suyo.

No sabía qué había sido lo que un día decidió unirnos. No sabía si había sido el destino, una casualidad o una intervención divina que en algún punto consideró adecuado ponernos en el camino del otro. No lo sabía, pero con los ojos cerrados y sin temor a equivocarme, estaba segura de que, si no nos hubiéramos conocido de la manera en que lo hicimos, simplemente habría sido de otra. No había forma en el mundo de que yo encajara en alguien que no fuera él. Cada borde irregular, cada línea mal trazada, cada curvatura rugosa que al final formaba quien era yo en ese momento lograba encajar en Eiden.

Ninguno de los dos era perfecto, pero juntos sí lo éramos. Juntos no había manera de que ninguna persona sobre la faz de la Tierra lo dudara. Había sido hecha para Eiden tal y como él había sido hecho para mí.

—Entonces —me sonrió—, ¿una vida juntos, cariño?

No dejé que mi boca hablara, me incliné sobre él y lo besé, empujándolo para poder mostrárselo. Su cuerpo cayó sobre el césped conmigo encima y, en algún punto, la ropa sobró. Nuestras manos necesitaban saciarse y mi cuerpo quería sentirse suyo. En otro momento tuve que sostenerme de su pecho mientras su nombre salía de mis labios y, en otro más, él tuvo que sostenerse de mi cadera mientras mi cuerpo se desplomaba sobre el suyo al sentir cómo le volvía a entregar parte de mí.

Mi cabeza reposaba en su pecho mientras sus dedos acariciaban mi espalda. En mi oído percibía el sonido tan perfecto de su corazón latiendo. El sol ya comenzaba a asomarse sobre el horizonte.

—Una vida juntos —sonreí, mirándolo a los ojos—. Para siempre.

El para siempre siempre me aterró. Era mucho, era infinito, era danzar entre un mundo por momentos gris y, por otros, colorido en el que no sabía qué era ese *para siempre*. Algo malo, algo bueno. Sin embargo, con Eiden, el *para siempre* se sentía incluso poco. A pesar de eso, se sentía tan bien, como estar en paz con lo que el futuro nos tuviera preparado.

Eiden esbozó una sonrisa y acarició mi mejilla con su pulgar.

—Te voy a amar de aquí a...

—Para siempre —sonreí, completando su oración.

Asintió con la cabeza, inclinándose para besarme.

—Para siempre, cariño.

Allison es una guerrera.
Eiden es un guerrero.
No tienen un escudo, mucho menos un arma indestructible.
Pero tienen un alma inquebrantable y la fortaleza en su corazón
para seguir de pie hasta el final.
Su historia la cuento yo, pero la han vivido miles de personas
de distintas formas.
Y espero que este final te dé un poco de esperanza
de que con tiempo, esfuerzo, fuerza y personas adecuadas todo puede mejorar.

Eiden le prometió muchas cosas a Allison.

Es justo ver cómo todo al final sí se cumplió:

Epílogo II
Promesas cumplidas

Muchos, muchos, pero muchos años después...

—¡Mami!

Dejé a un lado el cucharón que tenía en las manos y desvié mi atención cuando unos pequeños pasos resonaron por el pasillo. Se aproximaba hacia mí un niño que parecía tener más energía que un rayo.

Damian se detuvo frente a mí, todo agitado y hecho un desastre de manchones de pintura que salpicaban por sus mejillas, frente y nariz. Incluso su ropa estaba manchada de acuarelas a pesar de que llevaba un mandil.

—¿Qué pasó, ciel...?

—Papi dijo que mi dibujo está feo —me interrumpió velozmente, apresurándose a estirar sus pequeños brazos para mostrarme una hoja de papel mientras la agitaba frente a mí para llamar más mi atención.

—Cielo, no dije eso.

Hablando del rey de Roma.

Eiden apareció detrás de Damian. Me vio a mí y después bajó la mirada hacia nuestro niño, que estaba en un plan muy digno, es decir, con un puchero en sus labios, con los brazos cruzados y la mirada en todo menos en el causante de su desgracia, en este caso, su padre.

—Sí es cierto, mami, lo miró así —señaló su cara e hizo una mueca con el ceño fruncido—. Y no dijo nada. No dijo nada, mami.

—Eiden... —le lancé una miradita de regaño.

"No hice nada", gesticuló con diversión y tuve que reprimir una sonrisa. Conocíamos cómo era Damian, sus dibujos eran su cosa favorita y quien se atrevía a tocarlos o criticarlos no era merecedor de nada bueno. Sí, incluso una mirada y un ceño fruncido eran suficientes para sentirse ofendido.

—No dije eso, cielo —Eiden se puso en cuclillas para estar a la altura de Damian.

—Sí lo dijiste —lo miró de reojo—. Yo te vi.

—Es que está un poco confuso y necesitaba concentrarme para verlo bien.

—¡No está confuso!

—Bueeeeno.

—Eiden —mascullé entre dientes.

—Ya, ya, a ver, cielo. ¿Qué es?

—Papi, si está fácil, ¿cómo no vas a saber? —chistó, agitando su dibujo—. ¿Verdad, mami, que tú sí sabes?

Pollito rojo.

La sonrisa se desvaneció de mi rostro y rápidamente la suplió una mueca seria. Si a Eiden le iba mal adivinando los dibujos de Damian, a mí me iba fatal.

—Claro que sí, cielo, está superfácil —ignoré la cara de indignación que me puso Eiden por la mentira.

—¿Ya ves, papi? Dile qué es, mami, porque él no lo entiende.

Ay, no.

—A ver, cariño —eso sí le dio gracia a Eiden, que me clavó los ojos con una mueca de arrogancia mientras se cruzaba de brazos—, dime qué es el dibujo de Damian, si está taaan fácil.

—Pues... pues... es una, mmm.

—¿Ajá? A ver, cariño, dime, dime.

Le lancé una mirada fulminante antes de regresar la vista al dibujo. Parecía una araña amarilla. Pero a él no le gustaban las arañas, así que no, no podía ser una araña.

Ladeé la cabeza, intentando captar lo que era, como si ese nuevo enfoque me diera una nueva perspectiva. Pero… nada.

¿Qué es amarillo y tiene tantas patas?

Era… una… un… Madre mía, no sabía qué era. Le daba por pintar cualquier cosa que se le ocurriera, aunque siempre que se le metía algo en la cabeza lo dibujaba mucho. Lo último fueron ranitas. Tenía una libreta llena de ranitas de muchos colores, pero definitivamente esto no eran eso.

Mordí mi labio inferior y volteé a ver a Eiden para que me ayudara. Estaba peor que yo, frunciéndole el ceño al dibujo. No podía controlar esa mueca.

—¿Mami? —Damian me volteó a ver con una mueca de espera y alzó más sus bracitos con su dibujo, poniéndose de puntitas—. Más cerca para que lo veas.

Aquí sólo quedaba una cosa: persignarse y adivinar qué era.

—Es un... una...

—¿Ajá?

—Una...

—¿Sí?

—Un... una...

—¡Jirafa!

—¡Claro! —eso no parecía una jirafa—. Es una jirafa hermosa, cielo.

Su rostro se iluminó en una sonrisa llena de felicidad, y mi pecho se calentó al ver cómo se le formaban los mismos hoyuelos que a Eiden. El nivel de parecido que tenían en algunas cosas podía ser increíble; ni siquiera había que prestar demasiada atención para notarlo.

—¿Ya ves, papi? —lo miró y le enseñó su dibujo de nuevo—. Es una jirafa, está fácil. Aquí está su colita, sus patitas y su cabezooota. Está comiendo pastito.

—Pero... ¿Por qué tiene dos cabezas?

—¡Sólo es una! Ése es un árbol —señaló una línea gruesa y amarilla que sí parecía una cabeza.

—Ohh —le di un codazo en las costillas porque había vuelto a fruncir el ceño—. Claro, está muy bonita tu jirafa. ¿Quieres que la pongamos en el refrigerador con los otros dibujos?

—Sííí, a un lado del hipopótamo, porque ellos viven cerquita.

Eiden se puso de pie y yo volví a lo que estaba haciendo. Eran casi las cinco de la tarde y estaba preparando panqueques y fruta picada. Tenía antojo de ambas cosas desde hacía unas horas. Iba a intentar ponerle trozos de fruta a la mezcla.

—Pero dame un chocolate.

Sonreí cuando volví a escuchar la vocecita de Damian. Eiden había intentado cargarlo, pero claramente no lo dejó, así que se había cruzado de brazos y miraba al niño con una pequeña mueca de negación.

—Ya te di uno —le dijo suavemente—. Sólo puedes comer un chocolate al día.

—Entonces que mami me cargue para poner el dibujo. ¿Mami me car...?

—¡A mí sí! ¡Papi, a mí sí cárgame!

Oh, no. Damian se quedó callado y su ceño se frunció ligeramente al ver a su hermano, Damon, aparecer corriendo por el pasillo, saltando hacia su padre. Llevaba unos guantes de boxeo en sus manos, así que no lo dudó ni un segundo y le dio un golpecito a Eiden para llamar su atención.

—¡Cárgame, papi! ¡Yo sí quiero!

—No, no —Damian se apresuró a ir con ellos. Su cabeza se sacudía en un *no* rotundo—. Cárgame a mí, papi, sí quiero.

—No —Damon le frunció el ceño de mala gana—, dijiste que no querías.

—Pero ya quiero. A mí me dijo primero.

—Pero no aprovechaste, por eso me va a cargar a mí.

Cuatro años. Tenían cuatro años y eran como un torbellino en esta casa.

En mi primer embarazo, tuve gemelos. Damian y Damon. Pelo negro azabache, lacio, aunque cuando andaban por toda la casa y el patio revoloteando, corriendo o intentando ver qué acrobacia les iba a causar un nuevo raspón, su cabello se rebelaba. Tenían la piel pálida y una nariz igual de respingada que la mía. En lo único que eran diferentes era en el color de sus ojos: Damian los tenía negros y Damon, azules.

Y aunque en primera instancia parecían como dos gotas de agua, al conocerlos te dabas cuenta de que eran muy diferentes.

A Damian le gustaba *dibujar* y *pintar*. Era un niño tranquilo, calmado y un poco juguetón de vez en cuando, aunque la mayoría del tiempo su hermano era el que lo arrastraba a sus travesuras.

Por el contrario, Damon tenía un temperamento más volátil, siempre estaba de aquí para allá y era muy, pero muy travieso. Le gustaba andar por la casa con los guantecitos que le había comprado Eiden y pegarle al minisaco de *boxeo* que teníamos en su cuarto de juegos.

Precisamente de ahí venían los tres. Yo había salido un momento para hacerles un aperitivo, porque a esta hora les gustaba rebuscar por toda la cocina algún "dulcito", como ellos le decían.

Toda la tarde jugueteaban ahí y en el patio, también en su habitación o en la nuestra, bueno, mejor dicho, por todos lados: a esta edad nunca se aburrían de estar saltando de aquí para allá. Y la casa era grande, así que ellos se movían con libertad por donde quisieran, divirtiéndose cada segundo conmigo y Eiden detrás, evitando que se golpearan o cayeran.

Ésa era una de las razones por las que escogimos esta casa: era amplia, bonita, con un lindo patio y lo mejor era que la habitación de los niños estaba justo frente a la nuestra. Que estuviera ahí me daba tanta paz. Estaban cerquita de nosotros y ellos lo sabían. Cuando llovía y un trueno caí, mis pies y los de Eiden se disparaban para correr a abrir la puerta; los niños también ya estaban en la suya y corrían a nuestros brazos. Era… nuestra manera de que supieran que estábamos con ellos y podían refugiarse en nosotros por todo lo que quisieran, así fueran las tres de la madrugada.

Por eso esta casa era tan perfecta. Además, era muy acogedora, aunque estaba segura de que, más bien, eso se debía a la risa de los niños cuando se carcajeaban, a la sonrisa de Eiden cuando los veía con un brillo en sus ojos, igual que cuando yo los miraba a ellos. Sabíamos que lo habíamos logrado, teníamos una familia y un lindo hogar que llenábamos de amor.

Más de diez años habían pasado desde aquella promesa que nos habíamos hecho aquella noche bajo la luz de la luna.

Más de diez años y estaba viviente en nuestros corazones y almas.

Más de diez años cumpliéndola cada que nuestros pechos subían y bajaban, demostrándonos el amor que nos teníamos el uno al otro.

Después de que terminamos la universidad, nos mudamos a una casa en el centro del estado. Era más práctico para nuestros empleos. Ambos habíamos logrado graduarnos en lo que queríamos. Hacía un par de años, Eiden había abierto una clínica veterinaria privada y apenas hacía un año había abierto un centro de adopción gratuito para animales en abandono. Yo, como psicóloga, había abierto un consultorio y me enfocaba en trabajar con niños.

Nuestros lugares de trabajo y la escuela de los niños —que estaba a menos de dos calles— se encontraban muy cerca de nuestro hogar. Los íbamos a dejar y a traer, no nos separábamos mucho de ellos y agradecía todo eso, porque me era imposible dejarlos con alguien más, salvo con personas muy, pero muy cercanas.

El tener trabajos donde nosotros mismos manejáramos nuestros horarios nos permitía dedicarle mucho tiempo a nuestro hogar. Trabajábamos cuando los niños estaban en la escuela y cuando volvían, estábamos todos en casa. No íbamos a descuidarlos jamás.

—Puedo cargarlos a los dos —dijo Eiden para negociar con los pequeñines, que estaban de brazos cruzados esperando ser cargados.

—Sí, su papá puede cargarlos a los dos —intervine.

—Está bien —chistó Damian, como si aquello fuera la peor cosa del mundo que tuviera que aceptar—. Pero a mí primero y a Damon después, porque a mí me dijo primero.

—Dame tus guantes, amor. Sólo así te podrá cargar papá —me acerqué a Damon para quitarle sus guantes y distraerlo, antes de que comenzaran a pelear de nuevo.

Era muy inquieto con las cosas que tenía en las manos, así que, cuando se quitaba sus guantes, le gustaba amarrarlos de las cuerdas y cargarlos. Decía que se veía *cool*, y claro que se veía *cool*, hasta que empezaba a girarlos como matraca sin medir si tenía a alguien al lado. Eiden tuvo un moretón en el ojo como por una semana a causa de eso.

—Listo, cielo —lo cargué, haciendo una pequeña mueca por el peso, y se lo pasé a Eiden para que lo sostuviera.

Él lo tomó deprisa y supe lo que iba a decir antes de que lo hiciera.

—Cariño...

—Lo olvidé, lo olvidé. Lo siento.

—Mami no puede cargarnos por su pancita, ¿verdad? —Damian me miró con una pequeña mueca de curiosidad y luego bajó la mirada a mi vientre abultado—. Porque nuestro hermanito se puede lastimar.

—O hermanita —le di un toquecito en la nariz. Él la arrugó divertido, le gustaba que hiciera eso—. Y sí puedo cargarlos, pero no mucho, porque me canso.

Era mi segundo embarazo; esta vez sólo sería un niño o una niña. Aún no sabíamos su sexo, tenía apenas cinco meses. Lo descubriríamos hoy en la noche. Sería una revelación en la que únicamente estaríamos nosotros cuatro, bueno, cinco, si contábamos al bebé que crecía en mi vientre.

Debía admitir que el embarazo de Damon y Damian fue muy pesado. Tenía el doble de síntomas. Éste me estaba costando menos, aunque definitivamente había días muy difíciles en los que no podía hacer nada más que acostarme, comer helado y ver televisión o jugar con los niños con sus Legos o cualquier otra cosa que no implicara mucha actividad. Por suerte, Eiden había dejado la clínica veterinaria en manos de alguien más mientras me cuidaba. Le dije que esperara a que avanzara un poco más mi embarazo, pero bueno, je, un día después le llamé molesta y llorando por dejarme sola y no cuidarme, así que desde ese día se había tomado unas vacaciones.

Vale, fueron las hormonas, aunque realmente estaba sentimental. Yo había dejado el trabajo porque a veces me estresaba un poco y no quería que eso afectara al bebé. Eiden sólo trabajaba mediodía y siempre regresaba temprano a casa, sin embargo, el embarazo multiplicaba por mil todos mis dramas, así que sí, ese día que lo llamé llegó a la casa corriendo para encontrarme comiendo helado con una sonrisita y con ganas de besarlo mucho al igual que a los niños, que estaban en la escuela.

Pobre de él, que tenía que aguantar todos mis cambios de humor y eso que, para ese momento, sólo tenía dos meses. Acabábamos de enterarnos una semana antes del nuevo inquilino con alquiler en mi vientre. Ahora era peor: dramas por las hormonas a todas horas.

Eiden me había pedido que no cargara mucho a los niños, porque, cuando lo hacía, me dolía la espalda, pero a veces se me olvidaba.

—Por eso nos carga papi —Damon miró a Eiden con una sonrisita y dejó caer su cabeza en su hombro—. ¿Podemos comer chocolate, papi?

Ni Damon ni Damian iban a superar nunca el chocolate, era parte de sus vidas. Cuando andaban en su modo más dramático —también heredaron eso de Eiden y de mí—, decían que se sentían cansaditos si no comían chocolate y hasta se tiraban al suelo.

—Ya les di chocolate a los dos —les recordó. Minutos antes ya se lo había dicho a Damian—. Sólo uno al día, porque se les van a picar los dientes.

—Pero uno es muy poquito. Mejor dos. Dos chocolates, papi —definitivamente, era más difícil que Damon soltara un tema.

—Dos es mucho. Ustedes están muy chiquitos para comer mucho chocolate.

—¡Ya estamos grandes! ¿Verdad, Damian? Estamos grandotes.

—Sí, papi, así —Damian alzó sus brazos y los separó casi soltándole un golpe en la cara a Eiden—. Muy grandes. ¿Ves?

—Bueno, si se portan bien en lo que queda del día, tal vez, sólo tal vez en la noche les demos otro.

Damon frunció el ceño.

—¿Y si no nos portamos bien?

—¿No te vas a portar bien? —Eiden enarcó una ceja—. Porque si no te portas bien, mañana tampoco va a haber chocolate.

—¡No, papi! Sí me voy a portar bien.

—¿Seguro?

—Mmm.

—¿Mmm?

—Tal vez, poquito.

—También puede ser mucho, poquito no me convence.

—Poquito porque somos chiquitos. Sí, ajá. Eso es justo, papi. Tú siempre dices que hay que ser justos.

—Ayer no se portaron bien —le recordó, aunque miró a los dos para que supieran que ambos estaban involucrados en la travesura y en la advertencia—. Hoy deberían de portarse el doble de bien entonces, eso sí sería justo, para compensar.

—¿Nosotros? —Damon se hizo el desentendido con una mueca—. No, papi, nos portamos bien, no hicimos ninguna travesura.

—¿Y qué es eso?

Ya sabía lo que estaba señalando incluso antes de voltear. A mis espaldas estaba la pared que ayer se habían encargado de llenar con rayones de acuarelas.

Una sonrisita inocente se pintó en los labios de Damon, que le dio una patadita disimulada a Damian para que lo sacara de ese apuro.

—Y entonces, ¿cuándo va a venir el tío Aaron? —preguntó Damian, desviando el tema.

Eiden también se dio cuenta y me dedicó una pequeña sonrisa, pero lo dejó pasar. Tampoco es que sus travesuras fueran tan graves. Sólo se ponían a pintar donde no debían, como en las paredes o los manteles. También se escabullían al patio y sacaban las mangueras para mojarse entre ellos. Y, al decir que se escabullían, me refería a que Damian nos distraía y Damon alistaba todo para que, cuando menos lo esperáramos, ya estuvieran empapados.

—Pronto, ayer estuvo aquí —contestó.

—Pero ayer olvidó el chocolate y dijo que hoy lo iba a traer. Y hoy es hoy.

—Tu tío tal vez está ocupado —objeté por él—. Mañana probablemente venga o podemos ir a visitarlo.

—¿Le vas a llamar, mami? Tal vez se olvidó de nosotros.

—Su tío no se olvidó de ustedes, cielo. Pero en la noche le llamo para que lo saluden.

—Está bien y para recordarle que nos debe traer nuestro chocolate, si no, ya no vamos a quererlo.

—Le diré eso —sonreí.

—Sí, mami —Damon asintió con la cabeza deprisa—, y dile que dos por el de ayer. Porque el de hoy es el de hoy, y el de ayer es el de ayer.

Me reí. Cuando se trataba de chocolates, nunca iban a olvidarse de nada. Aaron tenía deudas que pagar.

—Le diré eso, pero ya saben, uno al día. Y si se portan bien, dos.

—¡Nos vamos a portar muy bien!

Eiden los miró con los ojos entrecerrados.

—Sin mentiras.

—¡Vamos a tratar de portarnos muy bien! —sonrieron inocentemente.

—Eso está mejor.

—¡Pero tío Aaron debe traernos nuestros chocolates!

—Vendrá y los traerá —les aseguré—, acuérdense que él siempre cumple.

—¡Sí! —festejaron felices.

Aaron vivía a menos de veinte minutos de aquí con Daniels. Siempre traía chocolate, así que apenas lo veían, saltaban como locos hacia él. Era su tío favorito y le gustaba jactarse de eso con los demás, porque los niños no tenían problema en admitirlo.

Samantha vivía junto a su esposo en una linda casa a las afueras del estado. La veíamos muy a menudo y a nosotros nos encantaba visitarla, igual que a los niños. Su casa tenía un jardín hermoso junto a un patio enorme.

Jess era un alma libre. Estaba soltera y viajaba a donde su trabajo se lo pedía. Ella y Nathan habían intentado estar juntos, sin embargo, con el tiempo descubrieron que su amistad era más fuerte que ese vínculo afectivo que se aferraban en mantener. Actualmente, él estaba casado con una chica, Melisa, y tenían una linda niña de tres años.

—¿Y podemos comer helado? —soltó de pronto Damian, cambiando de parecer al ver que no podrían comer chocolate. Jugó con sus manos y pinchó el cachete de Eiden en un gesto muy propio de él y de su hermanito. Les encantaba pincharnos las mejillas con sus deditos—. De plátano. No hemos comido helado de plátano desde ayer. Y eso es muuucho tiempo. Ya queremos un dulcito.

—Les estaba haciendo hot cakes —le dije.

—¡Hot cakes y helado! —dijeron los dos felices.

Vale, era obvio que iban a aprovechar.

—Mejor helado ahorita y hot cakes para la merienda, ¿sí?

Lo pensaron unos segundos y asintieron con la cabeza.

—Sí, pero… ¡dos bolitas de helado de plátano! ¿Sí, mami? —me dedicaron una sonrisita para que aceptara su negociación.

Eiden y yo nos lanzamos una mirada, divertidos, y con ella nos dijimos todo.

—Está bien —les dijimos al unísono, pero antes de que siquiera pudieran festejar, Eiden agregó—: Dos bolitas, pero primero deben arreglar la habitación y lavarse las manos.

Oh, no. Su calvario. No había cosa que odiaran más que arreglar su desastre. Eran muy buenos haciéndolo, pero nada buenos para recogerlo.

Rápidamente, sus rostros se contrajeron en una mueca de disgusto e hicieron un puchero con sus labios; ésa era su arma secreta para manifestar que eso no les parecía.

El primero en hablar fue Damian:

—Nooo —chilló, negando con la cabeza—. Eso no es divertido.

Su hermano asintió con la cabeza a favor de eso.

—Papi siempre quiere ponernos a trabajar. Eso está mal, estamos chiquitos. Así —Damon juntó sus dedos pulgar e índice, dejando un mínimo espacio entre ellos, para dramatizar más su explicación—, chiquitos. Tú no estás chiquito.

—Pero no es mi desastre.

—¡Pero estamos chiquitos!

—Los niños chiquitos también deben ser responsables. Porque si no, no comen chocolate, ni helado, ni galletas.

—¡Papi, no!

—Nada, vayan a recoger sus cosas o no habrá helado.

—Mami, dile que no. Estamos chiquitos, nos vamos a cansar de nuestros bracitos y después no vamos a poder comer helado.

Estaba masticando un trozo de melón mientras veía la discusión, así que tuve que deglutirlo rápido.

—¿Qué dijimos sobre la responsabilidad? —le dediqué una miradita seria. Siempre hablábamos de eso—. Que debían ser...

—Niños responsables y encargarnos de las cosas que nos corresponden —recitaron al unísono.

Me sorprendía que se lo hubieran aprendido, porque tenía que recordárselo por lo menos una vez a la semana. No entiendes cómo dos niños de menos de un metro son capaces de hacer tanto desastre hasta que son tus propios hijos. Colores, hojas, juguetes: en menos de una hora podían hacer de todo.

—Así es, niños responsables —me acerqué a ellos y les di un beso en sus mejillas regordetas—. Ahora, vayan a arreglar todos sus juguetes y cuando vuelvan les daremos su helado.

No tuve que repetírselo dos veces: apenas Eiden les dio un beso en sus mejillas y los puso en el suelo, Damon tomó la mano de Damian y salieron disparados hacia el cuarto de juegos.

Ese hábito de Damon de tomar la mano de Damian cuando iban a cualquier sitio siempre provocaba un pequeño alboroto y un martilleo de amor en mi pecho. Era mayor por un par de minutos, pero, de alguna manera, parecía que necesitaba proteger a Damian.

—No corran —les advirtió Eiden—. Y no se peleen, cada uno arregle lo que le corresponde.

Se escuchó un chasquido en el fondo, que estaba segura de que había sido de Damon, y después los dos dijeron al unísono:

—Sí, papá.

Aaron decía que le daba miedo que a veces hablaran al mismo tiempo o que en ocasiones se movieran igual o hicieran las mismas muecas, como si existiera entre ellos una conexión o algo por el estilo. Y es que eran inseparables; desde bebés no había manera de separarlos. Dormían en la misma habitación, aunque tenían camas individuales, pero era costumbre encontrar a uno en la cama del otro. Todo lo hacían juntos: comer, jugar, ver televisión, lavarse los dientes, bañarse, porque hasta en la ducha se quedaban durante minutos jugando con el agua.

Sólo había una cosa que no hacían juntos y era preparar el desayuno. Cuando no tenían clases, era picoteada en la mejilla por un Damian impaciente que quería que nos pusiéramos a preparar macarrones. Él sólo se encargaba de abrir la caja, pero era el niño más feliz del mundo. Damon, por su parte, se levantaba con él, pero despertaba a Eiden para que hicieran panqueques.

Sí, Damon odiaba los macarrones con queso. No había manera de que los comiera. Él era feliz haciendo la mezcla para los panqueques con su papá.

La cocina terminaba hecha un desastre de harina y queso por todos lados, sin embargo, era demasiado hermoso para mí ver cómo mis niños eran felices intentando cocinar su propio desayuno.

—Salieron igual de flojos que tú —me dijo Eiden y puse los ojos en blanco.

Cuando terminó de poner el dibujo de Damian en el refrigerador entre varios más que había ahí, se acercó para tomarme de la cintura, atrayéndome hacia él con una sonrisita divertida.

—Y salieron igual de rezongones que tú —le di un golpecito en el pecho—, pero por lo menos no heredaron tu malhumor.

Se rio, negando con diversión, y se separó un poco de mí para poder bajar su mano a mi vientre. Una pequeña sonrisa tiró de mis labios al sentir un movimiento justo donde él puso la mano. Siempre respondía cuando Eiden me tocaba o cuando le hablaba.

—Tal vez él o ella herede mi malhumor —acarició mi vientre.

—Nop —negué con la cabeza, viendo su mano en mi vientre; ya abarcaba una tercera parte de él. Aún no estaba tan grande, pero ya era muy notorio y el peso a veces me dejaba rendida—. Es más tranquila que los niños, ellos se la pasaban pateando y moviéndose. Siento que ella va a ser más calmada, aunque igual de risueña que Damon y Damian.

Damian y Damon traían luz a donde pisaran. Desde pequeños eran como un torbellino de emociones. Corrección: no desde pequeños, sino desde antes de nacer ya estaban causando en nuestras vidas más de lo que podíamos imaginar.

Cuando me enteré de que estaba embarazada la primera vez, estuve a punto de desmayarme. No podía creerlo. Llevábamos meses sin usar ningún tipo de anticonceptivo. Lo estábamos intentando, queríamos tener un bebé, sin embargo, la realidad superó nuestras expectativas en el momento en que se cumplió ese sueño. Íbamos a ser papás.

Yo me emocioné demasiado, pero Eiden se shockeó. Sólo se me quedó mirando por varios segundos sin decir nada, como si no pudiera procesar la información que le había dado. Le costó unos largos segundos más poder expresar algo. Sin embargo, esa noche y todas las siguientes se las pasó abrazado a mí, acariciando mi vientre. Ni siquiera volvió a dejarme dormir sobre él porque "Podemos lastimar al bebé". No tenía ni dos meses y mi panza era inexistente. Se volvió un gorila sobreprotector después de eso. No dejaba que me agarraran el vientre.

Mi embarazo fue pesado y cansado, pero era placentero poder colocar mi mano sobre mi vientre y sentir sus movimientos. Cuando nacieron, eran demasiado inquietos, siempre estaban moviéndose, queriendo agarrar cosas, y en cuanto les salieron sus primeros dientes, mordían todo. Eran pequeños y se veían tan frágiles que a ambos nos costó trabajo poder acostumbrarnos a tratarlos sin miedo. Era una sensación que a los dos nos embargaba, pero no sólo porque fueran tan delicados.

No tuvimos las mejores infancias y teníamos miedo de empañar la suya. Ahora estaba segura de que eran niños felices, se notaba a leguas.

Estaba tan sumida en mis pensamientos y en el suave movimiento de la mano de Eiden acariciando mi vientre que mi ceño se frunció cuando se detuvo abruptamente. Esperé a que volviera a hacerlo o a que respondiera algo a lo que había dicho.

—¿Qué ocurre? —lo observé con una mueca de preocupación.

Se había quedado callado, con el semblante entre serio y dubitativo, como si estuviera procesando algo.

Mi corazón se agitó en mi pecho. Él ladeó la cabeza, escudriñando mi rostro, y luego bajó la mirada a mi vientre.

—¿Ella?

—¿Qué? —fruncí el ceño.

Parpadeé varias veces sin comprender a cabalidad sus palabras.

—Dijiste "ella" —agregó—. "Ella va a ser más calmada".

—No dije eso —sacudí la cabeza—. Mentiroso.

—Estoy cien por ciento seguro de que dijiste "ella".

—Y yo estoy cien por ciento segura de que no lo hice.

Enarcó una ceja y yo me mordí el labio inferior, dubitativa y nerviosa.

No dije eso. ¿O sí? No. Lo hubiera recordado. Ahora, si intentaba rebobinar mis propias palabras, no sabía ni qué rayos había dicho.

Ella.

—Una pequeña versión de ti —dijo lentamente con una sonrisita en los labios—. Sería una niña preciosa.

—O puede que sea otro niño —defendí—. Una miniversión tuya.

—Tengo dos miniversiones mías, creo que ya es tu turno.

Damian y Damon eran como copias al carbón de Eiden. Había visto una foto de cuando él era niño. Se parecían demasiado. Sí se distinguían mis rasgos en sus rostros, pero los de Eiden predominaban más por ser varones.

—Pues eso lo averiguaremos en la noche —sonreí, tomando su mano y colocándola en mi vientre—. Sea niño o niña, lo vamos a querer mucho.

—Aunque si es niña...

—¡Eiden! —lo regañé, apartando su mano de un manotazo—. No digas eso. Te puede escuchar.

—Era broma, cariño.

Le puse mala cara mientras volvía a acercarme a él para que acariciara mi vientre. Sentí una pequeña vibración cuando se inclinó con una sonrisa y quedó a la altura de mi ombligo.

—Te quiero, bebé, seas niño o niña —le habló y dejó un beso en mi vientre—. Pero, por favor, sé más tranquilo que tus hermanitos. No quiero enloquecer tan rápido.

En serio, por favor. Íbamos a terminar agotados si era igual de travieso que los gemelos.

—Eso está mejor —sonreí, acariciando su cabello con devoción al ver la forma en que le hablaba a mi vientre, como si una parte de él realmente esperara que el ser dentro de mí lo escuchara y entendiera.

A veces yo también creía que lo hacía más de lo que nosotros mismos éramos capaces de entender por cómo se movía cuando Eiden le hablaba, cómo tiraba pataditas cuando Damian y Damon también lo hacían, cómo se calmaba cuando se lo pedía. Reaccionaba a nosotros, a nuestra presencia, a nuestras voces.

Era parte de nuestra familia desde que supe que lo estábamos esperando. El bebé en mi vientre ya tenía un cachito en nuestras vidas.

—¿Pero sabes qué estaría mejor?

Dejé de acariciar su cabello en el momento en que comenzó a enderezarse.

Oh, no, esa mirada.

—¿Qué?

—Que comenzaras a hacer lo que te pido, por tu bien. ¿Qué te dije sobre estar parada mucho tiempo?

—Pero no llevo parada mucho tiempo.

Eiden enarcó una ceja, acentuando su mueca de molestia, y al instante me sentí regañada. Había desarrollado una expresión muy marcada y fácil de distinguir cuando quería reprenderte. La misma que les dedicaba a los niños cuando no hacían caso. La mayoría del tiempo obedecían, sin embargo, a veces, como todo niño, hacían berrinche.

—Está bien, ya me voy a sentar —resoplé—. Es que no me gusta estar todo el tiempo sentada, me duele el trasero y no puedo hacer nada.

—No es necesario que hagas algo, para eso estoy yo.

—¡Pero yo también quiero hacer algo!

—Puedes hacerlo sentada. Así no te cansas y no se te hinchan los pies.

—Es que me quedo dormida cuando me siento.

Apretó los labios, reprimiendo una risa, y yo le lancé una mirada fulminante. No era nada gracioso; cuando me agotaba, realmente me agotaba. No era sólo mi peso, éramos el bebé y yo. El bebé también era flojo, no era toda mi culpa.

—Bueno, puedes jugar con los niñ...

—¡No quieren jugar conmigo porque creen que me van a desinflar la panza y sacar a su hermanito!

—Es que...

—¡No te rías! —chillé, lanzándole una toalla que estaba sobre la mesa—. No es gracioso. Tú no estás cargando un bebé en la panza. Sólo lo pusiste aquí y ya. Soy yo la que debe de cargarlo y soportar que se mueva y me retuerza los órganos.

—Allison, el bebé no te está retorciendo los órganos, tal vez sólo te los apachu...

—¡Eiden! ¡Ése no es el punto!

—Está bien, está bien —dejó de reírse a duras penas y se puso serio cuando vio mi mala cara—. Vamos a sentarnos primero y luego discutimos sobre los movimientos que hace ese bebé que puse en tu panza, ¿de acuerdo?

—Ya qué.

Solté un suspiro ruidoso y me dejé caer sobre una silla que Eiden había movido para que me sentara. Hoy no estaba tan dramática. Era mi primer drama del día, por lo menos no me desperté llorando porque ya no podía dormir más.

Y es que las hormonas me ponían patas arriba en todos los sentidos. Me alteraban de extremo a extremo, en un momento podía estar feliz y al otro llorando. Ayer lloré porque se me cayó una cuchara y pensé que la había lastimado. Damian y Damon le pusieron un curita y eso me hizo llorar más. Era un drama andante.

—Perdón por hacer tanto drama —solté al recordar que esto no sólo era difícil para mí, sino para él—. Bueno, por hacer mucho más drama del que ya hacía antes.

—No te disculpes por eso, cariño. Sé que todo esto del embarazo es difícil para ti. Y, siendo sincero, me preocuparía más si no hicieras dramas.

Me reí y negué, divertida.

—Gracias por soportarme, entonces. A veces ni yo misma lo hago.

—Deja de preocuparte por eso —me tomó del mentón, haciendo que lo mirara a los ojos—. Sólo preocúpate por cuidar de ti y del bebé, yo me encargo de cuidar tus cambios de humor para que no me vueles la cabeza cuando te enojes o te deshidrates cuando llores.

Oh, no. Ataque de hormonas.

Mi corazón se sentía muy blandito y sensible. No pude ni contenerme antes de que mi labio inferior comenzara a temblar; en menos de un segundo ya estaba llorando.

—No, cariño, no llores —se apresuró a limpiarme las lágrimas—. ¿Ahora qué pasa?

—No me trates bonito.

—Pero...

—Porque me pongo más sentimental.

—Pero si sólo dije que iba a prevenir que me mataras y te deshidrataras.

—Pues por eso —lloriqueé con más fuerza—. Porque no quieres que me deshidrate y eso es bonito. Siempre dices cosas bonitas y yo lloro. Y no me gusta llorar, porque se me hinchan los ojos y me veo fea.

—No te ves fe...

—¡No mientas! —me limpié las lágrimas, que ya ni siquiera me dejaban ver—. Sí me veo fea.

—No es así.

—¡Que sí!

—¡Que no!

—¡Que sí!

—¡Que no!

—¡No me lleves la contraria! ¡Estoy embarazada, déjame ganar!

—Está bien —suspiró—. Sí te...

Le puse mala cara.

—Ya. Mira, ya ganaste, fin.

—Más te vale —lo fulminé con la mirada.

Sacudió la cabeza, divertido, más que acostumbrado a estos cambios repentinos de humor.

—¿Me das un abrazo? —le pedí de pronto—. A mí y al bebé.

—Cla...

No lo dejé terminar y lo atraje hacia mí, envolviendo mis brazos en su cuello. No supe cómo, pero en algún momento me puse de pie para abrazarlo por completo y estrujarlo con fuerza. Él me correspondió, aunque no me apretó. Siempre se preocupaba por no lastimarme a mí o al bebé, así que tomó con suavidad mi espalda y me sostuvo contra él. Su pecho subía y bajaba lentamente.

A veces me surgía esta necesidad de abrazarlo a él y a los niños. Eran mi rincón seguro en el mundo, eran la fuente de mi felicidad, de mi vitalidad, de mi todo. No podía ni imaginar que algo les ocurriera porque no sería capaz de recomponerme de eso. Cada que los escuchaba reír, los veía sonreír o únicamente los escuchaba hablar, sentía que mi pecho se llenaba por completo y se calentaba.

Eiden y yo habíamos formado una familia. Empezamos nosotros dos con un par de gatitos que se habían infiltrado en nuestras vidas desde un principio, después llegaron Damian y Damon, y finalmente el bebé que estábamos esperando.

Bajé la mirada lentamente cuando noté que alguien más se había unido al abrazo. Cuatro, para ser más exacta. Damian y Damon envolvían nuestras piernas, y Minni y Copito se frotaban contra nosotros maullando.

—Ya arreglamos el cuarto —Damon nos informó con una sonrisita.

—Y nos lavamos las manos —Damian nos enseñó sus manos— para comer el helado. ¿Y el helado, mami?

Había olvidado que les dije que lo iba a tener listo para cuando volvieran. Eso fue rápido.

Hacía una semana se les había metido en la cabeza que ellos solitos podían arreglar su cuarto y que no nos necesitaban.

Me dolió, no iba a mentir, ¡tenían cuatro años! Claro que nos necesitaban, pero dejó de dolerme cuando descubrí que nos habían pedido eso porque les facilitaba la tarea, dado que arreglaban todo a medias. Hacían pequeñas montañas con sus juguetes y las dejaban en las esquinas sólo para que no se viera todo el desastre. Después nosotros arreglábamos todo. Ellos creían que era el poder de un hada o algo por el estilo.

—Yo se los voy a dar —Eiden se adelantó al ver que yo lo había olvidado—, ¿con chispas o sin chispas?

—¡De chocolate! —chillaron ambos al unísono—. Muuuuchas. Porque trabajamos muuuucho y nos cansamos muuuucho.

—Está bien, muuuuchas chispas de chocolate —los imitó, divertido—. Pero siéntense, que no se lo van a comer parados.

—Vengan, vamos a sentarnos.

Los subí a sus sillas mientras ellos hablaban sobre jugar en el patio con su pelota nueva y cuando estuvieron listos, Eiden les dio sus helados. Sus ojos relucieron a medida que comenzaron a comer. Damian, como siempre, apartó las chispas para comerlas al final y Damon devoró bocado tras bocado.

—¿Mami? —Damon levantó la vista de su tazón—. ¿Cuándo vamos a ver al abuelo y la abuela?

Papá seguía trabajando y viviendo en Linston. Le gustaba que, al ser un pueblo pequeño, podía limitar mucho más su trabajo y encontrar más tiempo para él. Aprendió eso, a dejar y delegar su trabajo, a priorizarse a él y a su pareja. Ahora estaba casado con una colega de su empresa. Llevaban más de cinco años viviendo juntos.

Los niños la llamaban abuela. Vanesa era una persona dulce y, al contrario de lo que ella creía, no tuvimos problema con que los niños la llamaran así. Ella no sabía de forma concreta cómo era mi relación con Tara, así que se sentía cohibida al pensar que estaba usurpando un título que no era suyo.

Si ella no era su abuela, no tendrían otra. Tara no iba a estar cerca de mis hijos, ellos no tenían otra abuela que no fuera la esposa de mi padre, así como yo ya no tenía madre desde hacía más de quince años.

—En el cumpleaños de tu abuelito, cielo —le respondí, limpiando una gota de chocolate que se escurría por su mejilla.

—¿Y vamos a ir al lago? Ya voy a poder nadar, ya estoy grande.

—Le tienes que pedir a tu papá que te enseñe a nadar porque tú aún no sabes.

—Papi —Damon le dio un golpecito en el brazo a su papá para llamar su atención —, ¿ya me vas a enseñar a nadar?

Eiden, que estaba sentado a su lado, lo pensó unos segundos. Como si fuera capaz de negarse realmente a algo que le pidieran.

—Tal vez —se hizo el difícil—. Aún no estás tan grande.

—Pero ya voy a cumplir cinco años —Damon levantó su manita—. Así, cinco. Ya voy a estar grande.

—Pero aún falta para que cumplas eso. Y tú habías dicho que estabas chiquito.

—Pero ya no voy a estar chiquito. ¿Cuánto falta para que cumpla cinco, mami? ¿Verdad que no falta mucho? Sólo un poquito.

—Falta un mes, cielo —respondí—, antes del cumpleaños de tu abuelito.

—¿Ya ves, papi?, un mes. Poquito, ya voy a ser grande, como tú.

Ambos nos reímos y eso lo hizo fruncir su pequeño ceño. Como si creyera que nos estábamos burlando de él.

—¿Entonces no? —me miró a mí y después a Eiden, comenzando a hacer un puchero.

—Sí, sí, cielo —se apresuró Eiden a contestar—. Cuando vayamos al lago, yo les enseñaré a nadar.

Un puchero, eso fue todo lo que le duró su supuesta dureza, y es que ver eso en sus pequeñas facciones era casi como una puñalada.

Damon sonrió triunfante y feliz. Y Damian alzó la cara al darse cuenta de que lo incluían en la conversación. Él estaba muy entretenido separando sus chispitas.

—Yo no quiero —negó con la cabeza—. El agua está fría. Yo sí estoy chiquito todavía.

—No está fría —Damon lo volteó a ver con mala cara—. Está calientita.

—No —negó con la cabeza, sin importarle lo que había dicho su hermano—. No quiero, yo quiero ir a la cabaña. También vamos a ir a la cabaña, ¿verdad, mami? Papi dijo que podríamos acampar cuando tuviéramos casas para acampar y ya tenemos.

No podía creer que todavía recordaran eso. Pensé que lo olvidarían, yo qué sé, al mes, pero no. Seguían queriendo acampar desde la última vez que fuimos a la cabaña.

Mi cara tuvo que haber develado algo porque Eiden me lanzó una miradita divertida y burlona. En parte era su culpa que lo recordaran. Al día siguiente de que los niños le dijeron eso, él los llevó a comprar las casas para acampar.

Todavía tuvo el descaro de decirme:

—*Mira, como cuando nos tocó acampar juntos y tuvimos que armar nuestra casita.*

—*Cuál tuvimos, si la armé yo mientras me veías y después te pusiste a criticarla con tu cara de culo. Ni me recuerdes, Eiden, que me dan ganas de darte un golpe.*

—*¡Después volví a armarla!*

—*¡No valió!*

—*¡Sí valió!*

—*¡Lo hiciste bajo presión!*

—*¡Claro que no, si no hubiera querido, no lo habría hecho, pero como me gustabas, volví!*

—*Mmm.*

—*Me gustabas muuucho. Y me sigues gustando igual de muuucho.*

—*Mmm.*

—*De aquí a la luna, como dirían los niños.*

No voy a mentir, después de eso, le sonreí porque me estaba viendo con una mirada muy bonita y no me duró el enfado.

Pero ahora no estaba enfadada, estaba quisquillosa. Íbamos a tener que dormir rodeados de mosquitos si acampábamos. Agg.

—Sí, cielo —le dediqué una sonrisa a Damian, que me veía feliz, esperando mi respuesta—. Vamos a acampar, pero acuérdense de que sólo una noche, porque los mosquitos nos pueden picar y eso duele.

—Mejor dos noches, mami, una es poquito.

—¿Quieres que te piquen los mosquitos? —le advertí, seria—. Eso duele y después te vas a querer rascar mucho y te va a arder.

—Pero en la casita no va a haber mosquitos porque la vamos a cerrar.

—Pero se pueden meter.

—Para eso existen los repelentes —Eiden lanzó con un tonito feliz—. ¿Verdad, cariño?

Sonreí de mala gana.

—Sí, cariño, y como que hoy el sofá se ve muy cómodo para que duermas en él, ¿no crees?

Me sacó la lengua y yo se la saqué igual. Yo no iba a pasar dos días durmiendo en la intemperie. Ni iba a poner a los niños a dormir así, se podían enfermar. Con un día era más que suficiente. Esperaba que ellos lo entendieran. Y por ellos, también incluía a Eiden.

—Uy, mami quiere mandar a dormir a papi al sillón —Damon le echó leña al fuego y negó como si eso fuera lo más triste del mundo—. Por portarse mal, yo por eso no me porto mal. ¿Verdad, Damian? Que tú y yo nos portamos bien.

Su hermano asintió con la cabeza deprisa.

—Sí, por eso dormimos en nuestras camas.

—Papi no, por molestar a mami.

—Dejen de estar de cizañosos —Eiden los miró con mala cara.

—Nosotros no estamos de ciza... ciña... ciñarosos —Damon frunció el ceño—. ¿Qué es eso? Se oye feo.

—Porque es algo feo. Es molestar a otra persona.

—Mmm, como tú a mami. Eres un ciñaroso.

Me reí, no pude evitarlo. Eiden, por su parte, miraba a Damon con una mueca amarga mientras él parecía muy serio al hablar, a contraste de sus mejillas, que estaban llenas de helado.

—Pero así te queremos, todo ciñaroso.

Y eso fue suficiente para que la cara amarga de Eiden se evaporara. Una sonrisa tiró de sus labios y sus ojos brillaron ante el niño, que desconocía el impacto que tenían sus palabras.

"Los niños siempre dicen la verdad".

Los niños no tienen filtros, son espontáneos, dicen lo que piensan, sea bueno o malo. No es una necesidad, no son conscientes, sólo es su naturaleza que aún no distingue el impacto de una sola palabra, una sola oración. Es la sencillez de su cerebro queriendo expresarse sin rodeos.

Damon quería a su papá, y así tan simple como lo sentía, lo decía sin problema.

Observé a Eiden, que acariciaba el cabello de nuestro niño en un gesto cariñoso.

—Yo también los quiero —les dijo y después me miró con una sonrisa—. Los quiero aunque sean unos cizañosos.

¿Notan el parecido? Él no iba a dejar pasar eso, oh, no, ni con sus hijos. El primero que reaccionó ante tal acusación fue Damian, que lo miró mal.

—No somos cizañ… ciza…

—Ciñarosos —le ayudó Damon.

—Sí, no somos eso. Tú sí, nosotros no. ¿Verdad, mami? —me miró—. Dile que no somos eso. Se oye feo.

Alguien tenía que poner paz entre todos.

—Ninguno es un cizañoso, cielo. Su papi sólo estaba bromeando y, Damon, no le digas así.

Menos mal que Damon no se puso a protestar y lo aceptó con un asentimiento de cabeza.

—Okey, perdón, papi. No eres ciñaroso. ¿Me perdonas? Si me perdonas, te doy una cucharada de helado. Y si no, no te doy —Damon negociaba todo con su comida, y cuando no tenía eso a la mano, te ofrecía un beso o un abrazo. Y aunque parecía la cosa más inocente del mundo, tuvimos que enseñarle que no podía hacer eso con todas las personas que se topara, porque no todos tenían buenas intenciones.

—Dos cucharadas —Eiden negoció.

—Mmm. Una y media. Dos es mucho —levantó su mano enseñándole tres dedos—. Así es mucho.

Aún le fallaban un poco los números, los colores y las palabras, claramente. Y a veces también los pies, se caía mucho. Madre santa, es que se la pasaba corriendo por todos lados.

—No, cielo —Eiden tomó su mano y bajó un dedo para dejar sólo dos—. Así son dos.

—Ahh, entonces sí. Sólo dos.

Damon, como buen niño, cumplió feliz su parte del trato, así que Eiden tomó las cucharadas de helado. Al terminar, me volteó a ver a mí.

—Mami, ¿tú también quieres helado?

—No, cielo —no se me antojaba para nada, es más, sentía que si una sola cucharada entraba a mi boca, iba a vomitar—. Mejor cométela todo tú.

—Sí, mami. Y le voy a dar a Copito y Minni —los señaló; estaban en el suelo—. ¿Los podemos subir a la mesa para que nos acompañen? Ahí están solitos.

Bajé la mirada con una sonrisa, estaban acostaditos en el suelo.

—Bueno, pero no vamos a molestarlos mientras duermen.

—¿Y si quieren helado?

—Les damos del suyo, acuérdate de que el de nosotros les hace daño.

—Sí, mami.

Ya iba a ponerme de pie cuando sentí la mirada de Eiden. Alcé las manos, divertida, y me dejé caer de nuevo en la silla. Agacharme me costaba de vez en cuando. Él se apresuró a ponerse de pie para subir a Minni y Copito. Parecía que ni los había tocado una mosca, porque rápidamente volvieron a acostarse en la mesa. Damon los acarició feliz mientras Damian lo miraba con los ojos entrecerrados. Mmm, lo conocía a la perfección, le tenía que decir algo y no tardó en hacerlo:

—A mí no me preguntaste si quería helado.

Eiden, a su lado, reprimió una sonrisa al igual que yo.

Damon rápidamente lo vio.

—¿Quieres helado?

—No, pero si me das de tus chispitas, yo te doy de mi helado.

Eran mucho de compartir sus cosas o intercambiarlas. Nunca discutían, a excepción de una o dos veces en que no estuvieron de acuerdo.

Damon asintió ante la propuesta de su hermano y arrastró su cuchara por la parte superior de su helado para tomar una buena porción de chispitas de chocolate.

—Ten —le dijo, dejándola en su tazón, y luego frunció el ceño—. Espera, más, porque a ti te gustan muuuchas.

En cuanto depositó todas las demás chispitas que él consideraba muchas, Damian le correspondió dándole dos cucharadas de su helado.

Y mi corazón se derritió en mi pecho cuando Damian le dio un beso en la mejilla a Damon.

—Gracias, Damon, te quiero.

—Yo también te quiero, Damian.

Se querían.

Ay, no, ay, no. Me eché aire con la mano dramáticamente cuando sentí cómo las lágrimas se acumulaban en mis ojos.

Mis niños se querían.

Buscando con la mirada a Eiden, lo encontré observándome, y al instante se dio cuenta de que estaba a punto de llorar. No sé qué fue más rápido, si la lágrima que ya descendía por mi mejilla o él acercándose a mí para abrazarme y esconderme de los niños porque no les gustaba verme llorar.

***

—Listo.

Eiden abotonó el tercer botón de mi camisa holgada y sonrió cuando admiró cómo mi vientre sobresalía de la parte baja que no había cerrado.

—¿Estás lista?

—Estoy nerviosa —confesé—. Yo... no sé qué esperar.

—Rosita niña, azul niño. Simple.

Los nervios se apoderaron de cada parte de mi cuerpo. *Rosita niña, azul niño.* En menos de una hora íbamos a saber el sexo de nuestro bebé. Cuando tuvimos a Damon y Damian invitamos a más personas, estaban Aaron, Sam, Jess, Nathan, mi papá, Hellen, amigos nuestros, todos. Ahora éramos sólo nosotros cuatro. Lo preferimos así.

Aaron seguía sin superar que Samantha ya lo sabía. Lo había considerado un ataque directo a su persona. Ella fue quien nos ayudó a preparar todo y a conseguir las pinturas, así que tuvo que saber el sexo del bebé.

—Sabes que no es sólo eso —musité, tocando mi vientre, el bebé llevaba un par de horas muy inquieto—. Es todo. Es…

Suspiré, intentando relajar todo mi cuerpo. Estaba nerviosa, eufórica, quería llorar, saltar. Eran muchas emociones en mi pecho. No me había detenido a analizar que sí, que íbamos a vivir el proceso de un nuevo bebé, desde tenerlo en nuestros brazos hasta verlo crecer poco a poco.

—¿Demasiados nervios? —me preguntó con un gesto tranquilo, ni siquiera parecía que estuviera una cuarta parte de lo nerviosa que yo estaba—. Ven, no estés así.

Aparté la mirada de mi vientre y tomé la mano que me ofrecía, dejando que me llevara a su lado. Mi cuerpo podía estar más pesado de lo normal, por el gran bulto que tenía delante, pero mis pies eran como papeletas cuando Eiden me movía.

Me colocó frente a él y un pequeño suspiro se desvaneció en mi boca al sentir cómo su pecho se pegaba a mi espalda y cómo deslizaba con suavidad sus manos por la parte baja de mi vientre para después sostener casi por completo el peso del bebé, liberándome de la carga.

Sonreí por la sensación reconfortante y él comenzó a arrullar nuestros cuerpos. Me dejé controlar por sus brazos. Dejé que calmara todos los nudos que se arremolinaban en mi sistema y lo volvían un manojo de nervios.

—Vamos a tener a nuestro tercer bebé, Eiden —decirlo en voz alta se escuchaba surreal—. Siento que apenas fue ayer cuando estábamos cargando a Damon y Damian.

—Ya casi cinco años de que están con nosotros.

—¿Recuerdas cuando descubrimos cómo calmar sus llantos y hacerlos dormir más rápido?

Cada momento con los niños era algo que atesoraba con demencia en mi cabeza. Momentos grandes, momentos pequeños, todos tenían valor para mí.

—Los acostábamos sobre nuestros pechos y les cantábamos...

—"Estrellita, ¿dónde estás?" —completé por él.

—Hasta el día de hoy siguen durmiéndose con esa canción de cuna, al igual que tú.

Me reí. Sí, esa canción de cuna me hacía cerrar los ojos involuntariamente.

Todas aquellas cosas que fuimos descubriendo en ellos desde que eran tan pequeños eran como pedacitos de un rompecabezas que íbamos armando.

—Y cuando comenzaron a gatear —recordó—. Y Minni y Copito les tenían que huir porque siempre los seguían y se acostaban sobre ellos.

—Los pobres salían corriendo apenas los veían.

—Menos mal que dejaron de hacerlo cuando aprendieron a caminar.

—Y ahí éramos nosotros los que teníamos que correr tras ellos, porque les encantaba que los siguiéramos.

—Se escondían debajo de la mesa y se reían cuando los atrapábamos.

—Oh —me reí internamente por el recuerdo que me había llegado, era algo con lo que me encantaba molestarlo—. Y recuerdas ese día que salí a comprar al supermercado y te quedaste con ellos...

—¡Fue culpa de Aaron! —me cortó al darse cuenta de hacia dónde iba la conversación.

Pero yo seguí con una sonrisita.

—Pero te pedí a ti que los cuidaras. No a él. Media hora, Eiden, media hora y cuando volví estaban llenos de tinta.

—Pues yo sólo fui cinco minutos al baño y cuando salí ya parecían exconvictos.

—Te recuerdo que se rayaron con plumones porque querían tener tus tatuajes.

—Yo no tengo tatuajes en la cara —dijo necio.

Tenían dos años, yo había tenido que ir al supermercado a comprar un par de cosas para un postre que iba a hacer y Eiden se quedó en casa con los niños junto con Aaron, que ese día estaba de paso. Al parecer, Eiden fue un par de minutos al baño y le pidió a Aaron que los cuidara. No sé lo que pasó durante ese tiempo, lo único que sé es que, cuando llegué, los encontré en el baño apurándose a quitarles todos los rayones que se habían hecho con un plumón negro. Cuando me vieron, Eiden y Aaron se asustaron, pero Damon y Damian se rieron y se señalaron entre ellos para después decir: *"Como papá"*.

Y ahora, cada que Aaron los veía, les decía pequeños exconvictos. No podía hacer que les dejara de decir así. Y Eiden se reía, como si fuera gracioso.

—Ya que estamos sacando cosas al aire —me dijo con una sonrisa maliciosa—. ¿Recuerdas cuando les diste por primera vez de comer papilla y te la aventar....?

—¡Ya! —me aparté de él dándole un manotazo. Eso sí que debería de salir de su memoria—. Ya es hora de saber el sexo de nuestro bebé, anda.

—¿No estabas muriéndote de nervios hacía un minuto?

Enarqué una ceja.

—¿Y tú no estás nervioso?

—Lo estoy —asintió con la cabeza, tomándome de la cintura—, pero dos personas nerviosas no van a llegar a ningún lado.

Resoplé. Creo que con los nervios que tenía yo, era como si fuéramos dos personas.

Eiden me acercó a su cuerpo y yo puse las manos en su pecho para verlo a los ojos. Sí estaba nervioso. Lo podía notar, aunque lo afrontaba bien. Creo que la revelación de Damian y Damon lo preparó lo suficiente.

Esbozó una pequeña sonrisa cuando se inclinó para besarme y yo envolví mis manos en su cuello. Sus labios sobre los míos se sintieron como una caricia al alma, y sus dedos aprisionando mi espalda fueron como avivar una brasa ardiente.

Bien, las hormonas se disparaban en todos los sentidos, eso lo tenía claro.

Al separarnos, lo abracé porque necesitaba tener la calma que él sentía y yo no podía.

—¿Ya estás lista? —me preguntó tranquilamente, deslizando la yema de sus dedos por mi columna vertebral de arriba abajo.

Lo pensé por un momento: nunca iba a estar lista, pero una ligera emoción se arrastraba por debajo de mi piel dejando una marca eufórica en mí. Quería saber, necesitaba saberlo.

Asentí con la cabeza y antes de que pudiéramos separarnos por completo, la puerta del baño se abrió ligeramente, mostrando una cabecita.

—Ya escogimos nuestras pijamas —dijo Damon, que terminó de abrir la puerta y entró a la habitación, tomando de la mano a Damian, que venía detrás de él.

—¿Y cuáles escogieron?

—Éstas, mami. Son azules.

Tomé las prendas que me ofrecía y sonreí al ver que eran las que habíamos comprado hacía una semana. Eran iguales, con el cuello de un azul un poco más fuerte.

—Vamos a ponérselas entonces.

Eiden les extendió los brazos y ellos saltaron felices hacia él, rodeándolo para que los cargara. Damon dejó que yo le ayudara con la pijama tranquilamente, pero Damian se reía y retorcía cada que Eiden le ayudaba porque le daban cosquillas.

—Ya —Eiden alzó las manos cuando le terminó de colocar la camisa—. ¿Por qué eres tan cosquilludo?

—No lo sé, sólo siento muchas cosquillas.

—Ya veo. Ven. Te ganaste un abrazo por no darme en el ojo con el codo como la última vez.

Lo estrujó contento y Damon se unió a ellos con la misma sonrisa. Yo también me uní, pero sólo en un abrazo corto. Eiden me miró cuando besé las frentes de los niños y la mejilla de él, separándome de sus brazos.

"Voy por las pinturas", gesticulé y creo que vio claramente en mi cara que, si me quedaba más tiempo con ellos, me iba a poner sentimental o a llorar. Sabía muy bien que mis hormonas y yo éramos la cosa más extraña del mundo.

Y no era únicamente eso, sino que... necesitaba respirar. Durante mis embarazos, mis nervios se tornaban en unas ganas horribles de vomitar. Eiden besó mi frente, asintiendo, y caminé a la esquina de la habitación, donde estaban dos botes de pintura. Me senté en un pequeño sofá que teníamos ahí y con delicadeza tomé los botes para colocarlos frente a mí.

El envase no era genérico, era de color violeta con el logo enorme de una tienda china. Samantha los había comprado en un puesto que vendía diferentes tipos de pinturas para festividades, por ejemplo, ésta era blanca y sólo cambiaba de color cuando se aplicaba en la oscuridad. El color era obviamente azul o rosa.

Abrí un bote y ladeé la cabeza al ver el color blanco. La verdad estaba así de nerviosa porque, aunque no lo había hablado con Eiden con exactitud, probablemente éste sería nuestro último bebé y sentía que la ilusión de una niña se me desvanecía en las manos de una forma que no sabía explicar.

Por eso no quería decirlo en voz alta. Niño o niña, lo iba a amar, pero... una niña sí me hacía ilusión.

Las risotadas de los niños interrumpieron mi monólogo de nerviosismo y alcé la vista sonriendo al ver cómo Eiden les hacía cosquillas mientras se retorcían divertidos sobre la cama.

Suspiré, creo que era el momento. Tomé los botes y los llevé conmigo, no pesaban para nada. Los coloqué sobre una tabla que estaba al borde de la cama y, justo en ese instante, los niños escaparon de Eiden para saltar sobre la cama y llegar a abrazarme, jadeando.

Los estreché con gusto y besé sus frentes.

—¿Ya vamos a pintar en tu pancita, mami? —Damian curioseó en las pinturas y después vio mi vientre—. ¿Para saber si vamos a tener una hermanita o hermanito?

Asentí y él comenzó a saltar en la cama, feliz. Damon pareció no comprender la emoción de su hermano, pero se le unió y empezó a saltar también. Los dejé que siguieran, sólo me cercioré de que no se quedaran muy al borde y cayeran. En realidad, la cama era grande, a veces dormíamos todos juntos ahí e incluso sobraba espacio.

Aparté la vista de los niños un segundo en el momento en que Eiden se puso a mi lado, deslizó un brazo por mis hombros y me estrechó.

—Hay una cubeta ahí por si te dan ganas de vomitar —me señaló con la cabeza una cubeta verde a un lado de la cama.

—Gracias. Los nervios me están destruyendo y el bebé está igual de inquieto que los niños.

—Ya quiere decirnos si es niña o niño.

—Pues lo único que entiendo es que me está dando pataditas en el riñón.

—Dramática.

—Como no son tus riñones.

—Por suerte —se burló y yo le di un codazo suave en las costillas que lo hizo reír—. Anda —me arrastró con él hacia la cama—. Mejor vamos a alistar esto antes de que los niños se duerman o el bebé te acabe de sacar los riñones.

Ya habíamos cambiado las sábanas por unas que pudiéramos desechar si se ensuciaban, que era obvio que iba a pasar.

Eiden me ayudó acercando la tabla con las pinturas y colocándolas de forma lateral sobre la cama para que pudiera acostarme. Primero me senté. Hice una mueca de incomodidad porque era un tanto complicado: uno porque a veces el peso del bebé me ganaba y era como si me tirara para adelante, y dos porque los niños seguían saltando en la cama. Eiden y yo nos reímos, agarró a los niños en el aire, los calmó y me tomó de las manos para que pudiera acomodarme.

—Ya es hora de saber si van a tener un hermanito o una hermanita.

—Ya, ya, ya —chilló Damon feliz—. ¿Y cuándo va a salir de la panza de mami? Siempre está ahí.

—En un par de meses. Todavía está pequeñito, necesita estar más grande, pero mientras crece, su mami lo protege.

—¿Y nosotros no podemos estar ahí? También estamos chiquitos.

Damon era chiquito y grande según le convenía, de eso no cabía duda.

Eiden los sentó en la cama y negó con la cabeza.

—Ustedes ya estuvieron ahí y ahora nosotros los cuidamos aquí.

Damon vio mi vientre y después me vio a mí con su cara serena, como si se replanteara mil cosas. Al final alzó sus cejas en una mueca llena de curiosidad.

—No me acuerdo. ¿Y qué hacíamos ahí?

La curiosidad de los niños era muy extraña. A veces preguntaban cosas ante las que definitivamente no sabíamos ni qué decir, salvo lo que ellos querían escuchar.

—Dormir —Eiden contestó lo primero que se le vino a la mente.

—¿Los dos? —Damian preguntó sorprendido, sentándose al lado de Damon—. Pero a veces nuestro hermanito se mueve. ¿Tiene pesadillas?

—Bueno, dormían y jugaban —le ayudé a Eiden—. Cuando su hermanito se mueve es porque está jugando.

—Ohhh —ambos parecieron entender mi respuesta y aceptarla—. Entonces, ¿ya podemos pintar en tu pancita, mami?

—Ya —esbocé una sonrisa.

Nuevamente, Eiden me ayudó a acomodarme sobre la cama. Subió mis pies y mi espalda quedó contra el cabecero. Tener la espalda ahí era incómodo y me lastimaba, así que se sentó detrás de mí y yo me coloqué entre sus piernas, dejando caer mi peso sobre su pecho y descubriendo mi vientre, que era del tamaño de un par de balones de futbol. Creo que creció desde la última vez que reparé en él, hacía dos minutos.

Minni y Copito quisieron formar parte de la actividad y se subieron a la cama como si fueran dueños de ella —y claro que lo eran, cada rincón de esta casa era su sitio para descansar—. Minni se acurrucó a mi lado y Copito se quedó más cerca de los niños, que lo acariciaron apenas lo tuvieron al alcance.

Algo que había notado de Minni en los dos embarazos era que había ocasiones en que no dejaba que Copito se acercara mucho, incluso con Eiden hacía lo mismo. Ella se acostaba cerca de mí o sobre mis piernas y soltaba pequeños gruñidos cuando alguien se aproximaba demasiado. Eiden la fulminaba con la mirada hasta que ella lo aceptaba.

Acerqué mi brazo a Minni, que soltó un maullido suave mientras se acomodaba a mi lado con su cabecita recargada en el muslo de Eiden, y me concentré en los niños, que ya estaban curioseando en las pinturas.

No necesité decirles mucho antes de que comenzaran a abrir los botes. Damian era más práctico en ese aspecto. Tomó un bote y lo abrió con cuidado, arrugando la nariz en cuanto sintió el olor a pintura. Por eso prefería pintar con acuarelas.

Tomó un pincel que estaba al lado y Damon lo imitó, yendo directo a su propósito, metiendo el pincel en la pintura. Mi corazón ya aleteaba en mi pecho con fuerza y podía sentir el de Eiden a mis espaldas.

Cuando la primera pincelada relució sobre la piel de mi vientre, un estruendo de emoción resonó por mis venas.

Pincelada tras pincelada, iban pintando con esmero. Ellos se veían felices, y el bebé en mi vientre parecía estar igual, pues se movía y daba pataditas cada que los niños se ponían a discutir sobre qué estaban dibujando.

Yo era un manojo de nervios y Eiden ya no estaba tan tranquilo y despreocupado como hacía menos de un minuto. Miraba a los niños, me miraba a mí, se detenía a besarme en la mejilla y buscaba mi mano para sostenerla cuando suspiraba con una nota de desesperación.

Damian pintaba lo que se suponía éramos nosotros. El retrato consistía en personas hechas de bolitas y palitos, junto a un par de bultos con bigotitos. Damon, por su parte, pintaba corazones y flores alrededor, frunciendo el ceño con determinación y ladeando la cabeza cuando se esmeraba en dibujar los pétalos.

En un momento, Damian se manchó una mano por completo y su rostro se iluminó cuando dejó caer la mano con suavidad sobre mi vientre, imprimiendo la marca de su palma.

Damon lo vio extrañado y, con una mueca de emoción, decidió imitarlo. Se embadurnó con la pintura y unos segundos después ya tenía dos pequeñas manos en los costados de mi vientre.

—Es como tu tatuaje, papi —Damon señaló el tobillo de Eiden, en donde tenía dos manos pequeñas tatuadas. Abajo tenía el nombre de Damon y Damian, según correspondía. Se lo había tatuado hacía más de un año. Yo también tenía tatuajes de cada uno: dos pequeños corazones y uno más grande al lado en mi pecho, justo sobre mi corazón. Al centro de cada uno, se leían las iniciales "D", "D" y "E"—. ¿Quieres poner tu mano aquí, papi?

—Y que mami la ponga aquí —Damian apuntó al lado contrario que Damon.

Acepté sin miramientos, aunque en el momento en que Damian tomó mi mano, noté que temblaba un poco. Gracias a Dios no se dio cuenta o me lanzaría una avalancha de preguntas que no sabría cómo contestar.

Por el contrario, Eiden no respondió, sin embargo, le ofreció su mano a Damon, por lo que supuse que su respuesta había sido un asentimiento de cabeza.

Cuando Damon comenzó a aplicar la pintura sobre su mano, me giré para verlo sobre mi hombro, y para mi sorpresa lo encontré con los labios apretados. No me miraba; tenía la atención puesta en su otra mano, la libre, con la que dibujaba distraídamente pequeños corazones con un dedo. Ya había unos cuantos en hilera en la parte superior de mi vientre hechos por él con un trazo errático.

—¿Nervioso? —le pregunté, atrayendo su atención.

—¿Es normal que sienta náuseas y algo revolviéndose en mi estómago?

Me reí y negué con la cabeza, divertida.

—Muy nervioso, entonces.

—Necesito saber qué va a ser antes de que vomite. No estoy jugando.

—Allí hay una cubeta —me burlé.

—Ésa es tuya, ¿o ya no estás nerviosa? —enarcó una ceja.

—Nerviosa y con un bebé ansioso por decirnos su sexo y que además disfruta de comprimirme los órganos —arrugué la nariz—. Sí, mejor déjamela a mí.

Se rio. Con su mano libre me tomó de la mejilla y llevó su boca a la mía para unir nuestros labios en un beso suave.

—¡Ya!

Nos separamos cuando la voz de los niños resonó al unísono con una clara nota de entusiasmo.

Damian señaló mi vientre con una pequeña sonrisa.

—Ya, mami —repitió, entusiasmado—. ¿Ya podemos saber si vamos a tener un hermanito o una hermanita?

La pintura blanca estaba sobre mi vientre en forma de todos los dibujos que los niños y Eiden habían hecho. Flores, corazones, mariposas, nuestras manos y, por supuesto, el dibujo central, que éramos nosotros junto a Minni y Copito.

—¿Ya quieren saber?

La pregunta era para ellos, pero creo que también me la estaba haciendo a mí misma.

¿Estaba lista?

La respuesta llegó primero de ellos, pues asintieron rápidamente.

—Ya, mami, ya.

Sonreí y miré a Eiden, que asintió con la cabeza hacia mí.

—Su papi va a apagar la luz —les expliqué—, y entonces la pintura va a cambiar de color. Si es azul significa que van a tener un hermanito y si es rosita van a tener una...

—¡Hermanita!

—Sí, cielo.

—Ojalá sea un niño —la naricita de Damon se arrugó—. Las niñas siempre quieren todo y lloran mucho.

—Bueno, pero si es niña, va a ser su hermanita y la van a tener que querer.

—¿Y si no quiero? Tú dijiste que no estábamos obligados a querer a nadie.

—Cielo...

—Yo te quiero —Damian le dijo a Damon—. Porque eres mi hermanito.

—Pero ella va a ser niña.

—¡Y va a ser nuestra hermanita!

—Bueno, bueno —los interrumpí—. No peleen por eso, aún no sabemos si es niña. En caso de que lo sea, ya verás que la querrás.

Nadie podía negarse a querer a un bebé, eran como una bolita de algodón apachurrable y suave.

—Está bien —Damon suspiró—, si es niña la voy a querer porque es mi hermanita. Sólo a ella.

Damian sonrió feliz.

—Entonces —hice una pausa, con los nervios centelleando por todo mi cuerpo—. ¿Están listos?

Ellos asintieron y yo me preparé. Tomé la mano de Eiden y me dejé caer sobre su pecho para mirarlo. La luz, aún encendida, se reflejaba en su semblante. Sus ojos estaban fijos en mi vientre, pero cuando se dio cuenta de que lo necesitaba, de que una parte de mí realmente se estaba debatiendo entre los nervios y el torbellino de emociones que me estaban sumiendo en unas inmensas ganas de llorar, me sostuvo la mirada y acarició mi mejilla con calma.

—¿Lista?

Mi labio inferior comenzó a temblar: hasta aquí había llegado mi fortaleza. La emoción ya era una avalancha en mi corazón. Íbamos a tener otro bebé, Dios. Ya necesitaba tenerlo entre mis brazos, cargarlo, acariciar su cabecita, sostener su mano, colocarlo sobre mi pecho y verlo dormir, verlo sonreír y escucharlo decir sus primeras palabras.

—Sí —sonreí—. Lista.

Eiden dejó caer su frente en la mía y unió nuestros labios justo en el momento en que apagó la luz. No pude apartar los ojos de los suyos ni él de los míos. Ambos sabíamos con certeza de quién escucharíamos la respuesta que llevábamos esperando desde hacía meses.

Podía escuchar mi corazón latiendo rápido y fuerte en mi pecho. Fuera de eso, el silencio se había apoderado de la habitación. Respiré con pesadez y alcé las manos hasta posar las palmas en su pecho. Sus latidos eran tan frenéticos que, si te concentrabas en ellos, podías distinguir cada bombeo y su ritmo acelerado, en sintonía con los míos.

Cada segundo que pasaba era un pequeño desajuste en mi pecho, como una ruleta girando y girando, tomando fuerza, descontrolándose. De pronto, el pinchazo de un pequeño dedo en mi vientre la detuvo y las voces de los niños llenaron el espacio. Primero habló Damian y después Damon:

—Tu pancita es rosita, mami.

—¿Y qué significa eso?

—No sé, no me acuerdo. ¿Qué significa, mami?

La emoción se estrelló en mi cuerpo como una ola contra las rocas. No pude contenerme. Sin darles tiempo ni resguardo a mis emociones, me desbordé en un sollozo en cuanto comprendí esas palabras.

Era color rosa.

—Vamos a tener una niña, cariño —Eiden me sostuvo de las mejillas y me acarició; sus ojos me miraban con absoluta felicidad.

Era una niña.

Cerré los ojos. Se me había ido la respiración.

¿Cómo se podía querer tanto a alguien que no conocías, que no habías visto o escuchado?

Simplemente lo sientes.

Es tan fácil y complicado, tan sencillo y complejo… No existe explicación lógica, sin embargo, tu corazón dicta todas las respuestas.

Como cuando mi corazón latía con fuerza al sentir cada movimiento de la bebé.

Como cuando me quedaba dormida con una mano siempre en mi vientre, con ese sentido de protección.

Como cuando a veces, sin darme cuenta, me quedaba hablando con ella durante minutos, contándole cosas de mi día, cosas que quería que supiera, que escuchara.

Como cuando cada que la sentía inquieta, intentaba calmarla.

Como cuando me gustaba estar en silencio y sólo cerrar los ojos para imaginarla entre mis brazos.

Y, definitivamente, como cuando mi pulso se elevaba al recordar que una parte de Eiden y mía crecía en mi vientre.

—Vamos a tener una niña —asentí con la cabeza, llorando, repitiendo las palabras y asimilándolas. Escucharlas de mi propia boca lo hacía tan real. Dios, era real—. Eiden, vamos a tener una niña.

—Sí, cariño, vamos a tener una niña.

Sorbí por la nariz y, en ese preciso momento, sentí cómo un nudo que no sabía que tenía dejaba de aprensarme las entrañas y se convertía en un mar de llantos y sollozos. Se sentía tan bien liberarse de esta manera. Se sentía tan bien dejar que me arrollara la emoción y la felicidad. Mi cuerpo necesitaba liberarse para no explotar.

—No, no, no —di un respingo cuando Damian se acercó a mí y comenzó a limpiar mis lágrimas con sus manitas—. No llores, mami. Si no la quieres, podemos regresarla, ¿verdad, papi, que podemos cambiarla?

—Tu mami no llora por eso —Eiden le dijo suavemente—. Está feliz. Cuando las personas están muy felices, también lloran.

—¿Sí, mami? —Damian me observó esperando que confirmara las palabras de Eiden.

—Sí, cielo. Estoy muy feliz.

—¿Porque vamos a tener una hermanita?

—Sí —asentí con la cabeza y la forma en que la interrogante escapaba de sus labios me hizo comprender el significado de esa sola palabra, "hermanita".

Los niños eran muy pequeños, y aunque aún había cosas que no eran capaces de comprender, había otras que sí. Cuando les dijimos que iban a tener un nuevo hermanito, se emocionaron mucho. Les contaron a todos y siempre me preguntaban que cuándo iba a llegar. No entendían por qué no estaba aquí ya, ni tampoco por qué tardaba tanto, ellos sólo querían verlo ya para poder jugar con él.

Ellos no le decían bebé, le decían hermanito o hermanita. Hablaban con él de vez en cuando y nos contaban todo lo que le iban a enseñar. Estaban emocionados e ilusionados. Lo querían de forma inconsciente, aunque no lo conocieran, aunque no lo entendieran. Al igual que Eiden, al igual que yo.

Bajé la mirada a mi vientre y lo acaricié.

—Hola, mi niña. Tu papi, tus hermanitos y yo te estamos esperando —le hablé. Estaba llorando, las lágrimas caían por mis mejillas; me era imposible describir la cantidad de emociones que se arremolinaban en mi cuerpo—. Cuando llegue el momento, vamos a recibirte con mucho cariño. Vas a poder jugar con Damon y Damian, vas a conocer a tus abuelitos, a tus tíos, a Minni y Copito, que ellos también ya quieren conocerte. Y tu papi y yo vamos a encargarnos de hacerte muy feliz y de que no te falte nada. Te amo mucho, mi niña.

Volví a encontrar la mirada azulada de Eiden y una sensación reconfortante se instaló en mi pecho cuando me miró fijamente a los ojos con esa sonrisa en sus labios que me hacía sentir tan frágil y fuerte a la vez.

En ocasiones, Eiden no era tan expresivo con los demás, a veces prefería guardar sus emociones porque no le gustaba mostrarse vulnerable, y la mayoría de la gente se adaptaba a eso. Sin embargo, aquí, con nosotros, no se le dificultaba revelar sus sentimientos. Los niños eran su debilidad; si pudiera vivir de abrazarlos, lo haría. Lo había visto llorar al verlos llorar a ellos. Y lo había visto sonreír al verlos sonreír.

Y sabía que esta niña que crecía en mi vientre no iba a ser la excepción. No después de haberle limpiado las lágrimas que se deslizaron por sus mejillas, mientras él tomaba mis manos y las besaba con cuidado.

—Gracias —fue la primera palabra que abandonó sus labios—. Gracias por todo esto, cariño. No hay una palabra que abarque todo lo que siento ahora mismo, pero creo que mi corazón puede decírtelo.

Sus dedos se envolvieron en mi muñeca y guio mi mano hasta su pecho. Si antes estaba latiendo con fuerza, ahora parecía ser el epicentro de un terremoto por lo fuerte que se sacudía.

Imité su acción: mis dedos temblorosos encontraron su mano y la tomé para llevarla hasta mi corazón, que parecía querer abandonar mi cuerpo por la intensidad de las emociones.

Sonreímos porque lo entendíamos, porque sabíamos más que nadie las razones. No había nada en el mundo que anheláramos más que formar nuestra pequeña —ahora no tan pequeña— familia.

—Gracias a ti por cumplir tu promesa y darme esta familia, Eiden —mi voz estaba hecha un nudo en mi garganta. Necesitaba sentirlo, decírselo de alguna manera, así que acorté la distancia entre nuestros rostros, tirando de su cuello hacia mí, y lo besé. Me llené de su aroma, del calor de sus manos al recorrer lentamente mi vientre y acariciarlo—. No es suficiente —susurré contra sus labios—. Creo que las palabras ya no son suficientes para nosotros, pero, te amo mucho, Eiden. Te amo más que a mi propia vida, cariño.

Él sonrió y dejó caer su frente en la mía.

—Te amo, Allison. A ti, a los niños —acarició mi vientre con una sonrisa—, y a esta niña.

—¡Nosotros también los amamos!

Me reí y me separé de Eiden cuando los niños se lanzaron sobre nosotros para abrazarnos.

—También nosotros los amamos mucho —los abracé con fuerza y llené de besos sus mejillas mientras ellos se reían felices y Eiden nos atraía a todos hacia su cuerpo.

—¿Y cómo se va a llamar nuestra hermanita?

Oh, Dios. El nombre.

Había olvidado esa parte en este preciso momento, sin embargo, ya habíamos hablado de ello.

Teníamos un nombre por si era niño y otro por si era niña. Los nombres de Damon y Damian los elegimos entre los dos. Habíamos hecho una lista infinita de varias combinaciones, porque queríamos que los nombres se parecieran, y después tuvimos que descartar y elegir.

Miré a Eiden y él sonrió. Aquel nombre había sido su idea completamente y a mí me había encantado.

Le señalé con la cabeza a los niños para que fuera él quien se lo dijera, al fin y al cabo, había sido su idea.

Eiden carraspeó como si se preparara para la gran revelación y me reí al ver cómo los niños lo observaban con los ojos muy abiertos y expectantes.

—Alice —dijo con una sonrisa—. Su hermanita se va a llamar Alice.

Ésta era nuestra familia. La familia que, con el pasar de los años, habíamos formado.

Y era feliz, infinitamente feliz. Mis hijos eran mi mundo y Eiden me ayudaba a sostenerlo como un pilar inquebrantable con su amor y sus cuidados. Sabía que me amaba con la misma intensidad con la que yo lo hacía.

Damon, Damian y Alice, junto a nuestros fieles acompañantes de vida, Minni y Copito, eran la prueba viviente de todo lo bueno que habíamos construido. No me podía imaginar una vida sin ellos. No había manera de que lograra vivir sin las únicas personas que llenaban de luz cada segundo de mi vida.

Sonreí mientras observaba a cada uno de ellos. Una calidez reconfortante invadió mi pecho cuando ellos también me miraron.

Los ojos negros de Damian y los ojos azules de Damon me observaban con su brillo inocente y habitual que era el recordatorio viviente de que eran niños felices y de que Eiden y yo lo habíamos logrado, habíamos logrado tener y ser todo lo que queríamos.

Una familia feliz y llena de amor.

Volví a abrazar a los niños con fuerza, con la necesidad de sentirlos cerca.

—Los amo —repetí con la alegría de mis palabras rebosando en mi corazón. Después me giré hacia Eiden, que me observaba con sus ojos azules relucientes—. Te amo.

FIN

SEA

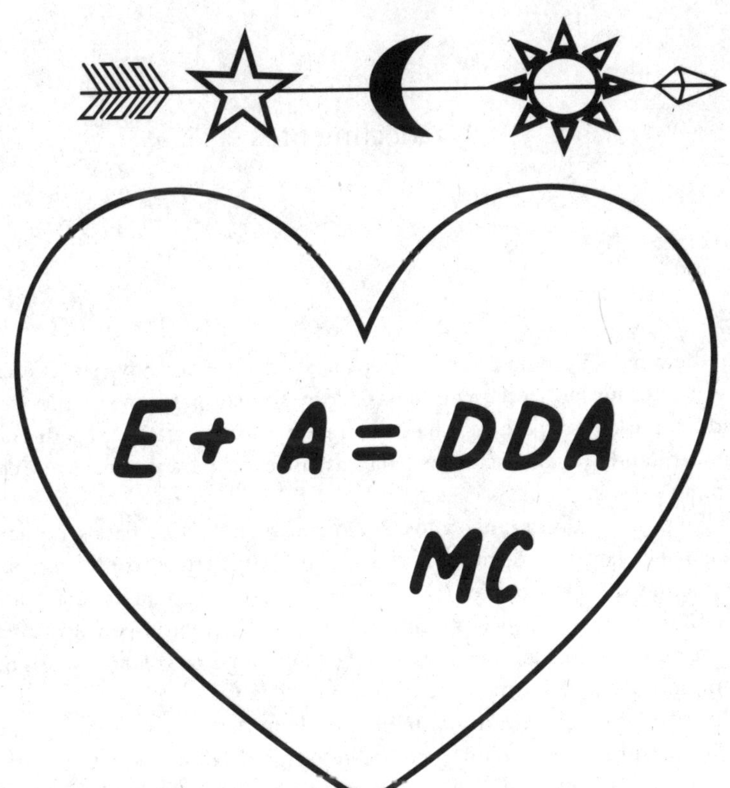

TEQTAM

TU ESPOSO QUE TE AMA MUCHO
TU ESPOSA QUE TE AMA MUCHO

Agradecimientos

Si pudiera hablar con la Litzy de hace años y decirle que hoy estaría escribiendo esto, no lo creería, era demasiado pesimista para imaginarlo (sigo siéndolo, por cierto, pero ya le bajé una rayita milimétrica), pero aquí estoy ahora, tratando de encontrar las palabras correctas para darle cierre a esta historia.

Han pasado más de cinco años (cinco años y cinco días, para ser exacta) desde que en las notas de mi celular decidí probar suerte, creando algo más que poemas sin sentido sólo para mí. Esta historia nació de una necesidad extraña de dejar algo en el mundo, de una lucha interna con mi cabeza que me pedía tregua de la peor manera y de mis ganas de crear sin sentir que mi mundo podía tragarme y escupirme en pedazos.

Escribí *Cicatrices* en un mal momento de mi vida, cuando no creía en mí ni en nada. Fue cuando encontré refugio en las letras, hallé sentido en crear por más caóticas que fueran mis ideas. Así que ahora es raro ver cómo todo ese caos se ha convertido en papel y tinta. Y, aunque esta historia se escribió en la soledad de mi habitación y en madrugadas interminables, no habría llegado hasta aquí sin las manos que me sostuvieron cuando ya no sabía cómo hacerlo sola.

Infinitas gracias a todos aquellos que han estado en este proceso y han hecho posible materializar esta historia en papel.

A mi madre y a mi padre, Yolanda y Orlando, por apoyarme, escuchar mis quejas y dudas, soportarme y quererme a pesar de ser el desastre que soy; y, sobre todo, por creer en mí.

A mi familia, tíos, primos, hermanos, abuelos, que se interesaron y emocionaron por esto cuando yo apenas quería mencionarlo, debido a la vergüenza extraña de sentir que no tenía rumbo.

A mis tías, Gloria, Julieta y Reyna, por ser incondicionales, por brindarme siempre su apoyo, su hogar. Gracias por ser esa puerta que siempre está abierta y por recibirme y darme tanto cariño.

A la que me escuchó cuando pocos lo hacían, sin tener por qué hacerlo: gracias, Alexandra, por estar y seguir a mi lado a través de los años. Ojalá algún día cumplamos esa salida con juguitos y plática llena de chismes que nos hemos prometido desde hace tanto.

Gracias a Penguin Random House, por confiar en esta historia y permitir que cobre vida. Gracias, Carolina, por guiarme con paciencia en este proceso que parecía un sueño improbable.

Y, sin lugar a dudas, gracias a mis lectoras y lectores de Wattpad. A quienes estuvieron desde que esta historia apenas comenzaba a tomar forma, y a quienes se sumaron con el tiempo: gracias por darme una oportunidad, por quedarse, por creer en estos personajes incluso cuando yo misma dudaba de ellos y de mí.

Infinitas gracias por cada voto, cada comentario, cada palabra de aliento. Han sido un pilar fundamental en esta aventura. Sin su cariño, tiempo y compañía, nada de esto habría sido posible.

Y, por supuesto, gracias a Allison y Eiden, por permitirme contar su historia. Fueron mis primeros personajes, mis compañeros de lágrimas, risas, frustraciones y descubrimientos. Me han marcado para siempre, los llevo y llevaré siempre en el alma.

Y, finalmente, gracias a ti, que llegaste hasta aquí. Espero que esta historia haya sido para ustedes el mismo refugio de letras que fue para mí.

Para terminar, me gustaría cerrar esta historia con algunas palabras para mis lectoras veteranas; estoy segura de que algunas necesitan escucharlas de nuevo:

Recuerden tomar agüita, dormir sus ocho horas, comer todas sus comidas, sacar de sus vidas a quien no les haga bien y, por supuesto, ser felices. Ya saben, todo por la hadita.

Hasta pronto o hasta nunca, siempre será tu elección.

Esta obra se terminó de imprimir
en el mes de noviembre de 2025,
en los talleres de Diversidad Gráfica S.A. de C.V.
Ciudad de México